La Era Rock
(1953-2003)

Jordi Sierra i Fabra

La Era Rock
(1953-2003)

ESPASA

ESPASA ℭ HOY

Diseño de la colección: Tasmanias
Ilustración de cubierta: Cordon Press
Foto del autor: Antonia Cortijos
Ilustraciones de interior: Joel Brodsky, Dennis Morris y Archivo del autor
Realización de cubierta: Ángel Sanz Martín

Depósito legal: M. 37.064-2003
ISBN: 84-670-1282-X

Espasa, en su deseo de mejorar sus publicaciones, agradecerá cualquier sugerencia que los lectores hagan al departamento editorial por correo electrónico: sugerencias@espasa.es

Impreso en España/Printed in Spain
Impresión: Huertas, S. A.

Editorial Espasa Calpe, S.A.
Complejo Ática - Edificio 4
Vía de las Dos Castillas, 33
28224 Pozuelo de Alarcón (Madrid)

ÍNDICE

PRÓLOGO

Este no es un libro para expertos o ávidos buscadores de respuestas (¿Que día y hora grabaron los Beatles «A day in the life»? ¿Por qué la raíz cuadrada de la vida de Bob Dylan no es igual a la hipotenusa de la historia del rock?). Tampoco es una enciclopedia o un diccionario donde están-todos-los-que-fueron-y-las-canciones-que-tocaron. Más que un sesudo estudio (atrapar la esencia de cincuenta años en unas pocas cuartillas es difícil), considero este texto un Manual de Urgencia Para Saber Qué Pasó y Quién Lo Hizo. Se trata, pues, de una aproximación básica a lo que ha sido la historia de la música en los cincuenta años que van del nacimiento del rock and roll hasta el presente. Un rápido bosquejo para iniciarse, conocer, recordar u ordenar esa historia mágica y apasionante, única, la banda sonora de nuestra vida.

¿Cuándo nació la Era Rock (con mayúscula)? Para algunos en 1953, cuando empezó a utilizarse la expresión rock and roll como definición de la nueva música. Para otros, el 12 de abril de 1954, fecha de grabación del primer rock and roll «oficial» de la historia, «Rock Around the Clock». En realidad poco importa. Entre 1951 y 1952 se sentaron las bases de lo que acabó por estallar en 1953 y cambió así la música de nuestro tiempo, la música de la segunda mitad del siglo XX. Cincuenta años después, ¿sigue vigente la era rock?, ¿ha sido barrida por la electrónica o son parte de un mismo equipo en continua evolución?, ¿marcará el paso al siglo XXI el cambio definitivo del futuro? En cualquier caso, el rock ha sido, y todavía es, un potente generador, un impulsor de estímulos, tendencias, furias, estilos, ritmos; un catalizador de modas, energías y pasiones, y la forma más directa de expresar la rebeldía de las últimas generaciones. Poetas armados de guitarras, revolucionarios armados de sonido, visionarios armados de libertad. Tal vez de un repaso a todo lo sucedido extraigamos algunas conclusiones. O no. Alguien dijo que la música jamás puede ser explicada, solo oída.

Pero la historia sí puede desmenuzarse. En eso estamos. Y al hablar de historia me refiero a la Gran Historia Mundial del Rock, con mayúsculas. Habría que ocuparse después de la historia de cada país, de cómo lo vio y lo vivió, para profundizar al máximo en el resto.

Y en cualquier caso siempre nos queda la definición que del rock and roll hizo Little Richard en 1955: «A-wop-bop-a-loo-bop-a-lop-bam-boom».

Ha sido medio siglo de vértigo, palabra.

JORDI SIERRA I FABRA, enero de 2003

1
Orígenes y antecedentes del rock and roll

La música antes del rock and roll

Cómo nace un fenómeno? ¿Cómo se originan las coordenadas históricas y sociales tendentes a introducir un cambio en una parte de la mentalidad humana? ¿De qué forma se adentra el ser humano en la vanguardia de una nueva expresión artística? ¿Cómo percibe un determinado sector social la semilla del cambio y se sumerge de forma colectiva en él? ¿Cómo, cuándo y por qué la generación de mediados de los años cincuenta impulsó y consolidó el movimiento rock y lo convirtió en la música y el más influyente estigma social de la segunda mitad del siglo XX?

A veces las preguntas acerca del origen de un fenómeno están sujetas a respuestas diversas. Dependen de la visión de críticos e historiadores, del enfoque que quiera dársele. No hay un patrón común ni un criterio exacto y universal. En su origen, el rock and roll fue una ruptura casi violenta por sus propuestas y por la represión de que fue objeto. Sin embargo, no fue un hecho aislado de su tiempo, sino la suma de una evolución que en lo musical siempre es más vertiginosa de lo normal. Rapidez, velocidad y superación creativas, modas y consumo son la base que ha hecho de la música, en los últimos cincuenta años, un fenómeno de masas, la bandera con la que se han sentido identificados millones de jóvenes en todo el mundo. Para ellos, el rock ha sido una religión, ha dado dioses armados con guitarras y profetas que predican con sus canciones. Ha sido amor y fuerza, pero también muerte y expectación. Ha sido energía y belleza, pasión, pero también sensacionalismo e industria.

Para empezar a buscar sus orígenes, hay que retroceder diez años. La Segunda Guerra Mundial había concluido en 1945, y parecía que con ella los políticos zanjaban lo que no habían sabido concluir en 1918. Países en ruinas, hombres y mujeres surgiendo de las cenizas del caos, y la hora de iniciar lo que ya es habitual en el espíritu humano: la reconstrucción, la vuelta a empezar. Europa retomaba la búsqueda de su nueva identidad mientras Estados Unidos, en pleno clima de guerra fría y convertido en gran vencedor, se alzaba como paladín de la libertad frente al nuevo peligro que por entonces representaba el comunismo.

Durante los diez años siguientes, desde mediados de los cuarenta a mediados de los cincuenta, no faltarían nuevos conflictos, como el de Corea. Pero el germen de una nueva generación posbélica ya se abría paso por entre los últimos odios y recelos. Era la primera generación dispuesta a sembrar la semilla del inconformismo. Los hijos de los que habían combatido para forjar un «mundo mejor» y que, lejos de aceptarlo tal cual, buscaban también una identidad propia en él. Si los jóvenes han dirigido siempre el son de sus protestas contra lo establecido, los de los años cincuenta fueron pioneros del cambio más singular, porque jamás la música había sido un arma tan poderosa como lo fue desde entonces. Y con la música, la parafernalia que la ha envuelto: modas, gustos, tendencias, arte.

Al filo de la mitad del siglo, en Estados Unidos reinaban las películas de Hollywood y los musicales de Broadway. El primer rebelde de este tiempo fue James Dean, contemporáneo de los primeros libros de la llamada Beat Generation. Musicalmente, sin embargo, existía todavía la dicotomía entre blancos y negros, gustos y racismo, y la propia industria estadounidense sufría los problemas de una guerra intensa en su seno. La guerra en busca del control.

Durante los años veinte y treinta la música estadounidense por antonomasia había surgido del templo de Tin Pan Alley, el callejón que reunía a las grandes editoras de canciones en la Avenida Madison de Nueva York. Tin Pan Alley era el núcleo donde se editaron las obras de los primeros grandes autores del momento, como George Gershwin o Cole Porter. La música de la factoría era la que se consumía, devoraba y gustaba. Fuera de ese canal no había nada más. Para gestionar el mercado se había creado la ASCAP (American Society of Composers, Authors and Publishers), una sociedad de autores, única y rígida, que monopolizaba el mercado y lo controlaba con mano de hierro. Era, además, exclusiva de la aristocracia del mundillo musical. Como tantos monopolios, la gestión de ASCAP empezó a ser considerada abusiva por parte de otros núcleos artísticos, en especial muchos autores más humildes o alejados de los cánones marcados por ella.

En 1939, mientras se desataba la guerra en Europa, un sector de profesionales de la radio formó la BMI (Broadcast Music Incorporated), réplica de ASCAP, con el fin de integrar a todos los autores minoritarios cuya obra iba en aumento y no era popular ni se conocía por culpa del monopolio. Durante dos años el poder no cambió, pero en 1941 la BMI comenzó a ganar importancia de forma gradual y comenzó a ser vista como un soplo de libertad con ánimo de cambiar el panorama musical americano. La respuesta de ASCAP no se hizo esperar: ese año dobló los derechos de radiación de sus obras, convencida de que BMI no lucharía más ni podría contra esa demostración de fuerza. Se equivocaron. El pecado de ASCAP fue creer que era una organización insustituible y que su música era la música americana, la única por antonomasia. Lo que no estaba en ASCAP no era bueno. BMI tenía otro concepto. Para ellos, la música americana era la que hacían miles de *folk-singers,* los *jazzmen,* los cantantes de country, los *bluesmen,* los negros con su rhythm & blues, etc.

El tiempo dio la razón a BMI. De entrada porque parte de esos géneros fueron la antesala del rock and roll y BMI estuvo ahí para editarlos y ocuparse de su difusión; es decir, hacerlos rentables para sus creadores. A partir de los cincuenta, ASCAP y BMI se repartieron el mercado, aunque la guerra no acabó. A finales de la década, ASCAP intentó una última jugada sucia, instigando el llamado «escándalo payola», que le costó la vida al «inventor» del término rock and roll, Alan Freed. La ASCAP trató de demostrar que el éxito del rock and roll era debido a los sobornos que pagaban las editoras a los disc-jockeys para que lo programaran. Para ASCAP era la única forma de entender ese éxito y justificar su estancamiento.

Mientras nacía BMI, otros fenómenos cambiaban la dirección de la música y los gustos del público. Antes de la guerra, al menos en términos genéricos, el jazz había sido el canal de innovación por excelencia y las grandes orquestas la representación más evidente de lo popular. Sin embargo, la guerra trajo consigo dos hechos singulares: las orquestas quedaron diezmadas cuando sus músicos tuvieron que incorporarse a filas y el jazz perdió vigor por falta de combatividad y efectivos. En 1942 se produjo la célebre huelga del sindicato de músicos estadounidenses, que impidió grabaciones discográficas y dejó mudos a los programas de radio (que entonces se hacían en vivo). No había música y para paliar esto se implantó la fórmula del cantante... sin orquesta. En este punto la figura de Frank Sinatra se convirtió en la estrella del momento. El ejemplo Sinatra arrastró a dos clases de solistas: los llamados *latin lovers* y los cantantes de orquesta que lo imitaron. Al término de la guerra los *crooners,* cantantes suaves y románticos, se habían apoderado del gusto popular. Fue el tiempo de los Dean Martin, Perry Como, Al Martino y Nat King Cole.

Pero había otros frentes, aún minoritarios, preparando la llegada del rock and roll. Estos frentes tenían sus trincheras en la auténtica música tradicional y popular americana, cuyas raíces provenían de los pioneros y emigrantes del siglo XIX y primeros años del XX. El folk, el country y el blues trenzaron el cordón umbilical que une la prehistoria de la música popular con el estallido juvenil que disparó el rock.

La Segunda Guerra Mundial sirvió de detonante para que muchas formas culturales, ocultas por el racismo, la indiferencia o el menosprecio, vieran la luz, primero de forma tímida y después, ya en los años sesenta, con toda la fuerza de la lucha por la integración racial. Los negros que habían luchado junto a los blancos en las trincheras volvían a ser ciudadanos de segunda en su país. Pero en la guerra, en esas trincheras, la música los había hermanado por primera vez. Fue la primera fusión real. Al acabar la guerra, la vuelta a casa fue traumática para muchos, y para los negros, un regreso a la esclavitud. En consecuencia, hubo grandes movimientos demográficos por parte de la población negra, en busca de trabajo, libertad, mejoras, etc., parecidos a los de la época de la Depresión. De los 80.000 negros que vivían en California en los años treinta se pasó a medio millón en los cincuenta; Chicago pasó de 390.000 a 650.000, y Michigan, de 200.000 a 450.000. Por citar tres ejemplos. También los músicos emigraron e hicieron fuertes como plazas musicales las grandes zonas de la geografía pre-rock, con la diferencia de que por lo menos no lucharon solos y contaban ya con la presencia de la BMI respaldando sus grabaciones y cuidando de su difusión y recaudación de derechos. Fue su primer impulso. En esa nueva geografía musical destacaban cuatro importantes núcleos: el Delta del Mississippi, Memphis, Chicago y Nueva York.

El papel de Nueva York es más capital por el hecho de ser el centro clave de la costa este de Estados Unidos que por sus repercusiones en este momento de la historia. A su alrededor estaban las ciudades más conservadoras y aristocráticas de la sociedad americana: Boston, Philadelphia, Baltimore y la propia capital, Washington. En el oeste, San Francisco era la puerta del Pacífico y poseía una intensa vida intelectual, mientras que Los Ángeles era cien por cien glamour gracias al cine. Pero Nueva York fue esencial con el advenimiento del nuevo folk impulsado por Dylan de la misma forma que, en los años cuarenta, las primeras compañías independientes que nacieron en la ciudad (Apollo y Savoy) le dieron un dinamismo relevante al margen de que allí radicara el famoso Tin Pan Alley. Amalgama de culturas (negra en Harlem, beatnik en el Greenwich Village, por citar dos contrastes, sin olvidar el barrio chino, el italiano, los muelles, etc.), Alan Freed acabó instalándose en Nueva York, y en los años sesenta, con la irrupción de los Beatles, la ciudad disputó el cetro a San Francisco y Los Ángeles.

En el sur una amalgama de ciudades que se extienden desde Memphis y Nashville hasta Nueva Orleans, englobando el Delta del Mississippi, abren un arco que abarca estados de un mismo cariz social: Louisiana, Alabama, Georgia, Tennessee, Mississippi y Arkansas. Estados negros por excelencia, eran las principales áreas de cultivo de algodón (tierras de esclavitud). Zona tradicionalmente castigada por el racismo, la música fue siempre una liberación personal arraigada entre sus gentes. Gran parte del blues rural de Estados Unidos se formó en el Delta y, con la emigración, llegó a Memphis primero y a Chicago después. Sus principales leyendas son Robert Johnson (muerto violentamente en 1937, solo grabó un puñado de canciones por unos pocos dólares y se convirtió en un mito con los años), Howlin' Wolf, Muddy Waters, Bo Diddley y Sonny Boy Williamson, entre otros. En Nueva Orleans, por su parte, hay una mayor consolidación del jazz y otros estilos, como el cajun, y, ya en los años cuarenta, el rhythm & blues aporta un auténtico rey como fue Fats Domino, que habría sido considerado entonces el primer rockero, antes que Presley, de no haber sido negro.

En el camino de la emigración hacia los grandes centros industriales del norte estaba Memphis, vecina de la no menos esencial Nashville. Encrucijada constante y crisol de estilos, la explosión que registró la ciudad no tiene demasiados parangones en la historia del rock. Durante años fue parada obligatoria y, para muchos, destino final. Tal era la afluencia de músicos, que ya a comienzos de los años cincuenta se crearon los primeros estudios de grabación y las primeras editoras. Sun Records fue la gran pionera del rock and roll, al editar los primeros discos de Jerry Lee Lewis, Carl Perkins, Roy Orbison, Johnny Cash, Charlie Rich y, por supuesto, Elvis Presley. Su leyenda hizo que durante años muchos gigantes del rock quisieran grabar en estudios de la ciudad. Por último, el gran destino de la emigración fue Chicago, capital del estado de Illinois, que rápidamente capitalizó tanta energía creando una serie de sellos discográficos esenciales, como Chess Records. Durante los años cuarenta, y especialmente en tiempo de guerra, la ciudad creció en todos los órdenes y musicalmente respiraba ritmo por sus cuatro costados. Durante los años cincuenta la mayor parte de éxitos del rhythm & blues salieron de allí.

Existían los músicos y nacieron las editoras discográficas capaces de lanzarlos. En los primeros años cincuenta había dos directrices claras. Por un lado se hacía una música de consumo, fácil y hecha por blancos, ubicada preferentemente en Nueva York y Los Ángeles, que giraba en torno a Broadway (teatro) y Hollywood (cine). Por otro existía una pujante música negra que pedía su espacio y conquistaba adeptos a grandes pasos. El divorcio entre blancos y negros, de todas formas, era obvio. Los blancos vendían miles de discos y tenían los hit-parades llenos de edulcoradas baladas mientras que los negros veían incluida su música en una lista de rhythm & blues de la que no lograban salir. El término *race music* fue tan insultante y separador como pueda serlo a comienzos del siglo XXI la *world music.*

Cuando las primeras discográficas de Chicago, Chess y Mercury, lograron afianzar su mercado de rhythm & blues, daban el primer gran paso para llegar a públicos más amplios. Comenzaba el futuro. En Los Ángeles surgieron otros sellos que contribuyeron a esta expansión, como Imperial, Specialty, Alladdin o Modern, lo mismo que Excello en Nashville o Duke/Peacock en Houston. El auge del rhythm & blues primero y del rock and roll a partir de 1955 hizo que las grandes *majors,* como CBS, Capitol o RCA, tuvieran que reaccionar. Antes de 1954 el gran cantante negro por excelencia era Nat King Cole, y Fats Domino, el primer superventas del rhythm & blues. Antes de que Elvis apareciera, Fats ya había conseguido ocho discos de oro (entre 1952 y 1955), y en 1956, el gran año de Presley, tanto él como Elvis lograron cuatro, uno en plena apoteosis y otro siguiendo su línea. Pero Fats era, como decía su nombre, gordo, además de negro y carente del carisma que luego tendría el rey del rock. Así que Fats fue un adelantado que vendió millones y que con el tiempo tuvo que ser reivindicado como pionero del rock and roll. Sus 17 discos de oro le colocaron durante años en la cuarta posición de este apartado, por detrás de Beatles, Elvis y Bing Crosby.

Muchos sellos nacidos en los años cuarenta y cincuenta desaparecieron barridos por el éxito y su crecimiento o fueron absorbidos por las multinacionales cuando el rock and roll se convirtió en un negocio millonario. A unos los superó la dinámica del mercado, otros no supieron adecuarse, pero los más no pudieron competir con los gigantes de la industria y sus redes extendidas a lo largo y ancho del país. Algunos sellos independientes tenían que distribuir sus discos a través de grandes compañías para llegar a todo el país, con lo cual acabaron en sus manos. Su labor, no obstante, fue la clave del gran cambio musical, y así ha sido desde entonces. Cuando las poderosas *majors* descubrieron que un disco grabado por tres personas se vendía por millones y, en cambio, otro grabado con una orquesta de sesenta músicos no interesaba o vendía menos, sus conclusiones fueron fáciles. Así que la industria apoyó el rock and roll lo justo al comienzo, pero cuando Elvis apareció, ya lo hizo con toda su fuerza. Al menos antes de que la mayoría moral lograra detener su expansión.

Sobre géneros y estilos

El rock and roll fue un híbrido, una suma de todos los géneros populares en aquellos días, aunque la ecuación más utilizada para definirlo fuera la clásica country & western + rhythm & blues = rock and roll.

Es decir, música blanca más música negra. Pero el country & western, el blues, venían a su vez de progresiones evolutivas propias. Los géneros o estilos más importantes de la antesala del rock and roll no pueden olvidarse.

La música que proviene de los artistas negros, y que surge en su totalidad en Estados Unidos, ofrece una amplia gama de alternativas por las que ahondar en busca de raíces, orígenes y consecuencias. Esa gama se amplió aún más cuando la música se expandió y dio lugar a nuevas formas híbridas con la incorporación de músicos blancos y estilos generados por la evolución del rock.

El negro americano, que llevaba en su sangre el ritmo de los tambores de la lejana África, tuvo durante años en la música una de sus escasas vías de escape y seña de identidad. Humana y espiritualmente, el negro vivió esclavizado gran parte de su periplo americano. Los cantos de trabajo fueron uno de sus primeros desahogos. Los interpretaban en los campos de algodón. La tremenda carga de sentimientos que llevaban consigo, que procedía de sus ancestros, sumada a su condición esclava, los convertía en sentidas muestras de infortunio. Esos cantos de trabajo se convirtieron en los conocidos espirituales, que, a su vez, fueron la antesala del gospel, música y canciones interpretadas en las iglesias durante los servicios religiosos. Y así, sucesivamente, escalón a escalón y género a género, aparecerían el popular soul en los años sesenta y una larga serie de variantes hasta el rap o el hip-hop de los años ochenta y noventa. Pero en el inicio de esta historia, a mitad de los años cincuenta, la clave del nacimiento del rock and roll residió en el rhythm & blues.

Con la progresiva liberación de las gentes de color, el folklore rústico y primitivo que conformaba su universo sónico compartió también influencias con el hombre blanco, aunque fue la música blanca la que más aprendió de la negra. Antes del rhythm & blues la música negra se sustentaba en dos pilares en apariencia inamovibles, con sus reglas básicas y su época dorada: el blues y el jazz. El blues proviene también de los campos de trabajo y es un lamento repetido sobre una sucinta base musical en la que, a veces, la instrumentación ni siquiera existía o consistía en un monótono golpear de pie contra el suelo marcando el ritmo. El blues (tristeza, lentitud) es dolor, frente al jazz, que fue la ruptura cromática. En ambos casos lo que diferenciaba ya al negro era el *feeling*, el sentimiento. Al jazz se le atribuye el papel de ser la música negra del siglo XX, basando su estructura en la improvisación, para evolucionar después hacia nuevas formas como el hot-jazz o el free-jazz más vanguardista. Lo que hace el jazz es aportar ritmo a la música negra y romper el mimetismo del tempo clásico en torno a las piezas o canciones.

Fue en Nueva Orleans donde el jazz cobró carta de identidad. Primero nació el ragtime pianístico, fundamental, del cual se pasó al swing, y este estableció el puente directo hasta el jazz. El swing fue una de las primeras formas libres de interpretación. Nacido en los años veinte, alcanzó su desarrollo en los treinta y su mayor expansión en la década siguiente, con orquestas como las de Count Bassie y Duke Ellington. El swing se adapta principalmente a la función de trompetas y saxos en la sección de viento, a la batería en el ritmo y al piano como solista. Sin llegar a desaparecer, con el nacimiento del bop perdió parte de su improvisación y libertad. El bop (o be-bob) surgió alrededor de 1940 en el Harlem neoyorquino a partir de algunos músicos de swing tan progresistas como Charlie Parker, Thelonius Monk o Dizzy Gillespie. Los *boppers* empleaban a menudo el intervalo de quinta disminuida descendente. Armónicamente, el bop supuso un enriquecimiento de las primeras formas jazzísticas. Su ritmo se compone de frases entrecortadas formadas solo por notas esenciales. Su mayor desarrollo se produjo en los pequeños grupos en oposición a las grandes bandas. Previamente cabría mencionar también el boogie woogie, que surge del jazz a fines de los años veinte. Es un ritmo ágil, mantenido por el piano en el seno de las orquestas, pero que acabó siendo sustentado por otros instrumentos, como la guitarra, experimentando diversas adaptaciones. En esencia es una improvisación sostenida rítmicamente por el bajo, de manera libre y espontánea.

Entre las formas musicales con relieve en el proceso de gestación del rock, producto de la evolución del country o la música negra, está el bluegrass, forma de country en la que no se emplea la guitarra como elemento solista, formándose un bloque sónico central con el violín, la mandolina y el banjo. Fue originario de Virginia y Kentucky. El cajun es el único movimiento de habla francesa en la genealogía del folk americano. Nacido en Louisiana con el nombre de zydeco o cajun, se ejecutaba con el acordeón, el violín y el triángulo a fines del siglo XIX y comienzos del XX. La evolución instrumental le añadió una sección de ritmo y la steel guitar. El doo-woop también tuvo interés porque la mayoría de los grupos negros de los cincuenta lo empleaban como estribillo vocal y acabó siendo un estilo en sí mismo. Por último, no hay que olvidar al gospel, el canto en los oficios religiosos. El gospel fue una conversión de los espirituales, los cantos de trabajo, y también una rama del blues urbano. En los años veinte su auge era notable y se mantuvo así hasta después de la guerra. Muchos grandes interpretes de los años sesenta (Aretha Franklin, Sam Cooke) fueron solistas en sus coros o incluso sacerdotes (Al Green, Solomon Burke).

Volviendo al jazz, la música negra se abrió con él, se hizo fluida, tan libre que la improvisación fue la frecuente base de su progreso, en horas y horas de conciertos o actuaciones desarrolladas a golpes de genio y de lo que hoy llamaríamos «buen rollo» entre los ejecutantes. El banjo, importante también para el folk, fue un hallazgo del músico negro. El banjo de cinco cuerdas tenía su primitiva expresión en un instrumento norteafricano llamado banjar, que constaba de tres o cuatro cuerdas. La adaptación blanca se produciría en el siglo XIX.

A comienzos de los años cuarenta el blues rural y el ritmo promovido por el swing de las grandes bandas jazzísticas comenzaron a encontrarse y fusionarse. El resultado fue conocido como rhythm & blues, blues con ritmo. Los primeros artistas negros que lo impulsaron llegaron a erigirlo en género en muy poco tiempo, debido a su auge y los muchos adeptos que logró. Lo que nació como derivado híbrido de dos fuentes musicales negras acabó siendo parte esencial del nacimiento del rock and roll al fusionarse con el country & western blanco.

Elemento esencial en el germen del rock and roll fue la guitarra eléctrica, lo mismo que el sintetizador marcó la revolución tecnológica de los setenta. A comienzos de los años cuarenta un músico de Hillbilly llamado Les Paul se interesó por lo avances de la electrónica y desarrolló la primera guitarra eléctrica de cuerpo sólido. La Gibson Corporation la adaptó de inmediato y así nació la mítica Les Paul Guitar, pionera de las guitarras eléctricas. En paralelo, otro músico llamado Leo Fender hizo lo propio y a él hay que darle el mérito de haber desarrollado la no menos célebre Fender, con sus dos modelos iniciales, Telecaster y Stratocaster. Steve Cropper, de los MG's, usó la primera, mientras que Buddy Holly o Hank Marvin, de los Shadows, emplearon la segunda, lo mismo que Jimi Hendrix años después. La Fender Company se unió en 1965 al grupo CBS. Por su parte, Les Paul siguió investigando y creando nuevos modelos de guitarras durante los años sesenta y fue el impulsor del primer equipo de grabación de ocho pistas.

2
El rock and roll

Alan Freed

Alan Freed había nacido en Jonhstown, Philadelphia, y era uno de tantos disc-jockeys de la América de los cincuenta, pero, a diferencia de otros, en su cabeza bullían ideas nuevas. En su adolescencia había formado un grupo musical, los Sultans of Swing, en Salem, Ohio, adonde su familia se trasladó cuando él tenía cuatro años. Estudió en la universidad de Ohio a fines de los treinta, ingresó en el Ejército y fue licenciado en 1942 por enfermedad. Debutó en la radio como comentarista deportivo y luego acabó siendo disc-jockey. Su periplo por varias emisoras le llevó a la WKEL de Cleveland, Ohio, en 1950, y el éxito que tuvieron en ella sus programas hizo que fuera fichado por la WJW de la misma ciudad. Allí empezó todo.

Prescindiendo de lo que era éxito y se vendía masivamente, dirigió el interés del público blanco hacia el rhythm & blues y la música negra en general después de que un vendedor de discos llamado Leo Mintz le hablara de lo bien que se vendían esas grabaciones entre los blancos en su tienda. En sus programas radió un tipo de música que ningún blanco se atrevía a emitir por las ondas y la audiencia del mismo aumentó en proporción geométrica. Con el respaldo popular, Freed se lanzó de cabeza hacia la consolidación del fenómeno tras convencer a los dirigentes de su emisora de la rentabilidad comercial del proyecto. Al dar con un nombre apropiado para bautizar su nuevo programa, lo que estaba haciendo era bautizar, sin saberlo, aquella «nueva música». No servían términos ya conocidos, se necesitaba una denominación de origen. Y había una palabra que se repetía por aquellos días en muchos discos: «rock». Bill Haley ya había grabado «Rocket 88» y «Rock the Joint» en 1951. A «rock» unió otro término procedente del argot popular: «roll». Muy poco después las primeras emisiones del «Moondog's Rock and Roll Party» saltaban a las ondas y de allí a los teatros en 1952. Dos años antes de que apareciera el primer rock and roll por excelencia de la historia: «Rock Around the Clock», grabado por Bill Haley & His Comets el 12 de abril de 1954, la fecha que muchos consideran el pistoletazo de salida real de la Historia del Rock, aunque también pudo haber sido el año anterior, o 1952, o ese 1951 de «Rock the Joint» y «Rocket 88». Cuestión de gustos o valoraciones. Tampoco importa demasiado. En los ochenta y los noventa las modas nacieron y se quemaron mucho más rápido. En los cincuenta el rock and roll fue mucho más lento, hasta su explosión mundial en 1956. El mundo necesitó una preparación.

La historia de Alan Freed es la historia del nacimiento del rock and roll en su aspecto comercial, popular y publicitario. Los «Moondog's» fueron el escaparate a través del cual se mostró la realidad musical del momento al público. El primer show en vivo, en marzo de 1952, tuvo que ser suspendido porque en el Cleveland Arena la capacidad era de 10.000 personas y se presentaron 30.000. El eco de ese tumulto se expandió por todos los Estados Unidos.

Cada presentación en vivo de los «Rock and Roll Party» era un acontecimiento. Los mismos artistas que Freed radiaba, y para los que llegó a componer no pocas canciones, actuaban en giras triunfales por todo el país bajo el eco del programa. La dimensión del fenómeno fue tal que, en dos años, Freed era contratado por la WINS de Nueva York con un sueldo fantástico. Para entonces Rock and Roll ya se escribía con mayúsculas y una pléyade de artistas lo convertía en locura y moda. Era 1954. «Rock Around the Clock», el tema emblemático por excelencia, llegó a vender 25 millones de copias en veinte años, y en Inglaterra entró cinco veces en las listas entre 1955 y 1957. Reeditado en 1968 y en 1974, logró ser número 12 de nuevo en el Reino Unido.

Contra lo que se tuvo que luchar en aquellos años fue contra el muro impuesto por la mayoría moral típicamente americana, el rechazo de la música negra, los prejuicios y, por supuesto, la libertad y falta de pudor que esgrimía el rock and roll y que atentaba contra todas las buenas formas del *American Way of Life*. No solo era música, era moda: jerséis ceñidos, pantalones breves, cazadoras de cuero, brillantina en el pelo, desafío. La música se convertía en la bandera de una generación. Y era subversiva. Algo que costó digerir.

COVERS Y *RACE MUSIC*

Lo que hizo Freed en sus programas fue dar la oportunidad al público de conocer la versión original de las canciones que muchas veces eran éxito en las voces de los blancos, porque la peor lacra para los creadores en aquellos días eran los *covers,* es decir, las copias blancas de las grandes canciones de los negros.

Las canciones de rhythm & blues eran consideradas *race music* (puede traducirse como música racial, en un sentido amable). Las letras eran fuertes, explícitas para la época, con un sinfín de connotaciones eróticas o sexuales. Cuando Chuck Berry decía en la letra de «School Days» la frase «Drop the coin you go in» (Pon una moneda en la ranura), cualquiera podía creer que era una frase de lo más normal que hablaba de algo tan trivial como querer escuchar un disco en una jukebox, pero en realidad esa era una metáfora de la fornicación, una frase del argot callejero. La moneda era el miembro masculino y la ranura el órgano femenino. Otras veces no hacía falta ser tan discreto. «Gonna ball it up» (verso del tema «Rip It Up» de Little Richard) significa «Lo voy a fornicar», aunque se esté refiriendo al dinero que el tipo de la canción acaba de cobrar por su trabajo semanal. Vistas (y oídas) así las cosas, se entiende que en las emisoras blancas no pudieran sonar esas canciones hechas «por salvajes negros» que, además, las editaban en pequeños sellos, sin apenas difusión al margen de sus áreas de influencia. Y sin embargo la música era brillante, el ritmo trepidante, lograba enganchar. Así que muy pronto las grandes compañías estuvieron al acecho de esas canciones y se las hicieron grabar a sus principales artistas blancos. Los negros cobraban sus derechos de autor, pero era una vergüenza tolerada como normal y tan falsa como cuando los blancos se pintaban la cara de negro en las películas. Durante años los *covers* dominaron la música americana, y artistas como Pat Boone se hicieron famosos cantando canciones negras suavizadas por completo. En un momento dado no había éxito de rhythm & blues que no tuviera su versión blanca en la voz de un rubio y atildado intérprete adecuado que vendía un millón de copias ejerciendo de parásito artístico. Poderosos temas acababan convertidos en baladas románticas y letras de expresiva contundencia pasaban a ser cantos inocuos. Los blancos habían encontrado una mina de oro y los negros no podían hacer nada para cambiar esto. No tenían ningún tipo de fuerza, ni siquiera podían impedir que se hicieran esas copias por muy autores de las canciones que fueran, porque las editoras ejercían el control y se ganaba mucho dinero con ello.

Alan Freed comenzó a poner los discos originales, a veces enfrentados a los propios *covers*. La comparación resultaba odiosa. Las burdas copias no resistían la fuerza y la calidad de las originales, mucho más auténticas. Cuando se comentaban las diferencias por antena, todo se hacía más patente. Con Freed y otros disc-jockeys rompiendo el monopolio blanco en las ondas, se dio otro paso hacia la integración de la música y el auge del rock and roll, aunque de momento se le seguía negando la existencia al nuevo género musical. El rock and roll era algo inclasificable y pasó a formar parte de las listas de rhythm & blues. Las blancas no estaban para tanto cambio. De 1954 a 1956, e incluso parte de 1957, todos los rockeros blancos, desde Elvis Presley a Jerry Lee Lewis pasando por Carl Perkins o Gene Vincent, aparecían con sus éxitos en las listas de los negros porque el rock and roll se anatemizaba. Elvis fue el primero, a raíz de su tremendo impacto de 1956, que estuvo en los dos lados, compartiendo éxito con Sinatra, Doris Day o Bing Crosby. Durante los años cincuenta, los distintos rankings de Estados Unidos estaban rígidamente separados por temas, country, R&B, etc.

La historia del rock and roll se gesta durante años y arranca definitivamente entre 1954 y 1955. Alan Freed lo había expandido por las ondas. El éxito de Bill Haley & His Comets con «Rock Around the Clock» lo hace popular. Y el definitivo golpe lo asentaría Elvis Presley, la imagen perfecta para consolidar el fenómeno. Haley grabó su éxito el 12 de abril de 1954, pero ese año la canción no figuró ni siquiera entre las diez mejores de Estados Unidos («las diez mejores» no dependían siempre de sus ventas sino que más bien tenían que ver con su popularidad). Sería su inclusión en la película *The Blackboard Jungle* la que lo disparara y llevara al número 1. En 1955 sí terminó como la canción del año en Estados Unidos.

Elvis Presley

En Memphis un locutor de radio llamado Sam Phillips trató de aprovechar las buenas vibraciones musicales de la ciudad, convertida en núcleo urbano clave en la héjira sur-norte por parte de los emigrantes negros o los propios residentes blancos. Sam procedía del norte de Alabama y fundó los Sun Studios en 1950. Allí grabaron pioneros como Howlin' Wolf, B.B. King o Rufus Thomas. Animado por el éxito, no quiso limitarse tan solo al estudio de grabación, y creó Sun Records, su propio sello discográfico, en 1952. En apenas dos años lanzó los primeros discos de Roy Orbison, Jerry Lee Lewis, Johnny Cash y Carl Perkins. Cuando apareció Elvis Presley la leyenda de Sun acabaría de cobrar forma. Después de editar cinco singles, Phillips vendió el contrato de Elvis a la RCA por 35.000 dólares. Una fortuna. A él le permitió consolidar su negocio un tiempo, aunque a fines de los años cincuenta sus mejores artistas iniciaron una desbandada y durante los años sesenta Sun vivió más de su recuerdo que de su innovación, hasta que en 1969 la compañía fue vendida a un productor de Nashville, Shelby Singleton.

Es probable que de no haber sido por Elvis, el rock and roll hubiera tardado más tiempo en estallar comercialmente, o no lo habría hecho jamás, quedándose en una moda como otras (aunque eso sea difícil de creer). Bill Haley carecía de imagen y gancho (sin olvidar que tenía ya treinta años en 1955), lo mismo que Fats Domino. Chuck Berry y Little Richard eran negros; Gene Vincent, Carl Perkins o el mismo Jerry Lee Lewis se quedaron a un paso siempre. Elvis, pese a no ser autor, era el gesto, el rostro, el cuerpo, tenía veinte años y fue el rey para coronar un movimiento dispuesto a hacer historia. Su magnetismo atrapaba, su provocación disparaba la adrenalina, su mirada torvamente seductora y el rictus de sus labios enloquecían. Nadie pudo permanecer ajeno. Si a pesar de Elvis, se consiguió «matar» al rock después de cuatro años mágicos, sin él todo habría sido muy distinto.

Cada tiempo tiene su circunstancia y cada momento su pauta histórica. El ser o no ser. Y él fue el ser de ese momento preciso.

La mayoría de los grandes del rhythm & blues procedían de Mississippi, del Delta o de sus alrededores: Tennessee, Louisiana, Alabama, Arkansas... Elvis también procedía de ese enclave sintomático, de Mississippi, aunque creció y maduró en Tennessee. De Tupelo, donde nació, a Memphis no hay más de cien millas. El ambiente pobre de su familia alienta un doble espíritu de trabajo y de ambición. Mediocre estudiante, Elvis carecía de la inteligencia y de los medios que le pudieran permitir aspirar a grandes logros universitarios. Al final acabó siendo camionero. Era uno de tantos obreros, hijo de obreros, que tenía todavía en sus costillas el fantasma de la Gran Depresión de los años treinta. A fin de cuentas había nacido en 1935, en plena crisis económica, y su familia emigró a Memphis en 1948, pasada la Segunda Guerra Mundial.

Su nombre completo era Elvis Aaron Presley. Nació con un hermano gemelo muerto, y sus padres, Vernon y Gladys, se volcaron en él, sobre todo ella, la persona esencial en su infancia y juventud. Tal vez deseara ser cantante, estrella. Con su guitarra solía cantar donde, como y cuando podía, pero no mostró jamás una intención clara de luchar por ese sueño. No fue a editoras ni llamó a las puertas de los mánagers buscando un representante. De hecho, se metió en el mundo del disco por la puerta de atrás, la de la casualidad. Sus raíces eran el gospel, el folk y el country. Cantó en la iglesia con el coro de la First Assembly of God, quedó segundo cantando «Old Shep» en el festival Mississippi-Alabama Fair, celebrado en 1945, cuando tenía diez años, y en 1950 se puso a trabajar sin abandonar los estudios, lo que haría en 1953 al ser contratado como camionero de una empresa de material eléctrico.

Elvis llegó un día de fines de 1953 al Memphis Recording Service (Sun Studios), 706 de Union Street, con cuatro dólares en el bolsillo y la intención de grabarle un disco a su madre. Cualquiera podía hacerlo con las nuevas máquinas: una sola toma y el disco al momento. Tenía dieciocho años. Su ropa chillona, su físico y su desparpajo impresionaron a una secretaria, Marion Keisker, que habló de él a Sam Phillips. No fue un amor a primera vista. Tuvieron que pasar ocho meses antes de que Sam se decidiera a hacerle una prueba haciendo caso a Marion. La primera sesión oficial de grabación tuvo lugar el 6 de julio de 1954, y para la misma Phillips arropó a Elvis con dos músicos experimentados, Bill Black y Scotty Moore, bajo y guitarra, respectivamente. Un Elvis encorsetado y asustado grabó sus primeras canciones, como «I Love You Because», que sería su primer single. Pero en un descanso de las sesiones Elvis se arrancó, libre, con «That's All Right, Mama», bien secundado por sus dos compañeros. Sam Phillips grabó esa locura y la canción acabaría siendo el auténtico primer éxito de la futura estrella. Las restantes canciones de aquella primera sesión aparecerían después más como curiosidad que por su calidad.

Sun Records editó cinco singles a Elvis. En poco más de un año las actuaciones de Elvis, con Black y Moore respaldándole, le modelaron como artista y le hicieron popular. La prensa se hizo eco de que un cantante blanco y sureño estaba causando sensación. Lo de «sureño y blanco» no era gratuito. Nada que no saliera de Nueva York o Los Ángeles podía ser bueno, en opinión de los críticos y de los grandes mentores del *show business*. Y por supuesto quedaba el factor racial, el origen, la música. Elvis no había emigrado a Nueva York o a Los Ángeles: ni siquiera había salido de Memphis. Para la prensa fue «un cantante de country con voz de negro y mucha garra que enciende pasiones en ferias y ciudades de segundo orden y es radiado por las emisoras locales hasta la saciedad». No era demasiado. La clave entonces fue que en el camino del futuro rey se cruzara el Coronel Tom Parker (lo de Coronel era un titulo honorífico, no un grado militar), que se convirtió en su agente y mentor, y que lo siguió siendo a lo largo de su carrera. Fue el auténtico gestor en las sombras de lo que vino después.

Sun Records tenía contactos con Chess en Chicago y con otros pequeños sellos del sur de Estados Unidos, y la voz de Elvis acabó escuchándose en esos lugares. RCA buscaba en aquellos días a su «gran esperanza blanca» y la encontró. Pagó 35.000 dolares por el contrato, cifra considerada alucinante aquellos días y más tratándose de un chico de veinte años.

El 10 de enero de 1956, Elvis graba «Heartbreak Hotel» y RCA lanza a su nueva estrella con él. Su ascensión es imparable. El 28 del mismo mes aparece en el show de los hermanos Dorsey, su primera aparición pública en TV, y, después de arrasar en las listas con sus siguientes singles, el rock and roll sacude y conmociona a los Estados Unidos. Se inicia una guerra. Ya no se trata de algo minoritario. El «boom» es a escala nacional y se expande rápido por todo el mundo. Para unos es una música «de negros», salvaje, sexual y desenfrenada. Para otros, un elemento subversivo y desestabilizador, peligroso porque contamina a la juventud. Desde los púlpitos se llama al orden moral porque es la «música del diablo», y desde las tribunas políticas se advierte de que el rock es un contubernio comunista destinado a «contaminar a la sana juventud americana» (curiosamente, al «otro lado», en la URSS, se dijo que era un recurso malévolo de los yanquis para «contaminar a la sana juventud comunista», y luego también lo aprovecharon para decir que era el símbolo de la decadencia occidental y el capitalismo). Hasta el Ku Klux Klan tomó cartas en el asunto organizando quemas de discos. Y todo ello no dejaba de ser consustancial con el talante del americano medio, cerrado y obtuso, patriota y ciego, ignorante y radical hasta la estupidez. No hay que olvidar que apenas unos años antes, a fines de los cuarenta y en plena paranoia de posguerra, el senador McCarthy había iniciado la escandalosa y escabrosa «caza de brujas» que depuró Hollywood de izquierdistas y simpatizantes comunistas, aunque la guadaña se cobrase más cabezas de las normales en un país que presumía de ser el paladín del libre pensamiento.

En aquellos meses de 1956 cambió todo, moda, gusto y estética. El viejo mundo fue barrido de un plumazo y se diseñó el nuevo. Una catarsis colectiva tuvo lugar en Estados Unidos. James Dean había muerto pocos meses antes en un accidente de coche. El primer ídolo caído de la nueva generación. El tupé de Elvis causaba estragos, las chaquetas de cuero, los pantalones y la ropa ajustada lo mismo. Elvis, joven, arrogante, acabó encandilando a las madres tanto como a las hijas, porque Tom Parker se encargó de presentarlo como a un chico americano modelo. Además, la nueva estrella adoraba a su madre, salía fotografiado con ella en las revistas, le regalaba coches de color rosa... El marketing funcionó a la perfección.

La gran batalla por la expansión del rock and roll tuvo lugar nueve meses después de editarse «Heartbreak Hotel» y tras los nuevos impactos discográficos del rey. Y fue en televisión. Ed Sullivan, el más famoso presentador estadounidense, se rindió a la evidencia y pagó 50.000 dolares por la participación del nuevo ídolo de masas en su «Ed Sullivan Show». Aquel 9 de septiembre de 1956, sesenta millones de personas le vieron en vivo. Poco importó que la cadena de televisión

CBS censurara sus movimientos de cintura para abajo por considerarlos obscenos. Fue el detalle menor. A raíz de esa aparición RCA editó siete singles a la vez y un octavo en octubre, con «Love Me Tender», tema de su primera película, estrenada el 16 de noviembre.

El rock and roll, con Elvis a la cabeza, tuvo tres años asombrosos, 1956, 1957 y 1958. Al cuarto las cosas cambiarían también de un plumazo. El propio Presley fue causante del fin. Pudo haber eludido el servicio militar, pero Tom Parker insistía en presentarlo como un «americano modelo», que pagaba sus impuestos sin escatimar un centavo, que incluso grababa villancicos navideños y cumplía con sus deberes patrios. Fue un golpe de efecto perfecto, pero costó a Elvis la pérdida de muchas cosas, puesto que a su regreso ya nada fue igual. En 1958 rodó a toda velocidad su mejor película, *King Creole,* grabó canciones para abastecer el mercado durante los siguientes meses, juró bandera el 24 de marzo, se cortó el tupé y, con el número US-53.310.761, embarcó en el *USS Randall* como soldado con destino a Bremerhaven, Alemania. Dos años. Una eternidad.

Aparecieron decenas de imitadores de Elvis, todas las compañías buscaron a sus rockeros con la esperanza de hacerle sombra. Nadie pudo con él. Era la imagen, el símbolo. Chuck Berry, Little Richard o Jerry Lee Lewis eran compositores y acabaron siendo los auténticos rockeros de leyenda, incluso por sus historias personales, pero Elvis ya era el rey, el primer ídolo de una nueva generación.

El 5 de marzo de 1960 el rey se licenciaba y volvía a casa. Nadie le había olvidado, pero nada era lo mismo. Buddy Holly estaba muerto, Little Richard retirado, Lewis y Berry aplastados por la ley... Elvis rodó la película *G. I. Blues,* reapareció en el show de Sinatra cobrando 125.000 dolares y, a partir de 1962, dejó de actuar en vivo para rodar tres películas al año, la mayoría espantosas, cuyas canciones pasaban directamente a vinilo. Cuando quiso darse cuenta, los Beatles habían vuelto a sacudir el mundo con su música y él quedaba casi convertido en una reliquia hasta que, con su vuelta de 1968, recuperó al menos relevancia.

3
LA ERA DORADA DEL ROCK AND ROLL

LUCES Y SOMBRAS DEL ROCK

El rock and roll fue libertad, y la libertad crea miedos en la historia. Richard Goldstein dijo: «El rock es subversivo, no porque parezca autorizar el sexo, la droga y otras emociones fáciles, sino porque anima a la gente a juzgar por su cuenta los tabúes de la sociedad».

El ideario del rock podría nutrirse con frases parecidas. Yo escribí en su día algunas que aún sostengo: «El rock es la banda sonora de nuestra vida» y «Si Jesucristo volviera al mundo predicaría con una guitarra eléctrica».

En los años cincuenta el rock llevó la frontera de la libertad hasta cotas inimaginadas tiempo atrás. Los *mass media* ya estaban ahí, aunque más se beneficiaron en los años sesenta los Beatles y el pop en general. Con la música y la cultura popular arrancaba una nueva forma de vivir en la que los jóvenes pasaban a tener un papel mucho más activo y preponderante de lo que jamás lo tuvieron antes.

Hay un hecho fundamental en el éxito de un disco. No es solo la voluntad de un millón de compradores que se aúna en el acto de quererlo. Lo más significativo es que un millón de personas destine un dinero a adquirirlo. Si ese millón de personas es joven, mayoritariamente adolescente, como sucedió de pronto en los años cincuenta, es lógico que las mentes pensantes se pusieran a elaborar disquisiciones en torno a este fenómeno. También los pick-ups, los tocadiscos, se pusieron al alcance de ese público. El poder adquisitivo de los menores se convirtió en un referente, un reclamo. Consumían, luego existían. Por ahí empezó el gran cambio social. Ropa, bebidas, hamburguesas, ocio. Sinatra había sido el primer gran ídolo musical, pero Presley provocó un sentimiento de identificación absoluto. Del enteco Frank, parecido a miles de americanos, al espectacular Elvis, al que querían parecerse esos mismos americanos, medió un abismo. Como en los días en que, por salir Clark Gable en una película sin camiseta, casi dejaron de venderse, el hecho de que Elvis apareciera en televisión con una camisa verde motivaba que al día siguiente se vendieran miles iguales. Lo que les daba el ser humano, la persona real oculta detrás de la estrella, también era importante. El sentido de la identificación equivale a una comunión ideológica entre artista y público. El ser humano, y más en etapas juveniles, necesita creer en algo o verse reflejado en algo, busca modelos a imitar. Todos quisieron parecerse al ídolo que había surgido de la nada, como ellos. Elvis fortaleció un millón de inseguridades e hizo que miles de chicos y chicas miraran al rock como una forma de vida, de supervivencia, y también como una esperanza, porque muchos buscaron una guitarra para probar suerte. El día que Elvis salió en el «Ed Sullivan Show», un chico de New Jersey llamado Bruce Springsteen, pegado al televisor, quiso ser rockero.

En los primeros diez años de la historia del rock Elvis fue la imagen, los Beatles el sentimiento y Bob Dylan la voz del proceso. En estos dos últimos casos, sentimiento porque hicieron de la música la fuerza imparable que ya no pudo menguar ni desaparecer después, y voz no porque Bob fuera el mejor cantante, sino porque sus letras sacudieron la conciencia universal. El rock and roll fue asimismo un rito, y eso revela la más genuina condición tribal del ser humano. Durante el crecimiento y auge del género, miles de chicos y chicas se congregaron en las actuaciones de sus ídolos gritando, llorando y masturbándose física y mentalmente a través de esa catarsis. Tanto daba que la estrella fuese blanca o negra. La sociedad americana de los años cincuenta, y por extensión la inglesa y otras del mundo entero, a las que el rock sacudió como a una estera, estaba reprimida por muchos factores, religiosos, patrios, la guerra fría, el comunismo... Amar el peligro, buscar el sexo, cambiar, no podían aislarse en aquellos días de lo que representaba el rock, porque el rock era oscuro y sexual, transgresor y provocador. Frente a las normas cotidianas, estudiar, asistir a los oficios religiosos, la rigidez moral, el trabajo, el acto de ir a un concierto se convirtió en una liberación y en la mejor expansión de la adrenalina. Mick Jagger dijo una vez que el rock en sus inicios podía resumirse en un par de cosas, sensaciones y olores. Lo de los olores era porque ellos actuaban en teatros de madera típicos en Inglaterra, y las fans, incontinentes después de hacer cola, sentarse y esperar la hora del show, se orinaban encima víctimas de la excitación cuando ellos aparecían. Al tener los suelos inclinados hacia el escenario, al pie del mismo se formaba un pequeño lago espumoso y, al ser de madera, el olor se multiplicaba. Probablemente siga siendo una de las mejores definiciones de lo que fue todo aquello en un principio.

«Vive deprisa, muérete joven y así tendrás un cadáver bien parecido.» Fue un lema para muchos. El rock and roll apareció como una contracultura. El tedio, el aburrimiento, las normas, estaban para ser vencidas. Cualquier chico miraba a sus padres y veía el futuro que menos le apetecía. Eran «normales». Y la normalidad era el freno de la ilusión, el escaparate de la vulgaridad. A los quince años aparecía una puerta que conducía a las estrellas. Nunca antes la música había dado esto. Y era lo más temible. El modelo de joven intelectual ya abundaba en los años cincuenta, pero eran una minoría. Beat Generation, jazz y blues, escritores consagrados en la estela de Faulkner o Steinbeck. Se reunían, discutían, estaban controlados y, pese a todo, formaban parte del *establishment*. La nueva juventud parecía descontrolarse. Los *teenagers* rompían esquemas. La comunión en vivo no ocultaba el mensaje *underground,* subterráneo. La jerga utilizada por la música y por ellos mismos no era comprendida por los padres. Fue la primera generación autónoma, de la misma forma que en los últimos años noventa una generación adicta a los ordenadores se situó por primera vez por delante de sus padres, dominando técnicas y un lenguaje que los mayores no entendían.

Todavía en los años sesenta, cuando los Beatles reinventaron la historia y demostraron que ya no había vuelta atrás como entre 1959 y 1962, hombres como el nefando Reverendo David A. Noebel escribían libros como *Communism, Hypnotism and The Beatles* o *Rhythm, Riots and Revolution,* y aseguraba: «La música de los Beatles, lo mismo que otros ritmos aparentemente inocuos e inofensivos escuchados diariamente por los muchachos americanos, forma parte de un plan sistemático que pretende convertir a toda una generación de jóvenes americanos en enfermos mentales, emotivamente inestables, con el propósito de hipnotizar a esa juventud y prepararla de esta manera para la sumisión y control por parte de los elementos subversivos». Era exactamente lo mismo que se había dicho del rock and roll en los años cincuenta. Y lo mismo que otros dijeron del punk en los setenta o de la música cibernética en los noventa. Lo mismo que se dirá siempre de todo cambio social que rompa con el pasado.

El peso del rock and roll en la industria discográfica estadounidense empezó a hacerse notar muy rápido. En 1954 se habían recaudado un total de 213 millones de dólares por ventas de discos. En 1955 la cifra ya fue de 277 millones. Pero en 1956 el salto fue aún más espectacular: 377 millones. Y más aún cuando en 1957 se llegó a los 460 millones. Los discos de oro se doblaron en 1956 con relación a 1955. Y no solo se trataba de ventas discográficas: los equipos reproductores doblaron sus ventas ese año. Los rockeros empezaron a salir como las setas y cada compañía tenía el suyo. Algunos fueron clave, como Paul Anka, número 1 con dieciséis años y una canción propia, «Diana» (compuesta a los catorce). Otros también apuntaron buenas maneras, caso de Ricky Nelson. Pero nadie le disputó el cetro a Presley.

Los grandes

Elvis fue el rey, pero los grandes creadores del rock and roll fueron Chuck Berry, Little Richard y Jerry Lee Lewis, junto con Carl Perkins y Gene Vincent y, por último, el malogrado Buddy Holly.

Chuck Berry fue quien mejor captó ese algo esencial que flotaba en el ambiente a mitad de los cincuenta. Sus textos eran muy juveniles y directos. Hacer poesía de lo natural, de lo vulgar si se quiere, de las pequeñas alegrías y las grandes insatisfacciones, fue su gran contribución como testimonio de una época a la historia de estos primeros años. Su música vibrante y emotiva, por demás, era el ensamblaje perfecto. Little Richard, menos poético, tenía una voz y un carisma que procedían de un volcán interior en constante erupción. Frente a los dos, solo un blanco pudo oponer su torrencial intensidad: Jerry Lee Lewis. Sentado al piano, dibujando melodías con una densidad única, fue un compositor menor pero un intérprete absoluto. Su apodo, «The Killer» (el asesino) daba idea de su puesta en escena.

De Carl Perkins y Gene Vincent hay que hablar como lo que fueron: gigantes perdidos y perdedores de leyenda, *losers*. Perkins compuso uno de los rocks más emblemáticos de su tiempo, «Blue Suede Shoes». El 21 de marzo de 1956 iba a actuar en el «Ed Sullivan Show», lo cual habría supuesto su gran lanzamiento, cuando sufrió un accidente de coche. Pese a tener el cuerpo destrozado, logró salvarse, pero su hermano, herido en el mismo accidente, moriría dos años después. Durante su convalecencia, Elvis grabó «Blue Suede Shoes» y se quedó con su éxito. Perkins tardó mucho en recuperarse y ya nada fue lo mismo cuando lo logró. Vincent compuso «Be-Bop-a-Lula», expresión que, junto con el estribillo de «Tutti Frutti» de Richard («A-wop-bop-a-loo-bop-a-lop-bam-boom»), venía a resumir un poco la alegría rockera de la misma forma que el «yeah, yeah» de los Beatles dominó el comienzo del pop. Vincent era una suerte de Quasimodo del rock and roll; tenía la pierna izquierda rígida a causa de un accidente y en pleno éxito también tuvo su propio reto con la muerte: viajaba en el coche en el que murió otro notable intérprete, Eddie Cochran. Problemas con el alcohol, canciones mucho más duras, rebeldía y mal carácter o la enemistad con los medios informativos ayudaron a distanciarle del estrellato.

Chuck Berry, el más influyente compositor de la Era Dorada del rock and roll, creció en un gueto y se interesó por la música en plena adolescencia, tocando la guitarra de forma autodidacta. Internado en un reformatorio tres años por intento de robo, trabajó en la cadena de montaje de la General Motors, estudio cosmética y peluquería y montó su propio negocio. A comienzos de los años cincuenta estaba casado y tenía dos hijos, pero no había dejado la música. Con su pequeño grupo se hizo habitual en los clubs de St. Louis y cuando se sintió seguro viajó a Chicago, donde empezó a grabar en Chess Records. Su primer single, «Maybellene», se editó en mayo de 1955. Leonard Chess lo presentó a Alan Freed y fue uno de los habituales en el entorno del disc-jockey.

Pero Berry ya no era un adolescente por entonces, no podía competir con la imagen de Elvis o las de otras estrellas. Introvertido y distante, arrogante y seguro de sí mismo, su música fue un constante himno al rock and roll, «School Days», «Roll Over Beethoven», «Rock and Roll Music», «Sweet Little Sixteen», «Carol», «Johnny B. Goode», «Back in the USA», «Little Queenie», «Memphis» y muchas más forman los eslabones de una leyenda. Supo interpretar las rebeldías, pasiones y frustraciones de la juventud mejor que nadie. Y «lo cazaron» mucho más fácilmente por ser negro y rico, como se verá más adelante.

A Jerry Lee Lewis también «le cazaron», pese a ser blanco, y destruyeron su reputación a través del escándalo. Había nacido en el seno de una familia humilde y su educación musical provino de la iglesia donde cantaba. Aprendió a tocar el piano, la guitarra, el violín y el acordeón, un talento innato para la música que en los estudios fue un fracaso y acabó siendo expulsado del instituto. A los catorce años debutó semiprofesionalmente en Natchez. Cantó y trabajó en lo que pudo hasta que se presentó en Sun Records, que acababa de vender el contrato de Elvis y tenía dinero fresco. Sam Phillips no quedó impresionado con él, por su estilo más próximo al country & western cuando lo que ya imperaba era el rock. Jerry volvió unos días después con mucho más rock and roll en las venas, adaptándose camaleónicamente a todo, y grabó «Crazy Arms», su primer disco. A partir de 1957 triunfó con «Whole Lotta Shakin' Goin' On», «Great Balls of Fire» y «High School Confidential». También se verá más adelante cómo su caída fue una de las claves del fin del rock and roll.

Little Richard no cayó en desgracia: abandonó él mismo la música. Una locura producto de un loco alucinado y alucinante. Llamado a menudo «The King», «El Rey», lo mismo que Presley, su imagen fue la de la controversia, con su bigotito fino y su ropa centelleante, su cabello ensortijado y su ambigüedad sexual. Nacido en Macon, Georgia, su numerosa familia era muy religiosa y pertenecía a la comunidad de los Adventistas del Séptimo Día. Debutó en el coro de la iglesia, del que fue solista, y, aún adolescente, se empleó en el *medicine show* —cruce de espectáculo y circo ambulante— de un charlatán llamado Doctor Hudson. Más tarde fue vendedor de gasolina y en 1951 consiguió ganar un concurso de nuevos talentos en Atlanta, Georgia. Con dieciséis años le contrató el sello Camdem, con dieciocho pasó a Peacock y con veinte recaló en Specialty, después de que la editora pagara a Peacock 600 dolares por el contrato. Era 1955. Su primer tema fue «Tutti Frutti», aunque debió de ser modificado en el mismo estudio de grabación por una experta debido a su letra pornográfica y escandalosa. Era el 14 de septiembre de 1955. Obsceno, loco, brillante, Richard debutó en el cine, fue miembro activo de los Moondog's de Alan Freed y aportó en muy poco tiempo un puñado de canciones épicas de la historia rockera: «Lucille», «Good Golly Miss Molly», «Kansas City», «Long Tall Sally», «Rip It Up», etc.

Las secuelas

Estos pioneros del rock and roll abrieron la puerta a la era dorada del género. Buddy Holly tenía que ser el heredero aventajado, Everly Brothers se consolidaron como el dúo perfecto y Tommy Steele como el primer rocker británico. No solo eran estrellas, sino nuevas formas de interpretar y ofrecer la música. Aparecieron el rock instrumental y el rock vocal. Y no faltó Hollywood como caja de resonancia, siempre atento a lo que interesaba al público consumidor, aunque mantuviera las formas, la edulcoración de la rebeldía rockera, y fuera uno de los causantes de la degeneración del rock and roll a comienzos de los sesenta.

Buddy Holly, lo mismo que los Everly Brothers, era el clásico americano medio, atractivo para el público femenino y con suficiente peso como para ser uno de los delfines o rivales de Presley. Como autor carecía de la fuerza de Berry o Richard, pero su mayor característica fue la sencillez, su naturalidad, su ritmo, la personalidad y la innovación que supuso su música. La gran aportación que hizo Buddy dentro del rock and roll, al frente de su grupo, Los Crickets, fue la concepción de su sonido como estructura básica partiendo de una primitiva base instrumental, en la que fueron de los primeros en prescindir de determinados sonidos, como los instrumentos de viento (especialmente el saxo) o el piano. Los Crickets contaban con dos guitarras, bajo y batería, el primer referente de los grupos pop de los sesenta. Elvis era una estrella con músicos, coros. Holly trató de formar un grupo que sonara como tal, incluida la voz.

La sencillez de Buddy Holly fue tan notable como la comercialidad de sus canciones. Su origen tejano es importante en la definición de sus raíces. La proximidad con México hizo que fuera uno de los pioneros en lo que más tarde sería conocido como sonido tex-mex, es decir, un híbrido entre la música del norte de México y el country y el folk sureño, con la peculiaridad de que en Texas, por sus diferencias, estos géneros distaban mucho de parecerse a los de Tennessee o Louisiana. El tex-mex fue un estilo limpio y sencillo que Holly asimiló como parte de su música, y utilizó y trasvasó al hillbilly. Su cara de niño, sus gafas de intelectual, su sonrisa abierta, modelaron pronto una historia que solo la muerte prematura pudo abortar. Formó su primer grupo a los dieciocho años y a los veinte firmó contrato con Decca. En 1957 iniciaría su carrera de éxitos con «That'll Be the Day», al que seguirían «Peggy Sue», «Listen to Me», «Rave On» y otros. Se casó en 1958, se instaló en Nueva York, y el 3 de febrero de 1959 acudiría a una cita con el destino a bordo de una avioneta, como se verá también más adelante.

Por su parte, los Everly Brothers marcaron una de las antesalas del pop de los años sesenta. Su influencia en dúos posteriores, como Simon & Garfunkel, fue manifiesta. Don y Phil Everly eran hijos de una conocida pareja de cantantes country. A los seis y ocho años, respectivamente, debutaron en escena a su lado y su destino pareció quedar sellado. Lanzaron su primer disco en 1956, sin éxito, pero en 1957 conocieron a los compositores Felice y Boudleaux Bryant, que les suministraron una suerte de hits juveniles perfectos para sus voces: «Bye Bye Love», «Wake Up Little Susie», «All I Have to Do Is Dream», «Bird Dog», «Take a Message to Mary», «Cathy's Clown», etc. Su incorporación a la Marina cortó esta primera etapa, aunque la interrupción fue menos traumática que en el caso de Presley. Cambiaron de sello discográfico y reaparecieron con nuevos éxitos hasta que el fulgor del beat los acabó relegando aunque sin hacerlos desaparecer.

Los Everly Brothers fueron unos *folk-singers* metidos a rockeros por la inercia del tiempo. Hicieron puro rock and roll blanco y enamoraron a miles de fans a ambos lados del Atlántico. Sus temas, románticos y sentimentales, baladas con el corazón, fueron transparentes. Lo más procaz que cantaron fue «Wake Up Little Susie»: una pareja de adolescentes va a ver una película al *drive-in* —cine al aire libre donde los asistentes acuden con sus coches, algo típicamente americano— y, sin poderlo evitar, se duermen, despertando horas después. El pánico de los protagonistas se centra en lo que pensarán sus atribulados padres. En los años cincuenta los jóvenes iban a los *drive-ins* a besarse y los coches eran sus refugios para hacer el amor. El candor de los protagonistas era pues extremo. Con sus sonrisas de celofán, un poco de amor disuelto con algo de ritmo, inocencia y una perfecta conjunción vocal, los Everly fueron los máximos vendedores discográficos de su tiempo después de Elvis Presley. Pero captaron al público de forma honesta, al margen de lo que después impondría Hollywood con sus cantantes-cromo.

Al otro lado del Atlántico

Inglaterra, puerta de Europa y enlace con Estados Unidos por vía idiomática, tenía en lo musical unos orígenes distintos, pero cayó en el mismo hechizo que el público estadounidense en cuanto «Heartbreak Hotel» descargó su furia en las ondas radiofónicas. Allí no hubo proceso previo, fue una simple y rápida conquista, como años después sucedería a la inversa con la invasión de los Beatles en Estados Unidos. Inglaterra vivió en unas pocas semanas todo el proceso de conversión rockera que había llevado al rock and roll al éxito en su país de origen. En mayo de 1956 Presley entraba en el ranking y esa fue la fecha de despegue, aunque, por extraño que parezca, el primer número 1 oficial del rey no se produjo hasta más de un año después, con «All Shook Up», en el verano de 1957.

Presley cambió los conceptos musicales británicos. El cantante más popular en aquellos días era el rey del skiffle, Lonnie Donegan. Los mismos Beatles hicieron skiffle en sus comienzos adolescentes. El skiffle comenzó a practicarse en Chicago en los años veinte, dentro del jazz, en el momento en que los solistas suplieron a los acompañantes y las secciones de ritmo quedaron absorbidas por una mayor densidad sónica de fondo. A mediados de los cincuenta se llamó skiffle a la combinación musical surgida del rhythm & blues y el country, es decir... el rock and roll. Pero como parte del rock no tuvo apenas más que una importancia anecdótica en Estados Unidos, mientras que en Inglaterra fue el auténtico germen de un gran movimiento musical, casi un puente entre el rock and roll y la futura música beat. Todos los grupos beat de los años sesenta se iniciaron haciendo skiffle. Eso fue también debido a la facilidad expresiva e interpretativa que ofrecía el estilo, al permitir desarrollar temas y sonidos sin una excesiva preparación musical. Frente a la necesidad de emplear guitarras eléctricas en el rock and roll, el skiffle, por su rudimentaria simplicidad, precisaba tan solo de una guitarra tradicional (en la que solo se utilizaban cuatro cuerdas) y el bajo como soporte. Complemento curioso era el *washboard* (una tabla de lavar). En Inglaterra el gran éxito lo tuvo Lonnie Donegan, exmiembro del grupo de Chris Barber, desde el inicial «Rock Island Line» en 1956. Y hasta 1961 fue una sensación.

El primer rockero británico fue Tommy Steele. Su primer disco, «Rock With the Caveman», se grabó en septiembre de 1956 y rápidamente se le lanzó como el rival de Elvis en Inglaterra. Más aún, se intentó capitalizar su éxito afirmando que era anterior a Presley o, por lo menos, coetáneo del rey. Lo cierto es que las fechas no se equivocan. Tommy nació por y para el rock and roll cuando ya Inglaterra bailaba con Elvis y las editoras buscaban un rival autóctono. Tommy era un chico simpático, explosivo, buen cantante y profesional. Aprendió rápido, hizo danza, arte dramático, interpretación. Pero nunca fue un rival serio. De la misma forma que los Everly daban la imagen del americano saludable y bueno, él era la de su equivalente inglés. Tommy acabaría decantándose por el cine y los musicales, donde hizo una extraordinaria carrera. Sí fue en cambio el precursor del verdadero cantante popular británico de aquellos días: Cliff Richard.

Más allá de Inglaterra no había apenas nada. Francia fue el primer país que se sumó al rock and roll con la aparición de su propio rey, Johnny Halliday, pero tanto este país como Italia abrazaban todavía las viejas fórmulas de los cantantes románticos o, como vanguardia, los primeros cantautores con sello de prestigio, capaces de vehicular su música a través de unas letras llenas de compromiso.

Rock instrumental y rock vocal

Antes de que el rock and roll hiciera su aparición, las orquestas por un lado y las *jump bands* por otro habían demostrado la importancia de la música instrumental. Dentro de las grandes orquestas que empleaban al solista vocal como un elemento más, no como una estrella, los líderes solían ser los clarinetes, los trombones, los pianistas o los trompetas. Lo mismo cabe señalar de las *jump bands*, una modalidad de orquesta primordialmente formada por músicos negros, las cuales, alejadas del jazz, que por su tono de experimentación e improvisación no invitaba a bailar, hacían su máxima concesión comercial estableciendo una complicidad con el público para que participara del espectáculo. Las *jump* (saltar, brincar) casi nunca tenían un cantante y el saxo solía ser el solista.

Durante la primera mitad de los años cincuenta la música de moda en las pistas de baile recibía casi siempre el respaldo discográfico, pero la música instrumental estaba reservada a los breves solos que servían de puente en las sesiones de baile y las grabaciones, entre el comienzo y el fin o entre dos estrofas. La música instrumental no interesaba en exceso porque una canción debía transmitir emociones a través de su letra. También se vendía menos (una parte del negocio de las editoras consistía en vender las partituras y las letras de las canciones).

Corrientemente, en antologías y tratados se cita a Bill Doggett como pionero de los discos instrumentales. Pionero porque su «Honky Tonk» de 1956 fue el primer tema instrumental que tuvo un éxito masivo y unas ventas considerables en un mercado hostil desde el punto de vista de la competitividad. Pero Doggett fue tan solo un oscuro pianista cuyo mayor acierto fue grabar ese tema.

El éxito del rock and roll volvió a poner sobre el tapete la fórmula de la rentabilidad ya citada en un capítulo anterior: tres o cuatro músicos podían grabar un disco por mucho menos dinero que los 60 músicos que intervenían en una grabación orquestal. Y además vendían quizá un millón de copias. Fue el momento de los primeros instrumentistas del rock and roll, guitarras como James Burton o Scotty Moore (pioneros en desarrollar técnicas propias, imitadas años después por muchos otros), bajistas como Bill Black, saxos como Johnny Paris o King Curtis. Los Crickets de Buddy Holly tuvieron una carrera propia al margen de su cantante. La guitarra eléctrica acabó siendo el emblema del rock, desbancando al saxo como instrumento más en boga. También se fortaleció la figura del batería, por tratarse de un género en el que el ritmo es esencial.

El primer gran héroe de la guitarra es Duane Eddy. De forma autodidacta desarrolló una técnica conocida como *twang,* y los primeros hits instrumentales fueron suyos («Rebel Rouser» y «Ramrod»). El *twang* se identifica por el empleo de la cuerda baja de la guitarra para la melodía en lugar de hacerlo con las otras cinco. Tras aprender de los maestros negros como Muddy Waters o B. B. King, fue a su vez el modelo que inspiró a grupos instrumentales como los Shadows, los Ventures o los Tornados, este último el conjunto del innovador guitarra e investigador Joe Meek, pionero en la búsqueda de nuevos sonidos.

El rock and roll vocal, con grupos de voces en los que la instrumentación no era más que un fondo de acompañamiento, surge directamente del doo-woop, el estilo que más habría de definir la función de la voz o el aspecto coral de un tema. La aparición masiva de grupos de doo-woop en la segunda mitad de los años cincuenta fue un caso muy especial. En primer lugar, no siempre había medios para comprar instrumentos. En segundo lugar, existía la tradición vocal de los artistas negros. La falta de medios era notoria en los guetos. Allí los grupos de chicos podían crear un mundo con solo dejarse llevar por una melodía o un ritmo trenzado con palmas o el chasquido de los dedos. A esos grupos callejeros se los llamó *street corners* (esquinas), porque era allí donde solían ponerse.

Que se llamara rock vocal a grupos tan suaves como los Platters no dejaba de ser curioso. Pero el doo-woop era ante todo melodía y suavidad. Los Platters fueron los artífices de la máxima armonía posible conjuntando cinco voces. Romanticismo y estética crearon escuela. Muy pronto, la demanda de primeros o segundos tenores y de barítonos fue absoluta. Hubo miles de grupos, de *streetcorners,* y muchos lograron grabar su disco. Además de los Platters, los Coasters y los Drifters fueron los más célebres. Luego llegarían Orioles, Dominos, Flamingos, Five Satins, Crows, Four Tops, Little Anthony & The Imperials, Frankie Lyman & The Teenagers, Danny & The Juniors o Dion & The Belmonts. Pero en esos nombres ya se nota algo: en muchos casos era un solista con un acompañamiento. Los grupos vocales carecían de imagen y hasta Coasters o Drifters cambiaron varias veces de elementos sin que se notara nada. En el peor de los casos, creada una escuela y un estilo con éxito, podían actuar dos grupos con el mismo nombre en dos lugares distintos y sonar igual. No faltaban los aspectos sociales: gran parte de los grupos vocales eran negros y su mayor interés para subsistir residía en llegar a una audiencia blanca, a los clubs de moda. Muchos perdieron su identidad y utilizaron fórmulas comerciales para asegurarse ese público y su propia subsistencia. Pero es que en los años cincuenta la mayoría negra seguía esclavizada, discriminada, y por lo general los artistas salían de guetos a los que no querían volver. La música era su única esperanza.

Como con tantas otras cosas, el beat acabó también con esta moda entre 1963 y 1964.

4
La decadencia del rock and roll

Made in Hollywood

Cuando el rock and roll puso de manifiesto el poder adquisitivo de la juventud y se convirtió en un gran fenómeno de masas, los engranajes de la industria se movieron en múltiples direcciones. Primero, buscar nuevos Elvis. Segundo, crear más alternativas de consumo. Tercero, intentar domesticar la «peligrosidad» del movimiento. Y todo a su debido tiempo.

Fue el cine el que encontró la fórmula perfecta para aprovecharse del «boom» del rock and roll. En Estados Unidos el artista perfecto es el que canta, baila y actúa, aunque falle en alguna de esas tres cosas. Además, el público femenino seguía siendo, por excelencia, el máximo soporte de una estrella. Las fans. Yendo de la mano, compañías discográficas y productoras cinematográficas crearon un nuevo frente del rock and roll a través de la pantalla, lanzando a un pequeño ejército de cantantes-actores cuyas principales características eran: cantar medianamente bien, ser sumamente atractivos, limpios, correctos, tener algo de Elvis Presley y entonar dulces baladas románticas para alimentar la sensibilidad de las *teenagers,* o, en su defecto, temas más rápidos pero en modo alguno locos o lascivos. Fue la invasión de las *screen stars* (estrellas de la pantalla).

Las *screen stars* tenían otras características bastante comunes. Muchos eran descendientes de italianos (remedo de los *latin lovers* de los años cuarenta: Sinatra, Martin, Como, siguiendo la tradición de Rodolfo Valentino); su maleabilidad y docilidad los convertía en chicos de usar y tirar; eran perfectos en la pantalla, cosa que no podía decirse de rockeros duros e indomables como Perkins o Vincent, y aún menos de los más peligrosos Berry o Richard; destilaban pureza y virginalidad (la imagen supercristiana y evangélica de Pat Boone le impedía besar a sus compañeras de rodaje en las películas).

No fue casual que la cuna de muchas de las nuevas figuras fuera la puritana Philadelphia. ¿Motivo? En ella tenía su centro de actividades el «American Bandstand» de Dick Clark, uno de los programas juveniles más famosos de la zona y de todos los Estados Unidos. Una hora y media diaria de emisión local y una hora semanal de costa a costa le daba la suficiente fuerza como para dictar normas y lanzar ídolos. Frankie Avalon, Fabian y Bobby Rydell, tres de las más famosas nuevas estrellas de ese tiempo, procedían de Philadelphia y del «American Bandstand». Chubby Checker, el rey del twist, también emergió de allí.

El carácter latino de esas estrellas era sintomático. Frankie Avalon se llamaba en realidad Francis Avallone; el verdadero nombre de Bobby Darin era Waldo Cassotto; el de Fabian resultaba aún más explícito: Fabiano Forte Bonaparte; el de Ritchie Valens era Ricardo Valenzuela; James Darren se llamaba James Ercorlani; Freddy Cannon era Frederick Picariello; Bobby Rydell era Robert Louis Ridarelli; Connie Stevens (aunque solo tuvo un éxito discográfico) era Concetta Ann Ungolia; y por último, la popular y triunfal Connie Francis, se llamaba realmente Constance Franconero. Los «americanos puros», o al menos no inmigrantes de primera o segunda generación, eran Ricky Nelson, Brenda Lee, Tab Hunter o Pat Boone.

Bobby Darin y Paul Anka fueron dos de los pocos que escaparon a la categoría de *screen stars*. El resto ni componía sus canciones ni hacía otra cosa que seguir los cánones establecidos. Los chicos guapos no suponían problema alguno. Nada de escándalos. La imagen del americano medio quedaba, de nuevo, salvaguardada, y la mayoría moral respiraba más tranquila. El cine se exportaba al mundo entero y era una pantalla del *American Way of Life*. Gene Vincent no aceptaba entrevistas porque no soportaba las bobadas de los medios de información y se comportaba groseramente. Algo impensable en Tab Hunter o Pat Boone. Gene Vincent se negó a que su discográfica «vendiera» la rigidez de su pierna como «herida de guerra», y no ocultó que se trataba de un vulgar accidente —es decir, no quiso mentir ni edulcorar su biografía—. Fabian jamás habría hecho algo así. El cine hacía vender discos y los números 1 les llevaban a rodar más películas inocuas.

En descargo de las *screen stars* hay que decir que ellas no fueron culpables de la muerte del rock and roll. Estaban ahí y optaron a la fama. Exactamente igual que miles de chicos y chicas lo hacen cada año aún hoy en todo el mundo por la vía directa de la televisión en duros programas de consumo puro y duro y naturaleza infame. Pero su influencia fue nefasta. Los *mass media,* además, descubrían el potencial de ese mercado: decenas de revistas se dedicaron al cotilleo y al famoseo. Valentino había sido un reclamo sexual para miles de mujeres, y Jean Harlow, Mae West o Marilyn Monroe lo eran para los hombres. Los jóvenes necesitaban sus propios referentes. Hubo series, como «77 Sunset Strip», pioneras en este tipo de estrellas.

Las películas de las *screen stars* eran triviales, fáciles, hablaban de amores, playas y enredos juveniles. Nada del problemático Sur, ni de la discriminación racial, ni de la guerra fría, ni de las secuelas de la caza de brujas, cuyas listas negras todavía impedían trabajar a directores, guionistas o actores más de diez años después de su puesta en escena. De todas estas estrellas de consumo, solo unas pocas superaron el listón. Ricky Nelson llevaba en su grupo a James Burton como guitarra y su «Hello Mary Lou» fue un gran éxito. Pat Boone fue el más inteligente, aunque basó su fama en su imagen, su rectitud moral y en hacer covers de muchos éxitos del rhythm & blues. Como colofón, en los años setenta se dedicó a actuar en Disneylandia con su esposa y sus cuatro hijas, a modo de nueva y feliz Familia Trapp. Bobby Darin, gran actor, descolló por temas como «Mack the Knife». Ritchie Valens dejó antes de morir prematuramente al lado de Buddy Holly su impagable «La Bamba». Y Frankie Avalon capitalizó bastante bien algunos de sus mejores temas. Fue un tiempo juvenil y candoroso, pero que surgió al otro lado de la debacle del rock and roll entre fines de los cincuenta y comienzos de los sesenta.

EL FIN DE LOS GRANDES

En 1959, como si un viento atroz hubiera pasado por el rock and roll, la magia quedó barrida por el vacío y la oscuridad se tragó las luces y la fantasía de aquel nuevo mundo. Fue un apagón casi total, abrumador. Pareció no quedar nada. Solo la llama latente perduró hasta la definitiva recuperación que llegaría procedente de Inglaterra, porque Estados Unidos estaba en esos momentos KO.

Tres son los factores que alimentan el hundimiento del rock and roll: la desaparición de los grandes, el adiós de Elvis Presley y el escándalo «payola». En todos estos casos hay mucho de triunfo de la eterna mayoría moral americana, poder en las sombras que hace del país que presume de tener más libertad un reducto hipócrita y falso condenado al miedo. Un país en el que un político puede ser defenestrado por un lío de faldas pero no por un escándalo financiero.

Estados Unidos se ha especializado siempre en hacer públicos sus errores del pasado veinte o treinta años después de cometerlos, entonando cínicos *mea culpa,* de forma que periódicamente, a través del cine o de expiatorias confesiones, hace públicos sus desmanes anteriores lavándolos como muestra de buena voluntad y entereza moral. Una muestra: torpedearon las democracias centro y suramericanas durante años y cambiaron políticas en decenas de países según sus intereses esgrimiendo la bandera de la libertad. La caza de brujas de Hollywood de los años cincuenta o el ataque al rock and roll son ejemplos de esa hipocresía. Hacer héroes y reivindicarlos después de haberlos masacrado en su momento es algo normal. Con los grandes se cebaron o se murieron ellos accidentalmente y veinte años después llegaron los homenajes. Elvis se fue al servicio militar para satisfacer a los moralistas y poder regresar como un héroe y un buen americano aceptado por todos. Y el escándalo «payola» fue una venganza en toda regla, la última contra el rock como fenómeno de masas.

La marcha de Elvis al servicio militar en 1958 fue la primera puntilla. En diciembre de 1957 el rey ya había demostrado su docilidad americana grabando un álbum de villancicos. No sería de extrañar que, posteriormente, la canción más vendida en su historia fuera «It's Now or Never» (1960), versión del popular tema italiano «O Sole Mio», sin nada del rock and roll en sus venas. Cuando Elvis se cortó el pelo y fue a Alemania dejó discos grabados para un par de años, pero todo era distinto con él fuera del país. Hasta se enamoró en Alemania de la que sería su esposa, que por entonces era una niña. Cuando Elvis volvió a casa en marzo de 1960 solo aguantó dos años antes de colgar la guitarra y dedicarse al cine, convirtiéndose en un espectro de sí mismo.

A Jerry Lee Lewis le defenestraron por algo que en los estados sureños es normal: casarse joven o hacerlo con algún pariente lejano. Jerry, que ya se había casado a los quince años por primera vez y a los dieciocho por segunda, se enamoró de una prima tercera llamada Myra. Ella solo tenía catorce años. Cuando en una gira se descubrió que aquella niña era su mujer, la prensa sensacionalista se cebó en él acusándole de infanticida y, al saberse que era consanguínea, llegó la puntilla. La edad de Myra se rebajó incluso a los trece años. Jerry no resistió el ataque, fue destrozado, no pudo actuar más y sus discos dejaron de radiarse por la repulsa provocada. Su nombre quedó enterrado durante años. No tenía un astuto Coronel Tom Parker para que le orientara o lavara su imagen. No era más que un chico loco y agresivo que hacía rock and roll sentado frente a su piano. La expiación le llegó años después, cuando ya era tarde.

A Chuck Berry también le «cazaron». En 1959 era el clásico negro rico, arrogante y seguro al que muchos blancos no miraban con simpatía. Montó un negocio en St. Louis, un club llamado Bandstand. En un viaje a Juárez conoció a una muchacha a la que contrató para su club. No mucho después la despidió y ella denunció a Chuck a la policía alegando que tenía catorce años y había sido incitada a la prostitución. La chica resultó ser india, nacida en nuevo México, y blanca a todos los efectos para la ley. Nadie puso en duda la acusación y Berry fue detenido. Se defendió diciendo que la había contratado para que le enseñara español (el interés por los temas hispanos siempre fue manifiesto en él), pero no le creyeron. Era su palabra contra la de ella. Durante los dos años que duró el juicio a Chuck le fue imposible mantener una carrera normal, sus discos desaparecieron de los rankings y cayó en picado. Los detractores del rock and roll veían todo esto como algo normal, porque alguien capaz de hacer aquellas canciones no podía ser bueno. Dios estaba de su lado y la prueba era que finalmente condenaba al perverso.

A Berry le condenaron, se demostró que en el juicio se había actuado de mala fe contra él, por la animadversión que despertaba, y tras una apelación e invalidación del primero hubo un segundo juicio. No hubo forma. En febrero de 1962 ingresó en el penal de Terre Haute, Indiana, por espacio de tres años. Cuando salió tuvo que empezar de cero, arruinado, sin su familia, sin nada. Los Beatles fueron los primeros en reivindicar su leyenda cantando muchas de sus canciones.

La tercera estrella del rock and roll, Little Richard, se autodefenestró sin necesidad de que nadie lo hiciera y mucho antes que los demás. Surgido de una familia religiosa, cantante del coro de su iglesia, con profundas convicciones morales pese a su aspecto de loco y sus aires de payaso, creyó enfrentarse a la muerte a fines de 1957 en Australia cuando su avión tuvo problemas. Le prometió a Dios abandonar la música y el pecado si se salvaba, y se salvó. Al llegar a tierra no olvidó su promesa, pero tampoco es que la pusiera en práctica ya mismo. No mucho después el trauma se repitió y, ahora sí, anunció que abandonaba el rock and roll para volver al seno del Señor. En 1958 ingresó en los Oakwood Adventurists, pasando dos años de estudio en el colegio del mismo nombre. Lo único que grabó fueron espirituales. Cuando decidió regresar en 1960 se encontró con la realidad impuesta y también a él tuvieron que reivindicarle los Beatles con las versiones que de sus grandes éxitos hicieron al comienzo de su carrera.

A Carl Perkins le pudo el accidente de coche que le apartó de la lucha en pleno inicio de su vida profesional. Iba a cantar en el «Ed Sullivan Show» y pasó de la gloria al fracaso en un abrir y cerrar de ojos en marzo de 1956. Poco importó que Elvis inmortalizara «Blue Suede Shoes». Tenía que haber sido su gloria. Logró seguir en activo pero se retiró a comienzos de los años sesenta, con la sensación de fracaso que solo las reivindicaciones posteriores lograron superar. A Gene Vincent lo automarginó su rebeldía y jamás logró ser una alternativa. Emigró a Inglaterra, donde era más querido que en su país, y regresó a Estados Unidos en 1965, aunque sus problemas con el alcohol nunca le abandonaron. En el accidente del 17 de abril de 1960 en Londres, en el que él sobrevivió pero murió Eddie Cochran, cayó otra de las esperanzas del rock, porque Eddie era mucho más parecido a Elvis que otros. Su éxito «Summertime Blues» lo inmortalizó.

Eddie tenía veintidós años, los mismos que Buddy Holly. Y Buddy sí estaba considerado el futuro del rock and roll. En febrero de 1959 Buddy estaba en gira con Ritchie Valens, Dion & The Belmonts y otros artistas. La gira se llamaba «Winter Dance Party». Viajaban como todos, en autocares, yendo de un lado a otro y cubriendo grandes distancias para poder actuar aquí y allá. Estos «paquetes artísticos» ofrecían espectáculos en los que cada grupo tocaba veinte minutos de promedio. Con el objeto de descansar un poco más, aquella noche decidieron hacer el viaje de 700 kilómetros a Moorhead, Minnesota, en una avioneta, mientras los músicos seguían en autocar. Las estrellas se apuntaron: Buddy, Ritchie y Big Bopper ocuparon las tres plazas libres porque la cuarta era la del piloto Roger Peterson. La otra estrella del show, Waylon Jennings, se salvó porque, según una versión, le cedió el puesto Bopper que estaba resfriado, y según otra, se lo jugó a cara o cruz con Valens. También se dijo que era el grupo de Holly el que tenía que ir en la avioneta, y Bopper y Valens los que les pidieron que cambiaran, uno por estar enfermo y otro porque se lo jugó. En cualquier caso, estas teorías pasaron a formar parte de la leyenda de aquella noche fatídica. Despegaron de Mason City, Iowa, pero nunca llegaron a su destino. El mal tiempo abatió a la avioneta Beachcraft Bonanza en la cornisa de Arnes, cerca de Fargo, Carolina del Norte, el 3 de febrero. Su leyenda fue y es una de las más importantes, porque fue el primer caído del rock and roll (a veces se olvida que Ritchie Valens también estaba allí). Años después Paul McCartney compró todo su catálogo de canciones y le rindió tributo en varios homenajes y Don McLean convirtió su historia en parte de su hit «American Pie» con la frase «el día que murió la música».

El escándalo payola

A fines de los cincuenta la guerra fría estaba ya muy caliente. La caza de brujas iniciada contra el rock la culminó el sistema, que fabricó a su medida uno de los grandes escándalos de su tiempo: el «payola». Fue la puntilla definitiva.

La guerra latente entre la ASCAP y la BMI, ya vista con anterioridad, iba a concluir en 1959, cuando el rock and roll se hallaba en el punto inicial de su primer declive aparente. La ASCAP y las grandes compañías seguían luchando contra la potencia de la nueva música y los sellos más pequeños que la apoyaban. Rhythm & blues y rock and roll eran la fuente emergente que había atrapado a millones de jóvenes no por su calidad o su innovación, sino porque esos millones de jóvenes eran manipulables y se dejaban influenciar. Todo menos negar lo evidente: que los tiempos estaban cambiando para siempre. El hecho de que se vendieran tantos millones de discos, según ASCAP y los sellos clásicos de la música americana, no podía deberse a otra cosa que no fuera el soborno a los disc-jockeys y las emisoras de radio que los programaban. Además de incitar a la venta de discos, al sonar por radio y TV, la BMI se llevaba sus derechos de emisión en detrimento de ASCAP, el antiguo monopolio.

Cuando se produjo la denuncia de ASCAP, acusando a cientos de disc-jockeys, emisoras de radio y TV de recibir sobornos, se produjo el escándalo «payola», que contribuyó de forma eficaz a poner en la picota al rock and roll y llegar casi a extinguirlo, o cuando menos dominarlo y manipularlo haciéndolo pasar por el cedazo de lo éticamente correcto. Los que veían en su ritmo, su moda, sus letras y sus propuestas rebeldes una degeneración espiritual y una pérdida de la decencia impulsada por «oscuros intereses», tales como el comunismo, dirigido a torpedear la buena salud de los jóvenes americanos, se sintieron aún más llenos de razón. El escándalo «payola» fue su bandera y se aferraron a ella.

En realidad, los presuntos «sobornos» a disc-jockeys son hechos conocidos a lo largo de la historia de la música. El soborno puede ser directo, mediante pago de dinero, o indirecto, mediante vacaciones, regalos, sexo, participaciones en porcentajes de los artistas o las editoras y, por supuesto, viajes promocionales para asistir a conciertos (que son parte del trabajo de un comentarista musical). Se da por descontado que en los años cincuenta, lo mismo que en los sesenta o los setenta (años de auge de la radio para difundir un éxito), había disc-jockeys sobornados. Pero de ahí a considerar que el éxito del rock and roll se debiera exclusivamente a ello es una locura. No habría funcionado de no estar todo en pañales todavía. El rock era un fenómeno social tanto como musical.

En 1959 un subcomité del Senado investigaba los concursos de TV y sus apaños para que determinados aspirantes ganasen y la audiencia creciera. Aprovechando esto, ASCAP, respaldada por las grandes editoras, puso el dedo en la llaga del rock. Se iba a hacer limpieza.

El primer revuelo se levantó cuando estas mismas editoras dejaron de pagar a sus disc-jockeys como medida preventiva, y las direcciones de las emisoras despidieron a sus empleados más sospechosos. Tras ese arranque, el peso de la ley se puso en marcha de forma lenta pero implacable entre el final de 1959 y comienzos de 1960. El senador Oren Harris, de la House Legislative Oversight, fue el presidente del subcomité encargado de investigar la «payola» discográfica, mientras que en Nueva York, el Fiscal del Distrito, Frank Hogan, y su ayudante, Joseph Stone, iniciaban las causas judiciales contra un gran número de disc-jockeys, muchos de los cuales fueron hallados culpables o confesaron irregularidades importantes. El 8 de febrero de 1960 comenzaron a dictarse sentencias en firme y, en medio de este clima, el propio presidente Eisenhower pedía el 4 de marzo la dimisión de John C. Doerfer, presidente de la Comisión Federal de Comunicaciones, por haber aceptado unas vacaciones de seis días pagadas por la Storer Broadcasting Company. La limpieza pretendía ser efectiva en todos los estamentos.

Los grandes acusados y perjudicados del escándalo fueron Alan Freed, el hombre que inventó el término rock and roll y le dio vida, y el popular disc-jockey Dick Clark, que tenía en la cima su programa «The Dick Clark Show» después de haber triunfado con el «American Bandstand». El «Dick Clark Show» era la versión adulta del «Bandstand», empleando la misma fórmula. Alan era la cabeza visible del movimiento rock, y el segundo, el presentador de TV más notorio. Yéndose a por ellos, se iba directo al corazón y la cabeza. Dick Clark fue defendido por el estadista Bernard Goldstein, que presentó unos alegatos impecables. Clark admitió haber recibido regalos y remuneraciones de varias empresas, pero demostró que, cuando no tenía intereses en ellas se trataba de atenciones y deferencias como las que cualquier firma tiene en determinados momentos con la gente con la que quiere estar a bien. Nunca había cobrado por sacar a un artista en su show. Demostró asimismo, con estadísticas y datos, que los discos que programaba y los artistas que presentaba eran los que el público pedía en cada momento, así que él solo era un medio, no un inductor. Como colofón, y por sugerencia de su cadena de TV (la poderosa ABC), que le respaldó en todo momento, vendió sus acciones en diversas compañías discográficas para que no hubiera conflictos de intereses, dando a entender que si ello era causa de suspicacias y problemas, él no estaba dispuesto a tenerlos. Su gesto de «buena voluntad», la defensa de Goldstein, su carisma popular (atractivo y con miles de fans que lo adoraban) y las pruebas, respaldadas por datos hoy discutibles, liberaron a Clark aunque fueron una advertencia para todos, porque era el número 1. Siendo uno de los objetivos más importantes del escándalo, los tribunales le declararon inocente y le confirmaron como un «hombre honesto».

Pero por contra se ensañaron con Alan Freed.

Alan fue la cabeza de turco perfecta, la gran víctima, como si a Edison le hubieran acusado de ser el responsable de que la luz eléctrica electrocutara a personas. Alguien tenía que pagar y, si Clark era inocente, Alan tenía que ser culpable por haberse atrevido a desafiar al sistema poniendo una bola de nieve llamada rock en lo alto de una montaña para después convertirla en un alud echándola a rodar hacia abajo. Tampoco era guapo como Clark, sino discreto, vulgar, con aspecto de hombre de negocios, no de joven rebelde. La «mayoría moral», los predicadores que desde los púlpitos lanzaban duras diatribas y anatemizaban la ropa y la música joven, los que seguían viendo en el rock una forma de podredumbre inventada por los comunistas, y los que, en suma, pedían sangre, se cebaron en Alan Freed hasta destrozarlo.

El inventor del rock and roll fue sometido a juicio, no tuvo un abogado tan bueno como el de Clark y su sentencia de culpabilidad, dictada en 1962, fue ratificada en 1964. Para entonces el rock and roll era historia y los Beatles habían tomado las riendas del poder popular, imparable, pero eso ya era lo de menos. El infierno de Alan desde 1959 a 1964 fue atroz, pero esa solo fue la primera parte. Previamente a su primera sentencia, el 13 de septiembre de 1960, el Federal Communications Act promulgaba una ley por la cual se consideraba delictivo el soborno, la «payola», penalizando a los empleados de medios de comunicación que recibieran cualquier obsequio por parte de las editoras.

La sentencia de Alan Freed conmocionó al mundo del rock. Pero, como ya se ha dicho, fue tan solo la primera parte. Quedaba una segunda, la puntilla para el reo. Tras ser declarado culpable de soborno, fue acusado más tarde de evasión fiscal el 16 de marzo de 1964.

Acorralado por la primera sentencia, desprestigiado, arruinado, sin trabajo y hundido psicológicamente, Alan ni siquiera tuvo que ir a la cárcel (la primera sentencia fue finalmente suspendida, lo cual no significaba que no siguiera siendo considerado culpable) o someterse a nuevos juicios (de ser declarado culpable de nuevo sí habría ido a la cárcel): murió el 20 de enero de 1965 en Palm Springs (California), a los cuarenta y tres años de edad, sin dejar de repetir una y otra vez que era inocente. Fue el mártir idóneo, luz y sombra del R&R.

No fue este el único escándalo con sobornos de por medio en la música americana. Más adelante nos encontraremos con el segundo, igualmente sonado pero menos dañino. Sucedió entre 1972 y 1974 y tuvo como objetivo a los ejecutivos de varios sellos discográficos importantes, como CBS, Philadelphia International, etc. Varios jurados confirmaron las acusaciones y las sentencias, pero la valoración fue distinta. La inocencia de los cincuenta era el pragmatismo de los setenta. En 1959 se logró matar al rock and roll como música y referente, pero no su espíritu. Incluso los grandes acabaron regresando en los años sesenta, aunque fuese en otra dimensión temporal, Chuck Berry al salir de la cárcel, Little Richard cuando dejó de pensar que era casi un enviado del cielo, Jerry Lee Lewis por su carisma, y Elvis a su modo (espantoso cine y caricaturescas actuaciones en Las Vegas).

5
El mundo pre-beatle

El twist

Domesticado el rock and roll, calmada la tormenta del cambio y el progreso, 1960 abre una década en la que, en lo político, el triunfo de John Fitzgerald Kennedy en las elecciones norteamericanas parecía predecir un futuro lleno de esperanza. Y lo mismo que el charlestón en una época dorada de frivolidad y energía, lo primero que alumbró el mundo post-rock and roll fue un baile: el twist.

Los *teenagers,* los *teenyboppers,* los hijos de la primera revolución, se dieron a la fiesta cuando ya no necesitaban de la subversión para mantener su bien ganada cuota de libertad. El término *party* fue una constante en la vida cotidiana y sus ramificaciones llegaron a todas partes. En España reinó el *guateque.* Música, complicidad y dinamismo. Un vistazo a los cincuenta mejores álbumes de 1960 (resumen anual de popularidad y ventas hecho por Billboard y otros medios) muestra el desierto en el que ha caído el rock and roll, pues salvo Presley, Everly Brothers y las inevitables *screen stars,* el resto es una vuelta al pasado, orquestas, Sinatra y otros clásicos en su línea, Mario Lanza y bandas sonoras de espectáculos musicales o películas. Una de ellas, la de *Sound of Music,* batiría récords durante los años siguientes.

El 8 de noviembre de 1960, Kennedy derrotaba a Richard Nixon en las elecciones por un estrecho margen de votos. Antes, el 12 de octubre, Nikita Kruschov, jefe del Gobierno ruso, había protagonizado un escándalo al golpear la mesa con su zapato en la reunión del

XXV aniversario de la fundación de la ONU. La guerra fría adquiriría en los tres años siguientes tintes preocupantes, culminando la escalada con la crisis de los misiles de 1962. Kennedy intentó redefinir unas fronteras internas, mentales, de progreso, pero no le dejaron. Ya en 1961, la carrera espacial llegó a su momento de mayor expectación cuando el primer hombre viajó al espacio (el ruso Yuri Gagarin, el 12 de abril) y un americano le emulara poco después (Alan B. Shepard, el 5 de mayo). El intento de invadir Cuba por parte de Estados Unidos (abril), una chapuza que minó el reciente prestigio de Kennedy, y la construcción del Muro de Berlín para dividir la antigua capital de Alemania y separar Occidente del Telón de Acero (noviembre) precedieron al primer envío de tropas a Vietnam, inicio del conflicto que acabó por arrastrar a un país hacia una nada de la que tardarían en salir.

En este contexto, si hay que hablar de una segunda generación del rock, esta fue difusa y poco coherente, aunque tuvo referentes puntuales que la dignificaron, como el California Sound.

El twist lo inventó Hank Ballard, pero, como tantas otras veces, el éxito no fue suyo. En 1958 grabó en la cara B de su single «Teardrops on Your Letter» la canción «The Twist». No pasó nada con ella hasta que, dos años después, Chubby Checker se hizo famoso en el «American Bandstand» y lo adoptó como pieza estelar de su lanzamiento. El baile hizo enloquecer al mundo entero y la canción fue número 1 en agosto de 1960 y volvería a serlo dos años después, prueba de la hegemonía que el nuevo ritmo tuvo entre el público. Checker, convertido en «el rey del twist», sobrevivió hasta que los Beatles cambiaron la escena musical. Al twist (literalmente, «retorcido»), seguirían otros bailes cada vez menos efectivos aunque todos con su momento de gloria fugaz: el madison, el limbo rock, etc. Checker fue también el primer negro que hizo un cover de un blanco y triunfó con él.

Durante tres años el twist reinó en el mundo de la música. Si antes la palabra rock aparecía en un sinfín de títulos de canciones, el relevo lo tomó la palabra twist y ningún cantante de fama dejó de practicarlo. El hecho de que una moda, un baile, fuese lo más característico de este tiempo es sintomático. De ahí que dos de las incorporaciones más valiosas de esos años aparecieran ajenas al fenómeno. Una fue Roy Orbison; la otra, Gary U.S. Bonds. El primero se convirtió en un clásico con canciones como «Only the Lonely», «Cryin'» y «Oh Pretty Woman».

El segundo marcó pautas por las que luego se deslizaron otros cantantes y reinó por unos años desde su emblemático «Quarter to Three».

California Sound

En 1962 una corriente comercial recorre Estados Unidos con un frescor inusitado e invade el mercado de nuevas figuras. No es un resurgir del rock, incluso parece más una moda hermanada con las estrellas del cine, por su rutilante limpieza, que no una vuelta a los orígenes. Pero de esa moda emergería el primer gran grupo americano de los años sesenta: Beach Boys. La moda se llamó *surf music,* o también California Sound. Las canciones no hacían más que hablar de lo que en California es típico: el sol, los coches, la playa, las chicas con trajes de baños ajustados, los chicos bronceados practicando surf y las fiestas. La palabra *fun* (diversión) fue la más utilizada.

Como parte de esa idiosincrasia, las *beach partys* eran el núcleo del ritual juvenil californiano. Fiestas en la playa, con música. Esto generó la aparición de grupos con nuevas fórmulas e inquietudes, que muy pronto atravesaron fronteras y colocaron el mito californiano en el pentagrama del éxito. Un campeón de surf, Dennis Wilson, sus hermanos Brian y Carl, un primo llamado Mike Love y un amigo de nombre Al Jardine formaron el quinteto destinado a ser el mejor de la música estadounidense durante varios años. En diciembre de 1961 adoptaron el nombre de Beach Boys, debutaron discográficamente en 1962 e irrumpieron en todas las listas en 1963, liderando un movimiento cargado de novedades. Sus cuatro primeros singles fueron «Surfin'», «Surfin' Safari», «Surfin' USA» (adaptación del «Sweet Little Sixteen» de Chuck Berry) y «Surfer Girl». Casi una monótona repetición. Luego llegarían «Little Deuce Coupe», «Fun, Fun, Fun», «Dance, Dance, Dance», «All Summer Long», «Summer Days and Summer Nights» y «Do You Wanna Dance?». Como puede comprobarse, todo giraba en torno a lo mismo.

Pero mientras la mayoría de grupos de la *surf music* desapareció en tres años ante el envite de los Beatles, los Beach Boys no solo supieron evolucionar, sino que escribieron algunas de las páginas más brillantes de la historia del rock. En competencia con los Beatles, su álbum *Pet Sounds* de 1966 está considerado una obra maestra absoluta. Lejos de la comercialidad inicial, crearon hitos memorables como «Good Vibrations», «God Only Knows», «Barbara Ann» y «Sloop John B.». Después llegó la contraleyenda: su líder y compositor, Brian Wilson, se encerró en su casa y pasó tres años sin levantarse de la cama. Pese a ello, los Beach Boys jamás perdieron su posición, se mantuvieron en los años setenta y ochenta y volvieron al número 1 en los noventa, aunque pagando el consabido peaje por el camino en forma de deserciones y muertes.

La moda surf generó un alud de interpretes y los más aventajados fueron Jan & Dean, reyes de los falsetes más agudos, montados sobre brillantes bases rítmicas y efectos vocales. Otros artistas no perdieron la oportunidad de surfear, musicalmente hablando. Desde los Shadows en Inglaterra hasta una leyenda como Bo Diddley, hicieron un disco bajo su inspiración. La Tierra prometida, con el arco iris como referencia, se unió a la historia aportando color y calor. Fue la antesala de la aparición de otro California Sound, el de Mama's & Papa's y Loovin' Spoonful, y más tarde del nacimiento de la psicodelia y los hippies. Luego el segundo gran grupo americano por excelencia surgiría también de Los Ángeles: The Doors.

La *surf music* o *summer music* también encontró un filón en el cine. Decenas de películas con alguna de las palabras clave en el título (*summer, party, beach* o surf) invadieron las pantallas. Se editaron revistas y aparecieron emisoras de radio exclusivas. Pero de los muchos grupos surgidos a su amparo, en tres o cuatro años quedó tan solo el recuerdo, una vez más, de la moda. Y los Beach Boys, claro.

Junto con los Beach Boys, el único grupo fuerte del mercado americano, y el único con el que enfrentaron a los Beatles como réplica autóctona en 1964, fue Four Seasons, con su cantante Frankie Valli al frente. Tuvieron su primer éxito en 1962, «Sherry Sherry», y se mantuvieron hasta los años setenta aunque cada vez con menos peso. Desde 1967 se llamaron Frankie Valli & The Four Seasons. Luego el cantante seguiría en solitario.

ROCK FEMENINO

De California emergió también la moda de los conjuntos vocales femeninos, que tuvieron su mayor auge entre 1962 y 1963. Phil Spector fue uno de sus impulsores, produciendo los éxitos de grupos como The Ronettes o The Crystals. Spector es, junto con la pareja Leiber y Stoller, el autor y productor más importante de la primera mitad de los años sesenta. A los veintiún años ya había ganado su primer millón de dolares. Pero su talento iba más allá de las cifras. Después de probar suerte como miembro de los Teddy Bears, en 1960 debutó al otro lado de los micrófonos, en la producción discográfica. En solo dos años nacía el llamado Spector Sound, consistente en crear un «muro de sonido» (el famoso *wall of sound)* como base instrumental de las canciones. El «muro» era un compacto núcleo sónico en el que no se diferenciaban los instrumentos y que funcionaba como un solo cuerpo, sin fisuras. Las voces adquirían así un relieve extraordinario. En este período de transición hacia el beat, Spector fue el más innovador de los productores y creadores del momento. Y no solo lanzó al éxito a diversas bandas femeninas, sino que respaldó también a otras figuras como Righteous Brothers («Unchained Melody» y «You've Lost That Loving Feeling») y les dio a Ike y Tina Turner su mayor éxito: «River Deep, Mountain High», ya a mitad de los años sesenta. Después produjo a John Lennon *(Imagine),* a George Harrison *(All Things Must Pass)* a y los propios Beatles.

Hablar de rock femenino resulta tan incierto como hablar de rock vocal. Pero ya en los primeros años sesenta se aceptaba la palabra «rock» como genérica de toda la música existente. La generación rock, la era rock, dominó las siguientes décadas sin problema, aun cuando muchos quisieran separar y parcelar los distintos estilos o cambios sonoros propios de cada tiempo.

Pese al brillo de Spector, el rock femenino no fue patrimonio exclusivo de ninguna discográfica o zona. Motown, de la que se hablará más adelante, lanzó a las Marvelettes. El célebre Brill Building apoyó con sus canciones a la mayoría, con especial relieve para Carole King y Gerry Goffin, que compusieron el himno «The Loco-motion» para Little Eva. Leiber y Stoller lo hicieron a través de su sello Red Bird con las Shangri-Las. Las principales estrellas de esa moda que aportó ante todo magníficas canciones pop, hay que destacar a las pioneras Chantels, las Shirelles («Will You Love Me Tomorrow?», «Dedicated to the One I Love» y «Baby It's You»), las Marvelettes («Please Mr. Postman»), las Sensations, Kathy Young & The Innocents, Rosie and The Originals, Paris Sisters, las Crystals («He's a Rebel» y «Da Doo Ron Ron»), las Ronettes («Be My Baby»), las Exciters («Tell Him»), Lesley Gore («It's My Party»), las Chiffons («One Fine Day»), las Angels («My Boyfriend's Back»), las Jaynetts, las Dixie Cups («Chapel of Love») y las Shangri-Las («Leader of the Pack»). Después ningún grupo femenino de la época sobrevivió a su momento de esplendor.

Brill Building

Si Tin Pan Alley fue el núcleo de editoras que durante años dominó la música popular americana desde su centro de operaciones en la Avenida Madison de Nueva York, los cambios derivados de la irrupción de BMI y el auge de la nueva música propiciaron que también se remodelaran algunas de las bases creativas existentes. El modelo de cantante que también fuera autor de sus temas aún estaba lejos de ser el ejemplo a seguir. Berry, Richard o Lewis eran autónomos, pero la mayoría todavía funcionaba como Sinatra o Presley, es decir, voces a las que se tenía que suministrar material. Ninguna compañía discográfica o productor se arriesgaba con chicos o chicas de veinte años que no tuvieran el respaldo de una buena canción, y las buenas canciones escaseaban, así que los grandes autores eran los amos de un mercado en alza. Otra figura normal en la época era la del dúo letrista-compositor, por eso la mayoría eran parejas.

Uno de los grandes centros creativos entre 1959 y 1964 fue el Brill Building, ubicado en el 1619 de Broadway, en Nueva York. Bajo su amparo triunfaron cantantes y grupos, y las canciones que salieron de allí hicieron bailar y soñar al mundo entero. La mayoría de «equipos» del Brill Building pertenecía a la primera etapa post-rock and roll a excepción de Leiber y Stoller, los grandes creadores previos. Lo poco de bueno que hubo en esa etapa surgió de esa singular factoría que agrupó a los más brillantes creadores musicales. Un gran tanto por ciento de la buena música de comienzos de los sesenta fue suya.

Jerry Leiber y Mike Stoller fueron los pioneros, los grandes autores del rock and roll. Le dieron a Elvis Presley algunos de sus más memorables éxitos, «Heartbreak Hotel», «Jailhouse Rock», «King Creole» y un largo etcétera. Pero también fueron artífices de tremendos impactos populares para Coasters («Yakety Yak», «Young Blood», «Poison Ivy»), los Clovers («Love Potion Nº 9»), los Drifters («On Broadway», «There Goes My Baby», «Fools Fall in Love»), Isley Brothers («Teach Me How to Shimmy»), Ben E. King («Spanish Harlem», «Stand by Me»), Trini López («Kansas City») o Big Mama Thornton («Hound Dog»).

Brill Building era la pantalla de la editora Aldon Music, fundada en 1958 por Don Kirshner (uno de los grandes halcones de la música norteamericana, empresario, promotor, productor y agente) y Al Nevins. La plantilla de autores que se reunieron fue de tal envergadura que crearon un estilo propio y diferenciado. Brill Building olía a éxito. Todos los artistas querían una canción firmada por alguien de allí. Desde un novato como Neil Diamond (que les dio a los Monkees sus primeros hits antes de convertirse en estrella) a otros consagrados como Neil Sedaka, Carole King, Mort Shuman o Barry Mann, imprimieron su sello personal a una parte de la historia. De ahí que hasta Leiber y Stoller acabaran entre sus muros. No puede hablarse de canciones comprometidas, ni de letras agresivas, subversivas u obscenas como las de Little Richard o Chuck Berry. Los temas eran inocuos, blancos, con problemáticas juveniles basadas casi siempre en el amor, pero musicalmente hubo una gran riqueza de sonoridades, arreglos y producciones, que inspiraron a la mayoría de grupos pop surgidos desde 1963. Los cinco grandes equipos que destacaron en el BB fueron Barry Mann y Cynthia Weil, Neil Sedaka y Howard Greenfield, Doc Pomus y Mort Shuman, Jeff Barry y Ellis Greenwich, y por supuesto Carole King y Gerry Goffin.

Mann y Weil tenían mucha versatilidad para abordar todo tipo de géneros. Escribieron «Blame It on the Bossanova» (Eydie Gorme), «Walking in the Rain» (Ronettes, con Phil Spector de coautor), «You've Lost That Lovin' Feeling» (Righteous Brothers, también con Phil Spector), «We Gotta Get Out of This Place» (Animals), «Kicks» (Paul Revere and The Raiders) o «You're My Soul and Inspiration» (Righteous Brothers). Sedaka y Greenfield llegaron a componer más de 500 canciones y formaron el primer equipo de la Brill Building. Luego Neil hizo carrera en solitario interpretando las canciones de su leyenda personal, «Oh Carol», «Calendar Girl», «Happy Birthday Sweet Sixteen», «Breaking Up Is Hard to Do», etc. Pomus y Shuman tuvieron el don de la comercialidad. A ellos se deben «Surrender» y «Viva Las Vegas» (Elvis Presley), «Teenager in Love» (Dion and The Belmonts), «This Magic Moment» y «Save the Last Dance for Me» (Drifters), «Here Comes the Night» (Ben E. King) y «Seven Day Weekend» (Gary US Bonds). Barry y Greenwich estaban casados en aquel tiempo, y algunas de sus mejores canciones las hicieron también con Phil Spector. Destacaron con «Da Doo Ron Ron» (Crystals), «Be My Baby» (Ronettes), «Chapel of Love» (Dixie Cups), «Do Wah Diddy Diddy» (Manfred Mann), «Leader of the Pack» (Shangri-Las), «Hanky Panky» (Tommy James & The Shondells) y el excelso «River Deep, Mountain High» (Ike & Tina Turner). Barry sería co-autor del éxito bubblegum, «Sugar sugar», de los Archies. Carole King y Gerry Goffin también se casaron y eran pareja en aquel tiempo. A ellos se debe «Take Good Care of My Baby» (Bobby Vee), «Crying in the Rain» (Everly Brothers), «The Loco-motion» (Little Eva), «One Fine Day» (Chiffons), «Chains» (Cookies), «I'm Into Something Good» (Herman's Hermits), «Don't Bring Me Down» (Animals), «Pleasant Valley Sunday» (Monkees), «A Natural Woman» (Aretha Franklin) y el excepcional «Will You Love Me Tomorrow?» (Shirelles). A fines de los años sesenta Carole inició una fantástica carrera en solitario que la llevó a ser la reina de la canción intimista de comienzos de los años setenta.

Cliff Richard, Shadows y la Inglaterra pre-Beatle

Ocho números 1 y dos docenas de top-10 entre 1959 y 1965 avalan el éxito y la importancia de Cliff Richard en su primera etapa artística. Su longevidad a través de los años setenta, ochenta y noventa da una idea del prestigio de una de las grandes estrellas de la música de nuestro tiempo. Junto a él, su grupo, The Shadows, se convirtió en la primera gran banda británica del pop y el espejo en el que se reflejaron todos los conjuntos de su tiempo. Tal vez la mayor diferencia entre la música norteamericana y la inglesa es que en Estados Unidos se quemaron todos los artistas de la era rock and roll con una velocidad de vértigo, mientras que en Inglaterra perduraron mucho más.

En un comienzo, Cliff fue el reflejo ideal de lo que exportaba Estados Unidos: un rostro agraciado, una voz agradable y unas canciones agradables. Surgido o creado a la medida, fue la estrella indiscutible del primer programa inglés destinado a los *teenagers,* «Oh, Boy!». Lo mismo que Elvis, no era autor de sus canciones. Pero suplió esta carencia creativa con un carisma y una inteligencia hábilmente medidas. Hizo películas y fue el más famoso, superando rápidamente a sus predecesores o rivales, Tommy Steele (rock and roll primitivo), Lonnie Donegan (skiffle) y Frank Ifield (baladas románticas). Cliff había nacido en la India en octubre de 1940 y llegó a Inglaterra a los ocho años, formó su primer grupo en la adolescencia y en 1957 ya era profesional. Desde su debut el 15 de septiembre de 1958 en «Oh, Boy!» nadie pudo pararle. Algunas de sus grandes canciones fueron «Living Doll», «I Love You», «The Young Ones» (tema de su más popular película), «Summer Holiday», «Travelin' Light», «Please Don't Tease»... hasta cien entradas en los rankings en las décadas siguientes.

El respaldo perfecto para ese éxito se lo dieron los Shadows, su banda, con sus dos guitarras solistas, Hank Marvin y Bruce Welch. Inspirados en The Ventures, los Shadows mantuvieron una carrera propia al margen de acompañar a Cliff, de ahí que aportaran algunos de los instrumentales más notables de la historia, «Apache», «FBI», «Kon-tiki», «Wonderful Land», «Guitar Tango», «Dance On!», «Atlantis», «Foot Tapper», etc. Sus más directos herederos fueron The Spotnicks, que procedían de Suecia, y The Tornados.

La radio en Inglaterra estaba dominada por la BBC y sus pautas no variaron en exceso con la irrupción del rock and roll hasta la explosión de las radios piratas. Frente al inmovilismo oficial, la televisión se mostró más abierta porque había programas de variedades atentos al gusto del público. El primero fue «Teleclub», y a continuación llegó «Cool for Cats». Los dos grandes espacios generados por el auge del rock and roll a fines de los cincuenta fueron «6.5 Special» (de la BBC, a comienzos de 1957) y «Oh, Boy!» (de la ITV, a mediados de 1958). En 1959 harían acto de presencia «Juke Box Jury» (BBC, que se mantuvo hasta 1967 y era muy conservador) y «Boy Meets Girl» (que sustituyó a «Oh, Boy!»). «Wham!» y «Tin Pan Alley Show» siguieron la estela. Los grandes espacios juveniles de los sesenta saltaron por fin con la locura desatada por los Beatles. Fueron «Thank You Lucky Stars», «Ready Steady Go!» y el afortunado «Top of the Pops». La principal característica de todos ellos fue sin embargo su tono blanco, juvenil, nada transgresor. Se atendía al éxito y nada más. Era lo que el público pedía.

Lo rápido que Inglaterra hizo suyo el rock and roll, y lo bien que se supo mantener la llama hasta el gran impacto social, humano y musical que representaron los Beatles, fue el motivo de que a partir de 1964 cambiaran las tornas y los músicos británicos invadieran Estados Unidos con su revitalizado frescor. El rock and roll tenía raíces profundas en América, porque procedía de estilos muy arraigados, el country & western, rhythm & blues, pero en Gran Bretaña lo que había predominado era el jazz, así que el cambio fue abismal. Chris Barber era uno de los ejemplos característicos, pero hasta él supo evolucionar con los tiempos. El cantante de su banda, Lonnie Donegan, se convertirá en una estrella utilizando el skiffle.

Cliff Richard era un precursor de los *mods* (cabello bien peinado, ropas a la moda, juveniles), mientras que los Beatles (con sus cazadoras negras y sus zapatos puntiagudos) fueron mucho más «duros». Pero su raíz fue el rock and roll foráneo y el skiffle local. La suerte de Gran Bretaña es que se ahorró la polémica exacerbada acerca de si el rock and roll era una música de salvajes, una conspiración comunista o una llamada al desenfreno. El puritanismo era el mismo (la campaña contra Jerry Lee Lewis por el escándalo de su prima fue terrible en Inglaterra), pero no existía la hipocresía americana ni la mayoría moral acechando en las sombras.

Los rockeros americanos visitaron Inglaterra en pleno éxito, pero tan importantes como ellos fueron las actuaciones que hicieron los grandes del rhythm & blues, Muddy Waters y otros. Mientras que el rock and roll generó la corriente de la que salieron los Beatles, del rhythm & blues nació la que derivó hacia los Rolling Stones. El rock and roll fue popular, podía escucharse aunque fuera mínimamente por radio o verse en televisión, pero el rhythm & blues fue más oscuro, no había discos de sus estrellas. Uno por la vía directa y otra por la subterránea, convergerían en la mayor explosión musical a mitad de los sesenta. La Inglaterra masacrada por la guerra y los bombardeos nazis renació con una fuerza envidiable. De 1956 (año de Elvis) a 1962 (primer disco de los Beatles) solo transcurrieron seis años. Que en Liverpool hubiera 350 grupos es una muestra de lo que estaba pasando. Nadie los contó en Londres, porque era imposible. Una auténtica fiebre que no podía generar otra cosa que música y talento para el futuro. Las guitarras eléctricas fueron el símbolo de la nueva generación y de una forma u otra en todos los países surgieron primeras estrellas, incluso en España, con el Dúo Dinámico. El problema era que esos países europeos vivían distintas posguerras, de la reconstrucción alemana y su «milagro» a la enquistada dictadura en España, por ejemplo. La liberación de la juventud iba por etapas, no había tocadiscos al alcance de los jóvenes (eran caros, incluso los célebres pick-ups portátiles y manejables de los primeros *guateques),* ni tradición (la música de consumo era folclórica), ni una industria fuerte, y una guitarra era un lujo fuera del alcance de la mayoría (en España se gravó con impuestos abusivos sin tener en cuenta que era la herramienta de trabajo de muchos).

La transición

A fines de los años cuarenta y comienzos de los cincuenta, Jack Kerouac (1922) recorre Estados Unidos y palpa una realidad muy distinta a la del *American Dream* (Sueño Americano) y el *American Way of Life* (Sistema de vida americano). Movimientos migratorios constantes desde el sur pobre hacia el norte industrial, posguerra, racismo, etc. En los grandes espacios, los estados del centro, es donde Kerouac conoce a personajes que luego nutrirán sus obras tanto como los habituales en el Greenwich neoyorquino. Son vagabundos, hombres y mujeres desesperados y a la búsqueda no ya de un sueño propio, sino de una supervivencia. La publicación de *On the Road* (En el camino) en 1957, en plena fiebre del rock and roll, moviliza la imaginación de un amplio sector juvenil que idealiza a los personajes y aún más a lo que representan. Hasta su muerte en 1969 Kerouac mantendrá vivo el fuego de la llamada Beat Generation y sus novelas son la nueva Biblia generacional, *Dharma Bums* (Los vagabundos del Dharma), *Desolation Angels*

(Ángeles de la desolación), *The Subterraneans* (Los subterráneos). Búsqueda de identidad, paraísos artificiales, música, utilización de drogas, compromiso, idealización, intelectualización y la llama de la libertad son la base del movimiento que poetas y escritores visionarios, como Gingsberg y Ferlenghetti acabarán de definir.

A comienzos de los años sesenta Estados Unidos se llenó de jóvenes «héroes» a la caza de un sueño tratando de ser los nuevos vagabundos del Dharma. Era otra suerte de correcaminos, diferente al que podíamos encontrar en *Las uvas de la ira* de Steinbeck. Muchos se trasladaron a Nueva York, otros buscaron su espacio en California siempre con Hollywood como meca final. El Greenwich Village neoyorquino, como se verá más adelante al hablar del folk, fue la cuna de una intelectualidad emergente de la que Bob Dylan sería su mejor exponente popular. La generación beat fue la precursora del movimiento hippie a fin de cuentas, y si en la mitad de los sesenta la guerra de Vietnam fue el acicate pacifista, en los comienzos de la década lo seguía siendo la guerra fría o lo cerca que se estuvo de la Tercera Guerra Mundial, la definitiva, en la crisis de los misiles de 1962.

La Beat fue la primera generación que se enfrentó a los problemas más graves buscando respuestas o, por lo menos, denunciando que existían. Frente al pacifismo hippie, ellos fueron más esos vagabundos del Dharma de Kerouac. Buscar el lado poético de las cosas, conocer personas, dormir al raso, romper cadenas, perseguir la libertad, amar... No solo fue Kerouac el culpable. Woody Guthrie escribió su autobiografía y ella despertó a Bob Dylan.

La expansión beatnik originó nuevas etiquetas para enjuiciar el comportamiento humano. En un lado se los llamaba *teddy boys,* en otro *blouson noirs,* y para la mayoría no eran más que gamberros, desocupados, rebeldes. En el cine, Marlon Brando con su moto haciendo de precursor de los *Hell's Angels* (ángeles del infierno) fue tan sintomático como James Dean y su rebeldía juvenil en *Rebel Without a Cause* (Rebelde sin causa). A los beatniks se los confundió con los rockers, y todos acabaron mezclados cuando la música de los sesenta los hermanó. Las coordenadas de la gran explosión nacida con los Beatles iban confluyendo en el espacio y el tiempo. Todo estaba a punto. Incluso una película histórica y rabiosamente lúcida incidía en el potencial de la juventud y sus problemáticas a comienzos de los años sesenta: *West Side Story*. Ganadora de 10 Oscars, la banda sonora del musical de Robert Wise y Jerome Robbins, con música de Leonard Bernstein y letras de Stephen Sondheim, fue número 1 en Estados Unidos cincuenta y cuatro semanas entre 1962 y 1963, pasó dos años en el top-10, ciento noventa y ocho semanas en el top-100 y vendió 5 millones de discos. Era la primera vez que las cámaras rodaban en exteriores una película así (se le llamó «verismo cinematográfico») y rompió todas las normas de Hollywood adelantándose a su tiempo. En teatro, tras su estreno en 1957, fue también un hito. Pero de lo que trataba *West Side Story* era de jóvenes, rebeldía, amor, racismo, bandas callejeras, familias desestructuradas, soledad juvenil, baile y música, libertad. Las pautas sobre las que se movía el nuevo mundo surgido tras la aparición del rock and roll.

6
Beatles

Liverpool

La revista local *Mersey Beat,* editada en Liverpool en plena locura beat (el primer número, de julio de 1961, presentaba ya en portada a los Beatles), estimó en más de 350 los grupos que entre 1960 y 1965 surgieron en la ciudad británica. Este auge respondía a la continua expansión de la música a fines de los cincuenta en Estados Unidos, expansión a la que no fue ajena Inglaterra por afinidades idiomáticas tanto como políticas o sociales.

El fenómeno de Liverpool tiene unas raíces básicas y concretas. La ciudad contaba con el mayor y más importante puerto de mar vinculado a los Estados Unidos. Por Liverpool entraron a fines de los años cincuenta más libros, revistas y discos americanos, preferentemente de rock and roll y rhythm & blues, que en cualquier otra área inglesa, por encima incluso de Londres. Los marinos bajaban de los barcos cargados de discos que los chicos de la ciudad compraban entusiasmados, porque eran genuinos. Así, mucho antes de que sonaran de forma oficial en la BBC (los que llegaban a ello porque la mayoría ni lo hacía), ya eran consumidos, analizados y copiados por las incipientes bandas que al amparo del rock and roll se formaron en aquellos años. John Lennon era uno de esos chicos portuarios.

Poco a poco, la corriente formada por marinos, aventureros, inmigrantes y otras gentes de vida subterránea fue germinando en una gigantesca eclosión de vitalidad musical propia. Mánagers y empresarios de clubs de la ciudad no fueron ajenos a este impacto. La apertura de The Cavern, el 16 de enero de 1957, fue significativa. A The Cavern, situado en el 10 de Matthew Street, siguieron otros locales como el Litherland Town Hall, el Iron Door, el Jacaranda, el Beachcomber y muchos más. Lo que primero fue simple rock and roll copiado de los americanos, se unió el skiffle, la música popular británica del momento. De ahí se pasó al beat, «golpe», «latido», «pulsación», «toque de tambor» según la expresión inglesa, porque el beat tenía su base en el ritmo de la batería.

Ya con el tremendo impacto popular de los Beatles en 1963, Liverpool pasaría a ser algo más que la cuna de la más importante banda del momento: la factoría de grupos por excelencia. Brian Epstein, manager de los Beatles, se apresuró en conseguir contratos de muchos más grupos de la ciudad. Desde Londres todas las compañías se lanzaron sobre ella para conseguir su propia banda beat. La mayoría de aquellos grupos, hasta los menos importantes, encontraron su sello discográfico, su oportunidad y su disco, de manera que entre 1963 y 1966 el impacto de la música británica sacudió las listas de éxitos de todo el mundo. En 1966 el Liverpool Sound quedó superado y escasas formaciones resistieron los nuevos tiempos. Grupos y mánagers se habían trasladado a Londres, convertida en la capital del pop desde 1964, pero la leyenda del binomio Beatles-Liverpool ya era eterna para entonces.

Epstein & Martin

Según la propia biografía de Brian Epstein, *A Cellar Full of Noise,* fue el 28 de octubre de 1961 cuando un cliente llamado Raymond Jones entró en la sección de discos de su tienda de Liverpool para pedirle un single de The Beatles titulado «My Bonnie». Brian era un comerciante y vendedor nato que había olvidado su sueño de diseñar moda y ser artista, aunque su deseo de ser algo más solo se mantenía aparcado. Tenía veintinueve años y trabajaba en el negocio familiar, NEMS. El lunes 30 de octubre dos chicas volvieron a pedirle «My Bonnie». Cuando supo que el grupo, The Beatles, actuaba allí mismo, en un club llamado The Cavern, fue a verles... y ahí nació una de las más fabulosas historias de la música de todos los tiempos. Para esa historia, Epstein quedó alucinado con el conjunto, su fuerza, su carisma. Para otros, de quien quedó enamorado fue de John Lennon. Poco importa. Les propuso ser su mánager y actuó como tal. Durante semanas les enseñó, les ayudó a cambiar de imagen, les pulió, corrigió defectos (no musicales) y persiguió con ahínco un contrato discográfico que tardó medio año en llegar. Luego fue el quinto Beatle en la sombra hasta su muerte en 1967. En este ínterin, Brian hizo de NEMS una poderosa empresa artística que llegó a representar a los principales grupos de Liverpool, flor y nata del pop inglés de su tiempo: Cilla Black, Gerry & The Pacemakers, Billy J. Kramer & The Dakotas, Tommy Quickly, etc. También fue agente de un torero inglés, Henry Higgins, compró teatros, clubs, revistas musicales... Su salud, siempre delicada, la homosexualidad que trataba de ocultar, sus estados alternativos de euforia y depresión, le llevaron al fin el 27 de agosto de 1967. Entre sus muchos logros hay que destacar la campaña *hype* desarrollada por él para introducir a los Beatles en Estados Unidos en 1964. Una campaña así se dedicaba a crear ansiedad, a vender un producto convirtiéndolo en necesario y esencial, a hablar mucho y bien para sobredimensionarlo. Con el lema «¡Qué vienen los Beatles!» supo crear un estado de euforia colectivo que arrastró a millones de estadounidenses. Luego ellos y su música hicieron el resto. Por contra, en su lado negativo hay que mencionar lo pésimo negociante que era. Renunció o perdió derechos de *merchandising* que hubieran multiplicado por diez la fortuna de los Beatles.

George Martin también recibió el título honorífico de «quinto Beatle» por méritos propios. Hijo de un carpintero, ingresó como músico en la plantilla profesional de la primera compañía discográfica británica, EMI Records, donde con los años acabó siendo productor. Ya había sido esencial en varios éxitos para Shirley Bassey, Matt Monro o el actor Peter Sellers, cuando los Beatles llegaron a EMI y se convirtió en su productor. Fue el responsable de que se cambiara de batería y entrara Ringo Starr en el grupo. Entre 1962 y 1969, el equipo Lennon-McCartney, por un lado, y Martin en la producción, por otro, crearon un universo de sonidos siempre fascinante y único. Técnicas, experimentaciones, búsqueda, innovación, nada se escapó a su olfato. Aquellos cuatro rockeros juveniles del comienzo se convirtieron junto a él en unos depurados artistas capaces de grabar obras maestras, como

Sgt. Pepper's en 1967, el disco que llevó el pop a lo más alto y marcó una época. Si John y Paul fueron una especie de matrimonio perfecto en lo creativo, ellos y George fueron también perfectos en la producción de cuanto hicieron aquellos años.

Beatles

John Winston Lennon nació un 9 de octubre de 1940 en Liverpool. Ese mismo día la Luftwaffe bombardeó la ciudad. Su infancia fue como la de ese día, un bombardeo de alternativas difíciles. Su padre le abandonó a los cinco años (después de tratar de convencerle para que se fuera con él a Nueva Zelanda), y su madre lo dejó a cargo de su hermana, Mimi, para iniciar una nueva vida con otro hombre. Sintiéndose diferente a los demás, imbuido por la música rock, John formó su primera banda en la escuela, The Quarrymen, con un puñado de amigos. Era 1956 y Elvis sacudía el mundo.

Paul McCartney tuvo la música en casa desde la infancia, porque su padre tocaba desde los diecisiete años. Hizo ragtime y en los años treinta lideró la Jim Mac's Jazz Band. Paul nació en 1942, fue el menos clase media de los Beatles, y cuando conoció a John Lennon en un picnic organizado por la parroquia de Woolton, le demostró que sabía tocar la guitarra y entró en los Quarrymen. Esto sucedía el 15 de julio de 1957. En pocos meses entre los dos habían compuesto doscientas canciones, entre ellas «Love Me Do», que sería su primer single en 1962. Luego fue Paul el que introdujo a George Harrison aun en contra de la voluntad de John, porque pese a que tocaba mejor la guitarra que ellos dos, era demasiado niño. El cuarto Beatle histórico fue Stu Sutcliffe, compañero de John en la Academia de Arte donde estudiaba. Stu no sabía ni tocar, pero tenía imagen, era pintor, y John insistió en que estuviera en la banda por lo menos como bajista (Paul aún no se ocupaba del bajo entonces). De entre los múltiples baterías que pasaron por el conjunto, al final la plaza fue para Pete Best ya en 1959.

Utilizaron infinidad de nombres, Johnny & The Moondogs, Nurk Twins, Long John & The Silver Beatles, Beat Brothers... justo antes de dar con el definitivo, y durante aquellos primeros años, hasta 1960, se formaron lentamente, tocando siempre donde, como y cuando podían.

La oportunidad de hacerlo en Hamburgo, Alemania, les hizo viajar hasta la ciudad portuaria y vivir su primer éxito como banda de rock and roll. Tocaron en el club Indra, el Kaiserkeller (donde conocieron a Ringo Starr, entonces batería de Rory Storme & The Hurricanes) y finalmente en el Top Ten. Allí acabó todo, porque al ser George menor de edad, lo deportaron y tuvieron que regresar. Pero entre tanto, Stu había conocido a la fotógrafa Astrid Kirshner, responsable después del estilo de peinado Beatle. Los Beatles, ya mucho más maduros, formados y rodados, regresaron a Hamburgo al cumplir George los dieciocho años, en marzo de 1961, y la segunda parte de la historia concluiría con el abandono de Stu, que se quedó con Astrid y dejó la música para seguir con la pintura.

Fue en Alemania donde el grupo recibiría la oferta de grabar un disco como acompañantes de un rockero llamado Tony Sheridan, en junio de 1961. Unos meses después, Brian Epstein entraría en juego. Pero para entonces ya eran populares en Liverpool, donde actuaban casi a diario, especialmente en The Cavern, liderando la explosión musical de la ciudad.

La música que se hacía en 1961 y 1962 en Inglaterra era una mezcla de viejo rock and roll (Elvis seguía siendo el rey) con skiffle inglés y por supuesto el dominio de Cliff Richard y los Shadows. *West Side Story* era un hito y la fiebre de los grupos comenzaba a despertar a las compañías discográficas inglesas. Sin embargo, nadie quería a los Beatles. Desde diciembre de 1961, cuando se convirtió en su mánager, Brian Epstein llevaba sus cintas de uno a otro lado sin el menor resultado. El día 1 de enero de 1962, tres días antes de ser escogidos como mejor banda de Liverpool en la revista *Mersey Beat,* los Beatles grabaron 15 canciones en los estudios de Decca en Londres. Dick Rowe y Mike Smith fueron los responsables de la prueba. En aquellos mismos días les hicieron otra a Brian Poole & The Tremeloes. Dado que Decca no quería fichar a dos grupos pop, tuvieron que escoger, y escogieron a los Tremeloes. Aquella decisión les costó a Rowe y Smith pasar a la historia como los mayores ignorantes, responsables del mayor patinazo de todos los tiempos, y a Decca perder la posibilidad de haber ganado millones y convertirse en la primera compañía inglesa. Su compensación posterior fue tener a los Rolling Stones.

El voto de confianza para Epstein en su búsqueda de discográfica llegó en la primavera de 1962 de la mano de EMI Records. Los Beatles estaban de nuevo en Hamburgo, donde el 10 de abril había muerto Stu Sutcliffe a causa de un coágulo cerebral ocasionado tiempo atrás en una pelea del grupo. El 6 de junio se grabó en Londres la primera maqueta con cuatro canciones (una de ellas fue el clásico «Bésame mucho»), a las órdenes de George Martin. El productor dio el visto bueno, pero pidió un cambio de batería porque Pete Best no era el adecuado. Apenas hubo dudas. Era el ser o no ser. Se llamó a Ringo Starr y el 4 de septiembre los Beatles grabaron ya como artistas de EMI (aunque el disco se editó en el sello Parlophone) sus primeras canciones en los estudios de St. John's Wood. Con una segunda sesión el día 11 quedó lista la versión definitiva de «Love Me Do», el primer single.

El 5 de octubre de 1962, fecha de aparición de «Love Me Do», se considera el día en que la historia del pop dio su primer aullido y el día en que toda la historia del rock, tras la muerte del primer impulso del rock and roll, quedó inmortalizada en el siglo XX.

El fenómeno

La historia de los Beatles es la historia de un asombro perpetuo. Sus récords en los años sesenta no tienen parangón: dominaron la música de su tiempo, crearon modas, estilos y tendencias, y cambiaron la faz del universo sonoro de la segunda mitad del siglo XX. Hijos del Liverpool obrero y olvidado, le dieron al pop un sentido, y a la música el más universal de los lenguajes. En 1963, «She Loves You» creó también el apelativo por el que se conoció a los jóvenes de este tiempo en países como España. El estribillo de la canción repetía sin cesar la palabra «Yeah!», y el ye-yeísmo se impuso como referencia.

Entre 5 de octubre de 1962 y 10 de abril de 1970, fecha en que los Beatles se separaron oficialmente, transcurrieron trescientas ochenta y ocho semanas. De estas trescientas ochenta y ocho semanas, en Inglaterra, los Beatles fueron número 1 en singles ochenta y una semanas y 164 en álbumes. El primero de esos álbumes pasó sesenta y una semanas en el ranking, de ellas veintinueve en la cima, y en muchas ocasiones era el nuevo LP del grupo el que sustituía al anterior en lo más alto. El efecto fue parecido en Estados Unidos desde la irrupción de la banda en 1964. Los Beatles tuvieron al mundo entero en la palma de sus manos. En primer lugar se beneficiaron del auge de los *mass media* como ningún otro (su actuación en el Ed Sullivan Show superó a la de Elvis y fue vista por 73 millones de personas, y en 1967 fueron las estrellas del primer programa de TV emitido al unísono al mundo entero por Mundovisión, cantando «All You Need Is Love»), pero que todo el planeta se identificara con su música no es solo el producto de ese fenómeno de comunicación. Su lista de récords sería demasiado extensa.

Y más allá de las cifras, esos récords o su leyenda, está la música que ofrecieron, un poco más de doscientas canciones en las que se resume todo un tiempo. Al comienzo sus letras eran tan tópicas como las de la mayoría y versionearon muchos grandes éxitos del rock and roll, aunque con un acierto que llegó a superar en muchos de los casos a las versiones originales, pero en 1966 su madurez empieza a manifestarse no solo en los aportes tecnológicos de sus grabaciones, sino en sus ideas y sus conceptos creativos, de forma que el giro fue absoluto. John Lennon y Paul McCartney trabajaban juntos al principio. Más adelante el éxito cambió su método y aunque firmaban los dos todas sus canciones, las compusieron y escribieron por separado. Aquello llegó a ser una sana competencia directa en busca de una superación del amigo-rival.

Su primer número 1 en Inglaterra fue «Please, Please Me» (16 de febrero de 1963), al que seguirían «She Loves You» y «I Want to Hold Your Hand». Sus dos primeros LP's, ambos el mismo año, fueron *The Beatles* y *With The Beatles*. Hasta 1966 lanzaron siempre dos álbumes por año y un promedio de unos tres singles, amén de los EP's *(extended plays,* discos de cuatro canciones) que extraían de los LP's. Cuatro décadas después, los artistas suelen editar un álbum cada dos o tres años, a veces incluso más si se trata de los consagrados, y exprimen cada uno hasta la saciedad. Eso pone de manifiesto mucho más la ingente creatividad de aquellos años sesenta, porque todos los grupos funcionaban igual aunque solo editaran un LP anual. La conquista de Estados Unidos a comienzos de 1964, como se verá más adelante, marcó un hito, un punto y aparte. Después llegaron dos películas, *A hard Day's Night* y *Help!,* ambas dirigidas por Richard Lester, con las cuales se recreó el «cine del absurdo» puesto en boga por los hermanos Marx y se demostró, sobre todo con la primera, que hasta un artista pop podía hacer una película notable sin caer en edulcoraciones como las que ya practicaba Presley en Hollywood. En 1965 el mismo Gobierno británico, rendido ante la popularidad universal del grupo, decidido a satisfacer a sus fans y granjearse su apoyo y movido por el dinero que entraba en las arcas estatales gracias a ellos, les concedió una de las más altas condecoraciones del país: se les nombró Miembros de la Orden del Imperio Británico. Muchos galardonados anteriores, héroes en guerras nostálgicas como las campañas de la India y demás, devolvieron las suyas, ofendidos.

Ninguna de sus canciones era un relleno o podía considerarse vulgar. Todas tenían su sello. Sus LP's *A Hard Day's Night, Beatles for Sale, Help!, Rubber Soul, Revolver* y el definitivo *Sgt. Pepper's Lonely Hearts Club Band* le pusieron música a los cinco continentes. En 1966, después de su gira americana, cuyo último concierto tuvo lugar el 29 de agosto en el Clandestick Park de San Francisco, abandonaron la música en vivo al reconocer que no podían ofrecer en directo lo mismo que conseguían en los estudios de grabación. El LP *Revolver* fue la prueba de ello. Pero junto a esta verdad incuestionable había otras razones. Los conciertos del grupo todavía eran una suerte de locura tribal y trivial con la que apenas si se sentían identificados. Actuaban treinta minutos, ante un público chillón que impedía oír las canciones, y no había todavía medios ni tecnología para superarlo. Hitos como el del Shea Stadium fueron claves, pero con ellos cuatro actuando en mitad del diamante del campo de béisbol con el público separado y alejado en las gradas, no era como para sentirse orgullosos como músicos.

Volcados en las grabaciones, con sus propias vidas imponiéndose poco a poco a la del grupo, tratando de recuperar sus propias personalidades individuales, *Sgt. Pepper's* fue su testamento y su definitivo golpe de genio. El LP era una obra unitaria, llamada por entonces «conceptual», que rediseñó una vez más los parámetros de la música. Con la muerte de Brian Epstein poco después, los Beatles entrarían en su etapa final, aunque todavía se mantuvieron unidos más de dos años. Crearon Apple, su propio imperio, y casi se arruinaron con la empresa. Aun así fueron capaces de auspiciar innovaciones como la película de dibujos animados *Yellow Submarine,* todo un revulsivo en 1968, o lanzar su doble álbum blanco, *The Beatles,* con un puñado de las mejores canciones de los años sesenta. Incluso George Harrison emergió junto al dúo Lennon-McCartney como un gran autor. Las bodas de John con Yoko Ono y de Paul con Linda Eastman, y un turbulento 1969 en el que cada cual inició sus propias experiencias individuales, a pesar de que todavía se editaron dos nuevos LP's, *Abbey Road* y el póstumo *Let It Be,* condujeron a la separación el 10 de abril de 1970, tras una década bautizada como prodigiosa por muchos motivos, pero sin duda por ellos en primer lugar.

La aparición de los Beatles en Inglaterra cambió el panorama musical de arriba abajo, como después sucedería en Estados Unidos y el mundo entero a partir de 1964. En 1963 el Liverpool Sound se impuso de forma absoluta y el éxito del grupo arrastró a los principales artistas de la ciudad, Gerry & The Pacemakers, Cilla Black, Billy J. Kramer & The Dakotas, Searchers, Brian Poole & The Tremeloes, etc. Lennon y McCartney, además, les dieron canciones a casi todos para que triunfaran, en un ejemplo de camaradería y solidaridad vecinal. El pastel daba para todos. Esta revolución contrastó con lo que se escuchaba una vez más en Estados Unidos, música alejada del efecto rock and roll, controlada y digerible. En 1963 triunfaban allí Perry Como, Tony Bennett, Andy Williams, Bobby Darin, Al Martino, Harry Belafonte y volvían las grandes orquestas clásicas, como la de Mantovani, Percy Faith o Ray Conniff. Aparecía con fuerza el nuevo folk, y poco más. Ni restos casi de rock and roll o de espíritu rockero. La fiesta se vivía en Inglaterra, con los jóvenes y los no tan jóvenes volcados en el pop y la música beat.

El mundo pop

Lo que desencadenaron los Beatles en 1963 en Inglaterra, en 1964 en Estados Unidos, y ya en una reacción en cadena, imparable, en el resto del mundo, entronizó de lleno la música y el concepto pop. Pero los Beatles no crearon el pop. La raíz del movimiento, como concepto global y forma de arte masiva a todos los niveles, es casi diez años previa al nacimiento de la música beat, y ni siquiera su arranque, a mitad de los años cincuenta, coincidiendo con el nacimiento y expansión del rock and roll, es atribuible a este.

Aquí hay un interesante caso de paralelismo que no se entiende por separado sino como una cadencia formal dentro de una ideología artística global. Que el rock and roll y el pop surjan en un mismo paréntesis histórico es una notable simbiosis cuya premisa más acusada la hallamos en la misma sociedad de los años cincuenta. La generación de la posguerra por un lado, la necesidad de hallar sus propios campos de expresión, a todos los niveles, y el desarrollo de los medios de comunicación de masas, con la expansión popular que promovieron, son la auténtica raíz del cambio que se inicia a comienzos de los años cincuenta y que halla su más importante expansión y consolidación a lo largo de los años sesenta.

El pop, tomado como apócope de la palabra «popular», es la consumación del arte a escala de masas; y, al decir arte, hablamos de arte en todas sus manifestaciones: música, literatura, teatro, pintura, etc. En siglos pasados, solo podían asistir a los conciertos un número reducido de personas: eran, pues, personas selectas, pertenecientes a la aristocracia o a familias burguesas. Aún en el siglo XX, una ópera o un concierto eran un acto reducido y restringido a ciertas clases sociales, circunscrito además a un determinado número de asistentes. Las diferencias de clases por un lado, siempre vinculadas a los grados de cultura o poder adquisitivo, y el estancamiento de una sociedad en la que no hay un camino fácil para los no seleccionados por la mano del destino, hacen que el arte en general sea privativo de un cierto tipo de minoría. Esto cambiaría después de la Segunda Guerra Mundial. Los *mass media* se convierten en órganos difusores y portavoces de lo popular; y, siguiendo con el ejemplo concreto de los conciertos, de los cientos de personas que podían entrar en un teatro se pasaría a los miles que asistirían a los macrofestivales de Woodstock o Wight, amén de que ya en 1967 el mundo quedaría unido por la televisión global.

En el nacimiento del pop como expresión artística y cultural se cita como fecha aproximada de origen el bienio formado por los años 1954-1955. El término popular art nace en 1955 con Leslie Fiedler y Reyner Banham, que lo utilizan para definir el conjunto de fenómenos que empiezan a girar alrededor de la televisión, el cine, la publicidad, los cómics, la música y las restantes imágenes producidas y popularizadas por los medios de comunicación. A partir de entonces, surgió la revolución total. La libertad promovida por el pop art desbordó la creatividad en todos sus márgenes. Fue el pistoletazo de salida del «todo vale». Lo «vulgar» se hizo normal. «Bueno» o «malo» dejaron de ser conceptos absolutos para convertirse en «gusta» o «no gusta».

El mundo pop es, pues, el mundo de lo popular convertido en arte y forma de vida de la segunda mitad del siglo XX, con especial auge en esa década esplendorosa de los años sesenta. La sociedad de masas crearía su propia cultura y generaría su propio estilo de vida. En arte, el pop art es la recreación de lo cotidiano convertido en modelo natural. En música, las canciones difundidas por los medios de comunicación son temas de dos o tres minutos con letras que hablan de lo cotidiano.

El principal problema que plantea el pop como modelo artístico es que, mientras antiguamente lo normal se consideraba en cierta forma «vulgar», el pop convierte lo vulgar en norma. La cultura de masas no es selectiva. En su entorno bulle la sociedad de consumo, y el consumo viene representado por la botella de Coca-Cola o por un disco de los Beatles. Las canciones hablan de esa botella, y los primeros cuadros que la representan, o convierten la bandera americana en un ítem, son el nuevo exponente del arte pop. Andy Warhol dibujó una lata de sopas Campbell y la multiplicó hasta la saciedad. Luego haría lo mismo con el rostro de Marilyn Monroe o con otros destacados modelos sociales de su tiempo. El color era lo único que cambiaba. Y todas esas nuevas características acabaron dando forma a un tiempo y un espacio en el que el ser humano creó arte partiendo de su entorno más cotidiano, o yendo más allá de él, pero con unas bases estables tomadas de sí mismo y de su proyección en lo que le rodeaba. El pop fue el resultado visual y estético del cambio iniciado por la generación de la posguerra. El cambio influye en el ser humano y el ser humano genera más cambio. El desarrollo de la nueva sociedad nacida a mitad de los años cincuenta y consolidada en los sesenta fue el disparadero de los medios de comunicación de masas.

Dentro de la masificación, surgieron igualmente nuevos símbolos forjados por el consumismo. En música estos símbolos fueron las estrellas capaces de mover masas y vender millones de discos, Elvis Presley o Beatles. Eran el modelo no ya a imitar, sino a seguir. Miles de adolescentes quisieron ser cantantes y hacerse famosos. El *star system* no era algo nuevo, lo había desarrollado Hollywood desde su Fábrica de Sueños, pero el pop los hizo más asequibles.

7
LAS CORRIENTES DEL RHYTHM & BLUES

EL RHYTHM & BLUES BRITÁNICO

Inglaterra enloqueció con los Beatles. A su amparo surgieron decenas de grupos que durante la cresta de la ola beat pusieron música a esta época. Sin embargo, ni siquiera ese auge pudo evitar que la mayoría de grandes instrumentistas ingleses de la segunda mitad de los años sesenta emergiera de la corriente del rhythm & blues, subterránea todavía en 1963 o 1964.

A partir del éxito de los Beatles el rhythm & blues evolucionó rápido en Inglaterra como corriente paralela, aunque tardó casi dos años en tener un peso específico en relación al beat, y contó con una banda que supo aunar su potencia con el efecto más energético del rock, los Rolling Stones. Si bien los Beatles mantuvieron su hegemonía entre 1963 y 1970, dejando una huella indeleble y eterna tras su separación, la primera oleada de grupos pop coetáneos a ellos desapareció en 1966, y la segunda lo haría en 1968. Por contra, después de un período iniciático (1961-1963), y de un período de primer éxito popular y comercial (1964-1965), es en 1966 cuando las primeras figuras surgidas de la corriente del rhythm & blues asientan su poder y su fuerza, en plena madurez creativa, iniciando la conquista de un mercado que no se les resistirá. Para entonces los Rolling Stones ya llevaban dos años de éxitos y se habían erigido en los rivales de los Beatles (aunque jamás hubo esa rivalidad entre ellos, al contrario), y otras bandas, como los Animals, habían seguido sus pasos.

Hay dos corrientes paralelas en el primer latido del rhythm & blues británico. Por un lado están Alexis Korner y Cyril Davies, músicos avanzados que, ya en la segunda mitad de los años cincuenta, adoptaron el estilo como bandera de un cambio. Por otro lado, hay un precedente anterior: Chris Barber, que había formado su primera banda en 1949. En 1954 Barber introdujo en su orquesta a un cantante llamado Lonnie Donegan y remodeló su estilo, cien por cien jazzístico, hacia el blues, con el que experimenta hasta acabar decantándose por él. En un momento dado redujo su banda a la mínima expresión y pasó a ser un trío, con Barber al bajo, Donegan a la voz y la guitarra y Beryl Bryden al washboard. Hasta aquí se trata de la evolución natural de un artista inquieto que se mueve con el tiempo y se adecua a su evolución. Pero Barber fue más allá. Quiso seguir investigando, experimentando, y decidió invitar a tocar con él a los más reputados músicos del rhythm & blues estadounidense. El peso específico que tenía obró el milagro y de esta forma él fue el introductor en Inglaterra de figuras como Big Billy Broonzy, John Lee Hooker, Sonny Terry, Muddy Waters, Sister Rosetta Tharpe, Brownie McGhee, etc. La sola presencia de Waters en Inglaterra en 1958 puede calificarse de hito histórico, porque él y Bo Diddley fueron dos de las máximas influencias, después manifestadas con la aparición de los Rolling Stones.

El asentamiento del rhythm & blues en Inglaterra parte directamente de esa visita de Muddy Waters. Hasta ese momento la música se hacía e interpretaba siguiendo unas pautas que los puristas consideraban inalterables. Pero fue entonces cuando Waters comenzó a actuar con instrumentos amplificados y se produjo la conmoción. Por un lado, como tantas veces, los puristas rechazan el cambio y se convierten en feroces detractores del mismo. Por otro, la nueva generación advierte las posibilidades de esa nueva vanguardia y, más que ellos, los músicos ingleses, que quedan impresionados.

Dos músicos de esta generación eran Alexis Korner y Cyril Davies. En la segunda mitad de los años cincuenta los dos amenizan las veladas musicales de los clubs del West End de Londres, como el Roundhouse de Wardour Street o el Barrelhouse Club. Clásicos antros especializados, por ellos desfilarán los conversos del nuevo y popular aunque minoritario estilo junto a las estrellas estadounidenses invitadas. La fama y la calidad de Korner y de Davies harán que el propio

Barber les invite a tocar con él para realizar una serie de actuaciones en Estados Unidos. Barber ya había perdido a Lonnie Donegan, que triunfaba por su cuenta en solitario, y su nueva cantante era su propia esposa, Otilia Patterson. La unión de Korner a la guitarra, Davies a la armónica y Barber y su esposa fue todo un aldabonazo tras el cual los dos primeros se unieron para crear su propia banda, Blues Incorporated, considerada con el tiempo la pieza angular de la estructura del rhythm & blues británico.

No les resultó fácil llegar a un público mayoritario, y de hecho nunca lo lograron por ser considerados traidores y vanguardistas, transgresores de los valores eternos. Los escépticos y puristas siguieron aferrados al tradicionalismo, anclándose en las viejas pautas del jazz y del blues. La Blues Incorporated no actuó en los circuitos habituales, que los rechazaron, y tuvo que buscarse la vida en clubs alternativos hasta que Davies y Korner decidieron crear su propio local en un pequeño sótano próximo a la estación de metro de Ealing Broadway. El 17 de marzo de 1962 abría sus puertas el Ealing Blues Club con la actuación de Blues Incorporated.

Por el Ealing empezó a desfilar un enjambre de jóvenes adictos a las nuevas vanguardias, músicos incipientes, seguidores de Muddy Waters o Bo Diddley y fans de Blues Incorporated. Primero imitan, sobre todo, a los maestros negros americanos, después investigan por su cuenta. Una de las características del Ealing es que suelen producirse *jam sessions* en las que todos pueden intervenir. Los primeros nombres que despuntan son los del teclista surafricano Manfred Mann, Jack Bruce y Ginger Baker (en Cream en 1966), Graham Bond, Paul Jones, Hughie Flint, John McLaughlin, Long John Baldry, John Surman, Dick Heckstall-Smith (todos ellos líderes de sus propias bandas después, o músicos de grupos esenciales) y también varios de los que después acabarán formando los Rolling Stones: Keith Richards, Charlie Watts y Brian Jones. Todos tocaron con Blues Incorporated antes de su éxito.

El Ealing pronto tuvo ayuda, o competencia. Aparecen el Marquee y el Flamingo en la misma Wardour Street del Roundhouse, rápidamente convertidos en los nuevos templos del rhythm & blues británico. La propia Blues Incorporated debuta en el Marquee en plena ebullición. En un año ya se habrán formado las principales bandas adictas al género, Rolling Stones, Yardbirds, Georgie Fame & The Blue Fames, Chris Farlowe & The Thunderbirds y otros muchos. Y no solo sería Londres, de la misma forma que también hubo beat en Manchester y otros lugares. La corriente del rhythm & blues llevará sus ecos hasta Newcastle, hogar de los Animals de Eric Burdon, o hasta Manchester, de donde saldrá el genio de John Mayall.

El éxito de la mayoría de nuevos grupos inscritos en la esfera del rhythm & blues, iniciado en 1963 y consolidado en 1965, pronto hizo que los pioneros quedaran casi olvidados, sin relevo. De pronto Korner o Davies eran los nuevos puristas, no los transgresores, ya que los nuevos grupos asimilaron parte del éxito de los Beatles y la música pop, parte de su propia dinámica evolutiva, parte del nuevo frente musical, y lograron implantarse comercialmente en un mercado ávido de sensaciones y novedades en plena catarsis de los años sesenta. Los Rolling Stones y su tremendo éxito acabaron de afianzar esa vertiente y convertirla en algo propio. Así que el rhythm & blues acabó volviendo a Estados Unidos bajo la fuerza blanca de los Stones, los Animals o los Yardbirds, mientras que en Inglaterra revolucionaba el pop y preparaba los grandes cambios de la segunda mitad de los años sesenta, partiendo de la aparición de Cream en 1966.

Cuando Cyril Davies murió en enero de 1964 ya se había separado de Korner. Nunca tuvieron un hit. Tampoco lo tuvo «el gran padre» del rhythm & blues británico, John Mayall. Pero fueron indispensables en la historia.

Rolling Stones

Mick Jagger era hijo de un profesor de educación física, trabajo que él mismo desempeñaba a los dieciocho años. Keith Richards había sido expulsado de la Technical School. Brian Jones era hijo de una profesora de piano y un ingeniero aeronáutico, estudiante en colegios caros pero que trabajaba de asistente en el departamento de material eléctrico de una tienda de la cadena Whiteley's. Bill Wyman era hijo de un albañil y había estado en la Air Force. Charlie Watts era hijo de un camionero pero siempre tocó la batería. Estos cinco elementos se conocieron en el entorno de Alexis Korner en 1962 y, tras algunos cambios de personal, se unieron como Rolling Stones a comienzos de 1963. El nombre lo sacaron de una canción de Muddy Waters, «Rollin' Stone». A los pocos meses de su andadura ya eran populares por su música (versiones de éxitos del rhythm & blues) tanto como por ser la antítesis de los Beatles. Elemento clave de su progresión fue la aparición de Andrew Loog Oldham, su mánager, que ya había trabajado con Brian Epstein.

Fue en abril de 1963 cuando Giorgio Gomelsky, mánager del club Crawdaddy de Richmond, Surrey, un suburbio-barrio-pueblo de Londres, llamó a Peter Jones, redactor del *Record Mirror,* para que viera a las estrellas de su club. Peter, fascinado, escribió un gran artículo en su periódico y llamó a su vez a Loog Oldham, que acababa de dejar a Epstein, para que fuera a verles. Andrew, cantante frustrado, tenía diecinueve años, pero se convirtió en el mánager de los Rolling. Antes, con dieciséis años, había trabajado ya con Mary Quant, inventora de la mini-falda poco después. Lo primero que hizo como mánager del grupo fue pedir dinero a un experto del *show business,* Eric Easton, para financiar su aventura. Al ver a los Stones, Easton pronunció una de las grandes frases de la historia del rock: «No están mal, pero convendría cambiar al cantante porque la BBC no le dejará pasar».

Loog Oldham hizo con los Rolling lo mismo que Epstein con los Beatles, pero mientras Brian educaba a sus pupilos, Andrew potenció toda su perversa y maliciosa oscuridad juvenil. Los Beatles sonaban limpios, pulcros, y hasta sus «melenas» pronto fueron ridículas al lado de las de los Stones. Brian les hacía actuar de uniforme. Para los Rolling la única norma era el reto, la provocación, la anarquía de su sonido, una oleada de ritmo y potencia, marcada y acentuada por el desafío de Mick Jagger. Electrizaban y por ello su ascensión fue más rápida que la de los propios Beatles.

La búsqueda de una compañía discográfica fue, como siempre, lo esencial. Andrew Loog Oldham presentó una primera maqueta a Decca Records, la compañía que ya figuraba en la historia como «la que había rechazado a los Beatles». Las canciones no entusiasmaron a los responsables, pero por miedo a volver a equivocarse, dieron una segunda oportunidad al grupo. La intervención de George Harrison, asegurando que le entusiasmaban y eran sensacionales, hizo que Decca les contratara y no se arriesgara a un segundo fracaso histórico, aunque el contrato solo fue por dos años inicialmente.

En pleno «boom» de los Beatles, el primer single de los Rolling no pasó del top-10. Entonces volvieron a intervenir ellos. El 7 de septiembre Lennon y McCartney visitan el Studio 51 Jazz Club donde actúan los Stones. Tienen una canción medio hecha, «I Wanna Be Your Man», y en unos minutos la terminan y se la ofrecen como segundo single. El apoyo de los Beatles acabaría por lanzar a sus máximos rivales, aunque nunca lo fueran en realidad. Durante los años sesenta Beatles y Rolling solían llamarse por teléfono para avisarse mutuamente de sus lanzamientos, incluso de si la canción sería lenta o rápida. Jamás se estorbaron, se repartieron el mercado y nunca hubo nada a pesar de que los medios de comunicación intentaron por todos los medios provocar peleas, frases o pugnas. La inteligente carrera de Beatles y Rolling jamás ha sido superada, y en cada tiempo histórico las dos bandas punteras del momento siempre han ido a la greña en inútiles y estúpidas guerras de egos. «I Wanna Be Your Man» asentó al quinteto en los rankings y ya en 1964 el éxito fue demoledor con «Not Fade Away», «It's All Over Now» y «Little Red Rooster», mientras que su primer LP fue número 1 doce semanas, las doce semanas que no lo fueron los Beatles a lo largo del año. En 1965 «Satisfaction» sería su cumbre universal, la canción más representativa de los sesenta junto con «Yesterday» de los Beatles y «My Generation» de los Who.

Los Rolling Stones se convirtieron rápidamente en el «enemigo público número 1». De pronto los Beatles eran los «buenos chicos» y ellos «los malos». Cabello, ropas, actitud, desafío. Mick Jagger era un huracán en escena. Su cadena de altercados se inicia en la gira americana de primavera de 1964, poco después del éxito de los Beatles. Dean Martin frivoliza al presentarles en el «Hollywood Palace TV Show». En Europa hay peleas en un concierto, el ministro del Interior belga prohíbe una actuación y luego ha de aceptarla para evitar males mayores, el Olympia de París queda arrasado por los fans, y todo culmina con el escándalo de su actuación en el Sunday Night at The London Palladium, retransmitido por televisión. De vuelta a Estados Unidos la marea llega al máximo con las protestas del público americano tras su presentación en el «Ed Sullivan Show» en mayo de 1965. El mismo mes que «Satisfaction» se oía en el mundo entero, julio, eran multados por orinar en público en una estación de servicio. ¿Motivo? El empleado no les dejó entrar en los servicios y ellos no dudaron en aliviarse fuera.

Cuando cuatro semanas después se les multa con tres libras por cabeza y 15 guineas a pagar entre los tres, Mick Jagger dirá con socarronería que va a «apelar al Supremo». El lema «Cuidado, vienen los Stones», copia del empleado por los Beatles en su asalto americano, se utilizaba en las ciudades británicas cuando actúan ellos. Otra frase, «¿Dejaría que su hija se casara con un Rolling Stone?», se hizo también popular. La prensa les llegó a definir como «long hair macarras rock style» (peludos con estilo macarra), y claro, a sus conciertos iban cada vez más los adictos a esa definición, con proliferación de peleas y conflictos. La polémica estaba servida, por mucho que hoy parezca infantil. Cada tiempo ha tenido sus pioneros enfrentados a la sociedad bienpensante. Jim Morrison fue detenido por obsceno a fines de los sesenta tras hacer gestos que poco tiempo después imitaron todos los grupos sin que nadie se escandalizara. Las andanzas contra el sistema de los Rolling Stones culminaron con su detención en 1967 por consumo de drogas, aunque luego las sentencias se revisaron y retiraron por falta de pruebas. Fueron los cabezas de turco perfectos. Se quería dar ejemplo y ellos estaban en primera fila. Esta caza culminó con la muerte de Brian Jones dos años después, mermado psíquicamente por el suceso.

Los Rolling Stones trascienden a su tiempo no solo por haber sido héroes de los sesenta, sino por haber roto todos los esquemas del rock con su longevidad. Bautizada como «la mejor banda de rock del mundo», cincuenta años después del nacimiento de la historia siguen en activo, aunque pagando el habitual peaje del tiempo. El dúo Jagger-Richards ha sido el más prolífico, con una larga serie de canciones vitales. Desmanes aparte, luces y sombras al margen, su poder se ha mantenido década a década, transgrediendo todos los arquetipos que dicen que el período de vida media de un grupo de éxito es de cinco años a partir de la grabación de su primer disco. Muchos superan esos cinco años, pero con cambios, abandonos, puntos de inflexión, fracasos, etc.

Las figuras del rhythm & blues británico

En los sesenta había espacio para todos, y esa tónica se mantuvo durante más de una década sin apenas oposición. Los Beatles y los Rolling Stones parecían ser la antítesis los unos de los otros, pero se complementaron y avanzaron en la misma dirección: la música. El mundo entero se rindió a su sonido y sus canciones se convirtieron en los nuevos himnos generacionales. La influencia de los Beatles se manifestaría en infinidad de grupos pop, Peter & Gordon, Dave Clark Five, Hollies, Manfred Mann, Herman's Hermits, Searchers, Who o los Kinks, estos ya en la frontera con el rhythm & blues. La de los Stones llegó a todos los grandes que les acompañaron en su primer recorrido: Animals, Yardbirds, Spencer Davis Group, etc. Pero más que los conjuntos, se trata de una historia de figuras de leyenda, porque de la primera oleada de conjuntos adictos al R&B surgirían Eric Clapton, Jeff Beck, Jimmy Page, Keith Emerson, Gary Brooker, Rod Stewart, Brian Auger y muchos más.

Eric Burdon fue la voz más importante de estos años. Un blanco que cantaba como un negro y que, ya a comienzos de los setenta, acabó liderando un grupo negro, War, entregado al rock y el blues. The Animals surgieron en Newcastle en 1962, se trasladaron a Londres a fines de 1963 y con su segundo single, «The House of the Rising Sun», crearon uno de los referentes musicales de todos los tiempos. Fueron de los primeros, junto a Dave Clark Five, en exportarse a Estados Unidos manteniendo una gran línea de canciones brillantes, «It's My Life», «Don't Let Me Be Misunderstood», «We Gotta Get Out of This Place», «Bring It on Home to Me». Si los Beatles revalorizaron a Chuck Berry o Little Richard, y los Stones hicieron lo propio con Muddy Waters o Willie Dixon, los Animals recuperaron a John Lee Hooker («Dimples», «Boom Boom», «Maudie», «I'm Mad Again»), Sam Cooke o Nina Simone. Eric Burdon se mantuvo primero como cantante del grupo después, desde 1966, como Eric Burdon & The Animals, con otros músicos, y seguiría así una longeva carrera que nunca bajó en calidad. Un miembro de The Animals, Chass Chandler, sería el descubridor de Jimi Hendrix.

Los Yardbirds no tuvieron éxitos millonarios ni números 1 en ventas, pero ninguna otra banda de la historia puede decir que ha dado a los tres mejores guitarras de la misma sin contar a Jimi Hendrix. Formados alrededor de Keith Relf, el cantante solista, su primer guitarra fue Eric Clapton. Cuando Clapton les deja en 1965 para unirse a John Mayall, le sustituye Jeff Beck. Y estando él en el grupo, entraría también como guitarra Jimmy Page. Luego se marcharía Beck en 1966 y a mitad del año siguiente se separarían. Entonces Page tomaría la antorcha para crear la más poderosa banda de fines de los sesenta y comienzos de los setenta: Led Zeppelin.

Spencer Davis Group aparecerían más tarde pese a iniciarse en 1963. El líder de la banda era Spencer Davis, pero la estrella fue Stevie Winwood, que tenía catorce años cuando empezaron. Con una voz negroide, al estilo de la de Eric Burdon pero más aguda, y una inteligencia musical que le permitía tocar teclados y otros instrumentos, Winwood fue otro de los referentes de los años sesenta, con una notable carrera individual posterior. Spencer Davis Group tuvo éxitos fundamentales, como «I'm a Man», «Keep on Running», «Somebody Help Me» y especialmente el emblemático «Gimme Some Lovin'».

Hubo otros referentes menores: la Graham Bond Organization (primera banda que utilizó combinaciones de instrumentos electrónicos de teclado, así como el melotrón, y en la que tocó la guitarra un principiante John McLaughlin), Georgie Fame & The Blue Fames, Davey Jones and The King Bees (Davey Jones era el futuro David Bowie), Wilde Flowers (antesala de Soft Machine o Caravan), Paramounts (con Gary Brooker, después fundador de Procol Harum), Chris Farlowe & The Thunderbirds (Chris pasó después por bandas señeras como Greenslade, Colosseum y Atomic Rooster), Long John Baldry (ex solista de la Blues Inc. de Alexis Korner y de los All Stars de Cyril Davies, creador de los Steampackers, de los que saldrían Rod Stewart, Julie Driscoll y Brian Auger) y otros. Pero ninguno merece tan especial atención como John Mayall, «el padre blanco del blues». Nacido en Manchester, tocaba guitarra, armónica y piano. Su primer grupo fue Powerhouse, pero en 1963 inició una carrera llena de personalidad con Blues Syndicate. Alexis Korner le convence para que se traslade a Londres y allí nacen los Bluesbreakers, grupo por el que entran y salen músicos sin cesar. Tras grabar su primer LP en diciembre de 1964, se convierte en una factoría de blues y un exportador de grandes instrumentistas. Todos quieren tocar con él, para aprender, para disfrutar con su libertad o para emerger después como ex de los Bluesbreakers. Incluso Eric Clapton prefirió estar a su lado un tiempo y dejó a los más populares Yardbirds. Innovador constante, buceador de nuevas formas expresivas (algunas consideradas inamovibles), prescindiendo de modismos y siempre fiel a sí mismo, Mayall llegó a grabar en 1969 un LP sin batería, su excelso *Turning point,* antes de pasarse a las fusiones con el jazz y otras tendencias. Solo la lista de guitarras que tocaron con él es impresionante, entre ellos Eric Clapton, Peter Green, Bernie Watson, Roger Dean, John Weider, Mick Taylor, Harvey Mandel o Jerry McGee. Sus músicos fundarían o tocarían después en bandas como Cream, Blind Faith, Fleetwood Mac, Family, Juicy Lucy, McGuinness-Flint, Free, Colosseum y otro largo etcétera. A Mayall se le conoció también como «señor de los supergrupos».

8
El nuevo folk americano

Los orígenes del folk

El folk es el género musical por antonomasia. Cada pueblo, cada etnia, tiene un folclore propio que le identifica y que le hace distinto de otros. Ese folclore está enraizado en los orígenes de esas etnias y surge de ellos en su más primaria esencia.

Desde que el ser humano tuvo uso de razón y descubrió la música mediante la cadencia rítmica del lenguaje, el folclore formó parte de su vida y de sus relaciones. Gracias a esa música fue capaz de expresar sus sentimientos, estados de ánimo, pensamientos, y relacionarlos además con su entorno (cantos para pedir lluvia o agradecer una buena cosecha, cantos guerreros o fúnebres, etc.). Sin embargo, si bien el folclore cabe describirlo como toda música autóctona surgida de cada tribu, pueblo o conjunto de ellos, el término folk cobraría carta de identidad propia en Estados Unidos, pues allí fueron a parar buena parte de las tradiciones musicales de las naciones más importantes del planeta gracias a las migraciones de los últimos siglos.

Estados Unidos fue, y sigue siendo hoy en día, el país de los contrastes y los cambios. Nación joven y poderosa, enorme en extensión y multicultural, arrancó su andadura histórica moderna con la llegada del hombre blanco, la parcial extinción de sus tribus, la conquista de costa a costa de su espacio, la esclavitud, y así un largo etcétera hasta llegar a un presente en el que blancos, afroamericanos, hispanos o asiáticos comparten presente y futuro. Con algo más de doscientos años de historia real, desde el nacimiento de su Constitución, y quinientos desde que Colón arribó al Nuevo Mundo, su evolución ha sido un pálpito mantenido con pleno vigor.

A Estados Unidos llegaron hace tiempo españoles, ingleses, portugueses, franceses, holandeses, irlandeses, italianos, chinos... una mezcla heterodoxa de razas y lenguas, y también de religiones, formas de vida, formas de expresión oral... y musical. De esa babel de culturas surgiría una propia, y de esa amalgama de hombres y mujeres con tradiciones marcadas a través de la historia y los siglos, otra personalidad nueva que sería el *leit-motiv* alrededor del cual se iniciaría la propia historia americana, agitada como todo nacimiento, y profusa en acontecimientos. Primero fueron unos pocos Estados independientes, en la Costa Este. Después llegaría la expansión hacia el Oeste. Cualquiera podía triunfar, cualquiera podía encontrar oro, cualquiera estaba en disposición de iniciar una nueva vida. Pronto se comprobaría que no todo era así, pero la leyenda se mantuvo, y aún hoy está presente en el ánimo de los miles de desesperados que tratan de entrar clandestinamente en el país. Las culturas de la vieja Europa se convirtieron paso a paso en una única cultura «americana».

En 1783 el Tratado de París reconoció a Estados Unidos, siete años después de que Thomas Jefferson redactara en Philadelphia la Declaración de Independencia. Los Estados Unidos, todavía llenos de abismos internos, crecían puritanos y estables en el Este, mientras se convulsionaban salvajes y libertarios en el Oeste. Ese contraste, que tanto ha influido en el perfil del americano medio, lo fue en todos los órdenes, y en el musical sería uno de los más notables.

La música que las distintas culturas aportaron a Estados Unidos fue expandiéndose y entrando en contacto unas con otras a lo largo de los años. El negro llevaba el latido de su África natal, el ritmo de sus tambores tribales. Los blancos llevaban sus canciones, distintas las irlandesas de las francesas. A medida que América creció, su nueva música también experimentó la mutación del cambio. En el Sur, en Nueva Orleans, una de sus ramas más importantes creó su propia identidad. En los territorios del Centro y parte del Oeste, otra rama originaría el country & western. El folk, como denominador común, se convirtió en testimonio de la realidad cotidiana. Se cantaban baladas con las andanzas de los pistoleros famosos, o gestas importantes inmortalizadas al amor de los fuegos de acampada. Eran las primeras raíces de una identidad en expansión que habría de perdurar, transmitida entonces por vía oral de generación en generación.

El folk fue también revolución, instrumento, y medio, una de las características sin duda fundamentales de esta historia.

A mediados del siglo XIX el progreso mantenía a Estados Unidos en una frenética carrera sin fin que arrastraba a su vez a un mundo que contemplaba absorto el despegue de la nueva nación. La industrialización sacudió al país, y con ella se cambió el modo de vida. Los primitivos colonos pasaron a ser un recuerdo. Lo que llegaba ahora a Estados Unidos era masa obrera. Polacos, armenios, escoceses, italianos, chinos, rusos, galeses... Un flujo incesante. A cada país se le otorgó un cupo siempre cubierto con creces. Cuando esas personas llegaban allí, todo lo más mantenían sus raíces unos años. Sus hijos, asimilados, capturados y transformados, ya eran americanos.

Esa gran masa obrera llegada a la nación creó la natural injusticia social que sigue a todo movimiento migratorio. La explotación fue el primer germen del descontento. Si antes los colonizadores se habían enfrentado a los indios en la desigual lucha por la conquista de la tierra, ahora los obreros luchaban contra sus patronos, en una lucha no menos desigual por unos derechos de los que carecían. Los oprimidos pronto se rebelaron. Primero los obreros reclamaron un simple trabajo y vivir en América; después que ese trabajo fuera digno y ser americanos. Con el tiempo, los sindicatos aparecieron para defender esos derechos, pero el mal gobierno de unos y la ilegalidad de otros, vendiéndose a aquellos contra quienes debían proteger a los obreros, fueron creando más y más voces de rebeldía.

El folk fue la bandera de esa rebeldía.

Si el folk ha tenido siempre una raíz popular, nunca como hasta fines del siglo XIX y comienzos del XX se constató más y mejor su auténtico valor y, por ende, su fuerza. Las canciones se convirtieron de inmediato en el vehículo para la denuncia de la injusticia. Eran testimonio, arenga, martillo oral y grito bajo el cual todos hallaron un paraguas protector.

Así nació a la historia el primer *folk-singer:* Joe Hill.

Joe Hill era un obrero sueco emigrado a Estados Unidos en 1901. Allí se convirtió en uno más, trabajando duramente, pero al mismo tiempo, armado de su guitarra, convirtió cada una de sus experiencias en una canción. Cuando esas canciones cantaron la opresión y denunciaron la injusticia, dejaron de ser canciones para convertirse en pequeños himnos, puñales lanzados contra los opresores. Así, sin darse apenas cuenta, Hill se convirtió en un líder y su popularidad le hizo ser también algo más: peligroso. En el país de la libertad, Joe Hill fue libre para denunciar, pedir unidad, exigir mejores sueldos o una vida más digna. Pero... un revolucionario era demasiado peligroso en unos días en los que no se los toleraba. Su arma no era una pistola, sino una guitarra y los dirigentes pronto se dieron cuenta de que era más amenazante.

Joe Hill fue detenido, acusado y eliminado «legalmente». El 19 de noviembre de 1915 las autoridades del Estado de Utah le ejecutaron como represalia por sus canciones subversivas, no por sus crímenes. Como tantas y tantas otras veces hasta hoy (Víctor Jara en Chile en 1973 sería el caso más importante), se mató al personaje, pero sus canciones perduraron y también su leyenda. Al entierro de Hill acudieron 30.000 personas. Esto, en 1915, causó un fuerte impacto en la opinión pública. Los medios de comunicación de masas no existían, pero la voz de aquel hombre se hizo escuchar de costa a costa. A su muerte, el progreso y la industrialización habían cambiado ya a Estados Unidos. De ahí que cuando, a comienzos de los años sesenta, surge un nuevo folk en contra de un estado de cosas poco satisfactorias, para las nuevas generaciones no hace sino volver a girar aquella rueda que un día impulsó Joe Hill, la música y la palabra como denuncia de la realidad.

La canción protesta

A la muerte de Joe Hill, otros tomaron su bandera mucho antes de la aparición del genio de Dylan. En 1912 había nacido Woody Guthrie y en 1919 lo haría Pete Seeger. Fueron los años de los Theodor Bikel, Sonny Terry, «Tía» Jackson, Lee Hays, Les Rice, Jimmie Rodgers y, por supuesto, Leadbelly, uno de los primeros negros en luchar por los derechos civiles y humanos de sus hermanos de raza. Entre todos se hizo la historia, se mantuvo el folk como género musical cada vez más fuerte, y cuando el disco irrumpe llevando hasta todos los rincones sus canciones, llegamos a la eclosión de un movimiento que iba a ser uno de los grandes focos de la historia de la música rock.

Woody Guthrie era de Oklahoma y vivió la miseria de la Gran Depresión cebada en su familia. Una de sus canciones más famosas, la historia de Tom Joad, surgió del libro del futuro Premio Nobel de literatura John Steinbeck, *Las uvas de la ira,* y de la película del mismo título. En los años treinta y cuarenta, Woody se reveló tanto como poeta y cantante como humanista. Hombre sencillo, se convirtió en un héroe cuyas canciones estaban llenas de héroes mucho más cotidianos, vagabundos, obreros, hombres sin destino. Viajó de una a otra parte del país, subido en trenes y viviendo en muchas partes. Fue el tiempo en que nació el movimiento obrero americano y los sindicatos que se oponían a la dictadura de los grandes caciques. Entre sus grandes canciones destacan «This Land Is Your Land», «Pastures of Plenty» o «Hard Traveling». En su guitarra escribió la frase: «Esta máquina mata fascistas». En 1943 escribió su autobiografía, *Bound for Glory,* llevada al cine a fines de los setenta. Bob Dylan fue uno de los muchos chicos que se llenó de ella y quiso seguirle. Pero Dylan lo hizo en serio: viajó hasta Nueva York y logró visitarle varias veces antes de su muerte, el 3 de octubre de 1967, víctima del mal de Huntington. Desde los años cincuenta en que la parálisis empezó a hacer mella en él, su vida declinó. En 1954 ingresó en el hospital del que ya no saldría en trece años.

Pete Seeger era un fanático de la música folk, tocaba ukelele, banjo y guitarra y cuando investigaba sobre el folclore americano acabó atrapado por su fuerza. Alan Lomax, recopilador de canciones folk en los archivos de la Biblioteca del Congreso, en Washington, fue su maestro. Tras conocer a Leadbelly y Woody Guthrie, Pete seguiría su camino desde 1936 como cantante, pacifista y defensor de los derechos civiles. Su labor adquirió especial relieve a finales de los años cuarenta y principios de los cincuenta, en plena represión y «caza de brujas» a cargo del senador McCarthy, puesto que él mismo sufrió repetidas condenas a cargo del Comité de Actividades Antiamericanas, aunque fue absuelto por el Tribunal Supremo. Irreductible frente al «boom» industrial, entre sus mejores canciones destacan el himno «We Shall Overcome», «Turn Turn Turn» (basada en un texto del Eclesiastés), «Where Have All the Flowers Gone?» (basada en un poema ruso) y «If I Had a Hammer». Fue columnista en las publicaciones *Broadside* y *Sing out!* Una frase define parte de su ideario: «Para el hombre no hay otra alternativa que ser hombre o cobarde. Pero yo os digo que hay otra: unirse».

Después de la Segunda Guerra Mundial, en los años cincuenta y sesenta, la problemática en Estados Unidos era otra: guerra fría, miedo a «la bomba», anticomunismo exacerbado, la lucha por los derechos civiles... La voz del pueblo tenía su mayor expresión en ese folk cada vez más popular que acabaría derivando hacia una de las ramas más poderosas de la era rock. Fue el nacimiento de la llamada canción protesta.

De la misma forma que fascismos totalitarios o izquierdismos dictatoriales se han llegado a servir de democracias para existir, cuando en el caso de llegar ellos al poder la democracia es lo primero que suprimen, la canción protesta tuvo de entrada una singular dicotomía. Su éxito popular y comercial se beneficiaba de la masificación de los medios de comunicación. Y siendo así, ¿en qué sentido se entendía la protesta?

¿Hasta qué punto algo dicho contra el sistema tiene validez, cuando el propio sistema lo utiliza comercialmente y lo convierte en consumo? Pete Seeger tuvo una respuesta hábil para ello: «Yo no habría grabado jamás un disco, porque al hacerlo doy dinero a una compañía discográfica, incrementando el capitalismo, pero reconozco que debo hacerlo y que me siento moralmente obligado a ello, puesto que como artista, considero que lo más importante de una obra es su difusión». Pete utilizaba los recursos del sistema para divulgar unas ideas... en contra del sistema. Y el sistema, fuerte y seguro, difundía esas ideas en beneficio propio. Diríase que era el perfecto equilibro. ¿Pero para los nuevos folk-singers era entonces la suya una causa perdida? No del todo. La concienciación subsistía. Por lo menos lo que quedaba en la superficie y parte del fondo era la sensación de que aquello que no se podía destruir, al menos se podía mejorar.

La principal lucha de comienzos de los años sesenta tuvo como foco los derechos civiles, la lucha por la igualdad en el seno de una nación en la que aún subsistían los prejuicios en contra de la población negra. No se admitía a personas de color (aún no se les llamaba afroamericanos) en determinados lugares solo para blancos, no podían estudiar mezclados, había mingitorios separados, los negros tenían que sentarse en la parte de atrás de los autobuses y siempre y cuando todos los blancos estuviesen previamente sentados, y un largo etcétera. A esta primera gran lucha seguirían después otras como el exacerbado anticomunismo y más tarde la guerra de Vietnam y el pacifismo desatado contra ella.

Bajo este clima de reivindicación de la población negra, aparecieron agrupaciones como el CORE (Congres of Racial Equality) o el Student Non-Violent Coordinating Commitee for Civil Rights. Pete Seeger, Joan Baez y los cantantes de la nueva elite folk, como Bob Dylan, desarrollaron bajo esa influencia su primer compromiso.

La lucha por los derechos civiles fue la primera bandera, pero no la única, hay que volver a recordarlo. La sociedad americana vivía por entonces presa de muchos fantasmas. La mayoría moral había impedido que el rock and roll llegase más lejos. Era la misma mayoría moral que se oponía a que los negros tuvieran libertades o a que los comunistas pudieran decir libremente que lo eran. Bob Dylan le cantó a todo ello y sus letras han seguido vivas hasta hoy, porque pese a que él mismo dijera que «los tiempos están cambiando», de hecho lo que hacen es repetirse con nuevas formas. Algunos ejemplos de la América de comienzos de los años sesenta los tenemos en sus momentos más impresionantes: Septiembre de 1962, crisis de los misiles, Kennedy lanza un ultimátum a Rusia para que desmantele sus bases cubanas y por unas horas el mundo está al borde de una guerra nuclear; 27 de agosto de 1963, marcha sobre Washington, 250.000 personas con Martin Luther King, Bob Dylan, Joan Baez, Odetta y Peter, Paul & Mary a la cabeza, se manifiestan pacíficamente como una alfombra humana en defensa de los derechos civiles; 22 de noviembre de 1963, el presidente Kennedy es asesinado en Dallas, Texas.

La canción protesta mantuvo su vigencia durante gran parte de la década de los sesenta. Martin Luther King y Malcolm X serían asesinados, y también el propio hermano de John Fitzgerald Kennedy, Bobby, candidato a la presidencia en el 1968. Vietnam actuó como cuña en el corazón de la sociedad americana. Para entonces el folk había dado ya un giro de 180°, fusionándose con el rock, siendo también Dylan el inductor y maestro de ceremonias.

Lo mismo que los Beatles en Inglaterra, Bob Dylan fue el gran regenerador de la música americana. Para cuando los primeros llegan a

Estados Unidos a comienzos de 1964, Dylan comprende mejor que nadie la realidad musical de este tiempo, y su compromiso, aun manteniéndose, cambia de forma. Ese fue a la postre su mérito, no desaparecer, sino adecuarse camaleónicamente. Los mensajes de aquellos días no fueron pasajeros, fueron el testimonio social y el testamento de un tiempo. Dylan le cantó a todo a lo que se movía, es decir, fue un flagelo latente, canción a canción, en los años en que menos que nunca el silencio podía ser admitido.

Greenwich Village

Situado en pleno Manhattan, Greenwich Village fue, durante años y generaciones, el enclave artístico neoyorquino por excelencia, paradigma de vida bohemia. Junto con el barrio italiano y Chinatown, era la isla que separaba el Lower Manhattan del área central dominada por los rascacielos que van desde la calle 34 (Empire State Building) hasta el Central Park. El Greenwich nace en Washington Square, al inicio de la Quinta Avenida, y dirige sus callejuelas de pequeñas y coloristas casas hasta el sur.

La fama del barrio, revitalizada con la explosión folk de comienzos de los sesenta, se inició mucho antes. En plena Segunda Guerra Mundial, Woody Guthrie y Pete Seeger vivían allí. Reducto de escritores, poetas, actores, pintores y demás gentes de vida libre, el Village fue la cuna de movimientos y tendencias de todos los estilos y signos. Prácticamente puede decirse que nunca un espacio tan reducido, inmerso en una gran ciudad, le dio tanto al arte como Greenwich Village. En la plaza de Washington, bajo el arco que la domina, se han celebrado actividades musicales constantes en las últimas décadas, incluyendo festivales de música folk y bailes populares. A comienzos de los sesenta fue un enjambre de folk-singers el que pululó por sus calles buscando su oportunidad para cantar o subsistir, y luego tomaron su relevo los hippies. El pálpito individual del Village almacenó historias y leyendas. Por un éxito como el de Bob Dylan, habría miles de fracasos, pero Greenwich ya era lo que era antes de que Dylan lo llevara a los altares de la música, y continuó siéndolo después.

Las *coffe houses* de los primeros años sesenta fueron la cuna del revitalizante movimiento folk. El Gerde's Folk City, el mayor de ellos, propiedad de Mike Porco entonces, presentaba atractivos programas que incluían, las noches de los lunes, actuaciones y presentaciones de artistas noveles. Bob Dylan fue un clásico del Gerde's durante sus comienzos en el Village.

En la calle McDougal, uno de los núcleos vitales del barrio, se encontraba el Café Wha?, donde debutó Dylan nada más llegar a Nueva York en el invierno de 1961. El Bitter End, con su prestigio más consolidado, formaba parte de otro tipo de locales, como el Gaslight, el Common's o el Village Gate, que fue en sus mejores tiempos una de las cunas del jazz local. El Café Society Downtown, de Sheridan Square, había visto tiempo atrás actuaciones de Billie Holiday, y Harry Belafonte inició su carrera en el Villa Vanguard, locales estos desaparecidos en los años sesenta, pero que marcaron la etapa estelar del Greenwich desde los años treinta.

Además de los locales, hubo dos revistas esenciales en el auge del folk, *Sing out!* fue la primera y su editor fue Alan Senauke. Aparecida a comienzos de los años cincuenta, reflejó el descontento y la rebeldía de los nuevos artistas de la posguerra y su influencia en la vida americana del momento. El número 1 se publicó con las letras de «If I Had a Hammer» de Pete Seeger y la de «It's Almost Done» de Leadbelly. *Broadside* fue posterior y reflejó más el ambiente del nuevo folk en los primeros años sesenta y más en concreto en el Greenwich. Editada por Agnes «Sis» Cunningham, Gil Turner, Pete Seeger y Gordon Friesen, su primer número apareció en febrero de 1962. Muchos de los artistas en boga en ese tiempo colaboraron con ella publicando comentarios y letras de canciones. Bob Dylan personalizó muchos de estos éxitos. En el número 6 se incluyó la letra de «Blowin' in the Wind», y en el 20 la de «Masters of Wars». Otro logro fue conseguir la edición de LP's con algunos de los artistas en formación a lo largo de 1963.

Todo el movimiento folk, centrado en el auge del Greenwich, fue una muestra más de la cultura alternativa que se fraguaba subterráneamente frente a cada explosión comercial. Dentro de las fronteras del rock, el folk fue el gran pilar de la renovación de la música americana frente a la invasión inglesa comandada por los Beatles.

Bob Dylan

Hijo de una familia judía de comerciantes de clase media, nació como Robert Zimmerman en Duluth, Minnesota, en 1941. Cuando tiene seis años se trasladan a Hibbing, cerca de la frontera canadiense, y al iniciarse la década de los cincuenta consigue su primera guitarra y una armónica. Hank Williams fue su primera referencia musical, el rhythm & blues la segunda y la película *The Blackboard Jungle,* llena de rock and roll, la tercera. Las mujeres cobrarían una rápida importancia en la vida íntima de Bob. Su primer amor fue Echo Elstrom, en octubre de 1957 y duró un año, porque él se pasaba el día en Minneapolis, oyendo discos y tocando la guitarra. También trabaja en la tienda familiar, Zimmerman's Furniture and Electric, de la que es socio su tío. En septiembre de 1959 ingresa en la facultad de Letras de la Universidad de Minnesota con una beca del Estado. Vive en la residencia judía Sigma Alpha Mu. Poco después se traslada a Dinkyntown, el barrio bohemio. Su debut musical con el nombre de Bob Dylan tiene lugar en el café Ten O'Clock, del que pasará a cantar en el Purple Onion, por 3 dólares la noche. Al comenzar 1960 se va a vivir al Gray's Drugs y conoce a Gretel Hoffman, hija de un fotógrafo que baila y toca la guitarra. Actuarán juntos algunas veces, vivirán un corto romance y ella se casará con David Whittaker, amigo de Bob. Aquel verano trabaja en Central City Colorado y actúa en el Gilden Gardens Saloon, un local típicamente del oeste. Tiene otra novia, Ellen Baker. Cuando regresa a casa abandona la universidad porque las clases le aburren y su impopularidad crece. Era parte de su idiosincrasia. Dylan siempre quiso ser «más grande que Elvis» y una «reencarnación de James Dean». Pero le faltaba el toque de gracia, desear vivir como su siguiente mito referencial: Woody Guthrie.

En otoño de 1960 Whittaker le hace leer la biografía de Woody, *Bound for glory.* La huella es profunda. Mientras cambia de novia como de casa, y de casa como de camisa porque siempre actúa donde más le pagan, en diciembre de 1960 telefonea a Woody Guthrie al hospital en el que languidece. Su deseo de irse a Nueva York a conocerle se ve satisfecho a fines de enero de 1961. En pleno Greenwich Village, la calle McDougal y el Café Wha? se convierten en su centro de actividades. Logra hacerse amigo de Guthrie, al que fascina aquel chico insolente y afilado. Bob le canta algunas de sus canciones y compone «Song to Woody». No dejará de verle en los meses siguientes, al tiempo que se abre paso en la ciudad. Actúa en *coffe houses* del Village, conoce a Pete Seeger y otros grandes y se siente por fin parte de la leyenda. Las mujeres siguen adorándole.

Con un estilo demasiado radical para la época, siempre que actúa fuera del Village fracasa. Lo hace en el café Lena de Saratoga Springs, en el club 47 de Cambridge y en el Second Fleet de Philadelphia. Incluso en Greenwich, cuando va a verle Joan Baez, no sale muy convencida de él. Pero falta muy poco para la explosión. Un ejemplo del carácter de Dylan se manifiesta en verano de 1961. Hugo Montenegro busca a alguien que toque la armónica en el nuevo LP de Harry Belafonte. Pagan 50 dólares por sesión. Bob acepta el trabajo, pero no resiste más que una sesión porque no soporta tener que repetir una y otra vez lo mismo en busca de la perfección. Para él, siempre, las primeras o segundas tomas (como mucho), serán las buenas. Es espontáneo, inquieto, variable. Nunca canta una canción dos veces de la misma forma.

En julio de 1961 Bob conoce a la mujer más influyente de su vida antes de casarse cuatro años después con Sarah Lowndes: Suze Rotolo. Ella tiene solo diecisiete años. La madre y la hermana de Suze se opondrán siempre a la relación, que marca aquellos años. Al no tener todavía los dieciocho años no puede irse a vivir con él, y cuando Bob le pide que se casen, se niega porque quiere pintar y desarrollar su propia personalidad, mientras que con Bob se siente anulada y absorbida.

Aquel verano de 1961 la popularidad de Dylan se dispara. Colabora en grabaciones de Carolyn Hester y Victoria Spivey, una de las «madres» del blues, y cuando actúa en el Gerder's, Robert Shelton, comentarista del *New York Times,* va a verle y le escribe el primer comentario que reconoce públicamente su talento. Con el recorte de periódico en la mano, Bob parece enloquecer. Es el primer paso para que John Hammond le lleve a la CBS y Albert Grossman se convierta en su mánager. Así se cierra el círculo. Pese a que su primer concierto «serio», en el Carnegie Chapter Hall (un pequeño local instalado en la quinta planta del Carnegie Hall de Nueva York, con capacidad para 200 personas), es un fracaso, su despegue ya no cesa. La grabación de su primer LP con CBS es furiosa y enérgica: una sola toma. Un disco antológico que costó solamente 402 dólares.

La reina, Joan Baez, acaba inclinándose ante su talento. Comienzan los rumores sobre su posible relación sentimental. Pero en enero de 1962 Suze Rotolo acepta por fin irse a vivir con él. En abril, tras una discusión sobre derechos civiles en el Common's Café, escribe «Blowin' in the Wind». Sentimentalmente todo le va mal, porque la madre de Suze se la lleva a Italia y él queda desconcertado y solo, actuando de forma taciturna todo aquel verano. Suze descubre su libertad y se resiste a regresar. El 9 de agosto, ante el Tribunal Supremo, Bob deja de llamarse Zimmerman y adopta legalmente el apellido Dylan. El ambiente en el Village está crispado por la situación política, la Guerra Fría y la crisis de los misiles que lleva al mundo casi a la Tercera Guerra Mundial. Este último incidente le lleva a escribir «A Hard Rain's A-Gonna Fall».

El año decisivo, 1963, se inicia con el viaje de Bob a Peruggia, Italia, dispuesto a buscar a Suze. Descubre que ha regresado a Nueva York y en febrero vuelven a vivir juntos. Suze se fotografía con él en la portada del segundo LP, *The Freewheelin',* pero son sus últimos meses de felicidad conjunta. Suze Rotolo es más sencilla y Bob se ha convertido en un divo. El segundo álbum lo produce Tom Wilson, un productor negro impuesto por CBS que sorprende por su habilidad. Su concierto en el Town Hall de Nueva York y en el Monterrey Folk Festival, donde canta con Joan Baez, le encumbran. Su fama ya es tal que Ed Sullivan le llama para su show. Bob acepta con una condición: cantar lo que quiera. Cuando los responsables saben que una de las canciones es la vitriólica «John Birch Society Blues» se la prohíben y Bob decide no cantar. El escándalo (nadie podía rechazar a Ed Sullivan) hace que CBS discos intervenga, porque el show de Sullivan se hace en la CBS televisión. Bob no llegará a cantar y de refilón sucederá algo peor: la canción es retirada del segundo LP. La depresión de Dylan es absoluta. «John Birch Society Blues» es un mordaz ataque a la «caza de brujas» del senador McCarthy. La John Birch Society, ridiculizada en la letra, era una entidad creada para «perseguir comunistas».

Los tiempos cambian, pero aún quedan anclajes en el pasado. El *Times* le llama «hombrecillo», pero cientos de folk-singers le imitan. Se dice que vocea más que canta. Pero no importa. Incluso escribe auténticos himnos sin pretenderlo. Algunos serán éxito en voces de otros, nunca por sí mismo. Ya gana 2.500 dólares al mes y es la figura más prominente del movimiento folk. En mayo de 1963 Joan Baez lo lleva a su casa y trabajan juntos durante semanas. Su relación cristalizó entonces. En julio, Peter, Paul & Mary son número 1 con «Blowin' in the Wind». El 26 de julio, en el festival de Newport, Bob y Joan arrasan. Seguirá una gira de ambos, el fin de la relación con Suze Rotolo y el encumbramiento. El 27 de agosto toma parte en la Marcha sobre Washington, con 250.000 personas, reivindicando la igualdad y el respeto de los derechos civiles para los negros y Bob compone su emblemático «The Times They Are-a-Changin'».

Una prueba de su temperamento se produce en octubre, en su concierto en el Carnegie Hall. Sus padres son invitados, pero han de asistir de incógnito. Dylan no quiere que nadie sepa nada de él, apenas concede entrevistas, se rodea de un halo de misterio y hasta se inventa una autobiografía acorde con sus ideas, del estilo de la de Woody Guthrie. Esas constantes le acompañarán siempre, de ahí la existencia de tantas leyendas en torno suyo que él jamás desmiente o aprueba. Fue un personaje de su propia historia, ocultó reacciones, instintos, emociones o su verdadero fondo como ser humano. Solo a través de sus canciones podía llegarse a él y, aun en ellas, los mensajes eran velados, tenían un doble filo. Nunca quiso ser un profeta, negó que sus letras fueran reflejo de su vida o sus ideas, insistió en que «solo eran canciones». Pero una generación se sintió influida por ellas, y su peso se ha mantenido década tras década. Que cada cual le viera según su cristal es algo relativo. Su decisiva importancia es parte de su subconsciente, complejo y lleno de energía. Aquellas letras de los años sesenta cambiaron parte de su tiempo, y él cambió con la evolución del mismo. Atrapaba a la gente con su influjo lo mismo que a las chicas que entraban y salían de su vida. Se sabía diferente, y a menudo el trato con los demás tenía algo de desprecio, de macabra ironía no siempre fácil de entender y aceptar. Existe la idea generalizada de que utilizó a cuantos le rodeaban. Usaba a las personas, tomaba lo mejor de cada una, las vampirizaba y quería ser el centro del universo. Tampoco es para censurárselo: el arte genera egoísmos, es una supervivencia para algunos tanto como un medio de expresión. Cualquier artista vendería su alma para que su obra llegara a más, trascendiera.

Los dos momentos cruciales antes de la electrificación de su música se producen entre fines de 1963 y comienzos de 1964; uno fue político y otro musical. El 22 de noviembre de 1963 era asesinado John Fitzgerald Kennedy, y para una generación que creía en él es el fin de un sueño. La muerte de Kennedy abrirá la puerta a la guerra de Vietnam. Después el asesinato de su hermano Bob y la ascensión al poder del presiente Nixon, el «tramposo Nixon», cambiarán la historia. Un republicano en el poder siempre equivalía y equivale a derechización y conflictos bélicos. El segundo hecho se produce con la llegada de los Beatles a Estados Unidos poco después de que él publique su tercer LP, *The Times They Are-a-Changin'*. Bob, que quería ser «más grande que Elvis», se encuentra con que ahora hay unos nuevos reyes y son inabordables. Conduciendo su coche escucha por radio que en el top-10 de las canciones más vendidas hay ocho de los Beatles. Ese día todo cambió para él. Primero como persona. Después lo haría su música.

A comienzos de 1966, después de su paso al rock, Dylan había vendido ya 10 millones de discos, y más de 150 artistas habían grabado canciones suyas. «Blowin' in the Wind» llevaba 58 versiones.

Las estrellas del nuevo folk

Hija de un físico mexicano-americano y de una maestra escocesa, Joan Baez nació en Nueva York. Su raíz hispana fue el detonante que fortaleció su temperamento en plena adolescencia, obligada por la discriminación que palpaba a su alrededor. Siendo niña, su padre trabajó en la UNESCO y ella estudió en California y en Boston. En California, con un alto porcentaje de hispanoparlantes, adquirió conciencia del problema de las minorías en Estados Unidos.

Joan tenía una voz prodigiosa, pudo haber sido una cantante con mucho más éxito del que tuvo, pero escogió el folk, la canción protesta, la reivindicación, y se erigió en la primera voz y gran dama del movimiento desde su debut en el festival de Newport en 1959, mucho antes de que Bob Dylan entrara en escena. Con la aparición de Bob y sus canciones, que ella cantaría con profusión, se convertirían en el rey y la reina del folk. Su primer LP se editó en 1960 y desde entonces estuvo en primera fila de todos los grandes actos reivindicativos de la vida pública americana. En 1964 fue acusada por la policía de tener relación con las revueltas de la Universidad de Berkeley. En 1965 fundó en Carmel Valley el Institute for the Study of Non-Violence. Rechazó pagar el impuesto especial decretado por el Gobierno para financiar la guerra de Vietnam y fue arrestada varias veces por sus actividades, sus protestas, sus plantes o sus sentadas. Su activismo no decreció con los años setenta, la pérdida de fuerza del folk y el giro de la música marcado en este tiempo. Miembro de Amnistía Internacional, visitaría Vietnam, Camboya y otros países cantando siempre sus canciones llenas de beligerancia y defendiendo la paz.

Si Joan Baez fue la gran voz, Judy Collins o Buffy Saint-Marie se movieron ya entonces en una segunda línea junto a Phil Ochs o Tom Paxton. Judy cantó grandes canciones con su voz única, como «Suzanne», «Chelsea Morning», «Both Sides Now» y el evanescente «Amazing Grace». Pero los reyes absolutos en popularidad fueron Peter, Paul & Mary y The Kingston Trio. Estos últimos introdujeron el folk a nivel masivo con su primer éxito, «Tom Dooley», en 1958. Peter, Paul & Mary debutaron con un LP triunfal bautizado con su mismo nombre, y pasaron ciento ochenta y cinco semanas en las listas de éxitos. Voces puras, llenas de sencillez, tuvieron grandes éxitos con «Puff, the Magic Dragon», «The Lemon Tree», «If I Had a Hammer», antes de que su versión del «Blowin' in the Wind» les catapultara al estrellato absoluto en 1963. Fueron de los primeros en demostrar que los números 1 que no conseguía Bob, podían obtenerlos otros con sus canciones. Ellos hicieron del folk, también, un éxito en las listas de ventas.

9
La invasión beat

Beatles en América

La campaña de *hype* desarrollada por Brian Epstein para lanzar a los Beatles en Estados Unidos fue un modelo de marketing amparado en la propia fuerza de la música del grupo. Como se dijo entonces, «200 años después, los ingleses conquistan Estados Unidos».

La primera discográfica americana de los Beatles, Vee Jay Records, no había conseguido introducirlos en el mercado. En Inglaterra todo era distinto, una locura a lo largo de 1963. Epstein planificó para comienzos de 1964 el salto decisivo. *Hype* es el arte publicitario de trabajar cuidando todo al máximo, sin dejar nada de lado, y creando, ante todo, una psicosis que mueve al público a comprar el producto. De entrada se escogió a una compañía más fuerte, Capitol Records. A continuación se lanzaron cinco millones de etiquetas, pegatinas y carteles preparando «la invasión» y alertando a la gente de que «llegaban los Beatles». El grupo se convirtió en un icono como el logotipo de la Coca-Cola o el perfil de Mickey Mouse. Como colofón, se publicaron todos los discos que en 1963 habían sido éxito en Inglaterra. Por supuesto, la música fue lo más decisivo. Antes de que los Beatles aterrizaran en Nueva York el 7 de febrero de 1964, «I Want to Hold Your Hand» ya había sido número 1.

La llegada de los Beatles a Nueva York marca un hito en la historia y fue el suceso más importante de 1964 por todo lo que derivó de ello, el comienzo de un nuevo orden de entrada. El día 7 de febrero se conmemora desde entonces como el primer día del Nuevo Mundo. A su llegada a Nueva York había miles de personas colapsando la terminal del aeropuerto y muchos miles más en las calles de la ciudad. Algunas fans llevaban pancartas con lemas tan increíbles como «Elvis ha muerto».

Al día siguiente hay 50.000 peticiones de entradas para cubrir las 700 que tiene el aforo del «Ed Sullivan Show». En los estudios de CBS en la calle 53 se celebra a la primera sesión y el día 9 a la segunda. Ese día se emite el programa y el 10 la prensa saluda incondicionalmente el advenimiento de ese Nuevo Orden musical imparable: 73 millones de personas, un 60 por 100 de la audiencia de Estados Unidos, siguieron el show. Un récord. La prensa más reaccionaria será la única en atacarles, por sus cabellos, su simpleza y otros detalles. En los días siguientes una locura alucinante ataca el país: una tienda de discos ofrece cortes de cabello «a lo Beatle» gratis por la compra de sus discos, se ponen a la venta 100.000 muñecos y una fábrica trabaja día y noche para cumplir las peticiones de pelucas Beatle a razón de 35.000 por día. Se venden máscaras, camisetas, un helado de avellana llamado Beatle Nut. Con todo, los Beatles no se hacen ricos gracias a ello: Brian Epstein solo se ha asegurado un 10 por 100 de los derechos de *merchandising*. ¿Importa? De momento no demasiado. No hay tiempo. La locura les zarandea sin parar. Actúan en Washington y en el pequeño Carnegie Hall de Nueva York (Epstein se niega a cambiarlo por el mayor aforo del Madison Square Garden). EMI grabó este concierto con la idea de editarlo después en un LP, pero el proyecto fue desestimado. No se oía a los Beatles, tal era el griterío de los 3.000 asistentes. Luego se emitirían dos apariciones más en el «Ed Sullivan Show», grabadas previamente, y llegarían los récords. En marzo había 12 singles en el top-100 americano, en abril «Can't Buy Me Love» salta del puesto 27 al 1 en los rankings (el salto más grande dado jamás por un disco en el hot-100), en esa misma lista del 4 de abril los Beatles copan los cinco primeros puestos, el 11 de abril son 14 las canciones en el hot-100 y hay varias canciones con ellos como tema de la letra en la lista. Los pedidos anticipados de cada disco superan el millón de copias y en algunos casos los dos y los tres. Los siete millones de discos vendidos en Inglaterra en 1963 son un juego, una anécdota, comparado con el río millonario que brota de Estados Unidos. Parece como si ya no hubiera nada salvo ellos. Y es una locura contagiosa.

Cuando los Beatles regresaron a Estados Unidos en agosto de 1964 para llevar a cabo su primera gira, el país estaba rendido y ellos habían ya rodado su primera película, *A Hard Day's Night*. Y no solo es América, también el resto del mundo, desde Italia a México, desde Australia a Alemania. La discografía americana, además, es distinta a la británica, al menos hasta 1966, con lo cual el caos discográfico impera. En Inglaterra los LP's tenían 14 canciones, mientras que en Estados Unidos se ponían solo 10, así que hubo casi el doble de álbumes americanos que los coleccionistas también persiguieron. Solo en 1964 se editaron siete LP's en Estados Unidos.

Entre 1964 y 1966 las giras de los Beatles fueron tan agotadoras como estériles en muchos casos, porque sus actuaciones de treinta minutos apenas si resistían el griterío de las fans. Pero ellos se sumergieron en esa locura como parte de lo que estaban haciendo, atrapados por el vértigo de su propia inercia. Y encima componían y grababan sin cesar. *A Hard Day's Night,* la película, se estrenó con 1.500 copias, la cifra más alta jamás registrada en el mundo del cine hasta ese día. La Reina de Inglaterra los adoptó asistiendo a su estreno. *Help!,* al año siguiente, repetiría los hitos. En la primera gira americana hacen dos sesiones por día, tarde y noche, y cobran 25.000 dólares de anticipo por concierto más un tanto por ciento de la taquilla. En el concierto del Hollywood Bowl llegaron a los 50.000 dólares. Un concierto no previsto en Kansas hizo que el empresario les pagara 150.000 dólares, la cantidad más alta jamás ofertada a un artista. Pese a tanto dinero, los gastos de la gira apenas dejan ganancias. Y hay numerosos problemas, prueba de que América no es Inglaterra. En primer lugar su seguridad, siempre a prueba ante la avalancha de miles de fans, algo jamás visto por entonces. En segundo lugar, los disturbios. En su primer concierto en el Cow Palace de San Francisco se destroza su limusina y han de salir camuflados en una ambulancia que comparten con varios marineros borrachos. En Montreal (Canadá) Ringo es amenazado de muerte por un misterioso fanático que le acusa de ser judío y ha de ser protegido por la policía. En el Gator Bowl de Jacksonville, Florida, en plena lucha por los derechos humanos y civiles de la población negra, los Beatles exigen que blancos y negros compartan el auditorio y no estén separados como quieren las autoridades. En el Public Auditorium de Cleveland, Ohio, el inspector Carl Bear, del Departamento de Asuntos

Juveniles, después de que los Beatles no hagan caso de sus aspavientos, se atreve a subir al escenario, interrumpiendo el concierto, para pedir a la gente que se siente «porque la música no podía escucharse correctamente de pie». La foto, con George mirándole asombrado en pleno «All My Loving», dará la vuelta al mundo. En el Memorial Coliseum de Dallas, Texas, hay una amenaza de bomba. Y son solo unas muestras de lo que era aquella locura. Todo en su primera gira. Después llegarían otras giras, y otros altercados, como su expulsión de Manila por «ofender» al gobierno, cuando en realidad no quisieron ser utilizados por el dictador Marcos y su esposa.

Los 55.600 espectadores del concierto del Shea Stadium de Nueva York el 15 de agosto de 1965, pese a todo, siguen marcando uno de los grandes hitos de aquel tiempo. Fue otro récord absoluto, la mayor concentración de fans jamás vista para ver la actuación al aire libre de sus ídolos. No era igual asistir a un festival de varios días, con varias actuaciones, que algo como aquello. Y como siempre, actuaron treinta minutos, nada más, bajo el aplastante griterío del público.

La primera invasión británica

La puerta que los Beatles abrieron fue inmensa, y un alud de grupos ingleses cruzó el Atlántico para hacer las Américas. Un éxito en Inglaterra significaba mucho, pero en Estados Unidos se multiplicaba por diez, y su dimensión alcanzaba mucho más rápido el resto del mundo. Uno de los conjuntos que lo logró rápido fueron Dave Clark Five, los primeros detrás de los Beatles. Pioneros del London Sound como réplica al Liverpool Sound, llegaron a vender 35 millones de discos desde su inicial «Glad All Over». Siguieron Animals y Rolling Stones. Y después Kinks, Hollies, Manfred Mann, Herman's Hermits... A veces, cuanto más éxito inicial tenían, menos duraban en el candelero. Kinks o Hollies fueron grupos de largo recorrido.

Los Kinks quedaron a mitad del camino del rhythm & blues de los Stones y el beat puro de los Beatles. Su música era agresiva y contaba con el talento de los hermanos Davies, Ray y Dave. Desde 1964 energetizaron la música con tremendos temas que enmarcaron también parte del sonido de los sesenta. Primero fue «You Really Got Me», después «All Day and All of the Night», y siguieron con «Tired of Waiting for You», «Waterloo Sunset», «Sunny Afternoon» y un largo etcétera. Los Hollies por su parte se convirtieron en el mejor grupo vocal del pop británico y tenían en sus filas un brillante trío creativo formado por Graham Nash, Allan Clarke y Tony Hicks. Encadenaron una larga serie de hits desde «Ain't That Just Like Me», pasando por «Searchin'», «Stay», «Just One Look», «Here I Go Again», «Yes I Will», «I'm Alive», «I Can' t Let Go» y «Bus Stop». Tanto Kinks como Hollies resistieron en el pop después de 1968 y se mantuvieron dos décadas más. Manfred Mann también lo hicieron, pero evolucionando desde su primer grupo pop hasta el Chapther Three de los años setenta, más vanguardista. El teclista surafricano supo rodearse siempre de buenos instrumentistas y sólidos cantantes, Paul Jones el primero, Mike d'Abo el segundo y Mike Hugh el tercero.

Más efímeros fueron Peter & Gordon, respaldados por los Beatles (Peter Asher era el hermano de Jane Asher, la primera novia de Paul McCartney), dúo que tuvo su momento de gloria con «World Without Love» (un tema de John y Paul). Y también Herman's Hermits, presentados en Estados Unidos como rivales de los Beatles y desencadenantes de una «hermanía» que duró tres años. Dejaron varios hits, «I'm into Something Good», «Mrs. Brown You've Got a Lovely Daughter», «Silhouettes», «No Milk Today», «There's a Kind of Us», «Wonderful World», «Something's Happening» o «My Sentimental Friend». Vendieron 17 millones de discos e hicieron dos películas con la Metro. Los Righteous Brothers imprimieron un sello de distinción a su voces y tuvieron apoyos como el de Phil Spector para reinar un par de años con su personalidad interpretativa. Dejaron para la historia clásicos inmortales como «Unchained Melody», «You've Lost That Lovin' Feeling» o «Soul and Inspiration» antes de seguir por separado. Hubo otras estrellas, Sandie Shaw, que cantaba descalza y triunfó en 1967 en el festival de Eurovisión con «Puppet on a String», P. J. Proby, Marianne Faithful (novia eterna de Mick Jagger), Lulu.

En Estados Unidos la única baza diferencial la proporcionaban voces soberbias y desmarcadas de cualquier tendencia, como Dionne Warwick (38 hits entre 1962 y 1971), o la soberbia Barbra Streisand, ya volcada en el cine *(Funny Girl, Hello Dolly),* y apariciones tan extraordinarias como la del Motown Sound, uno de los pocos estilos con nombre propio surgidos en Estados Unidos en los años sesenta y con una pléyade de grandes estrellas como las Supremes, las únicas que rivalizaron con los Beatles en las listas de éxitos.

La segunda invasión británica

En 1965 los Rolling Stones dominaban con su «Satisfaction», los Beatles endulzaban con su intimista «Yesterday» (1.186 versiones distintas a comienzos de los setenta) y los cambios se sucedían a una velocidad cada vez más vertiginosa. Ese año, en Los Ángeles, un disc-jockey llamado Bill Drake «inventaba» un sistema «revolucionario» consistente en radiar exclusivamente los discos de mayor aceptación, los que estaban en las listas de éxitos. Era el nacimiento de lo que hoy es conocido como Radio Fórmula. Junto a esta innovación hay que destacar el nacimiento de la FM (Frecuencia Modulada). Todas las emisoras emitían en AM (Onda Media), pero el caudal de música superó muy pronto a la capacidad de los programas musicales y los no musicales. Había tantos discos, de tantos estilos, con tanto público para todo, y tanta demanda, que se impuso la necesidad de buscar algo alternativo. Incluso los géneros más minoritarios tuvieron sus programas o sus emisoras especializadas. Así que en 1967 tres emisoras de San Francisco, Detroit y Boston cambiaron su sistema, sacaron a la música de Onda Media y crearon las FM. En poco tiempo eran las primeras en sus áreas de influencia. Con las FM decenas de disc-jockeys dedicados exclusivamente a pinchar discos, no a hacer otros tipos de programas, convirtieron en arte su dominio de las ondas. El auge de las emisoras de radio hizo que también la televisión tuviera que moverse y resituarse. El rock seguía siendo minoritario en ellas, pese a sus programas semanales especializados y la aparición de los grandes nombres en los programas adultos. Así aparecieron programas como «Hullabaloo» o «Shinding», y en 1967, en plena cresta de la ola, muchos conjuntos de éxito tenían incluso sus propios shows. No solo fueron las FM, sino el avance de los medios en todos los órdenes. Los discos estereofónicos ya eran una realidad, con su sonido espectacular que dividía el sonido en dos canales. En pocos años el sonido monoaural era un recuerdo, lo mismo que las grabadoras de dos o cuatro pistas.

Apareció otro fenómeno inspirado por el éxito de la música beat en Estados Unidos: la música de garaje. Miles de chicos jóvenes consiguieron su primera guitarra y se pusieron a ensayar en los garajes de sus casas. La música «de garaje», sin embargo, propició el fenómeno del garaje rock, y hubo estados, como California o Texas, en los que la proliferación de conjuntos fue enorme. Después este tipo característico de grupos fue repitiéndose en los años setenta, ochenta y noventa, siempre con renovada fuerza.

En Inglaterra uno de los grandes poderes fue el de la prensa musical. *New Musical Express* tenía una tirada de 100.000 ejemplares a fines de los cincuenta y llegó a los 300.000 a mitad de los sesenta. Luego bajó a 200.000 a comienzos de los setenta, prueba del auge entre 1965 y 1967. Junto a *NME* destacaron *Melody Maker* y *Record Mirror.* En televisión, aunque la BBC estatal trataba de estar a la altura con programas como «Top of the pops», lo mejor estaba en la BBC-2, «The beat room», o en la ITV, «Ready, steady go!». A partir de 1965 el auge fue mayor: «Mod ball», «Thank you, lucky stars», «Gadzooks! It's all happening» o «Stramash!». La gran fuerza de la radio fue sin embargo la clave, y con las radios piratas como revulsivo principal.

La segunda oleada británica que invadió el mundo comenzando por Estados Unidos tuvo de nuevo una larga serie de nombres importantes como caballo de batalla y con mayor variedad estilística. Grupos como Zombies («She's Not There»); Them, de los que saldría una de las grandes voces de la historia, Van Morrison («Gloria», «Here Comes the Night»); Seekers («I'll Never Find Another You», «The Carnival Is Over»); Walker Brothers («The Sun Ain't Gonna Shine anymore»). Moody Blues, precursores del sinfonismo, tuvieron un primer éxito con el tema «Go Now!» en 1965, pero fue a partir de 1967 y de su excelso «Nights in White Satin» cuando se convirtieron en una formación clave con una larga serie de LP's excelentes a lo largo de dos décadas. No faltaron los más comerciales, como Dave Dee, Dozy, Beaky, Mick & Tich («Hold Tight», «Hideaway», «Zabadak», «Legend of Xanadu»), Easybeats («Friday on My Mind»), Marmalade («Ob-la-di Ob-la-da») y la New Vaudeville Band («Winchester Cathedral»). Mención aparte merecen los Troggs, cuarteto que, como muchos de sus coetáneos, solo estuvo dos años en el candelero, suficientes para crear una excelente serie de éxitos perdurables con el tiempo

(«Wild Thing», «With a Girl Like You», «I Can't Control Myself», «Anyway That you Want Me», «Night of the Long Grass»). Otra banda que resultaría crucial fue Move, no tanto por su gran éxito de 1967, «Flowers in the Rain», como por la carrera que hicieron posteriormente su líder, Roy Wood, y uno de sus miembros posteriores, Jeff Lynne, impulsores de la Electric Light Orchestra ambos, y el segundo, con los años, productor de éxito. También hubo un grupo español en la escena internacional, Los Bravos, y con un gran tema ya clásico, «Black is black».

En lo que respecta a solistas, siempre de más largo recorrido, hubo de todo. Voces suaves, como las de Petula Clark («Downtown») o Dusty Springfield («Son-of-a Preacher Man»), junto a grandes estrellas de la talla de Tom Jones o Donovan. Tom Jones, «El Tigre», puso su poderosa energía al servicio de canciones de gran éxito comercial como «It's Not unusual», «Green Grass of Home», «Delilah», «She's a Lady», prolongando su éxito durante cinco décadas hasta comienzos del siglo XXI. Su gran rival durante unos años fue Engelbert Humperdinck («Release Me», «The Last Waltz», «A Man Without Love», «Les bicyclettes de Belsize»). Donovan, en la estela de Dylan, revitalizó el folk en Inglaterra con su tema «Colours» como bandera y canciones del calado de «Sunshine Superman» o «Mellow Yellow» después.

Otro de los grandes grupos de la historia aparece en este contexto: los Who, esencia de la estética mod como réplica a los rockers.

MODS Y ROCKERS

Rockers o mods preconizaban dos formas de vivir y de entender esa vida a mitad de los sesenta en Inglaterra. Los primeros son duros y visten con informalidad. Los mods en cambio cuidan su peinado (estilo Beatle para él, francés para ella), jerséis de colores chillones o blancos, pantalones vaqueros o a cuadros, rectos, zapatos italianos nuevos y brillantes, píldoras estimulantes (no drogas de farmacia), motos *scooters* relucientes y llenas de espejitos. Resumiendo un poco sus coordenadas de origen, los mods eran los herederos del tono Beatle y los rockers los del tono Rolling, aunque esto es sintetizar demasiado. El pop era cada vez más una hidra de múltiples cabezas. El mod es un adolescente bien vestido, limpio y aseado, que trabaja pero cuya vida se circunscribe a la moda y la música, aunque no es ajeno a otras problemáticas de presente y futuro. Ese carácter de neotrascendencia es lo que les diferencia de los rockers tanto o más que su aspecto, porque el rocker es duro, el rebelde que viste de cuero o lleva una cazadora negra. Desprecia la *scooter* como desprecia al mod por su aspecto chillón, que considera afeminado. A su vez el mod desprecia al rocker por considerarlo ordinario, zafio, estúpido y carente de gusto.

Pero los mods se ceñían más a lo que cabía esperar del pop: color, moda, consumo y un mayor carisma social. Los mods serían pues los primeros en poner de moda una calle de Londres, Carnaby Street, convertida rápidamente en el centro de la moda británica. El buen mod se gasta en ropa todo lo que tiene. Si no estrena algo a la semana, y llamativo, no está en la onda. El rocker, por contra, no consume, porque sus pantalones vaqueros deben verse viejos para ser auténticos.

Mods y rockers se odian. No son dos núcleos aislados, sino las dos caras de una misma moneda, por raro que eso parezca, porque la música es su razón de ser. La violencia les unirá tanto como esa música. La primera vez que chocan en Brighton estalla la revuelta. Brighton es una playa del sur de Inglaterra, no lejos de Londres en tren, característica por ser refugio de ancianos jubilados y amantes de la paz. Eso terminará en 1965. Las peleas en Brighton, sus calles y sus playas serán parte de la épica de este tiempo. Las fuerzas de orden público quedaron sorprendidas por la extrema violencia de los altercados, que no fueron aislados, sino concertados, porque la moda de pelearse en Brighton acabaría estableciéndose como algo normal los fines de semana. Miles de mods, rockers y policías convergerán en esas citas infernales.

Los Who no eran un grupo mod. Al menos no practicaban su filosofía. Si algo debían ser era rockers, como reconoció Pete Townshend años después. Fue su mánager, Peter Meaden, el que un día les vendió lo mod como estilo, y ellos, aunque artificialmente, se sumaron a él. Los Who buscaban un estilo, una imagen, porque su música ya era un torrente. Querían parecerse a los Stones, cabellos largos, pero lucían levitas, así que en imagen eran más bien próximos a los Beatles. Sin embargo existían otras razones que un mánager inteligente podía ver: los rockers no formaban parte de la sociedad de consumo, y el pop estaba generando esto: consumo. Ser una banda mod, en caso de ser aceptados, podía representar mucho más. Y fueron mods. La primera banda mod. Pero Pete Townshend acabó identificado realmente con ellos, sin ambages. Como dijo Roger Daltrey más tarde, «uno se sentía parte de una cultura juvenil, y había una emoción y una urgencia que con el tiempo se perdió». La palabra urgencia define muy bien lo que fue aquel momento.

Los Who captaron el universo mod, se convirtieron en líderes y profetas, y además dieron a la historia y a su gente otro de los himnos clave de los sesenta: «My Generation», una canción que Pete compuso en la parte trasera de un coche, de una tirada, y que no se modificó en una sola coma después. Imagen y música sintonizaron al cien por cien. En este sentido, Pete Townshend fue el poeta mod, aunque no se limitó a dotar de vida propia los sentimientos de esa generación. Cuando mods y rockers se olvidaron de Brighton o de lucir los primeros las clásicas chaquetas con la bandera inglesa (moda creada por los Who, escandalosa en su día), Townshend continuó hasta consagrarse como uno de los grandes autores de su tiempo, capaz de crear obras como *Tommy* o *Quadrophenia*.

Los Who simbolizaron destrucción y violencia en su primera etapa pop. Fueron más allá que los Stones y precursores de Hendrix o del movimiento punk de mitad de los setenta. El día que Pete Townshend rompió accidentalmente su guitarra contra el techo del local en que actuaban, porque era demasiado bajo, descubrió que el público rugía. Entonces la machacó y corrió la voz: «un tipo rompe su guitarra cuando actúa». Cada concierto reunía a más adictos y él seguía rompiendo guitarras, de modo que actuar era ruinoso. Pero su leyenda aumentó lo mismo que la del batería, Keith Moon, pateando sus tambores. Roger Daltrey, el cantante, blandía el micrófono como un lazo dispuesto a cazar un ternero. Solo John Entwistle, el bajo, actuaba como una estatua. La guitarra destrozada de Pete se convirtió en un icono pop, un símbolo: el músico rompía su instrumento después de haber arrancado de él todo su placer. Carnaza para psicólogos. Pero los Who no eran solo destrucción en ese tiempo. En 1966 ya utilizaban el *feedback,* multiplicaban la intensidad del sonido por medio de un efecto en el amplificador y aumentaban el volumen de las pulsaciones de las cuerdas. En 1968 y después de una larga serie de éxitos («The Kids Are Alright»,

«I'm a Boy», «Happy Jack», «Pictures of Lily», «Magic Bus», «I Can See for Miles»), grabarían su gran ópera rock, *Tommy,* utilizando la música al servicio de un concepto. La historia del chico ciego, sordo y mudo, campeón de *pinball* y finalmente mesías generacional, será un hito que convertía a los Who en leyenda y les hará perdurar las décadas siguientes pese a las muertes de Moon primero (1978) y de Entwistle ya en pleno siglo XXI. De *Tommy* se hizo una versión sinfónica y fue llevada al teatro y al cine. *Quadrophenia,* la historia de los mods, pasó también a la pantalla. Y con el documental *The Kids Are Alright* los Who revisitaron a fines de los setenta su propia historia. Todo ello sin olvidar LP's fundamentales, *Who's Next, Live at Leeds* o *Who Are You.*

Los principales herederos de los Who fueron Pretty Things y Small Faces, especialmente estos últimos, porque del grupo saldrían músicos como Steve Marriott o Ron Lane. Tuvieron canciones de impacto como «Itchycoo Park», «All or Nothing» y «Lazy Sunday Afternoon» antes de desaparecer en 1969, aunque entonces parte del grupo se convirtió en Faces, la banda de acompañamiento de Rod Stewart.

Las radios piratas

Uno de los grandes cambios impulsados por la música en la estructura social británica fue la aparición de las radios piratas, un fenómeno singular y de especial trascendencia en esta historia, puesto que hubo un antes y un después de él. Cuando en 1967 la todopoderosa y monopolista BBC se rendía a la evidencia y claudicaba, la lucha de las radios piratas terminó. Habían pasado tres años desde que un domingo de Pascua de 1964 Radio Carolina, el primer azote del sistema, comenzó a emitir.

¿Por qué las radios piratas? Pues porque en plena era pop, en pleno estallido de la música como galvanizante de las inquietudes y gustos de la juventud, en Inglaterra el monopolio de la BBC era también la clave de su censura. No todo se emitía por las ondas. No todo eran Beatles y demás grupos ya asimilados y tolerados, convertidos en parte del *establishment*. Había muchos más, cientos, que no tenían la menor posibilidad de divulgación. Por otra parte, existía un público ávido de más sensaciones, que no encontraba más allá de lo habitual a través de la BBC una respuesta a sus inquietudes. Para contentar a este público formado por millones de fans, y por supuesto hacer negocio mediante la sencillez de su fórmula, nacieron las radios piratas, potentes emisoras instaladas en barcos que, a su vez, anclaban fuera de las aguas jurisdiccionales inglesas. Desde allí dieron música a la parte central de los sesenta, animando y disparando el pop hacia cotas increíbles.

Antes de Radio Carolina, en 1962 ya había funcionado Radio Syd, desde un barco con bandera panameña instalado frente a las costas holandesas. Inmediatamente después entró en funcionamiento Radio Veronica con la misma capacidad para hacer llegar música hasta el continente. Pero Radio Carolina fue la emisora pirata por excelencia. El domingo de Pascua de 1964, a través de un locutor que había sido miembro del equipo olímpico inglés de natación, saltó al aire. En pocos días su música inundaba las ondas británicas. Después del éxito de Radio Carolina, llegaron Radio London, Radio England, Radio Atlanta... Todas emitiendo desde viejos barcos reconvertidos en emisoras radiofónicas ancladas en el mar.

La misma competencia existente entre radios piratas fue un arma eficaz a la hora de impulsar el «boom». Las compañías discográficas enviaban sus novedades a todas, pero estas se peleaban por las exclusivas, por ser las primeras en radiar tal o cual nueva canción esperada por los adictos. La BBC se vio impotente para frenar el fenómeno, aunque lo trató con el desprecio del todopoderoso en sus inicios. A las pocas semanas la audiencia del gigante de la radiodifusión británica quedó reducida a un obsoleto público convencional, porque los jóvenes habían huido de sus sintonías. Y no solo era la música y la calidad, sino los medios. Radio London, por ejemplo, estaba financiada con capital estadounidense, y Radio England se presentó al público dando una fiesta en un elegante hotel londinense e invitando a lo más selecto de la sociedad pop. Una inversión de diez mil libras con efecto inmediato. La misma Radio Carolina, que estaba situada frente a la costa de Liverpool, sostuvo una ardua guerra por el dominio de las ondas con Radio Atlanta, ubicada más al suroeste, frente a Harwich. Eran las dos más potentes y llegaban a todos los rincones de Inglaterra.

Muy pronto las radios piratas se especializaron en dar veinticuatro horas diarias ininterrumpidas de música, dedicando especial atención tanto a los discos de las listas de ventas como a las novedades y lanzamientos. La BBC, que seguía sin acusar el golpe, mantuvo su talante de gigante frente a las pulgas. Pero la creciente marea de desconcierto motivada por sus insípidos programas, frente a las millonarias audiencias de las emisoras piratas, acabaron pasando factura. Los disc-jockeys de las radios piratas, además, se hicieron en algunos casos más famosos que muchos cantantes. Radio Carolina llegó a tener un club de fans.

La abundancia de radios piratas se disparó en 1966, cuando aparecieron tres emisoras nuevas en muy poco tiempo, algunas de las cuales estaban instaladas en antiguos fortines de la defensa aérea empleados en la Segunda Guerra Mundial. El negocio era rentable. La publicidad llegaba a manos llenas. Estas tres emisoras fueron Radio 390, Radio City y Radio Essex.

En el máximo apogeo de este tiempo insólito y musicalmente incomparable Radio Carolina llegó a contar con dos emisoras instaladas en dos barcos; la primera al norte, en el *MV Carolina,* de 763 toneladas y 58 metros de eslora, equipado con un motor de 1.000 caballos capaz de rendir a 14 nudos por hora; y la segunda a bordo del *MV Mi Amigo,* estacionado frente a Scarborough, con 470 toneladas y una fuerza de 200 caballos. Radio London, por su parte, se asentaba en el *MV Galaxy,* de 70 metros de eslora, con un emisor de 75 kilovatios. Su antena, de 66 metros de altura (7 más que la columna de Nelson en Trafalgar Square), conseguía llevar su música a 400 kilómetros de distancia.

En 1967 el clima de clandestinidad llegó a su auge y la BBC dejó de ser el gigante dormido. Además, el Gobierno tomó cartas en el asunto y esa fue la puntilla. Con la excusa de que un día las emisoras piratas podían dejar la música para emitir algo más peligroso, el Parlamento tomó cartas en el asunto. Mr. Edward Short fue el primero en iniciar una lucha a muerte contra las radios piratas y su voz sacudió en la Cámara con múltiples intervenciones en demanda de medidas radicales y enérgicas. El Gobierno de su Majestad dictó el 14 de agosto de 1967 una ley declarando ilegales las radios piratas. Pero días antes la National Opinion Poll (una oficina independiente de encuestas a gran escala) había hecho públicos unos datos reveladores: Radio London era la emisora más importante de habla inglesa con 10 millones y medio de oyentes por término medio al día. Y las restantes no le iban demasiado a la zaga. Las pulgas ya eran gigantes.

La ley conminó al cierre de las emisoras y, aunque se tardó bastante, una a una dejaron de emitir. Pero la clave de su desaparición estuvo, al fin y al cabo, en la misma BBC: revisando su política, claudicando por completo y rindiéndose a la evidencia de los gustos del público mayoritario, la cadena estatal amplió sus horas musicales y contrató a muchos de los disc-jockeys que se habían hecho famosos desde el mar. Con ello se aseguraron unas audiencias de nuevo estimables y la música siguió llegando al público. La única emisora que desafió la orden gubernamental fue Radio Carolina, que resistió y siguió con sus programas durante meses, aunque ya en solitario y cediendo fuerzas hasta su definitivo cierre.

Para la historia, es evidente que las radios piratas ayudaron decisivamente al auge de la música pop en Inglaterra y no pocos países del norte de Europa. Muchos cantantes y grupos, que de otra forma quizá no hubiesen llegado al gran público, fueron apoyados por ellas y por disc-jockeys entusiastas y con carisma para los oyentes.

10
FOLK ROCK, MOTOWN SOUND Y LOS NUEVOS HÉROES

LA ELECTRIFICACIÓN DE DYLAN

El revulsivo que supuso la aparición de los Beatles para la música americana tuvo su primera consecuencia inmediata en la revitalización del folk como uno de los elementos motores del nuevo cambio en el país. El folk ya tenía carta de naturaleza propia por lo que representaba de vuelta a los orígenes. Para llegar a cualquier futuro siempre hay que contar con el pasado. Pero con el dominio de los Beatles y la música pop en general, parecía imposible que un género tan a la postre minoritario pese a sus muchos éxitos en los rankings pudiera tener la más mínima opción. Una elite de *folk-singers* y grupos establecidos se veía desbordado por la explosión de vitalidad que había invadido al mundo entero con los Beatles. Muchos se enfrentaron a la discreción impuesta por sus limitaciones. Otros despertaron. ¿Por qué no unir el folk con las nuevas perspectivas que abría el pop en todos los órdenes: instrumentaciones, ideas, recursos, etc.?

Bob Dylan, el patriarca, en la cima entre 1962 y 1964, es uno de los que antes sintió la adrenalina corriendo por sus venas. No fue el primero, otros se le adelantaron, pero en su condición de gran jefe no se habló de cambio hasta que él tomó una iniciativa transgresora y condujo la música hasta su nuevo frente común. Así nació el folk-rock como género y como origen de una gran parte de la innovación musical americana de mitad de los años sesenta.

Bob ya había trabajado con músicos eléctricos, el grupo Blues Project, a fines de 1964. El resultado de esas experimentaciones se vio en su quinto LP, *Bringing It All Back Home,* editado el 22 de marzo de 1965. Las primeras voces de sorpresa saltaron enseguida. Además de voz, guitarra y armónica, el fondo instrumental era puro rock. La palabra «traidor» sonó mucho antes que otras como «experimentación», «búsqueda» o «posibilidades», por ejemplo. El disco, pese a ello, sería un éxito clamoroso y constituyó el último paso del Dylan *folk-singer* y el primero del Dylan más rockero.

Mientras Bob se debatía entre sus inclinaciones y las raíces que aún pudieran atarle al pasado, aparecían en Estados Unidos grupos de nuevo cuño que ahondaban en las fusiones, las secesiones y las innovaciones. Uno de ellos era la Paul Butterfield Blues Band. Otros fueron The Fugs, cuyo mayor peso específico se produjo un año después, al iniciarse la era hippie. Los más definitivos sin embargo serían The Byrds, un quinteto con predominancia de voces y guitarras que, al igual que Peter, Paul & Mary habían hecho con «Blowin' in the Wind», fueron número 1 con «Mr. Tambourine Man», otro de los temas emblemáticos de Dylan.

Los Byrds ayudaron a que Bob abriera los ojos y viera las posibilidades de ofrecer folk electrificado, aprovechando los recursos de la música. Nada más editarse *Bringing It All Back Home,* Bob ya trabajaba con Al Kooper (líder de los Blues Project) y Mike Bloomfield, dos hombres cruciales en la música americana de los siguientes años. Y no lo hacía solo con ellos, también iniciaba su relación con un grupo desconocido llamado The Hawks, poco después rebautizados como The Band. Primero fue la aparición del tema «Subterranean Homesick Blues», en mayo, a su regreso de la gira inglesa en la que D. A. Pennebaker filmó el documental *Don't Look Back.* Pero de inmediato llegó la grabación de la histórica «Like a Rolling Stone», con Kooper y Bloomfield. Este fue el paso decisivo para un Dylan que editó el disco poco después del mayor escándalo de su historia, aunque luego resultase ser también su cumbre más personal: el célebre Newport '65.

El festival de Newport era la catedral de los puristas del folk desde 1959, fecha en que había reunido a 13.000 acólitos. Triunfar en Newport era consagrarse en la elite. Fracasar era condenarse. El público pasaba por ser el mejor de los termómetros y un juez inapelable. El mismo público que tenía a Dylan en un pedestal, como el más grande innovador de «su» género.

En el festival de 1965 había 80.000 personas, el doble que dos años antes. El 25 de junio Bob Dylan salió a escena con una cazadora de piel negra, una camisa de lunares y botas, llevando una guitarra eléctrica en las manos y con un grupo de soporte, la Paul Butterfield Blues Band, con Mike Bloomfield, y Al Kooper de invitado. Los que esperaban su imagen de siempre, con la ropa tradicional, la armónica al cuello y la guitarra acústica Brown-Martin, dispuestos a escuchar «Blowin' in the Wind» o «The Times They Are-a-Changin'», apenas si pudieron creerlo cuando la primera descarga eléctrica asaltó sus oídos. Era un desafío, y no se lo perdonaron. Tembló el escenario con la música, y el público con sus gritos. El rechazo fue visceral y casi unánime. Bob arrancó con «Maggie's Farm», siguió con «It Takes a Lot to Laugh, It Takes a Train to Cry» y después culminó su reto con la presentación de «Like a Rolling Stone» y «Tombstone Blues». Para entonces el abucheo y el rechazo de la gente era un grito generalizado frente a los pocos irreductibles que aplaudían fascinados. Se trata de una de las páginas más extraordinarias de la historia por lo que representó. Luego hubo disparidad de opiniones. Al margen del fracaso de la presentación eléctrica, el escenario y la técnica de los equipos de Newport no estaban preparados para aquello porque se esperaba la simpleza de la voz y una guitarra, además apenas ni se pudo ensayar. En consecuencia, el volumen del grupo era tan fuerte que tapaba a Bob por completo, lo que explica parte de los gritos.

Bob Dylan, impresionado por lo que estaba sucediendo, se retiró del escenario y atendió a razones cuando se le pidió que volviera a salir. No lo tenía previsto, tuvo que pedirle una guitarra acústica a Johnny Cash y al público «una armónica afinada en mi». Entonces ofreció una breve intervención acorde con lo que se esperaba de él: voz, guitarra y armónica. Cantó «It's All Over Now, Baby Blue» y «Mr. Tambourine Man» ante el delirio de los asistentes. Fue la última concesión en Newport. Si algo ha tenido siempre Bob ha sido su carácter rompedor, su profunda «mala leche», sus arrebatos. Su reacción tras el incidente de Newport fue meterse en el estudio de grabación de inmediato, rabioso, y preparar ya el definitivo *Highway 61 Revisited* con Bob Johnston de productor, aunque se incluyó «Like a Rolling Stone», el último tema que le produjo Tom Wilson. Su proverbial rapidez a la hora de grabar fue decisiva, y más en este acelerado caso. No sería la última vez que, ante unas malas críticas, respondía con un nuevo disco para acallar voces. El 4 de agosto concluía las sesiones de grabación con el correoso «Desolation Row». Y las innovaciones no solo eran ya musicales, sino también estéticas, de forma tanto como de fondo. «Like a Rolling Stone» duraba 6 minutos y «Desolatin Row» más de 11, algo impensado para la época, en la que una canción jamás llegaba a los cuatro minutos aunque sobrepasase en algún caso los tres.

El nuevo LP se publicó el 30 de agosto, menos de cuatro meses después del anterior *Bringing It All Back Home,* prueba de la ferocidad de Dylan, de su deseo de no dejarse arrollar por nadie y de sus ganas de sumergirse por entero en el nuevo potencial de su música. Las letras eran las de siempre, desnudos cantos y poemas de una gran fuerza, pero más que nunca, los tiempos estaban cambiando en lo musical.

El 28 de agosto, dos días antes de editarse el nuevo LP, reaparecía en el festival de Forest Hill ante 14.000 personas y, tras una primera parte en solitario cantando sus canciones folk, en la segunda volvía a sacar a escena a un grupo electrificado, en este caso los Hawks, con Robbie Robertson a la guitarra y Levon Helm a la batería, más Al Kooper y Harvey Brooks. Cuarenta y cinco minutos de rock soportando gritos como «Queremos a Dylan», «Traidor» o «¿Dónde está Ringo?», bajo la descarga brutal de su nuevo sonido, revivieron el escándalo de Newport así como su apuesta y su desafío. En Forest Hill presentó siete de los nuevos temas de *Highway 61 Revisited,* porque si algo tenía era su tozudez, sus ganas de guerra, su afán por imponer sus ideas artísticas y no dejarse arrollar por nadie.

Tras el decisivo 1965, nada fue lo mismo para Dylan ni para el folk-rock como género emergente dentro de las nuevas y constantes fiebres musicales de los años sesenta. Los Byrds ya eran una banda consagrada y poco después aparecerían otras en su estela, como Buffalo Springfield (con Neil Young y Stephen Stills en sus filas).

De Byrds a Simon & Garfunkel

Una de las «formas» que rompieron los Byrds como grupo de éxito fue la de la estética visual. En 1965 los Beatles todavía actuaban «de uniforme», siguiendo los cánones de fines de los años cincuenta que exigían un toque de clase para con el público. Lo mismo hacían bandas americanas como Beach Boys. Byrds primero y otros casi al unísono, caso de Buffalo Springfield, rompieron con las formas y los corsés. Los cabellos eran más largos y la informalidad se puso a la orden del día. Todavía existían «disfraces», como Sonny & Cher, vestidos de trogloditas y triunfando con «I got you, babe», pero se iba hacia lo que ya en 1966 sería la frontera entre el antes y el después. De la cárcel del sistema a la libertad de la imaginación.

Los Byrds se formaron en 1964 y en 1965 fueron lanzados por CBS, el mismo sello discográfico que tenía a Dylan. CBS era la compañía que estaba viendo las posibilidades del mercado con mas claridad, porque tenían al mismo tiempo en cartera a Simon & Garfunkel. El primer disco de los Byrds fue «Mr. Tambourine Man», y lo respaldaron con otra versión dylaniana, «All I Really Want to Do», seguida de la versión del «Turn Turn Turn» de Pete Seeger, que les devolvió a lo más alto de las listas. Con un prodigioso juego de voces y una combinación de guitarras sonando tan puras como el cristal, lograron sentar las bases de folk-rock y convertirse en sus primeros adalides.

De 1964 a 1966 la rapidez del mundo musical fue vertiginosa. De hecho no menguaría hasta la gran crisis del petróleo, en 1973. Lo sucedido en este período resulta históricamente prodigioso en todos los sentidos, el musical primero, pero también el social, moda, ritos y costumbres, con una evolución constante. Si en los años noventa también se saltó mucho, con ansiedad, casi sin tiempo para asimilar ritmos o estilos, fue por la búsqueda constante de algo nuevo, la necesidad de suministrar al público novedad y cambio. Por contra en los años sesenta este fenómeno no era provocado, sino natural.

Salvo en el caso de Simon & Garfunkel.

El folk-rock era ya una nueva fuente creativa y comercial. Pero Dylan fue un huracán inesperado, y los Byrds un hallazgo casi impensado que se había beneficiado de un tema del propio Bob. Los músicos puristas todavía no se inclinaban a electrificarse y faltaban nuevos intérpretes. Tom Wilson, productor de Dylan hasta «Like a Rolling Stone», buceó en los archivos de CBS en busca de ideas y se encontró con algo que cambiaría una historia.

En 1964 un dúo llamado Simon & Garfunkel había editado en la propia CBS una canción titulada «The Sounds of Silence». Paul Simon y Art Garfunkel eran estudiantes cuando se conocieron a mitad de los años cincuenta. Influenciados por Everly Brothers, unieron sus talentos para dedicarse a cantar. Y sus talentos eran notables: Paul como compositor y Art como cantante. Primero fueron Tom & Jerry en 1957. Durante años no hicieron otra cosa que rodar de aquí para allá, trabajar, seguir estudiando. Habituales del Village neoyorquino, llegaron a grabar discos con nombres tan curiosos como Jerry Landis o Tico & The Triumphs. Por fin, en 1964 CBS les dio una oportunidad, pero aquel disco y el LP *Wednesday Morning: 3 AM* pasaron inadvertidos. Quizá con el tiempo su calidad se hubiese acabado imponiendo, o quizá no, se hubieran separado y la historia se habría quedado sin ellos. De hecho, en 1965 Paul estaba en Inglaterra y Art había vuelto a estudiar a Nueva York, sin planes de futuro. El día que Tom Wilson escuchó la canción, con el suave guante de la guitarra y las voces enmarcadas en el más puro folk de Peter, Paul & Mary o los Kingston Trio, supo que allí había un posible éxito dentro de la nueva línea abierta por los Byrds. Wilson se llevó la cinta al estudio de grabación y le dio otro fondo instrumental, más ambicioso. Eso constituía en sí mismo una novedad absoluta, porque en las grabaciones se registraba primero la base instrumental y después se añadían las voces al final, no al revés.

A fines de 1965 «The Sounds of Silence» se reeditaba de nuevo y en enero de 1966 llegaba al número 1 en Estados Unidos, convirtiéndose con el tiempo en una de las grandes canciones de los años sesenta y de toda la historia musical de la segunda mitad del siglo XX, la era rock.

El acierto de Tom Wilson no fue tanto dar a CBS un número 1 extraído de la nada, sino recuperar a Simon & Garfunkel, que desde este momento iniciaron una carrera musical extraordinaria. Con ellos el folk-rock alcanzó su cota más notable. Eran el sello de la distinción, letras elaboradas, voces puras, intimismo, una perfección rayana en la paranoia a la hora de grabar y otros detalles más. Lo de la perfección se puso de manifiesto en 1969, cuando tardaron 100 horas en grabar «The boxer», un tema de cinco minutos. Dylan solía grabar sus álbumes de una sola toma, impetuosa y visceralmente, creyendo más en el instinto que en la perfección. Simon & Garfunkel estaban al otro lado del espectro.

Paul Simon fue el poeta de la incomunicación. Innovador, personal, el fondo de sus canciones tenía el color característico y la marca de un tema concreto que él llevó hasta sus más íntimos grados de desarrollo: la soledad. En «The Sounds of Silence» da una de las claves del comportamiento humano encerrado en la cárcel propia de cada persona bloqueada por la soledad y el aislamiento. La voz melancólica de Art era la idónea para cantar esas letras. Serenidad, casi espiritualidad, sensibilidad, fueron las constantes de sus canciones. En «The Darling Conversation» se hablaba de esa incomunicación a través del comportamiento de un chico y una chica frente al vacío que les rodeaba y su lucha desesperada aunque vana por establecer un diálogo, por expresarse y relacionarse de verdad. En «America» la incomunicación se refleja por medio de la frustración. La canción cuenta la problemática de un viaje de luna de miel por el país de una pareja entre la ilusión del comienzo y la realidad final, envuelta en el fracaso del amor al no existir el diálogo entre ambos. Paul Simon hizo de sus temas un espejo generacional. Habló del descontento, el desencanto, de la alienación y la vulgaridad, la nostalgia y la evolución de cada ser humano frente a sí mismo y frente a la sociedad. Y lo hizo con un lirismo tan grande como su abatimiento y desesperanza, por lo menos hasta llegar a su obra maestra, la cumbre de «Bridge Over Troubled Water», en que hablaba más de amistad y comprensión. Por el medio dejaron temas de la talla de «Mrs. Robinson».

El folk-rock crearía una escuela por la que se deslizarían en los años siguientes grandes nombres de la historia, comenzando por Crosby, Stills & Nash, a los que luego se uniría Neil Young, y siguiendo con la vertiente country rock con Poco, Loggins & Messina y Flying Burrito Brothers.

Motown Sound

En la historia de la música, desde que esta se canalizó a través de una industria poderosa y los discos se establecieron en el mercado con fuerza, la historia de Tamla Motown es una de sus leyendas. Un sonido diferente, un estilo peculiar y una factoría de artistas extraordinarios que aportaron algo más que una larga serie de hits en los rankings: personalidad, sobre todo en su primera década prodigiosa.

Podría decirse que Motown fue además la primera compañía formada en los años sesenta por negros, con una música negra, propia y diferente del rhythm & blues imperante en su tiempo, y destinada a un público negro. Pero eso no sería del todo cierto, porque el Motown Sound llegó al público blanco de todo el mundo a través de la sencillez de su propuesta. Música y solo música. Verdadero pop negro. Y detrás una pléyade de artistas, productores y ejecutivos trabajando conjuntamente en aras de un sueño y un estilo.

El milagro de Tamla Motown es el milagro de Berry Gordy Jr., empleado en la cadena de montaje de la Ford Motor Company de Detroit, la pionera de la industria automovilística estadounidense.

Berry había nacido en el mismo Detroit, Michigan, en 1929. Con siete hermanos y hermanas más, vivió y creció en el gueto de los suburbios de la ciudad en la década de los treinta, en plena Gran Depresión. Si malos tiempos eran para los blancos, más lo fueron para los negros y otras minorías. Los felices veinte y una alegre política de libre mercado condujeron al crack de Wall Street y a la miseria para muchas personas. Para Berry, en su juventud, cabían muy pocas alternativas de progreso. Dos de los caminos abiertos eran la música y el deporte, porque el trabajo solo conducía a la miseria de un sueldo escaso. Además, los únicos trabajos aptos para un negro en aquellos días eran los más ínfimos: portero, limpiaventanas, mozo, basurero o empleado en las grandes fábricas. Berry estaba dispuesto a huir de ello, y aunque amaba la música y componía canciones, decidió probar fortuna en el deporte: se hizo boxeador.

Fue un boxeador discreto y oscuro. Tuvo un mánager, se hizo profesional, peleó una docena de veces y pronto comprendió otras dos verdades incuestionables: la primera, que no era un campeón ni tenía talla de héroe; la segunda, que el boxeo exigía una entrega, preparación y dedicación a las que él no estaba dispuesto. Dejó de boxear y con veinte años se fue a Nueva York en busca de mejor suerte como compositor. Cinco años después, y pese a haber tenido algún éxito con su trabajo, siguió descubriendo más verdades: el autor no es el que más gana en una producción discográfica. Ni siquiera el intérprete. Los beneficios son para la compañía discográfica y para el productor. Luego están el cantante y el autor. Como muchos de sus compatriotas, Berry creía en el «sueño americano». Quería ser millonario y triunfar.

De regreso a Detroit, fracasado, trabajando por 85 dólares a la semana en la cadena de montaje de la Ford, fue incapaz de renunciar a su sueño. Por las noches continuó componiendo, frecuentando los efervescentes clubs de la ciudad, viendo actuaciones, hablando con mánagers y empresarios, discutiendo ideas. Berry pronto constató el potencial creciente de los nuevos artistas urbanos, pero sus propuestas no hallaron eco en nadie. Era un creador inquieto sin medios para lanzarse al ruedo. Su única opción fue pedir un préstamo y formar su propia compañía discográfica. El préstamo, de 700 dólares, se lo facilitó la familia con sus ahorros. Con ese dinero consiguió un estudio de grabación en la octava planta de un edificio de Grand Avenue.

Había nacido Motown Records, abreviatura de Motor Town, la Ciudad del Motor. Además del principal, Berry creó el sello Tammy como primera etiqueta de producción, más tarde cambiado a Tamla.

Desde el primer día por los estudios Motown empezaron a pasar todos los artistas jóvenes de Detroit, solistas y grupos. Y eran muchos. Detroit se estaba convirtiendo en un polo emergente de la nueva música americana, al margen de las corrientes del rock and roll blanco y el rhythm & blues negro. Georgia o Nueva Orleans tenían una identidad propia, el Sur exportaba rockabilly, Chicago su potente blues, Memphis era la cuna de Elvis. Detroit, al norte, estaba fuera de esas tendencias.

Entre 1959 y 1961, Motown editó sus primeros discos. En 1959 Berry conoce a un muchacho de diecinueve años llamado Smokey Robinson, cantante del grupo adolescente The Miracles, autor y con ideas en el campo de la producción. Fue el primer hito de una larga cadena. Smokey llegó a ser vicepresidente de la compañía años después. El primer disco de los Miracles, «Get a Job», fue su primer éxito, y el segundo, «Shop Around», el primer disco de oro de la compañía. Era el octavo lanzamiento de Motown, a comienzos de 1961. Por aquellos días ya sonaban también Mary Wells y The Marvelettes. A comienzos de 1962 se crea el sello Gordy porque los lanzamientos ya son tantos que hay que diversificar un poco. The Contours fueron el primer disco de oro de Gordy.

Berry formó inmediatamente su propia editora musical, Jobete Music, para tener el control al cien por cien. Pero la misma expansión y éxito de Motown le llevaron a una crisis en 1962. Crisis de crecimiento. Dentro de Motown estaban los familiares de Berry Gordy Jr. Su hermana Gwen había creado el sello Anna (distribuido por Chess Records), y ya existían otras etiquetas, Miracle, Melody, Tri-Phi, Harvey. Fue el momento del definitivo golpe de genio, unificándolo todo en Motown, y paralelamente se produjeron en los siguientes meses los grandes hallazgos de su leyenda, por un lado artistas como las Supremes (con Diana Ross), Martha and The Vandellas, Marvin Gaye, The Temptations, The Four Tops o Jr. Walker and The All-Stars, y por otro la progresiva incorporación de autores y productores de la talla de Holland-Dozier-Holland, Norman Whitfield o Ashford and Simpson. En 1962 Motown presentaba a un niño ciego que tocaba la armónica y al que lanzó como Little Stevie Wonder. En poco tiempo, sin el Little previo, se habría de convertir en uno de los más importantes artistas y compositores negros, y en los años setenta en uno de los grandes de la historia de la música.

El grupo que entre 1964 y 1967 disputó el cetro comercial a los Beatles, sobre todo en la cima de los charts, fueron las Supremes. Su larga serie de éxitos se inició con el número 1 de «Where Did Our Love Go» y siguió con «Come See About Me», «Stop in the Name of Love», «Back in My Arms Again», «You Can't Hurry Love», «You Keep Me Hangin' On», «The Happening», «Reflections», «Forever Came Today» y otros. Junto a ella destacaron los Temptations, una gran factoría de cantantes porque de sus filas emergieron los talentos individuales de Eddie Kendricks, Paul Williams y David Ruffin. Colocaron 20 canciones en las listas en sus primeros cuatro años. Sus principales éxitos fueron «My Girl», «Get Ready», «Ball of Confusion», «Just My Imagination» y «Papa Was a Rollin' Stone». Smokey Robinson y sus Miracles, por otra parte, tuvieron diez años de constantes hits como «You've Really Got a Hold on Me», «That's What Love Is Made of», «The Tracks of my Tears», «Tears of a Clown», «Here I Go Again» y un largo etcétera hasta más de 40 canciones. Los Four Tops tuvieron menos cantidad, pero su tema «Reach Out, I'll Be There» les inmortalizó, lo mismo que el «Dancing in the Street» de Martha & The Vandellas. El gran genio individual de la Motown antes del impacto de Stevie Wonder fue Marvin Gaye, con más de 30 canciones de éxito. Primero formó dúo con Tammi Terrell y después destacó con memorables temas como «I Heard It Through the Grapevine», «What's Going On» y «Let's Get It On». Hijo de un sacerdote, fue asesinado por su padre tras años de diferencias entre ambos. Otros artistas notables fueron Gladys Knight & The Pips («I Heard It Through the Grapevine», «Neither One of Us», «The End of Our Road»), Mary Wells («My Guy», «Two Lovers»), Marvelettes («Please Mister Postman»), Detroit Spinners («That's What Girls Are Made For»), Contours, etc.

Stevie Wonder debutó a los cinco años tocando armónica y piano. A los doce fue lanzado por Motown y el niño ciego de nacimiento se convirtió en una estrella a partir de su tercer single, «Fingertips». De 1964 a 1967 fue uno de los grandes representantes del Motown Sound, con una docena de éxitos, hasta que en 1968 inició su segunda etapa con «For once in my life» y su genio creativo le llevará ser en los años setenta el más importante solista de su generación, compositor de clásicos como «Superwoman», «Keep on Running», «Superstition», «You're the Sunshine of My Life» o «Higher Ground», aunque será en sus álbumes donde mejor dará rienda suelta a su talento, *Music of My Mind, Talking Book, Innervisions, Fullfillingness' First Finale, Song in the Key of Life* y *Journey Through the Secret Life of Plants*.

Durante los años sesenta y setenta Motown marcó muchos hitos en la historia de la música. Estuvo entre las 10 compañías discográficas más importantes, con un promedio de ventas de 10 millones de dólares por año en los sesenta, y la cantidad de artistas suyos en las listas fue abrumadora teniendo en cuenta su limitado cartel de estrellas. Las Supremes lograron 13 números 1 en las listas de éxitos y vendieron 26 millones de discos, situándose por detrás de Beatles y Elvis Presley en el escalafón americano del *show business*. En 1975 se pagaban 13 millones de dólares por el nuevo contrato de Stevie Wonder, el más alto hasta la fecha en la historia de la música. El lanzamiento de los Jackson Five a fines de los sesenta permitió descubrir a otra leyenda en ciernes: Michael Jackson. En 1970 se creó incluso un sello «blanco», Rare Earth, y en 1971, cuando la compañía se trasladó a Hollywood, lo hizo para introducirse en el cine. Su primera producción, *Lady Sings the Blues,* basada en la vida de Billie Holiday, le valió a Diana Ross ser nominada al Oscar. Seguirían *Mahogany, The Wiz* (nueva versión de *El Mago de Oz* con Michael Jackson y Diana Ross de protagonistas) y otras. A mitad de los setenta Berry Gordy recibió el homenaje de la industria discográfica americana por su brillante carrera.

La América de los Monkees

En 1966 Estados Unidos sufre en sus carnes la invasión musical británica comandada por los Beatles. No importa que grupos como Beach Boys estén dando lo mejor de sí mismos, ni que Dylan lidere una corriente exultante de la música, ni que existan el Motown Sound, el Soul, ni que en California esté floreciendo ya el fenómeno hippie. Para los americanos los Beatles han abierto una brecha muy amplia y no hay antídoto. Los inventores del rock and roll ven como los grupos ingleses asaltan en sucesivas oleadas las listas estadounidenses. Hay un cierto sentimiento de orgullo herido. Y es en este contexto cuando nacen, o mejor dicho, se fabrican los Monkees.

La razón de existir de los Monkees, pese a su éxito posterior, reside en la necesidad americana de crear una réplica de los Beatles, un contrafenómeno. Para ello se puso en marcha la maquinaria del *show business*. El cuarteto no fue casual, ni tuvo una etapa de formación previa como la de tantos conjuntos, ni tuvo que preocuparse de buscar una línea propia ni se vio en la necesidad de componer sus propios temas, ni siquiera le hizo falta luchar para buscar compañía discográfica o ganarse un puesto en las listas. Tampoco eran músicos al comienzo. Pero fue el primer gran montaje del pop que funcionó y marcó una larga ristra de secuelas que han llegado hasta nuestros días de forma periódica y cíclica. Vendieron millones, arrasaron, y aunque su existencia fue breve y jamás representaron una alternativa a los Beatles, sus propósitos se vieron cumplidos. Tuvieron una docena de grandes éxitos y su historia de película (no en vano protagonizaron su propia serie de TV como parte de su lanzamiento) fue un modelo del funcionamiento de la industria americana. ¿Fraude? Su segundo single, «I'm a Believer», compuesto por un entonces desconocido Neil Diamond, vendió 10 millones de copias, y fue el conjunto más popular del país entre 1966 y 1968. Con estos resultados la palabra fraude suena ilógica, pero en un momento en que el rock destilaba innovación y dinamismo, ellos fueron una pantalla oscura que brilló con luz propia.

Fue Don Kirshner, uno de los halcones de la industria (mánager de Connie Francis y Bobby Darin en los años cincuenta, y antes autor de canciones, publicista y empresario), el que diseñó en 1965 un programa de televisión en el que un grupo de músicos viviera su día a día cotidiano lleno de aventuras intrascendentes. ¿El modelo a seguir?: *A Hard Day's Night* de los Beatles. Pero para elegir a los cuatro intérpretes/actores ingenió algo más: un concurso a escala nacional al que podía presentarse quien quisiera mientras fuera joven, atractivo y tuviera un mínimo de noción musical. Hubo quinientos candidatos finales y de entre ellos se escogió a Peter York, Mickey Dolenz, Mike Nesmith y David Jones (este último inglés). Solo dos de ellos tenían experiencia como guitarristas, York y Nesmith, así que los primeros discos fueron grabados por músicos de alquiler hasta que ellos mismos pudieron tocar en vivo. Pero sus caracteres eran el modelo a presentar. Su primer single, «Last Train to Clakersville» ya fue número 1. Siguieron «I'm a Believer», «A Little Bit Me, a Little Bit You», «Pleasant Valley Sunday», «Daydream Believer» y varios LP's. La serie de televisión se inició en septiembre de 1966 y contó con 56 episodios que respaldaron su implantación nacional. En 1969, con las energías quemadas y el fracaso de su película *Head,* se separaron y solo Mike Nesmith consolidó una carrera estable. En 1972 David Jones estaba arruinado, como ejemplo de un sueño ficticio que, sin embargo, dejó su huella en la historia y un puñado de excelentes canciones.

Los Monkees no ocultaron el poder de muchos buenos artistas que supieron crear su propia carrera en aquellos Estados Unidos dominados por el pop inglés. The McCoys («Hang on Sloopy»), el incendiario mensaje de Barry McGuire («Eve of Destruction»), Paul Revere & The Raiders («Peace of Mind», «Ups and Downs», «We Gotta Get Together»), Sonny & Cher («I Got You Babe»), Nancy Sinatra («These Boots Are Made for Walkin'»), Association («Windy»), Turtles («Happy Together»), los líderes del Tex-Mex Sam The Sham & The Pharaohs («Wooly Bully»), los brillantes Loovin' Spoonful de John B. Sebastian («Do You Believe in Magic?», «Summer in the City»), o los precursores del acid rock, Country Joe & The Fish. Mención aparte merecen también Young Rascals (conocidos como The Rascals a partir de 1968), con «Good Lovin'» y «Groovin'» (una de las grandes canciones de fines de los sesenta); Tommy James & The Shondells con su tremendo éxito «Mony Mony» seguido de «Crimson and Clover» y «Crystal Blue Persuasion»; Youngblood con Jesse Colin Young al frente o los erráticos Love de Arthur Lee, la primera banda de rock que firmó por el sello folk Elektra y que dio su mayor muestra de fuerza con su LP *Forever Changes*, lo mismo que los experimentales Electric Prunes. No faltaban incursiones nada rockeras pero notables, como la de Barbra Streisand, consolidada como la voz blanca femenina más poderosa; los instrumentales Herb Alpert & The Tijuana Brass, grandes vendedores de fines de los sesenta; y la aparición de Neil Diamond, que de autor pasó a convertirse en uno de los solistas más reputados de los años setenta con canciones inmortales («Kentucky Woman», «Sweet Caroline», «Cracklin' Rosie», «Holly Holy», «I Am I Said», «Song Sung Blue») y dos docenas de álbumes excelentes *(Love at the Greek* o la banda sonora de *Jonathan Livingstone Seagull* entre ellos).

De Cream a Hendrix

El pop de consumo, trufado de notables canciones y alegría pero exento de innovación de fondo, empezó a generar una mayor inquietud en el seno de los grandes músicos que culminó en 1966 con una serie de detalles esenciales. Los Rolling Stones incluyeron en su LP *Aftermath* un tema que superaba los once minutos, «Goin' Home». Hasta entonces, las canciones no podían sobrepasar en demasía los tres minutos que las hacían radiables y digeribles. Y no es que los Stones fueran los pioneros absolutos, porque otros grupos estadounidenses ya olvidaban el minutaje habitual, pero sí eran los más conocidos y se habló mucho de su «osadía» (críticos que alegaron que era una tomadura de pelo, que el grupo estaba cansado o que esos once minutos se hubieran podido emplear en tres canciones). Con *Revolver* también los Beatles daban una gran vuelta de tuerca a su música, haciéndola más intensa y experimental sin olvidar que ese año dejaban de actuar en vivo.

Pero sin duda las novedades más importantes de la historia del rock en Inglaterra en 1966 fueron las apariciones de Cream y de Jimi Hendrix.

Las encuestas británicas habían colocado en el número 1 de sus respectivos instrumentos a Eric Clapton (guitarra), Jack Bruce (bajo) y Ginger Baker (batería). Los tres eran los mejores, pero no nadaban en la abundancia. Una llamada entre ellos bastó para que se unieran y adoptaran el nombre que mejor les iba: Cream (La Crema, Los Mejores). En octubre de 1966 editaban su primer single. Dos años y medio después se separaban dejando tras de sí millones de discos vendidos y la aureola de haber sido el primer supergrupo y la banda pionera del vanguardismo que imperaría justo a partir de su final: 1968.

Clapton, Bruce o Baker hubieran podido crear sus propias bandas, amparar sus respectivas creatividades, pero prefirieron el riesgo y asumieron su liderazgo común. Sabían que sería difícil encajar sus tres egos, como así fue dada la brevedad de su historia. La música resultante de su combinación fue poderosa, rompió esquemas y descargó una energía sin igual en su momento. Mezcla de rock y blues, con un sonido duro, sucio, su visceralidad se concretó en sus LP's, *Fresh Cream, Disraeli Gears,* el doble *Wheels of Fire* (grabado mitad en vivo en el Fillmore y mitad en estudio) y el de su despedida, *Goodbye* (grabado en vivo en el Royal Albert Hall de Londres en 1968). Después aparecerían más álbumes, en vivo y recopilatorios. La huella de Cream perduró con las nuevas alternativas de los mismos Clapton, Bruce o Baker, especialmente en Blind Faith en 1969 (Clapton, Baker, Stevie Winwood y Rick Grech), grupo de corta vida, un único LP y un éxito paralelo a su rápida fama. Tras él, Eric Clapton seguiría en solitario a partir de los años setenta, convirtiéndose en el mejor guitarra y superviviente de los días clave.

Cream fueron precursores de la moda de los supergrupos, marcando un camino a seguir. Líderes de bandas importantes, músicos de nivel y talentos solitarios comprendieron que uniéndose entre sí podían aportar algo mejor justo en un momento en que era lo más necesario. Pero eso no llegó hasta 1968, con el fin del beat. Mientras Cream iniciaba su carrera, a Inglaterra llegaba en 1966 un guitarra destinado a cambiar de raíz el concepto que de la música aún podían tener los inmovilistas o los más comerciales. Lo curioso es que esa estrella no era inglesa, sino estadounidense, de Seattle, y fue un avance de las luces que generó el año mágico de 1967. Se llamaba James Marshal Hendrix.

Jimi Hendrix era un veterano con muchas horas de música a sus espaldas, muchas sesiones con otros artistas, muchas giras y muchos discos grabados como guitarrista a sueldo pese a tener solo veinticuatro años en 1966. Entre las estrellas que le habían tenido a sus órdenes destacaban ya entonces B.B. King, Sam Cooke, Little Richard, Ike & Tina Turner, King Curtis y había sido miembro de los Isley Brothers y los Famous Flames de James Brown con el nombre de Jimmy James. En verano de 1966 estaba precisamente con ellos en el Café Wah! de Nueva York cuando le vieron Eric Burdon y Chas Chandler, de los Animals. El segundo quedó impresionado por su fuerza con la guitarra y le convenció para que se presentara en Londres. También se convirtió en su mánager.

La irrupción de Jimi en Londres es un latigazo. Tiene lugar el 12 de diciembre de 1966 en el prestigioso Scotch of St. James, un club de clase alta. Un público sorprendido queda clavado a sus asientos ante la descarga que se le viene encima. Pura adrenalina. Lo primero que motivará Hendrix será escepticismo, pero en muy pocos días es la sensación, y por muchos motivos. Viste de seda, colores chillones, luce sombreros con pañuelos atados, chaquetas con chorreras (muy de moda en 1967). Y era «excitantemente sexual». De hecho fue el primer artista negro que se metía de cabeza en el pop en una Inglaterra multiétnica y el primero en ser aceptado. Muchas de sus fans miraban más su entrepierna que sus manos urgando por los trastes de la guitarra. Fue parte de su leyenda más perversa, la extramusical. Mientras Jimi era la mano izquierda del diablo y sus éxitos le catapultaban a la cima, para muchos no dejaba de ser el último payaso pop. Pete Townshend destruía guitarras. Jimi las quemaba, como hizo en el festival de Monterrey, su cumbre personal, en verano de 1967.

La historia de Jimi Hendrix es una de las más significativas de la música rock, por sus connotaciones personales y humanas tanto o más que las meramente artísticas. Cinco años de penurias, frustraciones y ansiedades (1961-1966), dos de gloria (1967-1968), dos más de caos envuelto en torrentes de sonido y genialidad (1969-1970), y una muerte rápida, como un James Dean del rock aunque en vida fuese el equivalente del Miles Davis jazzístico. A su muerte se editaron decenas de LP's, cuando en vida solo grabó *Are You Experienced?*, *Axis: Bold as Love*, *Electric Ladyland* (con su famosa portada en la que se ven un puñado de chicas de todos los colores desnudas), *Band of Gypsies* y *Cry of Love* (editado después de su muerte) además del recopilatorio *Smash Hits*. Jamás se había exprimido y expurgado a nadie como se hizo con él. Denostado por los negros por hacer música para blancos mientras le exigían un compromiso con los de su raza, y con los blancos pidiéndole que fuera un payaso (como él mismo reconoció ser en un momento dado), su evolución fue tan rápida como radical. El río de hits («Hey Joe», «Purple Haze», «The Wind Cries Mary», «All Along the Watchtower»), y de dinero, lo capturó durante un par de años. Siempre con mujeres blancas, la búsqueda de la libertad a través de su música, y convertido en el mejor guitarra de estos años, los contrasentidos y su carisma fueron una espiral en la que se perdió muchas veces. Aceptó ser telonero de los Monkees en la gira europea del grupo y se equivocó, como se equivocaron los que unieron la música fácil de los Monkees con la vitriólica explosión de visceralidad que emergía de la guitarra y la voz áspera de Jimi. Por supuesto que dejó la gira por dignidad al entenderlo. Pero con el tiempo, cuando se vio reducido a una simple atracción rockera y quiso romper, no le resultó tan fácil; deshizo su grupo Experience, dejó a Chandler e inició una segunda etapa en la que llegó al límite. Él mismo reconoció, poco antes de morir ahogado en su propio vómito, que no podía extraer más sonidos de su guitarra. A partir de entonces su inmenso legado se hizo más evidente.

Eric Clapton y Jimi Hendrix encarnan a los nuevos héroes, los dioses de la guitarra, los dos partiendo además del rhythm & blues a ambos lados del Atlántico. En 1966, la aparición de uno y el liderazgo a través de Cream del otro fue sintomática. Luego Jimi murió y Eric atravesó su peor etapa, dominado por las drogas, hasta ser rescatado por los amigos y lograr emerger en la primera mitad de los años setenta. Pero el impulso que dieron al rock fue una de las bases de su evolución a fines de los sesenta. La guitarra ya era el símbolo, pero ellos la llevaron a lo más alto.

11
Del movimiento hippie al soul

San Francisco

La aparición de una contracultura siempre es debida a que la cultura considerada como real o normal se queda pequeña, obsoleta, o es asimilada por el *establishment*. La misma expresión «contra» indica rebeldía, oposición. El movimiento hippie, el foco contracultural más importante de la segunda mitad de los años sesenta, fue toda una explosión de luz y color, de música y libertad, de pacifismo y antiviolencia. Vino generada como oposición a una guerra, la de Vietnam, pero también surgió del fondo de una juventud descontenta en un tiempo en que todo parecía ser posible, incluso las utopías.

La llamada «revolución cultural de la Costa Oeste americana» se inició en San Francisco, y no por casualidad. Desde la ciudad californiana se enviaban los barcos o partían los aviones con los combatientes destinados a Vietnam. La edad de reclutamiento era de diecisiete años. Los que podían estudiar, se salvaban, y también los que tenían medios o influencias. Los que no tenían nada eran carne de cañón. Y no parecía una guerra «de liberación», sino un matadero. Estados Unidos había ganado la Segunda Guerra Mundial, pero la de Corea, a comienzos de los cincuenta, ya fue otra cosa. Ahora se enviaba a miles de jóvenes a un lugar incierto en defensa de una causa no menos confusa, aunque se camuflara, como siempre, como una necesidad perentoria para detener el avance del comunismo. Los vietnamitas, que no han perdido ni una sola de sus guerras en doscientos años, no eran fáciles de derrotar. Las imágenes que emitían las televisiones reflejaban el infierno y el número de heridos y muertos aumentaba día a día sin que pareciera haber un fin. No era una guerra habitual, sino una guerra de selvas y emboscadas, sin trincheras ni avances. Así que Vietnam era una contienda impopular y generó una fractura social importante en Estados Unidos. Miles de chicos se negaron a combatir, entre ellos el mismísimo campeón del mundo de los pesos pesados, Cassius Clay.

Junto al hecho de ser el núcleo operativo del envío de tropas y pertrechos al otro lado del Pacífico, en el área de San Francisco se halla uno de los epicentros culturales más notorios del país, la Universidad de Berkeley. Al sur, en Los Ángeles, queda UCLA (Universidad de California Los Ángeles) como segundo referente. Miles de estudiantes veían cómo chicos de su misma edad eran enviados al matadero y otros acudían a San Francisco para protestar, y también porque de una forma fulgurante, estaban surgiendo en la ciudad clubs y grupos con mucho nuevo que aportar.

Es en el enclave de dos calles, Haight y Ashbury, donde por primera vez se habla de los hippies y del movimiento hippie. Miles de chicos y chicas acuden a este punto para hablar de paz, comunicarse, encontrarse y dejarse llevar por la libertad de sus ideas. Se pintan flores en la cara y en el cuerpo o se las ponen en el pelo. Pronto el movimiento comenzará a ser conocido como Flower Power (El Poder de las Flores). También tomaban drogas. El LSD (ácido lisérgico) es legal. Música bajo los efectos del ácido, o ácido para sumergirse en la música van de la mano. A fines de octubre de 1966 se celebra un festival en el Golden Gate Park y se llena con 17.000 personas cubiertas de flores, luciendo símbolos pacifistas. Uno de ellos, el círculo con una cruz central con sus brazos inclinados hacia abajo en un ángulo de 45 grados, será un icono del siglo XX. El festival es la consolidación del fenómeno.

En muy poco tiempo se hablará de psicodelia, de *light shows* (luces combinadas con música para crear efectos aumentados por las drogas) y, tras el nacimiento en 1966, se llegará a un rápido esplendor en 1967. Además de la proliferación de nuevos templos rockeros, como el Fillmore, las compañías discográficas explotarán el filón surgido en San Francisco. Tras el festival de octubre, el primer gran concierto hippie, el Human Be-In, será la antesala del Festival de Monterrey, que acoge a músicos cruciales, pero en esencia es el punto de encuentro de una generación que ya está dando que hablar y es conocida internacionalmente, expandiendo la filosofía hippie a los cinco continentes. Es tiempo de frases como «Haz el amor, no la guerra».

SEXO, DROGAS Y ROCK AND ROLL

La aparición de las drogas en este contexto marca uno de los puntos cruciales de la historia de la música rock. La leyenda «Sexo, drogas y rock and roll» ha sido una constante a lo largo de gran parte de sus cincuenta años de historia. Dylan, Beatles, Rolling, ya están inmersos en lo que, en este tiempo, se define como «búsqueda de posibilidades» tanto como «evasión». Sin embargo, sería injusto pensar que música y drogas han sido la clave de la implantación de estas últimas, o que los hippies, la psicodelia y los movimientos libertarios de la segunda mitad de los años sesenta son responsables de lo mismo. En la Antigüedad y en las culturas orientales actuales se hablaba de la liberación del alma y del espíritu mediante la fórmula de negar algo tan humano como es el dolor y buscando el nirvana como estado plácido de inmersión en un mundo de belleza incalculable. Si la belleza es utópica en la Tierra, las drogas pasan a ser el medio para alcanzarla por medio de la evasión.

Lo que los hippies utilizan como medio no es más que la realidad tangible de lo que otros, antes que ellos, buscaron como filosofía. La necesidad de encontrar el propio ego es una constante histórica, y la percepción de la libertad un impulso que viene del origen mismo de la Humanidad. Desde Heráclito hasta Virgilio, desde Li-Po hasta Rousseau, desde Ibsen hasta Brecht, y desde los primeros beatniks hasta los hippies de 1966, ha existido siempre el claro instinto de evolución-revolución planteada desde la base del individuo como centro orgánico. En la California de 1966, los profetas del *underground* como Allen Gingsberg o el impulsor del LSD, Timothy Leary, utilizan los medios de su tiempo. Negar la droga como medio es negar un hecho, y no son tiempos de negación. Lo mismo que en la cultura rasta fumar hierba es parte de su idiosincrasia, las drogas alucinógenas formarán parte de esa cultura de la contracultura. El hippismo es la evidencia de este momento, y prolongará durante tres años su influencia, hasta que Woodstock lo convierta en leyenda. Los hippies serán después uno de tantos residuos que el tiempo va dejando aunque no olvidando, porque nada que haya existido muere sino que se suma al paso de los nuevos tiempos. La música, sin embargo, perdurará mucho más.

Paz, amor y libertad se convierten en las tres palabras sinónimo de hippismo. Hay un camino terrenal basado en los preceptos de la vida oriental, que los occidentales están descubriendo (de ahí que la música india tenga especial relieve), y los asistentes a los espectáculos musicales son los oficiantes directos del ritual. Los cabellos larguísimos, las sonrisas, el candor y la ternura de los Flower Children (Niños de las flores), con su ingenuidad, despertarán un rápido interés de los medios de comunicación. Junto a esa sencillez va unida la aparición de comunas, expresiones como «amor libre», y una vez más la mayoría moral americana o el resto del mundo se pondrán en guardia. Es como volver a los días en que Elvis escandalizaba en televisión por mover la pelvis, o los días en que los Beatles asustaban con sus melenas. Ahora el temor son los hippies. ¿Se puede vivir al margen de todo, sin estar atado, ni estructurado, ni gobernado?

Durante 1966 y 1967 hay otros hippies. Muchos ejecutivos de San Francisco cambian el fin de semana el traje y la corbata por la túnica y la flor. Cuando las primeras reuniones de 1966 alcanzaron cifras de 50.000 personas, se entendió que el fenómeno no era casual. Vivir, ser y existir (o realizarse) eran el nuevo credo. Muchos no creen en el sistema, en la sociedad, en el capitalismo desaforado, otros buscan caminos, no falta quien se suma a la moda sin más, algunos anhelan una nueva espiritualidad partiendo de algo que no esté supeditado a un único nombre cuando hay tantos para definirla: Dios, Alá, Buda, Krishna...

El psicodelismo, como forma de arte unido a la música y a las sensaciones visuales y espirituales, fue una de las aportaciones fundamentales de la cultura hippie. Los primeros *light-shows* surgen en los Trip Festivals de Ken Kesey. La música ya no basa su atractivo en unas canciones comerciales y cortas, sino en largos desarrollos instrumentales que crean un clímax ambiental. Ni tampoco se trata de pasar los minutos viendo a los músicos tocando o cantando, sino crear una atmósfera en la que ellos sean una parte, no todo el espectáculo. Bill Ham, Roger Hylliard, Ben Van Meter, Tony Martin y otros pioneros desarrollan paralelamente a los conciertos su técnica de *light-shows,* basada en proyectar, junto a la música, unas imágenes que intentan producir una reacción complementaria en el espectador. Se tiende al show total. Las imágenes se mueven con el ritmo, marchan de forma paralela, no separada. Los *light-shows* pronto llenan los escenarios de nuevos aparatos creados para aportar más y más estímulos: proyectores opacos, linternas mágicas, hielo frío, películas basadas en pinturas o diseños específicos para cada tema, colores (especialmente las luces ultravioletas). El *light-show* llegó a generar una industria en sí mismo hasta 1968. Los conciertos se convirtieron en un acontecimiento visual, auditivo y sensorial tendente a colmar todos los sentidos.

Uno de los focos más importantes del San Francisco hippie es el Fillmore West, creado por el empresario (y después productor y mánager) Bill Graham, un alemán nacionalizado estadounidense que había llegado a la Costa Oeste en 1955. El éxito del Fillmore West le hará abrir un Fillmore East en Nueva York poco después. Por el Fillmore californiano pasarán todos los grandes nombres de la historia de aquellos días, pero lo esencial es que la mayoría iniciarán sus carreras a su amparo. Los mismos pósters anunciando los espectáculos son parte del nuevo arte de la segunda mitad de los años sesenta. Los dos Fillmore cerrarán sus puertas en 1971, dejando tras de sí otra leyenda (aunque años después hubo una nueva apertura del ubicado en San Francisco).

ESTRELLAS HIPPIES

La mayoría de estrellas surgidas del hippismo en 1966 grabaron sus primeros discos en 1967, aunque hubo algunos precursores, especialmente en lo comercial. The Mama's & The Papa's, con sus voces armónicas, inundaron la música en 1966 y sus canciones fueron un emblema, en especial «Monday Monday» y «California Dreaming». El cuarteto contó con el talento creativo de John Phillips y la voz mágica de Cass Elliott junto a la belleza de Holly Michelle y el complemento de Denny Doherty. Canciones como «I Saw Her Again», «Dancing in the Street», «Dedicated to the One I Love You» o «Creeque Alley» marcaron sus mejores años hasta la separación, tras la cual Mama Cass fue una estrella individual de corta vida. Murió en 1974 debido a sus problemas con la obesidad. Dentro de esa línea más comercial, después sería Scott McKenzie el que creara «el himno» hippie por excelencia, «San Francisco».

Los grandes nombres musicales del movimiento hippie fueron inicialmente Jefferson Airplane y Grateful Dead. Los Jefferson tenían en sus filas varios de los mejores músicos californianos del momento, los cantantes Marty Balin y Grace Slick, y los guitarras Jorma Kaukonen y Paul Kantner. A pesar de sus constantes cambios de personal, fueron la banda hippie por excelencia con canciones inmortales como «White Rabbit» y «Somebody to Love» y una serie de LP's cruciales, *Surrealistic Pillow, After Bathing at Baxters, Crown of Creation* o *Volunteers*. Por su parte, Grateful Dead contaba con un líder carismático, Jerry Garcia. Instalados en pleno Haight-Ashbury, pronto destacarían en los Trip Festivales y tras su debut con el LP *The Grateful Dead* iniciarán una carrera que les mantendrá dos décadas.

Mientras tanto, en una línea más subterránea, había otras bandas haciendo una música mucho más anticonvencional. Los Fugs eran revolucionarios, organizaban mítines, leían poemas y cantaban mezclando sátira y denuncia. Sus canciones eran siempre afilados cuchillos contra lo establecido: «Kill for Peace», «Coca Cola Deuce» o el himno en pro del sexo y las drogas «New Amphetamine Shriek». Su fundador fue el poeta Ed Sanders, y hasta los grandes nombres de la poesía y la contracultura, Gregory Corso y Allen Gingsberg, actuaron con ellos alguna vez. Con la misma celeridad sus espectáculos fueron censurados y declarados obscenos, a pesar de lo cual grabaron siete LP's entre 1966 y 1969. Frank Zappa es también un subversivo elemento que funciona a contracorriente en sus inicios y que será detenido unas veces por obsceno y otras por instigar al público. Zappa fundó su banda, The Mothers of Invention, siempre muy cambiante y sin estructura fija, y grabó su primer LP en pleno 1966: *Freak Out*. Con el segundo, *We're Only in It for the Money* (Estamos en esto por dinero), se burla del *Sgt. Pepper's* de los Beatles parodiando la portada con los siete Mother's sucios, en camiseta y provocadores. En los años siguientes su fama de rebelde, inconoclasta y absurdo no ocultará su talento en álbumes claves como *Hot Rats*. Siendo una estrella sin números 1 ni ventas masivas, lo será como genio impenitente durante dos décadas. Y no todo fue rock en el mundo hippie. Steve Miller Band hacía blues, o blues progresivo, como se le llamó después. Steve Miller sería un artista de largo recorrido tras hacer obras fundamentales como «The Joker» o «Fly Like an Eagle» ya en los años setenta.

El movimiento hippie generará luego una larga serie de grupos con mayor o menor proximidad al fenómeno, con especial relieve en muchos géneros, desde Quicksilver Messenger Service a los elegantes Beautiful Day pasando por Flamin' Groovies con su música garaje, los countrys New Riders of The Purple Sage, los más pop Strawberry Alarm Clock, Moby Grape, etc. Y por supuesto, siempre como algo situado al margen, estaban los Big Brother de Janis Joplin.

Janis

Dos álbumes, y un tercero incompleto a la hora de morir, marcan toda la obra, toda la dimensión y la leyenda de Janis Joplin, «la salvaje de Port Arthur», Texas. Considerada la mejor voz blanca del blues, pasó de la nada a la gloria y de ella a la eternidad en poco más de tres años. Pero su huella no ha desaparecido.

Nacida en 1943, pertenecía a una familia acomodada. Su padre trabajaba en la Texaco Canning Company y su madre en un colegio. Su amor por el blues se inició con Leadbelly y Bessie Smith. A los diecisiete años se marcha de casa y pasa cinco deambulando, trabajando y cantando donde puede. Su voz ya alcanza registros insospechados, pero es el sentimiento, la pasión y el desgarro interpretativo lo que la hace extraordinaria. Cuando llega a California canta en cafés y clubs hasta que en 1966 el grupo Big Brother & The Holding Company le ofrece unirse a ellos. La banda hace rock y blues en plena fiebre hippie y con Janis de solista se convierten en la más importante de su ámbito en tan solo un año. Cuando se celebra el festival de Monterrey, en 1967, no tienen discos, pero son invitados igualmente, y la aparición de Janis será saludada como el advenimiento de un nuevo día musical. Su aspecto de cabaretera, su imagen, la botella en la mano... todo es devorado por su voz volcánica y desgarrada. La aparición del álbum *Cheap Thrills* ya en 1968 iniciará esa corta carrera que no admite apenas comparación con ninguna otra. Después, sin la Big Brother, editará *I Got Dem Ol' Kozmic Blues Again Mama!* en 1969 y ya en plena grabación de *Pearl,* muere la noche del 3 al 4 de octubre de 1970. En este tiempo es la gran reina del rock y del blues, pero la autodestrucción nunca la dejará de la mano, lo mismo que la botella o las drogas.

Janis Joplin resume mucho de la escala de valores del rock, la forma de entender la vida que para no pocos era como una religión, el éxito y el encanto, el placer y la furia, el vivir aprisa y consumirse en un soplo de tiempo, la velocidad y el vértigo. Y por supuesto el amor. La mayoría de canciones de Janis hablan de hombres y de sexo, de necesidad y pasión, de deseo y fracaso. Realmente las cantaba como si hiciera el amor. El público recibía esa descarga de manera frontal. Decía «inventar» las letras más que escribirlas con una conciencia clara, por eso las cantaba como lo hacía. Janis emocionó como ninguna, sus canciones eran parte de su alma, las cantaba retorciéndose, moviéndose a golpes de genio, inmersa en unas letras que la desnudaban como ser humano. Decía hacer el amor con los 50.000 espectadores de un concierto, y tener cien orgasmos, y vivir en unos minutos un universo de sensaciones, pero su imagen era la de la soledad eterna. Su muerte resultó tan patética como míticamente hermosa, el contrasentido eterno.

La musica soul

No todo eran hippies, California y psicodelia en la América de 1966-1967 hasta fines de la década. La música negra también evolucionaba por su lado, creando alternativas, y la de este tiempo se convirtió en una de las modas y tendencias más fuertes, comerciales y bailables: el soul.

El auge de la Soul Music tuvo muchos referentes clave. Para algunos era la comercialización del rhythm & blues; para otros, la respuesta negra a la música blanca en plena era dorada del pop, y para otros más, la evolución natural de un sonido lleno de fuerza en un momento en que se registraba el primer auge de las discotecas como centro de consumo musical juvenil. En medio de todo ello, el soul fue una fuerte tendencia que suministró canciones, artistas y música más allá de las modas puntuales y que supo hacer de la música negra, junto con Motown, un género propio capaz de interesar a todo el mundo. Las primeras barreras comenzaban a caer a mitad de los sesenta, después de los años de lucha por los derechos civiles.

Si el Motown Sound nació en las calles, en los clubs de Detroit, y es hijo de la urbanización y la industrialización, el soul tiene otros orígenes, proviene en su mayor parte de las iglesias. Aretha Franklin, Otis Redding, Wilson Pickett, Nina Simone o Sam Moore (de Sam & Dave) eran hijos de ministros del Señor, sacerdotes, reverendos o líderes espirituales de sus respectivas iglesias (abundantes por su variedad en Estados Unidos). No importa que sean metodistas, baptistas o de cualquier otra tendencia, el resultado es el mismo. Hablamos de hombres y mujeres formados desde la infancia en torno a los coros o las misas cantadas habituales en el entorno negro. Para ellos, la iglesia es algo más que un lugar de culto o congregación: es el ámbito de su expansión humana, un segundo hogar. Y la música está presente siempre en sus vidas. El negro cantaba en África, ha cantado siendo esclavo y canta como ser libre. Por un lado, los artistas que dieron forma al soul en la segunda mitad de los años sesenta eran deudores del rhythm & blues. Por el otro, la música y las canciones de sus iglesias tenían poco de rhythm & blues, venían del gospel y los espirituales en línea directa. De esa alma (soul), nace la nueva música negra.

Si Motown Records estaba en Detroit, en Memphis se instala otra compañía discográfica con carisma: Stax Records. Menos comercial, más fiel a la tradición, Stax fue creada por Jim Stewart, que había trabajado con Sam Phillips en Sun Records. Primero creó un estudio de grabación en el garaje de su casa con una hipoteca. Más tarde encontró un local a 40 kilómetros de la ciudad y nació el sello Satellite. Por fin, Stewart consiguió un teatro y un local anexo en la calle McLemore de Memphis y grabó el primer disco de una chica llamada Carla Thomas a la que poco después se uniría su padre, Rufus. Era 1961. En 1962 y ya como Stax, lanzaban a Booker T. & The MG's, un grupo clave por sus innovaciones instrumentales. Un año después debutaban Otis Redding, Sam & Dave y Stax tendría un rápido crecimiento hasta el auge de la música soul a partir de 1966.

El éxito del soul tuvo muchas coordenadas. En primer lugar, ritmo; en segundo lugar, un cierto tono sexual (especialmente en los temas lentos y sensuales); en tercer lugar, la fuerte presencia del característico *feeling* negro. De la mezcla de todo ello surgieron un enjambre de artistas y muchas canciones históricas. Pero el soul coincidió en el tiempo y espacio con el mencionado auge de las discotecas en todo el mundo. No todo era bailable, y el soul lo fue. El rock and roll había sido música de fiestas privadas, de bares con *juke-box* y sinfonolas. Pero la aparición de las discotecas revolucionó los ambientes juveniles. Música alta, sin interrupción (se crearon los discos *non-stop,* sin descanso entre canción y canción, y luego los disc-jockeys trabajaron con dos platos para encadenar temas), luces, libertad. Cada vez se abrieron más locales por todo el mundo, y el soul fue a las discotecas lo que la música de los Beatles a los años sesenta: un todo fundamental, inseparable. En Europa, principalmente en Francia, el soul fue el ritmo básico de sus discotecas, y la tendencia se expandió por España o Italia. A partir de 1967 se hizo incluso música exprofesa para discotecas, más allá de los *non-stop records,* lo cual exigía temas más largos, ritmos cada vez más sostenidos y gran carga decibélica. El ambiente adecuado para dejarse llevar creaba el marco perfecto.

Cuando el soul declinó a partir de 1969, la discoteca no perdió ya su peso, y en pocos años conocería un nuevo fulgor. Eso tendría dos partes: a partir de 1973 primero y luego con la explosión de fines de la década a través de la «fiebre del sábado noche» (retratada y consolidada con *Saturday Night Fever,* película protagonizada por John Travolta con música de los Bee Gees).

El soul tuvo algo más que trascendencia musical. La tuvo instrumental. El diseño de grupo creado por Beatles o Rolling, cuatro o cinco miembros, con predominio de la guitarra y el ritmo, se mantuvo durante años inalterable. Los primeros grupos que triunfarían cambiando este contexto básico serían Procol Harum o Moody Blues incorporando teclados como ya se estilaba en los años cincuenta, aunque antes ya había algún que otro intento puntual con Manfred Mann o Spencer Davis Group, por ejemplo. La aportación que hizo el soul fue desenterrar instrumentos no utilizados por el beat, creando un mayor dinamismo sonoro. Volvieron las secciones de viento (saxo, trompeta, trombón y hasta la flauta a veces), en desuso desde hacía años, y como resultante de ello muchos grupos blancos las recuperaron desde 1968. La reivindicación de los instrumentos de viento, las *brass sections,* o el llamado *metal* en términos musicales, coincidió en el tiempo con el fin del beat en 1968 y el nacimiento del vanguardismo. Fue una consecuencia. El rock ya sufría una convulsión más y el soul aceleró el proceso presentando una alternativa en un momento en que se buscaban fórmulas y el futuro amanecía lleno de perspectivas.

La pregunta de si hace un género a sus figuras, o son las figuras las que dan forma a un género, se hace muy presente en la música soul. En un mismo paréntesis histórico coincidieron estrellas como Otis Redding, Aretha Franklin o Wilson Pickett unido al nuevo brillo de grandes nombres previos como el de James Brown. Y ni siquiera eran novedades recientes. Redding, Pickett y hasta Brown llevaban años cantando sin éxito, y Aretha ya había grabado varios discos para la CBS. Tuvieron que ser Jerry Wexler y Arif Mardin, dos de los nuevos cerebros musicales de Atlantic, uno de los grandes sellos del soul, los que la rescataran y le dieran una nueva dimensión. El soul fortaleció a solistas ya formados y abrió las puertas a una nueva generación de músicos negros.

Otis Redding era hijo de un sacerdote baptista y cantaba en el coro de su iglesia desde niño. Descubrió el jump-blues y el rhythm & blues en la adolescencia y fue fan de Little Richard. Siendo músico, chofer y *roadie* de un cantante llamado Johnny Jenkins, en un descanso de una grabación en Stax aprovechó unos minutos sobrantes del alquiler del estudio para grabar «These Arms of Mine». Fue un hallazgo. Debutó en 1964, llegó al éxito en 1966 y murió en un accidente de aviación en diciembre de 1967, en pleno éxito, junto a la casi totalidad de músicos de los Bar-Kays. Su mayor hit, «Sitting on the Dock of the Bay» fue número 1 cuando él ya no estaba vivo. La importancia de Redding no es solo como cantante. Muchas de sus canciones ayudaron a destacar a otros, como Aretha Franklin con su «Respect». Aretha era hija del reverendo C. L. Franklin y tanto ella como sus hermanas cantaban en el coro de la iglesia New Bethel Baptist Church. Su propio padre era cantante y a los doce años va de gira con él siendo ya solista del coro. Influenciada por Mahalia Jackson y Clara Ward, que además frecuentan la casa paterna, a los dieciocho años se emancipa y llega a Nueva York, donde la contrata John Hammond para CBS antes de descubrir a Bob Dylan. Pero de 1961 a 1966 no sucede nada con ella ni con su prodigiosa voz. En 1966 y tras firmar por Atlantic Records llega la reconversión. Hasta 1969 triunfará con «Respect», «Baby I

Love You», «A Natural Woman», «Chain of Fools», «Think», «I Say a Little Prayer», «The House That Jack Built» y una larga serie de temas que la convierten en Lady Soul, apelativo que jamás la abandonará. Aunque lejos ya de los número 1, prolongará su carrera durante las décadas siguientes.

Solomon Burke fue considerado hombre clave en la transición del rhythm & blues al soul, y fue llamado The King of Rock & Soul y The King Heavy. Solista del coro de su iglesia, fue predicador y condujo un programa radiofónico, el Solomon's Temple. Su repertorio religioso cambió en los primeros años sesenta hasta emerger como solista de soul. Wilson Pickett también se inició en el coro de su iglesia como cantante gospel. Dueño de una voz enérgica y con ritmo endiablado, puso a bailar al mundo con su legendario «Land of 1000 Dances», aunque tuvo más éxitos como «In the Midnight Hour», «Funky Broadway» o «Mustang Sally». Nina Simone era hija de un sacerdote metodista, canta en el coro y cuando se introduce en la música deambula por clubs de Chicago cantando y tocando el piano. Tras debutar discográficamente en 1959, su carrera no cobraría relieve hasta 1964. La larga serie de estrellas del soul sigue con Edwin Starr («War»), el dúo Sam & Dave («Hold On, I'm Coming», «Soul Man»), Arthur Conley («Sweet Soul Music», «Funky Street»), los Bar-Kays («Soul Finger»), Joe Tex, Chi-Lites, O. C. Smith, el saxofonista King Curtis, Rufus y Carla Thomas y, por supuesto, Percy Sledge, creador de la inmortal «When a Man Loves a Woman».

Mención especial merece James Brown, llamado The Godfather (El Padrino) y también Soul Brother. Ya en los años cincuenta inspiró a una generación con su torrencial forma de interpretar y sentir la música. Sus clímax y trances, llenos de catarsis, imprimían carácter a su estilo. En los primeros años sesenta se le llamaba The King of Rhythm & Blues, y hasta 1966 fue un genuino representante del género con una larga serie de temas entre los que destacaron «It's a Man's Man's World» o «Papa's Got a Brand New Bag». En 1966 y con la fiebre soul, Brown alcanza su madurez y reclama para sí el cetro de padre de la nueva generación de artistas negros. Perdurando más allá de modas o tendencias, en los años setenta todavía daría muestras de todo su esplendor con piezas del calibre de «Sex Machine» y «Revolution of the Mind», y se mantendrá asimismo en las décadas siguientes, hasta llegar al siglo XXI.

Como oposición al soul hecho por artistas negros, se llamó «soul de ojos azules» a la música de grupos blancos como los Rascals, los Box Tops o los Righteous Brothers.

De Los Ángeles a Nueva York

Que el poder musical estuviera de pronto en Liverpool gracias a los Beatles, o en San Francisco por los hippies, o en Memphis, Chicago, Londres y otros puntos, no significa que Los Ángeles o Nueva York no mantuvieran una especie de supremacía constante en muchos sentidos. Los movimientos de 1966 y 1967 no les fueron ajenos. Nueva York ha sido, es y será siempre una caja de sorpresas tanto como una de resonancia. En pleno énfasis pop la contracultura también expande raíces por una ciudad que nunca se detiene. De allí saldrán los Velvet Underground. Y de Los Ángeles, The Doors.

Los Ángeles, la ciudad-carretera, seguía siendo Hollywood, el cine, las estrellas del séptimo arte. Pero también era música. De los Beach Boys a Phil Spector se pasó a Byrds o Turtles, pero el fenómeno hippie no tardó en desparramarse por Sunset y Hollywood Boulevard, las playas de Santa Mónica o Westwood Village y UCLA. Sunset fue el centro paradigmático de los hippies de la ciudad y la avenida musical por excelencia. Los clubs como el Ciro's, el Crescendo o el Moulin Rouge (más tarde llamado Kaleidoscope) marcan el ritmo lo mismo que los grandes templos como el Palomino's, el Whisky a-go-go o el Roxy. El brillo de Los Ángeles comenzará en la segunda mitad de los años sesenta con los Doors y seguirá hasta fines de la década con Crosby, Stills, Nash & Young, Linda Ronstadt, Eagles, Jackson Browne y otros.

Jim Morrison nace en Florida en 1943. Hijo de un oficial de la Armada, su infancia se desarrolla en diversas bases a las que su padre es destinado. Se gradúa en 1961 y al año siguiente entra en la Universidad, pero la abandona para trasladarse a la Costa Oeste en 1964 e ingresa en el departamento de teatro de UCLA. Poeta y entusiasta del cine, Jim conoce a Ray Manzarek, un teclista que toca con sus hermanos bajo el nombre de Rick & The Ravens. Deciden unirse con una idea: «Ganar un millón de dólares». Así nacen The Doors, nombre tomado de un libro de Aldous Huxley, *The doors of perception,* y de una frase de William Blake: «*There are things that are known and things that are unknown; in between the doors*» (Hay cosas conocidas y cosas desconocidas; en medio están las puertas). El grupo se completa con John Densmore al bajo y Robby Krieger a la guitarra. Contratados a fines de 1966, serán una de las grandes sorpresas de 1967.

Jim Morrison es otra de las grandes leyendas del rock, reafirmada por su temprana muerte tras apenas cinco años de éxito. Su rostro, su voz, su carisma, sus poemas y su fuerza escénica causaron sensación. Apodado The King Lizard (El Rey Lagarto), parecía recitar más que cantar sus canciones, con la envoltura musical de los otros tres. Su frase: «*We want the world, and we want it NOW!*» (¡Queremos el mundo, y lo queremos AHORA!) se hizo célebre. La escena todavía era un mundo estable en la que los músicos ejecutaban sus temas sin más. Encima, la psicodelia apartaba de ellos la atención del público para centrarla en las imágenes proyectadas. Jim, por contra, ejercía un influjo total sobre la audiencia. Era sexual, provocativo y libre. Fue un símbolo sexual hasta que él mismo rompió esa imagen dejándose barba y engordando en los días en que la vida empezó a atravesársele. Junto al sexo, la muerte fue otra de las grandes presencias en sus canciones. Sus poemas eran elípticos.

Les bastó un LP, *The Doors,* para iniciar una ascensión imparable. Después llegarían álbumes extraordinarios como *Morrison Hotel* o *Absolutely Live.* Hicieron temas comerciales, desde «Light My Fire» a «Hello I Love You», pero se convirtieron en líderes de una generación que mezclaba poetas, intelectuales y desarraigados en busca de un norte. En el primer álbum definían un universo a través de los once minutos de «The End», canción que en directo se convertía en un himno y que Jim rara vez cantaba igual. Todo dependía de su estado de ánimo. Y su estado de ánimo solía empujarle a los escándalos a menudo, entre borracheras o trances en escena. En diciembre de 1967 fue detenido por utilizar lenguaje obsceno en escena. Sería la primera de una larga serie de encuentros con la ley que culminarían en marzo de 1969 al provocar un nuevo «escándalo» en el Key Civic Auditorium de Miami. Condenado a tres años de cárcel, el largo juicio y las distintas alegaciones y apelaciones lograron reducir la condena a seis meses que tampoco llegó a cumplir. A comienzos de 1971, después de un LP magistral, *L. A. Wo-*

man, Jim se marchó a París con su novia, Pamela, y allí moriría de un ataque de corazón el 3 de julio. A la edad maldita del rock: veintisiete años. La misma con la que cayeron Janis Joplin, Brian Jones y Jimi Hendrix.

Los Doors fueron considerados la primera gran banda americana de rock. Su dimensión es enorme, tanto como su influencia. Eran igual que Los Ángeles, un mundo formado por otros mundos. En los días conflictivos, muchos de sus conciertos fueron cancelados o prohibidos, y eso les supuso muchos problemas. La pacata sociedad americana seguía siendo hipócrita con respecto a lo que parecía dar y lo que en realidad admitía. A Jim se le estigmatizó y pagó por ello. Al otro lado del país, en Nueva York, las miras eran distintas, la permisividad más abierta y la tolerancia más acusada. Allí las frivolidades eran aceptadas, formaban parte del juego y del espectáculo. Por eso Velvet Underground solo podía surgir de esa alegre decadencia.

Andy Warhol había nacido en Philadelphia en 1930 y a comienzos de los años sesenta se convierte en el nuevo icono del arte neoyorquino y uno de sus niños mimados. Él mismo es parte de su montaje, el actor principal, al estilo de Salvador Dalí. Instala un taller llamado The Factory en un piso de la calle 47, en Union Square, y la elite más *in* de Nueva York se reúne a su alrededor. Sofisticación, intelectualidad, ambigüedad sexual y una corriente de frivolidad llena de locura son las claves de ese mundo. The Factory es arte, cine, música, y Warhol al cien por cien. Lo que él apadrina, existe. Warhol, además, refleja en su arte lo que comprende mejor que nadie, la vulgaridad humana y la deshumanización social. Sus caras de Marilyn Monroe o de Mao repetidas, su forma de iconizar la lata de sopa Campbell. Es puro pop. Su faceta cinematográfica es más provocativa: coloca una cámara fija y filma durante horas un mismo plano, vulgar y anodino, siempre provocador. Hará «películas» con imágenes dobles, superpuestas... Y cuando apoya películas comerciales, no tienen éxito, porque lo que él entiende por comercial es bastante indigesto. Pero Warhol no quiere vender, sino conmocionar. Y todo esto se mantendrá hasta 1968, momento en que una feminista llamada Valerie Solanas, líder de la Society for Cutting Up Men (amablemente puede traducirse por «Sociedad para destruir a los hombres»), le dispara a quemarropa. No le mata, pero The Factory desaparecerá, tal vez porque las modas pasan y más en su entorno. Por entonces, lo mejor que Warhol había aportado al mundo del cine o la música ya funcionaba por sí mismo a plena fuerza: Velvet Underground.

Velvet Underground es la aportación de Warhol al mundo del rock. Se convirtieron rápidamente en el grupo «del lado oculto», es decir, en la banda de moda de una minoría elitista y sofisticada. Warhol necesitaba un soporte musical para sus shows, bautizados con el nombre de Exploding Plastic Inevitable. Proyectaba imágenes constantes, con escenas sadomasoquistas, látigos, sexo, terror, y sobre esas imágenes Velvet Underground improvisaba su música, tan extraña y caótica como el entorno. Pero lo que parecía ser una locura más se convirtió en una apuesta fuerte, porque los Velvet no eran meros comparsas, sino músicos del talento de Lou Reed o John Cale.

Lou Reed es de Nueva York. Tras conocer primero al multiinstrumentista de vanguardia John Cale y a Sterling Morrison y Maureen Tucker después, entre 1965 y 1966, consolidaron Velvet Underground como grupo. Que Andy Warhol les adoptara y tutelara fue el paso decisivo. Pero una cosa era, por entonces, formar parte del séquito warholiano y otra pretender convencer de unas cualidades musicales. Cuando los Velvet actúan en la Costa Oeste el fracaso es notorio.

A la hora de grabar su primer LP, otra protegida de Andy se les une. Es una de sus musas, una alemana llamada Nico Päffgen. El álbum *The Velvet Underground & Nico* se hace famoso, de entrada, por la portada dibujada por Warhol (un plátano). Luego conmienza a ser un objeto de culto. Ya sin Nico, el segundo LP, *White Light/White Heat,* incluye un tema de diecisiete minutos, «Sister Ray». Con la marcha de Cale para seguir en solitario, Reed se convertirá en el líder absoluto de un grupo que jamás será número 1 ni venderá millones de discos, pero que representa el genuino aporte musical neoyorquino de su tiempo, avanzada de otras tendencias como el punk y modelo de futuros rockeros surgidos en la Gran Manzana. En 1970 el propio Lou abandonaría la nave para reaparecer dos años después convertido en una de las grandes figuras de la historia.

12
La era dorada del pop

Sgt. Peppers's Lonely Hearts Club Band

Los Beatles habían editado el 5 agosto de 1966 su álbum *Revolver* y se embarcaron en la que sería su última gira. Lo que supone este LP en su trayectoria se hará aún más evidente en el siguiente, menos de un año después, el indispensable *Sgt. Pepper's Lonely Hearts Club Band.* En *Revolver* hallamos las primeras claves de la orientación mística de George Harrison («Love You to»), en la que caerán John, Paul y Ringo después, y también los primeros retazos de la inmersión en el mundo de las drogas por parte del grupo («She Said She Said»). Es un disco adulto, sofisticado a veces («Eleanor Rigby»), melódico otras («Here, There and Everywhere»), comercial («Yellow Submarine»), vanguardista («Tomorrow Never Knows») y rockero («Got to Get You Into My Life» o «Taxman»). La portada la había dibujado Klaus Voorman, amigo de los días de Hamburgo y músico del grupo Manfred Mann.

Antes de editar *Revolver* y de sumirse en esta última gira americana, del 12 al 29 de agosto, los Beatles habían sufrido tres altercados significativos que después habrían de convertirse en decisivos a la hora de renunciar a volver a tocar en vivo. El primero tuvo lugar el 28 de junio en el vuelo que les conducía de Hamburgo en Alemania a Tokio, Japón, para actuar en el país del Sol Naciente. Por problemas con el tifón «Kit», que azotaba la ruta, el aparato tuvo que hacer un aterrizaje de emergencia en Anchorage, Alaska. Un susto intrascendente pero que sumado a tantos inconvenientes con muchas actuaciones, la pasión y la histeria desatadas, ahondó un poco más en su cansancio frente a las giras. El segundo se produjo en Manila, Filipinas, los días 4 y 5 de julio. La esposa del dictador Marcos, Imelda, organizó una recepción en su honor con casi trescientos niños invitados. Pero los Beatles no fueron informados de la naturaleza del acto y no asistieron al mismo. El «desaire» a la Primera Dama provocó una oleada de ira contra ellos que incluyó amenazas de muerte. Brian Epstein trató de dar explicaciones en la televisión, pero la emisión fue boicoteada. La salida del país tuvo lugar corriendo por el aeropuerto, sin protección, golpeados por empleados y funcionarios, tras negarse los promotores a pagar el concierto y exigirles 7.000 Libras por parte de la Hacienda filipina. En el vuelo a Delhi, India, se tomaría la primera decisión, mantenida en secreto, de no volver a embarcarse en una nueva gira mundial. El tercer tema no fue ningún problema en un vuelo ni ningún altercado con un Gobierno, sino unas declaraciones de John Lennon a la periodista Maureen Cleave, del *Evening Standard* británico, publicadas el 4 de marzo. En ellas, y en un contexto puntual, John afirmaba que los Beatles ya «eran más famosos que Jesucristo». El 29 de julio (cinco meses después), en la antesala de la gira americana, la revista *Datebook* las reprodujo y descontextualizó, limitándolo todo a la expresión «somos más famosos que Jesucristo».

Una vez más, la doble moral americana entra en acción. En dos días la histeria anti-Beatle y el fanatismo se disparan en Estados Unidos. En Birmingham, Alabama, se organiza la primera quema de discos y fotos del grupo, a la que siguen otras a lo largo y ancho del país. Las reacciones son tantas y tan fuertes, con prohibiciones en la radio y amenazas, que Epstein está a punto de cancelar la gira. No lo hará, y el clima que encontrará el cuarteto a su llegada a Estados Unidos es muy duro. El Gran Dragón del Ku Klux Klan la emprende contra ellos en Carolina del Sur, diseminando cruces quemadas por doquier. La emisora de radio KLUE de Longview, Texas, organiza hogueras para incinerar todo lo relacionado con ellos. Se prohíbe toda referencia en Alabama. No solo serán los Estados Unidos: la Corporación Surafricana de Radio prohíbe la emisión de discos de los Beatles en Sudáfrica, y este veto se mantendrá... hasta 1971. Claro que antes de ello el grupo se había negado a actuar en el país debido al *apartheid*. A su llegada a Estados Unidos, en Chicago, el 11 de agosto, John pasa la rueda de prensa dedicado a rebatir y situar en su contexto sus palabras, aclarando y matizándolo todo. Pero el daño ya está hecho. La gira tendrá, una vez más, puntos de alto voltaje en medio de un clima hostil, aunque en los conciertos la histeria y la locura son las mismas de siempre. En el Maple Leaf Gardens de Toronto, Canadá, John echa más carne al asador declarando que apoya a los jóvenes estadounidenses que se refugian en Canadá para no ir a la guerra de Vietnam. Dos días después, el Ku Klux Klan hace estallar petardos en Memphis, Tennessee, e intenta arengar, sin éxito, a la multitud contra ellos. El 29 de julio, día de la última actuación en el Candlestick Park de San Francisco, Brian Epstein es detenido a causa de la denuncia de un ex amante. El mánager de los Beatles no verá su último concierto en vivo, y el tema le afectará profundamente no porque su homosexualidad no sea conocida, sino por la suma de escándalos y su propia posición dentro de la historia del cuarteto.

Con semejante serie de incidentes, el telón de los conciertos cae en silencio sobre los Beatles. Ya no habrá vuelta a un escenario. Además, treinta minutos de actuación (dos conciertos por día casi siempre) en medio de una histeria que ahoga cualquier sonido musical, no compensan. Volcados en el estudio de grabación, libres de compromisos, los siguientes meses crearán y recrearán su leyenda con la edición de *Sgt. Pepper's Lonely Hearts Club Band.*

En noviembre del mismo 1966 John conocerá a Yoko Ono. Este mes los rumores acerca de que el grupo se ha separado se disparan. Ellos lo resuelven volviendo al estudio de grabación. Hay una cierta psicosis apocalíptica general. Bob Dylan, después de editar su magistral *Blonde on Blonde,* ha estado a punto de morir, y aunque está vivo apenas si se sabe nada de él. Dylan, temeroso de convertirse en un nuevo James Dean, ha estado varios meses acorralado por el fantasma de la muerte. Tres de sus amigos han caído (Pete LaFarge, suicidado; Paul Clayton, suicidado; Dick Fariña, muerto en accidente de moto). El 29 de julio del mismo 1966, mientras los Beatles se despiden en San Francisco, él se estrella con su Triumph 500 cerca de Woodstock al trabársele la rueda trasera. En el hospital de Middletown le salvan la vida, pero por un milímetro no se ha roto la columna, lo cual, en caso de no haber muerto, le habría dejado paralítico. La desaparición de Bob del mapa musical y su silencio, con meses de lenta recuperación (padecerá amnesia, dolores, no hablará hasta mayo de 1967 y no regresará, discográficamente, hasta 1968), son una espiral a la que el miedo de que los Beatles se separen contribuye a aumentar.

Pero los Beatles no van a separarse. Grabarán «Strawberry Fields Forever» y, a continuación, las canciones iniciales de *Sgt. Pepper's*. La primera, con «Penny Lane», se editará en single como antesala del LP y asombro del universo musical (aunque no se incluirá en él). Adelantándose quince años a lo que será común desde comienzos de los ochenta y ya se suele utilizar a fines de los setenta, filman dos películas breves, siguiendo el hilo de cada canción, para apoyar las dos caras del single. Son los primeros clips promocionales emitidos por las televisiones de todo el mundo. Mientras, en los estudios, se asiste al proceso de grabación de las canciones que darán una vuelta de tuerca definitiva al pop. En «A Day in the Life» Paul McCartney dirige a una orquesta de 40 músicos. Empezará a llamársele «el Mozart de nuestro tiempo». En «Within You Without You» Harrison se sumerge al cien por cien en la música hindú. El álbum funciona como concepto, palabra rápidamente generalizada y utilizada en el pop. Ya no se trata de grabar canciones y calzarlas en un LP, sino de tener una idea global y hacer la música en torno a ella. Beach Boys, precursores, ya habían hecho lo mismo en *Pet Sounds,* originando la moda de los álbumes conceptuales.

Cuando se edita *Sgt. Pepper's Lonely Hearts Club Band,* el 1 de junio de 1967, con su portada-collage y su leyenda, se asiste a la cumbre de la música pop, justo en el centro del año más emblemático porque será el cenit irrepetible de un proceso. Hace apenas dos semanas que Paul ha conocido a Linda, y John pronto dará que hablar al lado de Yoko. Los Beatles tienen ya la crónica de su muerte anunciada, porque es tiempo de recuperar sus individualidades por encima del hecho de ser «The Beatles». El LP, que ha costado 40.000 libras, cifra récord para la época, pasará cuarenta y cinco semanas en el ranking inglés, y de ellas veintidós en el número 1. Críticos y expertos lo van a analizar y desmenuzar. Cuando se descubre que las iniciales del tema «Lucy in the Sky With Diamonds» son L.S.D. se dispara la controversia acerca del uso de drogas alucinógenas. No basta con que John diga que esa fue una frase pronunciada por su hijo Julian. La imagen del cuarteto, reciclados en hippies, es muy distinta a la de hace tan solo un año. La BBC también prohíbe «A Day in the Life» porque «es un velado tributo a las drogas» e «incita al uso de alucinógenos». Es cierto que el grupo ha tomado drogas, y Paul lo ha manifestado abiertamente en pleno lanzamiento del LP en una entrevista, pero tratándose de ellos todo se magnifica. Muy poco después de aparecer el disco, se celebra la primera emisión televisiva por Mundovisión, el inicio de la TV global. El 25 de junio todos los países que toman parte en el evento disponen de tres minutos para ofrecer lo que deseen al resto del mundo. Con una audiencia de 400 millones de personas, la BBC inglesa pone esos tres minutos al servicio de sus mejores embajadores, los Beatles, y ellos componen y emiten ese día la grabación de «All You Need Is Love», su mensaje de paz y amor para el planeta. Nada parece irles mal, están en la cumbre, han encontrado en el espiritualismo una nueva motivación para seguir. Pero la muerte de Brian Epstein el 27 de agosto pinchará el gran globo de la ilusión. De la gloria al comienzo del fin mediarán unos meses que culminarán con el desastroso 1969 y la separación en 1970.

El verano de 1967 es el verano del amor, de la música, aunque no todo sean canciones.

VERANO DE 1967

Las drogas empezaban a preocupar a las autoridades británicas, y que las estrellas del pop, con su influencia en la juventud, afirmaran consumirlas, y hasta utilizarlas para experimentar y componer, asustaba aún más. Los ecos que llegaban de California ya no solo eran musicales, sino reales. Inglaterra seguía la estela universal y se llenaba de aires hippies. La psicodelia iniciaba su reinado. Tocar a los Beatles, que tenían a gala ser miembros de la Orden del Imperio Británico, era incluso contraproducente, humillante para la Casa Real. Los Rolling Stones, por contra, estaban más a mano, en un peldaño igual o solo ligeramente inferior al de los Beatles. Y además contaban con su leyenda negra.

Los últimos singles de los Rolling, «Get Off of My Cloud», «19th. Nervous Breakdown», «Paint It Black» o «Ruby Tuesday», reflejaban también la evolución del quinteto, pero más lo hacían sus LP's, *Aftermath* en 1966 y *Between the Buttons* en 1967. Eran obras más oscuras, pero llenas de su característica energía. No fueron éxitos rutilantes y lo mismo que en los Beatles había cierta idea de enfocar el futuro de otra forma. Tras la última gira todo cambiaría.

El 10 de mayo de 1967 son detenidos Jagger y Richards, por un lado, y Jones, por el otro, los tres acusados de tenencia de drogas. El 27 de junio se celebra el juicio contra Mick por poseer cuatro tabletas de benzedrina conteniendo sulfato de anfetamina y methylamfetamina hidroclórica. Es decir, algo que en otro país, como Italia, es legal y ni siquiera delito. En seis minutos los jueces le declaran culpable. Lo mismo sucede el día 29 con Keith por fumar cannabis. Las sentencias serán de un año de cárcel para el guitarra y tres meses para el cantante. El primero será encerrado en la cárcel de Wormwoods Scrubs y el segundo en la de Brixton. Las reacciones del mundo pop no se hacen esperar. Artículos, solidaridad (los Who graban un single con dos temas de los Stones), etc. El 6 de julio, en su juicio, Brian Jones sufre un colapso debido a los nervios y la mala salud. Hasta octubre no será declarado culpable y sentenciado a nueve meses de cárcel. Pero para entonces Jagger y Richards ya estaban libres, por insuficiencia de pruebas, aunque el juez les recordó el compromiso que tenían con la juventud inglesa. A Brian Jones le conmutaron la pena por tres años de libertad condicional después de que tres psiquiatras demostraran que tenía tendencias suicidas y un pésimo estado mental para aceptar una condena de cárcel. Dos días después volvía a ingresar en un hospital muy afectado por los hechos.

Que los Rolling Stones estuvieran en la cárcel, aunque fuera brevemente, en el verano del amor, fue todo un golpe. De resultas de ello lanzaron un single con resonancias carcelarias (cadenas, puertas que se cierran), «We Love You», y después hicieron su propia contribución a la psicodelia con el LP *Their Satanic Majesties Request,* cuya portada les presentaba disfrazados en una imagen en tres dimensiones. Fue un fracaso. Su vuelta natural al rock tendría lugar ya en la primavera de 1968 con «Jumpin' Jack Flash». En 1969 Brian Jones abandonaría el grupo, incapaz de seguir, muy mermado de facultades, y moriría casi de inmediato menos de un mes después, víctima de una desafortunada ingestión de Salbutamol unida al hecho de caerse a la piscina.

Mientras esto sucedía en Inglaterra, un casi espectro llamado Bob Dylan salía de las sombras en su casa de Big Pink, en las colinas de West Saugerties, Woodstock, y grababa con The Band unas canciones que tardarían ocho años en ver la luz: *The Basement Tapes*. Luego, en septiembre, haría en Nashville el LP de su retorno tras el accidente de moto, *John Wesley Harding*.

En el Londres pop de aquel «verano del amor» ni la cárcel de los Stones empañó la fantasía que se desbordaba de la música. Y no solo la música. Las chicas de pronto acortaron sus faldas un palmo y nació la minifalda, «invento» de Mary Quant, aunque no lo hizo precisamente en 1967. Astuta comerciante, esta inglesa menuda e inteligente empezó a trabajar en una tienda en el barrio de Chelsea en 1955. Según su teoría, la forma de vestir era la primera y más clara respuesta del entorno en el que se vive, así que, de igual forma, la vestimenta incidía luego en el entorno ayudando a cambiarlo. Una rueda constante. Hoy puede saberse por una fotografía el momento en que fue captada o por la escena de una película el año de su filmación. Y la minifalda fue el «boom» estético de 1967. Con las ideas muy claras («la moda se hace para el tiempo en que se vive, no para la edad de quien ha de llevarla»), Mary inició su carrera profesional y ya era conocida a comienzos de los sesenta. Con los cambios sociales producidos con el pop, en 1967 la minifalda se convirtió en el uniforme nacional. Luego hizo vestidos de plástico y más tarde de metal. También se pasó al maquillaje y ya en los setenta era millonaria.

El año 1967 es el del primer pop sinfónico de la mano de Moody Blues («Nights in White Satin») y Procol Harum («A Whiter Shade of Pale»), dos de las canciones más significativas de su tiempo; el año de Jimi Hendrix y Cream; el año en que aparecen Brian Auger y Julie Driscoll con Trinity para cautivar la escena con sus álbumes *Open* y *Streetnoise* (este ya en 1968 y con «This Wheel's on Fire», un tema de las «desconocidas» Cintas del Sótano de Dylan); el año que ve el debut en solitario de Van Morrison después de abandonar Them, para convertirse en uno de los grandes cantantes de las décadas siguientes con una obra sólida y coherente; el año en que los Tremeloes, el grupo que fue contratado por Decca en lugar de los Beatles, consigue su gran éxito «Silence Is Golden»; y también el año del nacimiento de formaciones esenciales como el Jeff Beck Group, Ten Years After, Nice y Spooky Tooth.

Jeff Beck, tras abandonar a los Yardbirds y probar suerte en solitario, acabará dando vida a un grupo en el que contó como principal atractivo con la voz solista de Rod Stewart y con Ron Wood al bajo. Su corta vida inicial no oculta que Stewart y Wood se unieran después a los restos de los Small Faces y así nacerían The Faces, primero, y Rod Stewart & The Faces, después. Beck formaría después su segunda banda ya en 1971. Ten Years After fue la gran formación del rock & blues británico de fines de la década, con Alvin Lee a la guitarra como estrella. Una soberbia serie de LP's hasta mitad de los setenta jalonan su historia, siempre con un tema como bandera, el trepidante «Goin' Home», que fue uno de los hitos del festival de Woodstock. Nice unió la música sinfónica con el rock de la mano de su teclista Keith Emerson. Grabaron dos álbumes hasta que el tercero, *Five Bridges Suite,* en 1971, les dio el éxito. Su separación hizo que Emerson pasara a formar parte de uno de los grandes grupos del llamado rock progresivo de los setenta: Emerson, Lake & Palmer. Spooky Tooth careció de éxitos relevantes, pero fue una factoría de músicos por la que pasaron o de la que salieron excelentes nombres del rock inglés: Chris Stainton, Mike Harrison, Ariel Bender, Mick Jones, Chris Stewart, Mike Patto, Gary Wright, etc.

Por entre un gran número de grupos menores y éxitos efímeros, surgieron también en 1967 tres de las grandes estrellas de la música en la Inglaterra pop: Traffic, Cat Stevens y los Bee Gees. De los grupos menores cabe destacar Love Affair (triunfaron con «Everlasting Love» en 1968), Foundations (lo hicieron con «Baby Now That I've Found You» y «Build Me Up Buttercup» en 1967 y 1968), Flower Pot Men («Lets Go to San Francisco» en 1967), Amen Corner («Half As Nice» en 1969), Love Sculpture («Sabre Dance» en 1968) y Herd («Paradise Lost» en 1968). De Love Sculpture saldría Dave Edmunds, y de Herd emergería el talento de Peter Frampton.

Traffic fue creado por Stevie Winwood a su salida del Spencer Davis Group. Tenía diecinueve años y era uno de los niños prodigio de la música. Con Jim Capaldi a la batería, Dave Mason a la guitarra y Chris Wood al saxo elevan varios grados el nivel de la música que se hacía en este momento. Sus primeros singles les hicieron populares, «Paper Sun» y «Hole in My Shoe», pero son sus tres soberbios álbumes iniciales los que marcan su historia, breve de entrada, porque en 1969 Winwood opta por unirse al proyecto Blind Faith. Ya en los setenta, Winwood, Capaldi y Wood volverán a unirse e iniciarán una segunda carrera más sólida, hasta mediados de los setenta, y con LP's singulares como *John Barleycorn Must Die, The Low Spark of the High Heeled Boys* o *Shoot Out at the Fantasy Factory*.

Cat Stevens surgió como estrella en los primeros años setenta, pero su primer éxito lo obtuvo en 1967. Había sido autor de canciones para P. P. Arnold o los Tremeloes, y sus primeros discos, unido a su juventud, hicieron recaer en él muchas miradas. «Matthew and Son», sin embargo, fue una isla, y tuvo que esperar cuatro años para volver más maduro y en pleno «boom» de la canción intimista y la nueva ola de solistas con canciones desnudas, letras intensas y poco artificio instrumental de soporte.

Los Bee Gees, una de las formaciones clásicas de los sesenta a comienzos del siglo XXI (hasta la muerte de Maurice Gibb), llegaron a Londres procedentes de Australia en 1967. No eran unos novatos, sino el grupo más popular de su país de adopción, a donde su familia emigró siendo ellos niños. Su padre, Hugh, tocaba en una big band que actuaba en los ferrys, y su madre, Barbara, había sido cantante. Barry Gibb tenía nueve años y los gemelos Maurice y Robin contaban seis cuando debutaron en un teatro de Manchester con el nombre de The Rattlesnakes. En 1958 viajan a Australia, donde nace el cuarto hermano, Andy, también solista mucho después. Sus inicios como grupo infantil en radio y TV son fulgurantes, y en 1962 (con diecicéis años Barry y trece los gemelos) graban sus primeros discos. Durante cinco años serán una sensación, y en 1966 son proclamados el mejor grupo australiano, por encima de los Beatles. Es el momento de volver a casa y lo hacen como quinteto, con Colin Petersen a la batería y Vince Melouney a la guitarra. Lo primero que les dijeron al llegar a Inglaterra era que «musicalmente no tenían nada que hacer y se volvieran a Australia donde eran los reyes». No siguieron el consejo, les contrató una de las águilas del *show business* inglés, Robert Stigwood, y en tres años arrollaron en las listas de éxitos. Stigwood era mánager de Cream y tenía su propio sello discográfico, RSO Records. Más tarde sería responsable de la producción de *Hair* y *Jesuschrist Superstar* en Londres, y productor de películas como *Tommy, Sgt. Pepper's* y *Saturday Night Fever*. Los Bee Gees dieron en este tiempo una larga serie de canciones clave en el pop, «To Love Somebody», «Massachusetts», «I've Gotta Get a Message to You», «Word», y LP's como *First, Horizontal, Idea* u

Odessa. Robin dejó a sus hermanos en 1969, pero volvieron a unirse los tres a fines de 1970 para dar vida a su segunda etapa como trío con otra larga serie de canciones en los rankings. A fines de los setenta, cambiando de estilo y con los agudos falsetes de Barry como señal de identidad, pondrían a bailar al mundo entero con su música *disco* y la banda sonora de *Saturday Night Fever,* manteniéndose hasta comienzos del siglo XXI como una de las grandes formaciones de la historia.

El espíritu de Monterrey

El festival de Monterrey fue el principal testigo del cambio en la música y la sociedad iniciado en Estados Unidos en 1966. Se diría que la generación hippie alcanzó su mayoría de edad en este festival y murió de éxito con el de Woodstock en 1969. Todo muy rápido.

Pocas veces en la historia se han dado cita en un mismo lugar y al mismo tiempo tantos artistas clave de ese momento singular. Pasado, presente y futuro fueron de la mano en Monterrey, con nombres ya forjados, nombres recién aparecidos en el panorama y nombres que serían leyenda de inmediato. En la pequeña localidad californiana brilló un sol especial los días 16, 17 y 18 de junio de 1967.

Bajo el lema «Music, Love and Flowers – Monterrey International Pop Festival», la cita nació sin conocer su propia fuerza ni calibrar lo que después, históricamente, llegaría a significar. De entrada, durante los tres días, el recinto se vio desbordado por la llegada de más espectadores de lo previsto, la mayoría hippies movidos por el reclamo de su propio lema: «Música, Amor y Flores». Ya antes de sonar la música, Monterrey era un pequeño monstruo capaz de devorar aquello que pretendía crear, porque la idea era iniciar un festival estable, al estilo del de Newport en torno al folk. La capacidad del recinto se superó con miles de personas situadas fuera de él, hasta llegar a las 50.000. La dimensión que tuvo hizo imposible pensar en nuevas citas porque no había espacio para tanto. De ahí que pasara a ser un hito único, irrepetible.

Lo primero que destaca en el festival es que fue celebrado con fines benéficos. Los artistas cobraban sus gastos y nada más. La recaudación era para obras de caridad. Lo segundo, que fue el festival de la

Eric Clapton. «Mano lenta», la supervivencia del rock y el blues a lo largo de cinco décadas

Stevie Wonder, el niño ciego que perpetuó a lomos de un piano su voz y su creatividad

Janis Joplin, la salvaje de Port Arthur, la voz blanca de blues más excepcional

The Doors, con Jim Morrison de héroe maldito, fue la pionera de las grandes bandas americanas de la segunda mitad de los sesenta

Leonard Cohen, el poeta cantante, la voz de la distancia y la militancia activa a través de la música

paz, sin los problemas o los disturbios de otras citas posteriores. Sus impulsores fueron John Phillips (de The Mama's & The Papa's) y Lou Adler, y actuaron de «consejeros» (?) Paul Simon, Paul McCartney y Brian Jones.

En Monterrey estuvieron Jimi Hendrix, Janis Joplin y los Big Brothers and The Holding Company, Simon & Garfunkel, Eric Burdon & The Animals, Paul Butterfield Blues Band, Ravi Shankar, Moby Grape, los Who, los Byrds, Buffalo Springfield, Mama's & Papa's, Grateful Dead, Canned Heat, Laura Nyro, Electric Flagg, Booker T. & The MG's, Hugh Masekela, Blues Project, Quicksilver Messenger Service, Country Joe & The Fish, Otis Redding, Lou Rawls, Association, Johnny Rivers y otros. Había gentes del rock, el pop, el blues, el folk rock, la música oriental... sin clases ni etiquetas, sin normas, solo música. Y para muchos de los artistas hubo un antes y un después. Eric Burdon acababa de publicar su álbum *Winds of Change* (Vientos de cambio), y a raíz del festival grabó la canción «Monterrey» como tributo. Janis Joplin, una desconocida sin discos en el mercado, disparó la adrenalina de todos y se convirtió en una estrella de la noche a la mañana sacudiendo conciencias. Jimi Hendrix, triunfador en Inglaterra, regresaba a casa y encendía el escenario lo mismo que encendió su guitarra primero y la destrozó después. Otis Redding puso la gota soul y dejó una huella imborrable porque moriría a los seis meses y su imagen en Monterrey se convirtió así en un icono. Los Who estaban ante el nacimiento de *Tommy* mientras que Simon & Garfunkel, Byrds, Buffalo Springfield o Mama's & Papa's gozaban del éxito de sus más recientes discos. Se introdujo a artistas minoritarios como el trompetista sudafricano Hugh Masekela y se presentaron futuros nombres notables como Laura Nyro y se confirmaron Grateful Dead. Pero sin duda la mayor sorpresa la dio Ravi Shankar, el maestro del sitar y maestro de George Harrison, el introductor de la música hindú en el universo Beatle. Ravi, nacido en Benarés, India, en 1920, era ya el gran virtuoso del sitar, un instrumento complejo y uno de los más antiguos de su país (sus orígenes se remontan al siglo XIII aproximadamente). Tiene seis o siete cuerdas principales y entre 11 y 13 auxiliares que vibran por simpatía, así como dos cajas de resonancia. George Harrison lo introdujo en los Beatles y Brian Jones en los Stones (aunque su peso en ellos fue mucho menor); luego aparecería en grabaciones de los Byrds y los

Yardbirds y el guitarra Vincent Bello incluso lo electrificaría. Ravi Shankar se convirtió así en un músico muy popular en occidente.

Monterrey también fue un grito de libertad y una reivindicación de la tolerancia por las drogas llamadas blandas. Muchos de los actuantes les dedicaron canciones a los Beatles. Eran días de euforia. El tiempo aún no había podido llegar a mostrar el lado salvaje e inhumano de las drogas, incluso las blandas, en exceso. Los hippies aún crecían, estaban lejos de enfrentarse a la resaca de la soledad y la autodestrucción. Había fortaleza, sueños, la eterna utopía, la panacea de las filosofías orientales con sus reclamos (paz, reencarnación, amor). Pero fue una hermosa quimera en la que prevaleció la música y el viento de armonía que recorría a los niños de las flores en su primavera y su verano del amor. En 1967 la oposición a la guerra de Vietnam, que cada vez estaba sangrando con más virulencia a los jóvenes americanos, se hacía cada vez mayor. Por si esto fuera poco, los que regresaban de la guerra no se encontraban con un sentimiento favorable, de comprensión; al contrario, se les marginaba como si fueran asesinos. Vietnam fue la mayor fábrica de locos, paranoicos, esquizofrénicos y deprimidos jamás imaginada. No solo se trataba de esa readaptación posterior, sino de la propia llegada a casa. En la Segunda Guerra Mundial la vuelta era lenta, había desfiles, el público saludaba a los héroes. Vietnam era muy distinto. Un soldado podía estar en la selva disparando, y en una hora en su tienda de campaña después de haber sido recogido por un helicóptero, y al día siguiente en Estados Unidos, en su casa, sin preparación mental. La división de la sociedad americana se mantendría así hasta los años setenta, especialmente cuando Nixon hizo sus bombardeos masivos en la cima de su paranoia.

Las circunstancias de Monterrey no volvieron a repetirse, ni en Woodstock. La filmación que hizo D. A. Pennebaker, *Monterrey Pop,* es una muestra de lo que sucedió allí aquellos tres días de la primavera de 1967.

Cohen y las nuevas generaciones

Leonard Cohen editó a comienzos de 1968 su primer álbum, pero fue uno de los nuevos artistas revelación de 1967. Posiblemente fue el último de los grandes poetas y cantautores fieles a un estilo y con un compromiso vital sobre su conciencia. Canciones amargas, profundas, con esperanzas que no terminan de realizarse, una voz única, áspera y grave, y una presencia siempre notable, alejada de los cánones populares, configuran la poderosa personalidad y el carisma de un autor, poeta y cantante único. Nació en 1934 en Montreal, Canadá, y tras estudiar literatura inglesa en la Universidad de McGill y la de Columbia publicó en 1956 su primer libro de poemas. Ya en los años sesenta editaría dos novelas, *The Favorite Game* y *Beautiful Losers* como paso previo a su entronización artística. Primero fue Judy Collins la que haría popular su canción «Suzanne», y después él mismo grabaría el álbum *Songs of Leonard Cohen,* primero de una larga serie mantenida hasta el siglo XXI aunque a veces con largos paréntesis de años sin dar señales de vida, de ahí la parquedad de su discografía. Cohen siempre ha sido el antiartista por naturaleza. Graba por necesidad de expresarse, con un trasfondo espiritual y sentimental más que económico. Autodefinido como un soldado en sus comienzos, suele vivir retirado del mundo. Sus temas hablan de amor, desamor, soledad, tortura, melancolía, filosofía.

Cohen es una isla, pero también lo son algunos de los nuevos artistas que inician la apertura de caminos alternativos entre 1967 y 1968, antes de la aparición del vanguardismo o como paso previo a él. A Vanilla Fudge se le considera una antesala del heavy rock. Cuarteto formado en 1966, destacaron en la esfera neoyorquina por su sonido compacto y duro, pesado. Hasta 1970 grabaron cinco álbumes que les dieron prestigio, aunque no un éxito masivo, destacando en ellos su primer y único hit, «You Keep Me Hangin' On», versión del tema de las Supremes. Canned Heat perduraron más con su rock & blues. Descubiertos en el festival de Monterrey, contaban en sus filas con un cantante peculiar, Bob «The bear» Hite (más de 100 kilos de peso), y un guitarra y autor notable, Al Wilson. Sus canciones «On the Road Again» y «Going Up the Country» les hicieron populares hasta que la muerte de Wilson por sobredosis cambió su rumbo si bien no llegaron a desaparecer. Por sus filas pasaron músicos como Harvey Mandel, Adolfo «Fito» de la Parra, Larry Taylor o Henry Vestine. Mike Bloomfield, guitarra y uno de los pioneros del blues blanco en Estados Unidos, abandonaría la Paul Butterfield Blues Band para crear en 1967 la

Electric Flagg y más tarde grabar con Al Kooper dos discos fundamentales, *Supersession* y *The Live Adventures of Mike Bloomfield & Al Kooper,* cumbre de la moda de las *jam sessions.*

Otro disco editado en 1967 prueba el poder de las nuevas tendencias en todos los ámbitos de la música: *Miles in the Sky.* Su creador, el trompetista Miles Davis. Considerado uno de los grandes revolucionarios del jazz, vanguardista puro y genio radical, Davis (nacido en 1926) no era un artista corriente. Sus innovaciones habían ya cambiado formas sonoras y pautas clásicas en el género. Heredero de Charlie Parker, con quien tocó, aprendió de él la rebeldía de la progresión frente al inmovilismo de lo establecido. Parker (1920) es quien rompió el jazz y lo abrió en canal, diseccionándolo. Se saltó las normas. La palabra *free,* libre, fue su bandera. Muerto a los treinta y cinco años, pasó a la historia como un genio roto. Miles Davis utilizó los elementos de su tiempo y las posibilidades que las nuevas fronteras del rock le abrían. Coetáneo de otros dos monstruos sagrados, Ornette Coleman y John Coltrane (este muerto en pleno éxito), grabó su primer disco en 1945 y en 1948 creó un nuevo tipo de orquestaciones y arreglos dentro de la esfera jazzística junto a Bill Evans. Dirigió dos *big bands,* tocó con Coltrane, Sonny Rollins, Milt Jackson, Thelonius Monk, Charlie Mingus (lo mejor del jazz de todos los tiempos) y a fines de los cincuenta dio muestra de su genio con el álbum *Sketches of Spain* al que seguirán una serie de obras que culminan con *Miles in the Sky.* Es la puerta del jazz-rock por la ruptura total que desarrolla en este disco. Hasta mitad de los setenta, Miles Davis crea una sólida discografía de vanguardia, *Bitches Brew, Live-evil, In Concert* (todos dobles) y otros. Muchos de sus músicos son ya para entonces líderes de bandas clave en el rock o el jazz-rock: John McLaughlin ha formado Mahavishnu Orchestra; Wayne Shorter y Joe Zawinul, Weather Report; Chick Corea, Return to Forever, y otros músicos tienen su propia carrera o siguen tocando en otras bandas, como Herbie Hancock, Keith Jarrett, Dave Holland, Harvey Brooks, Lenny White, Billy Cobham o Airto Moreira.

En Estados Unidos no puede hablarse de un «verano del amor», como lo hubo en Londres en 1967. California, los hippies y los nuevos caminos del rock ofrecían múltiples opciones. Incluso las comerciales de siempre. Box Tops triunfaban con «The Letter»; American Breed, con «Bend Me, Shape Me»; John Freed and His Playboy Band, con

«Judy in Disguise»; Jimmy Cliff (uno de los introductores del reggae) debutaba este año y triunfaría con su éxito «Wonderful World, Beautiful People»; los Chamber Brothers (bautizados como los hippies negros) triunfarían más tarde con «I Can't Turn You Loose», y Gary Puckett & The Union Gap (que actuaban con guerreras de la guerra civil americana) harían lo propio con otros tres entre 1967 y 1968, «Woman Woman», «Young Girl» y «Lady Willpower». Una americana, P. P. Arnold, ex de las Ikettes de Ike & Tina Turner, lo haría en Inglaterra con «The First Cut is the Deepest», canción del por entonces desconocido Cat Stevens. También en 1967 aparece el excéntrico Captain Beefheart con el LP *Safe as Milk,* en la línea de su amigo Frank Zappa.

Una muestra más del auge de la música fue la aparición en Estados Unidos de una revista emblemática, *Rolling Stone,* fundada por Jan Wenner. El primer número apareció en octubre de 1967 y en poco tiempo se convirtió en una referencia por su tratamiento de la música, sus grandes entrevistas y su rigor. Las referencias previas siempre habían sido *Billboard* y *Cash-box,* las biblias, especialmente por sus rankings (*Billboard* publica el top-100 de singles y el top-200 de LP's, así como listas en todas la categorías de la música y las certificaciones de la RIAA, la Record Industry Association of America, sobre discos de oro).

13
Psicodelia, espiritualidad, Europa

El universo psicodélico

Mientras Inglaterra vivía la fiebre del *Sgt. Pepper's,* nuevas formas germinaban en el subsuelo preparándose para dar el salto inmediato y ejercer el natural relevo. La psicodelia provenía de San Francisco, de los *light-shows* y la proyección de imágenes estroboscópicas mezcladas con el culto a la droga como parte del trance musical, pero su implantación en un Londres ávido de sensaciones fue muy rápidamente la moda por la que se deslizaron músicos y espectadores. Desde otoño de 1966 a la primera mitad de 1967, el fenómeno tomó forma siguiendo la espiral natural de aquel vértigo devorador. En verano el estallido fue una de las grandes sorpresas del momento. Las radios piratas fueron el primer foco donde se expandió la psicodelia a través de programas de signo inequívoco como el Perfumed Garden (Jardín Perfumado) de John Peel, un disc-jockey que más tarde sería productor, descubridor de estrellas, comentarista, escritor, etc. Peel solía programar canciones de éxito, como todos los demás, pero prestaba mucha atención a las novedades que le llegaban del otro lado del Atlántico, en especial los nuevos grupos americanos de los que aún no se oía hablar porque no aparecían en las listas. Cuando en Londres proliferaron las primeras bandas psicodélicas, él mismo se iba a grabarlas en un magnetofón y ofrecía las primicias en su espacio. Estos pioneros contaron también con sus clubs y una revista. El primer club de relieve fue el UFO (que tanto podía entenderse como Underground Freak Out, «Marginados subterráneos», como por Unidentified Flying Object, es decir, siglas de Objeto Volante No Identificado, OVNI en su versión no anglosajona). El Club UFO abrió sus puertas la noche del 31 de diciembre de 1966 en el 31 de Tottenham Court Road, y fue el foco psicodélico por antonomasia. Su prestigio se afianzó con el festival organizado el 29 de abril de 1967 en el Alexander Palace en colaboración con la revista *IT,* y en el que actuaron juntos los pioneros Pink Floyd y Soft Machine, además de Yoko Ono, que entonces era experta en *happenings* antes de ser la pareja de John Lennon. La revista *IT (International Time)* fue concebida por John Hopkins como muestrario del submundo de la escena británica no convencional. La revista tuvo un eslogan muy esencial: «Si la música cambia, la estructura social tiembla». Valdría para todas las épocas con movimientos rompedores. Hopkins no solo creó *IT,* sino que fue el responsable del UFO y el descubridor de Pink Floyd. El UFO tuvo una rápida y corta vida, cerró en octubre de 1967, mientras que *IT* sobrevivió bastante más. Junto a John Hopkins destacó Joe Boyd, productor del primer single de Pink Floyd y director musical de UFO. Provenía de la producción y luego regresó al folk, siendo productor de los primeros discos de la Incredible String Band y del gran grupo del nuevo folk-rock inglés, Fairport Convention.

La moda no tardó en secundar a la música. No todo eran minifaldas en el «verano del amor». La psicodelia surgió de forma paralela al interés por la música y las culturas orientales. Entre esto y el hippismo nació una tendencia más. Así que empezaron a verse túnicas, saris, abrigos de pelo y mucho atrezzo complementario en oposición al pop con sus colores, sus chorreras, sus casacas, sus gafas de colores, redondas o cuadradas, o su imaginería *kistch*. La relación droga-espectáculo psicodélico fue otro punto de interés, con la proliferación de artilugios destinados al uso de alucinógenos. Y por supuesto, el punto de contacto, el espectáculo audiovisual, en la discoteca o los conciertos que acabaron siendo ritos iniciáticos. La fusión de estímulos a todos los niveles convirtió las discotecas en un foco de nuevos términos sugestivos: luces estroboscópicas, técnicas láser, los *spot-lights,* las luces negras, las proyecciones giratorias... Un «viaje» en todos los sentidos.

Durante 1967 los grupos psicodélicos por excelencia fueron Pink Floyd y Soft Machine, seguidos por Tomorrow y otras presencias menores (y más comerciales), caso de Crazy World of Arthur Brown, cuyo único acierto fue el éxito de su puntual «Fire». Pink Floyd acertaría de lleno, convirtiéndose en el primer referente psicodélico y después en una de las grandes formaciones del rock de la historia, y Soft Machine mantendría unos años su estatus de banda progresiva y anticonvencional, líderes del Canterbury Sound y con plena fusión de estilos. El grupo cambiaría constantemente de miembros, pero los iniciales fueron Robert Wyatt a la batería, Kevin Ayers al bajo, Mike Ratledge al teclado y David Allen a la guitarra. No grabaron hasta 1968 y luego Ayers siguió en solitario y Allen formó Gong. Con Wyatt, Ratledge, Hugh Hopper y el saxo Elton Dean consiguieron la mejor de sus formaciones y también sus más sólidos trabajos, especialmente el álbum *Third*. De Tomorrow lo único notable fue la presencia del guitarra Steve Howe, más tarde miembro de Yes.

El psicodelismo fue uno de los primeros movimientos musicales de corta vida, puesto que en un año y medio perdió todo su ímpetu y a los dos años ya era un recuerdo. Solo el punk en los setenta sería igual de rápido y devorador. Pero la psicodelia fue la base del *underground,* el primer atisbo de vanguardismo nacido en 1968 y con pleno impacto desde 1969. En contra de psicodelia o de todo lo que pareciera hippie, se oponía el miedo por el fantasma de la droga, que sacudía ya todos los estratos sociales y se hacía peligrosa a ojos vista. Que los Beatles reconocieran haber tomado LSD o fumado hierba y que los Stones tuvieran problemas carcelarios era un síntoma. Tuvieron que ser los mismos Beatles los que compraran una página de publicidad en el *Times* para explicar qué era la droga y qué tipos de ellas podían considerarse peligrosas. Su intento de demostrar que la marihuana no era peor que el tabaco o el alcohol fue tomado como un desafío por las clases adultas.

PINK FLOYD

Los grupos psicodélicos fueron bautizados en la prensa inglesa como Pop Progresivo mucho antes de que se utilizara el término «psicodelia». No es de extrañar pues que, a fines de 1965, Pink Floyd fuera considerada una banda de rhythm & blues. El grupo se había iniciado con la pasión musical de tres estudiantes de arquitectura del Regent

Street Polythecnic, Roger Waters, Richard Wright y Nick Mason. Se llamaron de varias formas y tuvieron otros músicos en sus filas hasta que apareció en su vida Syd Barrett, personaje inclasificable, mitad genio, mitad visionario, que fue el que rediseñó el sonido y las intenciones del cuarteto y los bautizó con el nombre de Pink Floyd (Fluido Rosa), aunque la raíz del mismo fuera la admiración que sentía por dos *bluesmens* de Georgia llamados Pink Anderson y Floyd Council.

Con Barrett en sus filas, sus canciones y su estigma, Pink Floyd escaló de forma fulgurante el primer estrellato de su carrera. De hacer rhythm & blues en su primer intento de gira a fines de 1965, pasaron en marzo de 1966 a tocar en el Marquee bajo la incierta denominación estilística de Spontaneus Underground (Música subterránea espontánea). Los experimentos con el *feedback* y la electrónica y la proyección de luces y filmaciones en sus conciertos crearon la atmósfera psicodélica que les hizo despuntar muy rápido y ser una de las novedades esenciales del momento. En noviembre eran la sensación con su show «Pink Floyd films and madness» y al inaugurarse el UFO pasaron a ser sus estrellas. En 1967 grabaron su primer single con «Arnold Layne» en la cara A antes de que EMI les contratara. En abril formaron parte del espectáculo psicodélico «Technicolor Dream» en el Great Hall del Alexandra Palace de Londres y el 29 de mayo tocaban con Jimi Hendrix, Cream, Move y otros, en lo que era su espaldarazo decisivo. Ese mismo mes editaban su segundo single: «See Emily Play».

Para cuando aparece *The Piper at the Gates of Dawn,* el primer LP, Syd Barrett y sus incursiones con el LSD son ya una bomba de espoleta retardada. El desmoronamiento del guitarrista será radical en los meses siguientes. Genio iluminado, se quemó a sí mismo en el vértigo de la fugacidad. Para compensar no solo su bajón físico en los conciertos, sino sus ausencias cada vez más constantes o su imagen ida, se llamó a un nuevo guitarra, David Gilmour. Por un breve lapso de tiempo tocaron los cinco. Pero poco antes de editarse el segundo álbum, *A Saucerful of Secrets* (junio de 1968), Syd Barrett se vio obligado a dejar el grupo. Durante los años y las décadas siguientes será una de las más vivas leyendas muertas del rock, pese a editar dos LP's ayudado por sus amigos del grupo y tratar de resurgir de sus cenizas. Mientras, con Gilmour erigido en el nuevo líder junto al compositor de los temas, Roger Waters, Pink Floyd se convertirá en un conjunto clave de la historia, con una música primero llamada progresiva y después plena de resonancias espaciales, hipnóticas, de largos desarrollos y cadencias. *Ummagumma* (doble álbum en vivo y en estudio), *Atom Heart Mother, Meddle* y las bandas sonoras de *More* y *Obscure by the Clouds* conducen al cuarteto a su cumbre personal y uno de los 10 mejores LP's de la historia del rock: *The Dark Side of the Moon*. El disco estará tres años entre los más vendidos en Estados Unidos y batirá un récord de permanencia en el top-100 con setecientas treinta y seis semanas hasta 1988. En Inglaterra serán doscientas noventa y cuatro semanas. Con la llegada del CD volvería a revitalizarse y a reeditarse.

Pink Floyd no solo crearía atmósferas únicas en sus discos o en sus conciertos. Ejecutaron la música del ballet *Maiakowsky,* un espectáculo de Roland Petit presentado en el Palai des Sports de París; hicieron y filmaron un concierto en las ruinas de Pompeya, *Pink Floyd at Pompeii;* incluyeron tres canciones en la banda sonora de la película de Michelangelo Antonioni *Zabriskie Point* (aunque de hecho tenían que haber hecho toda la banda sonora, de la cual al final el director solo aprovechó esos tres temas), y experimentaron en múltiples direcciones durante la primera etapa de su vida. Después de *The Dark Side of the Moon* y el éxito del tema «Money», mantuvieron una etapa más estable a través de *Wish You Were Here* y *Animals* hasta llegar a *The Wall* (El muro), hito creativo de Waters y ópera rock que sería representada escénicamente con un gran montaje años después y llevada al cine por el director Alan Parker. El doble LP costó 700.000 libras en 1979 y de él fue un gran éxito el tema «Another Brick in the Wall». Ya en los años ochenta y noventa, diferencias personales entre los miembros de la banda, la marcha de Waters, la vuelta con Gilmour de líder único y muchas más vicisitudes, no fueron óbice para que se mantuvieran en la elite con cada esporádico disco o gira, sin perder su intensidad y a años luz de aquel movimiento psicodélico que un día lideraron.

Nuevas espiritualidades

En un capítulo próximo se hablará de la religión y su influencia en la música de los setenta o en los músicos que buscaron en la paz del espíritu un nuevo camino. Pero entre 1966 y 1968 esa paz espiritual tuvo un primer encuentro importante con la relación de los Beatles y la cultura oriental. Que los líderes del mundo pop se fueran a meditar a la India era todo un golpe, y por supuesto un posible modelo a imitar por parte de sus fans.

George Harrison conoce a Ravi Shankar en junio de 1966 y le invita a tocar en su casa junto a su compañero a la tabla, Allah Rakha. John, Paul y Ringo asisten también al pequeño concierto. La admiración que siente George por Ravi, el sitar y la música hindú se dispara y ya no perderá oportunidad para practicar con el sitar. Lleno de sonidos orientales, su música también se verá influenciada hasta el punto de componer sus primeros temas bajo esa fuerza. Pero no será solo la música. En un momento de éxito abrumador, cuando estalla el conflicto por las palabras de John Lennon acerca de que son más famosos que Jesucristo, enfrentados al futuro en lo que va a ser su última gira y la despedida de los conciertos en vivo... George se refugia en la espiritualidad como camino para acercarse a sí mismo y encarar el primer atisbo de madurez.

El entusiasmo de Harrison por esa nueva espiritualidad acabará contagiando a sus tres compañeros. En octubre de 1966 George viaja a la India para conocer el país y recibir clases de sitar de manos de Ravi Shankar. Volverá con la cabeza aún más llena de paces y presuntas respuestas. Ya en febrero de 1967, él y su esposa Patti mantienen un primer encuentro con el guru Maharishi Mahesh Yogi, líder del Spiritual Regeneration Movement al que pertenecen, y el 15 de marzo tiene lugar la grabación de «Within You Without You», de marcada inspiración hindú, con el que el guitarra contribuye a *Sgt. Pepper's*. En agosto George visita la escuela de música que Shankar tiene en Los Ángeles y asiste a su concierto en el Hollywood Bowl. Para entonces, John, Paul y Ringo ya muestran algo más que curiosidad y el 24 de septiembre todos menos Ringo asisten a una lectura llevada a cabo por Maharishi Mahesh Yogi en el Hotel Hilton de Londres. El gurú les invita a realizar una meditación trascendental en sus centros de meditación de Bangor, en Gales, y al día siguiente viajan hacia allá. La muerte de Brian Epstein impedirá que suceda nada más.

Durante meses el tema quedará aparcado, pero George y Ravi siguen en contacto y el guitarra viaja de nuevo a la India en enero de 1968 para completar la banda sonora de la película *Wonderwall*. También grabará allí el tema «The Inner Light» (La luz interior) y una serie de ragas (base de la música hindú) acompañado por músicos locales. Por fin, la gran explosión espiritual de los Beatles se produce en febrero de ese año, cuando el día 16 George y John, con sus respectivas esposas y otros amigos (Donovan, Mia Farrow, etc.), viajan a Rishikesh, India, para mantener un cursillo de meditación trascendental. Tres días después se les unirán Paul y Ringo con su novia y esposa, respectivamente.

En este momento el sentido de la espiritualidad en la música, o la búsqueda de nuevas fronteras no materiales, es un hecho evidente. Si los Beatles hubieran seguido aferrados a ello, probablemente muchos de sus fans se habrían acabado volcando en el tema. Pero salvo George, que seguirá siempre unido a sus convicciones, los otros tres se desengañarán muy rápido del tema. Dejando al margen la historia acerca de que el gurú se dedicara a la nada espiritual labor de perseguir materialmente a Mia Farrow, que se exija a los Beatles a vivir monásticamente, comer poco o sin exquisiteces occidentales, encerrarse en sus celdas a rezar y demás prerrogativas de la meditación trascendental, no es lo adecuado. A ellos no les satisface. El 1 de marzo Ringo se harta de misticismos y de ingerir picantes con la comida india y regresa a Londres. Paul lo hará el 26 del mismo mes y John el 20 de abril, una semana antes del fin de la meditación. A su regreso a casa los detalles se conocen y el poco entusiasmo de Ringo y Paul empieza a enterrar rápidamente el tema. La moda pasa, aunque no sin dejar huella.

Que los Beatles iniciaran este proceso fue significativo, y que lo abandonaran a excepción de Harrison, también. De la meditación trascendental a la creación de Apple, destinado a ser el Gran Imperio Beatle, medió muy poco. Sin embargo, los Beatles no son más que el ejemplo esencial cuando se habla de la espiritualidad imperante en la segunda mitad de los años sesenta. Y tratar de ignorar el factor religioso, que en los años setenta impondrá su ley a no pocos músicos, es un lujo cuando de lo que se trata es de hablar de todas las repercusiones que la música generó desde mitad de los años cincuenta. El hecho de tender ya hacia una sociedad dominada por los bienes materiales, el egoísmo, el consumo, el dominio de los *mass media,* la riqueza de occidente, la desigualdad norte-sur o este-oeste y otros factores, va a contribuir a que la falsa panacea religiosa no falte en el aderezo.

EUROPA EN LOS AÑOS SESENTA

¿Qué sucedía mientras tanto en el mundo no anglosajón? ¿De qué forma el rock and roll, primero, y el ingente caudal pop, después, había afectado las distintas músicas y a los jóvenes del viejo continente? Hablar de Europa en términos globales no es fácil. España vivía inmersa en la dictadura, dominada por una censura feroz que no dejaba apenas resquicios (todavía a comienzos de los años setenta se editaban LP's con menos canciones, salvajemente masacrados sin el menor pudor), Francia exhibía chauvinismo y se mantenía apegada a su música e Italia se paralizaba anualmente con el festival de San Remo. Alemania, por su parte, era otro mundo. Lo reencontraremos al hablar del rock alemán un poco más adelante. La posguerra, la presencia de bases americanas en su territorio y el «milagro alemán», capaz de hacer resurgir al país de sus cenizas, habían hecho más fácil que el rock se esparciera sin problemas.

Pero aún en España, Francia e Italia, lo mismo que en Suiza, Austria, Holanda, Suecia, Dinamarca, Bélgica y los demás, la fiebre rock no pasó inadvertida. Menos en España, las giras de las estrellas solían pasar por ellos dejando su huella. El problema fue la ruptura generacional. En España Elvis fue tan denostado por su provocación como en Estados Unidos. El rock and roll se hizo peligroso. Con los Beatles, lo peligroso fueron los cabellos largos, que la dictadura contempló con horror. Los «felices sesenta» pasaron de largo, pero una generación creció con la música de los Beatles y ya nada fue igual. La aparición de fenómenos como la *canço* catalana, base de la reivindicación de todo un pueblo, o las revueltas estudiantiles de fines de la década, mostraban que el río de la música podía llegar a detenerse momentáneamente con una presa, pero no impedir que siguiera fluyendo. Al otro lado del Telón de Acero, el rock también hizo acto de presencia pese a todas las trabas oficiales. Para los países de la elite comunista fue casi un fenómeno contracultural.

No solo cambió Europa. Japón se convirtió en una de las cinco potencias discográficas mundiales. Oceanía (con Australia a la cabeza) era un mundo abierto y receptivo. Más alejada se mantuvo África y el centro y el sur de América. En África, con los últimos colonialismos dando coletazos, los conflictos y las guerras no dejaban mucho margen para el ocio musical. En Latinoamérica la corrupción, las guerras, las dictaduras, la presencia asfixiante de Estados Unidos intrigando y cambiando gobiernos a su antojo, dejó huérfanas a muchas naciones del cambio impulsado por el rock. Para las nuevas generaciones, acceder a discos, revistas o libros fue una quimera. Aun así, la savia fluyó y no se detuvo, aunque siempre se mantuvo en el ámbito marginal, más subterráneo que nunca.

En España hubo un antes y un después de 1964. El antes se produjo desde la aparición de Presley y el rock and roll. La música francesa, italiana, el flamenco o los corridos mexicanos dominaban las ondas. Siguieron haciéndolo con Elvis en el candelero, pero por primera vez los jóvenes se reunían y bailaban en fiestas privadas, los *guateques*. En muchos sentidos, fueron más famosos Cliff Richard y los Shadows que el propio rey del rock and roll, o canciones como «Diana» antes que muchas otras. Los años sesenta fueron los del despertar, industrial, social, político y económico. Tener un tocadiscos era difícil, así que vender discos lo era aún más. Las radios se encargaron de difundir lo justo. Además, el turismo comenzaba a ser una fuente de ingresos a tener en cuenta y se intentaba mantener los folclorismos para crear una imagen típica. Toros y flamenco. La manipulación del flamenco como música fue abrumadora hasta que en los años setenta se reivindicó la pureza de un arte que no necesitaba de otra cosa que sonar libre y con casta.

El primer cantante español famoso, en la estela de Frank Sinatra, fue José Guardiola. Pero el primer gran impacto juvenil capaz de «arrastrar masas» (por supuesto a la española, sin desmanes) lo impulsaron dos chicos llamados Ramón Arcusa y Manuel de la Calva: el Dúo Dinámico. Inspirados en los Everly Brothers, supieron crear un puñado de canciones juveniles, frescas y comerciales, que enloquecieron durante años al país. Era rock and roll de imitación pero tenía un componente hispano, autóctono y propio, incluso por el hecho de estar cantado en español. El Dúo Dinámico mantuvo su estela durante años, y aunque con los Beatles a partir de 1964 todo cambió, su carácter de pioneros y su calidad jamás acabó de dejarles al margen.

En 1962 surge en Catalunya un movimiento reivindicativo y rebelde, apoyado en la recuperación de la lengua como base y con unas letras combativas contra la dictadura. Es la *cançó* catalana. La raíz musical proviene de Francia, de la *chanson* auspiciada por Georges Brassens, Jacques Brel o Georges Moustaki. El primer gran líder de la *canço* es Raimon, pero con la creación del grupo Els 16 Jutges, que reunía a los solistas más destacados del momento, se consolidó e hizo fuerte. Joan Manuel Serrat se convirtió en el mejor autor y cantante español de los siguientes años, hasta culminar en 1969 con la grabación del fundamental LP *Dedicado a Antonio Machado, poeta,* reivindicativo de la prohibida figura de Machado. También resistieron el paso de la dictadura a la democracia Lluís Llach, Ovidi Montllor, María del Mar Bonet o Pi de la Serra. La *cançó* fue además el detonante que concienció al resto de cantantes españoles. Paco Ibáñez se dedicó a reivindicar a los poetas. De Asturias emergió el talento de Víctor Manuel. Mientras, el rock and roll tenía un primer atisbo de estrella, Miguel Ríos (al comienzo Mike Ríos), y un cantante se convertía en la nueva sensación: Raphael.

Con la irrupción de los Beatles el salto fue total. Conseguir una guitarra para tocar seguía siendo muy caro. Conseguir un tocadiscos lo mismo. Pero el tiempo avanzó y todo acabó siendo posible, aunque a la española. A Beatles, Rolling Stones, Animals y Kinks pronto les salieron imitadores que interpretaban sus mismas canciones pero en español. Fueron Mustangs, Sirex, Salvajes, Lone Star, Pekenikes, Gatos Negros y solistas como Miguel Ríos o Tony Ronald (holandés afincado en España). Los Mustang, que compartían sello discográfico con los Beatles, podían incluso grabar una canción de los de Liverpool antes de que saliera a la venta el original. Fue como volver a los tiempos de los covers en Estados Unidos. Su «Yellow Submarine» vendió más que el de los Beatles.

El primer gran grupo nacional que arrasó con una música propia y una calidad superior a la media fue Los Brincos, y ya en 1966, el primer conjunto que asaltó los cielos del Imperio Anglosajón fueron Los Bravos. Los Brincos contaban con una equilibrada estructura en la que destacaban Juan Pardo, Antonio Morales «Junior» y Fernando Arbex. Temas como «Flamenco», «Borracho» o «Mejor» crearon escuela porque sonaban auténticos. Los Bravos por su parte tenían un cantante alemán, Mike Kogel. Auspiciados por el mejor programa de radio de la época, El Gran Musical, de la Cadena SER, y con Alain Milhaud de productor, destacaron primero en España con canciones como «No sé mi nombre», «La moto» o «La parada del autobús». Pero en 1966 grabaron en inglés y su tema «Black Is Black» fue un hit mundial. Siguieron con «Bring a Little Lovin'», «I Don't Care», «Trapped» y hasta rodaron la película *Los chicos con las chicas* en pleno éxito. Su fin se inició con la muerte de su teclista, suicidado después de que en su luna de miel tuviera un accidente que le costó la vida a su esposa. Después de Los Bravos, el único conjunto que destacaría internacionalmente en aquellos años fueron los Pop Tops, formados en 1967 y con un cantante de Trinidad llamado Phil Trim. Primero fue «Oh Lord, My Lord», y en 1971 su puntual «Mammy Blue».

España tuvo su era dorada del pop, como en todo el mundo, entorno a 1967. Por entonces muchos conjuntos cantaban ya en inglés, siguiendo la moda de Los Bravos. La recuperación plena del idioma no tendría lugar hasta los años ochenta. Grupos como Los Ángeles, Módulos, los Pasos y especialmente Los Canarios, con Teddy Bautista a la voz, triunfaron lo mismo que cantantes como Luis Eduardo Aute, Mari Trini, Nino Bravo, Massiel, Camilo Sesto y Julio Iglesias. Una canción de Aute, «Aleluya», llegó al top-100 estadounidense cantada por Ed Ames. Los coletazos de todo ello llegaron al filo del cambio de década, con la aparición de grupos aún más comerciales, Los Diablos y Formula V, y el éxito internacional de Miguel Ríos cantando en 1971 una versión de un fragmento de la Novena Sinfonía de Beethoven, el «Himno a la alegría».

A fines de los sesenta la música vanguardista hará que los tres «polos del desarrollo musical» nacionales tengan cada uno un peso específico en una vertiente: Barcelona aporta innovación, técnica y un sentido más europeísta e internacional de la música; Sevilla tiene el alma y una absoluta intensidad en los nuevos grupos que afloran por la ciudad, y Madrid, por último, mostrará el frescor y el descaro que conducirá a la llamada «movida», el gran foco musical de años después.

Francia vivía más arraigada a su música, y aunque acepta y expande el rock primero y el pop después, incluso en su revista más emblemática, *Salut les Copains,* se cuida de separar en sus listas de éxitos la música anglosajona y la propia. La revista, por cierto, tenía como accionistas a los propios cantantes más famosos. En los años sesenta ningún artista francés triunfaría en la esfera internacional (Estados Unidos, Inglaterra, Australia), a pesar de ser conocidos y famosos muchos de ellos, hasta que Jane Birkin y Serge Gainsbourg sean número 1 en Inglaterra con «Je t'aime... moi non plus» en 1969. Con su propio esquema y mentalidad, Francia es para los franceses.

Es notoria la falta de grupos franceses de éxito mientras que sus solistas son abundantes. Las corrientes internas del rock y el pop galo cultivan el culto al ídolo, y es tiempo de ídolos: Johnny Halliday, Eddy Mitchell, Sylvie Vartan, Sheila, Françoise Hardy, Marie Laforet, Richard Anthony... El rey y la reina, Halliday y Vartan, llegarán a casarse para completar el cuento de hadas perfecto. A esta primera oleada de estrellas seguirá una segunda no menos importante en la misma década: Adamo, Hervé Vilard, Michel Polnareff, Jacques Dutronc, Mireille Mathieu, Christophe, Eric Charden, Joe Dassin, France Gall... España es uno de los países que más y mejor consume su música, siguiendo la estela de otros tiempos. El grupo más notable de entre los escasos que aporta la música francesa fueron los Chausettes Noirs, que acompañaban a Eddy Mitchell. Más tarde aparecieron otros con el mismo poco peso a nivel internacional, Magma, Les Variations, Triangle o Zoo. En cambio un gran conjunto surgido de la música gala, The Aphrodite's Child, son griegos. De él saldrán en los años setenta Demis Roussos y el extraordinario Vangelis.

Lo que sí daría Francia a escala masiva son grandes compositores y directores de orquesta. Entre los primeros destacan Francis Lai *(Un hombre y una mujer, Love Story),* Michel Legrand *(El caso Thomas Crow),* Maurice Jarre *(Lawrence de Arabia, Dr. Zhivago).* Y entre los segundos, Franck Pourcel, Raymond Lefevre, Caravelli y Paul Mauriat («Love is Blue» fue número 1 en USA en 1968). La mayor madurez y creatividad gala se mantuvo durante la década con los cantantes de compromiso, voz, guitarra y textos. Era lo más parecido a los Dylan y compañía. La huella de sus grandes leyendas es superior a todo lo demás. Georges Brassens, Jacques Brel, Georges Moustaki (autor de «Milord», con la que Edith Piaf se haría inmortal), Serge Reggiani, Leo Ferré. Como heredero de la popularidad de Sacha Distel y Gilbert Becaud («Et maintenant»), llegaría después Charles Aznavour.

Francia sin embargo seguía siendo el centro de Europa para los americanos. Todas las grandes giras pasaban por el país, mientras que a España no empezaron a llegar hasta mitad de los años setenta. Una gran diferencia.

De los italianos se dice que detrás de cada uno hay un tenor de ópera. Y eso enmarca su tradición musical, romántica, tragicómica, lírica. Los mejores cantantes estadounidenses tenían apellidos y sangre latina en sus venas. En plena explosión del rock and roll, Domenico Modugno era número 1 en Estados Unidos con «Nel blu dipinto di blu (Volare)». La tradición por la melodía, el gusto por la balada y el temperamento, fuerte, extrovertido, no desaparecieron con la irrupción del rock y del pop. Si España era la pandereta, Italia era el gondolero.

Durante años la historia de la música italiana fue la historia de su más célebre festival, San Remo, el más famoso del mundo en los años cincuenta y sesenta. No se era grande sin haber triunfado en San Remo. Y no se era famoso sin haberlo ganado. Y no se era una leyenda sin haber repetido éxito. El país se paralizaba, los partidarios de cada canción o solista se peleaban. No era un divertimento, era Italia a lo grande. El suicidio de Luigi Tenco en 1967, por no haber pasado a la final, es la prueba de ello. Además, en San Remo se dirimían otras cuitas, la guerra entre discográficas, la rivalidad entre Roma y Milán, entre Nápoles y Venecia. Cuando en los años setenta los artistas jóvenes empezaron a negarse a cantar en él, se inició el declive. A fines de los sesenta el movimiento vanguardista inició este cambio. Así que en los sesenta, heredados de los cincuenta, Italia era la música masculina de Domenico Modugno y Claudio Villa (4 victorias en San Remo cada uno), Luciano Tajoli, Sergio Endrigo, Tony del Mónaco, Al Bano, Massimo Ranieri, Nicola di Bari, Gianni Morandi, Bobby Solo, Little Tony, Fausto Leali, Pino Donaggio, el Jimmy Fontana de «Il mondo» o el brillante Adriano Celentano, y la música femenina de sus divas como Mina, Milva, Patty Pravo, Rita Pavone, Gigliola Cinquetti, Ornella Vanoni, Iva Zanicchi, Claudia Mori, Caterina Casselli, Orietta Berti o Anna Identici. Los grupos fueron más numerosos que en Francia y preferentemente eran vocales. San Remo no admitía conjuntos pop y eso fue un handicap muy importante. Excepciones destacadas fueron New Trolls, Equipo 84, I Dik I Dik, Ricchi e Poveri, I Domossola, I Camaleonti, I Geens, I Pooh, Nuovi Angeli, Profetti, etc. A destacar que ante el escaso número de grupos existentes, muchos conjuntos ingleses se instalaron en Italia: The Renegades, Rockers, Black Jacks y muy especialmente Middle of the Road.

El resto de Europa siguió la sacudida, pero las pautas de los años setenta fueron más proclives para que el rock tuviese una mayor presencia tanto a escala local como internacional, con la irrupción de cantantes y grupos de países considerados minoritarios en la esfera musical. Sería la hora de Alemania, de los países nórdicos como Suecia y de los tímidos intentos al otro lado del Telón de Acero por formar parte de la cultura popular abierta en torno al rock. La Europa de los años sesenta todavía tenía como máxima expresión de afinidad musical el festival de Eurovisión y, lo mismo que el de San Remo, ganarlo llegó a considerarse un deber y orgullo patrio.

14
INTRODUCCIÓN AL VANGUARDISMO

1968: FIN DE LA ERA POP

Entre el fulgor de 1967 y el arranque histórico de 1969, que desembocó en la mejor etapa de la era rock, medió un 1968 de profundos cambios aunque siempre sin demasiado eco, porque el valor de aquel 1968 se midió después, entre 1969 y 1973.

Fue el año de Kubrick y su odisea espacial, «2001»; de la invasión de Checoslovaquia por parte de las tropas rusas para acabar con la «primavera de Praga»; de los asesinatos del líder negro Martin Luther King y del candidato a la presidencia de la Casa Blanca, el demócrata Robert Kennedy, hermano del ya asesinado John F. Kennedy; el año en que se estrenó *Hair;* el año de la matanza de la Plaza de las Tres Culturas en México, poco antes de la inauguración de los Juegos Olímpicos; el año del Mayo francés, en que París se echó a la calle y sus revueltas estudiantiles conmocionaron al mundo; el año en que Bob Dylan anunció su regreso al mundo de la música en vivo con una gira después de ocho años de ostracismo y apariciones esporádicas tras su accidente de moto; el de la reaparición en vivo de Elvis Presley; el año en que se formó Led Zeppelin, el año...

Las muertes de Luther King y Bob Kennedy cambiaron el signo de los tiempos. La del líder negro porque era un paso atrás en la reivindicación de los derechos civiles de su pueblo. La de Kennedy porque abría el paso de la victoria de Richard Nixon en las presidenciales. De un demócrata a un republicano en la presidencia de los Estados

Unidos suele mediar casi siempre una guerra. Nixon recrudeció la de Vietnam, la culminó con los masivos bombardeos de comienzos de los años setenta y, tras el escándalo del Watergate en el período de su reelección, se vio obligado a dimitir en mitad de su segundo mandato. ¿Qué clase de mundo habríamos tenido en caso de ganar Robert Kennedy? Es difícil saberlo, pero también es más que seguro que Vietnam habría terminado mucho antes y sin la sangría de vidas que costó. Con Nixon en la presidencia, además, se propició el golpe de Estado de Chile, pues en su paranoia no podía consentir que hubiera en América un gobierno socialista, por muy elegido democráticamente que estuviera. En Europa, bajo el lema de «La imaginación al poder», no solo París se echó a la calle en las mayores protestas estudiantiles recordadas, sino que lo hicieron, mental o físicamente, en otras partes, incluida España, todavía en plena dictadura.

El declive del pop se inicia en 1968 porque se había llegado a un techo imposible de superar desde la aparición de *Sgt. Pepper's Lonely Hearts Club Band*. Todos los conjuntos revisaron sus músicas y planteamientos. A muchos no les importaba seguir en sus líneas habituales, pero otros sentían necesidades distintas. Los que se agotaron, comerciales o no, comprendieron que era el momento de cambiar. La marea hippie llegada de California también debía tenerse en cuenta. Había otras calidades que se estaban manifestando con rapidez.

Así, en 1968 se separan muchos de los conjuntos que habían triunfado entre 1964 y 1967, y los que no se separan, remodelan sus formaciones con nuevos músicos, cambian de nombre y abandonan el pop para buscar ese algo más que ya despunta en el horizonte. Es tiempo de nuevas tecnologías, y los conjuntos pioneros en su manejo causan sensación (Moody Blues, Nice), así que otros intentan avanzar y adaptarse. La aparición del melotrón supone una revolución, y la del sintetizador, casi de inmediato, un tremendo golpe para el poder de la guitarra eléctrica como instrumento clave del rock. Que un aparato compuesto de teclados fuera capaz de reproducir cualquier sonido resultó impactante. Y que ese mismo aparato pudiera programarse y sonar después como una docena de instrumentos, aún más.

El segundo punto clave se produce con la llamada «fuga de cerebros» de la música inglesa a Estados Unidos, atraídos por el brillo del mundo hippie y de aquella California siempre soleada. Había algo más, como siempre. La vieja canción: un éxito en Inglaterra vendía un número de copias, mientras que en Estados Unidos ese número se multiplicaba por diez. Por un lado, esa «fuga de cerebros» propició el nacimiento de numerosos grupos al otro lado del Atlántico. Por el otro, a algunos de ellos se les consideró supergrupos, siguiendo la estela de Cream en 1966, al juntarse líderes de distintas formaciones para dar vida a un conjunto de estrellas. Graham Nash (Hollies) se unió a David Crosby (Byrds) y Stephen Stills (Buffalo Springfield), y nacieron Crosby, Stills & Nash. Tres de los Small Faces más dos músicos del Jeff Beck Group crearon Faces. Otro de los miembros de Small Faces, Steve Marriott, impulsó Humble Pie con Peter Frampton. Jimmy Page cancelaría Yardbirds para dar rienda suelta a la mayor potencia rockera jamás conocida hasta ese momento: Led Zeppelin. Y así muchos más. Eric Burdon y John Mayall ya estaban en California. Los Zeppelin se asentarían también en Estados Unidos. Los grupos que resistieron todo esto fueron los que evolucionaban por sí mismos, desde los Stones a los Who.

Hay un tercer punto a tener en cuenta en este proceso. Los singles no desaparecieron, porque de momento eran lo más asequible para que el público tuviera su canción de moda sin necesidad de comprarse todo un álbum. Los Beatles seguían editando singles con canciones no incluidas en los LP's. Pero desde el momento en que *Sgt. Pepper's* en Inglaterra y *Pet Sounds* en Estados Unidos se manifiestan con toda su fuerza, los álbumes concepto, por un lado, y las mayores posibilidades del LP como formato, por el otro, propiciarán un cambio también fundamental en la evolución del sonido y su plasmación en minutos y vinilos. Los Who ya preparaban *Tommy*. Los Rolling habían hecho un tema de once minutos en *Aftermath*. A solo tres años de ello Iron Butterfly serían capaces de hacer un corte de diecisiete minutos, *In-a-gadda-da-vida,* que ocupaba toda la cara de un LP.

El fin de la era pop dará paso a la mayor revolución sónica de esta historia. Es el vanguardismo.

Sonidos electrónicos

Los Beatles marcaron una pauta inamovible durante años: los grupos con cuatro o cinco miembros con dos guitarras, un bajo y una batería. Si el cantante era uno de ellos, se quedaban en cuarteto. Si el cantante no tocaba ningún instrumento, quinteto. La excepción eran los Who, que no necesitaban de una segunda guitarra. Luego había grupos con algún instrumento de viento (Dave Clark Five) o teclados (Manfred Mann). Con Jimi Hendrix y Eric Clapton, la guitarra se convirtió más que nunca en el instrumento por antonomasia del rock. La aparición del soul permitió abrir otros caminos, pero el futuro residía en la tecnología.

De entrada, muchos músicos y, sobre todo, productores, aprendieron nuevas formas de grabar y desarrollar las ideas. Con cada nuevo paso aparecía una novedad en la forma o en el fondo. Pero las guitarras eran las guitarras y las baterías eran las baterías. Los teclados se convirtieron en el campo de batalla del progreso y la innovación.

El impulsor de la «nueva herramienta» fue Robert Moog (1934, Nueva York). Hijo de un ingeniero electrónico y excelente pianista, combinó su vocación musical con estudios de ingeniería, electrónica y física. Tras graduarse en la Universidad de Cornell, él y un colega llamado Herbert Detusch iniciaron sus experimentos en sistemas sintetizados. Sus aportaciones fueron constantes y muy rápidamente adoptadas por algunos de los principales artistas del mundo, que no perdían de vista lo que estaba haciendo. La manejabilidad del sintetizador, así como sus posibilidades sónicas, lo popularizaron muy pronto. Lo primero fue el melotrón, con su programación en forma de cintas y un sonido más clásico. De él se sirvió preferentemente Robert Fripp en King Crimson. Pero lo barrió casi de inmediato el sintetizador. Beatles o Rolling también lo probaron en sus grabaciones, pero el mejor efecto se producía en los directos. En 1969 la mayoría de nuevas grandes bandas basaban su sonido y su potencial en las infinitas posibilidades del sintetizador: Emerson, Lake & Palmer, Yes, Pink Floyd, como antesala de otros muchos que en la primera mitad de los setenta crearon un extraordinario frente electrónico (Keith Emerson fue el principal alumno de Moog, para el cual diseñó el minimoog). Pero si Robert Moog fue el impulsor, no hay que olvidar que los inventores en 1955 fueron dos ingenieros que trabajaban para la RCA, Olson y Belar.

El sintetizador no es más que un órgano con un número infinito de combinaciones electrónicas y sonidos artificiales manejados por un panel de mandos. Que luego se aplicara también a una guitarra o una batería fue lo anecdótico. Los teclados representaron un gran salto en la escala instrumental. Luego se llegó a prescindir casi de ellos. Bastaba programar sonidos y hacerlos sonar.

Con o sin electrónica, lo que más cambió de 1968 a 1969 fueron los espectáculos en vivo. Los Beatles habían puesto fin a las giras en 1966 actuando treinta minutos por concierto. En 1967 o 1968 los «paquetes artísticos» ya no rodaban por el mundo. Cada grupo programaba su gira en solitario, con un telonero de comodín para mantener viva la espera antes de su aparición. El progreso trajo consigo que las actuaciones fueran aumentando de minutaje, que se pasara de verlas sentado a verlas de pie y algo aún más esencial: dejaron de ser patrimonio de teatros o pabellones deportivos reducidos para albergarse en espacios abiertos o lugares de mayores dimensiones. Los conciertos pronto fueron el ritual central del rock, la gran fiesta. Si no hubiera habido un avance electrónico, eso habría resultado imposible. Sin equipos, altavoces, potencia decibélica y demás parafernalia, todo habría seguido como en los días en que a los Beatles no se les oía por el griterío de las fans. El «circo del rock» pasó a tener tres pistas. ¿Se perdió algo? Posiblemente sí, intimidad, capacidad de percepción, identificación directa con el actuante. Pero esa deshumanización que culminó con el medio millón de personas reunido en Woodstock fue parte del precio del proceso, y nunca se sabrá si mínimo. Para conjurar el fuego y la furia también surgieron el intimismo, el nuevo folk británico, y hasta los grandes, de vez en cuando, decidieron actuar en locales reducidos para retornar a los orígenes.

De todas formas, la fiebre vanguardista se disparó a partir de 1969. Antes, 1968 creó no pocas historias.

Nacidos para ser rockeros

La nueva oleada de grupos americanos surgidos en este momento de transición tiende más al rock que a ninguna otra cosa. Que en 1968 naciera Led Zeppelin es sintomático. Es el mismo año en que Cream llega al máximo y decide separarse. El hard rock adquirirá dimensión en muy poco tiempo. Hard (duro) o heavy (pesado), aunque históricamente primero contará el hard rock y después el heavy metal.

Dos de los pioneros lo son por distinto signo. Unos, Steppenwolf, por dar una de las canciones básicas de los años sesenta: «Born to Be Wild». El título (Nacido para ser salvaje) es una declaración de principios. El segundo, Iron Butterfly, por crear una de las primeras «canciones» de largo recorrido (17 minutos) y que venía a ser como un apunte de sinfonía rock: «In-a-gadda-da-vida». Iron Butterfly fue a la postre un discreto cuarteto que alcanzó la gloria con un solo disco, aunque se mantuvieron a flote unos años gracias a su leyenda. El LP fue éxito dos años seguidos y fue uno de los primeros álbumes americanos que llegó al disco de platino.

También The Band estuvieron en una onda rockera. Después de ser los músicos de Ronnie Hawkins a comienzos de los sesenta como The Hawks, y el grupo de Bob Dylan en su retiro de Woodstock, dieron el salto al estrellato en 1968 con su primer álbum, *Music from Big Pink,* y lo reafirmaron en 1969 con *The Band* y el éxito del tema «The Weight». Cinco grandes músicos, Rick Danko, Robbie Robertson, Levon Helm, Richard Manuel y Garth Hudson dieron vida a una de las leyendas del rock americano. Mantenidos en la elite aunque sin alardes, con sobriedad, volvieron a acompañar a Dylan cuando este regresó a los escenarios en su primera gira de 1974 y tres años después anunciaron su retirada con un macroconcierto en compañía de sus amigos (Eric Clapton, Neil Young, Van Morrison, Bob Dylan, Paul Butterfield, Joni Mitchell, Neil Diamond o Ronnie Hawkins, entre otros). Martin Scorsese lo filmó y la película resultante de ello, *The Last Waltz,* se ha convertido en una genuina muestra de lo mejor de su tiempo. Tras un tiempo de aventuras individuales, The Band reaparecería para prolongar un poco más su fama, aunque sin miembros emblemáticos como Robertson o Manuel.

Que Elvis Presley retomara la música en vivo en 1968 no fue casual. Eclipsado por los Beatles y por todo el pop de los sesenta, el rey seguía en su retiro de Hollywood haciendo películas cada vez más vergonzantes. La última aparición en TV la había protagonizado en 1960 al lado de Frank Sinatra. Casado en mayo de 1967, y padre de su única hija, Lisa Marie, el anuncio de su concierto en la NBC en diciembre de 1968 fue una sacudida y uno de los grandes momentos de la historia del rock. Ya en 1969, canciones como «In the Ghetto» o «Suspicious Minds» abrirían una segunda etapa floreciente para el rey, aunque acabase convertido en una antítesis de sí mismo, obeso y con extravagantes ropas blancas, actuando en Las Vegas hasta su fulminante muerte en 1977.

Con todo, el rock más genuino, de vuelta casi a las raíces, lo prodigó desde 1968 y hasta 1971 Creedence Clearwater Revival.

La sencillez del grupo liderado por el cantante y guitarra John Fogerty, justo en un momento en que las formas de vanguardia, las fusiones y las fisiones tomaban forma, fue un soplo de aire fresco en un momento de gran complejidad en el rock. CCR venían del rock and roll y del country y el blues rural. Formados en la escuela por John y su hermano Tom, con Doug Clifford y Stu Cook, procedían de Berkeley y tras unos titubeantes inicios con diversos nombres adoptaron el definitivo en diciembre de 1967. En junio de 1968 editaron el LP *Creedence Clearwater Revival* y fue el inicio de un reinado abrumador en las listas de éxitos en los cuatro años siguientes, tanto con sus álbumes *(Bayou Country, Green River, Willy and the Poor Boys, Cosmo's Factory, Pendulum y Mardi Gras)* como con sus grandes canciones: «Suzie Q.», «Put a Spell on You», «Proud Mary», «Bad Moon Rising», «Green River», «Down on the Corner», «Up Around the Bend», «Lookin' Out My Back Door», «Have You Ever Seen the Rain», etc. Ritmo, comercialidad no exenta de un toque de distinción propio, energía, música sin artificio fueron la clave de un fenómeno singular y raras veces visto.

Una vez más, en un país tan grande y con tantas tendencias, hubo otros músicos y otras alternativas. Johnny Rivers, un rockero famoso por sus conciertos en el Club Whisky a-Go-Go de Los Ángeles, se haría famoso tras años de trabajo con su tema «Ode to John Lee Hooker». José Feliciano, un extraordinario guitarrista portorriqueño ciego de nacimiento, triunfaría con su versión de «Light My Fire» y una notable serie de LP's *(Feliciano, 10 to 23, Fireworks).* B. J. Thomas, tras muchas canciones plenas de corrección, lograría uno de los grandes números 1 de su tiempo, «Raindrops Keep Fallin' on My Head». Sly Stewart, al frente de Sly & The Family Stones, dispararon la música funky y fue el primer grupo de rock negro de la Costa Oeste de Estados Unidos. Creadores del psychodelic soul (soul psicodélico), dispararon su fama con una progresión de canciones que culminaron con sus explosivos «Dance to the music», «M'Lady», «Everyday People» y «I Want to Take You Higher». De Nueva Orleans emergía la fama de Dr. John, pianista señero con una enorme carrera a sus espaldas y que en 1968 daría el primer salto a la popularidad. Flammin' Groovies se convirtieron en una poderosa banda de rock, pero pronto adquirieron etiqueta de «malditos» y su éxito fue más limitado aunque su importancia fuese superior. Flying Burrito Brothers crearon el genuino country rock de fines de los sesenta de la mano de ex miembros de los Byrds. Su historia fue todo un referente y de ella surgiría el talento de Gram Parsons. Richie Havens se convirtió en el folk-singer negro por excelencia. Con su voz arenosa, la emotividad de su música y su capacidad rítmica a la guitarra, después de años de discreción se catapultó a la fama en el festival en memoria de Woody Guthrie así como con sus tres álbumes *Mixed Bag, Something Else Again* y *Richard P. Havens 1983,* para continuar después una larga carrera en las dos décadas siguientes. Su magistral interpretación del tema «Freedom» en el festival de Woodstock resultó antológica. Spirit, líderes de la segunda generación de la Costa Oeste, destacados a comienzos de los setenta con el LP *Twelve Dreams of Dr. Sardonicus* pero de corta vida. Y Boz Scaggs, solista de blues y rock, ex miembro de la Steve Miller Band, figura no esencialmente comercial desde 1968 a comienzos de los ochenta. Por último, citar a cantantes más country, como Glen Campbell («Gentle on My Mind», «Wichita Lineman», «Galveston») o Kenny Rogers (miembro de The First Edition primero y en solitario después), que permanecerá dos décadas en la cima con una larga serie de hits («Ruby, Don't Take Your Love to Town», «Reuben James», «Lady», «The Gambler»).

Nacidos para ser músicos

En Inglaterra por entonces había menos tendencias, menos diversificación, menos caminos que en Estados Unidos, pero la isla seguía aportando elementos de una notoria calidad, músicos y cantantes excepcionales que con sus carreras nada efímeras sentarían sus reales con fuerza propia en la historia.

Fleetwood Mac fue uno de los grupos nacidos bajo la explosión del rock y el blues, como Ten Years After, Savoy Brown, Chicken Shack o los Climax Blues Band. Tres ex Bluesbreakers de John Mayall,

Peter Green, Mick Fleetwood y John McVie, son la base de la primera etapa, la inglesa, de 1967 a la primera mitad de los setenta. El single «Black Magic Woman», segundo de su discografía y primero de 1968, fue su toque de atención. Este año se convierten en la primera banda que toca con tres guitarras solistas (Green, Danny Kirwan y Jeremy Spencer). El mejor exponente de ello es el excelso «Albatross», un tema único. Hasta el LP *Ten Play On* y los singles «Oh, Well», «Man of the World» y «The Green Manalishi», Fleetwood Mac son los reyes del rock and blues británico. Llegaron a grabar con algunos de los mejores *bluesmen* negros de Chess en Chicago el portentoso *Blues Jam at Chess* (también titulado *Fleetwood Mac in Chicago* y *Blues Jam in Chicago).* La marcha de Peter Green en 1970 iniciaría un continuo cambio de músicos hasta que Mick Fleetwood y John McVie asientan el grupo en Estados Unidos. En 1975 ellos, Christine Perfect (ex miembro de Chicken Shack y convertida en Christine McVie al casarse con John) y los recién incorporados Lindsey Buckingham y Stevie Nicks, iniciarían una segunda etapa, la más triunfal, convirtiéndose en uno de los grandes grupos de los años setenta a raíz de su magistral *Rumours* (1977). El largo recorrido y los cambios estilísticos del grupo no ocultan, sin embargo, sus raíces y sus orígenes, la densidad de su sonido entre 1968 y 1971.

Otro ex Bluesbreaker, Andy Fraser, crearía el tercero de los grupos de rock and blues clave en la nueva marea del vanguardismo británico, Free, con Paul Rodgers, Paul Kossoff y Simon Kirke. En 1968 Fraser tenía solo dieciséis años y Rodgers diecinueve. Pese a que debutaron en 1968, no alcanzaron el reconocimiento hasta 1969. Su tercer LP, *Fire and Water,* y el single «All Right Now», otra de las grandes canciones de la historia, fueron la clave de una corta vida que concluyó en 1971, aunque habría secuelas y un largo epílogo de intentos con otros nombres, una vuelta en 1972, un nuevo canto de cisne con cambios y otra etapa culminada en 1973.

Formados en 1967, y rápidamente convertidos en pioneros del vanguardismo como moda, Jethro Tull tuvo en su líder, flautista y cantante, Ian Anderson, a una de las figuras clave de la historia. La flauta no había sido un instrumento precisamente «rockero» hasta su aparición. La figura de Anderson, ojos de loco, cabello largo, tocando la flauta con un solo pie en pose de flamenco, fue uno de las imágenes de los siguientes diez años. Jethro Tull (nombre tomado de un famoso agricultor del siglo XVIII) debutó en 1968 con el LP *This was*. Los singles «Living in the Past» y «Love Story» preludiaron la aparición de los LP's *Stand Up* y *Benefit*. Con el cuarto, *Aqualung*, llegaron al número 1 en Estados Unidos. *Thick As a Brick, A Passion Play* (estos dos, junto con *Aqualung*, obras conceptuales) y *War Child* mantuvieron el mismo tono hasta mitad de los setenta sin importar los cambios continuos en el grupo. Después Jethro Tull perviviría con distinta fortuna a lo largo de los ochenta y los noventa.

El mejor cantante blanco británico de blues y rock después de Eric Clapton fue Joe Cocker. Su tono negroide, el clímax interpretativo alcanzado por su forma de moverse y la furia salvaje de su voz rota son únicos. Debutó a los quince años tocando la armónica y la batería, a los diecisiete era cantante y en 1964, a los veinte, tuvo un primer lanzamiento sin éxito. Reaparecería tras formar la Grease Band y en 1968 tendría más fortuna con su vuelta a las grabaciones. Su aparición en el festival de Woodstock y su segundo single, una versión del «With a Little Help from My Friends» de los Beatles, que fue número 1 en todo el mundo, le consagrarían. A él seguirían no solo otros grandes temas, «Feelin' Alright», «Delta Lady», «Midnight Rider», «Jamaica Say You Will» o «You Are So Beautiful», sino cuatro décadas de álbumes (*Mad Dogs and Englishmen, Grease Band, Something to Say, I Can Stand a Little Rain* y un largo etcétera) y canciones siempre notables.

El genuino rock and roll, que en Estados Unidos tuvo a Creedence Clearwater Revival de defensor, lo mantuvo en Inglaterra Status Quo, grupo nacido en la etapa escolar de sus miembros Francis Rossi, Alan Lancaster y John Coughlan, a los que luego se uniría Rick Parfitt. Debutaron en 1968 y habrían de convertirse en uno de los grandes conjuntos de la música inglesa en las siguientes tres décadas, con éxitos clave como «Pictures of Matchstick Men», «Ice in the Sun», «Paper Plane», «Break the Rules», «Down Down», «Rockin' All Over the World», «Living on an Island» y dos docenas más, y LP's siempre llenos de energía como *Piledriver, Hello, Live, Rockin' All Over the World, Whatever You Want, Just Supposin'* y otros.

Por último, la iniciación británica al vanguardismo también contó con otras aportaciones: Caravan, uno de los «grupos malditos» del Canterbury Sound, siempre cambiando de personal y con una carrera discontinua. Van Der Graaf Generator, la banda de Peter Hammill, un ave fénix formada y reformada varias veces. Family, también de los llamados «malditos» pese a contar con la voz de Roger Chapman, y en sus comienzos, con Rick Grech (antes de unirse a Blind Faith), terminaron su andadura en 1973 tras buenos aunque no reconocidos LP's. Groundhogs, un trío con otro talento carismático al frente, T. S. McPhee, pero sin la repercusión que hubieran merecido por sus expectativas iniciales. Y Man, otros gigantes a medio camino, jamás asentados con una formación estable, aunque sus miembros dejarían huella en otras bandas. En un plano menor cabría citar a Ralph McTell (su carrera culminó en 1975 con el número 1 de «Streets of London»); los Equals («Baby Come Back»), de los que saldría el cantante Eddie Grant; Mary Hopkin, el primer lanzamiento de Apple («Those Were the Days»); Scaffold, con Mike McGear, hermano de Paul McCartney («Thank U Very Much», «Lily the Pink»)

Del nuevo folk inglés al bubblegum sound americano

Dos de las tendencias más opuestas surgen en 1968 a ambos lados del Atlántico. Una, en Inglaterra, dará enormes músicos y dejará un poso de calidad esencial. La otra, en Estados Unidos, no pasará de ser una moda más, comercial y efímera.

En Inglaterra el folk-rock no había representado una presencia importante salvo por el éxito de Byrds o Simon & Garfunkel. Y no es que en 1968 hubiera una puesta al día. Más bien se produjo una vuelta a los orígenes con la aparición de numerosas bandas de folk tradicional con elementos más o menos pop. Voces sugestivas, violines, etc. Roy Harper o la Incredible String Band pudieron ser los pioneros, pero el tradicionalismo y la música popular siempre habían estado ahí, y que se pusieran de moda en este momento fue la suma de factores dispares. El folk-rock estadounidense se basaba en la electrificación. El nuevo folk británico fue más purista, y pobló la música de violines, violas, laudes, dulzainas, flautas, arpas y demás. Como no hay movimiento sin impulsores, hubo dos grupos clave en este proceso, Fairport Convention y Pentagle. Fairport Convention tuvo de entrada dos solistas fundamentales, Ian Matthews y Sandy Denny, aunque el primero les dejaría para seguir solo tras su segundo LP. También lo haría Sandy después del inconmensurable *Liege and Lief,* un álbum decisivo. El grupo mantendría una sólida carrera con LP's exquisitos *(Angel Delight, Babbacombe Lee),* y después con innumerables cambios en sus filas. Sandy formó Fotheringay (editaron un único álbum con su nombre) y más tarde se convertiría en una de las solistas más populares hasta su muerte por un estúpido accidente hogareño (se cayó por las escaleras). Pentagle, por su parte, fueron más puristas, tuvieron una vida mucho más larga y de su seno salieron guitarras como John Renbourn y Bert Jansch. Ya en los setenta, Lindisfarne o Steeleye Span heredarían la antorcha, estos últimos con Maddy Prior de cantante, la heredera natural de Sandy Denny.

Este purismo inglés contrastó en tiempo con la moda del bubblegum sound americano. Se le llamó así, bubblegum (chicle), porque se trataba de canciones muy simples, chispeantes, bailables, sostenidas por el ritmo del bajo y con voces muy agudas de entonación nasal, y porque generó todo un alud de conjuntos en muy poco tiempo. Un fenómeno puntual pero no inadvertido. Los máximos responsables fueron Jerry Kasenetz y Jeff Katz, creadores de su propio sello, Super K Productions, dentro de la discográfica Buddah Records. Los grandes artífices del bubblegum fueron 1910 Fruitgum Company («1,2,3, Red Light», «Simon Says», «Indian Giver»), Ohio Express («Yummy, Yummy, Yummy», «Chewy, Chevy»), Lemon Pipers («Green Tambourine»), The Cowsills («The Rain, the Park, the Other Things») y Archies (invento televisivo para la serie de dibujos del mismo título, así que no era un grupo, sino músicos de estudio, pero llevaron al número 1 su popular «Sugar Sugar»).

HAIR

Con *Hair* llegó la Era de Acuario, la libertad y uno de los grandes clímax hippies. Con *Hair* se produjo una revolución escénica y musical tanto como conceptual. Con *Hair* estalló el latido de una generación. Porque *Hair* cambió no pocas de las formas de fines de los años sesenta y significó un profundo proceso de revisión moral, ética y social.

Sus autores jamás imaginaron lo que sucedería con ella. Fue una obra de teatro que se catapultó hasta ser la gran ópera rock por excelencia. Pero lo más importante fueron sus repercusiones tanto en Estados Unidos como en el resto del mundo. Fusionó rock, teatro, cultura, protesta anti-Vietnam, denuncia, ruptura y se asentó como el gran referente de su tiempo. Los creadores del libreto no tenían excesivos antecedentes profesionales. Gerome Ragni había trabajado en *Hamlet* con Richard Burton en Broadway. Fuera de la cuna del mundo del espectáculo, en el *off-Broadway,* sus incursiones eran más numerosas. Se reservó el papel de Berger (homenaje a su mejor amigo del colegio) en su estreno y los primeros meses de representación. Su compañero James Rado hizo de Claude. También él había tenido escarceos poco importantes en Broadway y en el *off-Broadway,* así que los dos querían crear un nuevo mundo escénico en el que el actor pudiera *ser* en lugar de *estar*. Su idea de hacer un teatro libre, abierto, sin una unidad formal sometida a la unidad de la obra, no era sencilla. Querían la anarquía, crear el antiteatro, para no repetir cada noche los mismos gestos declamando las mismas palabras. Como nada de eso era sencillo, decidieron escribir una obra que resumiera sus voluntades. Una vez escrita apareció Galt MacDermot, un canadiense llegado a Nueva York a fines de los años cincuenta. En 1969 había hecho una ópera que nunca llegó a estrenarse y como autor su mayor éxito fue el tema «African Waltz», grabado por Cannonball Adderley, con el que ganó un premio Grammy. Pese a todo, no sobresalía de entre la pléyade de músicos neoyorquinos y su idea de hacer rock se fue haciendo más fuerte. Tras conocer a Ragni y Rado creyó en *Hair* y comenzó a componer su música en enero de 1967. El 29 de octubre de ese mismo año se estrenó en el New York Shakespeare Festival Public Theater, en pleno Greenwich Village. Su éxito fue tal que a los cuatro meses daba el salto, del circuito *off-Broadway* al Cheeth Club, y de ahí a Broadway en tres meses más, aunque en este tiempo Rado y Ragni ya habían hecho no pocos cambios en su estructura. Fue un soplo de frescura. El 28 de abril de 1968 se estrenaba en el Biltmore. El «mayo francés» de un mes después y todos los acontecimientos de aquel año y el siguiente la convirtieron en el gran referente cultural del momento, aunque sin faltar el escándalo por sus desnudos totales al final de la obra. Los protagonistas de *Hair,* miembros de una tribu hippie, representaban toda la esencia de la sociedad contracultural americana de fines de los años sesenta, con la guerra de Vietnam como gran telón de fondo.

Hair tuvo 1.729 representaciones en el Biltmore, hasta el 1 de julio de 1972. En este tiempo desbancó hitos históricos como los de *Showboat* (estrenada en 1927) y *Oklahoma* (estrenada en 1943). Existían por entonces 800 versiones grabadas, unos setenta LP's con canciones de la obra en todas sus modalidades, unas veinte bandas sonoras de los distintos teatros que la representaban en el mundo, más de cien singles con temas de la misma y varios número 1 con canciones interpretadas por diversos artistas. Que terminara en el Biltmore no significó su adiós. Siguió representándose durante los años setenta, se hizo la versión cinematográfica en 1980 y continuó siendo un hito revisitado constantemente.

Las canciones más famosas de *Hair* fueron convertidas en éxito por artistas muy dispares, muchas de ellas ensambladas entre sí dada su brevedad. Fifth Dimension, que ya habían destacado con «Up, Up and Away», «Stoned Soul Picnic» y «Wedding Well Blues», llegaron al número 1 con «Aquarius/Let the Sunshine in» en 1969, uno de los grandes temas del año; el desconocido Oliver debutó con «Good Morning Starshine»; la gran Nina Simone reverdeció su carrera con «Ain't Got No/I Got Life», su mayor éxito comercial; Three Dog Night debutaban también con «Easy to Be Hard» poco antes de ser proclamados grupo del año y mantener una buena línea con éxitos como «Joy to the World»; grupos comerciales como los Cowsills y los Happenings triunfaron con «Hair» y «Where Do I go/Be-In», respectivamente.

Hair fue la primera gran ópera-rock. *Tommy* se editó en disco siete meses más tarde, y solo pasó al teatro y al cine tiempo después. El gran impulsor de las óperas-rock como fenómeno sería más tarde Andrew Lloyd Webber, ya en los años setenta, con la creación inicial de otra gran sensación: *Jesuschrist Superstar*.

15
El gran tiempo del rock (primera parte)

Los años de la luz

Lo sucedido entre 1969 y 1973 marca el cenit de la historia del rock. Es un tiempo sin parangón posible, el final de una escalera que entonces parecía no tener fin. Ideas, sensaciones, sonidos, todo era posible y todo lo fue. La mayoría de los grandes grupos y artistas que definieron las dos décadas siguientes surgieron en este período esencial, aunque algunos ya habían tenido un momento previo de formación. La música, que había ido creciendo como hermana pobre de los medios de entretenimiento (liderados por cine y TV), fue ganando fuerza año a año hasta culminar en el mágico 1972 en que ocupó el trono. Que la industria discográfica desbancara al cine y la televisión fue un golpe extraordinario, pero demuestra el potencial que en ese momento se había alcanzado.

La libertad creativa fue esencial, pero amparándola ya existía una industria capaz de asimilarla. Y, por supuesto, un público que no parcelaba los géneros ni los enfrentaba. Fue un tiempo de coexistencia pacífica, alegría y dinamismo en todos los órdenes. Una sana rivalidad creativa. De 1969 a 1973 aparecieron fronteras vanguardistas, fórmulas novedosas, fusiones de jazz y rock, de música latina y rock, de sinfonismo y rock. Los nuevos caminos del folk llevaron al intimismo. Los grandes músicos descubrieron el placer de tocar y tocar y las *jam sessions* se hicieron básicas. Despertó el reggae para hacerse internacional. Se prescindió de las diferencias entre los sexos y con la ambigüedad llegó el glam rock. Y por supuesto fue el tiempo de los grandes festivales históricos: Wight y, sobre todo, Woodstock. El 20 de julio de 1969 el ser humano ponía un pie en la Luna. Mirar a las estrellas ya no era una quimera. Y en la Tierra todo parecía tener su ritmo.

Una euforia irrepetible.

LED ZEPPELIN

El primer gran grupo de los años setenta fue Led Zeppelin, nacidos en 1968, justo en el punto de inflexión del trasvase del pop al vanguardismo. Gigantismo, hitos irrepetibles, una música demoledora y récords esenciales en su momento jalonan su intensa existencia. Aun sin haber comparación posible entre épocas, Led Zeppelin es, junto a los Beatles, el único grupo que en los años ochenta tenía todos sus LP's entre los 100 más vendidos de la historia. Nada en ellos se quedó pequeño. Fueron los primeros en desarrollar grandes conciertos de tres o cuatro horas, en macroespacios, con una potencia sin igual hasta entonces y una contundencia basada en su calidad instrumental. Pioneros del nuevo orden surgido del vanguardismo, entronizaron el hard rock como antesala del heavy rock, abriendo una de las vías más creativas y firmes del futuro.

Jimmy Page (1944) ya era autor, productor y un guitarra excepcional cuando ingresó en los Yardbirds. Hijo de una secretaria y un médico, su primera guitarra, una Les Paul de segunda mano, le costó 200 libras. Su constante ir y venir por la escena británica hizo que como músico de alquiler apareciera en infinidad de grabaciones que años después estaban en los primeros puestos del ranking de reliquias más buscadas por los coleccionistas, pagándose auténticas fortunas por un single en el que se escuchara su guitarra. Tocó en grabaciones de Carter Lewis & The Southernes, Mickie Most, Brook Brothers, Kinks, Who, Jackie de Shannon, Tom Jones, Pretty Things, Petula Clark, Georgie Fame, Herman's Hermits, Rolling Stones, Lulu, Roy Harper, Donovan, Gregory Phillips, Billy Fury, McCoys, Nico, Joe Cocker, P. J. Proby, Family Dog y otros. Como productor hizo trabajos para Them, Jeff Beck («Beck's Bolero») e incluso John Mayall y Eric Clapton («I'm your Witchdoctor»).

Con el dinero ganado trabajando en grabaciones para otros formó su propio sello, James Page Music. Sus tres primeros lanzamientos fueron tres grupos de escaso relieve, The Outsiders, The Majority y The Quick. A mitad de los sesenta, hasta ocho discos en los que él intervenía llegaron a estar en el top 10 británico. Sin embargo, sus intentos en solitario no fueron buenos. A los diecinueve años publicó un single sin éxito en el que tocaba todos los instrumentos menos la batería.

Cuando Page entró en los Yardbirds, se convirtió en el último de sus grandes guitarras. En verano de 1968 el grupo tuvo que remodelarse y él propuso a Terry Reid de cantante. Reid, que perdió el tren de la historia ese día, tenía más interés en su propia carrera, y recomendó a Robert Plant, solista de los desconocidos Band of Joy. Plant (1948) era adicto al blues puro, creció estudiando a Otis Rush e imitando a Bukka White. Debutante con trece años, a los quince ya había pasado por varias formaciones adolescentes y continuó igual en los años siguientes hasta llegar a grabar un par de canciones con Alexis Korner. La llamada de Jimmy Page fue decisiva. Nacía así uno de los tándems creativos más esenciales de la historia, porque la mayor parte de material de Led Zeppelin está compuesto por Page y los textos son de Plant. En el primer LP, sin embargo, por problemas contractuales previos, Plant no pudo aparecer como autor. Si el guitarra fue capaz de crear unos marcos instrumentales enormes, el cantante aportó una fantasía esotérica y una riqueza onírica esencial en sus poemas. El resto lo ponía su forma de interpretarlos, sus agudos, sus gritos, sus gemidos.

John Paul Jones (bajo) y John Bonham (batería) completaron el cuarteto. Jones era hijo de un pianista y de una cantante y bailarina. Fue también músico de estudio, miembro del grupo de Jet Harris y Tony Meeham, y tocó en discos con los Rolling Stones, Dusty Springfield, Yardbirds, Jeff Beck, Downliners Sect, P. J. Proby, Herman's Hermits, Shirley Bassey, Cliff Richard, Lulu, Cat Stevens, Donovan y otros. John Bonham, por su parte, era hijo de un carpintero y tocó la batería desde la niñez. Debutó a los quince años y pasó por distintos conjuntos hasta coincidir con Robert Plant en los dos últimos. Mientras que John Paul Jones aportó equilibrio a Led Zeppelin, incorporando aportaciones con el teclado a lo largo de los años siguientes, John Bonham pasó a ser el eficaz pegador capaz de realizar solos de veinte minutos con toda firmeza. Era contundente y rápido, tanto como sobrio su compañero al bajo. Los dos crearon la sección de ritmo más fuerte de aquellos días.

Si Led Zeppelin fue la banda, una vez más hay que destacar el papel de un mánager como respaldo. Sin Epstein en los Beatles, Parker con Elvis o Loog Oldham en los primeros años de los Stones, quizá todo habría sido distinto para ellos. Peter Grant fue el quinto Zep. Ya era mánager de Yardbirds, así que Page lo mantuvo y, al tiempo que daba forma al grupo, fundó con él la Super Hype Recording, su propia empresa. Ya se tenía la sensación de que aquello iba a ser grande. Peter Grant fue después el creador de Swan Song Records, la compañía de Led Zeppelin, y la persona que siempre estuvo detrás de ellos, manejando la gran maquinaria en la que se convirtieron.

Dos semanas y media después de crearse el cuarteto, estaban grabando en los Olympic Studios de Londres su irrepetible primer LP. Fue Keith Moon, batería de los Who, el que, al escucharles, los llamó Lead Zeppelin (zeppelin de plomo). A Page le gustó, pero lo simplificó dejando la primera palabra en tan solo Led. Debutaron el 15 de octubre de 1968 en Surrey con este nombre. El 7 de diciembre Peter Grant firmaba con Atlantic Records por 200.000 dólares, una cifra impresionante para un grupo desconocido. A partir de este momento se produce una fiebre Zep y un huracán de éxitos y cifras. Sus primeras giras por Estados Unidos, con conciertos de tres y cuatro horas, son lo más fuerte jamás visto. El segundo LP, *II,* entra directamente en el número 1 de las listas y pasará cuatro años en ellas. Aunque quieren ser un grupo de álbumes, el mercado americano es inflexible y «Whole Lotta Love» es número 1 (no será editado en Inglaterra como single por entonces). En un año, *Financial Times* cifra en cinco millones los discos vendidos.

La leyenda de Led Zeppelin crecerá en estos primeros años en proporción geométrica. Rompiendo todas las normas previas, se niegan a actuar en programas comerciales de televisión y a intervenir en actos promocionales vacíos. Eso les granjeará fama de distantes. Pero su música no admite réplica. A Page se le llama «Paganini de los 70» y «Andrés Segovia del rock». El precio del éxito llega poco a poco: en su quinta gira americana la banda genera sus primeras oleadas de violencia ante la intensidad de su música y ellos se asustan en la misma medida por el poder incontrolado que generan. Page reconoció entonces que «tener poder para influir en una masa humana es algo muy extraño e inquietante, pero no tenerlo para controlarla, y que esa masa pudiera convertirse en algo violento, le aturdía». El Palacio de los Deportes de Lyon (Francia) arrasado, disturbios en Milán (Italia) con miles de fans enloquecidos o la suspensión de un concierto en West Palm Beach, Florida (Estados Unidos), ante la sospecha del sheriff local de que entre los asistentes pudiera haber elementos subversivos para provocar disturbios, jalonaron algunos de sus más notables altercados.

La quinta gira dará un millón de dólares de beneficios y la sexta se anuncia como «el mayor acontecimiento en vivo desde los Beatles». Después del álbum *III,* Jimmy Page comienza a tocar una guitarra Gibson de doble cuello, otra imagen característica de estos años. El LP *IV* (también llamado *Runes* por su portada, ya que carecía de título), editado a fines de 1971, y el quinto, *Houses of the Holy,* preceden a una larga serie de récords a lo largo de 1973. En mayo el grupo presenta una luminotecnia especial en su gira americana, con un montaje espectacular creado expresamente para ellos. Los diseños escénicos pronto serán habituales en todos los grandes del rock, que adoptan las puestas en escena más adecuadas para sus fines. El 5 de mayo se bate en Tampa, Florida, el récord establecido por los Beatles en el Shea Stadium: 56.800 personas de asistencia para un solo artista. Este récord lo batirán varias veces los propios Zep a lo largo de su carrera. También en 1973 filman su concierto en el Madison Square Garden de Nueva York para editarlo en forma de película tiempo después *(The Song Remains the Same). Financial Times* cifra en 30 millones de dólares las ganancias en este año.

Desde sus orígenes, el grupo estuvo enfrentado a la prensa. Page decía que hablaban más de lo que ganaban que de su música. Y es cierto, porque los datos abruman. En cada concierto se utilizan los equipos más grandes jamás empleados hasta entonces y ellos viajan en un Boeing 720B, igual que el del presidente Nixon, el doble de largo que el del dueño de *Play Boy:* un monstruo de 138 asientos convertido en un hotel de lujo y palacio volante, con cine, sauna, salas de juego y espacio para tocar. Y cada nueva gira era una alucinación, con sus conciertos de cuatro horas y solos de veinte minutos por cabeza. Se saludaban con frases como «más grandes que los Beatles» *(The Observer,* mayo de 1975). La revista *Rolling Stone* cifra en 14 millones las ventas de sus seis LP's hasta la fecha. Led Zeppelin es el gran grupo de los setenta. La creación de Swan Song Records fue un alto en el camino. La compañía fue la responsable del lanzamiento de Maggie Bell, Bad Company y los nuevos Pretty Things. A partir de 1976 los LP's *Presence* y la banda sonora de *The Song Remains the Same* confluyen en el críptico 1977. Mientras la crítica considera al grupo como el mejor de la historia del rock y se hallan en plena nueva gira americana, donde se van a batir dos nuevos récords de asistencia con entradas ya vendidas (80.000 espectadores en Nueva Orleans y 95.000 en Philadelphia), la muerte del hijo de Plant lo paraliza todo. No reaparecerán hasta el festival de Knebworth de 1979 y con el álbum *In Through the Out Door* (editado con seis portadas distintas, para coleccionistas). Son nuevos tiempos para la próxima década, pero no habrá continuidad a causa de la muerte de John Bonham el 25 de septiembre de 1980.

Led Zeppelin nunca volverá a existir.

Rock duro

El rock duro (llámese hard o heavy) tuvo en Led Zeppelin el primer referente clave. A lo largo de los años setenta, Page, Plant, Jones y Bonham ganaron muchas veces los títulos anuales de mejores músicos en sus respectivos instrumentos, así como los de mejor banda en vivo o mejores autores. Del heavy rock se pasó al heavy metal y se modeló una de las vertientes más firmes de la historia, quizá la única que llegó a fines del siglo XX manteniendo su coherencia y fuerza vital como heredera directa del rock and roll primitivo.

Históricamente, el primer sonido heavy (pesado) que surgió de una guitarra lo produjo un músico llamado Link Wray. Fue en 1954, año del «nacimiento oficial» del rock and roll. Link nació en 1930 en Fort Bragg, en la reserva india de Shawnee, Carolina del Norte. Empezó a tocar la guitarra en Arizona, debutó en un conjunto country y formó sus primeras bandas con sus hermanos Vernon y Doug. Acompañó a artistas como Fats Domino y Ricky Nelson y, tras servir en la Armada y pasar un año en un hospital a causa de una tuberculosis, grabó un tema que los años convertirían en clásico: «Rumble». Fue en 1954, teniendo él veinticuatro años de edad. La canción pasó inadvertida hasta que cuatro años después obtuvo el disco de oro por sus ventas. Sin embargo, Link iba de fracaso en fracaso porque su sonido no gustaba. Lo llamaban heavy. Dejó la música en 1965, se trasladó a Maryland, donde construyó un estudio de tres pistas para divertirse, y con los años, sin darse cuenta, se convirtió en una leyenda. En 1971, en pleno auge del rock duro, del heavy rock, se le recupera, aunque ya sea tarde para él. Link fue el primero en distorsionar el sonido a través del amplificador, y los Kinks, en los sesenta, los primeros en imitarlo. Hasta llegar a Led Zeppelin pasó muy poco

Por detrás de los Zep, el gran grupo de rock duro fue Deep Purple, auténtica reunión de gigantes que propiciaría una larga historia con múltiples ramificaciones. El quinteto inicial debutó en 1968 con el single «Hush». Después de dos álbumes que se quedaron a mitad de camino, Ian Gillan (cantante) y Roger Glover (bajo) entraron de refresco uniéndose a los tres supervivientes de la primera etapa, Jon Lord (teclados), Ian Paice (batería) y Ritchie Blackmore (guitarra). Durante cuatro años editaron algunos de los álbumes más brillantes del rock, *Concerto for Group and Orchestra* (un avance del rock sinfónico, pero fusionando a la Royal Philarmonic Orchestra con ellos en escena), *In Rock, Fireball, Machine Head, Made in Japan* y *Who Do We Think We Are?* En 1973 y en pleno éxito, con la marcha de Gillan y Glover se iniciará el rosario de cambios que serán la nota predominante de las siguientes dos décadas, con largas ausencias en las que el grupo está roto. David Coverdale y Glenn Hughes serían los primeros relevos sin que el quinteto perdiera fuerza en sus nuevos trabajos, *Burn* o *Stormbringer*. Luego sería Ritchie Blackmore el disidente, para crear otra banda emblemática del rock duro, Rainbow. A fines de los setenta Coverdale reverdecería los viejos laureles dando forma a unos nuevos Deep Purple: Whitesnake, con otra provechosa carrera de éxitos, antes de unirse una vez más los miembros genuinos de la etapa 1969-1973, incapaces de olvidar su pasado común. Todos los miembros de Deep Purple tuvieron discografías personales de buen nivel, aunque nunca superiores a lo que podían dar de sí como banda.

Las otras dos grandes bandas heavies británicas de este tiempo fueron Black Sabbath y Uriah Heep. Black Sabbath contó con un cantante de excepción, Ozzy Osbourne, y un notable guitarra, Tony Iommi. Debutantes en 1970, su segundo LP y single, *Paranoid,* les situó en la cumbre. Hasta 1979 se mantuvieron en la elite. Entonces Ozzy se fue para seguir solo y el resto continuó sin brillo. Uriah Heep también debutaron en 1970 y, pese a los cambios, legaron una discografía basada en la sobriedad y la furia de sus directos, algo consustancial en todos los grupos de rock duro. El teclista Ken Hensley fue su líder y David Byron su solista, con Mick Box de guitarra. *Salisbury* y *Look at Yourself* fueron sus dos LP's clave en 1970 y 1971.

Además de los Zep, de los pioneros en este sentido hay grupos perdidos en el tiempo, como MC5, Amboy Dukes o Humble Pie. MC5 eran norteamericanos y su música enormemente violenta y visceral, tanto es así que también están considerados como un referente punk. Su primer LP fue el más decisivo, *Kick Out the Jams*. Separados en 1972, toda esperanza de vuelta murió cuando su guitarra Wayne Kramer acabó en la cárcel por posesión de drogas. Amboy Dukes nacen en Detroit en 1968 y son otra de las formaciones esenciales hasta mitad de los setenta. Su enseña es el guitarra Ted Nugent y su mejor obra el LP *Journey to the Centre of Your Mind,* de 1969. Ted desarrollará después una carrera mucho más notable en solitario. En Inglaterra, por su parte, Humble Pie arrastró, como tantos otros, una aureola de grupo maldito. Formado por Steve Marriott, de Small Faces, y Peter Frampton, de The Herd, junto a Greg Ridley de Spooky Tooth y un cuarto elemento desconocido, Jerry Shirley, sus expectativas de supergrupo quedaron frustradas al firmar por el sello Inmediate y publicar dos LP's sin éxito. Ya en el sello A&M iniciaron una mejor carrera en 1970, culminada con el álbum grabado en vivo *Performance: Rockin' the Fillmore,* pero la marcha de Frampton para seguir en solitario en 1971 alteró todos los planes. Con Dave «Clem» Clempson de sustituto, sobrevivieron tres años más, en los que perdieron fuerza rockera, giraron al soul y se separaron en 1974.

Wishbone Ash y Argent también eran ingleses. En el caso de los Ash su principal atractivo fue el empleo de dos guitarras solistas. Su tercer álbum, *Argus,* fue su mayor éxito, aunque nunca arrojaron la toalla y llegaron a los años ochenta. En el caso de Argent destaca el carisma de su cantante y teclista, Rod Argent, ex líder de Zombies. Menos heavies que los demás, llegaron al éxito en 1972 con «Hold Your Head Up» y el LP *All Together Now*. La marcha del guitarra Russ Ballard, autor de la mayoría de temas, después del LP *Nexus,* les hizo perder peso y fuerza.

Hasta la reconversión del rock duro, cuando pasó a llamarse heavy metal, los años setenta aportaron excelentes formaciones llenas de poder también en Estados Unidos. Grand Funk (inicialmente eran Grand Funk Railroad) fue un trío liderado por el cantante y guitarra Mark Farner que de 1969 a 1972 arrasó en los rankings de Estados Unidos con sus álbumes *On Time, Grand Funk, Closer to Home, Live, Survival* y *E Pluribus Funk*. Ampliados a cuarteto en 1973, tuvieron una segunda vida abanderada por el éxito de *We're an American Band* hasta su desaparición en 1976. También en Estados Unidos, Mountain quiso mantener la llama de los extintos Cream. Fue el ex productor de Cream, Felix Pappalardi, el que creó Mountain como músico (bajo) en 1969, con Leslie West de guitarra y cantante. Consolidados en el festival de Woodstock, mantuvieron una fulgurante carrera hasta 1972. Entonces Leslie formaría el trío West, Bruce & Laing, con Jack Bruce y Corky Laing, y, tras tres LP's, reformaría Mountain inútilmente antes de crear su propia banda nuevamente sin éxito. Otros intentos menores dieron como resultado grupos más efímeros, como Flock, de donde saldría el violinista Jerry Goodman. Y ya más tarde, a partir de 1973, llegaría la hora de nuevas bandas americanas e inglesas de enorme peso: Aerosmith, Kiss, Judas Priest, Bad Company y otros.

Jazz & rock

Una de las primeras y más notables fusiones resultantes de la etapa vanguardista fue el jazz-rock. Miles Davis ya lo había experimentado, pero en 1967 Al Kooper (1944) le daría carta de naturaleza rockera al crear Blood, Sweat & Tears y poco después lo consolidaría Chicago Transit Authority. Miles fue mucho más radical, por supuesto, porque con el tiempo lo poco que se percibe de jazz en los comienzos de BS&T o Chicago lo aportan sus secciones de viento. Pero en una etapa en la que surgían tendencias a cada momento había que etiquetarlas y el jazz-rock fue una de las más esenciales.

Al Kooper, profesional en el mundo desde la música desde los trece años y con una historia que pasaba por la ejecución, la composición o la producción, ya había ayudado a Bob Dylan a realizar su trasvase del folk a la electrificación entre 1964 y 1965. Los LP's *Highway 61*

Revisited y *Blonde on Blonde* son una muestra de su trabajo al lado de Dylan, con mención especial para el tema «Like a Rolling Stone». Mente inquieta, gran músico y visionario, lleno de vibraciones con cada nuevo desafío del destino en un período en que todo eran desafíos, ya dio muestras de su innovación al fundar Blues Project en 1966. Al año siguiente da vida a un nuevo proyecto con el que no se queda más allá de la grabación de un álbum en 1968. Es Blood, Sweat & Tears. Con ellos graba el álbum *Child Is Father to the Man,* pero atrapado por la vorágine desatada en San Francisco les deja para iniciar otros proyectos, como las grandes *jams* que veremos más adelante. Blood, Sweat & Tears no se resignan a desaparecer y, con la llegada del cantante David Clayton-Thomas y una ampliación hasta llegar a los nueve miembros (es uno de los primeros maxigrupos de la historia), reafirman su calidad con un segundo álbum, *BS&T,* en 1969. Es el inicio de una provechosa carrera que, cambios incluidos (Clayton-Thomas se marcha en 1971), les reportará una década de fama tras la cual dejarán algunas canciones de relieve: «And When I Die», «Spinning Wheel», «You Made Me So Very Happy» y «Hi-de-ho» entre ellas.

Chicago Transit Authority, luego conocidos como Chicago, fueron menos académicos y formales, sonaban más «sucios» y parecían buscar sus límites en las fronteras del *free* jazz-rock. Su poderío sonoro quedó de manifiesto en sus tres primeros LP's, dobles, y en un cuarto cuádruple que fue una sensación y un hito, todos ellos entre 1969 y 1971. La banda, de siete miembros, tenía al guitarra Terry Kath, al cantante y bajo Peter Cetera y al cantante y teclista Robert Lamm como elementos más destacados. Junto a sus LP's, bautizados todos con un número, aportaron una larga serie de temas clave, «I'm a Man», «25 or 6 to 4», «Does Anybody Really Know What Time It Is?», «Saturday in the Park», «Beginnings», «Free» o «Lowndown». A partir de 1972 perdieron onda en la estela del jazz-rock para acabar convertidos con el tiempo en una soberbia banda de AOR de largo recorrido hasta comienzos del siglo XXI.

El jazz-rock alcanzaría su máximo esplendor entre 1972 y 1974 con la consolidación de grupos clave como la Mahavishnu Orchestra de John McLaughlin y aún más, si nos atenemos a purismos, con las de Weather Report y Return to Forever, todos ellos liderados por ex músicos de Miles Davis. Incluso John Mayall daría una nueva vuelta de tuerca uniendo jazz con blues en 1971.

Weather Report lo forman en 1970 Joe Zawinul (piano) y Wayne Shorter (saxo), con Miroslav Vitous (contrabajo), Airto Moreira (percusión) y Alphonse Mouzon (batería). Su primer LP abrió una corriente musical excitante por su innovación y de un alto nivel por calidad. Gran Música con mayúsculas. Zawinul y Shorter serán la base constante, pero entre los muchos cambios de personal el más notable fue la incorporación de Jaco Pastorius, considerado el mejor bajo del mundo a mitad de los setenta. Con una discografía impecable mantenida durante dos décadas y muchas grabaciones individuales, Weather Report deja álbumes clave como el primero con su nombre, *I Sing the Body Electric, Sweetnighter, Mysterious Traveller, Tale Spinnin', Black Market, Live in Tokyo o Heavy Weather.* En 1972 los rivales de Weather Report serán los Return to Forever de Chick Corea, músico de enorme carrera posterior que se suma al carro del jazz-rock con una poderosa banda formada por él (teclados), Stanley Clarke (bajo), Flora Purim (voz), Airto Moreira (percusión) y Joe Farrell (saxo). Sin embargo, el *line-up* que pasa a la historia es el integrado por Corea, Clarke, Lenny White (batería) y Al DiMeola (guitarra) desde 1974 a 1976, que registra los álbumes *Where Have I Known You Before, No Mystery* y *Romantic Warrior*. Corea dará varias vueltas de tuerca a su grupo, editará numerosos discos en solitario hasta llegar al siglo XXI y hará diversas incursiones con otros músicos, como Herbie Hancock.

Pese a la soberbia calidad de estas bandas, la fama y la popularidad serían para la Mahavishnu Orchestra de John McLaughlin. Hijo de una violinista clásica, John (1942) estudió violín antes de decantarse por la guitarra gracias a sus hermanos mayores. Se instala en Londres a los dieciséis años y toca con todos los músicos de rhythm & blues hasta que, como guitarra de Tony Williams, viaja a Estados Unidos en 1968. Allí graba con Miles Davis sus emblemáticos álbumes *In a Silent Way, Bitches Brew* y *Live-evil,* además de probar suerte en solitario. Converso a la religión hindú de la mano del gurú Sri Chinmoy, que le bautiza con el nombre de Mahavishnu (Compasión Divina), encuentra una nueva energía que le lleva a formar Mahavishnu Orchestra en 1972, con Jerry Goodman (violín), Bill Cobham (batería), Rick Laird (bajo) y Jan Hammer (teclados). La explosión de sonido que representan los LP's *The Inner Mountain Flame, Birds of Fire* y *Between Nothingness and Eternity* son una innovación en su tiempo. McLaughlin también grabará con otro discípulo de Sri Chinmoy, Carlos Santana, el excelso *Love, Devotion & Surrender*. En 1974 la primera Mahavishnu se separaría y en la nueva versión Jean-Luc Ponty será el violinista junto a una decena de músicos. *Apocalypse* y *Visions of the Emerald Beyond* cierran la historia en 1975, tras la cual John continuaría una larga carrera en solitario dentro del jazz, la música oriental (el grupo Shakti) y los conciertos de guitarras (con Paco de Lucía, Al DiMeola o Larry Coryell).

Rock sinfónico

Moody Blues con sus canciones de gran dimensión o sus LP's de corte sinfónico, Nice con sus versiones de obras clásicas, más o menos tamizadas de rock, o Deep Purple con su experimento de tocar respaldados por una gran orquesta, abrieron la puerta de una de las páginas más controvertidas de la música, justo cuando todo era posible y estaba permitido: el rock sinfónico. Una vez más, las nuevas tecnologías, la sed de fusionar estilos, la capacidad de muchos músicos para abordar lo extremo o investigar en las posibilidades de la música sirvieron de excusa para intentar llegar un poco más lejos. Las pautas clásicas estaban ahí, desde siempre. Que el rock se hiciera pretencioso y buscara su entronque con ellas fue una consecuencia más.

De manera afortunada y excitante, halló un eco por el que se colaron no pocos grupos básicos.

La principal característica, formal e instrumental, de los conjuntos nacidos al amparo del rock sinfónico fue el uso de los teclados, unos en mayor medida y como base (Emerson, Lake & Palmer), sobre todo al comienzo; otros con menor incidencia estructural (King Crimson, Genesis a medida que evolucionaban), pero todos incluyéndolo como parte esencial de su sonido. Entre 1969 y 1970 el rock sinfónico crece despacio, busca su lugar, hay tímidos intentos de asentamiento en una esfera rockera mucho más abierta a fuerzas desatadas como el rock duro o fusiones mucho más naturales. A partir de 1971, sin embargo, ya será un fenómeno imparable que crecerá hasta 1974-1975 para declinar después. El rock sinfónico fue una de las grandes víctimas de la crisis iniciada en octubre de 1973. Su pretenciosidad y gigantismo lo convertían en un enorme *Titanic* por entonces. Bastaba ver a Rick Wakeman, rodeado por una docena de instrumentos de teclado, convertido él solo en una inmensa orquesta, para comprender por qué el punk se enfrentó a la llamada «dinosaurización» de la música.

Las cuatro grandes formaciones que lideraron el rock sinfónico en la primera mitad de los años setenta fueron Emerson, Lake & Palmer, King Crimson, Yes y Genesis. También se empleó la etiqueta art-rock para diferenciar la elegancia de Genesis o Yes de la macropuesta en escena de Emerson, Lake & Palmer.

Emerson, Lake & Palmer no nacieron precisamente con aureola de supergrupo, porque ninguno de sus tres miembros había adquirido antes la categoría de estrella. Pero les bastó un primer disco y algunos conciertos para situarse en la cima. Keith Emerson (teclados) provenía de Nice. Greg Palmer (bajo y voz) acababa de salir de los novísimos King Crimson, debutantes en 1969, después de grabar solo un LP. Carl Palmer (batería) provenía de un grupo de breve recorrido, Atomic Rooster. La combinación de sus tres talentos propició una avalancha sónica de primera magnitud. En los años siguientes, Emerson sería proclamado el mejor teclista en los Pop Polls anuales celebrados en Inglaterra. Machacando su equipo en escena, acabó siendo una de las imágenes de aquellos años como antes lo había sido Pete Townshend rompiendo guitarras. La dinámica de Palmer a la batería más la voz y la delicadeza de Lake con su bajo hacían el resto. Greg también fue el productor. Los cinco LP's grabados entre 1970 y 1974 fueron todo un referente del género: *Emerson, Lake & Palmer, Tarkus, Pictures at an Exhibition* (con la obra del mismo título, «Cuadros de una exposición», del compositor Modest Mussorgsky, grabada en directo en Newcastle), *Trilogy* y *Brain Salad Surgery*. El triple álbum grabado en vivo, *Welcome Back, My Friends, to the Show That Never Ends - Ladies and Gentlemen: Emerson, Lake & Palmer,* fue su canto del cisne, aunque se mantuvieron hasta finales de la década más por prestigio y leyenda que por sus obras cada vez menores. En los momentos álgidos de su carrera el trío se enfrentó tanto a la gloria, que les situaba en lo más alto del nuevo estilo, como en la miseria de los detractores, que les acusaban de vacío gigantismo. Lo mismo que en el caso de Led Zeppelin, la prensa hablaba más de cifras que de música, y ellos no colaboraban mostrándose dóciles, al contrario. Si Pink Floyd eran la imaginación y Led Zeppelin la fuerza, EL&P pasaron a ser la orgía escénica con un desatado Keith Emerson saltando sobre su teclado. Pese a ser un conjunto de álbumes y de grandes obras instrumentales, no dejaron de tener éxitos con canciones muy comerciales, casi siempre obra de Greg Lake: «Lucky Man», «Still... You Turn Me On», «Jerusalem», «C'est la vie» o «I Believe in Father Christmas» (estas dos últimas de Lake solo). Su estilo único y torrencial no pasó inadvertido para nadie, aunque en este sentido el grupo que mejor unió música con espectáculo fue Genesis.

Genesis debuta discográficamente en 1968 con un single y graba un flojo LP en 1969 como carta de presentación. La base del quinteto la integran Peter Gabriel (voz), Tony Banks (teclados) y Michael Rutherford (bajo y guitarras). Un cuarto miembro pasará inadvertido y cambian de batería varias veces hasta que, después de un segundo LP mucho más intenso, *Trespass,* entran en la banda Phil Collins (batería) y Steve Hackett (guitarra). Esta es la formación histórica que hasta 1975 creará la mejor de las síntesis entre la música y el espectáculo visual al que cada vez el rock tiende más. Peter Gabriel será llamado en este tiempo «el hombre de las mil caras», por los disfraces y caracterizaciones que emplea en cada uno de sus temas. Composiciones largas, letras visionarias y elípticas, las mutaciones de Peter... Cada nuevo álbum es una sensación, *Nursery Cryme, Foxtrot* (que incluye el brillante «Super's Ready»), *Live, Selling England by the Pound* y, por último, *The Lamb Lies Down on Broadway* en 1975. Este último disco, doble, conceptual, ofrecido con una enorme imaginería escénica, supuso uno de los hitos de la música de los setenta y el fin de la primera etapa de la banda. Peter Gabriel les deja para seguir en solitario una larga y provechosa carrera, tan brillante como inteligente, hasta el siglo XXI. Perder al cantante y estrella habría supuesto para la mayoría el adiós tras algunos discos de mantenimiento, pero no es el caso de Genesis. El batería Phil Collins se coloca a la voz solista y, aunque después del siguiente álbum perderán también a Hackett, consolidarán una segunda etapa casi tan brillante como la primera, de entrada con LP's en la misma línea sinfónica, *A Trick of the Tail, Wind and Wuthering, Seconds Out, ...And Then There Were Three* y *Duke,* para ir moviéndose más hacia el rock con el paso de los años y llegar a 1981 con el energético *Acabab.* Collins, Rutherford y Banks se refuerzan en directo con Chester Thompson (batería) y Darryl Struemer (guitarra). En los años ochenta no perderán su intensidad, superando tiempos y modas y, de paso, Phil Collins llegará a ser uno de los cantantes solistas más famosos y con más éxitos en las listas de ventas.

King Crimson fue una de las primeras formaciones que ensambló sintetizadores y rock, aunque su líder era el guitarra Robert Fripp. En 1966 Fripp graba un álbum vanguardista, *The Cheerful Insanity of Giles, Giles & Fripp,* con los hermanos Mike y Pete Giles. El fracaso le lleva a crear otra banda en enero de 1969, King Crimson, con él a la guitarra y melotrón, Greg Lake (bajo), Ian McDonald (melotrón), Michael Giles (batería) y Pete Sinfield como ingeniero técnico, experto en luces y, ante todo, letrista. El primer LP, *In the Court of the Crimson King,* anuncia la llegada de una banda que apunta a la leyenda. Los cambios de personal y la inestabilidad no menguarán este concepto, siempre unido a Fripp, su música y las letras de Sinfield. Los nuevos álbumes forjan una senda ecléctica y luminosa: *In the Wake of Poseidon, Lizard* y el definitivo *Islands*. Después de un disco en vivo se separan hasta que en 1973 Robert Fripp reaparece con unos nuevos KC y otra serie de discos esenciales, *Lark's Tongues in Aspic, Starless and Bible Black* y *Red*. Por las distintas formaciones de la banda pasarán algunos de los grandes protagonistas instrumentales de los setenta y los ochenta, John Wetton, Adrian Belew, Tony Levin, Bill Brufford, Mel Collins o Boz Burrell.

La cuarta banda esencial en el cielo del rock sinfonico es Yes, y a ellos se atribuye la consolidación del estilo a través de sus álbumes-canciones, puesto que suelen grabar un tema por cara. Pequeñas sinfonías con letras rezumantes de visiones y fantasías. El quinteto inicial, formado por Jon Anderson (voz), Chris Squire (bajo), Tony Kaye (teclados), Bill Brufford (batería) y Tony Banks (guitarra), fue el que grabó entre 1969 y 1970 los dos primeros discos del grupo, *Yes* y *Time and a Word*. La entrada de Steve Howe (guitarra, ex miembro de Tomorrow) coincide con la primera explosión de creatividad en *The Yes Album,* y la de Rick Wakeman (procedente de Strawbs), luego llamado «el brujo de los teclados», con la mejor etapa del quinteto, la de *Fragile, Close to the Edge* y *Yessongs*. Ni la marcha de Bruford para unirse a King Crimson cambia su fama en 1972, puesto que Alan White le releva sin más. Después de *Tales from the Topographic Ocean* será Wakeman el que desertará para seguir solo y le reemplazará Patrick Moraz en *Relayer*. Hasta los años ochenta, Yes seguirá existiendo en torno a Jon Anderson, Squire y White, y nada cambiará pese a la vuelta de Rick Wakeman en 1977 o la remodelación de fines de los setenta. Además de con Yes, todos los miembros graban en solitario en la segunda mitad de la década y Jon Anderson forma un insólito dúo con Vangelis al despuntar los ochenta. Vangelis había estado a punto de entrar como teclista en 1978, pero la Asociación de Músicos Ingleses lo impidió por ser griego y no tener permiso de trabajo. Muy poco después, el teclista se revelaría con la formidable partitura musical de la película *Chariots of Fire.* Wakeman, por su parte, desarrollaría en solitario una sólida aunque tremendista carrera dentro de los márgenes del rock sinfónico, con obras como *The Six Wives of Henry VIII, Journey to the Centre of the Earth, Myths and Legends of King Arthur and the Knights of the Round Table* y la banda sonora de *Lisztomania*.

Yes no solo fue música. Las portadas de sus álbumes, diseñadas por el dibujante Roger Dean, se hicieron famosas. El detalle, el mimo visual, la presentación gráfica de los LP's como obras totales, se hizo más efectiva que nunca en este tiempo después de que en los años sesenta solo Beatles o Rolling Stones hubieran dedicado atención a ello. Dean creó también escenarios para las giras del grupo, forjando aún más el tono epopéyico de su música.

El rock sinfónico no solo fue cosa de grupos de puesta en escena gigante. La moda recorrió el mundo de forma que aparecieron otros detalles. Miguel Ríos triunfó con una versión cantada del último movimiento (la Coral) de la Novena Sinfonía de Beethoven, «A Song of Joy» (Himno a la alegría). Vendió tres millones de copias. El responsable del «invento», el músico Waldo de los Ríos, editó también en España varios LP's con esa pauta, rescatando obras y pasándolas por un cierto tamiz de modernidad. En Francia, Richard Anthony triunfó cantando «Aranjuez, mon amour», versión vocal y nada rockera del «Concierto de Aranjuez» del maestro Rodrigo.

Lo latino

Hubo movimientos menores que casi existían por el éxito de un solo artista. Si Mayall se sacó de la manga un álbum de jazz-blues, otros ahondaban en caminos mucho más lógicos. La música latina, por ejemplo, existía ya en amplias zonas de los Estados Unidos, especialmente Texas y California. En Texas funcionaba el tex-mex como fusión a ambos lados de la frontera con México, y en California por la emigración que llenaba sus calles. Uno de los caracteres esenciales que puso sobre la música Santana fue la percusión.

Carlos Santana (1947) había nacido en México y era hijo de un mariachi. Aprendió a tocar el violín, pero se pasó a la guitarra cuando su padre le regaló una Gibson al regreso de una gira por Estados Unidos. En 1962 la familia se vio en la necesidad de emigrar a San Francisco, donde Carlos se convirtió en un chicano más, algo que no le gustó. Escapado de su casa, regresó a México y trabajó en un club de Tijuana, donde su padre le localizó. De vuelta a Estados Unidos pasó cuatro años en Mission, el barrio hispano de San Francisco, trabajó de lavaplatos y regresó a México a los veinte años como músico de bodas y comuniones, interpretando corridos, huapangos y rancheras. El fulgor emergente de California le hizo volver en 1968 y recuperar el tiempo perdido. Bill Graham le dio la oportunidad de tocar a menudo en el Fillmore y acabó siendo el invitado de honor en una de las *jam sessions* del álbum *The Live Adventures of Mike Bloomfield & Al Kooper.*

A comienzos de 1969 Carlos forma la Santana Blues Band con una mezcla de chicanos y americanos. Tras ser internado en un hospital por problemas con las drogas, Bill Graham se convierte en su mánager y crea Santana, un sexteto en el que tres de los miembros son percusionistas. La explosiva mezcla de guitarra y percusión estalla en verano, en el festival de Woodstock, donde el conjunto es uno de los grandes triunfadores. Después llega el primer LP, *Santana,* y los singles «Jingo» y «Evil Ways». Durante los años siguientes, siempre con cambios en la formación del grupo pero manteniendo el mismo sonido gracias a la calidad de Carlos con la guitarra, Santana se erige en una de las bandas más importantes a través de sus álbumes *Abraxas, III, Caravanserai, Welcome* o el triple grabado en vivo *Lotus.* En otra faceta, Carlos graba con Buddy Miles *(Live!)* y con John McLaughlin *(Love, Devotion & Surrender).* Con McLaughlin comparte su afinidad espiritual tras regenerarse y abandonar la vida anterior. El gurú Sri Chinmoy le bautiza con el nombre de Devadip (Lámpara de la Luz Eterna).

Hasta comienzos del siglo XXI Santana tendrá mil vidas, grabará en solitario, también con nuevos músicos, triunfará con temas como «Europa» y mantendrá una notable carrera de álbumes con su toque a la guitarra *(Moonflower, Inner Secrets, The Swing of Delight)* hasta su renacer al filo del cambio de siglo con *Supernatural* y *Shaman,* discos de duetos en los que su guitarra acompaña a voces solistas invitadas.

NUEVAS FÓRMULAS

Parte de la riqueza musical que estalla y encuentra acomodo entre 1969 y 1973 se debe al continuo afán de búsqueda y superación de los músicos de este tiempo. De entre las nuevas fórmulas, o las viejas recuperadas en esta etapa, algunas aportan discos sensacionales. Por un lado están las *jam sessions,* tan frecuentes en el jazz o el blues. Por el otro, la búsqueda de la máxima intensidad en directo, que dará como resultado la edición de grandes conciertos históricos. Llega un punto en el que no hay una banda importante que no tenga un «live», un disco grabado en vivo (casi siempre doble), como muestra de su poderío. La mejora en las técnicas de grabación es tan ostensible que para algunos es más sincero el directo que pasarse un mes en el estudio de grabación creando el álbum perfecto. Aparecen las primeras unidades móviles, estudios de grabación instalados en un camión, con lo cual es el estudio el que va al concierto y no el músico al estudio. Debido a ello, hay una parte negativa: la proliferación rápida de los discos piratas que iniciarán en este tiempo su gran sangría, aunque también abrirán el mercado. Por último, las fusiones, las *jams* o los directos acaban favoreciendo otro tipo de conjunto no convencional, que escapa de la fórmula cuarteto o quinteto clásica en los sesenta. Proliferan los grupos de muchos miembros, las asociaciones (nombres importantes unidos para grabar un disco o incluso para mantenerse juntos) y los supergrupos.

Las *jam sessions* fueron un referente del vanguardismo. Libertad, creatividad, energía. Que Beatles y Dylan tocasen juntos en una habitación era espléndido, pero nunca quedó constancia de ello. A fines de los sesenta, sin embargo, la *jam* se convierte en uno de los referentes de la música californiana, y en especial en San Francisco, donde están algunos de los talentos más rompedores, como Mike Bloomfield, Al Kooper y otros. Ambos, con Stephen Stills de invitado, graban en 1968 la histórica *Supersession* que se convierte en un emblema de las *jams*. Después, en el mismo año, realizarán una tanda espectacular en el mismo Fillmore para grabar el doble LP *The Live Adventures of Mike Bloomfield & Al Kooper*. Durante las sesiones Bloomfield llegó a pasar cinco días sin dormir a causa de la excitación y ello le costó no aparecer la última de las noches.

Grabar discos en vivo había sido difícil en los años sesenta. Era imposible conseguir producciones decentes con el griterío de las fans tapando la música o la pobreza de medios técnicos de la época. Algunos de los grandes conciertos de entonces tuvieron que ser recuperados años después con la mejora de la tecnología, que permitió remezclarlo todo, eliminar impurezas y ofrecer lo esencial. Los conciertos de los Beatles en el Hollywood Bowl de Los Ángeles pudieron aparecer en 1977, y otros, de Dylan, por ejemplo, lo hicieron en los años noventa. Ya en el verano de 1969 la grabación de algo tan complejo como el festival de Woodstock demostró el avance de los registros en vivo. Todos los grupos anhelaban capturar «ese momento», el punto álgido en que banda y público se sumergen en la catarsis única de la música. Por ello en muy pocos años aparecieron álbumes «live» modélico, lo mismo que treinta años después proliferaron los «unpluggeds» (desenchufados). Algunos de los más importantes, entre 1968 y comienzos de los setenta, fueron el *Concerto for Group & Orchestra* de Deep Purple, *Performance: Rockin' the Fillmore* de Humble Pie, *Live at the Fillmore East* de Allman Brothers Band, *IV* (cuadruple, grabado en el Carnegie Hall de Nueva York) de Chicago, *The Turning Point* de John Mayall, *4 Way Street* de Crosby, Stills, Nash & Young, *Goodbye* de Cream, *Live at Leeds* de los Who o *Absolutely Live* de los Doors.

Lo mismo que se podía grabar un concierto para editarlo oficialmente como parte de la discografía de un grupo, pronto se grabaron conciertos por otros medios, unos mejores y otros peores, desde hacerlo con una simple casette en mitad del público y luego tratar de mejorarla en un estudio, hasta usar la grabación del equipo móvil, haciendo un técnico una copia para venderla después o copiarla en la propia compañía discográfica ilegalmente. Los métodos fueron abundantes para un mismo resultado: la aparición masiva de discos grabados sobre todo en actuaciones de las grandes estrellas del rock. Fue el nacimiento en plan industrial de la piratería discográfica, en torno a 1971. En un comienzo esto era útil para los coleccionistas o los grandes fans, porque así disponían de material raro e inédito de su artista favorito, al que tal vez nunca podrían ver en vivo. Pero entre esa supuesta utilidad acabó mediando el exceso. La industria comenzó a perder millones por discos que dejaba de vender, ya que, en algunos casos, se editaba un LP pirata antes que el oficial, con cuidadas portadas de perfecto diseño y a un precio menor. Los grupos solían rodar las canciones en directo antes de grabarlas en disco, así que la novedad del nuevo álbum se perdía al estar ya en el mercado pirata las futuras canciones que saldrían tiempo después.

Bob Dylan, el artista más pirateado de la historia con cientos de álbumes ilegales (en los noventa empezaron a recuperarse algunos «casi» oficialmente), fue el primer «impulsor» de este mercado. Dado que después de su accidente de moto en verano de 1966 y hasta su regreso a comienzos de 1974 solo hizo contadas apariciones personales, la ansiedad por cualquier cosa grabada fue enorme. En 1969 su pirata *The Great White Wonder* llegó a vender 350.000 copias. A partir de su regreso todo resultó mucho más extraordinario y en pocos años había libros-guía para poder conocer y seguir la pista de todos sus cientos de álbumes ilegales. El segundo caso histórico fue el de The Band y su pirata *Live at the Hollywood Bowl,* con un sonido perfecto. En 1971 The Band tenía cuatro álbumes oficiales y tres piratas tan vendidos como estos. Muy pronto habría artistas con 10 discos oficiales y 1.000 piratas. En algunos casos, para frenar esto, se tuvo que utilizar el ingenio: Bruce Springsteen llegó a editar un quíntuple LP en vivo con sus canciones más pirateadas en conciertos. Un caso de piratería singular vuelve a protagonizarlo Dylan. En 1967 grabó un puñado de canciones en el sótano de su casa mientras se recuperaba del accidente de moto y acompañado de The Band. Estas canciones no verían la luz hasta 1975 con el doble álbum *The Basement Tapes*. Pero ya en 1968 aparecieron versiones diversas a cargo de otros artistas que triunfaron con algunas de ellas.

Entre las muchas teorías jamás demostradas para justificar no ya el auge de la piratería, sino la calidad o la facilidad de aparición en el mercado de este material a veces inédito y original, algunas fueron curiosas. Se dijo que algunos artistas facilitaban la piratería a cambio de ganancias en negro, ayudando en secreto a los sellos ilegales para beneficiarse todos. Esto equivaldría a seguir el lema clásico que dice «si no puedes derrotarlo, únete a él». Otra teoría sería que teniendo un LP reciente en el mercado, el mismo artista podía desviar parte de su material no grabado en ese disco para los piratas, facilitándoles la grabación de un concierto con esos temas que no habrían de aparecer en un LP oficial. Con eso se intentaba explicar la calidad excepcional de esas grabaciones lanzadas en vinilo o casette tratándose de conciertos en directo y supuestas grabaciones ilegales, pero jamás hubo un artista implicado en una denuncia, investigación o redada.

Teorías aparte, la piratería representó el primer gran peligro serio de la industria discográfica. Se prohibió la entrada de cámaras o equipos de grabación en los conciertos y sonó la voz de alarma. Pero, bajo la excusa de la recuperación de «documentos sonoros», el fenómeno fue en alza. Los mismos Beatles vieron editados en 1977 un concierto en el Club Star de Hamburgo, realizado en 1962, trucado con las canciones que interpretaban entonces, antes de su éxito. Un caramelo para los coleccionistas. Ya en los años ochenta, con las grabaciones digitales y más y mejores métodos de edición, la piratería aumentaría de forma alarmante, para desembocar en los años noventa con la gran crisis del sector, de la que se hablará más adelante.

Supergrupos y asociaciones, por último, fueron términos acuñados en este increíble tiempo de bonanza y flexibilidad. Los supergrupos nacen de la unión de artistas destacados procedentes de otras bandas, casi siempre los líderes de las mismas, que, tras el fin del pop en 1968, buscaron nuevas salidas para su talento. Cream fue el primero así bautizado, adelantándose a lo que vendría después. Luego apareció Blind Faith, precisamente de los restos de Cream y otras formaciones de menos éxito, Colosseum, Family, Humble Pie, etc. Para dar mayor realce al término, muchos utilizaron sus propios nombres, caso de Emerson, Lake & Palmer, West, Bruce & Laing o Beck, Bogert & Appice. A la postre el término respondía más a cuestiones de la prensa que por la calidad o el éxito de muchos de ellos. Frente a esto, las asociaciones fueron fórmulas más libres para que artistas distintos pudieran trabajar juntos. Crosby, Stills & Nash, al comienzo, fueron un supergrupo. Al unírseles Neil Young como cuarto miembro esto se reforzó, pero también resultó una «asociación», porque en los años siguientes grabaron como cuarteto, trío, formando dúos y en solitario, según sus intereses. Otra asociación peculiar fue la de Rod Stewart & The Faces. Rod tenía contrato individual con Mercury Records para sus discos en solitario, mientras que Faces lo tenía con Warner Brothers. Durante unos años hubo correlación de fuerzas, pero Mercury y Warner acabaron litigando hasta que ganó la más fuerte, Warner, y se quedó el pastel entero. Con los años, ambas definiciones quedaron en el olvido, aunque la primera, supergrupo, se recuperó de vez en cuando.

16
EL GRAN TIEMPO DEL ROCK (SEGUNDA PARTE)

LOS PRIMEROS MÁRTIRES

Una de las partes fundamentales del período 1969-1973 es la que atañe a las muertes de algunos de los grandes protagonistas de la historia hasta estos días. La lista de bajas del rock ya era notoria desde la desaparición de Buddy Holly en 1959 a la de Otis Redding en 1967, ambas producto de accidentes de aviación. Pero la plaga que se inició con Brian Jones en 1969, siguió con Jimi Hendrix y Janis Joplin en 1970 y culminó con Jim Morrison en 1971 fue demoledora, porque decapitaba cabezas muy fuertes del panorama y suponía el aviso de fin de un ciclo. La era rock todavía mantenía su tono adolescente por el poco tiempo transcurrido desde la aparición del rock and roll. Si a esto unimos la separación de los Beatles en 1970, se completa un cuadro singular.

La primera víctima, Brian Jones, de los Rolling Stones, lo fue por exceso. Vivió a la usanza del rock: «vive aprisa, muérete joven y así tendrás un cadáver bien parecido», con lo cual su caída fue la suma expresión de esta máxima. Tras ser detenido en 1967 por consumir drogas y pasar por la cárcel, Brian ya no fue el mismo. En 1969 anunciaba su adiós al grupo y menos de un mes después era encontrado muerto flotando en la piscina de su casa. Sobredosis de Salbutamol previa a su ahogamiento. El segundo en caer fue Jimi, torturado en sus últimos meses por su éxito y la necesidad de una evolución que se le resistía.

Muchos han sido los grandes que han tocado fondo y han sabido resurgir de sus cenizas, incluso desde el mismo borde de la muerte. Hendrix no pudo. En el momento crucial de su carrera, después de haber tocado en el festival de Wight, moría ahogado en su propio vómito como consecuencia de una sobredosis el 18 de septiembre de 1970. Mientras el mundo quedaba consternado, el 3 de octubre, apenas dos semanas después, desaparecía Janis, la mujer capaz de hacer el amor con los espectadores de un concierto desde el escenario pero que acusaba una soledad absoluta. Sus canciones ya solían expresar el miedo al vacío, la necesidad, la búsqueda desesperada del amor. Y Janis murió sola, en plenas sesiones de grabación del álbum *Pearl,* en una vulgar habitación del hotel Landmark de Hollywood, dejando un legado tan breve como irrepetible. El cuarto y último de los caídos en este tiempo crucial fue Jim Morrison. Exiliado en París, donde pretendía escribir y descansar, alejado de los problemas por los que había sido condenado a seis meses de cárcel en Estados Unidos, Jim no encontró la paz. Murió con los pulmones destrozados en la bañera de su piso parisino, en la rue de Beautreillis, el 3 de julio de 1971. La leyenda se adueña de su figura desde ese instante a través de una serie encadenada de circunstancias. Pamela, su compañera, no comunicó a la embajada americana su muerte hasta días después. Solo un médico certificó la defunción. Y en el entierro, en el cementerio de Père-Lachaise, sin que nadie viera el cadáver, estaban únicamente Pamela, Bill Siddon (mánager de Jim) y dos desconocidos, uno de ellos vistiendo abrigo en pleno julio. Desde ese día se habló de la «conspiración» del propio Jim para escapar de todo, de que él había ido a su propio entierro, y se aportaron pruebas, todas tan extraordinarias como las que hacían referencia a una supuesta muerte de Paul McCartney en 1969 y sobre la que se vertieron ríos de tinta. La muerte de Pamela, en 1974, víctima de otra sobredosis, cerró el círculo, puesto que era la única testigo de sus últimos días. Todavía un quinto héroe del rock, Duane Allman, aunque menos popular que Brian, Jimi, Janis o Jim, se perdía por un accidente de moto en octubre de 1971.

Entre estas muertes, la separación de los Beatles supuso la primera gran noticia de los años setenta. El 1969 había sido un continuo canto de cisne, por las diferencias entre ellos, las peleas de John y Paul, sus respectivas bodas con Yoko y Linda, los problemas en el proyecto que desembocó en el LP y la película *Let It Be.* Al iniciarse 1970 las tensiones aumentaron hasta que el 10 de abril Paul anunció el fin. Se cerraba una página en plena explosión de creatividad y fuerza del rock, aunque nacían cuatro carreras individuales y, mientras, en las décadas siguientes se demostraría que el fenómeno Beatle seguía en pie y a veces más fuerte que nunca. En los años noventa el grupo llegó a vender más discos que en vida.

LOS GRANDES FESTIVALES

Punto y aparte de interés musical, humano y social suponen los grandes festivales que tienen como epicentro básico el año 1969, con la macrocita histórica celebrada en Woodstock como punto álgido del movimiento hippie.

Ya antes de Wight (1969-1970) y Woodstock (1969), se contaba con citas básicas en este campo. Los festivales de Newport en torno al folk y el jazz fueron una antesala. Pero tras el inusitado arranque de Monterrey en 1967, y la aureola que rodeó su desarrollo, las siguientes citas marcaron un camino a seguir, aunque fuese tan efímero por su gigantismo como esencial para comprender los flujos musicales de este tiempo.

«Amor, paz y música», el lema de Woodstock, podría definir lo que los grandes festivales aportaron a la historia y el motivo por el cual miles de jóvenes se desplazaron de todos los rincones del mundo para formar parte de ellos. Por un lado, las masivas reuniones al aire libre fueron el producto de una sociedad que buscaba establecerse como unidad, con la necesidad de hacer oír su voz frente a guerras como la de Vietnam o los hechos sociales claves de aquellos días. Un ejército de hormigas funcionando como un solo cuerpo. Por otro lado, la música era el aglutinante perfecto, el motor capaz de generar tan fuerte respuesta popular. Los festivales eran una bandera, solían acoger a la mayor parte de estrellas del momento y ofrecían unos días de libertad (sazonada por aquello que cada ofertante en la ceremonia creyese adecuado para sublimarla, desde la música a las drogas pasando por el sexo). Quizá por ello, los grandes festivales se ahogaron de éxito, murieron por el propio caos generado con su gigantismo incontrolado.

Newport en Estados Unidos y Windsor, Reading o Knebworth en Inglaterra solían ser los festivales musicales por excelencia. Pero ya Monterrey desbordó previsiones y abrió una puerta que debía explorarse. En Inglaterra tres acontecimientos marcan el inicio de esa fiebre. En junio de 1969, Blind Faith se presenta en el Hyde Park de Londres en un concierto al aire libre para bautizar su debut. Unos días después, el 5 de julio, los Rolling Stones rinden tributo a Brian Jones (muerto dos días antes) y presentan a su nuevo guitarra, Mick Taylor (surgido, cómo no, de los Bluesbreakers de John Mayall). En esa cita, ante doscientas cincuenta mil personas, actuaron también los Who, Family y King Crimson. Sin apenas respiro, el 18 y 19 de julio otras cien mil personas inundan Hyde Park y asisten al festival en el que actúan Pink Floyd, Kevin Ayers, Edgar Broughton Band, Roy Harper y otros. Tres festivales son demasiados y Hyde Park cerrará sus puertas a nuevas manifestaciones. El propio ministro del Interior tuvo que autorizar el de los Stones con muchas presiones en contra, pues se temían escándalos, borracheras, drogas y orgías que no tuvieron lugar. Y no solo era Londres. Del 24 al 28 de octubre París presentaba a Frank Zappa, Ten Years After, Colosseum, Nice, Soft Machine, Caravan, Rennaissance y Pink Floyd. Otros cien mil espectadores habría en Amsterdam.

Al otro lado del Atlántico los festivales fueron tan abundantes que basta con citar los más numerosos: el Denver Pop Festival había presentado en junio a Jimi Hendrix, Johnny Winter, Joe Cocker, Creedence Clearwater Revival, Mothers of Invention, Poco, Iron Butterfly y otros. En el Newport Jazz Festival, en julio, habían actuado por primera vez grupos de rock, Led Zeppelin, Jeff Beck, Ten Years After, Jethro Tull, James Brown y Sly & The Family Stone. En el de Atlanta, los mismos días, con ciento cuarenta mil espectadores y ningún acto violento, actuaban Creedence Clearwater Revival, Johnny Winter, Paul Butterfield, Led Zeppelin, Janis Joplin, Canned Heat, Joe Cocker, Blood, Sweat & Tears y más secundarios. En Seattle, en el mismo julio, los Doors, Led Zeppelin, Byrds, Chicago Transit Authority, Chuck Berry, Bo Diddley y Vanilla Fudge. En Atlantic City, a comienzos de agosto, Jefferson Airplane, Creedence Clearwater Revival, B. B. King, Byrds, Procol Harum, Iron Butterfly, Janis Joplin, Joe Cocker, Santana y otros actuaban ante ciento diez mil personas. Y en el Texas International Pop Festival de Lewisville, a fines de agosto, con ciento veinte mil personas, repetían Janis Joplin, Chicago, Santana, Led Zeppelin, Grand Funk, B. B. King, Johnny Winter, Canned Heat y un largo etcétera. Es decir: festivales a lo largo y ancho de Estados Unidos y Europa en un verano irrepetible. Sin olvidar el trágico festival de Altamont, celebrado el 6 de diciembre, en el que actuaron los Rolling Stones y Jefferson Airplane. Fue un festival gratuito con el que los Rolling querían cerrar su gira americana, pero trescientas mil personas sin ningún tipo de orden interno estuvieron a punto de dar pie a una tragedia. Con los Ángeles del Infierno de policía paralela, sin separación entre el escenario y el público, y con un clima de violencia extraordinario previo al inicio del evento, la actuación de los Jefferson tuvo que ser suspendida al ser agredido Marty Balin. Cuando actuaban los Stones y tocaban «Sympathy for the Devil», un hombre negro que empuña una pistola es apuñalado por otro. Las cámaras que filman el concierto para el documental *Gimme Shelter* lo captan. Pese a todo, lo que pudo haber sido una masacre no pasó a más. El crimen no fue el detonante, sino el comienzo de la paz. Mick Jagger declaró su consternación y su miedo: «Ignorábamos el efecto que pudiéramos causar en una masa de gente». El muerto de Altamont anatemizó a los festivales posteriores pese a la concordia de la mayoría de citas.

Pero las leyendas de los grandes festivales fueron Wight en Inglaterra y Woodstock en Estados Unidos.

El Woodstock Music and Arts Fair tuvo lugar en Woodstock (localidad de Bethel, Estado de Nueva York) los días 16, 17 y 18 de agosto de 1969. Todos los caminos de Estados Unidos, y los cielos y mares de aquel verano, parecieron converger en esta cita. Las cifras se desbordaron y medio millón de personas colapsaron los accesos, el recinto, los servicios, agua y comida. Esto y la lluvia torrencial caída uno de los días desencadenaron un caos que las imágenes de la película filmada por Michael Wadeleigh (con Martin Scorsese de asistente) captaron en toda su dimensión. Sin embargo, aun en las precarias condiciones finales, en Woodstock no hubo violencia ni agresividad. La falta de alimentos, con medio millón de personas empapadas y en un estado precario, motivó que la zona fuese declarada «de desastre». Se arrojaron ropas y alimentos desde helicópteros mientras el festival continuaba. Allí «ocurría algo». Esa era la sensación. Mike Lang, el promotor, tenía veinticuatro años. El descalabro económico fue absoluto por el desbordamiento de las previsiones, pero en la película él manifestaba que lo importante «es que haya sucedido».

En Woodstock actuaron Crosby, Stills, Nash & Young, Richie Havens, Who, Joan Baez, Joe Cocker, Sha Na Na, Country Joe & The Fish, Ten Years After, Arlo Guthrie, Sly & The Family Stone, Jimi Hendrix, Santana, John B. Sebastian, Melanie, Mountain, Band, Creedence Clearwater Revival, Grateful Dead, Blood, Sweat & Tears, Incredible String Band, Johnny Winter, Ravi Shankar, Paul Butterfield Blues Band y muchos más. Fueron setenta y dos horas de música casi ininterrumpida que se filmaron y grabaron con 21 cámaras dando por resultado ochenta horas de película y 64 cintas con material sonoro. El triple LP editado en 1970 vendió dos millones de copias y estuvo veinticuatro semanas en el top-10. La película, estrenada el 25 de marzo de 1970, no solo resume lo que fue el festival, sino todo el universo musical y social de ese tiempo en torno al fenómeno hippie. Cuando la sociedad, siempre puritana, vio las imágenes de chicos y chicas bañándose desnudos en los lagos, o el culto a la marihuana como parte del ritual, volvieron las protestas. Pero ya eran tardías. Años después la visión de la película produce, ante todo, nostalgia y un sentimiento de inocencia absoluto. Tras el festival hubo diez mil matrimonios. A los nueve meses nacieron muchos bebés. El festival es un punto de inflexión clave para comprender lo que sucedía en aquellos días de «paz, música y amor».

En Wight hubo dos festivales. El primero, el de 1969, se mitificó por un solo nombre: Bob Dylan. Reaparecía después de su accidente de moto y esto lo convirtió en un hito. Wight es una isla de unos 40 kilómetros de longitud por unos 23 de anchura situada en la costa sur de Inglaterra. Su censo era de 94.000 habitantes que vivían en una paz idílica. Cuando los hermanos Foulk y Ricky Farr anunciaron la celebración del evento cerca del pueblo de Freshwater, todo cambió. El primer festival tuvo lugar los días 29, 30 y 31 de agosto y en él actuaron los Who, Moody Blues, Joe Cocker, Family, Pretty Things, King Crimson, Free, Richie Havens, Pentagle y otros, además de Bob Dylan acompañado por The Band. George Harrison, John Lennon y Ringo Starr estuvieron entre los invitados para ver a Bob dada la magnitud de la ocasión. Dylan cobró la cifra máxima, 75.000 dólares, y cantó 17 canciones vestido de blanco en unas imágenes que dieron la vuelta al mundo. Hubo doscientas mil personas.

El éxito de Wight 69 no se repitió en el Wight 70 pese a que se llegó a los trescientos mil espectadores y hubo un presupuesto de un cuarto de millón de libras. Las autoridades dispusieron controles excepcionales, cinco mil policías de uniforme y muchos de paisano para controlar el peligro eterno: las drogas. A la isla se desplazó un laboratorio completo para el tratamiento del tema, un tribunal y un hospital con 80 camas para auxilios inmediatos. Con el objeto de evitar que se repitiera lo de Woodstock, se habilitó «una ciudad» adyacente para instalar tiendas de campaña. Había emisora de radio, salas de prensa, 2.500 servicios y una doble valla de seguridad. El primer día se almacenaron 1.368.800 litros de agua, 113.650 litros de cerveza y de leche en igual cantidad, 24 toneladas de bebidas calientes, 8 millones de vasos de papel, 100 toneladas de patatas, y tiendas, puestos de comida... Pero los cinco días de Wight 70 fueron otra historia. Simplemente. No estuvo Dylan, ni nada parecía ser lo mismo. Las compañías de seguros llegaron a establecer un seguro especial durante el festival y se pidió una legislación que regulara las grandes concentraciones de público. La presencia de grupos como los Panteras Negras o los Ángeles del Infierno fue definitiva. Los organizadores quisieron crear un paraíso y anunciaron un festival modélico, pero fueron víctimas de su sueño. Había entradas VIP's, discriminaciones, los Panteras quisieron defender a «las masas» y se inició una batalla para que el festival fuese gratuito. Se derribaron vallas, hubo invasiones, y todo acabó en un caos generalizado a pesar de que no se desató ningún tipo de violencia manifiesta y todos los músicos actuaron según lo establecido. Las pérdidas no quitaron la sonrisa a los promotores, que el último día todavía ayudaban a los que no tenían dinero a volver a sus casas.

En Wight 70 actuaron Joan Baez, Jimi Hendrix, Procol Harum, Joni Mitchell, Leonard Cohen, Donovan, Jethro Tull, Doors, Moody Blues, Sly & The Family Stone, Miles Davis, Pentagle, Kris Kristofferson, Cactus, Taste, Melanie, Chicago, Family, Who, Ten Years After, Redbone, Supertramp, Groundhogs, Richie Havens, Everly Brothers, Emerson, Lake & Palmer y muchos más.

En 1971 tuvo un lugar un hito que sin llegar a ser un «gran festival» merece citarse en este apartado por su singularidad. Se celebró en el Madison Square Garden de Nueva York el 1 de agosto y solo asistieron unos pocos miles de personas. Pero el Concierto por Bangla Desh resultó algo tan irrepetible como lo había sido Woodstock dos años antes por los artistas que cantaron en él.

En 1971 murieron en Bangla Desh un millón de personas y otros diez quedaron desplazados. La génesis de tal monstruosidad se remonta, como siempre, a la historia mal concluida del nacimiento de una nación o reparto absurdo de unas fronteras. En 1947, tras la retirada británica de la India, habían nacido dos nuevas naciones: India y Pakistán. Pero Pakistán estaba dividido en dos partes, la occidental y la oriental, separadas por 1.700 kilómetros de territorio indio. En el Pakistán occidental, con más de 800.000 kilómetros cuadrados de extensión, vivían 33 millones de personas. En el oriental, con solo 140.000 kilómetros cuadrados, lo hacían 42 millones. Un mismo país, pero dos comunidades distintas, espiritual y culturalmente hablando. En 1971 el Pakistán oriental quiso ser independiente bajo el nombre de Bangla Desh y se desató una de las grandes guerras de exterminio del siglo XX. Asentado en el delta del Ganges, Bangla Desh fue masacrado por Pakistán. Fue entonces cuando George Harrison, impresionado por las matanzas, convocó a sus amigos para el concierto, recaudar fondos y alertar al mundo sobre lo que allí sucedía. En el Madison actuaron Harrison, Bob Dylan (en otra de sus míticas apariciones esporádicas entre 1966 y 1974), Eric Clapton, Ringo Starr, Badfinger, Leon Russell, Billy Preston, Ravi Shankar y muchos músicos más. En el concierto se recaudaron 243.418,50 dólares, pero el triple LP editado posteriormente fue uno de los número 1 más impactantes y más vendidos del año siguiente.

Después de la fiebre de 1969 y 1970 los grandes festivales menguaron progresivamente. Quedaron los habituales, desde Newport en Estados Unidos a Reading o Knebworth en Inglaterra. Pese a todo, el récord de Woodstock se superó en 1973 con el festival de Watkins Glen organizado por Bill Graham. Tuvo lugar el 28 de julio bajo el lema Summer Jam y en él actuaron The Band, Grateful Dead y Allman Brothers Band. Hubo seiscientas mil personas. Pasó a la historia únicamente por esa cifra y por ser el último antes de la gran crisis del petróleo iniciada en octubre de aquel mismo 1973.

De la vena intimista al country rock y el soft rock

El caudal creativo desarrollado con efervescencia de estilos a partir de 1969 creció de forma empática por la progresión del rock, que parecía fluir en todas direcciones y no tener límites. Ello no impidió que pese a la fuerza con la que aparecieron los movimientos vanguardistas, el heavy o las distintas fusiones en torno al rock, no se afianzaran otras esferas menos rotundas y que partían de pautas ya establecidas, caso del folk. Si de Woody Guthrie se había pasado a Bob Dylan, y el propio Dylan se reinventó a sí mismo con la electrificación que dio pie al folk-rock, a fines de los sesenta la recuperación de los folk-singers fue uno de los hechos más importantes por el contrapeso que su música supuso dentro de la gran cultura del ritmo imperante. Fue como si, a más visceralidad rockera, se disparase la necesidad equilibrante de encontrar también los sonidos del silencio a los que cantaron anteriormente Simon & Garfunkel. A esos sonidos del silencio se le acabó llamando eufemísticamente «intimismo».

Para unos y otros, el intimismo tuvo distintos signos. Para los artistas afincados en Los Ángeles o San Francisco, se trataba de una realidad consustancial a su nuevo California Sound, guitarras puras, acústicas, voces desnudas. Para otros era el siguiente paso de la evolución del folk-rock. En cualquier caso, mientras que en Inglaterra existía un folk tradicional puesto de moda gracias a Fairport Convention o Pentagle, en Estados Unidos el intimismo desarrolló un gran mercado, con artistas destacados y canciones de una belleza singular, muchas de las cuales acabaron trascendiendo a su tiempo.

Aun sin llegar a ser un grupo «intimista», porque sus canciones y su música trascendían al estilo, Crosby, Stills & Nash fueron los primeros que iniciaron el camino, la recuperación de las guitarras y las voces como único referente. Su unión, en la primavera de 1969, fue uno de los grandes referentes del año. David Crosby procedía de los Byrds; Stephen Stills, de Buffalo Springfield, y Graham Nash, de los Hollies británicos. Tres guitarras, tres voces y, sobre todo, tres talentos creativos esenciales, que desde el primer LP fueron una sensación gracias a canciones como «Marrakesh Express» o «Judy Blue Eyes». Un año después, en marzo de 1970, Neil Young, procedente de los Buffalo Springfield como Stills, también se unía a la aventura como cuarto miembro, aunque desde ese instante y durante cuatro décadas, más que un grupo de lo que se trató fue de una asociación de personalidades que tanto podían tocar o grabar juntas como en forma de trío o dúos, sin olvidar sus propias carreras en solitario. El LP *Déjà Vu* consagró al cuarteto, y el doble álbum grabado en vivo, cuyo título ya resumía su forma de entender la música, *4 Way Street* (Calle de 4 direcciones), les consolidó. La brillantez acústico-vocal del grupo fue una de las grandes cotas de la nueva década de los setenta. Tras ellos, casi a su rueda, apareció el trío América, una alternativa de voces y guitarras que triunfó con la pureza casi folkie de sus canciones «A Horse With No Name» y «Ventura Highway».

Al amparo del intimismo, muchos artistas que ya tenían una sólida carrera previa salieron a la luz convirtiéndose en superventas y haciendo que sus melódicas baladas llegaran a un público mayoritario. Fue el caso de dos damas como Carole King o Joni Mitchell. Carole había sido una de las grandes artífices del Brill Bruilding, componiendo innumerables éxitos junto a Gerry Goffin. En 1962 debutó como cantante sin éxito, se divorció de Goffin a mitad de los sesenta, tocó en un par de formaciones, grabó otro LP con el grupo The City y retornó a la composición hasta que el productor Lou Adler le pidió que lo intentara de nuevo. En 1970 apareció el álbum *Writer* (Escritora), casi una declaración de principios, como si quisiera decir que no era una cantante, sino una autora que cantaba, y de nuevo no pasó nada, así que con su nuevo marido formó otro grupo, Jo Mama, en el que tocaba el piano. Grabaron dos LP's antes de su siguiente álbum en solitario, y así llegó *Tapestry* en 1971, quince semanas número 1, doscientas noventa y dos en listas, 13 millones de copias vendidas, Grammys al mejor disco y a la mejor cantante del año. En un tiempo en el que se trataba de introducir el *cartridge* (cartucho de 8 pistas) como soporte musical, ella fue la primera en vender un millón en el nuevo formato. El invento consistía en una cinta que, al contrario que la casette, no terminaba nunca, volvía una y otra vez a sonar sin detenerse. Su excesivo tamaño le perjudicó en su corta vida, apenas un lustro, y el casette fue hasta comienzos de los ochenta el segundo gran formato de la industria después del vinilo. Una canción de *Tapestry,* «You've Got a Friend», fue también número 1, pero en la voz de James Taylor. Tras este éxito, Carole mantendría una carrera sólida aunque sin repetir el tremendo impacto de su obra maestra. La segunda gran dama, Joni Mitchell, procedía de Canadá y también se dio a conocer como autora antes que como cantante. Neil Diamond y Judy Collins grabaron «Both Sides Now»; Fairport Convention, «Eastern Rain»; Tom Rush, «The Circle Game»; Crosby, Stills, Nash & Young, su tributo «Woodstock». Empezó a grabar a fines de los sesenta y con el álbum «Ladies of the Canyon», en 1970, se sumó de pleno derecho a la ola intimista. Unida por música y otros vínculos (estuvo relacionada con David Crosby y mantuvo un apasionado romance con Graham Nash) a Crosby, Stills, Nash & Young, también logró perpetuarse por encima de modas o tendencias en las décadas siguientes.

Una pléyade de nuevos artistas creció en paralelo al impacto de la canción intimista, muchos basándose en su talento compositor más que en el interpretativo, como John David Souther, Kris Kristofferson o Jackson Browne, aunque en este caso los tres tuvieran su oportunidad de grabar y despuntar también como solistas. Kristofferson se dio a conocer al proporcionar a Janis Joplin su último hit, «Me and Bobby McGee». Su carrera acabó decantándose hacia el cine. Jackson Browne se inició con hits para Joe Cocker («Jamaica Say You Will»), Jackson 5 («Dr. My Eyes») o Kiki Dee («Song for Adam»), y triunfó en solitario durante los años setenta, al tiempo que proporcionaba varios de sus éxitos a los Eagles. Sus mejores LP's fueron *The Pretender* y *Running on Empty,* pero curiosamente su único número 1 en single lo tuvo con la versión de una canción ajena, «Stay». Melanie y Carly Simon también fueron autoras, pero de sus propias canciones. Melanie fue la más folkie de todas, mantuvo una década de notables álbumes y triunfó con canciones como «Candles in the Rain», «Peace Will Come» y «Brand New Key». Carly Simon lo hizo en 1972 con su LP y single «You're So Vain», después de llevar años intentándolo. Se casó con James Taylor en 1973 y llegó a los ochenta con sobriedad.

James Taylor fue un caso aparte. Problemas con las drogas le llevaron varias veces al límite, con intentos de suicidio incluidos y recluimientos en instituciones mentales por crisis depresivas, antes de que en 1968 fuera uno de los lanzamientos de Apple, el sello de los Beatles. Fracasó, regresó a Estados Unidos y su siguiente álbum, *Sweet Baby James,* le convirtió en el gran solista del intimismo, un poco la versión masculina de Carole King. El número 1 de «You've Got a Friend» y los álbumes *Mud Slide Slim and the Blue Horizon* y *One Man Dog* le convirtieron en una estrella sin fecha de caducidad, como sucede en la mayoría de solistas con carisma en Estados Unidos.

Si el folk-rock fue una antesala del intimismo, el intimismo lo fue de la recuperación o mantenimiento del folk-rock, y en todas sus gamas. También el country-rock se benefició de ello. Lo que Byrds fueron para la música de los sesenta, los Eagles lo fueron para la de los setenta, aunque su carrera se mantendría las tres décadas siguientes. Los Eagles aparecieron como grupo de acompañamiento de Linda Ronstadt, se emanciparon y grabaron su primer disco en 1972. Fue el arranque de una renovada apoteosis con canciones esenciales como «Take It Easy», «The Best of My Love», «One of These Nights», «Hotel California», «New Kid in Town» o «Lyin' Eyes», así como con el gran éxito de sus álbumes *Eagles, Desperado, On the Border, One of These Nights, Hotel California* y el recopilatorio *Their Greatest Hits,* uno de los discos más vendidos de los años setenta. Clave en este éxito fueron los miembros del grupo Glenn Frey y Don Henley, aunque con los años hubo cambios y pasaron por la banda tipos tan contundentes como el guitarra Joe Walsh. A la estela de los Eagles aparecieron Poco, un conjunto fundado por Richie Furay del que salieron grandes músicos como Jim Messina, más tarde miembro del dúo Loggins & Messina, o Timothy B. Schmit, después miembro de los últimos Eagles. Furay también crearía la Souther-Hillman-Furay Band. Otras dos formaciones destacaron en esta elite aunque su origen era anterior, la Nitty Gritty Dirt Band y los Flying Burrito Brothers, estos últimos con Gram Parsons (ex Byrds), cuya muerte escribió una de las páginas más curiosas de la historia. Gram, ya con el grupo disuelto, grabó dos LP's antes de morir por una sobredosis el 19 de septiembre de 1973. Cuando su familia católica pretendía enterrarlo en Florida, sus amigos hippies, con Phil Kaufman (un ex road mánager) a la cabeza, robaron el cadáver del aeropuerto de Los Ángeles para incinerarlo tal y como había sido la última voluntad del fallecido. Lo hicieron en el parque nacional de Joshua Tree, lugar en el que sus fans colocaron después un pequeño monumento en su honor.

Mucho más alejado de la tendencia intimista, pero con fluctuaciones o parecidos, aparece el soft rock. La misma palabra *soft* (blando) expresa su coyuntura. Armonías vocales, suavidad y canciones cromáticas para un efecto inmediato. Carpenters o Bread fueron los máximos exponentes, aunque luego aparecieron otras formaciones, como el dúo Seals and Crofts. Carpenters, grupo basado en la presencia de los hermanos Carpenter, Richard al piano y Karen a la voz solista y batería, fue una de las formaciones más vendedoras de la primera mitad de los años setenta. De la mano del compositor Burt Bacharach, arrancaron con «Close to You» y siguieron con una decena de éxitos, «We've Only Just Begun», «Rainy Days and Mondays», «Top of the World», «Yesterday Once More» o «Please Mr. Postman», entre otros. Su recopilatorio *The singles 1969-1973* se convirtió en uno de los discos más vendidos de su tiempo. En 1975 habían vendido 25 millones de discos y tenían tres premios Grammy. Luego su carrera entraría en recesión hasta la muerte de Karen por anorexia en 1983. Bread, con David Gates como solista, llevó la romántica delicadeza del soft rock aún más allá con sus hits «Make It With You», «If», «Guitar Man» y «Sweet Surrender» junto a álbumes cargados de melodías de tono sensible. De Seals & Crofts, presuntos herederos de Simon & Garfunkel en su momento, quedó su notable «Summer Breeze» como recuerdo.

Elton John

En el tiempo en el que el rock se agigantó y el gran espectáculo comenzó a superar todos los límites, no es de extrañar que emergiera la figura capital de Elton John, para muchos el mejor compositor del rock y uno de los grandes animadores de la historia en sus siguientes décadas. Solo en los años setenta, Elton fue el artista individual más vendedor y colocó todos sus álbumes entre los 100 más destacados del momento. Para unos, era un romántico travestido al rock; para otros, un rockero capaz de hacer canciones casi sinfónicas; pero lo que fue en suma es un artista total, capaz de componer e interpretar puro rock and roll tanto como pequeñas sinfonías de perfecto equilibrio. Su dominio escénico, tocando el piano, con sus disfraces extravagantes y sus pintorescas gafas, fueron una de las marcas registradas de la primera parte de su carrera. En un informe publicado en 1975, citándose las ventas discográficas más importantes del siglo (se consideraba entonces para hacer este cómputo que un LP equivalía a seis singles y un EP a dos), los Beatles estaban en el número 1 con 575 millones, y seguían Bing Crosby con 400 millones, Elvis Presley con 350, Mantovani con 270, Herb Alpert con 240 y Elton John con 235. Un año después, en 1976, Elton ya estaba en la cuarta plaza. Y solo llevaba seis años de carrera por entonces.

De verdadero nombre Reginald Kenneth Dwight (1947), se inició tocando el piano en clubs nocturnos de Londres, siendo adolescente, mientras trabajaba de mensajero. Gracias a un anuncio en la prensa conoció a Bernie Taupin, que se convertiría en su compañero sentimental y su letrista. Dick James, editor de canciones, los contrató como tándem creativo cobrando 10 libras por semana. Artistas como Engelbert Humperdinck o Cilla Black cantaron sus canciones antes de que Reginald probara fortuna en solitario bajo el nombre de Elton John (Elton por el saxo Elton Dean y John por el actor John Wayne). El primer LP, *Empty Sky,* se editó en 1969 y no pasó nada con él, pero el siguiente, *Elton John,* en mayo de 1970, ya fue número 1 junto al single «Your Song». Con su característica e incontenible fiebre creativa, una música siempre brillante y unas letras llenas de lucidez por parte de Taupin, Elton inicia así una vertiginosa carrera. En el mismo 1970 edita *Tumbleweed Connection* y graba en directo *17-11-70,* que se edita en 1971 junto a la banda sonora de la película *Friends* y la obra maestra de este tiempo: *Madman Across the Water.* Convertido en el mejor y más popular cantante británico, arrasa internacionalmente en los siguientes años con los álbumes *Honky Chateau, Don't Shoot Me, I'm Only the Piano Player, Goodbye Yellow Brick Road* (doble), *Caribou, Greatest Hits, Captain Fantastic and the Brown Dirt Cowboy* (que presenta en el Wembley Stadium, en un festival con ciento veinte mil personas), *Rock the Westies, Here and There* y *Blue Moves* (doble), el último de sus grandes discos en esta primera etapa y con el que termina la entente John-Taupin. No solo son los LP's. La lista de hits en single es igualmente apabullante, con temas tan destacados como «Rocket Man», «Daniel», «Candle in the Wind», «Don't Let the Sun Go Down on Me», «Philadelphia Freedom», «Don't Go Breaking My Heart» (a dúo con Kiki Dee) o «Sorry Seems to Be the Hardest Word».

En 1973 Elton había formado su propio sello discográfico, Rocket Records. En 1976 él mismo pasó a formar parte de su propia compañía, pero la pérdida de Bernie Taupin le haría atravesar un bache creativo del que tardaría en recuperarse. Su trabajo con otros letristas no fue tan eficaz y llegaron álbumes más discretos mientras compaginaba su tiempo con singularidades como la presidencia del club de fútbol Watford, militante en la tercera división inglesa. A partir de su resurgir en los años ochenta y de su trabajo, sus giras, su idiosincrasia de gran estrella y siempre su música por encima de todo, Elton termina trascendiendo a cualquier edad o momento y llega al siglo XXI como uno de los grandes protagonistas de la historia del rock.

JESUSCHRIST SUPERSTAR

Lo que *Hair* desencadenó en 1969 en todos los terrenos, musical y social de forma preferente, lo desencadenó *Jesuschrist Superstar* en pleno apogeo del rock en su mejor etapa no mucho después. La revolución vanguardista alcanzaba todas las esferas, aunque es curioso que aquí estemos hablando de una obra de teatro musical basada en la figura de Jesucristo, es decir, en apariencia, un tema nada vanguardista. Pero es que en este caso la revolución era presentar a Jesucristo como protagonista de una ópera rock que quería mostrar otro perfil de su figura y humanizarlo frente a una nueva generación. La vida de Jesús cantada fue por una parte un salto hacia adelante, y por otra, un reto. Un Jesús carnal, próximo, junto a una María Magdalena seductora y libidinosa y un Judas que bailaba mientras denunciaba a su Maestro, fue mucho más de lo que algunos pudieron soportar. Para la Iglesia fue un atentado, una herejía. Condenaron la obra aun antes de su estreno. Tardaron en darse cuenta de que lo que hacía la obra era acercar de nuevo a Jesús a un público apartado de la religión y sus normas. El éxito de *Jesuschrist Superstar,* que se convirtió en un fenómeno de masas, propició que apareciera otra obra basada en los Evangelios, *Godspell.*

Los autores de la ópera rock fueron el compositor Andrew Lloyd Webber y el letrista Tim Rice. Tardaron un año y medio en completar la partitura. Andrew era hijo de un compositor y estudió en el Royal College y en la Guidhall School, pasando más tarde a Oxford. *Jesuschrist Superstar* era su segunda obra. En Londres batió el récord de permanencia en cartel, con 2.038 representaciones hasta 1977, y en 1978 aún se representaba cuando se estrenó la siguiente composición de su creador, *Evita.* La versión discográfica tuvo como estrellas a Ian Gillan, Murray Head, Yvonne Elliman (miembro del grupo de Eric Clapton), Mike d'Abo, y los músicos fueron los de la Grease Band de Joe Cocker. La ópera rock fue llevada al cine en 1973 de la mano de Norman Jewison con tres actores-cantantes desconocidos, Ted Neely, Carl Anderson e Yvonne Elliman (de los tres, ella sería la única con una carrera posterior). El estreno de la película coincidió con un último ataque de los reaccionarios, que alegaban que se distorsionaba la vida de Jesús. Personajes eclesiásticos (incluso rabinos judíos) de gran prestigio denunciaron el «intento de escribir una nueva Biblia». Luego, en cada país a donde llegó la obra musical, pero aún más la película por su facilidad de estreno masivo, se repitió la histeria.

Primero *Hair* y luego *Jesuschrist Superstar* popularizaron las óperas rock, convertidas en parte del espectáculo en los años siguientes con un gran número de estrenos entre los que siempre destacó Andrew Lloyd Webber hasta su gran cumbre personal, *The Phantom of the Opera.*

17
El gran tiempo del rock (tercera parte)

Glam rock: la última frontera

Que el rock se pusiera lamé y lentejuelas, se vistiera con colores extravagantes y plumas, se maquillara y se hiciera andrógino, ambiguo sexualmente hablando, culminó de una forma excéntrica la larga serie de movimientos que lo cambiaron y sacudieron desde 1969 a 1973. Entre la moda y la búsqueda de «nuevas formas», apareció una frontera impensada, diferente, que conmocionó una vez más los estamentos sociales y zarandeó al mundo frente a la pantalla siempre fulgurante de la música. Pero tan o más importante que ella, por lo que tuvo de liberación sexual y efecto dominó, el glam rock, también llamado gay power, fue un vívido y fascinante terremoto ambiental.

En verano de 1971 comienza a ser noticia en Inglaterra un cantante que ha tenido un primer éxito discográfico, el tema «Space Oddity». No es un novato, tiene tras de sí una diletante carrera que ya le ha conducido a grabar en solitario hace tiempo. Pero lo que llama la atención de él y le lleva a ser noticia no es su primer hit, aún discreto, sino su aspecto y sus formas, su belleza masculino-femenina, sus declaraciones. Nadie dice que está casado y que es padre de un niño llamado Zowie, de la misma forma que se mantuvo en secreto en el inicio de la carrera de los Beatles que John Lennon también estaba casado y ya era padre. Este cantante, mutación brillante y oscura a la vez de la última esquina de la calle del rock, se llama David Bowie.

Mientras, en Estados Unidos, sin ninguna relación aparente, otro artista va a causar furor en los mismos días. Actúa maquillado y sus shows son una mezcla de violencia y escenografía terrorífica. Pese a que el nombre es Alice Cooper y pudiera parecer que se trata de una mujer, se trata de un quinteto de rock y su estrella solista es quien ostenta el privilegio de llevar el nombre.

Entre Bowie y Cooper no hay ningún parecido; uno es un autor y solista con una inteligencia especial y unas canciones perfectas que visten de música unos poemas inteligentes, mientras que el otro es un tremendista conjunto de trucos y resortes escénicos en el que su estrella es más actor de un espectáculo que otra cosa. Alice Cooper entrará a formar parte de la moda por sus maquillajes y por la necesidad de etiquetarlo todo. Lo suyo más bien será el shock show, pero es un referente más de que algo está cambiando, de nuevo, en las fronteras extremas del rock y, muy especialmente, en Inglaterra.

El glam rock (rock con *glamour)* supone la liberación final del sexo en el seno de la música, una causa todavía pendiente en la sociedad de los primeros años setenta. Esta liberación va unida a la manifestación del espectáculo como síntesis escénica total. En verano de 1971, en Inglaterra, David despierta curiosidad primero y sorpresa después. Miles de homosexuales le ven como un paradigma de su libertad social, porque por fin una estrella se atreve a dar la cara y manifiesta, abiertamente, seis meses después y desde la portada de una revista como *Melody Maker,* que es homosexual. Dylan había dicho que los tiempos estaban cambiando en 1963. Bowie lo repetía ocho años después, aderezado con un peculiar giro al infierno: «Si no quieres hacerlo tú, Bob, lo haré yo».

El nacimiento del glam fue imparable desde verano de 1971. Bowie era el referente pero también T. Rex y Slade destacaban por sus ropas además de por sus canciones. Una canción de David titulada «Oh You, Pretty Thing» (Oh, tú, cosa linda) preludiaba la aparición del LP *Hunky Dory,* en cuya portada aparecía él tan ambiguo como misterioso. La imagen total en la fusión hombre-mujer. Tema principal del álbum era «Changes» (Cambios). Poco importa que, ya en plan camaleónico, el eterno rey mutante que siempre ha sido Bowie aparezca a comienzos de 1972 con otro aspecto más futurista que gay, cabello en punta, ropas extrañas. Para el gran público, el estallido del glam rock es uno de los nuevos advenimientos musicales. Existe un líder y el fenómeno no se detendrá, al menos hasta 1974, antes de que David emigre a Estados Unidos con otra imagen.

Entre 1972 Alice Cooper decía: «La gente es a la vez masculina y femenina, biológicamente hablando. El típico varón americano piensa que es masculino en un cien por cien, pero lo que tiene que aceptar es que en él hay también una parte femenina. Cuando yo actúo intento integrarme en todas esas personalidades, por ello mi imagen es femenina y mi música fuerte. Por ello también juego con muñecas». En 1973 es Bowie el que manifiesta: «Yo no soy lo que la gente piensa. Yo he sido el creador de un personaje que me ha gustado y que me ha encantado representar hasta el punto de que me he sentido totalmente identificado con él mucho más que con David Bowie. Pero sí sé qué es lo que hago y por qué lo hago». Entre ambas declaraciones media muy poco tiempo, pero las dos resumen el auge del glam y su rápido fin. Bowie había estudiado mímica con Lindsay Kemp y era un actor nato. Podía ser bisexual, gay, heterosexual o todo junto a la vez. Frente a esta imaginería, Alice Cooper resultó más radical. El sexo ganó su espacio, sin fronteras, pero la violencia fue anatemizada. En mayo de 1973 el diputado laborista Leo Abse elevó una propuesta al secretario de Interior del Gobierno británico, Robert Carr, para que se prohibiera la entrada en Inglaterra de Alice Cooper. La propuesta fue elevada a la Cámara de los Comunes. Abse acusó a Cooper de «vender la cultura de los campos de exterminio», ya que sus shows eran «una incitación total al infanticidio y una explotación comercial del masoquismo que enseña a nuestros hijos a odiar, no a amar». Por entonces los conciertos de Alice incluían guillotinas, ahorcamientos, apuñalamientos de muñecas, sangre y la presencia de una serpiente. Por supuesto y para sacarle un beneficio a todo eso, Alice Cooper aprovechó su imagen en estos mismos días para crear una marca de cosméticos con su nombre.

En la práctica, el glam se eclipsó a partir de verano de 1973, después de que Bowie diera su gran concierto en el Earl's Court Arena de Londres. Fue como Woodstock, una celebración y un final anticipado que el tiempo dotó de dimensión. Woodstock coronó la era hippie y el concierto del Earl's Court el reinado glam. En Estados Unidos ni siquiera llegó a cuajar como tal, de la misma forma que ya no cuajaron los nuevos movimientos surgidos en Inglaterra en los años siguientes, marcando una separación, casi un abismo, entre la música rock de ambas orillas del Atlántico. Hubo un punk británico en 1976 y 1977 que nada tuvo que ver con el estadounidense. Y así sucesivamente. Lo único que sí absorbió la Gran América fueron las estrellas clave como Led Zeppelin, Pink Floyd, Elton John o David Bowie a partir de entonces. Todos los artistas pop famosos desde comienzos de los setenta, con Slade o T. Rex a la cabeza, fracasaron en su intento de asaltar los rankings del país del dólar. Se iniciaba así el distanciamiento entre las dos orillas del Atlántico. El nuevo pop británico les resultaba demasiado inocuo a los americanos.

Bowie, como todos los grandes, superó su tiempo y la misma moda impuesta por su persona. Se permitió incluso el lujo de ayudar a los artistas que le habían influenciado a él, como el líder de los Stooges, Iggy Pop, o Lou Reed, al que apadrinó en su lanzamiento individual. A Iggy y su banda les produjo el LP *Raw Power* y a Lou el radical *Transformer*. Encantador, sofisticado desde su trasvase americano, lúcido, David fue en los años setenta lo que Mick Jagger primero y Jim Morrison después simbolizaron en los sesenta, y antes Elvis en los cincuenta. Tuvo glamour, magia, y de ídolo de gays o paradigma bisexual, pasó a ser un *sex-symbol* en toda su dimensión. Mientras, la corta duración del fenómeno glam vino a poner en escena una de las constantes en que se movería la música desde estos días, siguiendo la estela de la psicodelia y adelantándose a la del punk rock: movimientos rápidos, con un legado fuerte basado en líderes carismáticos, pero con un techo máximo de dos años de vida.

Bowie & Cía.

David Bowie (1947) se llamaba en realidad Davey Jones. Fue su hermanastro Terry el que le introdujo en la música y le enseñó a tocar el saxo, instrumento con el que debutaría en el grupo The King Bees y grabó su primer single. Durante los años sesenta David pasó por la escena británica saltando de un grupo a otro. Se cambió el nombre y se llamó Bowie porque uno de los Monkees se llamaba como él. Su primer LP se editó en 1967, año en que su interés por el budismo y la mímica son su bandera, mientras que en lo musical se declaraba fan de

Syd Barrett, del cual copia su primera imagen. En 1968, al igual que los Beatles, se apasiona por el orientalismo, forma el trío Feathers con su novia de entonces, Hermione Farthingale, y, de nuevo solo, en 1969 conoce al personaje clave de su segunda oportunidad como cantante, Tony Visconti. Será el productor de *Space Oddity*. La muerte de su padre, su boda con Angela, una amiga que va a ser extraditada por caducar su visado, y el nacimiento de su hizo Zowie coinciden con el abandono de lo acústico como soporte de su música y su paso a la electrificación plena. La formación de su banda, The Spiders from Mars, con Mick Ronson de guitarra, será una de las claves de su inmediato éxito. *The Man Who Sold the World* y *Hunky Dory* le sitúan en la cima, y los dos siguientes LP's le erigen en estrella: *The Rise and Fall of Ziggy Stardust and The Spiders from Mars* en verano de 1972 y *Aladdin Sane* a comienzos de 1973. La capacidad de Bowie para crear personajes se manifiesta en ambos discos. Como Ziggy Stardust o como Aladdin es un icono referencial para una nueva generación. No solo gracias a sus álbumes, porque su serie de éxitos en single incluye «Starman», «The Jean Genie», «John, I'm Only Dancing» o «Rebel, Rebel». También compone para otros artistas, como los Mott The Hoople, que triunfan con «All the Young Dudes».

Superado el impacto del glam, Bowie se mantiene con *Pin Ups, Diamond Dogs* y *Live,* mientras prepara el salto a Estados Unidos. Cuando en 1974 reaparece como un gentleman, o, mejor dicho, un dandy retro, nueva imagen, cabello peinado hacia atrás, el trasvase es una realidad. En 1975 «Fame» (tema compuesto y grabado en compañía de John Lennon) será su primer número 1 en Estados Unidos, acompañado por el LP *Young Americans*. Desde este momento, música (*Station to Station, Low, Heroes, Stage, Lodger, Scary Monsters* y un largo etcétera), cine y una densa carrera hasta el siglo XXI harán de él un clásico del rock, siempre sugerente, siempre cambiante, capaz de merecer apelativos como «camaleón del rock» o «Duque blanco».

Dejando a un lado al estadounidense Alice Cooper, con sus éxitos característicos, «School's Out», «Elected», «Hello Hurray» y «No More Mr. Nice Guy», y sus mejores álbumes, *Killer, School's Out* y *Billion Dollar Babies,* el glam queda reducido a una alternativa con peso específico solo en Inglaterra. Lou Reed se beneficiará de ello gracias a Bowie y desde Gran Bretaña se proyectará hacia el futuro. En este tiempo editará sus dos grandes álbumes *Transformer* y *Berlin,* el primero apoyado por los singles «Walk on the Wild Side» y «Vicious». La carrera del ex líder de Velvet Underground se resitúa en este contexto y muy rápidamente le erige en otro de los más fulgurantes protagonistas de los setenta y las siguientes décadas. Descarnado, urbano y ecléctico, Reed mantiene una coherencia formal que acaba alejándole de toda tendencia. En «Walk on the Wild Side», por ejemplo, cuenta una historia real: Candy Darling fue un travesti definido por Lou como «la más bella y loca de las criaturas». Cuando Candy murió, tras una penosa enfermedad, se publicó en la prensa neoyorquina una fotografía hecha en su cama del hospital, con un maquillaje perfecto y un ramo de rosas rojas en la mano. El epígrafe fue: «Candy dice adiós». Lou era ya un poeta urbano con el asfalto de Nueva York grabado en sus ojos. LP's como *Rock and Roll Animal, Sally Can't Dance, Live* y *Coney Island Baby* son su puente en la década de los setenta, en la que incluso el movimiento punk le tomaría como referente. Escarceos con la droga no finiquitados con la épica trágica de otros le convierten, además, en un superviviente y un modelo de artista urbano hasta el amanecer del nuevo siglo.

Si David Bowie fue el rey, la corte la presidió Roxy Music, el grupo glam por excelencia. Hubiera sido una de tantas bandas surgidas al amparo de una moda de no tratarse de un puñado de músicos excepcionales, desde su cantante y estrella Bryan Ferry hasta el guitarra Phil Manzanera o el saxo Andy Mackay, pasando por el teclista Brian Eno, el primero en abandonar para hacer de su vida y su música una constante experimentación plena de lucidez en el campo de la electrónica, como se verá más adelante. Roxy Music nace en 1970 y en 1972 inicia con firmeza su asalto a las listas de éxitos con «Virginia Plain» y «Pyjamarama», aunque serán sus LP's los que conformarán su aureola de exquisitez cada vez más alejada del glam: *Roxy Music, For Your Pleasure, Stranded, Sire* y *Live*. Como en tantas otras bandas, las carreras individuales de todos ellos, en especial de Ferry, que se lanza como cantante dandy, les llevan a una primera separación a mitad de los setenta. Reagrupados en 1978, darán lo mejor de sí mismos en una segunda etapa gloriosa presidida por los álbumes *Flesh + Blood* y *Avalon* y sus mejores canciones, «Dance Away», «Angel Eyes», «Over You», «Oh Yeah», «On the Radio», «The Same Old Scene» o «Avalon», hasta comienzos de los ochenta. Durante las dos décadas siguientes, Roxy Music por un lado y Bryan Ferry por otro seguirán manteniéndose de forma incombustible, con el grupo estabilizado en torno a Manzanera y Mackay, además de su eterno solista.

Rizando el rizo del glam rock, hubo también pequeños apuntes estelares para los que se subieron al carro de la fantasía, el lamé y las lentejuelas. Un oscuro y veterano cantante llamado Paul Raven, curtido en mil batallas, se cambió el nombre, apareció como Gary Glitter y arrasó en las listas comerciales con una docena de éxitos entre 1972 y 1975 («Rock and Roll», «Do You Wanna Touch Me (Oh, yeah)», «Hello!, Hello! I'm Back Again», «I'm the Leader of the Gang (I Am!)», «I Love You Love Me Love», «Always Yours», etc.). Fue tal su fama en Inglaterra que dio pie a una variante glam denominada glitter rock, en esencia rock and roll gritón y tremendista con mucho maquillaje.

Además de Gary Glitter, la faceta más comercial en Inglaterra entre 1970 y 1975 la guiaron grupos que en otro tiempo habían sido estrellas del pop, pero a los que la moda de las plumas acabó convirtiendo en estandarte de este momento. Los más brillantes e innovadores fueron Slade, T. Rex y, en menor medida, Sweet. Los dos primeros se disputaron el cetro de mejor grupo de consumo entre 1971 y 1975 y dominaron con sus canciones las listas inglesas. Nadie, desde los Beatles, había tenido más número 1 seguidos hasta ellos.

Slade tuvo seis números 1, tres números 2 y dos números 3, amén de otros top-10, a lo largo de su fulgurante carrera. Formados en los años sesenta y tras varios cambios de nombre, son descubiertos por Chas Chandler (descubridor de Jimi Hendrix también) en 1971. Su cantante, Noddy Holder, con su voz aguda, y la novedad de unos títulos y letras escritos en jerga callejera (lo cual les dio aureola de grupo obrero), fueron parte consustancial de su popularidad. Entre sus grandes éxitos destacan «Coz I Luv You», «Take Me Bak 'Ome», «Mama Weer All Crazee Now», «Cum On Feel the Noize», «Skweeze Me pleeze Me», «Merry Xmas Everybody» y «Far Far Away». Resurgieron a comienzos de los años ochenta para disfrutar de una segunda etapa menos triunfal pero llena de evocaciones.

T. Rex comenzaron a triunfar un año antes que Slade y contó con el carisma especial de un pequeño genio del pop: Marc Bolan. Marc había pasado ya por varias experiencias antes de crear Tyrannosaurus

Rex en 1967. El grupo se limitaba a él como cantante y guitarra y Steve Peregrine Took a la percusión, haciendo música acústica. Derivaron lentamente hacia la electrificación y grabaron un álbum de título kilométrico, *My People Were Fair and Had Sky in Their Hair... But Now They're Content to Wear Stars on Their Brows,* en plena fiebre hippie. Después de un segundo LP Mickey Finn sustituiría a Took y Bolan proyectaría su segunda etapa acortando el nombre del grupo, que dejó en T. Rex, ampliándolo con otros miembros. Desde su primer single, «Ride a White Swan», todo fue distinto. Llegaron los hits como «Hot Love», «Get It On», «Telegram Sam», «Metal Guru» o «Children of the Revolution». La mayor consistencia de T. Rex frente a Slade la hallamos en sus LP's *Electric Warrior, The Slider, Bolan Boogie* y *Tanx,* entre ellos. Perdida la frescura del inicio, y desaparecida la moda y la estética glam, Bolan declina en su fama y muere en un accidente de coche en 1978 cuando proyectaba su regreso.

Sweet, por su parte, fue un grupo de éxito igualmente rápido entre 1971 y 1974, pero sin la magia de Bolan ni la innovación de Slade. Con su cantante Brian Connolly de estrella, descargaron toda su artillería comercial con temas como «Co Co», «Little Willie», «Wig-Wan Bam», «Blockbuster», «Hell Raiser», «Ballroom Blitz», «Teenage Rampage» y «Fox on the Run».

CHILD POWER, PHILADELPHIA SOUND

La faceta popular y comercial de la primera mitad de los años setenta no la ostentaron solo el glam o los grupos como T. Rex y Slade. Hubo un fenómeno, bautizado como child power (El poder de los niños), que en Inglaterra también causó sensación, lo mismo que al otro lado del Atlántico, aunque en otra medida, ya que la mayoría de grupos «de niños» provenían de Estados Unidos. En una etapa llena de «manías» (Rexmanía, Slademanía) aparecen los Jackson V, los Osmonds o David Cassidy, auténticos fenómenos de masas adolescentes. Era la primera vez que la edad de los artistas se rebajaba tanto y, al no tratarse de una sola banda o un solista, sino de varios, un auténtico imán musical y social atrapó a niños y niñas en todo el mundo. El resultado fue descender un peldaño en la edad media del público y aumentarlo en el número de consumidores que ocupaban un espacio vital en la mercadotecnia de la música.

La familia Osmond, constituida por cinco hermanos inicialmente, a los que luego se sumarían otros dos, tanto juntos como por separado, consiguieron 20 éxitos en las listas inglesas desde 1972 a 1975, entre ellos cinco números 1, y lo mismo en su país, Estados Unidos. La gran estrella del grupo era el pequeño Donny Osmond, quinceañero en 1972. Sus grandes rivales fueron los Jackson V, también hermanos y con otra estrella en sus filas: Michael Jackson, destinado a ser una de las mega-referencias de la música en apenas una década. Los Jackson fueron descubiertos por Diana Ross y desde 1970 a 1975 se convirtieron en el conjunto más vendedor de la música americana, con una larga serie de éxitos como grupo y de Michael en solitario. En 1976 cambiaron su nombre a The Jackson por problemas contractuales al cambiar de discográfica y mantuvieron otra larga segunda etapa hasta la eclosión de Michael a partir de 1979. Los Osmond fueron más efímeros: vendieron 20 millones de discos en cinco años, y luego Donny Osmond sería el único recuerdo de ese tiempo. Los Jackson perduraron más, aunque solo sea por la propia leyenda generada por su hermano pequeño.

En 1970 la serie de TV «Partridge Family» aportó otro grupo infantil, bautizado como la propia serie, que se disparó en las listas desde su primer hit, «I Think I Love You». De los Partridge emergió su «hermano» mayor, David Cassidy, otro de los grandes protagonistas del child power entre 1972 y 1975.

La aparición de movimientos, estilos y «manías» se convirtió en algo ya habitual a partir de los años setenta. Cuando un grupo desencadenaba la histeria y amontonaba éxitos, surgía una. Y lo mismo si se trataba de un sonido diferente y particular, bajo el cual se amparasen un puñado de nuevos artistas. Motown había creado su sonido en los sesenta, y ahí estaban el Liverpool Sound, el California Sound y muchos otros. A partir de 1971 apareció otro de esos «sonidos» característicos que catapultaron un sello y crearon una música. Nació en Philadelphia y por esa razón se le llamó Philadelphia Sound, aunque se trató de una moda imperante que no sobrepasó sus límites esenciales.

La música negra venía ya experimentando nuevos caminos desde fines de los sesenta, con Sly & The Family Stone, Curtis Mayfield o Isaac Hayes. Kenny Gamble y Leon Huff se habían conocido en 1964.

Eran autores y músicos. En 1966 formaron su propia compañía discográfica y en 1970 la definitiva Philadelphia International, que pasó a ser distribuida por CBS. Con centro en los estudios Sigma (en los que grabaría David Bowie a su llegada a Estados Unidos), y con una base instrumental conocida como MFSB (Mother, Father, Sister, Brother), Gamble y Huff son los responsables del lanzamiento y popularidad de artistas como Billy Paul («Me and Mrs. Jones»), Harold Melvin & The Bluenotes («If You Don't Know Me By Now»), O'Jays («Back Stabbers») y las Three Degrees («When Will I See You Again»). La propia orquesta MFSB llegó al número 1 con el instrumental TSOP («The Sound of Philadelphia») en 1974. El segundo escándalo «payola», que sobrecogió a la música americana a mitad de los setenta, fue la causa de que todo terminara abruptamente, ya que varias compañías fueron acusadas de evasión de impuestos y CBS fue una de las perjudicadas, con Gamble y Huff implicados en el escándalo.

Reggae

A comienzos de los años setenta, unas canciones con un estilo muy original, aunque poco relevante entre el público mayoritario, comienzan a triunfar en Inglaterra. Los restos del viejo Imperio Británico se están dando cita en Londres y otras ciudades, de forma que el crisol de culturas, razas y religiones que conforman la Commonwealth hacen escuchar su voz en la capital y en toda la isla. En este caso, la música que se abre camino por entre todas las demás tiene reminiscencias caribeñas, especialmente el ska, el calipso y el mento, es decir: Jamaica. La amplia colonia jamaicana (Jamaica había estado bajo bandera inglesa hasta 1962), se hace notar por otros detalles: llevan gorros vistosos con los colores de la bandera de su país (verde, amarillo y rojo), el cabello formando largas mechas hirsutas, y fuman marihuana, aunque ellos la llaman *ganja,* como parte de su filosofía de la vida. Son pintorescos, pero pronto serán algo más: una influencia musical y social en todo el mundo.

En 1970 el jamaicano Jimmy Cliff es top-10 en Gran Bretaña con «Vietnam» y «Wild World». No es el único. Byron Lee canta «Elizabethan Reggae»; los Maytals, «Monkey Man»; los Melodians, «Sweet

Sensation»; Freddie Notes and The Rudies, «Montego Bay», y, ya en 1971, el dúo Dave & Ansil Collins es número 1 con «Double Barrel», culminando una escalada popular que incorpora a nuevos intérpretes casi de inmediato: Johnny Nash, Greyhound, Bruce Ruffin o Danny Livingstone, entre otros. Lo que parece una tendencia más de la música en unos años en que todo es válido adquiere carta de género cuando aparece el líder destinado a conducirlo a su máxima expresión: Bob Marley. Con él, la llamada inicialmente *soul music* de Jamaica, o *rebel music,* y términos como Jah o rasta, se harán rápidamente populares.

Habría que remontarse a varios siglos para referir la historia de Jamaica y ahondar en los orígenes de su naturaleza. Pasado y cultura son siempre claves en la evolución de los pueblos y la música forma parte de su manera de ser y de entender la vida. Sin embargo, en pocos casos una música que podría considerarse folclórica, propia, ha acabado cruzando las barreras y hacerse internacional, popular y masiva como lo hizo el reggae desde comienzos de los años setenta.

En la primera mitad del siglo XX el evangelista Marcus Garvey conmocionó Jamaica hablando de una vuelta a la tierra de origen, África. Marcus manifiesta en sus alocuciones que está próxima la venida del nuevo Rey de reyes, que se coronará Emperador de África y, tras esta reencarnación de Dios (Jah), Babilonia (el mundo occidental) se hundirá en el abismo, abatida por sus pecados.

Las palabras de Garvey son una conmoción y también el desencadenante de un fuego espiritual insólito en la isla en pleno siglo XX. Pero las circunstancias las harán aún más trascendentes. El 23 de julio de 1892 había nacido en Abisinia (Etiopía) Lij Ras Tafari Makonnen. En 1930 y con el nombre de Haile Selasie I, se proclamaba Negus (Emperador) de Etiopía, titulo que llevaba unido otros: Elegido de Dios, Señor de Señores, Rey de Reyes, Heredero del Trono de Salomón y Poder Supremo de la Santísima Trinidad. En suma, era el 225º emperador de un país con tres mil años de antigüedad, el Imperio etíope. Selasie sería después derrotado por los italianos en 1936, aunque en 1941 su soberanía le sería devuelta por los ingleses.

Haile Selasie es Jah, la reencarnación de dios, el Rey de reyes previsto por Marcus Garvey. Los adictos al evangelista miran a Etiopía y a África convencidos de que la hora ha llegado. Es el comienzo de un nuevo aunque no inmediato futuro. Del nombre de Lij Ras Tafari Makonnen se toma una síntesis para formar la secta de los rastas, con lo cual sus fieles serán llamados rastafaris. Son los elegidos, los hijos de Jah, adoradores de Haile Selasie como Emperador. En las zonas suburbiales de la capital, como el gueto de Trench Town, los rastas van expandiéndose. No son una masa constante, ni de esquemas idénticos entre sí. Su filosofía es la misma, pero no su postura. Los rastas pueden ser combativos o pacíficos dentro de su unidad. Fuman la hierba de Jamaica, la ganja, pero para ellos no es una droga sino algo que forma parte de su propia elevación. Saben que está prohibida, pero comercian con ella como medio de supervivencia. Trench Town es la antítesis del lujo paradisíaco de Montego Bay y Ocho Ríos, las zonas residenciales donde vive un 5 por 100 de minoría blanca frente al 95 por 100 de mayoría negra.

Los rastafaris son, en pleno siglo XX, los israelitas bíblicos de su tiempo. Lo mismo que Moisés y su pueblo, ellos confían en regresar a la Tierra Prometida, marcada por el divino origen de Haile Selasie: Etiopía. Las coordenadas han cambiado, no van a cruzar desiertos en el Sinaí ni a separar Mares Rojos; al contrario, esperan salir de Jamaica para volver al desierto. Y es un pueblo que espera.

Mientras, tiene su música.

En un comienzo, el ska, el calipso y el mento resumían la expresividad musical jamaicana. La proximidad del gigante americano determinó una gradual mezcla de conceptos. Por un lado, se expande la música comercial, la difundida por las emisoras de radio de la isla, tanto para los turistas como para los adictos a las modas. Por otro, aparece la influencia del foco más próximo en distancia, Nueva Orleans. Sus emisoras de radio son captadas en muchas zonas. Estamos en los años cincuenta y tenemos el blues, el rhythm & blues y el rock and roll como referentes. Los jamaicanos adaptarán todo esto a su ritmo característico, de *tempo* medio, constante, monótono. El ska, que adoptará formas diversas (como el bluebeat en Inglaterra, la más conocida en Occidente), arranca en los años sesenta y va cambiando progresivamente. Una variante la tenemos en el rocksteady, su parte más fuerte y agresiva, porque es el ritmo utilizado por los primitivos rude boys, los *rudies,* los jóvenes más viscerales de los guetos de Kingston.

La influencia de la música negra en Jamaica es muy grande, aunque el país no perderá su propia forma, sino que la adaptará a su idiosincrasia. La aparición del soul, con el redescubrimiento de los metales, acaba influyendo en el nacimiento del reggae como estilo único. El período 1967-1968 es esencial. Desmond Dekker llega al top-20 en Inglaterra con «007» y con él se habla por primera vez de reggae. Antes, los principales nombres del rhythm & blues habían hecho sus pinitos con el bluebeat. Pero el reggae se presenta como algo nuevo, puro, comercial y muy pegajoso.

La fiebre reggae alcanzará un gran potencial desde 1973. Se dice que la crisis energética fue una de las claves de su rápida popularidad, porque se pasó de la abundancia a la falta de ideas en el seno del rock y el reggae estaba ahí, cálido y dispuesto. Pero el reggae ya había influido en la música británica primero y en el resto del mundo a continuación para cuando estalló la crisis. Island Records, bajo el influjo de su creador, Chris Blackwell (jamaicano blanco afincado en Londres), se empeñó en introducirlo y lo consiguió, aunque ayudado por la estrella de Bob Marley. Después harían reggae casi todos los grandes artistas de los años setenta y ochenta: Paul Simon en *There Goes Rhythm' Simon,* Led Zeppelin en *Houses of the Holy,* Eric Clapton con «I Shot the Sheriff», y hasta aparecerían grupos como Police, que hicieron reggae blanco en sus inicios. En 1973 los Rolling Stones se fueron a grabar su nuevo LP a Jamaica. Allí, sin embargo, las condiciones no eran las más favorables. Muchos productores jamaicanos fueron meras piezas del engranaje industrial más ferozmente consumista y robaron más de lo que protegieron a sus artistas. Los grupos solían grabar singles porque los LP's eran caros y habitualmente grababan la cara A, poniendo en la B la versión instrumental del tema principal. Esto permitió que en las radios locales los propios disc-jockeys cantaran e hicieran sus composiciones vocales sobre las bases instrumentales de otros. Muchas sirvieron de esqueleto para varias canciones a la vez, incluso acelerándolas o desacelerándolas, subiendo o anulando un instrumento. Los músicos jamás cobraban nada de todo esto. El peculiar universo musical jamaicano lo puso de manifiesto Jimmy Cliff en 1972 con la película *The harder they come,* en la que un cantante se atrevía a enfrentarse a la mafia local.

Y pese a todo, el reggae hizo el *crossover,* primero como novedad musical y después como género de la mano de Bob Marley.

Bob Marley (1945), «el Dylan negro», es un clásico producto de la Jamaica colonial. Su padre, un capitán de la Marina inglesa, se encontraba en la isla en los años de la Segunda Guerra Mundial. De no haber muerto poco después, su hijo Robert Nesta Marley habría tenido una educación británica, pero su madre se quedó en Jamaica y él fue un producto del gueto, el primero de cinco hermanos. Pudo haberse ido a vivir a Estados Unidos, pero el miedo a ser enviado a Vietnam le determinó a regresar a su tierra. A los dieciséis años grabó sus primeras canciones y fue Jimmy Cliff, uno de los grandes nombres del reggae con posterioridad, quien le apadrinó en su intento. Tras tener unos primeros éxitos locales, forma The Wailers en 1964, su grupo de acompañamiento. A fines de los sesenta acaba en la cárcel por problemas con las drogas y en 1969 graba sus dos LP's esenciales en esta primera etapa, *Soul Rebel* y *Soul Revolution*. Conseguido el reconocimiento con el éxito del tema «Trench Town», en 1970 aparecen los álbumes *Rasta Revolution* y *African Herbsman* cuando Bob ya ha sido fichado por Island Records y prepara su lanzamiento en Inglaterra. Desde 1972 se convierte en el rey del reggae y uno de los artistas internacionales más prominentes y decisivos a través de sus LP's *Catch a Fire, Burnin', Natty Dread, Live, Rastaman Vibration, Exodus, Kaya, Babylon by Bus, Survival y Uprising* hasta fines de los años setenta. Algunas de sus canciones son también hitos mundiales, «No Woman No Cry», «Jamming» y «Could You Be Loved». Otros artistas triunfarán con ellas: Johnny Nash fue número 1 en 1972 con «I Can See Cleary Now» y Eric Clapton con «I Shot the Sheriff» en 1974. La obra de Marley es crítica: defiende a su clase social frente al mundo occidental y reivindica el poder negro frente a la opresión blanca. Es la esencia de Jamaica y del mundo rasta. También habla de paz y amor, preconizando la victoria sobre Babilonia (Occidente) y la vuelta a la Tierra Prometida. Pero también libertad sin violencia. Jamás azuzó a sus acólitos de Trench Town, Denham Town o Jones Town. Aun siendo un líder carismático, no llegó a cruzar el umbral de la política. De vida azarosa, Marley fue vapuleado a causa de su condición social, timado y robado como artista, pero su estela es imborrable y el reggae fue suyo. Llegó a fundar su propia compañía discográfica para huir de la explotación a que era sometido en Jamaica, pero fracasó en el empeño. Su entrada en el mercado inglés marcó el futuro y el del reggae, rápidamente aceptado internacionalmente. Era como si las predicciones de Marcus Garvey siguieran cumpliéndose, porque la música conquistó a la Babilonia occidental.

La muerte de Marley en 1981, víctima de un cáncer, supuso el fin de una leyenda de la música, pero no del reggae. Otros artistas ya mantenían viva la llama, Peter Tosh, Toots & The Maytals, Third World y muchos otros.

OTRAS ESTRELLAS HASTA 1973

Después de hablar de todos los géneros o fusiones del período 1969-1973, parece como si lo que no estuviese adscrito a cualquiera de ellos no existiera en el perfil de este tiempo. Y nada más lejos de la realidad. La música electrónica, el nuevo folk inglés, el rock duro, la percusión latina, el jazz rock, el jazz blues, el rock sinfónico, el intimismo, el country rock, el glam, el reggae... todo lo que estalló con inusitada fuerza en estos años no ocultó la esencia básica del rock en toda su dimensión, aunque en ellos aparecieran más nuevos artistas y fueran más importantes que en toda la historia pasada o la de los años posteriores. Elton John en el fondo era inetiquetable; los Rolling seguían haciendo puro rock; Bob Dylan trascendía a toda definición temporal; Paul Simon era el trovador; Leonard Cohen, la poesía; los ecos hippies seguían sonando a través de las variables de Jefferson Airplane y lo mismo ocurría con otras bandas anteriores. Al margen de las estrellas que dieron consistencia a un tipo de música, o los géneros que dieron como resultado la aparición de grandes artistas, hubo muchos cantantes y grupos que también surgieron entre 1969 y 1973 de forma natural, sin patrones claros o adscritos a etiquetas que luego superaron, y por ello sería injusto no mencionarlos, famosos unos, efímeros otros, pero entre todos acabaron de crear el perfil histórico de este tiempo.

En Inglaterra destacaron las suavidades folk rock de Lindisfarne, con su LP *Fog on the Tyne* a la cabeza; el rock vanguardista de Colosseum, con músicos como Dick Heskctall-Smith, Jon Hiseman, Dave Greenslade y Tony Reeves en sus filas; los no menos vanguardistas Barclay James Harvest de *Baby James Harvest;* el exquisito Al Stewart, que tras unos años de lenta ascensión tendría el gran éxito de *The Year of the Cat* en 1976; los Audience de Howard Werth; los comerciales Thunderclap Newman de «Something in the Air»; los religioso-orientales Quintessence; los Mott The Hoople del cantante Ian Hunter y el hit «All the Young Dudes»; los exquisitos Strawbs de «Part of the Union» y una notable serie de LP's cadenciosos, desde *Grave New World* a *Bursting at the Seams;* la Edgar Broughton Band; los no menos vanguardistas Curved Air, de agitada carrera; los jazzísticos If del flautista y saxo Dick Morrissey; los acústicos Badfinger de «Come and Get It» o de «Day After Day», auspiciados por Paul McCartney; los inestables pero tremendistas Hawkwind; los comerciales Mungo Jerry, que tocaban con instrumentos no convencionales (botellas y otros característicos de las *jug bands* americanas) y triunfaron con «In the Summertime»; los brillantes Juicy Lucy de «Who Do You Love Me»; el dúo Medicine Head con «One and One Is One»; los bluesy Stone The Crows de Maggie Bell y el guitarra Les Harvey, a cuya muerte, electrocutado en un concierto, le sustituiría Jimmy McCulloch; Sandy Denny en solitario después de Fairport Convention; los también folkies Steeleye Span de Maddy Prior; los pioneros del rock blues inglés, Nucleus, con su trompeta Ian Carr al frente; Atomic Rooster pese a la marcha de Carl Palmer; la *big band* CCS de Alexis Korner; los fugaces pero exquisitos Rare Bird de «Sympathy», uno de los hits de 1970; Nazareth con Danny McCafferty; los Thin Lizzy de Phil Lynott y su célebre «Whisky in the Jar»; los rockeros y duros Budgie; los magistrales Gentle Giant de los tres hermanos Shulman y sus bellos álbumes repletos de armonías vocales y música de alto nivel; los creadores de éxitos Mike Chapman y Nicky Chinn, responsables de los hits de Sweet, Suzi Quatro o Mud; los africanos Osibisa, rock étnico procedente de Ghana; el pianista y cantante Gilbert O'Sullivan, con toda una larga serie de éxitos, entre ellos «Alone Again (Naturally)» y «Clair»; la McGuinness-Flint Band de «When I'm Dead and Gone»; los Sutherland Brothers & Quiver de «Sailing»; el guitarra John Martyn; el dúo acústico Tir Na Nog; el británico-español Albert Hammond, creador de «It Never Rains in Southern California» y otras 350 canciones para sí mismo y un sinfín de artistas; los rockeros Vinegar Joe, de donde saldrían Elkie Brooks y Robert Palmer; los New Seekers, reencarnación de los primeros Seekers de los años sesenta, con sus baladas pop «What Have They Done to My Song, Ma?» y «I'd Like to Teach the World to Sing», 25 millones de discos vendidos en cuatro años; los comerciales Chicory Tip de «Son of My Father» y los Christie de «Yellow River»; autores-cantantes como Lyndsey de Paul, Kevin Coyne o Peter Skellern;

los dúos Gallagher & Lyle o Richard & Linda Thompson; la Sensational Alex Harvey Band con el guitarra Zal Clemminson; el guitarra Roy Buchanan; los tradicionalistas Gryphon; el suave solista Clifford T. Ward de «Gaye»; la nueva aventura de Andy Fraser (ex Free), llamada Sharks; los Babe Ruth que triunfaron más en Estados unidos que en Inglaterra; el energético guitarra y cantante Rory Gallagher, repleto de visceralidad y con su «Cradle Rock» como bandera, y, cómo no, Peter Frampton, que tras militar en Herd y Humble Pie emigraría a Estados Unidos, donde triunfaría en 1976 con el doble LP *Frampton Comes Alive!,* disco que arrasaría en las listas y le convertiría en una estrella.

Esta larga lista de nombres tiene a algunos más como cabeceras de cartel. Rod Stewart & Faces fueron una de las bandas de los setenta. Como grupo tuvieron una línea heredada de Small Faces y el Jeff Beck Group de donde procedían, pero en solitario Rod habría de ser a lo largo de las décadas siguientes una de las grandes figuras del rock, con álbumes llenos de energía, su característica voz arenosa y un carisma especial. Destacan *Every Picture Tells a Story, Never a Dull Moment, Atlantic Crossing* (con el que hizo el que cruzó precisamente el Atlántico para instalarse en Estados Unidos) y *Foot Loose and Fancy Free,* junto a los singles «Maggie May/Reason to believe», «Sailing», «Da Ya Think I'm Sexy?», You're in My Heart» y muchos más hasta el siglo XXI. Cat Stevens, hijo de emigrantes griegos, ya había triunfado como autor, pero su gran momento llegó a partir de 1970 con canciones como «Lady d'Arbanville», «Moon Shadow», «Morning Has Broken» y álbumes de gran pureza: *Mona Bone Jakon, Tea for the Tillerman, Teaser and the Firecat, Foreigner, Buddah and the Chocolate Box* y otros hasta su conversión a la fe islámica y su retiro del mundo de la música. Electric Light Orchestra es otra de las formaciones rutilantes de los setenta y parte de los ochenta. Procedentes de Move, el grupo tendrá en Jeff Lynne a su líder esencial, y pese a cambiar mucho de miembros, mantendrán una sólida línea con sus LP's *ELO, ELO 2, Eldorado, A New World Record,* etc. Jeff Lynne será después productor y reaparecerá con George Harrison y Bob Dylan en los Traveling Wilburys. El último nombre que destaca por encima de la media es el de Olivia Newton-John, hija de un académico inglés y nieta de un premio Nobel de física. Pasó la infancia en Australia, regresó a Inglaterra, tuvo una carrera notable con diversos éxitos populares a comienzos de los setenta y después triunfaría en Estados Unidos primero cantando country y más tarde como estrella de cine en *Grease* y *Xanadu*.

La cita de nombres y discos en Estados Unidos es mucho mayor. Y también la mezcla de estilos y tendencias. Delaney & Bonnie & Friends formaron una especie de familia en la que llegaron a tocar George Harrison y Eric Clapton, de ahí su fama temporal, recogida en el álbum *On To;* Billy Preston, pianista de los Beatles en 1969 (el único artista que grabó con ellos y figuró con mención específica), triunfó con sus canciones «That's the way God Planned It» y «Out a Space»; Rare Earth, el primer grupo blanco de Motown, destacó con su extraordinario «Get Ready» y después con «I Just Want to Celebrate», plenos de ritmo; Sha Na Nada revitalizaron el rock and roll a comienzos de los setenta; John Stewart triunfó en solitario tras dejar el Kingston Trio; los comerciales Steam de «Na Na Hey Hey Kiss Him Goodbye»; el James Gang del que salió Joe Walsh; los Three Dog Night de «Joy to the World»; los formidables Guess Who canadienses de «American Woman» y «No Time»; los gospel Edwin Hawkins Singers de «Oh Happy Day»; Zager & Evans y su gran número 1 con «In the Year 2525»; Joe South con su emblemática «Walk a Mile in My Shoes»; los Blues Image de Mike Pinera; el excelso flauta Herbie Mann con su decisivo *Memphis Underground* de 1969; grupos divergentes como Harpers Bizarre, Friends of Distinction, Frijid Pink y Joy of Cooking; Hot Tuna o una variante de Jefferson Airplane de la mano de Jorma Kaukonen; el pianista Leon Russell; el compositor y cantante Paul Williams, protagonista también de la película *The Phantom of the Paradise;* Curtis Mayfield, ex solista de los Impressions, famoso por el tema de la película *Superfly;* el batería Buddy Miles con su propio grupo; las primeras bandas de rock femenino estadounidense, Fanny o Shaggs, a las que seguirían Birtha; solistas destacados como Anne Murray («Snowbird»), Freda Payne («Band of Gold»), Helen Reddy («Delta Dawn»), Donna Fargo («The Happiest Girl in the Whole USA»), Bill Whiters («Ain't No Sunshine»), Lobo («Me and You and a Dog Named Boo»), Harry Nilsson («Without You»), Rita Coolidge, Bobby Womack, Harry Chapin o Mac Davis; el grupo Redbone, de origen indio (reserva Cheyenne), con sus sorprendentes «Maggie» y «Witch Queen of New Orleans»; los rockeros texanos Z. Z. Top, destacados desde *La Grange* y con una carrera siempre renovada hasta fines del siglo XX; los comerciales Dawn de Tony Orlando y sus canciones «Knock Three Times» y «Tie a Yellow Ribbon Round the Old Oak Tree», multimillonarias en ventas; el jazzista Herbie Hancock en su incursión a la vanguardia siguiendo el estilo de Weather Report o Return to Forever; la J. Geils Band, que, tras una década de militancia rockera, triunfaría con *Freeze Frame* en 1981; los Blue Oyster Cult, tremendistas y pioneros heavy en Estados Unidos, impactantes con el potente «On Your Feet or On Your Knees»; los Crusaders, que después de muchos años grabando discos se impusieron por su calidad en los setenta; el cantante Jim Croce, muerto en un accidente de aviación cuando triunfaba por fin con «Bad, Bad Leroy Brown» y «You Don't Mess Around With Jim»; los New Riders of The Purple Sage, derivados de los Grateful Dead; los Staple Singers, una de las instituciones de los grupos vocales negros, triunfantes con «Respect Yourself»; los rockeros Commander Cody & His Lost Planet Airmen; el guitarra negro de blues Freddie King; los sureños Wet Willie; los profesionales Tower of Power, que después de servir de músicos de estudio para otros se lanzaron como banda; el guitarra Nils Lofgren, primero miembro del grupo de Neil Young, después estrella individual y más tarde miembro de la E Street Band de Bruce Springsteen; el cantante negro Al Green, último bastión del soul sureño, protagonista de una larga serie de éxitos como «Tired of Being Alone» y «Let's Stay Together», que le llevaron a vender 20 millones de discos; el cantante, compositor y productor Barry White, con su personal estilo tanto en solitario («You're the First, the Last, My Everything» o «Let the Music Play») como al frente de la Love Unlimited Orchestra, con la que hizo «Rhapsody in White»; los excéntricos Dr. Hook & The Medicine Show de «The Cover of the Rolling Stone» y «Sylvia's Mother»; grupos negros como Meters o Stylistics; el guitarra Roy Buchanan; la Charlie Daniels Band; el autor, guitarra y cantante J. J. Cale, autor de «Cocaine»; la exquisita Bonnie Raitt, que tendría su segunda y mejor etapa casi treinta años después; los funkies Rufus, con Chaka Khan al frente; las Pointer Sisters; Los Little Feat de Lowell George; los heavies Black Oak Arkansas; Hall and Oates, dúo de rock con una enorme lista de éxitos («Kiss on My List», «I Can't Go for That (No Can Do)», «Private Eyes»), y por último, Don McLean, autor de uno de los grandes hitos de los setenta, «American Pie».

Como estrellas diferenciales de la música americana en esta relación de artistas fuera de contextos definidos, porque su éxito trasciende a modas o géneros, hay que citar a diversas figuras.

Isaac Hayes, «el Moisés negro», fue el creador del soul sinfónico (y del rhythm & blues orquestado en la misma medida). Antes de su éxito individual había sido autor de hits como «Soul Man» o «Hold On, I'm Comin'» para Sam & Dave. En 1967 se lanzó en solitario y con su segundo álbum, *Hot Buttered Soul* de 1969 (solo cuatro temas), pasó cuarenta y cinco semanas en el top-10 USA. Sus piezas orquestadas-recitadas, apoyadas en su voz profunda y grave, y sus conceptos sónicos crean sensación. *The Isaac Hayes Movement, To Be Continued, Black Moses* y la banda sonora de la película *Shaft* forman la base de su relevancia histórica, diluida después de mitad de los años setenta.

Lo que Hayes es en voz masculina, lo fueron Roberta Flack y Diana Ross como voces femeninas. Roberta acaparó una larga serie de éxitos en los primeros años setenta, con temas muy populares como «Killing Me Softly With His Song» o «The First Time Ever I Saw Your Face» y los LP's *First Take, Chapter 2, Quiet Fire* y *Killing Me Softly.* Diana Ross, después de dejar a las Supremes, mantendría durante las siguientes décadas su gran nivel y personalidad, en una carrera de muy largo recorrido, con temas como «Ain't No Mountain High Enough», «I'm Still Waiting», «Touch Me in the Morning» o «Endless Love». Como actriz, fue nominada al Oscar por *Lady Sings the Blues* (una biografía de Billie Holiday) y logró otro gran éxito con *Mahogany.*

Otra gran voz femenina de los setenta fue Linda Ronstadt, considerada la mejor solista femenina de la segunda mitad de la década. Combinó folk-rock y country-rock, utilizó sus raíces latinas y la herencia de la música mexicana. Formó parte de los Stone Poneys y debutó en solitario en 1970 acompañada por músicos que luego se convertirían en los Eagles. A partir de 1972 graba sus mejores obras, *Linda Ronstadt, Don't Cry Now, Heart Like a Wheel,* para culminar en 1977 con *Simple Dreams* en su gran momento de popularidad. Sus mejores singles fueron «You're No Good», «When Will I Be Loved», «Blue Bayou» y «Poor Poor Pitiful Me». Amante de un candidato a la presidencia de Estados Unidos, el gobernador de California Jerry Brown, su carrera se mantuvo con mayor discreción las décadas siguientes.

John Denver era hijo de un galardonado piloto de las Fuerzas Aéreas estadounidenses. Debutó como *folk-singer* y, ya en Los Ángeles, sus canciones le abrieron paso antes de que lo hiciera él como solista. Una de ellas, «Leaving on a Jet Plane», sería número 1 en la versión de Peter, Paul & Mary. A partir de 1969 Denver destaca con sus LP's llenos de frescura y con una larga serie de singles que le convierten en un triunfador absoluto y uno de los máximos vendedores de los setenta. Algunas de estas canciones son «Take Me Home, Country Roads», «Rocky Mountain High», «Annie's Song», «Back Home Again», «Sunshine on My Shoulders», «Sweet Surrender» o «Follow Me». Sus mejores LP's serían *Poems, Prayers and Promises, Aerie, Rocky Mountain High, Back Home Again* y sus recopilatorios de éxitos.

Un centenar de grabaciones jalonan la carrera de otro monstruo que reverdeció al inicio de los setenta: B. B. King. El excepcional guitarra, que debutó discográficamente en 1949, sacó a relucir su magia en 1969 con los LP's *Live and Well* y *Completely Live* y, ya en 1971, con *In London,* acompañado de grandes músicos como Al Kooper, Ringo Starr, Peter Green o Steve Marriott. Como King of The Blues, mantendrá su nivel inalterable y su actividad hasta el nuevo siglo. Otro veterano que rompió esquemas fue Eric Burdon. Instalado en Los Ángeles en 1969, formaría un grupo compuesto exclusivamente por músicos negros, War. Ritmo, color bluesy y energía son parte de sus grandes trabajos *Eric Burdon Declares War* y *The Black-Man's Burdon,* junto con el tema «Spill the Wine». Eric iniciaría otra larga serie de giros pocos después, casi siempre en solitario, dejando a War con una carrera propia a lo lago de la década. En el mismo tono menor pero de gran peso musical cabría citar a Johnny Winter, «el albino de oro». Guitarra y cantante de blues blanco, tocó con Mike Blooomfield y Muddy Waters antes de lanzarse en solitario en 1969. Su larga discografía cuenta con páginas esenciales, *Johnny Winter and, Still Alive and Well, Captured Live!, Together* (con su hermano Edgar) o *Nothin' But the Blues.*

Para cerrar esta parte con los grandes nombres nacidos entre 1969 y 1973, dos gigantes: Steely Dan y Doobie Brothers. Los primeros surgen de la fusión de dos genios de la música, Walter Brecker y Donald Fagen. Todavía con otros músicos en el grupo (Jeff Baxter entre ellos), triunfan con los LP's *Can't Buy a Thrill, Countdown to Ectasy* y *Pret-*

zel Logic, además de los singles «Do It Again» y «Rikky Don't Lose That Number». Como dúo mantienen un alto nivel de calidad hasta los años ochenta con *Aja* o *Gaucho,* consideradas obras maestras. Los Doobie Brothers, por su parte, revitalizaron la energía californiana de los setenta desde su aparición en 1972. Primero con Tom Johnston como cantante (hasta 1977) junto a Pat Simmons, y después con Michael McDonald como solista en la segunda etapa del grupo. De la primera destacan temas como «Long Train Runnin'», «Listen to the Music», «Black Water» y «Take Me in Your Arms», y los álbumes *The Captain and Me, What Were Once Vices Are Now Habits, Stampede, Takin' It to the Streets y Livin' on the Fault Line.* De la segunda hay que citar el gran éxito de la canción «What a Fool Believes» y los LP's *Minute by Minute* y *One Step Closer.*

BEATLES SOLOS

Con la separación de los Beatles en abril de 1970 murió el grupo (por lo menos a nivel creativo, porque su historia ha seguido y seguirá), pero nacieron cuatro estrellas individuales de mayor o menor signo según el paso de los años. Y los cuatro emergieron también en el comienzo de la década de los setenta con todo su esplendor.

El primer ex Beatle en triunfar en solitario, como para desquitarse de su papel de sometimiento en la banda, fue George Harrison. A los siete meses de la ruptura presenta el inconmensurable *All Things Must Pass,* triple LP con un gran tema como bandera, «My Sweet Lord». Un año después George es el promotor del Concierto de Bangla Desh y en 1974 creará su propia compañía discográfica, Dark Horse Records, de no muy larga vida. También incursionará en el mundo del cine, creando la productora Hand Made Films, responsable de una maravilla como *La vida de Brian* de los Monthy Phyton. Los mejores años de George en el plano individual serán los setenta, con álbumes como *Living in the Material World, Extra Texture, 33 1/3* y *George Harrison.* En los ochenta su unión con Bob Dylan, Jeff Lynne, Roy Orbison y Tom Petty para dar forma a The Traveling Wilburys añadirá otra página de oro a su carrera, enfriada en los noventa hasta su muerte en 2001. Lo mismo que George, Ringo Starr también vivió su momento de gloria individual en los setenta con la ayuda de sus amigos ex Beatles. Ringo triunfó en los rankings con sus temas «It Don't Come Easy», «Back Off Boogaloo», «Photograph», «You're Sixteen» y «Oh My My» y los álbumes *Ringo, Goodnight Vienna* y *Blast from Your Past.*

John Lennon, que ya había grabado en tiempo de los Beatles temas como «Give Peace a chance» o el álbum *Plastic Ono Band - Live Peace in Toronto,* debutó en 1970 con *Plastic Ono Band* y algunos singles notables como «Mother» o «Power to the People», pero sería en 1971 cuando aportase a la historia su gran obra personal, música iconográfica del siglo XX: «Imagine». La guerra con Paul McCartney empañará estos años y él mismo, inmerso en sus campañas pacifistas y su guerra con el Gobierno de Estados Unidos, que trata de expulsarle del país por su pasada relación con las drogas, pierde fuerza con discos polémicos como *Sometime in New York City* o testimoniales como *Rock and Roll,* aunque se recupera con otros como *Walls and Bridges.* John ayudará a David Bowie a entrar en Estados Unidos («Fame»), y aparecerá por última vez en vivo el 28 de noviembre de 1974, en Nueva York, en un concierto con Elton John. Retirado desde 1977 para criar a su nuevo hijo Sean, reaparece en 1980 con *Double Fantasy* y el single «Just Like Starting Over» antes de que un fan loco le asesine la noche del 8 al 9 de diciembre del mismo 1980. Su muerte es considerada como el fin de una época. El domingo siguiente el mundo entero guarda diez minutos de silencio en memoria del genio.

Paul McCartney se convertirá en el «gran trabajador» de la era pos-Beatle. Primero lo intentó en solitario *(McCartney, Ram),* pero después formará el grupo Wings, con los que tendrá una gran actividad a lo largo de la década con álbumes clave como *Red Rose Speedway, Band on the Run, Venus and Mars, At the Speed of Sound, London Town* o el triple *Wings Over America,* además de una docena de éxitos que le convertirán definitivamente en el músico con más números uno, más éxitos y discos de oro, platino y titanio de la historia sumando todas sus etapas. Wings sufrirán muchos cambios en diez años, pero se mantendrán siempre Linda McCartney en los teclados y Denny Laine en la guitarra. A fines de los setenta McCartney promovió el Concierto para Kampuchea y, ya sin Wings, mantiene una sobria carrera hasta el siglo XXI con obras de todo tipo *(Tug of War, Pipes of Peace, Flowers in the Dirt, Off the Ground,* etc.). Además, ha producido y protagonizado una película *(Give My Regards to Broad Street),* ha grabado dúos con Michael Jackson o Stevie Wonder y compuesto su primera obra clásica, el *Oratorio de Liverpool.* La muerte de Linda McCartney y su segunda boda serán el contrapunto personal a la asombrosa carrera del heredero Beatle.

LA MÚSICA, NÚMERO 1 DEL *ENTERTAINMENT*

El colofón de la etapa 1969-1973 llega tras 1972, cuando la música supera al cine y la TV en Estados Unidos como industria más productiva y rentable. Un hito que adquirirá mucha más relevancia no por su previsible continuidad, sino por los sucesos de octubre de 1973, cuando la cuarta guerra árabe-israelí cambie el mundo de arriba abajo y acabe con los años de esplendor.

18
LA GRAN CRISIS

TIEMPOS DE INCERTIDUMBRE

El 6 de octubre de 1973 comienza la guerra del Yom Kippur.

Pocas veces un acontecimiento tan ajeno a la música, a la dimensión y la vida del rock tendrá una importancia tan decisiva en la historia de este como esta guerra, lo que demuestra la relación constante entre la evolución del entorno social y la de la música desde mitad del siglo XX. Arte y sociedad, economía y política, forman, han formado y formarán un núcleo vital de progresión conjunta. La guerra árabe-israelí de octubre de 1973 fue la demostración más evidente de tal aserto.

Es cierto que a partir de la guerra del Yom Kippur el mundo entero entró en una de las crisis más densas de su historia y que, a todos los niveles, ese mundo se resintió ante la escasez de materias primas y las subidas constantes y desmesuradas de los precios del crudo petrolífero dominado por la OPEP (Organización de Países Exportadores de Petróleo). Pero las formas artísticas purgaron más que ninguna otra el precio de ser el arte uno de los «lujos» más prescindibles a la hora de escoger entre varias necesidades. En su momento de máxima expansión, el mundo del disco, dependiente por completo de las materias primas derivadas del petróleo, iba a encontrarse con la imposibilidad de crecer más, limitado por la escasez y sometido a un aumento vertiginoso de precios, que incidió en la menor venta de discos.

La gran crisis iniciada en 1973 tendría unos primeros años de fuerte efecto en la esfera del rock, para lograr una revitalización gradual,

David Bowie, el príncipe mutante, del glam rock a la sofisticación y la fascinación de la imagen

Bob Marley. El reggae no habría sido lo mismo sin él. Conquistó Babilonia

Queen. Gigantes de los setenta y los ochenta. Mitos desde la muerte de Freddie Mercury

aun dentro de la prolongación de la crisis, al final de la década de los setenta. La escasez de nuevos artistas importantes a partir de 1974 es obvia en la historia del rock. Se mantuvieron los mitos y las leyendas, los gigantes forjados con anterioridad, pero la alegría discográfica quedó frenada por la necesidad de asegurar lanzamientos, ventas y resultados.

Y todo comenzó ese 6 de octubre de 1973, cuando Egipto e Israel iniciaron su cuarta guerra personal desde el nacimiento del Estado de Israel en 1948.

La hegemonía del mundo del disco entre los medios de entretenimiento en Estados Unidos en 1972, desbancando por primera vez a cine y TV, hacía presagiar un futuro dorado que los nueve primeros meses de 1973 se encargaron de consolidar. Grandes solistas, grandes grupos, grandes expectativas, grandes éxitos. Pop fácil y comercial, pero con estilo, en Inglaterra y música de esencia cada vez más americana en Estados Unidos, que se beneficiaba de la amplitud de su mercado y las distintas fuentes sónicas en las que beber. El primer año del reinado del disco en Estados Unidos fue 1973. Nadie podía pensar que sería también el último. Nada preocupaba y nadie temía un cataclismo.

Y el cataclismo fue la guerra del Yom Kippur.

La perspectiva histórica nos permite ver hoy que la industria discográfica vivía en 1973 en un mundo rosa de dorados resultados. No es extraño que, al primer envite del destino, pudieran escucharse por doquier frases como estas: «Nos hemos desbordado y ahora pagamos el precio de haber llevado las cosas a un punto donde detenerse es difícil pero necesario», «Hemos producido una inflación agobiante y ahora hay que ajustarse a la realidad», «Habrá que replantear la industria en los próximos años». Engañosamente, la industria discográfica (como otras tantas) había llegado a un despilfarro de materias primas que un día, a raíz de una guerra «ajena» (¿es ajena alguna guerra?) y de una situación política concreta, empezaron a escasear.

Desde los primeros ecologistas hasta los últimos especuladores, la gente comenzó a darse cuenta de que la gastada Tierra no era inagotable, de que sus recursos iban mermando progresivamente, sin tiempo para que la naturaleza los repusiera y obrara el milagro de ser el eterno regenerador y equilibrante final. La industrialización progresiva del globo conducía ya directamente a términos tan familiares como «polución», «extinción», «desgaste»... Peligros que antes no existían o que, al menos, no se cernían con premonitoria fuerza sobre el hombre. Los malditos vaticinadores del final volvieron a predecir la calamidad de una tétrica destrucción o, lo que es peor, de una autodestrucción.

La guerra árabe-israelí fue el detonante. La rápida victoria israelí hizo que los árabes, poseedores de la mayor parte del petróleo que se exporta en el planeta, reaccionaran con su única arma, la que les daba su auténtica fuerza, el corte del suministro petrolífero, para obligar al mundo a tomar partido y hallar soluciones.

Este corte, con su posterior racionamiento y alza progresiva de los precios, puso a Occidente de cara a la pared, desarticuló la siempre frágil balanza económica mundial y desató la crisis. En los primeros meses muchos Gobiernos se enfrentaron al colapso económico y político. Un país podía ser pro-judío y por ello encontrarse sin petróleo, lo que le obligaba a negociar con los árabes. La pérdida de «papeles», del norte individual, creó un enorme desconcierto en los primeros meses del caos.

El primer paso árabe fue protestar por la ayuda americana a Israel cortando el suministro de petróleo. El segundo, llevar la cuestión a la ONU, amparados en su fuerza. Los árabes, pobres en preparación e industrialización, se enfrentaban a la poderosa Europa y a los no menos potentes Estados Unidos. Pero Europa y Estados Unidos necesitaban el petróleo para seguir manteniendo su industria. El tema estaba muy claro. La ONU, empujada por esa determinación, se vio obligada a tomar decisiones rápidas, contra viento y marea. La mayoría, por no decir todas, resultaron favorables a los países árabes, pero difíciles de poner en práctica porque Israel, como país vencedor en el conflicto y fiel a su propia historia, se aferró a lo ganado, sin hacer concesiones ni pactos que le perjudicaran.

El calvario que comenzó en aquel mes de octubre alcanzó su cota más álgida en los tres meses siguientes. En menos de noventa días la gente se enteró de cientos de cosas que sonaban extrañas en un mundo de superabundancia. La principal era la falta de energía. No había energía. Había que ahorrarla como fuera. Y no solo se trataba de la energía, sino de todos los derivados del petróleo, que era como decir la mayor parte de lo que utilizamos.

La falta de petróleo, el motor básico de la industrialización del planeta e indispensable para que este funcionase, creó un clima de angustia total, ya que la energía atómica por entonces no estaba suficientemente desarrollada y el carbón no podía suplirlo. Como en los días de la Guerra Mundial, el planeta volvió a recordar una palabra olvidada: racionamiento. En el aspecto comercial, la inminencia de las Navidades agravó el problema: se intentó acaparar todo tipo de existencias para superar el período más comercial del año, con lo cual se aceleró aún más la falta de materias primas y la carencia de recursos básicos. El ser humano, naturalmente, pensó en la supervivencia a corto plazo. Pero, por encima de esos intereses privados, muchos notaron el gran problema. La esencia del mal no radicaba en que los países árabes cortaran la espita del petróleo, sino en que a ellos mismos, un día, se les agotaría esa fuente, tal vez en unos años. Entonces, ¿qué?

En el mundo discográfico, industrias que iban desde el papel para las bolsas hasta la pasta para la fabricación de discos sufrieron los duros golpes de la crisis, golpes aumentados por los especuladores y los que, como siempre, se dedicaron a sacar el máximo partido personal al caos mundial. El problema no consistía solo en no poder lanzar discos al mercado, sino en el inesperado freno que la evolución musical sufría en su momento de máximo esplendor. Las compañías hicieron planificaciones en las que solo se pensaba en editar a los grandes vendedores de cada marca, sin la menor oportunidad para la novedad o la búsqueda de nuevos valores. El lema fue: «más vale pájaro en mano que ciento volando». Editar a un Elton John suponía cifras de venta seguras y beneficios jugosos, mientras que arriesgar con un desconocido, por bueno que fuese, suponía un riesgo agravado por la escasez. ¿Qué hacer, editar un millón de copias «seguras» de Elton John, o cuatro novedades a razón de 250.000 copias cada una, sabiendo que, por fuerza, por lo menos una no triunfaría y se perdería el material empleado? Ese fue también el motivo de que en las listas de LP's, en EEUU y especialmente en Inglaterra, permanecieran inamovibles semana tras semana, los mismos discos casi hasta 1975, con muy escasas novedades y aportaciones regeneradoras. Muchos artistas, habituados a grabar un LP al año, vieron como sus discográficas preferían prolongar la vida de un álbum y exprimirlo al máximo antes de editarles otro. Si Beatles o Rollings editaban dos LP's en los sesenta, y luego se pasó a uno entre 1969 y 1973 por parte de la mayoría, a partir de estos años cambió también esa dinámica. Hoy una gran banda edita un CD cada tres o cuatro años.

En en mismo mes de octubre de 1973 la prensa musical comenzó a tratar el problema de la crisis energética con mayor relieve que las declaraciones de un Jagger o la futura gira de unos Genesis. Una compañía multinacional como WEA (Warner Brothers, Elektra-Asylum y Atlantic) sufrió un fuerte racionamiento de fundas y portadas para discos, pasando de los tres millones que necesitaban a disponer tan solo de unas 400.000 unidades. A pesar de no ser Inglaterra un mercado de hits millonarios como el americano, un impacto fuerte llegaba fácilmente, y en dos o tres semanas, a los 250.000 ejemplares vendidos. La magnitud del problema era pues manifiesta: un hit podía morir por falta de papel para lanzar o reeditar el disco. En Inglaterra la situación fue más grave que en ningún otro país europeo, por falta de capacidad de producción de bolsas, aunque Estados Unidos no le fue a la zaga en el contexto mundial. Los británicos importaron rápidamente fundas de singles y LP's de Canadá y Estados Unidos, y algunas compañías, las más fuertes y potentes, almacenaron millones de ellas, o cientos de kilos de papel, para tener cubierto el futuro más inmediato. Pero, ¿y las pequeñas? El problema acabó de agravarse cuando Suecia, la principal proveedora de cartulina, tuvo que interrumpir el suministro.

Uno de los gerentes de la firma prensadora más importante de Gran Bretaña comentó en aquel mismo mes de octubre: «La venta de discos ha aumentado en un 40 por 100 en los últimos años. Si ahora no podemos cubrir la demanda, teniendo la capacidad de producción, el personal y lo necesario para ello, nos iremos a la bancarrota». Y no era un sentir privado, sino general, por lo que las grandes firmas discográficas almacenaron papel y cloruro de polivinilo en grandes cantidades, provocando así la falta en las pequeñas, sin poder de absorción de stocks. Algo que las enfrentó aún más directamente con la crisis y sus posibles cierres. Teniendo en cuenta que el papel de los pequeños sellos en la búsqueda de nuevos talentos siempre ha sido primordial, el freno al rock, a la música en general, se acentuó aún más.

En Inglaterra la producción bajó rápidamente a un 75 por 100 para la etapa prenavideña, pero lo peor era la amenaza y la inseguridad para el futuro. Uno de los principales fabricantes de bolsas para discos dijo claramente: «De las seis a siete semanas que antes tardaba en recibir el papel que pedía, he pasado a contar el tiempo en meses, con lo cual no se puede prever la menor planificación a corto ni largo plazo».

En Estados Unidos, más dados a la paranoia, se creó un caos tan impresionante que la Asociación de la Industria Discográfica de América, una entidad oficial, reclamó la acción del Congreso con el fin de obtener un «trato favorable» en el reparto de materias primas. Cuando se realizó esta petición, la mayoría de las plantas americanas estaban trabajando a un ritmo sensiblemente inferior al normal, con una edición global de discos bastante más baja que antes.

Sin embargo, la crisis energética y de materias primas no fue por entonces el único freno a la industria fonográfica. Por extraño que parezca, las disposiciones anticontaminación formuladas por la mayoría de países tuvieron también un tremendo efecto en los procesos de fabricación, ya que las fábricas no lograron resolver los problemas que creaban sus residuos. Un ejemplo claro lo tenemos en la fábrica italiana de Montecatini: cuando efectuaban la transformación en su sistema expulsor de gases a la atmósfera se produjo una reacción física en la que murieron dos personas al estallar parte de las instalaciones. La industria italiana sufriría un paro total de varias semanas, ya que el problema radicaba en el intento de implantar soluciones antipolución cuando aún no estaban bien estudiadas las consecuencias ni los métodos a emplear. El poder contaminante del cloruro de polivinilo y la escasez del estireno se aunaron como un solo y maldito agente antidiscográfico. Lo más curioso del problema de la contaminación fue que el país impulsor de las leyes preventivas, Estados Unidos, al ver la difícil aplicación de medidas en determinadas industrias, se echó rápidamente atrás en sus propósitos y planificó mejor su estrategia, esta vez sin prisas. El resto del mundo, ante la súbita sed antipolución, no llegó a la misma conclusión. De esta forma, al haber sanciones por un lado y peligro por el otro, el proceso de fabricación de los discos sufrió un descalabro más, que sumado al principal, la falta de materias primas, elevó la sensación de caos a máxima preocupación vital para muchos. El disco y su universo daban dinero en abundancia a las arcas de industrias y naciones.

El pánico en el mundo de la música no solo afectó al disco (en cuya fabricación intervenían el cloruro de polivinilo, el negro de humo y un estabilizante, preferentemente el esquirato de plomo o el cálcico, ambos lubricantes), sino también a los restantes productos de la industria, que en aquellos días eran la cassette y el cartucho de ocho pistas, en ambos casos por la falta de plástico, materia con la cual se fabricaban los envasados o soportes de estas dos modalidades de cintas.

Durante 1974 la escalada de precios y las distintas vicisitudes del mercado fueron tan veloces como inestables. Las artes gráficas sufrían subidas ostensibles cada dos o tres meses, llegando a cifras que doblaron y hasta triplicaron las originales de antes de la crisis. La pasta para discos tuvo que ser buscada, y pagada a precios exorbitantes, en cualquier parte del mundo, lo cual repercutió en el bolsillo del comprador, con aumentos progresivos e imparables de las diversas producciones. Para paliar estos efectos, cada país trató de adoptar una normativa adecuada a su propia economía. Unos intentaron suprimir los impuestos arancelarios para bajar los costes (naturalmente, esta medida fue puesta en práctica, aunque sin resultado, por los países importadores), otros formaron un frente acaparador (los países exportadores), y entre los dos bandos creció un clima de desconfianza e inestabilidad que fue un duro yugo a lo largo de todo 1974, amenazando con romper armonías, hacer olvidar los tiempos de bonanza y destrozar mercados abiertos en tantos años de expansión apabullante. Hay otros detalles que explican la repercusión de la crisis. En 1916 Inglaterra adelantó por primera vez los relojes para ahorrar energía. Esta medida tuvo que ser recuperada en 1974 y fue una más de las consecuencias de la crisis energética.

A partir de la primavera de 1974 el miedo empezó a remitir, aunque no desapareció. El golpe a la industria había sido muy fuerte. El público, habituado ya a pagar más por todo, se adaptó resignado a los nuevos precios del mercado discográfico. La información también era menor, para no fomentar el pánico ni la idea de descalabro. Pero aunque la noticia ya no era tema de primera página, la realidad subyacía. Expectativas más calmadas sobre un mar de fondo alterado que acogía soluciones alternativas y un rosario de problemas entrelazados unos con otros. Seguían los ajustes, el miedo, la escasez, la incertidumbre.

Cifras concretas facilitadas por diversas firmas discográficas inglesas dan cuenta de que a mediados de 1974 la producción discográfica global era un 50 por 100 menor, de promedio, que la del año anterior, con compañías que estaban en el punto más bajo de su historia, a un 30 por 100 de su producción. Si tenemos en cuenta que año a año las cifras tienden a subir en todos los niveles, desde la producción hasta el consumo, veremos que este porcentaje comparativo es aún más bajo en términos evolutivos.

Pero, en cambio, la contrapartida muestra lo increíble de la situación a la que se llegó: a menor producción, estas mismas compañías registraron un mayor índice de beneficio por ventas y, por tanto, un mayor beneficio comparado. Esto, que aun años después podía ponerse en duda o sorprender, se comprende si pensamos que los discos pasaron a venderse casi por el doble de lo que costaban antes. A ello se une la política discográfica común en 1974: la comercialidad. Las compañías se dedicaron preferentemente a buscar el éxito fácil, grabando piezas muy comerciales y apoyándolas al máximo. En lugar de editar tres discos a la aventura, lanzaban uno, pensado, meditado, estudiado y apoyado para que fuera un éxito seguro. La selección, el patrón de fondo, si bien garantizó beneficios y mínimo riesgo, hizo que el año fuera malo, pésimo, en otro aspecto: el de la calidad, que no se buscó. En tiempos de crisis importan otras cosas. Ese era el lema. Se trabajó más de cara al single que al LP. Las listas de álbumes se anquilosaron, mientras que las de singles tuvieron una movilidad absoluta, aunque con una falta de base cualitativa esencial. El año 1974 fue de consumo «provocado y dirigido». Y como mal mayor, vistos los resultados, el éxito de la fórmula no facilitó después un cambio: al contrario, hizo que se mantuviera varios años. La industria discográfica, la de las *majors* sobre todo, se ha caracterizado siempre por ser la más conservadora de las dedicadas al entretenimiento. Cuando algo funciona, hay que seguir el camino hasta la extenuación, hasta que el mundo cambia o la aparición de un fenómeno puntual despierta ese cambio y nuevo ritmo. No olvidemos nunca que los Beatles fueron rechazados por varias compañías hasta que una creyó en ellos... aunque los colocó en un sello minoritario dentro de su misma empresa. Su éxito lo cambió todo y marcó todas las pautas de los siguientes años. Los Beatles fueron un fenómeno «natural», no buscado. Y esos fenómenos han sido los que, a la postre, han marcado siempre la evolución de la música, adaptándose la industria a ellos.

El síntoma definitivo de la crisis y de 1974 como primer año completo (si bien lo más grave sucedió en los últimos tres meses de 1973) lo hallamos en Estados Unidos, donde las ventas discográficas del año alcanzaron los 1.550 millones de dólares, esto es, 114 más que en 1973. Sin embargo, y ahí está el auténtico quid de la cuestión, de 280 millones de LP's vendidos en 1973 se pasó a vender 276 en 1974, cuatro millones menos. Y de 228 millones de singles en 1973 se pasó a 204 en 1974, 24 millones menos. El resultado es obvio: más dinero vendiendo menos. La crisis existía: en lugar de vender más, como había sido la tónica año tras año, se vendía menos. Si el beneficio era mayor se debía al desmesurado coste al alza de los discos, disparado por las constantes subidas del precio de venta al público. Se equilibraba la balanza en la industria, pero el freno a la música era evidente y la crisis subsistía como mar de fondo. El público soportó peores grabaciones, pocas variaciones y el milagro de la etapa 1969-1972 se fue al garete. Por si eso fuera poco, la parafernalia rock de las grandes bandas y sus monumentales giras se vino abajo y la herencia natural fue volver a las raíces, pero en forma de música elemental: era el punk, el más colorista fenómeno social y musical de 1976 y 1977, un movimiento transgresor, vital, musicalmente pobre al comienzo (sobre todo en Inglaterra) aunque de sus secuelas surgió parte de una nueva historia.

Los músicos fueron, como siempre, los más perjudicados de la lucha de intereses. Durante los meses de más aguda crisis energética, los problemas de los artistas fueron aumentando de forma increíble hasta acabar con algunos y arruinar a otros. Sin una gira de apoyo, un LP se vendía menos y eso podía hacer que la compañía perdiese la confianza en el artista. ¿Y cómo hacer giras en un tiempo de recortes? Veamos un ejemplo típico de aquellos días: un grupo danés debía actuar en España; ellos podían viajar en avión, pero el instrumental no, sino que debía pasarlo por carretera a través de varios países. En plena crisis, cada país dictó sus propias normas y reglas particulares para enfrentarse a ella, salvaguardar sus intereses energéticos y hacer frente a la escasez con sus propias reservas. Si tenemos en cuenta que Holanda fue uno de los países más perjudicados por la ira árabe, que lo dejó sin combustible, o que Francia prohibió la circulación de vehículos en domingo, por citar dos ejemplos, nos daremos cuenta de las múltiples previsiones que debían hacerse, solo en lo concerniente a transportes. Al margen de esto, y citando ahora situaciones reales, los artistas no podían planificar giras europeas por falta de gasolina y miedo a quedarse inmovilizados en cualquier parte. Esta situación provocó que muchas bandas anularan sus giras hasta pasada la crisis.

La falta de energía en algunos países impedía también que los instrumentos dispusieran del suficiente voltaje para ser conectados. Esto afectaba a los altavoces, la iluminación y los instrumentos eléctricos, sobre todo en el caso de los grupos con mucha presencia de teclados, como todos los adscritos a la tendencia del rock sinfónico. Bandas importantes podían alquilar generadores para desarrollar la propia energía, pero el coste se sumaba al volumen de la empresa y repercutía, siempre, en el precio de las entradas, a pagar por el público. Entre unas cosas y otras, los circuitos europeos se cerraron y ni siquiera la música en vivo suplió entonces la debilidad del mercado.

La falta de medios no ya para trabajar, sino para subsistir, se llevó por delante a muchos grupos medianos. El último agravante era la falta de coordinación disco-gira. En Inglaterra y Estados Unidos es normal que un grupo esté en gira para apoyar el lanzamiento del nuevo disco. El peligro era doble: que hubiese gira pero fallase la materia prima y no pudiese estar a tiempo el LP, que se agotase a media gira sin posibilidad de reponerlo, o que estuviera en todas partes pero tuvieran que cancelarse conciertos, con lo cual se vendía menos. Lo que en otras épocas habría sido un problema nimio, de días, se convertía en algo grave. Las páginas de los periódicos musicales eran un rosario de lágrimas y lamentaciones: giras anuladas, discos aplazados, entrevistas contradictorias y caos general.

Al término de 1974 la crisis energética parecía controlada en su forma, no en el fondo, aunque los balances demostraban lo único válido a nivel industrial: mayores beneficios vendiendo menos. Las repercusiones mayores se notaron a nivel global, y sucesivas crisis en esta misma década lo empeoraron todo. Fue el gran «crack» de la industria discográfica y uno de los momentos históricos en los que se produjo un cambio que sacudió la música y su universo de arriba abajo, pero no por causas internas sino externas. El negocio, la industria, había mostrado su fragilidad. ¿Quién no iba a tener miedo tras el susto?

A lo largo de 1975 los costes siguieron subiendo proporcionalmente a las alzas de los precios del barril de crudo. En muchos países el precio ya se había cuadruplicado. Y se mantenía el peligro de una nueva guerra en Oriente Medio. Presiones, amenazas, súplicas, pactos entre un Gobierno y otro mantuvieron la llama encendida. El año 1975 fue de renacimiento, pero ya nada era igual. El rock sinfónico fue el principal damnificado por la crisis y la emergencia de bandas de chicos muy jóvenes que se limitaban a rascar las cuerdas de su guitarra y a no-cantar fue el preludio de la explosión punk. Así pues, hubo un antes y un después de octubre de 1973, el momento en que la fantasía murió, la realidad se impuso y el rock entró en su fase más desconcertante, prolongada durante mucho tiempo.

La crisis no ocultaba otros hechos históricos aunque no vinculados con la música, como que poco antes de la guerra árabe-israelí, el 11 de septiembre, cayó la democracia en Chile con el golpe de Estado de Augusto Pinochet auspiciado por la CIA americana y con Richard Nixon y Henry Kissinger como instigadores paranoicos.

1973-1974 ASPECTOS DE UN CAMBIO

No solo fue la crisis la que marcó la vida de la música desde su estallido. En Inglaterra se produjo una segunda «huida» de grandes estrellas del rock, parecida a la protagonizada en 1968 por algunos líderes de grupos que emigraron a California atraídos por lo que allí estaba sucediendo. Esta huida, sin embargo, fue muy distinta, porque no tuvo como base la música o la evolución, sino el dinero.

El fisco inglés, uno de los más voraces del mundo en este aspecto, se quedaba el 83 por 100 de los beneficios de los artistas. El 17 por 100 restante bastaba para que fueran ricos, pero a los músicos esto no les parecía justo, sobre todo al recordar los años de escasez. Muchos, además, argumentaban que no podían estar haciendo un disco o una gira al año, y que si un año no se ponían en ruta, no ganaban nada mientras que la exprimidora de Hacienda les masacraba igual los ahorros. Emerson, Lake & Palmer declaraban en 1974: «Amamos a Inglaterra, y mucho, pero si los impuestos siguen llevándose el 83 por 100 de lo que ganamos, no vamos a tener más remedio que irnos a vivir a Estados Unidos». La voz de alarma fue inmediata. De hecho, Led Zeppelin ya no ponía un solo pie en Inglaterra, porque de hacerlo, aunque fuese un solo día, tenían que pagar impuestos. Solo tras haber estado el año entero fuera del país, evitaban tener que declarar ingresos. Los

Who vieron cómo su batería Keith Moon emigraba a Estados Unidos y luego le seguía Roger Daltrey, lo que dificultó su continuidad como grupo. Salvo Elton John, cuyos monstruosos beneficios le hicieron proclamar que prefería quedarse en casa y pagar, muchos hicieron las maletas. Cat Stevens se marchó a una isla del mar Egeo, los Rolling Stones a Francia, Rod Stewart a Estados Unidos, los miembros de Deep Purple se diseminaron por varios países, Olivia Newton-John también escogería América, como los Bee Gees, Jethro Tull, Robin Trower, Dave Mason o Ian Hunter, a los que imitaron otros artistas y bandas menores. Los días en que los Beatles eran condecorados porque sus ingresos equilibraban la balanza de pagos británica quedaron atrás. Y no digamos los días en que el buen Elvis Presley se ganaba el respeto en Estados Unidos pagando impuestos pese a pasar dos años en Alemania vestido de soldado. La industria británica se resintió una vez más en todos los sentidos.

En cambio el problema de los impuestos sirvió para recuperar a Eric Clapton, recluido después de su última experiencia con Derek & The Dominoes y «Layla». Eric reconoció que los impuestos se lo estaban comiendo, y que eran ciegos, no distinguían a un músico y su problemática de otros trabajos. Sus derechos anuales por royalties y otros conceptos desaparecían muy rápido (agravados por su adicción a las drogas: «Las drogas me dejaron fuera de órbita, sentía asco de ellas, comprendí mi error y lo vano que era tratar de superar la realidad con ellas. Necesité pisar de nuevo los escenarios para ser yo mismo, y ganar dinero para no arruinarme y tener que vender hasta mis guitarras»). Así que, como cualquier ser humano, se vio obligado a trabajar. Lo malo era que su crisis personal lo tenía sumido en un ostracismo del que le arrancaron los amigos, con Pete Townshend de los Who a la cabeza. El día 13 de enero de 1974 se celebró un concierto en el Rainbow de Londres para celebrar la entrada de Gran Bretaña en el Mercado Común. Pero la efemérides habría de pasar a la historia por representar la vuelta de Clapton al mundo de los vivos. Ya no lo abandonaría, iniciando una carrera personal que le mantendría como el mejor guitarra de rock vivo de las siguientes décadas. Con su apodo de «Mano lenta» como bandera y grandes éxitos («Cocaine», «I Shot the Sheriff», «Tears in Heaven»), su obra se centra en su personalidad y sus consistentes álbumes *(461 Ocean Boulevard, Slowhand, Just One*

Night, Behind the Sun, August, Crossroads, Journeyman, 24 Nights, Unplugged, etc.).

Los tiempos de bonanza hicieron que en pleno 1973, poco antes de la crisis energética, volvieran a salir a la luz aspectos en apariencia olvidados, como los sobornos del mundillo discográfico. La industria vivía el consumo discográfico de forma voraz. La lucha por los números 1 y por un puesto en los top-10 era intensa, tanto como en cada agresiva campaña de lanzamiento para posicionar a un artista propio en detrimento de otro de la competencia. ¿Qué se radiaba y por qué? ¿Sonaban más por radio los discos «pagados»? De nuevo hubo quien se planteó la pregunta: ¿es la música honesta? La respuesta fue el segundo escándalo «payola» de la historia, iniciado en 1973 y culminado en 1975. La música rock ya no necesitaba sobornos para sonar por radio, no había ninguna guerra entre ASCAP o BMI, ninguna «mayoría moral» en contra. Pero se buscó hacer una limpieza para atacar el gran globo cuando más hinchado estaba, y de forma contundente. A comienzos del verano de 1975 los grandes jurados de Newark, Philadelphia y Los Ángeles acusaban a 19 particulares y 6 corporaciones discográficas de una extensa gama de delitos contra la ley: fraude telegráfico y postal, evasión de impuestos, sobornos, conspiración, perjurio y otros. En las «redadas» cayeron nombres sonados. Clive Davis, director de la CBS fue uno de ellos. Pero en 1975, al serle formulada la acusación, Davis ya había «renunciado» a su cargo y tenía en marcha una importante compañía: Arista Records. Menos suerte tuvieron Leon Huff y Kenny Gamble, responsables de Philadelphia International, que fueron acusados junto a seis colaboradores, como ocurrió con otras seis compañías de Philadelphia. Los sellos Dakar y Brunswick cayeron. Jonathan Goldstein, fiscal de Newman, fue el flagelo del segundo «payola».

Otra consecuencia (aunque jamás demostrada) de la guerra árabe-israelí fue la vuelta del judío errante, Mr. Bob Dylan, en enero de 1974. Bob, siempre reacio a hablar sobre sí mismo, dar explicaciones o rebatir teorías acerca de sus actos, solía enfrentarse a acusaciones de que su militancia judía le hacía enviar dinero a Israel bajo el nombre de su padre, Abraham Zimmerman. Al estallar la guerra se rumoréo que la necesidad de dinero para costearla, para alimentar «la causa» sionista, fue el empujón final para que Bob abandonara su retiro impuesto desde 1966 (salvo por contadas apariciones, en Wight o en el concierto de Bangla Desh) y volviera a la carretera. El de 2 de diciembre de 1973, dos meses después del estallido bélico, anunciaba una gira para comienzos de 1974 que el tiempo convertiría en una de las grandes sensaciones de la década. Bob pidió que las entradas solo se vendieran por correspondencia, para imponer un reparto equitativo de las 650.000 localidades sumando todos los escenarios y evitar que solo los jóvenes capaces de hacer colas pudieran comprarlas. Hubo tres millones de peticiones por carta y en el Madison de Nueva York se batió el récord de recaudación: 538.765 dólares. Los beneficios de la gira fueron de 350 millones de dólares, que, según los más expertos, sirvieron para comprar balas en Israel, algo que nunca se ha demostrado. Al margen de ello, la gira con The Band fue arrolladora, Bob editó el LP *Planet Waves,* se grabó en vivo un doble álbum y como cierre del año grababa en estudio su más contundente obra de los años setenta, *Blood on the Tracks*.

Antes del estallido de la guerra, los últimos coletazos de la euforia rock de 1973 se manifestaron con el gran concierto de Elvis Presley, retransmitido a todo el mundo vía satélite desde Hawaii el día 13 de enero de ese año. Mil millones de personas unidas por la música en una de las primeras manifestaciones de gran espectáculo global de los medios de comunicación de masas. Fue el regreso internacional del rey cuatro años y medio antes de su muerte. Ya antes el rock and roll puro había experimentado una súbita euforia y un renacer con el número 1 de Chuck Berry con un tema menor, «My Ding-a-Ling», testimonio de gratitud hacia su leyenda. Lo mismo haría Jerry Lee Lewis a través del disco *London Sessions*. Muchos de los grandes grababan en Londres acompañados por los músicos jóvenes a los que habían influido con su música. El rock and roll reaparecería periódicamente como *revival* con el paso de los años.

El último punto de interés fueron los festivales, que se reactivaron en 1974 y 1975. Ante la falta de grandes giras, anuladas por escasez de medios, energía o capacidad de la industria, especialmente en 1974, los artistas buscaron una fórmula para aunar esfuerzos. Ese año hubo festivales notables en Los Ángeles (200.000 personas), Wembley (100.000 personas, con el debut europeo de Crosby, Stills, Nash & Young), el de Charlton (70.000), los habituales de Knebworth, Reading, otros en Buxton, Hyde Park, Windsor, etc.

De Queen a Mike Oldfield

En una Inglaterra marcada por el dominio de las bandas comerciales —las ya citadas T. Rex o Slade, a las que habría que sumar Suzi Quatro («48 Crash», «Devil Gate Drive»), Mud («Tiger Feet», «The Cat Crept In», «Lonely This Christmas»), Hot Chocolate («Louie Louie», «You Sexy Thing») o los causantes de toda una conmoción de fans, los Bay City Rollers, impulsores de la Rollermanía («Shang-a-Lang», «Summerlove Sensation», «Bye Bye Baby», «Give a Little Love», «Saturday Night»), más los solistas Alvin Stardust («My Coo-ca-choo», «Jealous Mind») y David Essex («Rock On», «Gonna Make You a Star», «Hold Me Close»)— hubo pocas aportaciones nuevas de calidad. Camel fue una de ellas, con sus álbumes *Camel, Mirage* y *The Snow Goose,* se convirtieron en defensores del Canterbury Sound en los setenta. Y lo mismo 10 C.C., creadores del emblemático «I'm Not in Love». O la refulgente innovación del percusionista japonés Stomu Yamash'ta, que aportó novedad y originalidad a través de sus LP's *Come to the Edge, The Man from the East* y *Freedom Is Frightening.* Stomu (a los trece años era percusionista de la Orquesta Filarmónica de Kyoto y en la adolescencia escribió bandas sonoras para dos películas del maestro Kurosawa, *Yojimbo* y *Sanjuro)* tocaría con algunos de los principales nombres del rock, el blues y la vanguardia británica, para unirse luego a Stevie Winwood y a Mike Shrieve en 1976 y aportar tres obras totales entre el jazz y el rock de absoluta libertad temática: *Go, Goo Too* y *Live at Paris* (esta última con Klaus Schulze, Al Di-Meola y otros invitados). También es el momento de la aparición de los grupos Greenslade, Back Door y Slim Chance, de los Wizzard de Roy Wood («See My Baby Jive», «Angel Fingers»), del grupo Gong y sus múltiples vidas, de la reaparición del ex Velvet John Cale, de Stealers Wheel con Gerry Rafferty («Stuck in the Middle With You») y otros nombres menores, Horslips y Hudson-Ford.

Pero sin duda las grandes apariciones inglesas entre 1973 y 1974 son Queen y Mike Oldfield.

Queen surgen en 1973. Freddie Mercury, hijo de un sirviente nacido en Zanzíbar, que llega a Inglaterra en 1959 (a los trece años) con sus padres y su hermana, queda atrapado por el estallido de la música beat y forma la primera de sus bandas sin éxito. Lo mismo hace Brian

May, guitarra que por el camino encuentra a John Deacon (bajo) y Roger Taylor (batería). Todos juntos dan vida a Queen. El interés despertado por el primer álbum hace que graben un segundo en el que su potencial queda de manifiesto: la voz soberbia de Mercury, con registros fuera de lo común, la guitarra de May y un ritmo contundente. Pero, tanto o más que de eso, se trataba de la dimensión de su sonido, el gigantismo y la energía que aportan a la escena rockera del momento. Los LP's *Queen II* y *Sheer Heart Attack* y los singles «Seven Seas of Rhye» y, especialmente, «Bohemian Rhapsody» les sitúan en la cima en un momento en que la crisis segmenta a las grandes bandas internacionales. La carrera del grupo llegará hasta los años noventa con una larga serie de obras a caballo del tremendismo y la fuerza. *A Night at the Opera, A Day in the Races, News of the World, Jazz, Live Killers, The Game, A Kind of Magic, The Miracle* o *Innuendo* hacen de Queen una de las últimas grandes bandas de la historia, contando con grandes éxitos en single, «Crazy Little Thing Called Love», «Another One Bites the dust», «Somebody to Love», «We Are the Champions», «Under Pressure» (con David Bowie), «Radio Ga-Ga», «I Want to Break Free», «Barcelona» (Freddie Mercury y Montserrat Caballé), etc. La muerte de Mercury pocos días después de saberse que tenía sida acabó con una leyenda. El 20 de abril de 1992 se le rindió tributo en Londres en un macrofestival con Elton John, George Michael, Robert Plant, Lisa Standfield, Guns 'n' Roses, David Bowie, Liza Minnelli, Annie Lennox, Roger Daltrey y otros. Para muchos, y salvo por la aparición de U2 al despuntar los años ochenta, Queen fue la última de las grandes formaciones rockeras surgidas de la primera mitad de la historia del rock creadores de un legado fundamental.

Mike Oldfield se convirtió en 1973, con veinte años, en un nuevo referente del pop de corte sinfónico. Hijo de un médico, debutó a los catorce años formando un dúo con su hermana Sally. Cuando intenta iniciarse en solitario, como instrumentista sin voz, se encuentra con el rechazo de todas las compañías a las que llama. La única que acaba creyendo en él es Virgin, recién creada por Richard Branson, dueño de la cadena de tiendas del mismo nombre. Entre el otoño de 1972 y la primavera de 1973 Mike graba completamente solo, tocando 28 instrumentos diferentes y haciendo 80 grabaciones separadas, lo que será su obra maestra y su pasaporte para la historia: *Tubular Bells*. El LP se edita en el verano de 1973 y, en pleno éxito inicial, la guerra y la crisis del petróleo agotan sus existencias. Al recuperarse la industria y el mercado, *Tubular Bells* volverá a despegar, ayudado por la inclusión de algunas partes en la banda sonora de la película *El exorcista*. El disco será finalmente número 1 en todo el mundo, afianzará la solidez de Virgin como discográfica y le dará carta blanca para desarrollar una extensa obra, llena de altibajos naturales, hasta despuntar el siglo XXI, con álbumes concepto como *Hergest Ridge, Ommadawn, Exposed, Incantations, QE2, Islands* o las nuevas versiones-prolongaciones de *Tubular Bells*.

Al otro lado del Atlántico hubo pocas aportaciones porque los éxitos de grandes grupos británicos como Who *(Quadrophenia)*, Pink Floyd *(Dark Side of the Moon)*, Led Zeppelin, Deep Purple, Jethro Tull, Paul McCartney & Wings o Elton John centraron la atención de un 1973 con pocas aportaciones americanas, salvo por el despertar de un chico de Nueva Jersey llamado Bruce Springsteen que encontraremos en el próximo capítulo. Surgió el soul blanco de la Average White Band con su éxito «Pick Up the Pieces»; el lanzamiento en solitario del guitarra Joe Walsh con *The Smoker You Drink, the Player You Get* y el single «Rocky Mountain Way», la trepidante puesta en marcha de la Bachman-Turner Overdrive que tendrá una sobria serie de LP's en su haber, *I, II, Not Fragile* y *Four Wheel Drive* más el single «You Ain't Seen Nothing Yet»; y la presencia de estrellas de menos calado, como Bette Midler (aunque desarrollará una buena carrera cinematográfica a partir de *The Rose)*, Gil Scott-Heron («The Revolution Will Not Be Televised»), Charlie Rich («Behind Closed Doors», «The Most Beautiful Girl»), la Graham Central Station, los Ozark Mountain Daredevils («Jackie Blue»), Orleans, el brasileño Eumir Deodato («Also sprach Zarathustra»), Maria & Geoff Muldaur, los Ohio Players («Fire»), etc. Mención especial merece Barry Manilow, solista consagrado con temas estándard de su tiempo, responsable de éxitos como «Copacabana», «Mandy» o «Could It Be Magic», y los tremendistas New York Dolls, antesala del punk americano, grupo maldito, controvertido y espectacular, pero de corta vida pese a su fama.

EUROPA EN LOS AÑOS SETENTA

En enero de 1973 los países del Mercado Común pasan de ser únicamente seis miembros a ser nueve, entre ellos Inglaterra. No es un factor determinante de lo que sucederá a continuación, pero sí un punto de referencia para la posterior ampliación del mercado musical y el auge de la música europea en el contexto internacional a partir de 1973-1975. La ampliación de la Comunidad Económica Europea, la crisis energética (clave de la recesión), el estancamiento y desmoronamiento de los principales estilos surgidos desde 1969, fenómenos rompedores como el punk y otras historias, cambiarán ligeramente el mapa de la música. Muchos grupos continentales, italianos, alemanes, holandeses y suecos, especialmente, asaltarán las listas de éxitos anglosajonas, algo que antes había sido un hecho siempre aislado. Ni Estados Unidos ni Inglaterra perderán su hegemonía, pero la calidad y la puesta al día de Europa como bloque mostrará las inexploradas posibilidades de muchas vertientes rockeras, desde las latinas y mediterráneas hasta las nórdicas. Si la cultura del rock es anglosajona, desde este momento, veinte años después de su aparición, se empezaba a hablar de algo más global. Alemania no solo era Wagner ni Italia Verdi o Puccini. El rock cruzó fronteras y ya no era raro ver nombres foráneos en las listas habitualmente dominadas por ingleses y norteamericanos.

La primera muestra de ello se produce en torno a 1973, cuando en los tradicionales *Pop Polls* de diciembre de 1972 (clasificaciones con los mejores artistas del año, instrumentistas, discos, etc.) se coloca a varios grupos alemanes y holandeses entre las «promesas» de 1973. Promesas que se harán realidad. Inglaterra, siempre tan cerrada en sí misma, abre una puerta y por ella se cuelan los primeros nombres: Tangerine Dream, Amon Duul II, Can, Kraftwerk, Focus. Estos últimos, holandeses, proclamados «Mejor grupo revelación», no hacen esperar su éxito y, a comienzos de 1973, colocan dos álbumes en los puestos 2 y 3 de la lista británica, un single en el top-10 y otro en el top-20. Después, cuando se comprueba que no es una casualidad, las compañías inglesas empezarán a rastrear el mercado europeo en busca de nuevas bandas que lanzar en su país. Por supuesto, se trata de una inflación rápida y solo una de cada cinco formaciones conseguirá triunfar en mayor o menor medida. Y por supuesto que una obligación indispensable es que se cante en inglés, algo que el rock alemán, preferentemente electrónico e instrumental, evita. Pero no es nada raro que en Holanda, Suecia o incluso en Alemania se hable inglés como segunda lengua. A los dos primeros les es necesario por proximidad, y en Alemania, después de la guerra y la ocupación, se ha desarrollado como algo natural.

La parte económica es aún más trascendente. En algunos casos, para que un grupo edite sus discos en Inglaterra o Estados Unidos, ha de firmar un contrato independiente del que tenga en su país de origen. De esta forma, la mayoría de grupos alemanes que editaron discos en España, Italia o Francia, lo hacían vía Inglaterra, no desde su propio país. Dado que en la música suelen producirse ciclos de cinco años en los que todo cambia y se regenera, el poder europeo de los setenta se convirtió en una esperanza que, si bien se mantuvo durante años, nunca pasó de ahí. No hubo un cambio de poder ni se desequilibró la balanza. Al contrario, en los ochenta, pero mucho más en los noventa, Estados Unidos siguió controlando el gran mercado, mientras que los británicos se aislaban más y más con cada nueva propuesta. Pero la globalización permitió que ya no fuera raro que un español o un húngaro tuvieran su alternativa.

La coincidencia del auge del rock alemán o el italiano a nivel internacional, con la crisis energética, permitió hacer muchas cábalas a los expertos. Hubo un evidente bajón, sobre todo en Inglaterra, que afectó a la creatividad y la aparición de nuevas estrellas. Si se cumplían los períodos de cinco años entre el nacimiento y el desfallecimiento de cada moda o tendencia, parecía llegado el momento de un gran cambio, atendiendo a la crisis inglesa tanto como a las novedades que procedían de otros países. Sin embargo, la realidad es que la crisis energética afectó tanto a unos como a otros. A partir de 1976 nada fue igual, y con las siguientes crisis, comenzando por la de 1979...

El rock alemán merecerá una especial atención más adelante. Junto a él, es el holandés el que arrasa inicialmente en Inglaterra. Ya en 1970 el grupo Shocking Blue («Venus») había sido el primero en llegar a lo más alto del ranking. En tres años vendieron 19 millones de discos. Focus fue la segunda banda, y la más sólida en hacer del Canal de la Mancha un puente. Es la punta de lanza del *dutch rock*. Los líderes de Focus eran el teclista Thjis van Leer y el guitarra Jan Akkerman, un virtuoso trasvasado al rock. «Hocus Pocus» y «Silvia» fueron las canciones con las que triunfaron, pero mostraron todo su peso en sus LP's *Mowing Waves* y *Focus 3*. Detrás de Focus aparecen Golden Earring (grupo que ya llevaba 20 hits en el mercado holandés y que se mantendría durante décadas sobre todo por sus trepidantes directos). Herman Brood & Wild Romance y los más comerciales Titanic.

El siguiente país que aprovechará su oportunidad es Suecia, con el detalle de que sus pioneros Abba se convertirán en el grupo más vendedor de la segunda mitad de los años setenta en la propia Inglaterra. El cuarteto se da a conocer en el festival de Eurovisión de 1974 con el tema «Waterloo» y la fórmula mixta de dos chicas (Agnetha y Frida) y dos chicos (los compositores Bjorn y Benny); unas canciones explosivamente comerciales y unas voces festivas les proporcionarán éxito y fama más allá de su momento. Después de su separación todavía serán grupo de culto en países tan alejados como Australia. Abba tuvo diez singles números 1 en Inglaterra hasta comienzos de los años ochenta, y también lo fueron todos sus álbumes. Las canciones que no llegaron al número 1 se quedaron en el 2 o el 3. Entre sus grandes éxitos destacan «Mamma Mia», «Chiquitita», «Fernando», «Dancing Queen», «Knowing Me Knowing You», «The Name of the Game», «Take a Chance on Me», «I Have a Dream», «The Winner Takes It All» y un largo etcétera En plena efervescencia de Abba (que vendieron 100 millones de discos en menos de diez años), el Gobierno británico tuvo que bloquear sus cuentas para evitar que sacaran el dinero de Inglaterra. Por detrás de Abba, otro grupo sueco, Blue Swede, lograba ser número 1 en Estados Unidos con «Hooked on a Feeling».

En Francia hubo exceso de sofisticación y la fórmula *avant-garde* fue de nuevo más local que internacional. Sin embargo, aparecieron grupos como Magma, talentos como el folclorista y arpista bretón Alan Stivell o el violinista Jean-Luc Ponty (que tocó con Frank Zappa, acabó en la Mahavishnu Orchestra 2 de John McLaughlin y luego desarrolló una ecléctica carrera individual), y muy especialmente la aparición posterior de Jean Michel Jarre, virtuoso de los teclados y protagonista de grandes espectáculos de sonido e imagen en diversas ciudades del mundo. Jean Michel, hijo del compositor Maurice Jarre, destacó desde su primer gran LP, *Oxygène,* compuesto y ejecutado íntegramente por él en su estudio.

En Italia el cambio se produjo con la definitiva crisis de los festivales de la canción y la presencia cada vez mayor de grupos ingleses y americanos actuando en sus ciudades, igual que en España. La revolución vanguardista fue clave porque los primeros grupos emergentes del mercado italiano fueron conjuntos con presencia electrónica, aunque sin renunciar a la lírica habitual en su música. Premiata Fornería Marconi (PFM) fueron los primeros, de la mano de Emerson, Lake & Palmer, que les lanzaron a través de su sello Manticore. Siguieron Banco del Mutuo Soccorso (más conocidos como Banco), New Trolls, Osanna, Orme, Nova y otros. También aparecieron grupos más minoritarios, como Perigeo, o nombres de gran peso como el de Franco Battiato. El rock italiano basó su fuerza en la lírica y el corte más mediterráneo de su música.

En España la clave del cambio fue que por primera vez los grandes conjuntos extranjeros pudieron actuar en el país. El pionero de los empresarios españoles, Gay Mercader, inició incluso antes de la muerte de Franco la arriesgada apuesta de contratar a los grupos en gira por Europa. King Crimson, en 1973, fue uno de los primeros. Seguirían Genesis, Santana, Chicago, Emerson, Lake & Palmer y los mismísimos Rolling Stones. El fin de la dictadura, el fin de la censura a partir de 1976-1977 y una dinámica musical que partía de los tres grandes núcleos creativos del país (Barcelona, Sevilla y Madrid) impulsaron la libertad que desde 1969 había empezado a cambiar el panorama discográfico, primero a través de la llamada «música progresiva» y después por la inercia de la propia evolución del rock. La falta de estructuras e infraestructuras fue un freno hasta las dos décadas siguientes. Los grupos punteros iban a grabar a Londres o a otros centros con más tradición, y, por supuesto, estaba la cuestión idiomática. Los éxitos españoles más destacados fuera de las fronteras del país tuvieron un carácter efímero, sobre todo con canciones puntuales, como «Eres tú» de Mocedades (número 9 en Estados Unidos). Hubo bandas como Los Canarios, con Teddy Bautista de cantante, creadores de la intensa «Ciclos»; o como Barrabás, con Fernando Arbex (ex Brincos), que lograron una discografía consistente y que un tema suyo, «Hi-Jack», fuera número 1 en Estados Unidos en la versión de Herbie Mann. En los años ochenta todo empezaría a cambiar, al menos localmente, con movimientos como la «movida madrileña» y la aparición de grandes grupos como Mecano.

También en el Este europeo el rock dejó su impronta. El primer país que destacó fue Hungría, con el grupo Omega o el violinista Michael Urbaniak, cuya esposa Urszula sería lanzada por el sello americano Arista en 1976. Y de Japón llegaría otro notable músico vanguardista, Isao Tomita, que trasvasó a Debussy, Mussorgsky y Stravinsky al sintetizador.

19
LA TRANSICIÓN

EL ROCK ALEMÁN

En 1945, al término de la Segunda Guerra Mundial, Alemania casi no existe. Divida en dos, ocupada, con Berlín repartido en cuatro zonas, ciudades arrasadas, una generación perdida, le queda una larga posguerra por delante. Y mientras se produce el renacer, el llamado «milagro alemán», voluntad de un pueblo siempre irreductible y tenaz, aparece el rock and roll en los años cincuenta. El país dominante, Estados Unidos, tiene bases militares y tropas destacadas en la Alemania Occidental. Al otro lado del Telón de Acero, en la República Federal Alemana, todo será distinto, y más desde la construcción del Muro de Berlín al despuntar los años sesenta. Que los Beatles tocaran en Hamburgo varias veces no fue casualidad. Lo mismo que Liverpool era el puerto de entrada de la música americana a Inglaterra, Hamburgo lo fue en Alemania. Los soldados americanos escuchan rock and roll, tienen emisoras de radio que lo difunden, clubs. La fusión rockera alemana es un hecho, pero no da como resultado una masiva afloración de grupos de rock. Queda el residuo del folclorismo, la diferencia tradicional. La primera generación que alcanza los veinte años tras la guerra lo hace inmersa en la era pop presidida por los Beatles. Pero el rock alemán es cien por cien incoloro, cuadriculado, vulgar y repetitivo. Idóneo para las fiestas de la cerveza de Munich, no para crear una historia. Carece de la comercialidad inglesa e, incluso, del lirismo italiano o el sentimiento español.

No será hasta fines de los sesenta cuando la electrónica y el vanguardismo se impongan y entonces aflore lo mejor de los músicos teutones herederos de Wagner y compañía. Los primeros conjuntos que buscan su identidad lo hacen utilizando la tecnología, no las raíces del rock and roll. Los teclados serán el gran caldo de cultivo de un numeroso enjambre de grupos dispuestos a experimentar con ellos. Por este motivo la música alemana recuerda a veces el tono ampuloso del wagnerismo, la grandeza de unas walkirias o la dimensión de una sinfonía. No es casual, a modo de ejemplo, que Emerson, Lake & Palmer fueran a veces tachados de «germanófilos», incluso de «nazis», por su sonido y su estilo. Son pues los instrumentos los que hacen o permiten el nuevo auge de lo que será llamado rock alemán.

El rock alemán no nace en un punto concreto ni es un hecho esporádico. Es un sentimiento y se produce de forma generalizada y global, aunque haya dos aspectos determinantes en su génesis. El primero es la creación de comunas como medio de reunión de artistas, y, entre ellas, la Kommune I de Berlín es la primera tentativa de establecer un germen liberal, político y musical. El aspecto político era importante porque en la dominada Alemania la política parecía eclipsada y prohibida. Dos guerras europeas eran demasiadas. Sin embargo, la Kommune I funciona y en su seno la música será su más brillante realidad. El segundo hecho singular se produce en septiembre de 1968, durante la celebración del festival de Essen; el International Festival Essen Song Tagen, que tiene lugar en la sala Gruga. En la fiebre de festivales que invade el mundo entre 1967 y 1970, Alemania se beneficia de las constantes visitas de artistas foráneos debido a sus bases americanas y sus muchos soldados residentes en ellas. Pero en el festival de Essen, por primera vez, aparecen grupos alemanes con algo que decir. Son Tangerine Dream y Amon Duul, entre otros.

A partir de 1969, como en todo el mundo, el rock cambia de raíz en Alemania. La dominación anglosajona es total, pero subterráneamente emerge un vanguardismo militante y activo. Rolf Ulrich Kaiser y Peter Meisel, dos de sus primeros impulsores, crean el sello Ohr, la primera discográfica «progresiva» alemana. Ohr lanza los primeros discos de Tangerine Dream, Klaus Schulze, Ash Ra Temple, Guru Guru y Embryo, distribuidos por Metronome. Es un esfuerzo decisivo, pero inmerso en dificultades económicas. Un segundo sello, Pilz, ya será distribuido por la potente Basf.

El siguiente paso se produce con la escisión del personal de Ohr. Bruno Wendel y Ghunter Korber, dos de sus ejecutivos, forman Brain, incluyendo en su equipo a uno de los mejores productores del rock alemán, Conrad Plank. Brain lanzará a Cluster, a los esenciales Neu! de *Hallogallo* y se llevará a Guru Guru de Ohr. En 1972, aunque el rock alemán sigue siendo minoritario y deficitario, ya es un hecho importante y diferencial; nadie quiere quedarse al margen. Las marcas alemanas primero y las inglesas después extienden sus redes en busca de novedades. Liberty consigue a los dos conjuntos más pujantes, Can y Amon Duul 2. UA (United Artist), Polydor y Phillips (especialmente a través del sello Vértigo) inician ese año una expansión total y cuando los *Pop Polls* saludan como revelaciones a varios grupos salidos de este nuevo mercado, la puerta se abre.

Rolf Ulrich Kaiser y Peter Meisel crearán un tercer sello fundamental, Kosmiche. Pero tan o más importante que la aparición de discográficas es el hecho de que haya muy buenos estudios de grabación equipados con moderna tecnología, porque el rock alemán es tecnología pura. Aparecen estudios como los Inner Space de Colonia, el Krampers Bavaria de Munich o el Conny Plank Star de Hamburgo. Posteriormente, ya más avanzados los años setenta, Munich será una de las capitales del *disco sound,* con Giorgio Moroder y los Musicland Studios en los que será lanzada Donna Summer.

Los principales grupos alemanes utilizarán el teclado como base de su sonido sin olvidar otros instrumentos (excepto algunos, como Tangerine Dream, que prescinden de estos últimos). También aparecerán pronto nuevos conceptos («música planeadora»). Pese a que para el mundo el rock alemán es la herencia wagneriana con sonido del siglo XX. Hay romanticismo, sonidos torrenciales, sinfonismo, todo ello unido a un interés esencial por el espacio, que es el eje que confiere una verdadera fuerza y personalidad a esta música. No es una fórmula única. También existe fascinación por el jazz y grupos como Passport o Embryo lo llevan al free, mientras que en la parte más vanguardista, la de los grupos-máquina estilo Kraftwerk, procedentes de la escuela de Stockhausen, o los también decisivos Neu!, lo que prima es la repetición. Habrá asimismo ramas de concomitancia política (Floh de Cologne) y ramas vinculadas al exotismo oriental (Popol Vuh), músicos que se dedicarán a investigar (Klaus Schulze) y músicos que se decantarán por lo más comercial (Lucifer's Friend, los primeros en publicar disco en Inglaterra). El mundo anglosajón bautizaría al rock alemán con el falso calificativo de *krautrock,* rápidamente olvidado por la oposición de todos ellos.

El pilar de la revolución sónica germánica es Karlheinz Stockhausen, que logra el vínculo música-máquina, explora el espacio sonoro y ya se había convertido en uno de los gurús del vanguardismo musical a comienzos de los setenta. Stockhausen fue el padre de la música electrónica, el dodecafonismo, los sonidos aleatorios, repetitivos, monocordes y experimentales. Introducido en círculos de vanguardia alemanes y franceses, fue influenciado por Pierre Boulez y ya en los años cincuenta inició sus trabajos en este campo para surgir en los años sesenta como la primera personalidad del mismo. Ex pupilos suyos, como Holger Czukay, músico de Can, triunfarán en todo el mundo en los setenta. Él mismo grabará un álbum en 1976 para el mercado rockero, *Ceylon/Birds of Passage.* Polémico y discutido, ha compuesto cerca de 300 obras hasta comienzos del siglo XXI.

En los dos primeros años de asentamiento y expansión del rock alemán se editaron más de 500 LP's en Alemania. Los veinte o treinta más populares pronto verían su internacionalización. Con ella y en pocos años, la industria fagocitaría a la mayor parte y solo unos pocos perdurarían al paso de la moda. El rock alemán acabó anglosajonizándose y perdiendo su identidad, aunque la música electrónica no dejó de ser un sello característico y personal en los ochenta o los noventa. Los más longevos han sido Tangerine Dream, grupo liderado por Edgar Froese, que sigue activo al llegar el siglo XXI. En su mejor etapa era un trío. Algunos de sus mejores trabajos fueron *Alpha Centaury, Zeit, Athem, Phaedra, Rubycon, Ricochet, Stratosfear* y también álbumes de Froese solo, *Aqua* o *Epsilon in Malaysian Pale.* Desde fines de los ochenta, con continuos cambios en la formación y ya asentados en Estados Unidos, sin variar de rumbo su música electrónica, tendrán una carrera como autores de bandas sonoras (*Sorcerer, Shy People, Three O'clock High, Miracle Mile, The Man Inside, Risky Business, Legend,* etc.), mientras Froese mantiene en alza la discografía del grupo álbum tras álbum. También perdurables pero en otro sentido fueron Kraftwerk (en castellano, Central Eléctrica), con un enorme peso específico de sus LP's *Kraftwerk, II, Autobhan, Radio-activity, Trans-european Express* y *The Man Machine* en los años setenta. Sintetizadores, repeticiones sónicas, el grupo vestido de uniforme, casi con estética seudonazi, fueron la esencia del cuarteto y su principal influencia. Después la historia les convertirá en el gran referente de la música electrónica, auténticos padres del estilo más innovador y sus muchas ramificaciones. Ralf Hütter y Florian Schneider son los artífices centrales de un concepto musical que sería incluso copiado por pioneros del hip-hop como Afrika Bambaataa.

Los otros dos grandes grupos del rock alemán en los años setenta fueron Can y Amon Duul 2. Los primeros se movieron entre las teorías de Stockhausen y la praxis ambiental de John Cage, con un estilo abrupto y original, especialmente reflejado en sus tres primeros álbumes, *Monster Movie, Tago Mago* y *Ege Bamyasi.* Luego triunfaron con *Future Days, Son Over Babaluma* y *Limited Edition* para declinar hasta fines de los setenta. Los segundos se iniciaron antes, fueron parte de una comuna de la que se escindieron, de ahí el 2 de su nombre. *Phallus Dei* y *Yeti* les dieron a conocer en Alemania, pero sus discos más internacionales fueron *Carnival in Babylon, Live in London* y *Vive la Trance.* Junto a Can y Amon Duul, hay que citar a Klaus Schulze, la figura individual más importante, creador de música cósmica y experimentador constante a lo largo de tres décadas. Klaus tocó con Tangerine Dream y Ash Ra antes de continuar solo. Sus dos álbumes más conocidos fueron *Timewind* y *Moondawn.*

Por detrás hay un gran número de grupos y nombres. Passport, con Klaus Doldinger al saxo, fue el más jazzístico e internacional, con una discografía de alto nivel y obras perfectas *(Cross-collateral, Infinity Machine, Iguaçu,* etc.). Le siguen al máximo nivel Faust y Neu!, y tras ellos, Triumvirat, Ash Ra, Guru Guru, Embryo, Popol Vuh, Niagara, Krokodil, Emergency, Karthago, Kraan, Floh de Cologne, Cluster, Agitation Free o Birth Control.

Del rock sureño al rock degeneration

La mayoría de grandes grupos nacidos después de 1969 dominaron los años setenta (y algunos los ochenta) con absoluta normalidad y al margen de etiquetas. Desaparecieron conceptos como el rock sinfónico, barrido por la crisis energética, y durante un tiempo, hasta la aparición de la música punk no hubo apenas novedades en cuanto a nuevos estilos. Solo la mutación de alguno de los ya existentes dio un giro de tuerca con el nacimiento de nuevas formas, por lo menos suficientes para bautizar tendencias.

El rock sureño fue una de ellas. En Estados Unidos la diversidad geográfica ya había dado su punto de auge a diversas zonas: Nueva York al este, Chicago y Detroit al norte, California al oeste, Texas y Louisiana en el sur, de Memphis a Nashville en el centro. Pero si bien el sur hasta este momento se había concentrado en el Tex-Mex o en la música del Delta, a mitad de los años setenta apareció otra clase de rock sureño, el que procedía de Georgia o Alabama, de ciudades como Macon o Atlanta.

La primera banda del género y su impulsora fue la Allman Brothers Band. Su éxito y su fuerza fueron tan notables que la industria, siempre atenta, se volcó en el sur, para escrutar las posibilidades del mercado. Las pautas clásicas funcionaron una vez más: un grupo de impacto, compañías discográficas, saturación y colapso, todo ello en muy poco tiempo. Cuando los Allman Brothers, primero de la mano de Duane Allman, hasta su muerte, y después con Gregg Allman y Dicky Betts como líderes, mostraron todo el potencial de su estilo bronco y energético, dos compañías discográficas reinaban ya en el mercado, Capricorn y Sounds of The South. Capricorn, con Phil Walden de responsable, lanzó a los Allman, pero también a la Marshall Tucker Band, a Wet Willie, Hydra y otros conjuntos. Sounds of The South fue una compañía formada por el incombustible Al Kooper, en su enésima aventura personal. De su seno salieron Lynyrd Skynyrd y su himno «Sweet Home Alabama». El rock sureño era puro rock con mimbres procedentes del folk rural. Guitarras eléctricas unidas a la clásica *steel guitar* y violines e instrumentos poco rockeros, desde acordeones hasta banjos. Durante tres años, desde 1974 hasta 1977, la impronta sureña tuvo un mercado por el que entraron infinidad de nuevos grupos. Pocos hicieron algo más allá del momento. Allman Brothers Band tuvo una complicada vida interior marcada por el éxito de *Brothers and Sisters* y el single «Ramblin' Man» en 1973, pero llegaron hasta los años ochenta. Marshall Tucker Band, con los hermanos

Caldwell a la cabeza, siguieron su ejemplo, aunque con menos éxito. Lynyrd Skynyrd fueron más impactantes y tenían a un solista de enjundia, Ronnie Van Zant. Mantenían una pujanza activa en 1977, cuando un accidente de aviación acabó con Van Zant y el nuevo guitarra Steve Gaines. Un último grupo menor, pero que también alcanzó los años ochenta, fue la Atlanta Rhythm Section.

Si el rock sureño fue un movimiento que aportó otro sonido y una calidad, lo que podríamos llamar rock degeneration no fue sino una máscara, una forma de etiquetar algo sin etiqueta. El término ni siquiera fue acuñado internacionalmente, pero queda adscrito a un buen número de grupos y solistas que, entre el glam y el punk, desfilaron por la escena americana con una característica común: lo grotesco por bandera. Algunos, además, hicieron música.

New York Dolls fueron pioneros del maquillaje y el desafío, pero otras bandas, como los rockeros Blue Oyster Cult, lo adoptaron en sus inicios, con actuaciones tremendistas y una puesta en escena pintoresca en la que aparecían como enviados satánicos, con cruces invertidas y mucha truculencia. La moda hizo que veinte años antes de Marilyn Manson ya hubiera esperpentos camuflados de músicos como Jobriath o Wayne County, los dos desaparecidos en un abrir y cerrar de ojos. El primero fue lanzado como payaso-cantante, con una campaña de promoción de 200.000 dólares, bajo el nombre de «la Greta Garbo del rock» y como «el ser más hermoso de la música», con gotas de Bowie, Nijinsky y Fred Astaire, y llegó a editar dos LP's. Wayne cantaba vestido de mujer y fue más atrevido, pero ahí acabó todo. Fue lo más que dio de sí el glam, o más bien el pos-glam.

En la misma línea estética, pero con un éxito brutal que hizo escuela, aparecen Kiss. La crítica siempre se preguntó como una banda con tan pocos recursos y escasa calidad llegó a ser un auténtico fenómeno de masas. Gene Simmons, su cantante, vomitaba sangre en escena mientras se producían explosiones por doquier, aparecían cortinas de humo y se representaban escenas violentas. En definitiva, la imaginería de Alice Cooper revisada desde el horror más tremendista y su aspecto más circense. No solo era eso: los cuatro miembros actuaban maquillados y vestidos con ropas excéntricas, grandes alardes gestuales y el necesario toque *gore*. Pero vendieron millones de discos, formaron un Ejército (Kiss Army) como Club de Fans y con los años consiguieron un respeto basado en el hecho de que no fueron flor de un día, sino un grupo de largo recorrido que jamás renunció a su idiosincrasia. Al despuntar los ochenta, con casi una década a sus espaldas, tuvieron su mayor éxito con la canción «I Was Made for Lovin' You», puesto que en los setenta eran sus LP's los que se vendían como unidad, sin necesidad de ningún tema importante, a diferencia de la mayoría de grupos.

EL FACTOR ESPIRITUAL

Uno de los rasgos del que más se habló a mitad de los años setenta fue el factor espiritual. Como en todo tiempo de crisis, la religión estaba ahí, a la espera, a veces como refugio, a veces para dar paz, a veces como última panacea existencial. Muchos músicos, saciados de su vida, buscando respuestas, o atrapados en callejones sin salida, encontraron una esperanza en las alternativas espirituales. La música, aglutinante de tendencias sociales e ideologías, estilos, modas e ideas, también pasó a ser un vehículo de manifestación espiritual en determinados sectores.

La idea de que el rock era una máquina devoradora de almas iba creciendo a medida que la historia se hacía más densa. Se citaba una y otra vez el lema «sexo, drogas y rock and roll» para definir la momentaneidad del éxito y la fama y el hecho de que música fuera siempre unida a juventud. En los años setenta solo tenían cincuenta o sesenta años los viejos bluesmen. Por si esto fuera poco, existían otros lemas, como el ya clásico «Vive aprisa, muérete joven, y así tendrás un cadáver bien parecido» atribuido a Truman Capote, pero popularizado por los Rolling Stones. Pete Townshend también había dicho que no se veía con treinta años. El punk, en 1976, lanzaría otro lema de complicada esperanza: «No future» (No hay futuro). Y siempre, ante la desesperanza, las religiones cobran un mayor protagonismo. El rock era lucha, supervivencia, rebeldía, pero también buscar el número 1, las agotadoras giras, las drogas, encontrarse siempre en el punto de mira de los detractores, la adrenalina del éxito y la fama y superar la renovación constante, el vértigo. La moda de hoy era pasado mañana. Así que la soledad, la búsqueda del «algo más» y las preguntas existenciales eternas hicieron mella. Todo ello sin olvidar que los Beatles ya habían tenido su lado espiritual en la segunda mitad de los años sesenta y eran pioneros en el tema.

Carlos Santana fue un ejemplo ilustrativo. Chicano inculto, músico de fiestas, lavaplatos, su música lo llevó a los altares y se sumergió en todos los placeres carnales que el dinero y la fama le permitieron, sobre todo sexo y drogas. Su amigo John McLaughlin le abrió las puertas de la redención a través de un gurú llamado Sri Chinmoy y, de la noche a la mañana, Carlos deja el pecado, las mujeres y las drogas, «sale del fango» (como él mismo dijo) y, vestido de blanco, se dispuso a vivir en paz y con Dios de su lado. Sri Chinmoy le bautizaría con el nombre de Devadip, mientras que a McLaughlin le daría el de Mahavishnu, a Alice Coltrane el de Turiya y a Mike Shrieve el de Maitreya. Santana y McLaughlin también darían parte de sus beneficios a la orden fundada por Chinmoy. Desde entonces, Carlos habla de Dios y de sus bondades allá donde va, en sus conciertos y entrevistas.

En otros la influencia fue más interior y menos visible. Pete Townshend era seguidor de Meher Baba (le dedicó un tema en el LP *Who's Next),* Roger Mcguinn y Seals & Crofts practicaban la fe Bahai, Jeremy Spencer se adhirió a los Hijos de Dios, Chick Corea seguía a la cienciología del visionario Leon Hubbard (después famosa por estar también en ella John Travolta o Tom Cruise). Hubbard tenía ya 15 millones de adeptos en los años setenta, después de fundar su secta en 1951, gracias a una especie de psicoterapia, expuesta en su obra *Dianética,* que partía de conceptos médicos. También aparecieron la Neurosis, o Engram, cuyo tótem es el electropsicómetro o «medidor de Engram», con funciones parecidas al detector de mentiras. ¿Y acaso esto no era más algo psiquiátrico o psicológico? ¿Se trataba en algunos casos de «religiones»? El término era tan amplio que no siempre existían unas verdaderas pautas espirituales, pero todos los que se sumergían en ellas buscaban eso, encontrarle un camino al alma, de ida o de vuelta. La fe Bahai, por ejemplo, procedía de Baha'u'llah, y existía en manuscritos y tratados con frases tan actuales en los setenta, pese a haber sido escritas más de cien años antes, como esta: «Las ciencias y las artes son el medio de unión entre el Este y el Oeste. La música es el lenguaje universal con la fuerza necesaria para romper las barreras levantadas por los fanatismos raciales, religiosos o nacionales». Para Bob

Marley y todos los rastafaris sus creencias o el hecho de fumar ganja eran parte de su destino. Para muchos negros estadounidenses los viejos ritos de sus ancestros en África volvieron a hacerse presentes, mientras que otros surgían de sus iglesias y triunfaban partiendo de sus raíces gospel. En otros casos era la llamada de Dios pura y dura: Cliff Richard dedicaba una parte de su tiempo cada año a recorrer el mundo y cantar acompañado tan solo de su guitarra en actos religiosos, después de que hubiera estado a punto de dejar la música para hacerse sacerdote, como su amigo, el también músico Brian Locking, miembro de los Shadows. Otro fundamentalista religioso que perdió el tren de la música (en este caso en el lado más oscuro) fue Peter Green, que dejó Fleetwood Mac en pleno éxito y donó sus derechos de autor a la secta de la que era miembro a fines de los años sesenta. Peter desapareció, trabajó de barman y ordenanza en un hospital, vivió en una comuna israelí y, tras ser internado en un sanatorio mental y recuperado, logró volver a la música a fines de los setenta, ya tarde para enderezar su carrera.

La mayoría de santones que divulgaban las nuevas enseñanzas llegaron a conclusiones curiosas: si antes el LSD se había convertido en la «liberación», ahora eran las nuevas religiones, o el retorno a las viejas, la novísima droga para las masas juveniles. Alan Watts afirmaba que «Dios es amor» con la misma intensidad que los teólogos del LSD afirmaban que al tomarlo se tenía «la cabeza embotellada de Dios». Las obras musicales como *Jesuschrist Superstar* o *Godspell* también ayudaron a redefinir el cristianismo. Pero una vez hallado Dios, Buddah, Krishna o Alá, muchos músicos pasaron a ser mensajeros de sus enseñanzas. El más famoso de los conversos fue Cat Stevens, que dejó la música en los años ochenta y se hizo musulmán con el nombre de Yusuf Islam. Su radicalidad llegó hasta el extremo de apoyar la *fathwa* dictada contra el escritor Salman Rushdie por su libro *Versos satánicos,* que pedía que se le asesinara. En 1994 publicó un LP titulado *La vida del último profeta,* con canciones inspiradas en el Corán.

En los años ochenta y noventa muchas de las estrellas del hip-hop pertenecían a la Nación del Islam. La mirada de los negros afroamericanos hacia África era omnipresente. Cassius Clay se había cambiado el nombre a Muhamad Ali y por cuestiones religiosas se había negado a cumplir su servicio militar, por lo que fue desposeído de su corona de campeón del mundo de los pesos pesados. Era una muestra del poder de una convicción. Miles de afroamericanos le siguieron y crearon todo un ejército de musulmanes negros.

BRUCE SPRINGSTEEN

El día que Elvis Presley apareció en el «Ed Sullivan Show» y conmocionó a Estados Unidos, un niño de siete años decidió ser rockero como él. Se llamaba Bruce Springsteen y nació en Freehold, New Jersey, el 23 de septiembre de 1949.

Cantante, autor, guitarra, nacido como «nuevo Dylan» en 1973, Springsteen ha sido el encargado de llevar la más pura esencia del rock al siglo XXI a través de cuatro décadas intensas y un puñado de discos siempre directos, asombrosos por su cálida sencillez, rebosantes de energía y emotiva fuerza. Con letras repletas de vida, historias de la calle y supervivencia de los perdedores, Bruce es el reflejo de un estilo de vida y de una música y posiblemente el último gran rockero de este siglo.

Bruce aparece por primera vez en el Greenwich Village de Nueva York en 1965, actuando en el Café Wha? Su periplo formativo durará ocho años y en este tiempo creará diversas bandas hasta modelar su carisma como artista. En 1972 conoce a Mike Appel y este se convierte en su mánager. Mientras actúa ya con una formidable banda en la que van apareciendo los componentes de la futura E Street Band, como el saxofonista Clarence Clemmons. Appel llevará a Bruce a la CBS y John Hammond será el responsable de su lanzamiento, aunque lo que él busca es un «nuevo Dylan» y como tal planificará su lanzamiento. El origen en el Village, las letras kilométricas que son como retazos de vida, las denuncias o testimonios, la guitarra y la armónica, todo encaja. Menos el propio Bruce. El primer LP, *Greetings from Asbury Park, N.J.*, se edita en 1973 y pasa casi inadvertido. Sin embargo, como le sucedía a Dylan en sus mejores años, un tema del disco, «Blinded by the Light», llegará al número 1 en la versión del grupo Manfred Mann's Earthband. En 1974 nace la E Street Band, una de las más potentes bandas de todos los tiempos. El segundo LP, *The Wild, the Innocent and the E Street Shuffle,* sigue el paso del primero, así que por lo menos acaba de borrar de un plumazo el concepto de «nuevo Dylan». Bruce y la E Street Band actúan sin cesar, con unos directos asombrosos de más de tres horas (117 conciertos en 1973, 118 en 1974). Jon Landau, crítico de *Rolling Stone,* escribe una frase histórica: «Anoche vi el futuro del rock y se llama Bruce Springsteen». No solo le dedicará sus elogios, sino que se convierte en su mánager y productor. Todo está a punto para que en 1975 aparezca uno de los álbumes emblemáticos del rock: *Born to Run,* con la canción que le da título, un equivalente de «Satisfaction» o «My Generation» en los setenta.

La carrera de Bruce se frenará únicamente cuando se descubre que Mike Appel es el dueño absoluto de su destino merced al contrato firmado antaño. Romperlo le costará tres años, en los que no habrá discos. Para otro, esto habría sido un golpe tal vez irremediable en un tiempo en el que los artistas todavía editaban un álbum al año. Para Bruce no. Sigue actuando sin cesar y en 1978 vuelve a la carga con *Darkness on the Edge of Town* y la versión definitiva de su grupo, que incluye a Clarence Clemmons al saxo, Danny Federici al órgano, Roy Bittan al piano, Garry Tallent al bajo, Max Weinberg a la batería y Steve Van Zandt a la guitarra. Dos años después, con el doble LP *The River,* llega una de las cumbres de la época, a la que Bruce responde en 1982 con un disco mucho más arriesgado e intimista, *Nebraska.*

En 1984 *Born in the USA* (dos años en el top-10 de EE.UU.) provoca de nuevo un estallido en torno al Boss (el Jefe), apelativo con el que ya se le conoce. Nils Lofgren sustituirá a Van Zandt a la guitarra, aunque en el futuro acabarán tocando los dos en la banda. Por primera vez desde el número 1 en singles de «Born to Run», llega a los rankings con una larga serie de canciones: «Dancing in the Dark», «I'm on Fire», «Cover Me», «Born in the USA», «I'm Going Down» y «My Hometown». La gira de *Born in the USA* hará que aparezcan más de 200 LP's piratas tomados de sus conciertos, lo cual le determinará a editar años después un quíntuple álbum con sus mejores directos, *Live 1975-1985.* Desde este instante, y ya en el trono de mejor rockero de la historia desde Presley, Bruce mantendrá una carrera impecable. Casado con Patti Scialfa, cantante en la E Street Band, ha continuado editando nuevos álbumes, aunque a veces distantes entre sí: *Tunnel of Love, Human Touch, Lucky Town, Greatest Hits, The Ghost of Tom Joad* o *The Rising.* El Oscar a la mejor canción por «Streets of Philadelphia» es solo un detalle más del respeto internacional por su obra y su figura.

Que Bruce surgiera en tiempos de crisis, en etapas como el glam o el punk, es quizá el contrasentido más notable y la muestra de su independencia y libertad, ajena a modas, tendencias o estilos. Rock y solo rock. Después de la llamada «década perdida», en los años noventa, su leyenda se agiganta como uno de los últimos eslabones (si no el último) del primitivo rock nacido en los años cincuenta.

Camino de 1976

El período que llega hasta 1976 y parte de la crisis energética de fines de 1973 no es tiempo de muchas nuevas estrellas o lanzamientos rutilantes. Pero hay algunos artistas notables en el amplio panorama que va del rock al pop más comercial.

Supertramp llegaría a ser uno de los grandes conjuntos de la mitad de los setenta, máximos vendedores de discos con una música explosivamente alegre y comercial sin perder un ápice de calidad. Después de una primera etapa con dos LP's fallidos, Richard Davies y Roger Hodgson reaparecen en 1974 con tres nuevos miembros en el grupo y su primer álbum como quinteto es el brillante *Crime of the Century,* que incluía el número 1 «Dreamer». Hasta comienzos de los ochenta la banda mantendrá su constante éxito con los álbumes *Crisis? What Crisis?, Even in the Quietest Moments, Breakfast in America* y el doble *Paris,* junto a canciones como «The Logical Song», «Goodbye Stranger» o «Give a Little Bit». La marcha de Hodgson sería determinante en su freno. Aerosmith fueron los Rolling americanos, un quinteto excepcional con Steven Tyler a la voz solista y Joe Perry a la guitarra. Tuvieron dos vidas, la primera en los setenta con sus álbumes *Aerosmith, Get Your Wings, Toys in the Attic y Rocks,* y la segunda en los ochenta y los noventa, superadas crisis y separaciones, con álbumes plenos de poder y fuerza como *Permanent Vacation* o *Get a Grip,* así como con un puñado de temas en los rankings de singles. Bad Company fueron un lanzamiento de la Swan Song de Led Zeppelin. Paul Rodgers (voz) y Simon Kirke (batería) procedían de Free; Mick Ralphs (guitarra), de Mott The Hoople, y Boz Burrell (bajo), de

King Crimson. Configuraron todo un supergrupo de rock, sólido y contundente. Destacaron con *Bad Co., Straight Shooter* y *Run With the Pack*. Kansas arrancaron con sobriedad hasta la explosión de sus álbumes *Leftoverture* y *Point of Know Return*. Su mayor éxito fue el tema «Dust in the Wind». Journey mantuvieron más tiempo su auge dada la mayor entidad de sus músicos (Gregg Rolie y Neal Schon procedían de Santana y Aynsley Dunbar de los Mothers de Zappa). Su excelente serie de LP's hasta los ochenta, beneficiada por la entrada de Steve Perry a la voz en 1978, no se vio alterada por sus cambios de formación. Sus mejores álbumes fueron *Infinity, Evolution, Departure, Captured* y *Escape*. Styx fue otra banda lenta, que tardó en triunfar con «Lady» y el LP *Equinox*. Bob Seeger, cantante, guitarra y autor, era un rockero nato con varios discos grabados cuando, en plenos setenta, alcanza el estrellato con su banda, la Silver Bullet. Dejó su huella a través de los LP's *Beautiful Loser, Live Bullet, Night Moves, Stranger in Town* y *Against the Wind*. Robert Palmer abandonó a los Vinegar Joe y con su línea de rhythm & blues blanco grabó una larga serie de álbumes con constantes y espaciados éxitos como «Johnny & Mary», «Looking For Clues» o «Simple Irresistible». REO Speedwagon tardaron muchos años en triunfar, pero nunca dejaron de ser una eficaz banda de rock a lo largo de los setenta. El éxito masivo les llegó en 1980 con *Hi Infidelity* y el single «Keep On Lovin' You». Boston fue un grupo-milagro. Cinco desconocidos grabaron un álbum en los sótanos de la casa de su líder, el guitarra Tom Scholz, y con él vendieron seis millones de copias en Estados Unidos y cuatro en el resto del mundo, pasando un año en el top-5 estadounidense, con «More Than a Feeling» convertida en una de las grandes canciones de su tiempo. El segundo LP, *Don't Look Back,* repitió el impacto y tras él llegó el declive. Alan Parsons había sido ingeniero de grabación en discos como *Abbey Road* de los Beatles, *Wildlife* y *Red Rose Speedway* de Paul McCartney y *Dark Side of the Moon* de Pink Floyd. También destacó como productor de Steve Harley, Pilot, Al Stewart y Ambrosia. Junto al compositor y productor Eric Woolfson formó en 1976 el Alan Parsons Project, que no era un grupo al uso, sino una idea, porque Parsons y Woolfson componían y trabajaban en el estudio con cantantes y músicos invitados para cada tema y cada álbum. En pocos años su fórmula arrasó y dejó una discografía impresionante: *I Robot,*

Pyramid, Eve, The Turn of a Friendly Card o *Eye in the Sky,* entre otros.

Después de este primer bloque de nombres aparecen otros de distintos grados de popularidad e interés.

Robin Trower, el «nuevo Hendrix» momentáneo, procedía de Procol Harum y desarrolló una puntual carrera que tuvo como cumbre álgida el período 1973-1975, con LP's como *Twice Removed from Yesterday, Bridge of Sighs* o *From Earth Below.* Edgar Winter, hermano de Johnny, triunfó con el tema «Frankestein» y mantuvo una explosiva punta de éxito comercial con sus álbumes *Roadwork, They Only Come Out at Night* y *Shock Treatment.* En su grupo, White Trash, tocaron Rick Derringer (que procedía de los McCoys), Dan Hartman (que grabaría en solitario) y Ronnie Montrose (que después formaría el grupo de rock duro Montrose). De Montrose emergería otra voz importante del rock, Sammy Hagar. Ian Gillan (cantante de Deep Purple) destacó con sus distintos grupos en la onda heavy, lo mismo que los Rainbow de Ritchie Blackmore (ex guitarra de Deep Purple), con LP's tan contundentes como *Rainbow, Rising, On Stage* y el formidable *Long Live Rock 'n' Roll,* mientras que por el grupo pasaron un buen número de nombres importantes en la esfera del heavy. Steve Harley y sus Cockney Rebel triunfaron en Inglaterra con los LP's *The Human Menagerie, Psychomodo* y *The Best Years of Our Lives,* además de los singles «Sebastian», «Mr. Soft» y «Make Me Smile (Come Up and See Me)». Dr. Feelgood recrearon el rock and roll de la vieja escuela con Wilko Johnson a la guitarra y Lee Brilleaux a la voz solista y llegaron al número 1 con el álbum *Stupidity.* De vuelta al heavy están UFO, donde triunfó el guitarra Michael Schenker antes de debutar en solitario. Otro guitarra que se lanzó con discografía propia y propuestas vanguardistas en el campo de la electrónica fue Steve Hillage, ex Gong. Quedan Ted Nugent y su larga serie de LP's rockeros y salvajes y la magia especial de The Tubes, con Fee Waybill al frente, síntesis de música y espectáculo. Los Tubes debutan en 1975 y en una década logran excelentes LP's como *Young and Rich, Now* y *What Do You Want From Live.* Manhattan Transfer, un grupo vocal jazzístico, causó sensación con las canciones «Tuxedo Junction» y «Chanson D'amour» y se instaló entre los grupos estándar en las siguientes décadas. Las Runaways, uno de los pocos grupos femeninos, destacaron más porque de su seno surgieron Joan Jett o Lita Ford. Tenían dieciséis-diecisiete años cuando debutaron en 1976. Magna Carta era un grupo vocal y acústico que destacó por la belleza de su álbum *In Concert*. Graham Parker & The Rumour fueron una revelación sin éxito pero con continuidad pese a las buenas expectativas de *Howlin' Wind, Heat Treatment* y *Stick to Me,* todos con producción de Nick Lowe.

Leo Sayer era autor y se dio a conocer especialmente con «Giving It All Away», interpretada por Roger Daltrey en solitario. Lanzado en 1973 en Inglaterra con un disfraz de clown, pronto triunfó a ambos lados del Atlántico, sin necesidad de caracterizaciones, con un puñado de canciones exquisitas: «The Show Must Go On», «Moonlighting», «You Make Me Feel Like Dancing», «When I Need You», «I Can't Stop Lovin' You» y «More Than I Can Say» hasta el inicio de los ochenta. Billy Joel, estadounidense, triunfó en 1975 después de unos inicios vacilantes. Su canción «Piano Man» le convirtió en uno de los grandes y mantuvo su estatus las dos décadas siguientes con temas como «Until the Night», «My Life» o «It's Still Rock and Roll to Me», aunque lo mejor fueron sus directos, con él al piano, y sus LP's *Turnstiles, The Stranger, 52nd Street* o *Songs in the Attic.*

Nombres individuales propios surgidos de este paréntesis temporal fueron las cantantes Joan Armatrading, Dory Previn, Genya Ravan, Dana Gillespie, Melissa Manchester, Minnie Ripperton («Lovin' You»), Elkie Brooks, Janis Ian («At Seventeen»), Yvonne Elliman («Love Me»), Linda Lewis, Phoebe Snow, Syreeta (que se casó con Stevie Wonder y fue lanzada por él), Natalie Cole, hija de Nat King Cole, que triunfó gracias a la tecnología haciendo un dueto con su padre muerto en «Unforgetable»; Emmylou Harris, excepcional voz del country, ex novia de Gram Parsons y con una extensa discografía plena de honestidad y calidad, y Dolly Parton, gran dama del country, autora del tema «I Will Always Love You» popularizado en 1992 por Whitney Houston; los instrumentistas Tom Scott (saxo) y Marvin Hamlisch (piano, autor de la banda sonora de *The Sting*, «El golpe»); los ex miembros de Mahavishnu Orchestra Billy Cobham (batería) y Jan Hammer (teclista) con una larga serie de LP's individuales hasta los años ochenta; Eno en su nueva carrera individual, cien por cien experimental; Terry Jacks («Seasons in the Sun»), Billy Swan, John Miles («Music»), Roderick Falconer («Play It Again»), Hurricane Smith

(«Don't Let It Die»), Mickey Newbury, David Soul (popular por su personaje de Hutch en la serie «Starsky & Hutch» y por sus éxitos «Don't Give Up on Us» y «Silver Lady»), Eric Carmen («All by Myself», todo un clásico desde su aparición), Gino Vannelli, Michael Murphy, Jess Roden, Ian Hunter (ex solista de Mott The Hoople), Mick Ronson (ex guitarra de los Spiders from Mars de Bowie), Jim Webb (autor de grandes éxitos para Glen Campbell y 5th Dimension), que probó suerte como solista, y por supuesto Eric Burdon después de War, en activo hasta el nuevo siglo y siempre aportando discos extraordinarios con su voz única. Mención aparte merecen los Be-Bop de Luxe, grupo del multiinstrumentista Bill Nelson, sin una carrera triunfal pero con algunas buenas grabaciones a mitad de los setenta; Ace («How Long»), de los que saldría el talento de Paul Carrack; el dúo Splinter, lanzados por el sello Dark Horse de George Harrison; Hatfield and The North, Heavy Metal Kids, KGB, Dwight Twilley Band, Little River Band, Pousette-Dart Band, Firefall, England Dan & John Ford Coley, Pablo Cruise, Ambrosia, Outlaws, Angel, American Flyer, los Southside Johnny & The Ashbury Jukes, Brand X (conjunto alternativo formado por Phil Collins sin dejar Genesis) y los pub-rock Eddie & The Hot Rods.

En una línea superior aparecen los guitarras Pat Travers, Lee Ritenour y Pat Metheny, rockero el primero, jazzistas los otros dos; el teclista George Duke; el excepcional intérprete de flugelhorn Chuck Mangione *(The Children of Sánchez);* el gigante del jazz Keith Jarrett incidiendo en formas de rock, folk y ritmos africanos; el guitarra de jazz y blues George Benson (triunfador con «This Masquerade» y el LP *Breezin');* el bajista Stanley Clarke, proclamado el mejor de la década junto a Jaco Pastorius; el guitarra Al DiMeola después de Return to Forever; el guitarrista español de flamenco Paco de Lucía; Johnny Guitar Watson, veterano debutante en 1953 que se pasó al funk con éxito en los setenta; el guitarra de jazz y rock Larry Coryell y su grupo Eleventh House, y por supuesto Vangelis, el ex Aphrodite's Child, convertido en el teclista más notable y de generosa obra hasta el siglo XXI con una larga serie de creaciones entre las que destacan *Chariots of Fire* (Oscar a la mejor banda sonora en 1981) o *Blade Runner.*

En el último escalafón, el de los más comerciales, cabe citar a Showaddywaddy (una docena de hits en Inglaterra presidida por «Three

Steps to Heaven»), Rubettes (otro tanto, con «Sugar Baby Love» a la cabeza), Pilot («Magic», «January»), Sailor, Paper Lace («The Night Chicago Died», «Billy Don't Be a Hero»), Smokie, Silver Convention («Fly, Robin, Fly»), Brotherhood of Man («Save Your Kisses for Me»), Captain & Tennille («Love Will Keep Us Together»), Darts («Come Back My Love») y los Sparks de los hermanos Ron y Russell Mael («This Town Ain't big Enough for the Both of Us»).

Y si las óperas rock estaban de moda en los años setenta, el gran musical de la década fue *The Rocky Horror Show,* un espectáculo que acabó siendo de culto tanto en teatro como en su versión cinematográfica. Original de Richard O'Brian, aúna el mito de Frankenstein con el rock. Disparatada, divertida, cómplice con el público y cien por cien *kitsch,* se ha ido reponiendo internacionalmente hasta el nuevo siglo. En la pantalla intervinieron Tim Curry, que ya la había protagonizado en teatro, junto a Susan Sarandon y Meat Loaf.

El primer disco sound

Mención aparte merece la música de discotecas, preludio del fenómeno disco vivido a raíz de *Saturday Night Fever,* aunque precisamente la película se hizo partiendo del fenómeno que ya representaba el género. Solo en Estados Unidos existían cien mil discotecas a mitad de los años setenta. Un tema que se pinchara en todas ellas vendía cien mil copias de entrada.

Pionero de todo ello fue George McRae, número 1 con «Rock Your Baby» en 1973, y los productores Ricky Finch y Wayne Casey, responsables desde Miami de toda una factoría de éxitos. También adelantada del disco sound fue Gloria Gaynor, con «Never Can Say Goodbye», hasta que «I Will Survive» se convirtió en un clásico de la música disco y la hizo popular más allá de su tiempo. Gloria fue un hallazgo del productor Meco Monardo, que tuvo la feliz idea, al hacer las mezclas de «Never Can Say Goodbye», de subir bajos y batería hasta colocarlos en primer plano, por delante incluso de la voz solista. Algo tan simple hizo que cambiaran todos los conceptos de la música de baile. Luego el disco sound sería una realidad con una de las estrellas más destacadas de la segunda mitad de los setenta: Donna Summer. Es americana, pero su carrera se inicia en 1974 en Munich de la mano de los productores y autores Pete Bellote y Giorgio Moroder. Su primer disco, «Love to Love You Baby», se convierte en uno de los primeros llenapistas de la década, una canción que ocupa toda la cara de un LP (diecisiete minutos) y logra ser un hit mundial. Ya en Estados Unidos, Donna arrasará durante años con una larga serie de éxitos, como «I Feel Love», «MacArthur Park», «Bad Girls» y otros. Por su parte, Giorgio Moroder sería uno de los grandes fabricantes de hits de estos años hasta su consagración como músico de altura gracias al Oscar que le reportó la banda sonora de la película *Midnight Express*. Si Donna fue la reina, Earth, Wind & Fire fueron la máxima expresión del funk en la década de los setenta con permiso de George Clinton y el eterno James Brown. Nueve miembros cantando y bailando, con Maurice White de líder, que preludiaron el disco sound y acabaron siendo parte de él con explosivos temas como «September», «Fantasy» y «Boogie Wonderland». O los Hues Corporation, número 1 con «Rock the Boat», y Carl Douglas, número 1 con «Kung Fu Fighter». Otros enormes llenapistas fueron Boney M, un «invento» del productor Frank Farian, porque fue el éxito de sus primeros discos lo que obligó a formar el cuarteto, ya que inicialmente solo eran músicos de estudio y voces de alquiler. Boney M acabaron siendo unos «clásicos» eternos con sus grandes y populares «Daddy Cool», «Ma Baker», «Rivers of Babylon», «Rasputin», «El Lute», etc., y con más de 50 millones de discos vendidos. Más eclécticos pero también fundamentales fueron Commodores, porque después de sus grandes éxitos «Easy», «Three Times a Lady», «Sail On» y «Still», del sexteto emergería el talento individual de Lionel Ritchie en solitario. También llenapistas fueron los blancos K. C. & The Sunshine Band con sus trepidantes «Queen of Clubs», «That's the Way (I Like It)», «Shake Your Booty» y «Please Don't Go». El grupo, con los productores de George McRae, Wayne Casey y Rick Finch, fue el gran resultado del Miami Sound, centrado en la factoría TK y los Criteria Studios. Igualmente esenciales fueron Chic, con Bernard Edwards y Nile Rogers, cantantes y productores de gran éxito con el LP *C'est Chic* y el tema «Le Freak». La música disco, que ya distinguía a las discotecas, contó con otros nombres previos al disco sound: Rose Royce, Tavares, Sylvers, Eruption, Sister Sledge, Kool & The Gang, Rick James, Hamilton Bohannon, Grace Jones, L.T.D., Floaters, Heatwave, Emotions, etc.

No puede hablarse de música disco sin mencionar al padre del funk (e hijo musical de James Brown), George Clinton, impulsor de las dos bandas clave como fueron Parliament y Funkadelic. Con los primeros trabajó durante los años sesenta y setenta, y en esta década ya alternó su primer nombre con el de Funkadelic, grabando una larga serie de LP's decisivos aunque no muy vendedores. En solitario desde 1982, debutó con *Computer Games* y en 1989 uno de sus herederos naturales, Prince, le produjo *The Cinderella Theory*. Muchos de los músicos de Clinton triunfaron con sus propias bandas, pero lo esencial fue lo que George generó en la generación de la música disco y la posterior (rap y hip-hop).

La música disco generó cambios notables en la forma de hacer canciones exclusivamente para el baile, pero más aún en la forma de producirlas y de mezclarlas, porque la clave residía en ello. Las compañías discográficas acabaron reclutando a los mejores disc-jockeys para que opinaran de sus lanzamientos y dieran sugerencias. A algunos les daban sus discos en exclusiva para que los probaran en las pistas. A otros les permitían hacer incluso cambios. Esa relación de disc-jockeys era conocida en las compañías como *record pool*. Pero el definitivo espaldarazo del mejor sonido de discotecas lo aportó el maxi single (dos canciones, en tamaño LP). El disc-jockey Tom Moulton y el ingeniero de grabación José Rodriguez fueron los responsables accidentales de la aparición del maxi-single. Los dos trabajaban en los estudios Media Sound cuando se quedaron sin placas de single (7 pulgadas). Moulton quería pinchar cuanto antes, en primicia, la canción «I'll Be Holding On», de Al Downing, y Rodriguez imprimió el tema en una placa más grande. El resultado fue sorprendente para ambos, una mayor potencia y fuerza en la música, mejor calidad de sonido, manejabilidad. Rápidamente los primeros disc-jockeys que lo adaptaron y utilizaron vieron la diferencia en sus clubs. La industria no tardó en comercializarlo, de manera que en 1976 muchas canciones, preferentemente temas para baile que necesitaban de mayor potencia, se lanzaron en maxi-single.

Las discotecas acabaron siendo los templos modernos y la música de baile la nueva religión hasta el «boom» definitivo, que llegaría con *Saturday Night Fever*. La cuna de las grandes discotecas fue Nueva York, con locales cada vez más grandes, como Infinity, Le Jardin o Paradise Garage. Una corriente expansiva sacó de casa al público, que antes prefería las fiestas privadas en los lofts del Soho, y lo llevó en busca de emociones más fuertes en lugares especiales. Entonces apareció la Meca de las discotecas, Studio 54, abierta en 1977 en lo que antaño había sido el San Carlos Opera House del 254 de la calle 54 West. Sus responsables congregaron a todos los famosos, aristocracia, jet set y personalidades del *entertainment* en sus célebres noches de marcha, en las que todo estaba permitido, la droga selecta (cocaína) era natural y en los reservados VIP's las orgías se hacían leyenda. El sueño duró poco, ya que en septiembre de 1978 los dueños fueron acusados de evasión de impuestos y en febrero de 1980 Studio 54 cerró sus puertas con una gran fiesta de despedida bautizada con el ocurrente nombre de Going Away to Prison («nos vamos a la cárcel»), porque los propietarios entraban en la cárcel de inmediato. La leyenda del Studio 54 sería llevada al cine veinte años después.

Pero que Studio 54 desapareciera, y con él *la crème de la crème* del rollo, no significó más que la pérdida de una referencia. Las grandes discotecas que imitaban su estilo, o en las que la idea era más musical que estética, habían proliferado por Nueva York y más allá de su magia. El punto de inflexión se lo habían dado Tony Manero y la música de los Bee Gees.

20
El punk y los nuevos caminos de los setenta

La nueva industria discográfica

La situación creada por la crisis energética fue la causa más directa de la complejidad con la que se movió el mundo del disco a mitad de los años setenta. Alza de costos, falta de recursos, mínima producción y a la espera de tiempos mejores. Decenas de nuevos artistas tropezaron un muro infranqueable. Las multinacionales apostaban por los grandes. Fue así como aparecieron infinidad de pequeñas compañías, muy activas, llenas de imaginación, para absorber esa nueva ola. Inglaterra volvió a las raíces para combatir la crisis con sus propias armas: discos de muy bajo costo de producción y grupos o solistas apartados de las últimas tendencias musicales anteriores. Eso, unido al movimiento punk, cambió la faz del panorama.

Dos de las más prestigiosas compañías de los sesenta, EMI y Decca, una hogar de los Beatles y otra de los Rolling Stones, hicieron aguas en los setenta, sumidas en graves problemas financieros por su gigantismo. EMI tuvo que buscar una fusión para salvarse y Decca fue devorada por un pez mayor, Polygram. Un informe publicado por el British Market Research Bureau despertó la última alarma. El castillo se desmoronaba. Las pequeñas compañías fueron las que activaron la música y la mantuvieron en los peores años desde el nacimiento del rock.

Una de las primeras consecuencias fue la reactivación del single como elemento básico. En 1978 se consumía el doble de singles que cinco años antes. En términos económicos esto fue un revulsivo. El gran público no estaba para pagar un álbum en el que casi siempre había unos temas de éxito y del resto podía prescindir. Volvió a ser fundamental la canción, no la obra. A fines de 1976 las pequeñas compañías, coincidiendo con la aparición del punk, se lanzaron a la palestra. Imaginación y ruido eran sus normas. Se abrió un abismo entre los monstruos y los nuevos héroes que venían de la calle. El fenómeno no solo fue británico. Nueva York también lo vivió. Otra importante lacra, resurgida en tiempos de crisis como parte de ella, fue la piratería. Si era soportable, aunque sangrante, en momentos de bonanza, que en 1975 se calcularan en 250 millones las copias piratas vendidas significaba un enorme daño, era demoledor. Y todavía los piratas procedían de conciertos, nada que ver con la auténtica piratería de copiar originales como es la de comienzos del siglo XXI.

Virgin había sido un gran ejemplo de cómo conseguir unos objetivos. Lo que empezó siendo una tienda primero, una cadena después y una pequeña compañía finalmente, ya era una de las discográficas de más prestigio. Apostaron por Mike Oldfield y él había hecho de Virgin un sello grande. Más tarde nacieron otras como Stiff Records (Stiff significa tieso, estirado, rígido, pero también «petardo» en términos populares). Dos mánagers, Dave Robinson y Jake Riviera, la pusieron en marcha con solo 400 libras. Su primer single apareció el 14 de agosto de 1976 y fue «So it goes» de Nick Lowe. Dieron que hablar de inmediato por sus propuestas. Para abaratar costos, sus LP's tenían a veces una cara grabada en vivo, lanzaron mini-singles de 5 pulgadas (lo normal era que tuvieran 7) y singles de 25 cm a 78 revoluciones por minuto (en lugar de las 45 habituales en los singles y EP's o las 33 de los LP's). También popularizaron el color: hasta entonces todos los vinilos solían ser negros y ellos editaron discos verdes, amarillos, rojos, etc. Y como colofón, cuando ya estaban institucionalizados, cambiaban dos discos viejos por uno nuevo. Las portadas eran muy llamativas y en un caso (un disco de Ian Dury) presentaron una novedad con 52 portadas distintas para los coleccionistas. Otra novedad fue la recuperación de las giras conjuntas, formando un «paquete artístico», como en los años cincuenta o la primera mitad de los sesenta. Las giras Stiff presentaban a todas sus estrellas y el costo se reducía una vez más. Antes de que Island Records distribuyera el catálogo, vendían por correspondencia. En unos meses Stiff había lanzado a artistas de la talla de Ian Dury, Elvis Costello, Lene Lovich, Nick Lowe, Madness, Rachel Sweet y Devo (licenciados en su caso por un sello americano). Cuando Jake y Dave se separaron, el segundo seguiría con Stiff, pero el primero crearía Radar llevándose con él a Costello y Lowe.

Otros sellos interesantes fueron: Chiswick, fundado por el ex mánager de Thin Lizzy, Red Carroll, y dedicado más al rock frente a la orientación más pop de Stiff, con Sniff 'n' Tears de primeras estrellas; Beggars Banquet, con Gary Numan y su gran éxito posterior; Rat Race, Rola, Dead Good, Rialto, etc.

Al otro lado del Atlántico, las pequeñas compañías aparecieron en Nueva York. Ya tenían tradición. Sun, Motown o Chess habían nacido así. La principal fue Sire, fundada por Seymour Stein, inicialmente un sello distribuidor de grupos ingleses en Estados Unidos. El intenso caudal de artistas «subterráneos» *(underground)* del mundillo neoyorquino les hizo ampliar sus miras. El fracaso de New York Dolls era en aquellos días un freno para que las compañías grandes apostaran por gente «diferente» con propuestas alternativas. Sire lo hizo y apostó por Talking Heads, Ramones o Flammin' Groovies. Más tarde aparecería Madonna.

A pesar de todo, las pequeñas compañías no pudieron luchar siempre contra las grandes. Cuando un artista despuntaba, y aparecía una multinacional con dinero para comprar el contrato, este daba el salto. Eso sería ya habitual en los ochenta y los noventa en todo el mundo. Los sellos pequeños arriesgaban, apostaban, hacían el trabajo inicial, y los grandes se encontraban con el producto hecho sin necesidad de arriesgarse. Pagar después era más fácil que invertir antes.

Antecedentes y morfología del punk

La crisis en Inglaterra se tradujo en tres millones de parados a mitad de los años setenta y muchos cambios en las distintas capas sociales. Musicalmente, los efectos fueron demoledores. Había, por un lado, una música muy comercial, y por el otro, las grandes formaciones con una fórmula no gastada aunque sí mantenida exclusivamente a base de su capacidad creativa. Un ejemplo: la gran maquinaria del rock sinfónico se había consumido. Que el mejor LP del año 1976, según la prensa inglesa, fuera el primero de los renacidos Genesis, *A Trick of the Tail,* sin Peter Gabriel y con Phil Collins como cantante, era un síntoma. Pocos álbumes originales de nuevos artistas se abrieron un hueco en este panorama. Al otro lado del Atlántico, el gigante americano ya no necesitaba de modas, porque siendo un país tan grande ninguna lo era tanto como para llegar de costa a costa.

La ideología punk es tan fulminante en conceptos como rápida en su implantación, expansión y autofagocitación final. Musicalmente fue rompedora y como moda marcó una transgresión absoluta. Representó un cambio tan abismal que costó digerirlo y fue, como tantas otras tendencias inclasificables en su momento, denostado y vapuleado hasta que se convirtió en negocio y, como tal, acabó devorado por la industria. Que un chico o chica rompiera una camiseta y saliera a la calle con ella significaba una protesta. Que las tiendas de ropa vendieran camisetas rotas al poco tiempo no representaba nada salvo que el consumo tomaba la palabra.

Los beatnicks, o incluso los hippies, habían sido románticos. Flores en el pelo y paz en el corazón. Los punks no lo fueron en absoluto. No tenían muchos motivos para creer en nada y su lema, «No hay futuro», era toda su declaración de principios. Con estética anti, feos por vocación, maquillaje negro, cabellos de colores cortados con fantasía, imperdibles en la boca, la nariz, las orejas, cuchillas de afeitar colgando del cuello, candados, cadenas, cremalleras, son la anarquía absoluta. Pero la moda no solo será estética. Crean un nuevo diseño en todos los órdenes. Los pósters, portadas de discos y todo lo que hace referencia al punk se escribe con letras recortadas de otras partes, desiguales. Para ellos no hay futuro, pero es que también reniegan del pasado con virulencia. Los Rolling Stones son unos viejos y lo mismo la mayoría de estrellas, a las que acusan de no tomar contacto con la calle y vivir recluidas en sus mansiones. Dicen enfáticos: «Si tienes veinte años, ya eres viejo. Si pasas de los veinticinco, estás acabado. Si tienes treinta, muérete». Para el punk, el rock se había convertido en un monstruo muy grande, sofisticado y tecnificado. El rock sinfónico rizaba el rizo y era la más pesada losa. Así pues, la principal fuerza del punk es la dinámica de su juventud, sus ideas y su pensamiento. Nace en las escuelas, con hijos de parados que tienen frente a sí mismos las mismas perspectivas que sus padres. Ante el virtuosismo de los músicos selectos, ellos desafían a todos con su ignorancia. Les basta con dos o tres acordes para tocar una guitarra y graban en estudios elementales con aparatos de dos pistas. ¿Para qué hace falta la tecnología? La crisis ha puesto el mundo en la picota y hay que volver a las raíces, al rock sin artificio. El desafío toma forma y se hace realidad en la calle y en la música. En pocos meses el fenómeno se dispara y los Sex Pistols se atreven a mofarse de la Casa Real británica en pleno Jubileo de 1977 por las bodas de plata del reinado de Su Majestad («God Save the Queen») o editar el polémico LP *Never Mind the Bollocks, Here's the Sex Pistols* (Nos importa unos cojones, aquí están los Sex Pistols). El éxito del punk en 1977 hará que miles de adolescentes se sumen al carro cuando el futuro ya está ahí.

Punk (porquería, basura, algo despreciable, aunque en inglés académico significa «rufián» y en slang es el presidiario del que se abusa sexualmente por parte de los demás) es un término que ya había aparecido esporádicamente en el rock, siempre para referirse a la peor música. En los años sesenta se llamaba punk a la música hecha por malos músicos o a la que sonaba de forma diferente, sucia, y con los hippies se acentuó la tónica. Pero lo que en los sesenta era malo en los setenta fue estilo. Pioneras punkies fueron canciones famosas en la historia, «Gloria» de Them, «Louie Louie» de The Kingsmen, «96 Tears» de Question Mark & The Mysterians, «I Want Candy» de The Strangeloves y «Get Me to the World on Time» de Electric Prunes. El primer grupo calificado como punk fueron los Troggs, mientras que en Estados Unidos el calificativo recayó en The Stooges y los Velvet Underground.

Otras características del punk rock se centran en la potenciación de «lo pequeño» frente a lo gigantesco. Ejemplos: el retorno a los pequeños clubs en oposición a los grandes festivales o los macroconciertos ante cien mil espectadores, o la proliferación de pequeñas compañías independientes para presentar batalla a las multinacionales y sus procesos. El punk vino a ser un grito en la noche del rock. Pese a todo, no fue así de sencillo: los conciertos punkis acababan casi siempre con monumentales peleas, por lo cual no muchos clubs estaban dispuestos a ofrecerlos. Los músicos provocaban al «respetable» a base de salivazos, replicados en consonancia.

El fenómeno empezó a adquirir fuerza a fines de 1976. De entrada, entre el veto de la industria y la oposición del entramado ya establecido por el estatus legal del rock. Solo las pequeñas compañías se atrevieron a respaldar el movimiento. Pero la prohibición de radiar música punk o presentarla en televisión no hizo sino acrecentar su fuerza. Las canciones eran sencillas en estructura, limitadas, pero sus letras desprendían vitriolo. En pocos meses la industria comprendió una vez más la vieja máxima: no pudo acabar con el punk, así que lo adoptó y canalizó. Cuando se desató la caza no quedó ninguna de las bandas pioneras sin discográfica, ni discográfica sin grupo más o menos destacado. Pese a ello, seguían habiendo voces clamando contra la nueva barbarie, diciendo que se estaba volviendo a las cavernas. Todo en la moda punk fue excesivo, gestos, disfraces, provocaciones, a lo largo de 1977. Al final, el punk no logró enterrar a los Clapton o Jagger, y sembró su historia de cadáveres bien parecidos. La primavera de 1977 fue testigo de su máximo apogeo. King's Road se convirtió en la calle punk londinense por excelencia. Los turistas iban los sábados por la tarde para ver a la colección de lunáticos habituales de la zona.

Como la principal regla del punk era no tener reglas, ni siquiera hubo acuerdo en sus bases. Para muchos era un movimiento pacifista. Para muchos más un adalid de la violencia juvenil institucionalizada. Algunos radicales readoptaron los viejos símbolos nazis prohibidos tras la guerra. En el terreno de las drogas, lo mismo. Unos afirmaban que era el punto cero para dejarlas atrás y otros insistían en que formaban parte de toda nueva cultura transgresora. A la postre, en cuanto el punk fue aceptado y domesticado, dejó de tener interés. En 1978 ya era historia como hecho puntual, pero su huella fue básica en las corrientes del rock alternativo posteriores.

De Sex Pistols a Police

El primer grupo prepunk británico fue Eddie & The Hot Rocks, pero el primer disco considerado punk en Inglaterra fue el single «New Rose» del grupo Damned, lanzado por el sello Stiff en octubre de 1976. En noviembre aparecía «Anarchy in the UK» de los Sex Pistols, que llegó a las listas de éxitos. Tras ellos surgieron Clash y Stranglers. Locales como el Marquee, 100 Club, Roxy Club y otros abrieron sus puertas para atraer el potencial de la nueva moda. Casi de inmediato llegaron las primeras canciones notables: «Less Than Zero» de Elvis Costello, «White Riot» de The Clash, «Looking After Number One» de Boomtown Rats y Jam con «In the City». Canciones como «Your Generation» de Generation X y «Anarchy in the UK» de Sex Pistols fueron los primeros himnos.

Los Sex Pistols fueron la clave más firme del auge y declive punk. Malcolm McLaren, empresario-productor-artista que tenía una tienda de ropa llamada Sex en King's Road, se encontró con un grupo integrado por Steve Jones (guitarra), Glen Matlock (bajo) y Paul Cook (batería). Los bautizó como Sex Pistols y reclutó a un cantante, Johnny Lydon, al que rebautizó como Johnny Rotten (Juanito el Podrido). McLaren consiguió que se hablara de ellos con tal fuerza que la poderosa EMI los contrató por 40.000 libras, la cifra más alta pagada hasta entonces a un grupo desconocido. Su aparición en un programa televisivo habitual, y ante un presentador convencional, fue el mayor escándalo del año. Dijeron tantos tacos y groserías en el minuto y medio que tardaron en cortar la imagen los responsables de la BBC, que la misma EMI les rescindió el contrato pagando otras 50.000 libras de indemnización. De la noche a la mañana, el punk era famoso y ellos unos rebeldes por la cara. Más tarde se supo que al programa «Today», presentado por Bill Grundy, tenían que haber ido los miembros de Queen. Estos no pudieron asistir y el hueco fue aprovechado por un iluso de EMI para introducir a Sex Pistols. Alguien había metido la pata, abriendo el camino de la leyenda del grupo. La siguiente compañía que se atrevió con ellos, dada su mala fama, fue A&M. El 12 de marzo de 1977 firmaron contrato en un tenderete frente al palacio de Buckingham, puesto que el nuevo single iba a ser «God Save the Queen». No era un himno por los veinticinco años de reinado de la Reina Isabel. Cuando se dio la noticia del fichaje, los principales artistas de A&M (Peter Frampton o el odiado Rick Wakeman, objeto de todo el desprecio punk por sus megalómanos discos y conciertos) amenazaron con marcharse. Aun así, no fue esa la causa directa de que la discográfica cancelara el contrato. Unos días después un disc-jockey que se negó a pinchar el tema fue a parar al hospital por una paliza que le dieron los miembros del grupo. Los 14 puntos de sutura y el nuevo escándalo motivaron que A&M hiciera lo que antes había hecho EMI, y pagar una indemnización de 75.000 libras para rescindir el contrato. Así, gracias a contratos e indemnizaciones, el cuarteto ya era rico y famoso. En esos mismos días Matlock dejó su puesto a Sid Vicious (Sid el Vicioso, Sid el Malvado), segundo elemento clave junto a Rotten. La razón de que fuera invitado a marcharse fue manifestar que le gustaban los Beatles, cosa que no sentó nada bien a Rotten. La tercera compañía que apostó por ellos fue Virgin. «God Save the Queen» vendió 250.000 copias. Pero lo fundamental de toda la historia fue ver como un puñado de locos utilizaba el sistema, y a las compañías discográficas, para poner en evidencia sus debilidades.

Durante los meses siguientes, Sex Pistols fueron siempre noticia más por temas extramusicales que por sus discos. Detenciones, peleas (un grupo neonazi acuchilló a Rotten y le abrió la cabeza a Cook) y un continuo reto como *leit motiv* existencial. Dos nuevos singles, «Pretty Vacant» y «Holidays in the Sun», preludiaron la publicación del álbum *Never Mind the Bollocks, Here's the Sex Pistols,* protagonista de la más aguda controversia del mercado inglés hasta ese momento. Muchas tiendas se negaron a venderlo, otras más lo introdujeron en una funda negra y sus canciones se prohibieron por radio, mientras que ellos eran acusados de obscenidad. La policía se molestó en ir de tienda en tienda tachando la palabra *bollocks* («cojones») con tiras negras. Los comerciantes que lo vendieron y mostraron en los escaparates fueron multados (Virgin se hizo cargo de todas las multas). Pese a todo, fue número 2 en el ranking británico. Entonces, en plena gira americana, pisando alfombras de satén, viajando en limusinas y ostentando el estrellato igual que los grupos a los que criticaban, optaron por separarse y fueron consecuentes con su idiosincrasia y con el lema punk: «no future». Su desaparición no supuso su fin, porque se editaron nuevos singles hasta 1980 y el doble LP *The Great Rock and Roll Swindle* («La gran estafa del rock and roll»), banda sonora del documental del mismo título.

La muerte de Sex Pistols hizo que Johnny Rotten formara el grupo Public Image Ltd. Sid Vicious por su parte continuó en el filo de la navaja hasta un año después. Su compañera Nancy Spungen apareció muerta, se le acusó de asesinato, salió en libertad provisional y murió de una sobredosis de heroína el 2 de febrero de 1979. Años después,

Sex Pistols volverían a unirse para exprimir un poco su fama y decididos a ganar dinero con ella.

Los grupos punk más importantes sobrevivieron con inteligencia a la brevedad del fenómeno. Incluso hubo bandas que se dejaron atraer por la moda para debutar, pero rápidamente mostraron su otra cara, como Police. Los pioneros Damned no fueron precisamente los mejores. El gran grupo punk fue The Clash, con Joe Strummer a la voz solista. Formados antes que los Sex, actuaron con ellos y rentabilizaron su calidad con potentes LP's, *The Clash, Give 'Em Enough Rope,* el definitivo *London Calling* (doble) y el sensacional *Sandinista!* (triple). Boomtown Rats, liderados por Bob Geldof, triunfaron con «I Don't Like Mondays» y «Rat Trap» en las listas comerciales. Luego Geldof protagonizaría la versión cinematográfica de *The Wall* en 1980 y en 1985 impulsaría el gran concierto Live Aid a ambos lados del Atlántico. Stranglers derivaron pronto hacia el rock con sobrios LP's, desde *Rattus Norvegicus IV* y *No More Heroes* hasta *Black and White* y *The Raven*. The Jam también tuvo una excelente carrera comercial de la mano de su líder Paul Weller. En 1980 fueron elegidos mejor grupo, cantante, guitarra, bajo, batería, mejor LP *(Setting Sons)* y mejor autor. Entre sus grandes hits destacan «All Around the World», «The Eton Rifles», «Start» y «Going Underground» con «The Dreams of Children», caras A y B del mismo single. Paul Weller tendría con posterioridad otra exquisita carrera con su nueva banda. Elvis Costello se convirtió en un reputado autor y cantante con álbumes excelentes como *My Aim Is True, This Year's Model* y *Armed Forces*. Nick Lowe fue otro referente, productor de Elvis Costello, Damned, Dr. Feelgood o Graham Parker, cantante al frente de su grupo Rockpile y finalmente solista. Ultravox pasaron a ser una de las bandas más importantes del nuevo pop británico, primero con John Foxx como cantante y después con Midge Ure. En esta segunda etapa destacaron con grandes canciones como «Viena», «Rage in Eeden» o «The Voice». Siouxsie & The Banshees tuvieron una vida igualmente larga pese a sus muchos cambios de personal, con Siouxsie de cantante solista y emérita heroína punk. Las mujeres estuvieron presentes en otros grupos punks, desde Slits (traducido literalmente, «rajas», en alusión al sexo femenino), primer grupo punk formado por chicas, al que seguirían Raincoats y otros; o Gaye Advert de bajista en Adverts. Desaparecieron tan rápido como el resto, Buzzcocks, Vibrators, 999, Magazine, Boys o Generation X, aunque de estos últimos saldría uno de los rockeros más comerciales de los ochenta, Billy Idol. En Estados Unidos sucedió lo mismo con Dead Boys o Rezillos. Una reina punk fue la alemana Nina Hagen, aunque en su país la lanzaron como la pionera de la new wave. Escandalosa y provocativa (fue expulsada de Austria), quedó como un referente de la última vanguardia bávara de los setenta.

Nacidos como grupo punk, pese a que en 1977 su guitarra Andy Summers ya tenía treinta y seis años y un amplio pasado en muchas bandas, Police pasó a ser una de las formaciones señeras de la historia. Andy se unió al batería Stewart Copeland y al bajo y cantante Gordon Matthew Sumner, más conocido como Sting (actor en la película *Quadrophenia).* Debutaron discográficamente en 1978, después de actuar en diversos festivales punk, pero pronto su música, un reggae blanco muy comercial, les disparó en las listas. En unos años mantuvieron una discografía modélica con los LP's *Outlandos d'Amour, Reggatta de Blanc, Zenyatta Mondatta, Ghost in the Machine* y *Synchronicity* y grandes hits en single; «Roxanne», «Can't Stand Losing You», «Message in a Bottle», «Walking on the Moon», «Don't Stand so Close to Me», «De Do Do Do De Da Da Da», «Spirits in the Material World», «Every Little Thing She Does Is Magic» y «Every Breath You Take». Separados en 1985, Sting siguió en solitario, convertido en una de las personalidades de la música hasta el siglo XXI.

PUNK AMERICANO... Y OTRAS HISTORIAS DE 1977

El punk americano estuvo a años luz del inglés. Ni fue tan inseguro y fugaz en lo musical, ni tuvo el colorido de la moda en su aspecto *fashion*. Fue más bien una tendencia underground, surgida de los clubs más *in* de Nueva York (CBGB's, Max's Kansas City, etc.), y de los primeros que en California vieron en ello una salida al pulcro rock local o a la música disco, muestra de que el país era una gran Arca de Noé en la que todo tenía cabida sin problemas. Iggy Pop ya cantaba con el rostro pintado de blanco y escupía al público a fines de los sesenta. Velvet Underground ofrecían una música caótica, excesiva y a veces inclasificable para los poco vanguardistas. Eran la «oposición» antihippie, rudeza frente a bucolismo. Lou Reed fue uno de los referentes del punk inglés.

Lo mismo que en Inglaterra, fueron las pequeñas compañías las que se encargaron de capitalizar todo ese potencial. Si New York Dolls fueron pioneros estéticos a caballo de los restos del glam, el primer LP considerado punk fue el primero de Ramones. Luego aparecerían Blondie, Television y otras bandas menores, Heartbreakers (grupo formado por dos de los New York Dolls), Richard Hell & The Voidoids, Plasmatics (su cantante Wendy O'Williams actuaba siempre con los senos al aire), Dictators, hasta llegar a Suicide, con Alan Vega y Martin Rev, síntesis electrónica y rockera, y a la genuina Laurie Anderson. Pero si en Estados Unidos el punk tardó en cuajar y lo hizo a su aire, cuando se produjo el hecho perduró más que en Inglaterra. La cultura underground funcionaba mediante fanzines, pequeños locales, la música de garaje... Fue otra forma de acoger un mismo fenómeno.

Ramones eran cuatro chicos de la calle que actuaban con pantalones rotos y ofrecían canciones breves a modo de latigazos de rock. Comenzaron siendo punks y acabaron sin etiquetas. En veinte años mantuvieron una coherente discografía, sin éxitos, pero contundente LP a LP. Television los formó Tom Verlaine (sus iniciales, TV, bautizan el grupo) y fueron fugaces pero de notable prestigio. Mink DeVille (después conocido como Willy DeVille) también surgió de este momento. En otra línea mucho más directa, llamada «nueva música americana» poco después, anduvieron Jonathan Richman & The Modern Lovers o los eclécticos Talking Heads, grupo de David Byrne, uno de los grandes personajes de la música estadounidense posterior. Talking Heads crean el concepto art-rock; sus miembros proceden de la clase culta y poseen una discografía selecta: *Talking Heads, More Songs About Buildings and Food, Fear of Music* y *Remain in Light*. Byrne hará después experimentos con Brian Eno, grabará en solitario y acabará siendo un artista total en todos los campos, desde la música al cine y la TV. La elegancia de los TH contrastó con la popularidad y fama pop de Blondie, que contó como solista con Debbie Harry, un ex conejito de Play Boy (y ex camarera del Max's Kansas City). Su larga lista de hits tiene algunas de las grandes canciones de su tiempo: «Denis», «Heart of Glass», «Sunday Girl», «Dreaming», «Atomic», «Call Me», «The Tide is High» y «Rapture». Blondie fue el primer grupo en hacer un LP presentando todos los temas con un vídeo de apoyo. «Heart of Glass» fue considerada la primera canción de la new wave. *Plastic Letters, Parallel Lines, Eat to the Beat* y *Autoamerican* fueron sus álbumes más destacados.

Reina punk fue Patti Smith, cantante pero sobre todo poetisa. Llegó a Nueva York a fines de los sesenta, tan llena de Arthur Rimbaud y William Burroughs como de Jimi Hendrix o Jim Morrison. Vivió con el controvertido fotógrafo Robert Mapplethorpe, escribió poemas y Allen Lanier, de Blue Oyster Cult, la convenció para que los recitara en público. Patti fue amante de Lanier, de Tom Verlaine y de otros grandes y se casó con Fred Smith de MC5. Su primer álbum fue el decisivo *Horses* producido por John Cale y con una densa versión del «Gloria» de Van Morrison y Them, al que seguirían *Radio Ethiopia, Easter* y *Wave*. Su mayor éxito fue el tema «Because the Night». Equiparada a Dylan, mantuvo su prestigio, aunque alejada del mundo de la música, al que regresó esporádicamente años después.

En 1977 el punk era neoyorquino por excelencia, con una rama californiana en Los Ángeles. Una gota en un océano, aunque acabara convertida en lago. Tan importante como ese movimiento punk en Estados Unidos fue el post-punk, que enlazaría incluso con movimientos de los años noventa, como el grunge.

En 1977 hubo otras historias:

Los dos nombres propios más personales surgidos en la música americana antes de la explosión del disco sound fueron Foreigner y Meat Loaf. Foreigner fue un supergrupo formado con músicos de Spooky Tooth, King Crimson y otras bandas, con Lou Gramm de cantante. Canciones como «Feel Like the First Time», «Cold As Ice», «Waiting for a Girl Like You» y «Urgent» preludiaron su gran éxito «I Want to Know What Love Is» en 1985, balada magistral de los años ochenta. Sus álbumes *Foreigner, Double Vision, Head Games* y *4* son el eje de su fama. Meat Loaf («Cacho Carne») fue un rockero de música tremendista, largas letras con mucha carga sexual que interpretaba actuando, temas épicos y casi en la frontera de un rock de opereta junto al autor Jim Steinman, creó una línea única a la que aportó dos primeros LP's muy intensos, *Bat Out of Hell* (ochenta y dos semanas entre los más vendidos de USA) y *Dead Ringer,* así como varios singles de fuerte personalidad, «Two Out of Three Ain't Bad», «I'm Gonna Love

Her for Both of Us» o «Dead Ringer for Love» (dúo con Cher). Problemas de voz le hicieron dejar de cantar casi diez años, dedicarse al cine, arruinarse y reaparecer de nuevo con Steinman en 1993 con el LP *Bat Out of Hell 2: Back into Hell,* y su nuevo número 1, «I'd Do Anything for Love (But I Won't Do That)».

También en 1977 reaparecieron como solistas Peter Gabriel o Stevie Winwood. El primero con toda una carrera hasta el siglo XXI, jalonada por grandes éxitos como «Solsbury Hill», «Games Without Frontiers», «Biko», «Shock the Monkey», «Sledgehammer» o «Don't Give Up», y con todos sus LP's en pleno en la categoría de obras maestras, desde los individuales hasta las bandas sonoras como *Birdy, The Mahabharata* o *The Last Temptation of Christ.* En 1982 inauguró el primero de sus festivales WOMAD (World of Music Arts and Dance), repartidos por todo el mundo para ayudar a la difusión de las diversas sonoridades minoritarias, especialmente las africanas, como veremos al hablar de la World Music. Stevie Winwood, por último, consolidaba su carrera individual después de Spencer Davis Group, Traffic y otras experiencias, con una discografía tan personal como firme desde sus dos primeros álbumes, *Stevie Winwood* y *Arc of a Diver,* a los que seguirían *Talking Back to the Night, Back in the Night* y *Roll With It,* más los singles «Valerie», «Roll WithIit», «Higher Love» y «Holding On».

Presencias menores entre 1977 y 1978 fueron las de Bob Welch (ex Fleetwood Mac), Mr. Big, Debbie Boone (hija de Pat Boone, número 1 con «You Light Up My Life»), Robert Gordon, los Automatic Man de Mike Shrieve, Bonnie Tyler («It's Heartache», «Total Eclipse of the Heart», «Holding Out for a Hero»), Metro y su cantante Duncan Browne en solitario, Karla Bonoff, Sea Level (surgidos de los Allman Brothers Band), Mary McGregor («Torn Between Two Lovers»), Julie Covington («Don't Cry for Me Argentina»), Crystal Gayle, Moon Martin, Nicolette Larson, Rocky Sharpe & The Replays («Rama Lama Ding Dong»), Murray Head («Say It Ain't So, Joe»), el guitarra Gordon Giltrap, Wreckless Eric, Jeff Wayne *(The War of the Worlds),* Tim Weisberg, Rex Smith, John Paul Young («Love Is in the Air»), Mickey Jupp o los pioneros del rock australiano Flash & The Pain. No faltó la aparición de un sobrio cantante maldito, Elliott Murphy, o el debut de Chris Rea, uno de los grandes solistas de las siguientes décadas, con una larga serie de álbumes y canciones modélicas.

El año tuvo otros aspectos. Por ejemplo, fue un año de muertes. En Inglaterra caía Marc Bolan sin poder resurgir T. Rex, y en Estados Unidos desaparecían dos reyes: Bing Crosby y Elvis Presley. Elvis era encontrado muerto el 16 de agosto, víctima de un cóctel de medicamentos. Los problemas con la obesidad ya llevaban años atormentándole. Solía actuar unos meses en Las Vegas, como una sombra de lo que fue, y pasar otros tantos en clínicas para someterse a curas de sueño y regímenes espartanos. Después de atravesar por depresiones, agudos estados de abatimiento físico y psíquico, tocó fondo. El 10 de abril estuvo en coma y clínicamente muerto treinta minutos al sufrir un colapso en Baltimore, Maryland. Seis meses después su última novia, Ginger Alden, lo encontró en el suelo de su casa de Graceland. Murió en la ambulancia. Tenía cuarenta y dos años y en su sangre fueron encontradas no pocas sustancias que su médico le recetaba en cantidades industriales. La histeria que atenazó a Estados Unidos hizo que se agotaran sus discos (se reeditó su obra entera y se vendieron más en tres meses que en los diez años anteriores), biografías, *merchandising*... y comenzó el culto a su leyenda, perpetuado año tras año en torno a su tumba en Graceland. Otra muerte especial fue la de Peter C. Goldmark, el 7 de diciembre. No era un cantante, sino el «inventor» del principal soporte discográfico hasta la aparición del CD: el LP (Long Play, disco de larga duración). Goldmark había nacido en 1906 en Hungría y llegó en 1933 a Estados Unidos. En 1936 comenzó a trabajar como jefe de ingenieros en la cadena de TV CBS. En 1948, cansado de que los discos de 78 revoluciones por minuto estropearan los programas con sus saltos e interrupciones, creó el Long Play, una de las revoluciones de la industria, conjuntamente con la aparición de la cinta magnética, que cambió de raíz el concepto de grabación. Goldmark moría además el año del centenario de la invención del fonógrafo por Edison, cuando su genio desarrolló el cilindro de metal que reprodujo su propia voz con las primeras palabras pronunciadas por algo no humano: «Mary Had a Little Lamb» («Mary tenía un corderito», una canción popular), dichas en honor de su hija.

También fue el año de la segunda crisis del petróleo; de *Star Wars,* la película que cambió el mundo de la ciencia-ficción (y su música, compuesta por John Williams, responsable también de las bandas sonoras de *Jaws, Close Encounters of the Third Kind, Superman, Raiders of the Lost Ark* y muchas más hasta el siglo XXI); de «Evita»; y de la detención de Keith Richards en Canadá acusado de «tráfico» de drogas. El caso fue considerado una represalia. Días antes la esposa del primer ministro Pierre Trudeau se había fotografiado con Mick Jagger en medio de algunos rumores maliciosos, puesto que la primera dama se había unido a la gira de los Stones y se alojaba en sus mismos hoteles. Keith no fue a la cárcel, pero los Trudeau se separaron poco después. Mientras, en enero, había jurado el cargo de presidente de Estados Unidos Jimmy Carter, la esperanza demócrata que no resistió más que cuatro años por querer defender los Derechos Humanos y fue derribado por un pésimo actor llamado Ronald Reagan.

Las cifras que la industria discográfica americana facilitó en enero de 1978 no dejaban lugar a dudas sobre el primer epílogo de la crisis. En 1974 la RIAA había declarado 1.550 millones de dólares por venta de discos en EE.UU. En los años siguientes, aunque hubo incrementos en las ganancias, estas se debieron más a las alzas del precio de venta al público (que se duplicó en relación a cinco años antes) que a la tendencia mágica rota en 1973. El incremento de venta de discos no era el mismo que en el período 1969-1972. El estancamiento había sido gradual: 1.696 millones en 1975, 1.908 en 1976 y, de pronto, 2.440 millones en 1977. Sumando discos y casettes, se pasó de los 2.737 millones a los 3.500 de 1977. Pese a todo, 1977 había sido otro año crítico y en 1979 volvería el fantasma energético, aunque ya casi no fuera noticia. Al menos, no con la inusitada virulencia con la que golpeó al mundo en octubre de 1973.

Más datos referidos a LP's en Estados Unidos: en 1976 fueron otorgados 37 discos de platino y 149 de oro. En 1977 fueron 68 de platino y 183 de oro. En 1978 fueron 102 y 193. En 1979 la crisis hizo que se bajara a 42 y 112. Luego hubo un estancamiento absoluto pese a la recuperación de 1980, año que se saldó con 66 y 162, para volver a las vacas flacas: 60 y 153 en 1981 y 54 y 128 en 1982. Además, el mercado estaba polarizado en esos días por dos grandes grupos de comunicación que se repartían más de la mitad de las ventas: CBS (Columbia, Epic y A&M) y WEA (Warner, Elektra/Asylum y Atlantic Records).

21
Del disco sound a las nuevas tendencias

Estilos al filo de los ochenta

Entre 1978 y comienzos de los años ochenta todos los caminos conducen al rock, pero no al mismo rock ni con la misma morfología. Es tiempo de fragmentaciones. Si una década antes nacían alternativas derivadas de la búsqueda y el crecimiento, ahora surgen pequeños o grandes bloques conectados entre sí de alguna forma como parte de un desarrollo formal. En estos años, dominados inicialmente por el disco sound y por la new wave después, aparecerán el pub rock, el post punk, el power pop, el heavy metal, el revival mod, la irrupción de ritmos cálidos como el ska, el tecno pop, la cool wave, la música cibernética, los no-músicos, sin olvidar constantes revivals del rock and roll, el rockabilly y otros estilos ya pasados, siempre dispuestos para la nostalgia. Cuantas más etiquetas se buscan, muchos más artistas escapan a ellas.

Un ejemplo del mantenimiento de la crisis la tenemos en el pub rock, es decir, música hecha en pequeños locales alternativos. Las bases fijadas por el punk no desaparecieron con el fin del auge del estilo, aunque ya no hubiera grupos volcados en él. La new wave (nueva ola) fue lo que aglutinó el mayor número de opciones a partir de 1979. Parte importante de ella fue, una vez más, la estética: cabellos cortos, ropas elegantes y cuidadas (de ahí la recuperación de aspectos como el mod de los años sesenta), pulcritud, vuelta de la corbata como signo distintivo y otros detalles menores. La robotización de algunos vino unida a la simple evolución de la tecnología. También hubo cierta fantasía, no tan acusada como en los días glam, en la onda de los nuevos románticos. La tecnología, por ejemplo, fue caldo de cultivo de las nuevas tendencias. Con una simple caja de ritmos, un cantante podía sonar como un grupo y actuar en solitario. No por ello los sintetizadores desaparecieron, como tampoco había sucedido del todo en plena era punk. El synthetizer sound fue clave para el tecno, que volvió a traer la alegría más pop a los primeros años ochenta.

Cada categoría tuvo su pequeña gran estrella, especialmente hablando de Inglaterra, que fue donde más se manifestaron todas estas alternativas. Gary Numan fue el príncipe tecnológico; Depeche Mode, Yazoo, Heaven 17 o BEF, los que marcaron la cool wave (ola fría) por la que después se deslizarían muchos conjuntos del tecno, como Orchestral Manoeuvres in the Dark; The Jam pasaron a ser líderes del revival mod; la fantasía de los nuevos románticos quedó para Visage, Spandau Ballet o Adam & The Ants; el ska-bluebeat fue protagonista de una gran moda que puso en el candelero a todo un ejército de grupos de blancos y negros en Inglaterra; el heavy fue la corriente sin duda más vital y fuerte, renovada con un alud de grupos (AC/DC, Iron Maiden, Van Halen, Motorhead, Whitesnake) que desembocó en la new wave of british heavy metal (nueva ola del heavy metal británico). Todo esto produjo una amalgama de nombres, casi todos fugaces, que alimentaron la maquinaria comercial pero apenas trascendieron a su tiempo. La nueva crisis energética de 1979 volvió a poner bajo los focos una música comercial que se correspondía con el perfil del nuevo mundo: frente los malos tiempos, alegría.

Disco sound explosión

La música discotequera, «enlatada», que en los sesenta hizo furor con el soul y en los setenta con las nuevas corrientes funks (Earth, Wind & Fire) o fenómenos como los de Donna Summer, Boney M y otros, pronto mereció la atención de los analistas, sociólogos o estudiosos de la conducta humana. Los viernes y los sábados por la noche las discotecas de todo el mundo bullían en una frenética actividad, creando una cultura propia con base en los bailes, las canciones y las costumbres urbanas en torno a la diversión y el empleo del tiempo de ocio. Fue todo esto lo que impulsó al comentarista musical Nik Cohn a escribir un artículo titulado «Los ritos tribales del sábado por la noche» en el *New York Magazine.* El productor Robert Stigwood, responsable de las versiones teatrales de *Jesuschrist Superstar, Oh, Calcuta* y *Hair,* y de la primera y *Tommy* en cine, supo ver en ese artículo la parte más comercial del fenómeno. En 1976 comenzó a diseñar la producción de un largometraje que destacara todo ese mundillo vertiginoso y feliz. Las discotecas eran una burbuja en la que miles de chicos y chicas lograban olvidar lo que dejaban al otro lado de sus puertas, estudios agobiantes o trabajos mal pagados. Para la película se preocupó de dos aspectos fundamentales: encontrar a un actor capaz de interpretar el papel principal con solvencia y buscar la mejor música con la que dotarla de fuerza. Ahí aparecieron el por entonces casi desconocido John Travolta y los aparentemente maduros y establecidos Bee Gees.

John Travolta era hijo de un emigrante italiano que había jugado al rugby semiprofesional y de una cantante y actriz de teatro retirada. Él era el menor de seis hermanos. Llegó a Nueva York desde Nueva Jersey (al otro lado del río Hudson), aprendió a bailar en la escuela de Fred Kelly, hizo spots publicitarios y probó suerte en el cine. Fue rechazado, hizo de actor de reparto en Broadway, actuó en la versión teatral de *Grease*, grabó algunos discos sin suerte y por fin logró destacar en algunos papeles como el de la película *Carrie* y la serie de TV «Welcome back Kotter». Cuando Stigwood le dio la oportunidad de interpretar el papel de Tony Manero en *Saturday Night Fever* (Fiebre del Sábado Noche) nacía un mito, una imagen que marcaría el disco sound. Travolta, vestido de blanco, brazo en alto, en una discoteca de película, vulgar, fue un símbolo de su tiempo. Después llegaría *Grease,* también en cine, con Olivia Newton-John y la mitificación de la que saldría años después convertido en un buen actor tras su declive como ídolo juvenil.

Tan o más importante que Travolta fueron los Bee Gees y la banda sonora de *Saturday Night Fever.* Los hermanos Gibb habían tenido su primer momento dorado en el pop de fines de los sesenta y un segundo en su trasvase a Estados Unidos con varios éxitos importantes. Pero nada comparado con el «boom» causado por la música del film. A fines de 1976, Barry, Robin y Maurice Gibb se encontraban en el Chateau d'Herouville, en Francia, haciendo las mezclas de su doble álbum en vivo *Here at Last... Live*. Era el punto final de su gran gira americana. El doble álbum se grabó el 20 de diciembre en el Forum de Los Ángeles. Robert Stigwood les visitó, les habló de la película y, en el mismo castillo, compusieron y grabaron sus canciones con destino a la banda sonora de *Saturday Night Fever,* auténticas *pieces de resistence* de la historia de su tiempo. Entre los 17 temas de la banda sonora, los Bee Gees firmaron ocho aunque solo interpretaron seis. De ellos, dos ya habían sido éxito previamente. En el resto del doble álbum aparecieron temas de Yvonne Elliman, Tavares, Kool & The Gang, K. C. & The Sunshine Band, Trammps, Walter Murphy, la MFSB y las orquestaciones de David Shire. La película se estreno en la segunda mitad del año 1977 y la banda sonora arrolló desde fines de ese año y dominó la música de 1978. Fue el álbum que más números 1 dio a las listas de éxitos sin ser un recopilatorio. A «Jive Talkin'» y «You Should Be Dancing» (números 1 de los Bee Gees en 1975 y 1976, respectivamente, en los que Barry Gibb comenzó a popularizar sus falsetes característicos) siguieron «How Deep Is Your Love?», «Stayin' Alive» y «Night Fever» (esta última ocho semanas número 1) hasta mayo de 1978. Los otros dos temas de los Bee Gees, «If I Can't Have You» (cantada por Yvonne Elliman) y «More Than a Woman» (cantada por Tavares), completaron el masivo éxito. El doble álbum fue número 1 veinticuatro semanas en Estados Unidos, vendió millones de copias, fue elegido LP del año (en clasificaciones tan dispares como rhythm & blues, pop, soul, etc.) y «Night Fever» y «Stayin' Alive» fueron números 1 y 2 de las canciones de 1978 (la tercera fue «Shadow Dancing» del menor de los Gibb, Andy, también lanzado por la RSO de Robert Stigwood). Fue también la consagración del director John Badham, sin olvidar las coreografías de Lester Wilson y el guión de Norman Wexler. Las primeras escenas del film, los pies de Tony Manero caminando por el Bay Ridge neoyorquino al son de «Stayin' Alive», quedaron como icono de cine y música.

Pero si la película fue un hito (en 1980 era el film musical de mayor recaudación de la historia del cine americano, con 74 millones de dólares, 20 millones más que *American Graffiti* y el doble que *A Star Is Born* en la versión de Barbra Streisand y Kris Kristofferson), no lo fue menos el impacto de la música disco en el perfil de la recta final de la década de los setenta. Travolta comenzó a rodar *Grease* en junio de 1977. No era una historia de discotecas, sino un revival del rock and roll de los cincuenta, pero eso era lo de menos. Robert Stigwood no repetiría su éxito con sus nuevas películas, *Times square* o *Sgt. Pepper's* (basada en el disco de los Beatles, con los Bee Gees y Peter Frampton de protagonistas y muchos músicos invitados, Billy Preston, Aerosmith, etc.). Otras cintas con ambientes discotequeros se apuntaron al carro con más o menos suerte, *Thank God, It's Friday* (Gracias a Dios, ¡ya es viernes!) fue la mejor, con Donna Summer y los Commodores en el reparto. «Last Dance», interpretada por Donna, ganó el Oscar a la mejor canción del año. Después llegarían obras menores, más por la música que por ser copias de *Saturday Night Fever,* como *Car Wash* o *FM* (que relataba la historia de una pequeña emisora de radio). Todos los artistas que ya estaban triunfando con el disco sound antes del «boom» de Travolta y los Bee Gees, se dispararon en los rankings: Donna Summer, Earth, Wind & Fire, Tavares, Gloria Gaynor, Commodores, Chic, Sister Sledge. Además, aparecieron otros: Amii Stewart, Village People (protagonistas de grandes éxitos como «In the Navy», «YMCA» o «Go West», líderes de la *macho* music) o Michael Jackson en sus comienzos en solitario después de su etapa infantil. El mismo hermano pequeño de los Bee Gees, Andy Gibb, tuvo su momento de gloria con varios éxitos («I Just Wanna Be Your Everything», «(Love Is) Thicker Than Water», «Shadow Dancing»).

No todo eran luces en el mundo de la música disco. Los negros de Nueva York no tenían fácil acceso a los templos del baile, especialmente por limitaciones económicas. Para suplirlo crearon su propia forma de discoteca, las *block partys,* música en patios, escuelas, al aire libre, etc. En uno de ellos apareció por primera vez el breakbeat como estilo. Kool Herc, un disc-jockey, empleó dos discos iguales y un mezclador para enlazar los temas sin necesidad de hacer lo que otros pinchadiscos para cambiar de música o tema. Así mantenía el clímax pasando de un corte a otro, aprovechando el break rítmico, casi siempre de la batería. Al mezclar, comenzó a hablar para animar al personal y con ello también aparecieron los primeros MC (Maestros de Ceremonias). Otras innovaciones resultantes de este tiempo de experimentación fueron el double-backing, mediante el cual un disco sonaba un poco retrasado con relación al primero y así parecía que hubiera un eco, un doble efecto sonoro; o el vocoder, sintetizador de voz primo hermano del talk-box que ya se utilizaba unos años antes. También en los *block partys* apareció por primera vez el breakdance, parte fundamental de la cultura hip-hop, la expresión bailable, pintoresca, retorcida y curiosa de la forma de sentir la música de los afroamericanos.

De la new wave al ska-bluebeat

Mientras Estados Unidos caminaba cada vez más hacia el AOR que dominaría su música en los años ochenta y noventa (Adult Oriented Rock, es decir, rock hecho por y para adultos), Inglaterra se aislaba también cada vez más con sus modas y tendencias propias, nada exportables salvo para Europa por razón de su proximidad geográfica. El término new wave (nueva ola) acabó acuñándose para integrar tantos movimientos como empezaron a germinar tras la crisis. Salvo unos pocos (Police, Dire Straits, Pretenders, algunos grupos heavy), ninguno triunfó en el gran mercado mundial que era el americano.

En Inglaterra y comenzando por el pub rock (Ian Dury, Graham Parker), siguiendo con el revival mod (Jam), y acabando con el heavy metal (Iron Maiden, Def Leppard, Saxon), despuntaron casi al alimón muchos pequeños núcleos con iniciativas propias. No fue un Liverpool Sound, por decirlo de alguna forma. En Londres, la capital, aparecieron los London boys (los chicos de Londres), tan variados como variadas eran sus procedencias, desde Jamaica a la India. La mezcla hacía que la moda también fuese variopinta. Maquillaje para los nuevos románticos, corbatas y trajes para los mods, vaqueros cortos y mucha informalidad para los modernos, y por supuesto en los heavys las señas características: cabellos muy, muy largos, cazadoras de cuero negro, *badges* (chapas), parches de tela cosidos o *studs* (tachuelas) adheridas a la ropa, muñequeras de metal, vaqueros muy ceñidos, imagen ruda y salvaje a la vez. Con todo, los heavies fueron los únicos fieles a su espíritu, porque las modas y estéticas variaban con cada nuevo grupo capaz de imponer un estilo.

En Estados Unidos la new wave fue tan puntual como lo había sido el punk «a la americana». Grupos procedentes de la poco estruendosa revuelta punk supieron caminar por el filo de la navaja sin ahogarse en el trasvase. Blondie acabó siendo tan new wave como los espléndidos y divertidos B-52's o la excelente Pat Benatar de sus inicios. Nueva York era la cuna de los cambios rápidos, pero también Los Ángeles.

Uno de los subgéneros más representativos de fines de los setenta, como parte de la new wave y muestra de que bajo su amparo cabía todo, fue el ska (bluebeat en Inglaterra). Los ritmos cálidos continuaban teniendo éxito, y el reggae mantenía toda su pujanza, pero el ska seguía siendo para muchos el origen, la raíz. Y fueron a ella. Limado en su rigidez folclórica, su conveniente adulteración pop creó el bluebeat, una de las grandes modas musicales británicas. La clave de este pequeño gran «boom» que creó también una moda visual y estética fue la aparición del sello discográfico 2-Tone (Dos tonos, porque todo se basada en el blanco y el negro, color de la piel de los músicos en los grupos de ska). La mayoría de conjuntos tenían muchos miembros, utilizaban los instrumentos convencionales del pop más los de viento, llevaban sombreros ridículos o trajes mal cortados y el cabello corto.

2-Tone lo creó un músico del grupo The Specials, el teclista Jerry Dammers, desilusionado con los sistemas de la industria discográfica convencional. Fue a comienzos de 1979 para la grabación de su single «Gangsters». El sello Rough Trade distribuyó el tema, que llegó al número 6 en Inglaterra. Dammers también diseñó el logotipo, pronto famoso. El siguiente grupo en ser lanzado por 2-Tone fue Madness, los grandes reyes del ska. Después llegó The Selecter. La primera gira de las tres bandas juntas impulsó la moda por toda Inglaterra y su aparición en el televisivo Top of The Pops supuso un hito. Los colores blanco y negro, el sonido y el ska se hicieron populares. De inmediato, Chrysalis se ocupó de distribuir el sello. El hecho de que Madness pasara a Stiff Records no significó una pérdida esencial, porque 2-Tone disfrutó de dos años de gran éxito con otras bandas además de Specials («Too Much Too Young», «Ghost Town») y Selecter («On My Radio»). Una de ellas fueron las Bodysnatchers, formada por chicas. En dos años se hicieron famosos Bad Manners, los Dexy's Midnight Runners («Geno», «There, There My Dear»), Beat («Mirror in the Bathroom») y UB40, cuyo nombre estaba tomado del impreso que los parados debían rellenar en Inglaterra para cobrar el subsidio de desempleo, y que tuvieron una vida mucho más larga con una discografía heterogénea y firme y algunos éxitos importantes como «King» y «Red Red Wine» o los LP's *Present Arms, Labour of Love* y *Promises and Lies*. En 1993, quince años después de su nacimiento, eran número 1 en Estados Unidos con el single «Can't Help Falling in Love». Madness también mantuvo una carrera fuera de los márgenes de la moda sin renunciar a sus características musicales y triunfaron con una larga serie de hits, «One Step Beyond», «My Girl», «Embarrassment», «It Must be Love», «House of Fun» y «Wings of a Dove», hasta comienzos de los noventa.

ESTRELLAS EN EL CAMBIO DE DÉCADA

No todo eran géneros, subgéneros o variantes sonoras y ramas desgajadas de los movimientos esenciales. Hubo artistas que iban de uno a otro tanto como los que, simplemente, hacían música, sin atender a nada que no fuera la calidad. Dire Straits o Pretenders fueron dos de esas bandas. Los británicos Dire Straits se dieron a conocer como teloneros de los Talking Heads en su gira de comienzos de 1978. Pronto la calidad de su cantante y guitarra Mark Knopffler fue decisiva. Mark era hijo de un judío húngaro y una maestra de escuela inglesa, nació en Glasgow, Escocia, y fue profesor de literatura y periodista del *Yorkshire Evening Post* además de músico. Sin embargo, necesitaron de una «pequeña ayuda» para dar el salto definitivo. Después de editar sin éxito un primer álbum, *Dire Straits,* en junio de 1978, Bob Dylan invitó a Mark y al batería Pick Withers a tocar con él en la grabación de su LP *Slow Train Coming*. Esta noticia fue fundamental, lo mismo que la gira americana de la primera mitad de 1979. Si el primer álbum había pasado inadvertido en Inglaterra, no fue así en Estados Unidos. Con el segundo, *Communique,* se asentaron de inmediato entre las grandes formaciones del momento. *Communique* fue número 1, ellos ganaron el Grammy al mejor grupo en vivo en 1979 y el talento de Mark como guitarra, cantante y autor fue ampliamente reconocido. Durante dos décadas, Dire Straits fueron una de las aportaciones básicas del rock en un tiempo sin grandes nuevas estrellas. Su discografía se mantuvo con *Making Movies, Love Over Gold, Alchemy* (doble en vivo) y, finalmente, el potente *Brothers in Arms,* su mayor éxito. Mark también compuso bandas sonoras de películas *(Local Hero, Cal, The Princess Bride),* hizo temas para otros artistas (Tina Turner, «Private Dancer»), fue productor *(Knife* de Aztec Camera, *Infidels* de Bob Dylan), tocó con otros artistas y llegaría al nuevo siglo con todo su carisma de gran creador de la segunda mitad de la era rock. Los Pretenders también eran ingleses y se formaron alrededor de la cantante Chrissie Hynde, que había llegado a Inglaterra a comienzos de los setenta. Chrissie trabajó de periodista del *New Musical Express* sin dejar de probar suerte como cantante; estuvo muy unida al movimiento punk, pero acabó formando The Pretenders. En 1979 eran número 1 con el tema «Brass in Pocket» y luego se consolidarían con los LP's *The Pretenders* y *II.* Las muertes de los músicos Honeyman Scott (1982) y Peter Farndon (1983), a causa de sendas sobredosis, paralizaron a la banda hasta 1984. Los distintos cambios no afectaron a su estilo, ni a la poderosa personalidad de Chrissie, que ha mantenido en las últimas décadas aunque sin repetir el éxito de los años ochenta.

Nombres destacados en la new wave fueron Gary Numan o Joe Jackson. Numan tenía veinte años cuando triunfó con su estética robótica el grupo Tubeway Army, que había formado en 1977, dos años antes, y el doble número 1 del single «Are Friends Electric» y el LP *Replicas.* Personalidad ambigua y proclive a tecnificar la música al máximo, deshizo a los Army y repitió en solitario su éxito a través de «Cars» y el LP *The Pleasure Principle.* Se perdió después de 1982. Todo lo contrario de Joe Jackson, que de cantante en la moda new wave superó el cliché y consiguió una madurez plena con excelentes álbumes de voz y piano como el magistral *Will Power* de 1987, en el que combinó jazz y orquesta.

Más inclasificable era Kate Bush, con una voz única y una magia especial. Descubierta en 1978 gracias a «Wuthering Heights» y el respaldo de David Gilmour, de Pink Floyd, mantuvo una carrera exquisita con sus álbumes *The Kick Inside, Lionheart, Never for Ever* o *The Dreaming.* En los años ochenta su dueto con Peter Gabriel en «Don't Give Up» la mantuvo en la cima. O The Knack, un grupo que barrió en las listas con un tema clave, «My Sharona», para desaparecer tras él. En cambio Toyah Wilcox fue una reina new wave de corta vida pública pero mucha intensidad. Como los Buggles, que fueron número 1 con otro hit histórico, «Video Killed the Radio Star». Los Buggles eran un dúo integrado por Trevor Horn y Geoff Downes, dos músicos de sesión de Londres. Su álbum *The Age of Plastic* y su gran tema estelar fueron una premonición de lo que les esperaba a los años ochenta con la aparición del CD y los vídeo-clips. Sin continuidad, tal vez debido a su masivo éxito de fines de 1979 y comienzos de 1980, los dos se unieron a la nueva versión de Yes, que triunfó con un solo álbum, *Drama*. Después se separarían, Downes para crear el supergrupo Asia y Horn para reformar Buggles sin éxito. Más tarde, Horn crearía el sello ZTT, clave del lanzamiento de Frankie Goes to Hollywood. La última gran aportación de la new wave, en este caso americana y quizá la más representativa, fue la de B-52's, surgidos de Athens, Georgia. Su nombre estaba tomado de los bombarderos americanos de la Segunda Guerra Mundial y Corea. Sus álbumes *The B-52's, Wild Planet* o el recopilatorio *Mesopotamia* fueron una bocanada de aire fresco. Con su look retro, cincuentón, grandes peinados en las dos chicas y mucho humor, superaron incluso su momento y llegaron a los años noventa con toda su personalidad intacta. El único grupo de rock americano en la estela de las grandes bandas de los años setenta aparecido a fines de la década fue Toto, integrado por músicos profesionales que, cansados de ser artífices en los éxitos de otros, probaron suerte por sí mismos. Con sus temas «Hold the Line», «Rosanna» y «Africa» y los LP's *Toto, Hydra, Turn Back,* y *Toto IV,* llegaron a su punto culminante en 1982, cuando ganaron seis premios Grammy. Se mantuvieron, aunque con cambios, hasta los años noventa.

Tanto en Inglaterra como en Estados Unidos aparecieron algunos artistas sin etiquetas posibles: Devo fue un extravagante invento procedente de un nuevo foco musical americano, Akron (Ohio), de gran éxito en Inglaterra. Clones de sí mismos, vistiendo en escena un uniforme para cada actuación, inventaron el término *de-evolution* para significarse. Lanzados por Warner (EE.UU.) y Virgin (Inglaterra), y distribuidos inicialmente por Stiff Records, con producción de Brian Eno, Devo se convirtieron en la última fronta del vanguardismo, aunque nunca tuvieran un éxito discográfico. La Tom Robinson Band pasó a ser la referencia de los gays por el tono reivindicativo de sus canciones y la publicitada homosexualidad de su líder. New wave al cien por cien fue el experimento sonoro de M, o The Factor M, detrás del cual se escondía el músico Robin Scott. Su «Pop Muzik» fue una referencia. Ian Dury

& The Blockheads fueron uno de los elementos capitales del pop inglés de este tiempo. Poliomelítico desde los siete años, Ian actuaba con muletas y moviéndose con dificultad. Surgidos de los pubs y pioneros de su auge, Ian y su grupo tuvieron grandes éxitos con temas como «Do It Yourself» («Hazlo tu mismo», todo un lema juvenil de la época), «Hit Me With Your Rhythm Stick» y «Sex and Drugas and Rock and Rolll»; pero fue más su personalidad lo que siempre pesó en su carrera. En Estados Unidos Cars fueron una de las grandes bandas de fines de los setenta y parte de los ochenta, con Rick Ocaseck como cantante y guitarra *(The Cars, Candy-O, Panorama* y *Shake It Up).* Ricky Lee Jones, extraordiaria cantante y autora consagrada desde su decisivo *Pirates.* El supergrupo instrumental Sky, con su guitarra John Williams a la cabeza y sus álbumes sinfónicos *Sky, 2, 3, 4* y *Live.* Ray Parker Jr., también conocido como Raydio, fue un cantante, autor, productor y multiinstrumentista con una carrera discreta pero interesante. Rachel Sweet, procedente de Akron como Devo, también tuvo su oportunidad en Inglaterra. Otros artistas a citar fueron la cantante y pianista de jazz Carla Bley, el rockero californiano Eddie Money, los comerciales Player («Baby Come Back») o Squeeze («Up the Junction»), los Magazine de Howard Devoto, los inconoclastas Bram Tchaikovsky, Wire, el Gruppo Sportivo, los suaves Korgis («If I Had You», «Everybody's Got to Learn Sometime»), los excelentes Japan («Gentlemen Take Polaroids»), la cantante y saxofonista Lene Lovich («Lucky Number»), el dúo de ex miembros de 10 C.C. Godley Creme («An Englishman in New York»), XTC, Jane Aire & The Belverederes, Secret Affair, la Tarney-Spencer Band, el popular ex Equals Eddy Grant («I Don't Wanna Dance»), los instrumentales Spyro Gira, los neozelandeses Mi-Sex, Randy Wanwarmer, Ellen Folley, el saxofonista Groover Washington Jr., Teena Marie, el supergrupo U. K., Paul Collins y Beat, Annette Peacock, Robert John («The Lion Sleeps Tonight»), el sobrio cantante Michael Franks, el guitarra italiano Angelo Branduardi, B. A. Robertson, los Sniff 'n' Tears del cantante, guitarra y pintor Paul Roberts, los Fischer-Z de John Watts, los vanguardistas Pere Ubu, Pearl Harbour & The Explosions, los Tourist, de los que saldrían Dave Stewart y Annie Lennox, poco después artífices de Eurythmics. También de este tiempo es el debut de Cure, post-punks natos, con Robert Smith a la cabeza, protagonistas de una intensa carrera a partir de 1982 con el estrellato absoluto logrado en 1987 con *Kiss Me, Kiss Me* (doble LP). Un último elemento de cuidado, con una voz única, gran autor y personalidad carismática, fue Tom Waits. Comenzó a grabar en los años setenta, pero alcanzó madurez y éxito en la siguiente década *(Swordfishtrombones, Rain Dogs),* alternando la música con su trabajo de actor *(Cotton Club, Down by Law, Ironweed, Short Cuts,* etc.).

Los tres grandes acontecimientos que cerraron los años setenta fueron el festival de Kampuchea, el festival No Nukes y el festival de Knebworth, que supuso el adiós de Led Zeppelin. Organizado por Paul McCartney entre el 26 y el 29 de diciembre en el Hammersmith Odeón de Londres, el de Kampuchea (Camboya) reunió a Queen, Elvis Costello, Ian Dury, Pretenders, Specials, Who y Paul y sus Wings. En Camboya los jemeres rojos, encabezados por el sanguinario Pol Pot, habían matado a tres millones de personas. Entre 1975 y 1979 el país había perdido la mitad de su población. Miles de refugiados se hacinaban en los campos de Tailandia y los que resistían morían de hambre en el país. Se editó un triple LP con lo mejor de los cuatro días. Y triple fue también el del festival No Nukes, del 19 al 23 de septiembre, con Doobie Brothers, Jackson Browne, Bruce Springsteen, CS&N, James Taylor, Tom Petty, Poco, Ry Cooder y otros. No Nukes nació con una agrupación llamada MUSE (Musicians United for Safe Energy, Músicos Unidos para una Energía Segura). Poco antes, en Harrisburg, en la isla de las Tres Millas, se había producido la primera catástrofe nuclear en suelo americano, un escape radiactivo. El lema «¿Nucleares? No, gracias» estaba muy de moda. El festival del Madison ayudó a sensibilizar más a la gente. Por último, la importancia del festival de Knebworth de 1979, el 4 y el 11 de agosto, residió en que fue la última gran y masiva aparición de Led Zeppelin antes de la muerte del batería John Bonham.

En Estados Unidos tomaba el poder Ronald Reagan. En Inglaterra, de la mano de Margaret Thatcher, se alcanzaba la cifra máxima de parados desde 1933.

Heavy metal

El rock duro iniciado por Led Zeppelin, Deep Purple y otros grupos a fines de los años sesenta pronto germinó el término heavy (pesado), y el hard rock se convirtió en heavy rock. El siguiente paso, terminológicamente hablando, fue prescindir del apellido rock para completar la expresión heavy con otro más acorde: metal. Las guitarras dominaban por completo un estilo que resumía todas las grandes fuerzas del rock auténtico: poder, instinto, fuerza, rebeldía, ritmo y libertad. De esta forma, el heavy metal recuperó al albor del cambio de década todo lo que se había estancado con el mayor aporte de los teclados en la etapa sinfónica, y todo lo que reinaba en el mercado con la aparición del tecno, el rock cibernético y la cool wave. En Inglaterra muchos de los puristas y ortodoxos del rock consideraron el heavy metal poco menos que la tabla de salvación de la música frente a tantas mixtificaciones que mezclaban imagen *(new romantics)* con teclados (Gary Numan), ritmos peculiares (ska) o con ingenieros que trabajaban en estudios manejando ordenadores en lugar de instrumentos (no-músicos, rock cibernético). De ahí que se bautizara al fenómeno en las islas como New wave of British heavy metal (Nueva ola del heavy metal británico) cuando decenas de nuevos grupos jóvenes arrancaron a toda potencia con los años ochenta. Los mismos Rolling lo definieron: «Es solo rock and roll, pero nos gusta».

Como siempre, no fue lo mismo el heavy metal a un lado y a otro del Atlántico. En Estados Unidos las diferencias eran mínimas. Journey, Foreigner o REO Speedwagon eran grupos rockeros. ¿Heavies? No. O al menos no como Iron Maiden o AC/DC. Los alucinantes Kiss lo eran mucho más. Pero hasta 1977 apenas si se habló de heavy metal como no fuera para referirse a Led Zeppelin o las secuelas de Deep Purple, Rainbow o Gillian. En agosto de 1977 el álbum *Let There Be Rock* de AC/DC entraba en las listas de Estados Unidos. Ese fue un poco el nuevo arranque. Cuando se empezó a hablar del tema en 1978 el retorno, o vuelta al primer plano, del heavy ya era un hecho.

El heavy en esta etapa histórica fue mucho más global que otros géneros. De entre los nombres más familiares en la escena internacional, vemos que Rush eran canadienses, lo mismo que Triumph o April Wine; Barón Rojo y Obús, españoles; Krokus, suizos; AC/DC y Rose Tattoo, australianos; Vandenberg, holandeses; Accept, Scorpions y Michael Schenker, alemanes; incluso Dokken, americanos pero con un primer LP editado en Europa. Japón fue uno de los países más consumidores de música heavy, tal vez por la violencia arraigada en su milenario pasado (su mejor banda fue Loudness). Nada más despuntar 1978 se observa el debut en el Sky Bird Club de Notthingham de Whitesnake, otros de los herederos de Deep Purple. Este mismo mes y en Estados Unidos, Van Halen publican su primer LP, y ellos sí son mucho más duros, de forma que acabarán siendo el grupo heavy americano por antonomasia antes de que surgieran Quiet Riot, Motley Crue, Ratt o Twisted Sister. Algunas bandas que parecían a punto de morir por inanición se recuperan y vuelven a arrasar, caso de Judas Priest, Uriah Heep o Black Sabbath (estos últimos sin Ozzy Osbourne, que les deja precisamente en 1978 para instalarse en Estados Unidos, viendo el cambio de panorama y pensando en sus posibilidades en solitario).

La New wave of British heavy metal estalló a partir de 1979 y alcanzó un óptimo punto en 1980, con la rápida incorporación de Iron Maiden, Motorhead, Saxon, los jovencísimos Def Leppard o el primer grupo heavy integrado por chicas, Girlschool. Los «hijos de la conmoción», como se les llamaba, se hicieron fuertes en un mercado que equilibraba todas las sofisticaciones y las nuevas modas con la furia del rock más trepidante. La crisis del petróleo de 1973 condujo al fin de una era y el nacimiento del punk. La de 1979 recuperó el rock. Por no faltar, al movimiento ni siquiera le faltó un héroe, una leyenda a la que venerar: Bon Scott, cantante de AC/DC, moría en 1980 víctima de una borrachera. No significó el fin del grupo, al contrario. Le sustituyó Brian Johnson, un oscuro cantante de un no menos oscuro grupo inglés llamado Geordie, y se mantuvieron dos décadas más.

Como en los buenos tiempos en que el rock era denostado, el heavy volvió a ser considerado «peligroso» por muchos. Ozzy Osbourne suspendió un concierto en 1983 porque el Catholic Youth Center de Pennsylvania, dirigido por el reverendo Richard Czachor, acusó al cantante de ser un enviado del diablo, un pervertidor de las sagradas formas de la moral, un asesino de animales y un sádico ultrajador de monumentos (al parecer, el irredento Ozzy se había orinado en una de las glorias americanas, El Alamo). Por lo tanto, si se le temía, es que el heavy estaba muy presente en la música. Incluso hubo núcleos adictos: de Jacksonville, Florida, surgieron .38 Special, Johnny Van Zant Band, Molly Hatchet y Blackfoot.

A partir de mitad de los ochenta se observó un curioso fenómeno: el de las baladas heavy. Muchos grupos consiguieron sus mejores éxitos cantando temas lentos. Fue una anécdota, pero con la que consiguieron un nuevo éxito desde Whitesnake a Scorpions. Otro detalle de importancia fue la gira que realizó Iron Maiden por los países comunistas en 1984.

AC/DC (corriente continua/corriente alterna) fueron unos de los pioneros del resurgir heavy. Liderados por el guitarra Angus Young (que siempre actúa vestido de escolar inglés, con gorra, corbata y pantalón corto) y por el cantante Bon Scott, se dieron a conocer en Australia a mitad de los setenta. Dieron el salto a Estados Unidos e Inglaterra con sus álbumes *Let There Be Rock, Powerage, If You Want Blood* (en directo) y el definitivo *Highway to Hell.* La muerte de Scott no alteró su éxito. Volvieron con *Back in Black* y se han mantenido sin problemas hasta hoy con otra larga serie de LP's como *For Those About to Rock, Flick of the Switch, Blow Up Your Video, The Razor's Edge* o el reciente *Stiff Upper Lip.*

La new wave británica tuvo en Iron Maiden a su primer grupo. Nacidos en el verano de 1977 con el cantante Paul Di'Anno de estrella, editaron dos LP's hasta que Bruce Dickinson le sustituyó. A partir de 1982 comenzó su gran momento, con *The Number of the Beast, Piece of Mind, Powerslave* o el directo *Live After Death* entre sus mejores trabajos iniciales. Motorhead contaban con Ian «Lemmy» Kilmister, bajo y voz, como cabeza pensante. Con dos LP's en 1979, *Overkill* y *Bomber,* y una música tremendamente agresiva y contundente, además de un buen show escénico (un avión colgaba por encima de sus cabezas), tuvieron unos años de luz con grandes éxitos en las listas, especialmente gracias a los álbumes *Ace of Spades* y el directo *No Sleep 'Til Hammersmith*. Las Girlschool disfrutaron de su fama con *Demolition* y *Hit and Run* además de grabar un EP con Motorhead, *St. Valentine's Day*. Whitesnake fue el gran supergrupo del heavy en los años ochenta. Formado por David Coverdale en 1978, después de que grabara en solitario su primer álbum un año antes, contó con grandes ex músicos de otras bandas, especialmente Jon Lord, de Deep Purple, y, a través de sus distintas formaciones, Ian Paice de los Purple, Cozzy Powell o los guitarras Bernie Marsden y Micky Moody. De un comienzo arrollador con los LP's *Trouble, Love Hunter, Live in the Heart of the City, Come and Get It* y *Saints and Sinners,* el grupo pasó a un final de los ochenta durante el que alcanzó su máxima popularidad. El álbum *Whitesnake* y los singles «Still of the Night» y «Is This Love» precedieron al número 1 de la canción «Here I Go Again», canto del cisne que acabaría con la banda en 1990. Def Leppard eran los *teenagers* del heavy inglés, porque ninguno superaba los veinte años al comenzar. Destacaron en los ochenta con su tercer LP, *Pyromania* (1982), antes de que su batería perdiera un brazo en un accidente. No le sustituyeron; esperaron a que se recuperara, se le fabricó una batería distinta para que pudiera tocarla con un solo brazo y los dos pies y reaparecieron sin perder éxito en 1986 con *Hysteria* y los singles «Love Bites», «Pour Some Sugar on Me» y «Armageddon It». Otra desgracia, la muerte de Steve Clark (guitarra) en 1991, tampoco supuso su fin y resurgieron de nuevo en los noventa con *Adrenalize*. Saxon *(Wheels of Steel)* y Judas Priest *(Unleashed in the East, British Steel, Screaming for Vengeance)* completan este cuadro británico, al que luego se sumaron con mayor o menor fortuna Tygers of Pan Tang, Wild Horses, Vardis, Girl, Rock Goddess, Fastway, Dio, Budgie, el guitarra Gary Moore y sus distintas bandas (antes de pasarse al blues) y, ya en 1985, los efímeros The Firm (con Paul Rodgers de cantante y Jimmy Page de guitarra).

En Estados Unidos, Van Halen comenzaron haciendo versiones de grandes temas, «You Really Got Me» de los Kinks fue la primera. Pero el cuarteto asentó su fama con los álbumes *Van Halen, II, Women and Children First, Fair Warning, Diver Down* y el decisivo *1984,* del que fue número 1 «Jump». Eddie y Alex van Halen (de origen holandés) eran, junto con el cantante David Lee Roth, el eje del grupo. La marcha de Roth para seguir en solitario no supuso su fin. Con Sammy Hagar continuaron su carrera hasta los años noventa, en la que obtuvieron nuevos éxitos gracias a sus LP's *5150, OU812* y *Live: Right Here, Right Now*. Otros gigantes fueron Metallica, formados por un danés y un estadounidense. Desde sus primeros éxitos con los LP's *Ridge the Lighning* y *Master of Puppets* dominaron los ochenta y los noventa, siempre contundentes hasta el número 1 de *Metallica* en 1991, que les valió el Grammy al mejor grupo heavy en vivo. Finalmente, ya entrados los ochenta, el grupo heavy cien por cien americano fue Guns 'n' Roses, liderado por Axl Rose y con el guitarra Slash, de gran atractivo. Una conflictiva vida interior y exterior no menguó el gran éxito de sus álbumes, *Appetite for Destruction, Lies, Use Your Illusion I & II* y *The Spaghetti Incident*. Aunque inglés, Ozzy Osbourne hizo su carrera como solista en Estados Unidos y triunfó con sus truculentos shows y los LP's The *Blizzard of Ozz, Diary of a Madman* o *The Ultimate Sin*. En 1982 la avioneta en que viajaban cayó sobre un camión y murieron una maquilladora y el guitarra Randy Rhoads. Los otros grupos americanos de interés fueron Molly Hatchet, .38 Special, WASP, Motley Crue, Manowar, Great White o los más comerciales Cheap Thrick (*Heaven Tonight, Live at the Budokan, Dream Police, All Shook Up*).

El mejor grupo no americano o inglés fue Scorpions, con Klaus Meine de cantante y Michel Schenker de guitarra en sus inicios, ya que luego Schenker siguió en solitario. Tuvieron una carrera en Alemania y dieron el salto a Inglaterra con *In Trance* y *Virgin Killer,* entre otros. En 1979 ficharon por el sello británico Harvest y tuvieron su mejor etapa a través de *Love Drive, Animal Magnetism* y *Blackout*. Pero lo mejor llegaría a fines de los ochenta y comienzos de los noventa, con los álbumes *Savage Amusement, Crazy World* y *Face the Heart,* además de su gran balada «Wind of Change». La lista de grupos que en toda Europa (y otros países, como Canada o Australia) destacó es extensa, con nombres como Rush, Barón Rojo, Rose Tattoo, April Wine, Anvil, Vandenberg, Helix, Krokus, Warlock, etc. La parte más comercial del heavy la aportarían otros, como Joan Jett & The Blackhearts (*Bad Reputation, I Love Rock and Roll*).

ROCK CIBERNÉTICO, NO-MÚSICOS, COOL WAVE, NUEVOS ROMÁNTICOS, TECNO, SYNTH-POP

Bajo el paraguas de la new wave se cobijó todo lo novedoso de los primeros años ochenta. Stray Cats hacían rockabilly o Shakin' Stevens puro rock and roll. Pero en Inglaterra todo era new wave. The Clash y su post-punk a Jam y su reciclado pop mediaba una gran distancia. No importaba. Se acuñaron etiquetas con toda facilidad.

Los no-músicos, adalides del rock cibernético, eran lo más alejado del clásico rockero con su guitarra, de ahí que existiera desde el comienzo una guerra entre los que «tocaban» y «sabían música» y los que solo «manipulaban dígitos». Guerra extendida a la electrónica y causa de su disociación con el rock. Los no-músicos trabajaban en estudios de grabación con programas (el software y su evolución se hizo rápidamente indispensable), sintetizadores, creando sonidos, y luego los empaquetaban en disco. Los sintetizadores de última generación permitían hacer cada vez más cosas. Los había monofónicos, polifónicos, existían cajas de ritmos, ecualizadores, computadoras, programadores... Se componía ya con una pantalla, no con un pentagrama y a mano o tocando de oído y grabando en una cinta la progresión. Palabras como *mix, dub, overdub* y otras se hacían familiares. *Mix* era por mezcla; *dub,* por la versión instrumental del tema principal, con el añadido de ecos y efectos sonoros. Se estaba llegando a la síntesis hombre-máquina aún más allá de Kraftwerk. Un solo individuo podía hacerlo todo. Mike Oldfield ya había grabado así *Tubular Bells,* pero empleando meses y tocando él todos los instrumentos. Ahora esos instrumentos se recreaban mediante sintetizadores. Bastaba tener un buen equipo y... a componer y grabar. Dado que esto en apariencia era de lo más frío, siguieron acuñándose términos. No-músicos eran los que grababan sin tocar nada, cool wave (ola fría) era el resultado de ello o de salir a escena sin moverse. Nuevos románticos se llamaba a los que heredaban la fascinación por la imagen, como antes habían hecho los padres del glam, de los que el movimiento es deudor. Adam Ant hacía pop, lo mismo que Spandau Ballet o Visage, pero su sofisticación, el culto a la estética, los hizo diferentes. Los nuevos románticos declinaron a partir de 1982, pero la cool wave se mantuvo. Y al final todo derivó en un único concepto estándar, el tecno-pop. Tecno-música. Años después se recuperaría con una hache intermedia: techno. El tecno y la electrónica favorecieron la implantación masiva de los maxi-singles, ya popularizados por el disco sound, para ofrecer temas con toda contundencia con destino a las discotecas, incluyendo versiones largas de los hits de cada grupo o, en ocasiones, en un mismo maxi se editaban la versión normal, la remezclada, la instrumental, la *a cappella* (solo voces), la *dumb-beat,* la *overdub,* la...

El tecno-pop, en suma, fue una bocanada de aire fresco, comercial y viva, con la que se pasó parte de la primera mitad de los años ochenta. Hubo algo que ayudó a hacer de este momento un período singular: la aparición del walk-man. Ya existían casettes portátiles, lo mismo que radios o tocadiscos, pero no con la funcionalidad del walk-man, pequeño, manejable y que permitía andar o correr sin que la música saltara o el aparato se detuviera. Podía hacerse *footing* escuchando música o mientras se iba a la escuela, viajar en avión o ir de compras, sin dejar de oír lo último del artista de moda. La expansión del walk-man fue tan rápida que en 1981 hubo grupos que editaron sus novedades solo en casette, como Bow Wow Wow, o lanzaron su primera grabación en el mismo soporte, como BEF. Algo más: si en el momento del punk cualquier chico podía conseguir una guitarra, aprender dos acordes y hacer música, en el albor de la electrónica pronto se pudo conseguir una caja de ritmos y hacer lo mismo.

Los grandes nombres de este período, por calidad y duración, fueron OMD (Orchestral Manoeuvres in the Dark), Human League, Spandau Ballet, Duran Duran, Simple Minds y Depeche Mode, aunque hubo otros de éxito muy fuerte pero más limitado temporalmente.

OMD estaba formado por Paul Humphreys y Andy McCluskey, de Liverpool. Unidos desde los dieciséis años, debutaron en 1980 con el LP *OMD*. Con este álbum y los siguientes, *Organisation, Architecture and Morality* y *Dazzle Ships,* crearon un sonido y un estilo propios, avalado por los grandes temas editados en single, «Enola Gay», «Souvenir» y «Joan of Arc». Spandau Ballet tenían un gran compositor, Gary Kemp, y un buen cantante, Tony Handley. Fueron el perfecto grupo pop en competencia con Duran Duran a lo largo de los siguientes años. Sus mejores temas se convirtieron en clásicos de este tiempo: «Chant nº 1», «Gold», «True», «Lifeline», «Communication», «Only When You Live» y otros. Sus rivales, Duran Duran, tenían también un solista y un bajo carismáticos para las fans, Simon LeBon y John Taylor. Dejaron otra larga serie de canciones famosas: «The Girls on Film», «Hungry Like the Wolf», «Is There Something I Should Know?», «Union of the Snake», «Wild Boys» y «A View to a Kill». Más tarde, John Taylor se uniría a Robert Palmer para una corta pero intensa experiencia: Power Station. Duran Duran acabó convertido en trío a fines de los años ochenta. El gran grupo tecno fue por derecho propio Human League, formado en Sheffield en 1977, el primero en entrar en las listas de éxitos. Dos operadores de computadoras, Craig Marsh y Marty Ware, fueron los impulsores. Tocando exclusivamente sintetizadores (así lo indicaban en la contraportada de su segundo álbum), iniciaron su carrera discográfica en 1978. Dos LP's después, *Reproduction* y *Travelogue,* Marsh y Ware se fueron para iniciar otro proyecto (BEF) y el grupo se remodeló con Philip Oakey y Adrian

Wright, los supervivientes, más Ian Burden y dos cantantes-bailarinas, Joanne Catherall y Susanne Sulley, que en aquellos días de 1980 solo tenían diecisiete años. El éxito de Human League con la canción «Don't You Want Me» y el LP *Dare!* les convirtió en la gran formación tecno porque, además, lo repitieron en Estados Unidos. Continuaron hasta comienzos de los noventa con «Mirror Man», «(Keep falling) Fascination», «Hysteria», «Human», etc., siempre con sintetizadores y voces. Fue el esplendor del synth-pop. Simple Minds comenzaron en la onda tecno y veinte años después eran una de las mejores bandas de rock de su tiempo, siempre con Jim Kerr como solista. Primero destacaron con sus álbumes *Life in a Day, Real to Real* y *Empire and Dance,* para triunfar plenamente con *Sons and Fascination* desde 1981. Sus mejores trabajos fueron los álbumes *Sparkle in the Rain, Once Upon a Time, Living in the City of Light, Street Fighting Years* y *Real Life.* También hicieron grandes canciones, «Waterfront», «Belfast Child» o «Alive and Kicking». Lo mismo que Simple Minds, Depeche Mode fue otro de los grandes nombres de los ochenta que llegó a los noventa. Su primer LP fue *New Life* y de él llegó al número 1 «Speak and Spell». Uno de sus fundadores, Vince Clarke, los dejó para formar Yazoo con Alison Moyet («Only You»). Martin Gore se quedó entonces al frente y durante los años siguientes triunfaron con sus trabajos *Broken Frame, Construction Time, Some Great Reward* o *The Singles 81-85.* En 1986 utilizaron por primera vez una guitarra. Con *Violator* y *Songs of Faith and Devotion,* ya en los noventa, superaron las barreras de su origen tecno para ser una de las grandes bandas de estos años.

Otros nombres importantes, pero de éxito más puntual, fueron: Adam & The Ants, que marcaron un «boom» característico en 1981. Vestido de pirata, Adam arrasó en las listas con «Kings of the Wild Frontier», «Antmusic», «Prince Charming» y otros temas. Visage era una fórmula solista-grupo, puesto que Steve Strange era cantante pero, junto a miembros de Ultravox y Magazine, grababa con este nombre con cierto éxito («Fade to Grey»). BEF (British Electric Foundation) nació con los disidentes de Human League Craig Marsh y Marty Ware como dúo electrónico. Tuvieron una carrera como agrupación al estilo del Alan Parsons Project y grabaron un álbum titulado *Music of Quality and Distinction* con cantantes como Tina Turner, Gary Glitter, Paul Jones, Sandie Shaw y otros, y en paralelo formaron el grupo Heaven 17 y triunfaron con álbumes excelentes, *Penthouse and Pavement* (álbum del año 1981 en Inglaterra) y *Let Me Go!* Los elegantes ABC de Martin Fry tuvieron un gran éxito entre 1982 y 1983 con «The Lexicon of Love», «Poison Arrow», «The Look of Love» y «All of My Heart». Los bailables Thompson Twins, lo mismo con «In the Name of Love» y «Lies». Culture Club fue un conjunto especial porque de él salió Boy George, un cantante lleno de ambigüedad. Tuvieron una extraordinaria racha de hits y popularidad, «Do You Really Want to Hurt Me?», «Karma Chameleon» e «It's a Miracle» hasta que en 1987 Boy continuó solo después de varios escándalos (murió un amigo en su casa en 1986 a causa de una sobredosis, su hermano le acusó de ser adicto a las drogas, fue detenido y además perdió a Jon Moss, miembro del grupo y su compañero sentimental, que se fue para dedicarse a la producción). La última de las grandes bandas, herencia punk, fue Joy Division, cuya progresión acabó con el suicidio de su cantante Ian Curtis en mayo de 1980. Solo dejaron dos álbumes y una obra maestra, «Love Will Tear Us Apart».

A mayor distancia quedan Kajagoogoo («Too Shy») y después su solista Limahl en solitario («Never Ending Story»), Haircut One Hundred («Favourite Shirts») y después su cantante Nick Hayward en solitario («Whistle Down the Wind»), A Flock of Seagulls («Wishing (If I Had a Photograph of You)», Soft Cell («Tainted Love») y su cantante Marc Almond en solitario poco después, Classix Nouveaux, Fad Gadget, Bow Wow Wow o el ex líder de Ultravox, John Foxx, en solitario.

Fuera de la escena new wave o tecno, en Inglaterra hubo momentos para el rock and roll de Shakin' Stevens («This Ole House», «Green Door», «You Drive Me Crazy»), el rockabilly de Stray Cats («Rock This Town»), el pop suave de Sheena Easton («Modern Girl», «For Your Eyes Only») o Kim Wilde («Kids in America»), Jona Lewie («Stop the Cavalry»), Teardrop Explodes, el revival mod de Lambrettas («Poison Ivy»), los refrescantes Echo & The Bunnymen *(Crocodiles, Porcupine),* Psychedelic Furs, etc.

Y como prueba del éxito que la música electrónica ya tenía en todo el mundo, tenemos en Japón la aparición de YMO (Yellow Magic Orchestra), liderada por Haruomi Hosono, con Ryuichi Sakamoto y Yukihiro Takahashi. Los álbumes *Solid State Survivor, Public Pleasure, BGM* o *Technodelic* reflejaban la vanguardia de su sonido. O en Alemania el dúo DAF (Deutsch Amerikanische Freundschaft), formado por el español Gabi Delgado y el alemán Robert Görl, con un sonido denso y monocorde que también les situó en la avanzada de la vanguardia electrónica.

ROCK AUSTRALIANO, ESPAÑOL...

Australia había estado proporcionando no pocas figuras al panorama internacional, algunas inglesas de ida y vuelta, como Bee Gees u Olivia Newton-John. El país-continente había sido objeto de una fuerte emigración en los años cincuenta, así que sus raíces seguían siendo inglesas mayormente. El primer grupo australiano que tuvo un éxito en los rankings britanicos había sido Easybeats en 1966. AC/DC abrió las puertas definitivamente para que desde comienzos de los ochenta el fluido ya fuera constante. Se empezó a hablar del rock de las antípodas y del Australian power cuando de Melbourne, Sydney o Adelaida salieron grupos como Air Supply, Mi-Sex, Flash & The Pain, Jo Zep & The Falcons, Angels, Breakers, Radiators, Sports, Radio Birdman y, sobre todo, Men at Work, Mental as Anything y Midnight Oil. Y de la vecina Nueva Zelanda, uno de cuyos mayores exponentes fueron Splitz End.

El mayor éxito inicial correspondió a los almibarados Air Supply. Instalados en Estados Unidos, consiguieron varios números 1 con «Lost in Love», «All Out of Love» y «The One That You Love», gracias a sus armonías vocales. Pero el gran rock lo proporcionaron Men at Work con «Who Can It Be Now?» y los potentes Midnight Oil, formados en 1975 y que dieron el salto internacional en 1982. Combativos contra el *establishment,* activistas en campañas antinucleares y pacifistas, defensores de los aborígenes australianos en vías de extinción, tuvieron un gran éxito hasta el siglo XX con obras rotundas como *Red Sails in the Sunset, Diesel and Dust* o el doble en directo *Scream in Blue Live.* Entre los solistas, Rick Springfield se trasladó a Estados Unidos y triunfó con la canción «Jessie's Girl».

Los años ochenta fueron la antesala de la globalización total, la world music, las compañías independientes (*indies).* En España la llamada «movida madrileña» fue la clave de todo un cambio en la concepción del rock ibérico, con el estrellato absoluto del trío Mecano, cabeza visible de los nuevos tiempos y la evolución del país bajo la democracia. Mecano fueron los primeros en exportar su calidad a Europa y los primeros en vender un millón de discos en el país. Julio Iglesias llevaba años haciéndolo en plan estándar y Paco de Lucía como maestro de la guitarra. De todas formas, el rock seguía hablando inglés. Los italianos, por su parte, se habían especializado en la música disco y contaban con nombres esenciales a escala internacional, como Salvatore Cusato, responsable del «Cybernetic Love» de Casco. Otros países, especialmente Bélgica y Alemania, estaban generando movimientos internos, rompiendo las últimas barreras, una de las grandes esencias de los años noventa. En Centroeuropa el rock industrial de los ochenta derivó hacia estilos como el new beat belga.

22
El A.O.R. y la era de la imagen

Vídeo clip y CD

Dos fenómenos separados, producidos en la primera mitad de los años ochenta, estaban destinados a cambiar la morfología del rock y de la música en general. El primero se produjo en 1981, cuando nació la cadena de televisión MTV, dedicada íntegramente a emitir vídeos musicales. El vídeo clip ya era un hecho relevante, es decir: la imagen competía casi al mismo nivel que la música. Pero lo fue más a partir de ese momento y alcanzó su máximo despegue a raíz de Michael Jackson y su afortunado «Thriller» en 1983. El segundo fenómeno fue la aparición del CD (compact disc).

Los Beatles ya hicieron filmaciones promocionales en 1966 para dar a conocer canciones como «Penny Lane» o «Strawberry Fields Forever». Ya hemos hablado de cómo en los años setenta Blondie hicieron un LP entero en vídeo clips promocionales. Al comenzar los ochenta la industria se tomó en serio el nuevo vehículo. Antes un grupo tenía que realizar una gira para dar a conocer su obra, o pasearse por televisiones del mundo entero y cantar la canción que querían popularizar. De pronto, todo consistía en hacer una minipelícula con el tema y enviarla promocionalmente a los cinco continentes. En muy poco tiempo los vídeo clips empezaron a ser imprescindibles, se cuidaron cada vez más, se convirtieron en obras maestras que podían costar tanto como una película y se contrataba a los mejores directores de cine para filmarlos. La industria creció vertiginosamente, todas las televisiones emitían vídeo clips gratis, se peleaban por las exclusivas y presentaciones, ayudando a difundir la canción o la obra de un grupo, dando a conocer novedades o lanzando artistas. No era necesario pedir «por favor» que se emitieran. Con la competencia por estrenar vídeo clips nacieron programas enteros dedicados a ellos, y la creación de la MTV fue todo un aldabonazo. La cadena estadounidense se convirtió en un referente mundial que no paró de crecer desde el primer día.

Lo que generó la industria del vídeo clip fue mucho más allá de la música. Antes no importaba que un grupo no tuviese imagen. La portada de su disco podía mostrar cualquier cosa. Con la necesidad de hacer un vídeo promocional para el disco, la imagen se convirtió en algo esencial. El vídeo motivó un cambio sustancial en la industria. De entrada porque la música dejó de oírse y pasó a verse. Las nuevas generaciones crecieron con la imagen al mismo tiempo que con el sonido. Una canción por radio, de entrada, a lo peor no despertaba entusiasmo. Pero si un adolescente «la veía» en televisión podía llamar su atención. Sustancialmente esto fue una revolución de gran magnitud. Si un artista inglés o americano necesitaba un mánager, un agente de prensa y otros acólitos parecidos, desde comienzos de los ochenta también necesita otro pequeño enjambre de asesores de imagen. El vídeo clip, además, quedaba en la historia, era como la huella del artista en un momento. La música cerró un círculo que todavía estaba abierto y se volvió mucho más compacta. Por este motivo lo que más cambió fue la trastienda del rock. El caso de Milli Vanilli fue histórico.

Frank Farian, productor de Boney M entre otros, repitió su jugada en 1988; es decir: tenía un producto y la necesidad de adornarlo para venderlo. Su producto era un cantate y autor en las antípodas de lo que se vendía en un vídeo clip (bajo, obeso, mayor) y un grupo en el que había miembros de más de cuarenta años. Filmó un vídeo promocional con dos modelos negros de alquiler, Rob Pilatus y Fabrice Morvan, y lanzó el disco. En poco tiempo el LP *All or Nothing* vendió seis millones de copias y varios singles (todos con sus correspondientes vídeo clips) llegaron al número 1, «Girl You Know It's True», «Baby Don't Forget My Number», «Girl I'm Gonna Miss You» y «Blame It on the Rain». Milli Vanilli ganó el Grammy al mejor grupo revelación de 1989 y en sus apariciones, siempre en play back, Rob y Fab no hacían otra cosa que bailar como en los vídeos y gesticular. Finalmente, abrumados porque nadie les había oído cantar jamás en vivo ni podían hacer giras, en noviembre de 1990 confesaron ser solo dos modelos contratados y se destapó el engaño. Frank Farian dijo que los verdaderos artistas no tenían imagen y que por eso hizo lo que hizo en los vídeos. Fue el primer gran escándalo derivado de la necesidad de presentar artistas-cromo en lugar de artistas de verdad. Milli Vanilli devolvieron su Grammy, Rob y Fab desaparecieron después de intentar seguir en activo cantando con sus voces y... el nuevo LP de Mili Vanilli fracasó porque los verdaderos músicos no interesaban al público.

El segundo fenómeno, la aparición del CD, revolucionó el soporte tradicional con el que la música había llegado al consumidor. Las grabaciones convencionales ya estaban representando un tremendo avance tecnológico, porque se había pasado del sistema analógico al digital, mucho más perfecto. Pero cuando del vinilo y las cintas empezaron a cambiarse por un tipo de disco «casi» indestructible...

Goldmark, el hombre que «inventó» el LP, lo hizo porque los discos de 78 revoluciones por minuto saltaban demasiado en los giradiscos de los programas de radio y estropeaban los programas. A 33 revoluciones no había saltos, pero sí otros detalles en apariencia inevitables: crujidos molestos si la aguja pillaba polvo en su recorrido, ruido si había una hendidura o un golpe en las estrías del disco. Los vinilos eran delicados, se debían limpiar, proteger, se «rayaban». Por mucho cuidado que se tuviera siempre podía caerse el brazo con la aguja y darle un golpe. Los casettes no eran mejores. No existía ruido de fondo, no había una aguja captando polvo o impurezas, pero el calor podía deformarlos, o la cinta enredarse en el cabezal y arrugarse o romperse. Así pues, la creación de un soporte que: A) no hiciera ruido, B) fuera indestructible y C) fuera más pequeño y con mayor capacidad, equivalió a encontrar la piedra filosofal del futuro.

El CD, compact disc, llamado así porque comprimía los discos, tenía apenas una docena de centímetros de diámetro, se grababa solo por una cara y podía almacenar millones de datos utilizado en informática u ofrecer casi ochenta minutos de música, el equivalente a un doble LP. Los tocadiscos se convirtieron en aparatos en vías de extinción y los reproductores de CD pasaron a dominar el mercado. El CD también era indesgastable, porque no existía roce alguno en la lectura de su contenido. Un rayo láser capturaba el sonido. Fue la penúltima perfección del siglo XX.

Nadie pensó en que con esto podían abaratarse precios, cosa que no se hizo, al contrario, y quince años después la piratería estaría a punto de hundir la industria. Aunque para esto aún falta un poco. Claro que la piratería no ha sido jamás un hecho aislado en la esfera de la música. En noviembre de 1981 la British Phonographic Industry lanzaba una campaña en Inglaterra bajo el lema «Los casettes caseros matan la música». En aquellos días la gente grababa casettes con los discos para uso personal... o incluso para vender, a una escala importante aunque no comparable con la industrialización de la piratería de fines de los años noventa y comienzos del siglo XXI.

Volviendo al nuevo soporte y los cambios que motivó, ya no se hablaba de lanzar un LP, ni siquiera un CD. Eran «discos». Varió la nomenclatura de la música. El CD arranca comercialmente en 1983, después de ser presentado en sociedad un año antes. En unos pocos años el espacio destinado a discos en tiendas o grandes superficies empezó a cambiar. El último año en el que se vendieron más discos de vinilo que compactos en España fue 1991: 16,6 millones de LP's frente a 13,3 millones de CD's y 23,1 millones de casettes. Diez años después, al comenzar el siglo XXI, en España se vendían 76 millones de CD's por vía legal (sin contar piratería), siete millones de casettes y... 35.000 vinilos, más dos millones y medio de singles, un mercado todavía existente para coleccionistas (o disc-jockeys debido al *scratching).* Hacia la segunda mitad de los noventa los LP's eran un residuo que había desaparecido casi del todo. Los viejos vinilos quedaron como rarezas dignas de un pasado esplendoroso, aunque la piratería del cambio de siglo hiciera que algunas voces clamaran por su vuelta. Se perdía también con ello la creatividad tan extraordinaria de las portadas. Un álbum sencillo o doble había permitido durante años la máxima libertad artística a cientos de estudios de diseño y creadores de cubiertas históricas. El CD era tan pequeño que apenas si merecía una mayor atención. Se cuidó más el librito interior, con las letras y los datos, que el exterior, en el que solo cabía el nombre del artista, el título del álbum y una imagen. En este sentido fue una pena. Mayor calidad, mayor contenido, pero el adiós a las grandes creaciones en tantas y tantas portadas fue duro.

Con el CD y los vídeo clips, los años ochenta fueron los de un trasvase inexorable hacia el futuro. Cuando Michael Jackson hizo un vídeo de más de quince minutos para promocionar su tema «Thriller», un cortometraje impecable con una historia, bailes y el tema del disco, se dio la última vuelta de tuerca al fenómeno. La era de la imagen se apoderó de la música.

ADULT ORIENTED ROCK

No deja de ser una broma que en diciembre de 1981 la revista americana *Record World* citara en su apartado de «Nuevos artistas» los nombres de Don McLean, Stevie Winwood, Marty Balin o Gary U.S. Bonds en las primeras plazas. El primero tenía diez años de carrera a sus espaldas y los otros veinte o más en el caso de Bonds. ¿Nuevos artistas? Ese era el avance del A.O.R., un puro contrasentido. La prueba de que la música ya era adulta.

A.O.R. son las siglas de Adult Oriented Rock, es decir, rock hecho por y para adultos. La primera generación de adolescentes asombrados con Presley o enloquecidos por los Beatles, ya tenía la fuerza. Ahora hacían programas de radio o dirigían las emisoras. Ahora estaban en televisión, en las compañías discográficas, en los circuitos, o simplemente... formaban parte del público consumidor. Eran treintañeros con cierto poder de adquisición o de dirección. La suma de todo ello hizo que Estados Unidos parcelara su música, en la que apenas había espacio para inventos procedentes de Inglaterra, que no gustaban al gran público americano. De ahí a que a comienzos del siglo XXI apenas hubiera discos ingleses en el ranking estadounidense medió un gradual descenso que aisló cada vez más la música y los gustos de su público. El A.O.R. apenas si permitía excesos, innovación o revoluciones. Todo estaba controlado. Música elegante, voces, grupos, orquestaciones. La frase «políticamente correcto» empezó a utilizarse como sinónimo de aburrido. Si a ello agregamos ocho años de mandato republicano a cargo de Ronald Reagan y luego cuatro de continuidad con George Bush... En el lado opuesto, tan opuesto que eran las antípodas del A.O.R., se ubicó la nueva música negra, el hip-hop, su violencia y su carga de profundidad racial. Pero la mayoría de géneros y subgéneros de los ochenta y los noventa fueron instigadores de una música absolutamente opuesta al culto dominante en Estados Unidos, que al finalizar la década de los noventa quedaba convertido en el gran coloso, aislado pero también principal emisor de la cultura del rock.

Hacia mitad de los años ochenta el sida iniciaba su enorme plaga de mortandad. Cuando comenzaron a caer los primeros artistas entre 1981 y 1982, desde coreógrafos a músicos, desde bailarines hasta compositores, el pánico se extendió por todas las esferas del *show business,* en el que se cebó con virulencia desde su comienzo. Nuevas enfermedades para los nuevos tiempos. Con las muertes de Rock Hudson o Freddie Mercury, el sida ya era la plaga con la que se iba a despedir la vigésima centuria y se abriría la siguiente.

Las voces de los ochenta

Que el rock se ha hecho adulto lo comprobamos en algunos de los principales solistas de mitad de los años ochenta, la mayoría presentes en los noventa. Stevie Nicks, Michael McDonald, Robert Plant, Glenn Frey, Don Henley, Donald Fagen, Phil Collins, Lionel Richie o Tina Turner. Todos han sido cantantes en grupos de impacto. Todos han crecido y buscan su acto final: la individualidad. Todos tendrán notables éxitos y algunos carreras triunfales y decisivas. Tina Turner, liberada de cadenas, se convertirá en una de las grandes damas del rock de fines de los ochenta y comienzos de los noventa. El disco de su resurgimiento es *Private Dancer,* del que serán éxito las canciones «Private Dancer», «Better Be Good to Me» y especialmente «What's Love Got to Do With It». Sus nuevos LP's la mantendrán tanto como sus trepidantes giras: *Break Every Rule, Foreign Affair* o *Simply the Best.* Tina también escribiría una autobiografía que sería llevada al cine en 1993 con Angela Basset haciendo su papel. Phil Collins sería otro de los grandes solistas, aunque sin abandonar inicialmente a Genesis. Debuta en 1981 con Face Value y seguirá a lo largo de los ochenta y parte de los noventa con excelentes trabajos, *Hello I'm Must Be Going!, No Jacket Required, But Seriously* o *Both Sides,* sazonados todos por numerosas canciones de éxito: «In the Air Tonight», «You Can't Hurry Love», «Against All Odds», «Easy Lover» (con Philip Bailey), «Separate Lives» (con Marilyn Martin), «Sussudio», «One More Night», «A Groovy Kind of Love», «Two Hearts» o «Another Day in Paradise». Lionel Richie también dominará los rankings con una larga serie de hits después de dejar a los Commodores, «Truly», «All Night Long», «Hello», «Say You Say Me» o «Dancing on the Celling» así como con sus álbumes *Can't Slow Down* o *Dancing on the Celling.* Una afección de garganta paralizaría su carrera en los noventa.

De las seis primeras grandes megaestrellas de los ochenta, cuatro son novedad y dos pertenecen al pasado: Michael Jackson y Sting. Las otras son U2, Madonna, Whitney Houston y Prince.

Michael Jackson aterrizó en los ochenta con toda la fuerza de su libertad lejos de sus hermanos. Su primer LP en esta etapa, *Off the Wall,* le proporcionó sus éxitos iniciales con las canciones «Don't Stop 'Til You Get Enough» y «Rock With You». Con el siguiente LP, *Thriller,* batió todos los récords. El álbum se editó el 1 de diciembre de 1982 y hasta 1984 vendió treinta millones de copias en todo el mundo (llegó casi a los cuarenta en los años siguientes). Siete temas fueron top-10, con mención especial para «Beat It», «Billy Jean» y «Thriller». Michael ganó ocho Grammys en enero de 1984 por todo ello. Así nació una de las grandes leyendas del rock, con todo lo bueno y lo malo, porque la controversia no le abandonaría ya nunca. Sus vídeos, sus bailes, las acusaciones de pederastia, su boda con la hija de Elvis Presley, Lisa Marie, sus paternidades, su mansión-palacio-juguetería de Encino, sus decoloraciones y operaciones faciales, la compra de las canciones de los Beatles adelantándose a Paul McCartney, con lo cual pasó a gestionar sus derechos... Musicalmente no volvió hasta *Bad,* en 1987, con el que repitió parte de su éxito (cinco número 1, «I Just Can't Stop Loving You», «The Way You Make Me Feel», «Bad», «Man in the Mirror» y «Dirty Diana»); luego hizo la película *Moonwalk* y ya en los noventa reaparecería con *Dangerous,* pero lejos de su éxito anterior y entrar mucho más en las páginas de la prensa rosa o los sucesos que en las musicales. Por su parte, Sting, tras dejar Police, siguió haciendo cine y en sus álbumes se decantó por diversas líneas, desde los sonidos jazzísticos del comienzo a una línea más pop posteriormente. Sus mejores trabajos fueron los iniciales, *The Dream of the Blue Turtles, Bring On the Night* y *Nothing Like the Sun* junto a sus grandes éxitos «If You Love Somebody», «We'll

Be Together», «Fragile», «They Dance Alone», «An Englishmen in New York» o «Fields of Gold».

Prince, el genio de Minneapolis, sacudió el mundo de la música negra con su carisma. Autor, cantante, guitarra, arreglista, productor e investigador constante de nuevas formas musicales y estéticas, debutó con dieciocho años, y en 1978, a los veinte, publicó su primer disco, *For You*, en el que tocaba todos los instrumentos en su afán por controlarlo todo. Se gastó el doble de lo que le habían pagado por sus tres primeros álbumes, tardó cinco meses en grabarlo y fue un fracaso. Pero el segundo, *Prince,* mejoró su estatus, y con el tercero, *Controversy,* nació la estrella. Sus actuaciones, en tanga, le valieron ser llamado «negro, salvaje y degenerado». La película *Purple Rain,* protagonizada por él mismo, y el LP que la acompañaba, le colocaron en la cima. La banda sonora fue número 1 durante veinticuatro semanas y de ella destacaron «When Doves Cry», «Let's Go Crazy» y «Purple Rain». Prince mantuvo desde entonces una inagotable productividad, propia y ajena, puesto que lanzó a otros artistas cercanos a él desde su complejo artístico Paisley Park. En su larga discografía destacan los LP's *Around the World in a Day, Sign O' the Times, Lovesexy, Batman, Graffiti Bridge* o el primer álbum en el que no apareció su nombre, cambiado por un signo, y con el que pasó a llamarse «el artista antes conocido como Prince», ya en los noventa. Durante estas décadas, Prince ha colaborado o hecho canciones para Madonna, Miles Davis, Simple Minds, Tina Turner y una docena más. Sinnead O'Connor fue número 1 con «Nothing Compares 2U». Su radicalismo hará que al comenzar el siglo XXI sea el clásico genio enfrentado a toda la industria discográfica por su guerra eterna con las compañías.

Si Michael Jackson y Prince fueron los solistas masculinos, Madonna fue la gran reina, tan controvertida como Prince pero con innegables dotes para todo lo que huela a *show business* y *entertainment.* Nacida en 1959, hija de italianos, tuvo una infancia difícil y se marchó a Nueva York con 35 dólares en el bolsillo según la leyenda. Hizo coros en canciones, tocó la batería, hizo una película experimental, posó desnuda en fotos y en 1982 la contrató el sello Sire. En 1983 el single «Everybody» y el álbum *Madonna* la llevaban a las listas y nacía una estrella. En 1984 *Like a Virgin* era número 1. Hasta comienzos del siglo XXI Madonna ha hecho cine (debutó con la refrescante *Desesperately*

Seeking Susan y *Evita* sería su mejor trabajo, por el que fue nominada al Oscar), ha dirigido un pequeño imperio personal centrado en la empresa creada en torno a su imagen y ha sabido mantenerse por su calidad interpretativa y como autora, pese a sus muchos escándalos deliberados y calculados (la mayoría por sus provocativos vídeos). Fue la cantante con más números 1 y éxitos del mercado hasta ese momento (7 números 1 y 16 top-5 en Estados Unidos, 6 números 1 y 20 top-5 en Inglaterra, solo en los años ochenta), como «Material Girl», «Crazy for You», «Into the Groove», «True Blue», «Open your heart», «Papa don't preach me», «Live to tell», «Who's That Girl», «La Isla Bonita», «Like a Prayer», «Express Yourself», «Vogue», «Justify My Love» o «Erotica», junto con sus grandes LP's *Like a Virgin*, *True Blue*, *Like a Prayer*, *Erotica* o *Bedtime Stories*. La primera gran rival de Madonna llegaría ya a fines de los años ochenta: Whitney Houston. Hija de la cantante Cissy Houston y prima de Dionne Warwick, forjada en la música gospel y los coros de su iglesia, Whitney sería una de las grandes voces femeninas de este tiempo y especialmente de los años noventa, con sus LP's *Whitney Houston, Whitney, I'm Your Baby Tonight* y la banda sonora de *The Bodyguard,* película que protagonizó ella misma y de la que saldría su mayor éxito, «I Will Always Love You», un tema country de Dolly Parton que en voz de Whitney fue toda una recreación y su décimo número 1 en Estados Unidos. Whitney, con siete números 1 consecutivos, había batido ya el récord de los Beatles en los años sesenta y de los Bee Gees en los setenta.

El último de los grandes grupos de los ochenta y los noventa ha sido U2. Irlandeses de nacimiento, el cuarteto lo forman Bono (voz), The Edge (guitarra), Adam Clayton (bajo) y Larry Mullen (batería). Su primer álbum, *Boy,* pasó inadvertido en 1980. Mejor fue *October* y el éxito llegó en 1983 con *War.* El directo *Under a Blood Red Sky* y el definitivo *The Unforgettable Fire* les catapultan al estrellato, que ya no abandonarán. La carrera de U2 acabará trascendiendo a su música por sus implicaciones políticas (Bono es uno de los grandes activistas en causas humanitarias de los noventa y el nuevo siglo), pero jamás dejarán de crear sonidos y discos clave en la historia de estas décadas, como *The Joshua Tree, Rattle and Hum* (banda sonora del documental sobre el grupo del mismo título), *Achtung Baby, Zooropa, Pop* o *All That You Can't Leave Behind* y básicas canciones como

«Pride (in the Name of Love)», «I Still Haven't Found What I'm Looking For», «Where the Streets Have No Name», «Desire», «Beautiful Day», etc.

Live Aid y las causas humanitarias de los años ochenta

El primer gran festival de los ochenta tuvo lugar el 3 de septiembre de 1982 en San Bernardino, California, bajo el auspicio de Steve Wozniak, fundador de Apple. Hubo cuatrocientas mil personas en los tres días para ver a Fleetwood Mac, Tom Petty, Police, Jackson Browne, Pat Benatar, Cars, Talking Heads, Grateful Dead, Kinks, B-52's, Santana, Van Halen, Ramones y otros. El segundo, el 25 de noviembre del mismo año, reunió a cuatrocientas cincuenta mil en Montego Bay, Jamaica, para asistir a una mezcla de artistas de reggae (Peter Tosh, Rita Marley) e internacionales (B-52's, Clash, Aretha Franklin, Joe Jackson).

Pero lo que más destacó en la parte central de los años ochenta fueron los grandes discos o eventos convocados por causas humanitarias.

Las hambrunas desencadenadas en África, especialmente en Etiopía y los países de la franja del Sahel, comenzaron a inundar los medios informativos de Occidente de una forma abrumadora en 1984. El anuncio de que iban a morir millones de personas puso en marcha al universo musical. Los primeros en movilizarse fueron los artistas ingleses, que en Navidad de 1983 y con el nombre de Band Aid editaron el disco «Do They Know It's Christmas?» (¿Saben ellos que es Navidad?), una grabación en la que intervinieron músicos de Boomtown Rats, Ultravox, Phil Collins, Sting, Culture Club, Frankie Goes to Hollywood, U2, George Michael, Duran Duran, Spandau Ballet, Status Quo y muchos más. Además del disco (récord de ventas en Inglaterra hasta entonces), se ofreció un concierto benéfico en el Royal Albert Hall de Londres.

La respuesta de los artistas americanos no se hizo esperar. Lionel Richie y Michael Jackson compusieron el tema «We Are the World» y bajo el nombre de USA for Africa reunieron a la mayor cantidad de figuras jamás vista en un estudio de grabación: Harry Belafonte, Ray Charles, Lindsey Buckingham, James Ingram, Kin Carnes, Dan Aykroyd, Sheila E., Jackie, LaToya, Randy, Marlon y Tito Jackson, Daryl Hall & John Oates, Bob Dylan, Al Jarreau, Cyndi Lauper, Kenny Loggins, Tina Turner, Huey Lewis & The News, Willie Nelson, Jeffrey Osborne, Billy Joel, Waylon Jennings, Bette Midler, Steve Perry, Dionne Warwick, Pointer Sisters, Stevie Wonder, Smokey Robinson, Kenny Rogers, Paul Simon, Diana Ross, Bruce Springsteen y el británico Bob Geldof representando a Band Aid. «We Are the World» fue una de las canciones del año y de la década. El 5 de abril 5.000 emisoras de todo el mundo radiaron al mismo tiempo el tema, que vendió más de siete millones de singles y cuatro y medio de LP's en dos meses.

Tras ello, artistas de distintos géneros y músicos de diversos países iniciaron una corriente solidaria. Pero el gran colofón de la campaña por África tuvo lugar el 13 de julio, en los dos festivales más grandes de la historia por su audiencia mundial. Bob Geldof, cantante de los Boomtown Rats, fue el impulsor del gran acontecimiento, Live Aid, celebrado en el Wembley Stadium de Londres y el JFK Stadium de Philadelphia. En uno y otro evento, retransmitidos vía satélite conjuntamente, actuaron algunos de los más grandes nombres de la historia de la música de su tiempo y, en el caso de Phil Collins, en los dos, puesto que voló en Concorde después de actuar en Londres para estar también en el de Philadelphia. Este día memorable para la música, unidos por África, cantaron en uno u otro marco los Who (especialmente reunidos para el evento), Status Quo, Paul McCartney, U2, George Michael, Madonna, Elton John, David Bowie, Thompson Twins, Bryan Adams, Bryan Ferry, Rolling Stones, Tina Turner, Paul Young, Elvis Costello, Queen, Style Council, Spandau Ballet, Adam Ant, Ultravox, Sade, Sting, Alison Moyet, Beach Boys, Dire Straits, Simple Minds, Pretenders, Bob Dylan y otros. Bob Geldof fue propuesto más tarde para el Premio Nobel de la Paz.

Las causas humanitarias alcanzaron su cenit con el Live Aid de 1985. El rock siguió involucrándose con ellas (Willie Nelson organizó el Farm Aid poco después, para ayudar a los granjeros con problemas en el midwest americano). Pero nunca ha habido otro acontecimiento parecido al del 13 de julio de ese año. Otros festivales notables en los ochenta fueron el de Dublin de 1986 para recaudar fondos con destino a los jóvenes desocupados o el disco grabado ese mismo año por grupos de heavy también con destino a África. En 1988 tuvo lugar la gira

«Human Rights, now!», en honor de Amnesty International en el aniversario de los cuarenta años de la Declaración de los Derechos Humanos, promovida por Bruce Springsteen, Peter Gabriel, Sting, Tracy Chapman y Youssou N'Dour y que actuó seis semanas por los cinco continentes. El último gran acto se celebró en Londres en 1990, y fue el concierto en honor de Nelson Mandela, el líder del Congreso Nacional Africano, encarcelado durante años por el régimen racista de Suráfrica y liberado no mucho antes. También destacaron los grandes conciertos urbanos de Jean-Michel Jarre, en los que convertía ciudades enteras en escenarios con shows de luces y proyecciones gigantescas. El primero fue el de la plaza de la Concordia de París con un millón de personas. Siguieron el de Lyon con motivo de la visita del Papa en 1985; el de Houston, Texas, con un millón trescientos mil espectadores, para celebrar el 150 aniversario de la fundación de la ciudad y los veinticinco años de la NASA en 1986; el de Londres en 1988, con tres millones de personas, y el de París, en conmemoración del 14 de julio de 1990, con otros dos millones de espectadores.

La caída del Muro de Berlín, en 1989, también despertaría otro «gran festival» en el mundo entero, el de la libertad.

POST-PUNK, INDIE, JANGLE, POWER POP, HARDCORE, ROCK ALTERNATIVO, LO-FI

En música, al comienzo, todo lo que nace, cualquier movimiento, tendencia o género, es underground. Surge de una minoría y se mueve por marismas subterráneas. Pero cuando el underground acaba siendo asimilado por la industria y el público, se convierte en *mainstream*. Es la ley del crecimiento y la expansión. Por ello los años noventa, con su germen en los cambios desatados desde mitad de los ochenta, han sido los más underground-*mainstream* de la historia de la música.

Algunos de los subgéneros que tomarían cuerpo desde mitad de los años ochenta comenzaron a modelar parte de la música de los noventa, y al mismo tiempo, pusieron un punto y final a otras etapas del pasado. En muchos casos los primeros en hacerse eco de la nueva música fueron los abundantes fanzines, que se convirtieron en una voz subterránea de todas las tendencias inicialmente minoritarias y después conocidas por el éxito de sus líderes e impulsores. La cultura del fanzine se haría más importante con el paso del tiempo en oposición a las revistas o semanarios más «oficialistas», que hablaban solo de lo que era popular o mayoritariamente comercial. Junto al fanzine, tuvieron un peso específico notable las emisoras de radio de las grandes universidades, con sus disc-jockeys no profesionales, a la última de lo que se hacía en los garajes de la vecindad o los pequeños clubs próximos. En conjunto fue la eclosión del indie como cul-de-sac a donde fue a parar todo lo que no era masivo, comercial, o no estaba en manos de la gran industria. El post-punk fue una de las fuerzas motrices, porque si bien la filosofía del punk consistía en negar el futuro, y su «boom» fue rápido y efímero, el concepto punkie seguía siendo válido. Los siguientes estilos se sucedieron encadenados en la década de los ochenta hasta la proliferación que saturó la de los noventa.

El jangle pop apareció a mitad de los ochenta. La expresión venía de un verso de «Mr. Tambourine Man» de Bob Dylan: «In the jingle-jangle morning». Hacía alusión a la viva musicalidad de voces, guitarras y armonías que envolvían el sonido de algunos grupos. La guitarra era el eje principal (en muchos casos, específicamente, la Rickenbacker que habían utilizado desde los Beatles hasta Roger McGuinn en los Byrds). El gran grupo que llevó el jangle hasta el éxito fue REM, primero surgido como banda minoritaria pero jalonando su carrera con una larga serie de discos fundamentales hasta su gran explosión comercial en 1991 con *Out of Time*. REM (Rapid Eye Movement, movimiento de los ojos cuando se está en el sueño profundo) estaba liderado por su cantante Michel Stipe y nacieron en Athens, Georgia. Debutantes en 1983, después de tímidos escarceos previos, tardaron ocho años en llegar a la cima, pero cuando lo hicieron ya eran los grandes héroes del rock alternativo en Estados Unidos. Al jangle también se le conoció como NRA (nuevo rock americano).

Junto al jangle hay que hablar del power pop. No es este un término acuñado en un momento concreto, porque power pop había existido mucho antes, desde comienzos de los setenta, y cada vez que debido a crisis u otras causas, la música se concentraba más en los singles que en los LP's. Muchos grupos basaron su fama en excelentes temas sin pretender crear obras maestras en forma de álbum. Los grupos ingleses de 1971 a 1974 (Slade o T. Rex) eran genuinos creadores de singles.

Pero la proliferación de conjuntos que provocó el rock alternativo a ambos lados del Atlántico facilitó que se editaran muchos singles llenos de expectativas, producto de cientos de bandas que buscaban su oportunidad. De costa a costa, Estados Unidos era en los ochenta un hervidero de núcleos musicales (grupos de garaje, pequeños clubs, etc.). Otra característica de estos años fue la mayor presencia de chicas en los conjuntos, casi siempre en papel de cantantes. A esto ayudó el culto a la imagen favorecido por la implantación del vídeo clip: las chicas «vendían» más. El jangle se extendería durante años hasta ser una de las claves del movimiento grunge al comenzar los años noventa.

Otra turbulencia musical acusada se creó con la aparición del hardcore (toda música definida con la palabra core equivale a música rápida y frenética, de la misma forma que toda música que no es hardcore se denominó *mellow),* faceta industrial derivada del punk, por lo menos en sus orígenes. Tuvo un arranque germinal en California y se expandió a la Costa Este y a Inglaterra con celeridad, aunque nunca gozó del beneplácito de los medios por su idiosincrasia. El hardcore era blanco, violento, con rasgos seudofascistas en algunas de sus formaciones. La palabra trash (basura) se asoció también con él. Hubo grupos como Dead Kennedys (Los Kennedys Muertos, más izquierdistas), Suicidal Tendencies o Slayer (grupo de trash metal con connotaciones satánicas, lo más tenebroso del rock) que destacaron por ello. Con el tiempo hubo un trash-metal, un death-metal y hasta un speedcore más rápido (ruido blanco) a modo de secuelas del patrón original. En el extremo sur del hardcore quedan Beastie Boys, contundente trío vocal rapper con un gran éxito en 1987 a través del LP *Licensed to Ill.* Tras el hardcore surgió el emocore (emo por emotion, emoción), una compensación de toque melódico por la falta de sensibilidad del hard, y el slowcore, más depresivo

El concepto de rock alternativo apareció finalmente para tratar de englobar a todos los pequeños subgéneros ocasionales que saltaban de un lado a otro de la escena musical. ¿Alternativo? Todo lo que no era popular, lo que no aparecía en las listas ni en la televisión, lo que no consumía el gran público, lo que quedaba oculto o se mantenía underground (hasta su eclosión), era alternativo. Por esa razón el término actuó como referencia pero también como saco en el que introducirlo todo. El rock and roll había sido alternativo con relación a la música previa, y lo mismo cabía decir de la mayoría de movimientos hasta el punk y posteriores por la mayor fragmentación de estilos. Para canalizar la gran cantidad de «música alternativa» hubo que crear nuevas listas de éxitos y así nació la categoría indie, ya con sello de autenticidad. De la misma forma que había un cine independiente que se jactaba de quedar fuera de los grandes estudios y generaba una industria paralela, las listas indies fueron una réplica a los rankings generalistas. Tener un número 1 o un top-5 indie era un sello de calidad. Y también un primer paso para dejar de ser indie y pasar a formar parte del gran pastel del rock. Pero a fin de cuentas, ¿había sido primero el rock alternativo o el indie? Se trataba de lo mismo, aunque en el espacio indie pudieran entrar otras tendencias. Tan indies fueron en sus inicios el grunge como algunos de los sonidos electrónicos que veremos más adelante.

La new wave dejó de contar antes de que se cubriera la mitad de la década de los ochenta. Entre 1984 y 1985 la industria de Estados Unidos tiene poder de causa-efecto suficiente para llegar al gran público: los vídeo clips, la MTV, el futuro del CD, la fuerza del A.O.R. Pero el gran número de movimientos estaba situándose en la parrilla de salida del nuevo rumbo musical: la herencia del punk, el rap, el nuevo pop o rock and roll, la música de baile, las primeras apariciones de nuevos conceptos como el house... El rock alternativo inició su dominio en Estados Unidos como el punk lo había iniciado en la crisis posterior a 1973 en Inglaterra, con las pequeñas compañías, la fuerza subterránea de los fanzines y una contracultura nacida en colegios y universidades. Raramente estos discos sonaban por radios generales o se emitían en la MTV porque hacer un clip era demasiado caro. Pero REM tuvo desde 1983 un eco generoso que mantuvo el culto en torno a ellos y otras formaciones como los pioneros Hüsker Dü, o The Replacements, Violent Femmes, 10.000 Maniacs, Sonic Youth, Jane's Addiction, Pixies, Soundgarden (primer grupo emergente del Seattle pre-grunge), y así hasta llegar a la antesala del grunge con Pearl Jam o Nirvana. Por el rock alternativo pasaron casi todos los grandes nombres del futuro del rock, desde la generación de cantantes-autoras liderada por Michelle Shocked hasta grupos decisivos como Smashing Pumpkins *(Gish, Siamese Dream, Mellon Collie and the Infinite Sadness),* Offspring *(Smash, Ixnay on the Hombre),* Green Day *(Dookie)* o The Cranberries con Dolores O'Riordan a la voz solista *(Everybody Else Is Doing It So Why*

Can't We, No Need to Argue, To the Faithful Departed). Los más decisivos, no solo por su calidad transgresora y su fuerza en vivo sino también por su supervivencia, fueron los californianos Red Hot Chilli Peppers *(Blood Sugar Sex Magik* o *What Hits?*, entre una contundente discografía que va desde 1984 al siglo XXI y desde el post-punk, el funk y el rap metal al rock), superando incluso golpes como la muerte de su guitarra Hillel Slovak por una sobredosis en 1988.

En Inglaterra el rock alternativo se movió dentro de los mismos márgenes, pero con dos particularidades: sus grupos fueron más comerciales y sus letras mucho más ambiguas y visionarias. Si REM fue el gran grupo de culto del rock alternativo americano, Smiths lo fue del inglés. Procedían de Manchester, impulsaron el llamado Manchester Sound, y se convirtieron en el conjunto más importante de la segunda mitad de los años ochenta en su país. Fundados por el guitarra Johnny Marr, Stephen Patrick Morrissey era su cantante, líder e imagen esencial. Las letras que escribió Morrissey pasaron a ser un icono referencial de ese momento, iniciado en 1983 con «Hand in Glove», canción que les dio su primer número 1... en las listas independientes. Hasta 1988, año en que Morrissey inició su carrera en solitario, hicieron grandes álbumes, la mayoría en el top-10 británico, pero sin apenas repercusión en las listas de singles como dicotomía máxima. Los LP's fueron *The Smiths, Hatful of Hollow, Meat Is Murder, The Queen Is Dead* y *Strangeways, Here We Come*. No les fue mejor en Estados Unidos, donde ninguno de sus discos pasó del top-50. Con su voz única, dotada de un sello lleno de personalidad, Morrissey tuvo una suerte diversa en solitario y desde su primer disco, *Viva Hate,* hasta el número 1 británico de *Vauxhall and I*.

Con Smiths como cabezas de cartel, el rock alternativo inglés prolongó también su fuerza hasta los años noventa y enlazó con el britpop, con Oasis y Blur como máximas referencias. Por el camino quedaron grandes nombres, ejes de ese proceso, desde pioneros como Cure a restos punk como XTC, sin olvidar a New Order, formados por los músicos de Joy Division tras la muerte de Ian Curtis. Los nombres que forman esta cadena son Jesus & Mary Chain, The Housemartins, Stone Roses, Happy Mondays o Primal Scream, hasta llegar a Suede, Blur y Oasis en los noventa. El abanico que formaban ellos es muy grande, porque New Order eran bailables y se orientaron hacia el pop electrónico *(Technique, Republic)* y en cambio Jesus & Mary Chain basaban su densidad sonora en las guitarras distorsionadas aunque sin rehuir bases melódicas *(Darklands)*. Stone Roses, Happy Mondays, lo mismo que Charlatans o los Inspiral Carpets, surgieron de Manchester tras la estela de los Smiths. Su origen incluso hizo que se rebautizara el nombre de la ciudad, empleándose el término «Madchester» (con d) como signo distintivo. La industrial ciudad inglesa despertaba de la mano del promotor y empresario Tony Wilson en torno al sello Factory y el club The Hacienda, donde tocaban sus bandas. Todas ellas configuraron una nueva escena musical, una de las más representativas de las islas británicas hasta inicios de los años noventa, especialmente los dos grandes líderes, Stone Roses y Happy Mondays, decisivos e intensos, pero también dramáticos por su fugacidad. Problemas contractuales y disputas con su discográfica en el caso de los Stone Roses (quisieron editar un LP con material anterior a su éxito y el grupo se opuso, con lo cual pasaron años envueltos en batallas legales) y problemas con las drogas en el caso de los Happy Mondays (detenciones de miembros, desintoxicaciones de su cantante Shaun Ryder) enturbiaron toda su fuerza, aunque ambos grupos fueron clave en la música inglesa de este tiempo. Stone Roses dejaron tres LP's clave, *The Stone Roses, Turns Into Stone* y *Second Coming*. Happy Mondays más: *Squirrell & G Man Twenty Four Hour Party People Plastic Face Carnt Smile, Bummed, Pills 'n' Thrills & Bellyaches, Live, Yes, Please, Double Easy: the US Singles, Loads (& Loads More)*. La historia de «Madchester» la recogería en 2002 la película *24 Hour Party People*.

Por último, lo más alternativo llegó a ser la naturalidad, la carencia de artificio en todos los sentidos. Ahí nació el lo-fi de forma «oficial» a comienzos de los noventa, que mucho más que un género era una respuesta de algunos músicos al siempre candente tema de si la tecnología o la pureza de las grabaciones era lo suficientemente ética para la honestidad o la carga de rockera del sonido. El lo-fi se convirtió en una actitud.

Lo-fi *(low fidelity,* baja fidelidad, en oposición a *high-fidelity,* hi-fi, alta fidelidad) aparece en cualquier maqueta de cualquier grupo novato, hecha con un equipo casero. No hay horas y horas de estudio de grabación, no hay calidad de sonido, ni limpiado de cintas, los instrumentos suenan sucios, las mezclas parecen no existir y la producción aún menos. Cuando algunos grupos editaron discos con estas carencias de forma intencionada, el lo-fi se hizo realidad como marca de distinición. Beat Happening *(Dreamy),* Pavement *(Slanted & Enchanted, Westing (by Musket & Sextant))* y Sebadoh *(The Freed Weed, III),* fueron algunos de los pioneros a los *Smash Your Head on the Punk* que luego se sumaron otros, Guided by Voices, Liz Phair, Smog, Magnetic Fields, incluso nombres como Beck con «One Foot in the Grave». Como toda moda, la abundancia hizo sospechosa la procedencia de muchos de sus discos, porque no se sabía si el lo-fi era intencionado o producto de no tener un presupuesto para hacer un disco mejor, si era por carencia de sus músicos o si se trataba de una actitud honesta.

Otros nombres de los ochenta

Confundidos entre estilos, desde productos del A.O.R. americano hasta grupos alternativos, pasando por la música comercial o los grandes éxitos efímeros de determinados artistas, hasta fines de los años ochenta el rock se deslizó por una alfombra fragmentada pero continua. La caída del Muro de Berlín fue un hito más dentro de la globalización que llegaría con los años noventa. La importancia del rap como cabeza visible de la música negra, el hip hop, el house, las tendencias electrónicas... todo esto se verá en siguientes capítulos. Antes hay que mencionar algunos nombres o hechos, como la vuelta de Simon & Garfunkel al despuntar los ochenta (su concierto en el Central Park de Nueva York en 1981 fue un gran hito, lo mismo que su gira posterior).

Nombres como estos:

Christopher Cross era un cantante y autor ciento por ciento AOR, calidad, magia, con una línea suave y emotiva. En 1981 consiguió cinco Grammys como mejor cantante, nuevo artista, álbum del año por su prrimer LP *Christopher Cross* y mejor single y canción por «Sailing». Compuso el tema de la película *Arthur* y ganó el Oscar a la mejor canción. Después se diluiría lentamente a partir de su segundo álbum, *Another Page.* Pat Benatar amaneció como rockera salvaje con los LP's *In the Heat of the Night, Crimes of Passion* y *Precious Time* y fue declarada la mejor solista femenina en Estados Unidos antes de perder fuerza. Más intensa fue la carrera de John Cougar, un eficaz cantante y autor con canciones rotundas como «Hurts So Good», «Jack and Diane», «Rock in the USA» o «Cherry Bomb», y sus álbumes *American Fool, Uh-huh, Scarecrow* o *Big Daddy*. Un fenómeno heredado del punk fue el éxito de Billy Idol en Estados Unidos entre 1982 y comienzos de los noventa con *Billy Idol, Vital Idol, Whisplash Smile, Charmed Life* y *Cyberpunk,* junto a los singles «Mony Mony» y «Cradle Rock». Blues Brothers, formado por los actores John Belushi y Dan Aykroyd, revelados como gran big band de rock and blues en dos sensacionales álbumes, *Briefcase Full of Blues* y *Made in America*. La película del mismo nombre, *The Blues Brothers,* con Aretha Franklin, James Brown o Ray Charles de invitados, fue el comienzo de una aventura que la muerte de Belushi frenó en seco. Otro éxito diferencial lo consiguió el saxo Kenny G. con sus álbumes *Silhouette, Breathless* o *Miracles* y hasta el nuevo siglo.

Bryan Adams es un rockero canadiense con excelentes LP's en los ochenta y los noventa, *Cuts Like a Knife, Reckless, Into the Fire* o *Waking Up the Neighbours*, junto a grandes éxitos en single como «Heaven», «Everything I Do (I Do It for You)». Dan Fogelberg surge del circuito folk americano y es una de las voces más exquisitas entre los setenta y los ochenta, década en la que logra sus mejores éxitos, *Phoenix* o *The Innocent Age*. El supergrupo británico de comienzos de los ochenta fue Asia (Steve Howe, Geoff Downes, John Wetton, Carl Palmer), con sus tres LP's, *Asia, Alpha* y *Astra*. Bangles fue uno de los pocos grupos femeninos de éxito, cuatro voces y talentos unidos en temas muy comerciales: «Walk Like an Egyptian» o «Manic Monday». Bon Jovi comenzaron como banda *teenager* de heavy y se consolidaron durante dos décadas como uno de los grandes grupos de rock, con Jon Bon Jovi como cantante y Richie Sambora como guitarra. Su extensa discografía cuenta con álbumes importantes: *Bon Jovi, 7800° Farenheit*, el decisivo *Slippery When Wet* que les encumbró, *New Jersey* o *Keep the Faith,* además de muchos hits en single («Livin' on a Prayer», «Bad Medicine», «I'll Be There for You»). La voz del folk negro fue Tracy Chapman y sus extraordinarios *Tracy Chapman* o *Crossroads,* más los singles «Fast Cars» o «Talkin' 'Bout a Revolution». Ry Cooder, uno de los grandes guitarras del rock y el blues, hizo en los ochenta memorables bandas sonoras de películas, *Streets of Fire, Paris, Texas* o *Crossroads,* antes de irse a Cuba y mostrar los sonidos caribeños de la isla al mundo. Chris de Burg fue uno de los grandes cantantes, siempre en un segundo plano pese a sus éxitos, con una discografía preciosista y cálida, desde mitad de los setenta, que encontró su mayor éxito a mitad de los ochenta con «The Lady in Red» y «Man on the Line». La exquisita Enya, ex solista de Clannad, y su maravillosa música celta se ha mantenido al alza hasta el siglo XXI a través de discos mágicos, *Watermark* o *Shepherd Moons* y canciones como «Orinoco Flow». Otra gran dama, en este caso de la música latina, es Gloria Stefan, cubana afincada en Miami. A sus grandes éxitos en single, «Anything for You», «Coming Out of the Dark», «Mi tierra», hay que añadir su dualidad cantantando en inglés tanto como en castellano y la labor de su marido, el productor y compositor Emilio Estefan, líder del Miami Sound. No menos exquisita fue Sade, nigeriano-británica que cautivó los ochenta con los LP's *Diamond Life, Promise* y *Stronger Than Pride,* más los singles «Smooth Operator» y «Sweetest Taboo».

Frankie Goes to Hollywood revolucionaron el pop inglés con su brillante «Relax», disco emblemático de los ochenta, seguido de «Two Tribes» y «The Power of Love», aunque los mejores momentos del grupo liderado por Holly Johnson los encontramos en sus LP's *Welcome to the Pleasure Dome* y *Liverpool,* antes de separarse en 1987. También ingleses, Marillion fueron un grupo en el que destacó la personalidad de su cantante, apodado Fish y comparado inicialmente con Peter Gabriel. Hicieron grandes LP's, *Misplaced Childhood, Clutching at Straws* e *Incommunicado,* hasta la marcha de Fish en 1988. Otra gran banda fue INXS, australianos liderados por Michael Hutchence. Su carrera internacional arranca con el LP *Kick* y termina con la muerte de su estrella. Mike Rutherford formó Mike & The Mechanics como grupo pop alternativo a su carrera en Genesis, con Paul Carrack de cantante, y mantuvieron una gran carrera repleta de éxitos, «All I Need Is a Miracle», «Living Years» o «Nobody's Perfect». Simply Red se iniciaron a mitad de los ochenta de la mano de Mick Hucknall, que alcanzó el nuevo siglo casi en solitario, con una sobria línea de álbumes perfeccionistas, *Picture Book, Men and Women, A New Flame, Stars*.

Estrella individual situada por encima de la mayoría fue George Michael, surgido del dúo Wham! («Wake Me Up Before You Go-Go»). Debutó con el multimillonario álbum *Faith* y una larga serie de temas que le consagraron hasta que, al empezar los años noventa, una demanda con su compañía discográfica paralizó su carrera varios años, aunque no su fama. También favoritos de las fans, ya a finales de la década, fueron New Kids on The Block, que dominaron las listas de éxitos pop hasta comienzos de los noventa con temas comerciales como «I'll Be Loving You», «Hangin' Touch» o «Step by Step». Los grupos fabricados para fans fueron una constante en las dos últimas décadas del siglo XX, pero mucho más especialmente en la última. En un plano superior, por su calidad y porque reinventaron el pop en los años ochenta, aparecen Pet Shop Boys, dúo formado por Neil Tennent y Chris Lowe, voces y electrónica, una gran imaginería en los vídeos y los shows. Dos décadas de éxitos iniciadas con «West End Girls» y seguidas con «Suburbia», «It's a Sin», «Always on My Mind», «Heart» y todos sus eclécticos álbumes.

Los ingleses Eurythmics, con Dave Stewart y Annie Lennox, fueron el otro gran dúo por excelencia de los años ochenta. Tuvieron una impresionante serie de hits populares, «Sweet Dreams», «Angel», «Missionary Man» o «When Tomorrows Come», antes de que ella siguiera en solitario desde 1990, después de ganar cuatro veces seguidas el premio a la mejor cantante femenina británica. Otro dúo singular lo formaron Everything But The Girl, más discretos, presentes hasta el siglo XXI con suaves álbumes jazzísticos como *Eden, The Language of Life* o *World Wide.* Y procedentes de Suecia, el dúo mixto Roxette, con Marie Fredriksson y Per Geesle, que triunfaron con *The Look.* Tears for Fears lo integraron Roland Orzabal y Curt Smith, y mantuvieron desde 1983 hasta 1990 una carrera pletórica de grandes éxitos en single, «Change», «Shout», «Everybody Wants to Rule the World», «Sowing the Seeds of Love», y LP's, *The Hurting, Songs from the Big Chair, The Seeds of Love,* etc.

Y finalmente mencionar otra larga serie de triunfadores más o menos pasajeros: Kim Carnes («Bette Davis Eyes»), Eddie Rabbitt («I Love a Rainy Day»), Tom Tom Club (banda alternativa de dos de los Talking Heads), Kid Creole & The Coconuts, los rítmicos Level 42 del bajista Mark King («Running in the Family»), Patti Austin, los comerciales noruegos A-Ha («Take on me»), Bananarama («Venus»), Cocteau Twins, Lloyd Cole & The Commotions («Mainstream»), Big Audio Dynamite, Big Country («The Seer»), Black, Blow Monkeys

(«Digging Your Scene», una de las primeras canciones en abordar el tema del sida), Bros («I Owe You Nothing»), Belinda Carlisle («Heaven on Earth»), el lúcido autor y cantante australiano Nick Cave, Chameleons, Neneh Cherry, los exquisitos Cock Robin de «The Promise You Made», los histriónicos Bronski Beat («Smalltown Boy») que dieron paso a Communards («Don't Leave Me This Way», con Jimmy Sommerville y sus agudos falsetes), Julian Cope, The Cult, Terence Trent d'Arby *(Introducing the Hardline According to),* Deacon Blue *(When the World Knows Your Name),* Del Amitri *(Waking Hours),* Del Fuegos *(Boston, Mass.),* el experto en música electrónica Thomas Dolby («Hyperactive»), los instrumentales Durruti Column, Eight Wonder («Fearless»), los electrónicos Erasure («Sometimes» y cuatro número 1 en LP's en Inglaterra, con *The Innocents* a la cabeza), la rockera Melissa Etheridge, Europe («The Final Countdown»), los animados Fairground Attraction («Perfect»), los funky-trash-metal Faith No More *(The Real Thing),* el inclasificable austriaco Falco («Der Kommisar», «Rock Me Amadeus»), Fall, la modelo y actriz Samantha Fox («Touch Me»), The Fun Boy Three, la suave Debbie Gibson («Foolish Beat» fue la canción de la artista más joven que conseguía el número 1 en USA siendo escrita, producida y cantada por ella misma), Johnny Gill, el guitarra canadiense Jeff Healey, los solidos Bruce Hornsby & The Range («The Way It Is»), Hothouse Flowers, Immaculate Fools, James Ingram, Chris Isaak («Wicked Game»), el hombre orquesta sintetizado Howard Jones («New Song», «What Is Love»), Katrina & The Waves, Nik Kershaw, Killing Joke, KLF, la chispeante Cyndi Lauper («Girls Just Want to Have Fun», «Time After Time», «All Through the Night», «True Colors»), Julian Lennon (hijo de John, «Valotte»), los rockeros Huey Lewis & The News *(Sports,* «The Power of Love»), los chicanos Los Lobos («La Bamba»), Lone Justice, Martika («Toy Soldiers»), Richard Marx («Hold On to the Night», «Satisfied», «Right Here Waiting»), los españoles Mecano en toda Europa *(Entre el cielo y el suelo),* Glenn Medeiros («Notthing's Gonna Change My Love for You»), Mission, la intensa Alison Moyet («Love Resurrection»), Mr. Mister («Broken Wings»), Musical Youth («Pass the Dutchie»), los New Edition («Cool It Now») de los que saldría Bobby Brown, Billy Ocean («Loverboy», «When the Going Gets Though, the Though Get Going»), John Parr («St. Elmo's Fire»), Pogues, los heavies Poison *(Flesh & Blood),* los exquisitos Prefab Sprout de Paddy McAloon («The King of Rock and Roll»), Proclaimers («Letter from America»), Propaganda, la renacida Bonnie Raitt de los ochenta *(Nick of Time),* los misteriosos Residents (jamás quisieron mostrar sus rostros al público), la potente Jennifer Rush («Power of Love»), Salt 'n' Pepa», los duros heavys brasileños Sepultura, Shakatak, Feargal Sharkey («A Good Heart»), los efímeros Sigue Sigue Sputnik («Love Missile»), Sisters of Mercy, Billy Squirer, la brillante Lisa Stanfield («All Around the World»), los Style Council de Paul Weller *(Our Favourite Shop),* los islandeses Sugarcubes, de los que saldría la temperamental Björk, Swing out Sister («Breakout»), Talk Talk, The The, los jamaicanos Third World, la joven Tiffany («I Think We're Alone Now»), los brillantes T'Pau («China in Your Hand», «Valentine», «Heart and Soul»), el extraordinario guitarra de rock y blues Stevie Ray Vaughan (muerto en accidente de helicóptero en pleno éxito en 1990), los belgas Vaya con Dios, la íntima Suzanne Vega («Luka»), Wang Chung, Warrant, Was (Not Was), Vanessa Williams («Save the Best for Last», primera mujer negra en ser Miss América, en 1986, y después desposeída del título por posar desnuda en *Penthouse)* y Paul Young («Wherever I Lay My Hat (That's My Home)», «Come Back and Stay», «Love of the Common People»).

A fines de los ochenta surgió una nueva generación de ídolos de fans que volvieron a elevar el mercado comercial a temperaturas altas, repitiendo el ciclo más o menos constante en torno a este fenómeno, siempre recurrente cada cinco o diez años. Jason Donovan («Especially for You», «Too Many Broken Hearts», «Sealed With a Kiss») y Kylie Minogue («I Should Be So Lucky», «Hand on Your Heart»), ambos surgidos de la exitosa serie de televisión australiana «Neighbours», arrasaron en las listas, lo mismo que el británico Rick Astley, que fue la gran estrella con «Never Gonna Give You Up» y «Together Forever», entre otros. Responsables de estos éxitos y del lanzamiento de estas figuras juveniles fue el trío de autores-productores formado por Mike Stock, Matt Aitkens y Peter Waterman. Cincuenta canciones en las listas de éxitos avalan su intensa productividad durante la primera mitad de los años noventa. Entre sus lanzamientos están Bananarama, Mel & Kim, Samantha Fox y Sonia, pero también compusieron canciones para artistas ajenos a su «factoría», Cliff Richard o Donna

Summer entre ellos. El gran grupo inglés de comienzos de los noventa, siguiendo la tradición de los grupos para fans, sería Take That, con otra larga serie de canciones populares («Pray», «Relight My Fire», «Everything Changes»). La futura estrella individual británica de fines de los noventa y comienzos del siglo XXI, Robbie Williams, formaba parte de los Take That. Robbie se convirtió en el cantante mejor pagado del mundo cuando renovó contrato con EMI en 2003: 125 millones de dólares por cuatro álbumes.

23
DEL RAP A LA ELECTRÓNICA

RAP & HIP HOP

En 1979, en plena fiebre disco, un grupo negro de New Jersey llamado Sugarhill Gang editó el tema «Rapper's Delight». La canción ofrecía dos curiosidades: por un lado, la base rítmica era la de «Good Times» de Chic; por el otro, en lugar de cantar, recitaban la letra imprimiéndole ritmo con la voz. En términos populares, «rapearon». Lo que al comienzo se consideró una curiosidad, y luego una moda dentro de las variantes del «boom» de las discotecas, en pocos años pasó a convertirse en un estilo claro, definido, y un fenómeno singular de grandes proporciones. A mitad de los años ochenta el rap ya tenía una consistencia que no perdería ni siquiera con el paso del tiempo, de forma que en los noventa fue el género musical negro más fuerte y popular, con influencia, además, en determinados cantantes y bandas blancas. Dentro de lo efímero que en el mundo de la música han sido siempre todas las tendencias, hablar de una que supera las dos décadas y mantiene viva su fuerza es hablar de algo más.

El furioso despertar de las gentes de color en Estados Unidos ya era en los años ochenta una realidad más allá de anacronismos estúpidos, clichés prefabricados o coartadas culturales y sociales. La lucha por los Derechos Civiles de los años sesenta había cristalizado, incidiendo en todos los estratos. Pero otra cosa es que hubiera cantantes, deportistas y actores negros, famosos por sus logros. En Hollywood rara vez había un negro nominado a un Oscar. En la base urbana los negros todavía eran ciudadanos de segunda. El mayor grupo de reclusos en cárceles americanas lo formaban los de color, herencia directa de la política de recortes impuesta por la administración Reagan. Había más ciudadanos negros presos que estudiando en universidades. Bandas callejeras, delincuencia, drogas, los característicos guetos que actuaban de cárcel mental mantenían su vigencia separando de facto a las dos comunidades, enfrentadas en algunos Estados todavía racistas sin necesidad de quitarse ninguna careta. Empezaba a usarse el término «afroamericano» para definir al pueblo negro. Del *black power* de fines de los sesenta, cuando los atletas negros estadounidenses saludaron puño en alto desde los podios de la Olimpiada de México, al reconocimiento de un hecho diferencial. Términos como *nigger* eran ofensivos, pero también empezaba a serlo *black people* y sus derivados. La implantación de la expresión «afroamericano» fue imparable hasta hacerse habitual en los años noventa. Cuando el rap hizo acto de presencia, se recuperó también algo que el rock había perdido con relación a sus orígenes. Las estrellas del rhythm & blues y el rock and roll eran provocadoras, combativas. El rap, voz del gueto, del negro oprimido, capturó toda esa combatividad, aunque la llevó en determinados casos al extremo de la violencia mediante la fuerza casi hipnótica de la palabra hablada y lanzada como un dardo envuelto en música. Esta sería la principal controversia desatada en torno al género. Una visceralidad que crearía un abismo entre detractores y valedores. Las primeras etiquetas (impuestas o por autocensura de las discográficas) de muchos discos de los años noventa, advirtiendo de la «peligrosidad» de las canciones o previniendo de que las letras eran «explícitas» y podían ofender al inocente comprador, comenzaron a insertarse precisamente en los más radicales discos de rap y hip-hop. Ya no solo era peligroso el tabaco.

El foco germinal del rap se centra en dos barrios neoyorquinos, Bronx primero y después Brooklyn. Las comunidades jamaicanas de estos dos barrios de la ciudad de los rascacielos eran ya importantes y fecundas antes de la creación de un estilo propio dentro de la esfera musical. El rap iba a ser su tarjeta de identidad. Pero hay también antecedentes musicales. James Brown, Isaac Hayes o Gil Scott-Heron lo son por parte negra, y hasta Lou Reed podría serlo por parte blanca. «Rapper's Delight» era la muestra de lo que luego sería la autopista rapera: uso del lenguaje popular y callejero, el *slang,* con rimas sencillas, a veces basadas en simples pareados, bajos y percusiones sostenidos, clímax monocorde, etc. La evolución de la moda fue la evolución del rap, y viceversa. De los inmensos cortes de cabello de fines de los años setenta, en forma de bola o casquete, se pasó a los cortes más radicales, con palabras escritas en el cuero cabelludo mediante el afeitado de las letras, y finalmente el corte al cero; y de las ropas escandalosas y chillonas en el mismo período de tiempo, a las ropas holgadas, dos o tres tallas mayores, y los pantalones caídos. Los vídeos de rap ya eran en los años ochenta desafiantes, con cantantes mirando a cámara, señalando al espectador, llenos de mensajes contundentes.

El segundo grupo, y el definitivo, que llevo el rap a las listas y a alcanzar repercusión social, fue Grandmaster Flash & The Furious Five, más tarde ampliados con la entrada del cantante Melle Mel, con lo cual se rebautizaron como Grandmaster Flash, Melle Mel & The Furious Five. Debutantes también en 1979 con «Superrapind», siguieron en su línea sin excesivo éxito hasta que en 1982 publicaron «The Message». El tema tuvo una gran acogida... en Inglaterra. En 1983 se separaron y otra canción, «White Lines (Don't Don't Do It)», también fue top-10 en Inglaterra, donde fue utilizada como himno contra las drogas. A mitad de los años ochenta el rap era todavía un subgénero minoritario a efectos populares, pero en la base, en los clubs y las calles del gueto, su ascensión era imparable. Parte del radicalismo en sus letras nació ya con el intento de los *mass media* por ignorarlo. Para el público blanco, el rap era aburrido, repetitivo. Todo lo contrario que para los negros, que se identificaron con él masivamente. Si se dice que detrás de cada italiano hay un tenor de ópera, puede decirse también que detrás de cada afroamericano surgió un rapper. Y con el ascenso, la confrontación. El rap se convirtió en la voz del negro oprimido. Una de las imágenes más asociadas a los años ochenta es la del afroamericano con un enorme radio-casette portátil sobre uno de sus hombros y con la música a toda potencia. Se los llamó *ghetto blasters*. Spike Lee, uno de los mejores directores negros de cine, supo retratarlo perfectamente en la película *Do the Right Thing* («Haz lo que debas»).

Junto a Grandmaster, también en la primera mitad de los ochenta, aparece Kurtis Blow. Su primer rap también data de 1979, «Christmas Rappin'». Luego editó media docena de álbumes sin excesivo éxito.

En la misma línea está Afrika Bambaataa, músico comprometido socialmente (fue uno de los 49 artistas del movimiento Artists United Against Apartheid, contra el régimen racista de Suráfrica). Mezclando rap, hip hop y electrónica como disc-jockey (llegó a fusionar rap con la escuela del rock alemán, Tangerine Dream, Kraftwerk), Afrika fue pionero junto a Grandmaster en el empleo del *scratching*, es decir, el uso de discos de vinilo y uno o dos platos para hacerlos girar adelante y atrás a voluntad, en breves ráfagas (hacer sonar un disco al revés se denomina *spinback)* e «inventar» una base musical sobre la que rapear. El seudónimo MC (Master of Ceremonies, el presentador y animador de una discoteca) sería utilizado por otros muchos cantantes, como MC Hammer, algo más tarde. Como disc-jockey e intérprete, Afrika Bambaataa fue una factoría de la que salieron otras formaciones. Aportó también uno de los temas clave de esta historia rap/hip-hop, «Planet Rock», heredero directo del «Trans-Europe Express» de Kraftwerk. Y con él nació el electro-funk.

El *scratching* fue una revolución que permitió crear nueva música procedente de la vieja (aunque fuera «pirateando» los discos, obviamente). La palabra *scratch* equivale a «rayar». Los *samples* complementaron su uso imparable no mucho después (incrementando la sensación de piratería). Se trataba de un archivo de sonidos disponible para ser utilizados en plena sesión de discoteca. El primero que utilizó el *scratch* fue Grand Wizard Theodore, aunque, como en tantas ocasiones, la primera vez que hizo sonar un disco al revés fue por error. Grandmaster y Afrika incorporaron la innovación de lleno.

Las primeras estrellas del rap fueron LL Cool J, Run-D.M.C. y los Beastie Boys (blancos, procedentes del hardcore), aunque todos ellos fueron la antesala de la primera gran explosión del género, que llegó de inmediato. Beastie llegaron al número 1 de las listas con su LP *Licensed to Ill.* Run-D.M.C. fueron los primeros en conseguir un disco de oro para el rap, también con su primer álbum, *Run-D.M.C.,* y los primeros en lograr uno de platino, con el segundo, *Rising Hell.* Prueba de la importancia que el rap tenía ya entonces, 1986, la encontramos en el tema «Walk This Way», incluido en este último disco, en el que el trío rapero se une a los rockeros Aerosmith (o viceversa). La unión de rap y rock fue como una carta de autenticidad definitiva, por si aún quedaban dudas de que el género ya era imparable y creaba escuela.

Run-D.M.C. incursionaron en el cine, lo mismo que LL Cool J (James Todd Smith), un todo-terreno que ya practicaba a los nueve años con su abuelo y a los trece grababa maquetas. A los dieciséis publicó su primer single, hizo de actor y editó su primer álbum, *Radio,* en 1985. Su nombre artístico lo tomó de la frase Ladies Love Cool James (Las chicas aman al «molón» James, o a James el Guay en el slang de esa época). A fines de los ochenta consiguió sus mayores éxitos, «Bigger and Deffer», «I Need Love», y los LP's Bigger and Deffer, Walking With a Panther y *Mama Said Knock You Out,* antes de consagrarse en su faceta de actor en los años noventa.

El alud de raperos fue ya incontenible a fines de los años ochenta y no perdió fuerza con los noventa y la nueva fuerza procedente del hip-hop. MC Hammer, discípulo de James Brown y devoto de la Biblia, consiguió en 1990 ser el artista negro más vendedor desde Michael Jackson con su álbum *Please Hammer Don't Hurt 'Em* y el single «U Can't Touch This». Apoyado por el patrocinio de Nike y Pepsi en sus giras, fue una sensación que convirtió al rap en la moda más rentable. Su imitador blanco, Vanilla Ice, consiguió el mismo éxito con su álbum *To the Extreme* (nueve millones de copias vendidas) y el single «Ice Ice Baby». Hammer y Vanilla Ice fueron enclavados en la línea del rap pop. En cambio Public Enemy abrieron la línea de los llamados raperos *gangsta,* mucho más radicales y combativos. Los *gangsta* eran la última versión de los pandilleros callejeros y los hijos de los Black Panthers, formados como defensa contra los blancos que solían quemar sus casas a mitad del siglo XX. Public Enemy fueron efectivamente enemigos públicos por la violencia de sus letras y los escándalos protagonizados en su carrera. Se dieron a conocer con sus álbumes *Yo! Bum Rush the Show* e *It Takes a Nation of Millions to Hold Us Back,* y triunfaron con *Fear of a Black Planet, Apocalypse 91... The Enemy Strikes Back* y *Great Misses,* además de intervenir en la banda sonora de *Do the Right Thing.* Herededos de Public Enemy fueron otros radicales absolutos, 2 Live Crew. En 1989, debido a su tercer LP, *As Nasty As They Wanne Be,* la PMRC (Parents Music Resource Center) y el juez evangelista Jack Thompson los denunciaron por obscenidad. Era la primera vez que en Estados Unidos se atacaba un disco reclamando de la justicia que fuera prohibido. Un contrasentido en el país paradigma de la libertad de expresión. El caso se convirtió en una bomba internacional porque otros países cuestionaron el poder de las estrellas del rock y llevaron la música a los tribunales, más morales y personales que de justicia. Una prueba también de la censura que existía ya en ese tiempo dominado por los republicanos en Estados Unidos. Muchas emisoras prohibieron a 2 Live Crew, el gobernador de Florida declaró obsceno el disco y en muchas tiendas fue retirado hasta que reapareció con un texto en cubierta advirtiendo del contenido de las canciones. Desde ese momento la práctica fue obligatoria en todos los discos con «letras explícitas». El grupo fue detenido varias veces y su carrera acabó a mediados de los noventa. Otros *gangsta* importantes fueron Ice Cube y Ice-T. Ice Cube despertó la ira de judíos, coreanos y otros grupos étnicos por su disco *Death Certificate* antes de ser número 1 directo con el siguiente, *The Predator,* primer disco de estética harcore aparecido tras las revueltas de Los Ángeles de 1992. Ice-T hizo un cóctel de sexo y drogas en su primer disco, *Rhyme Pays,* en 1987 y luego protagonizó otro gran escándalo en el seno del rap por su canción «Cop Killer» en 1992, también poco después de los tumultos raciales de Los Ángeles que acabaron con una revuelta en el barrio de Watts. Esto le costó que Warner cancelara su contrato discográfico. Tanto Cube como T acabaron haciendo cine (T dirigió la película *Fridays* en 1995). Cube procedía además del grupo N.W.A. (Niggers With Attitude), célula radical de la que también saldría el decisivo Dr. Dre. De la amalgama de estilos que pronto surgiría en torno al rap o al hip-hop brilló con luz propia el swingbeat, o new jack swing, que mezclaba soul, funk y hip-hop.

Los escándalos del rap/hip-hop, la postura cada vez más radical de sus intérpretes, poniendo el dedo en la llaga de las diferencias sociales propias de Estados Unidos, fue tanto un acicate para despertar simpatías en muchos sectores como todo lo contrario, un motivo de repulsa: para contrarrestar la violencia utilizaban la violencia más directa, incitando a la revolución, a matar policías, a las drogas o al sexo como liberación. Los artistas raperos tenían en común la denuncia de las dificultades de sus hermanos de raza, defendían la autoestima de la población negra, clamaban contra las injusticias sociales tan evidentes durante las administraciones de Reagan primero y de George Bush después. Pero su fórmula no dejaba de ser tan xenófoba como la de aquellos que denunciaban. Drogas como el crack causaban estragos entre las capas más desfavorecidas de los afroamericanos y se las relacionaba con el rap de la misma manera que la marihuana con los hippies o el LSD con la psicodelia. El crack era una variedad de la cocaína, de efectos rápidos aunque breves, bajo coste y muy adictiva. La mujer tampoco salía muy bien parada por el machismo de muchas letras. En lo estrictamente musical, el rap azotó la cara del rock y zarandeó la conciencia de la gente en todos los sentidos. Cuando la marea negativa pasó, producto de un momento concreto de la historia en Estados Unidos, continuó siendo parte esencial de la nueva música en la era rock.

Desde poco antes de la mitad de los ochenta, el rap, luego ya el hip-hop, no fue algo exclusivo de Nueva York. Precisamente era en la Costa Oeste donde había más bandas callejeras, más conflicto, más bombas raciales a punto de explotar, y el rap su enseña de combate. La guerra entre costas, alimentada por la prensa, comenzó cuando se buscó el liderato entre una y otra costa. La presunta «blandura» neoyorquina contra la radicalización californiana. Ice Cube formó la Westside Connection y grabó un disco, *Bow Down,* que se consideró un ataque en el Este. La respuesta fue otro disco, *New York Live,* que torpedeó la línea de flotación de la Costa Oeste con violencia. El tono radical llegó al máximo con la muerte del líder *gangsta* Tupac Shakur, el nuevo héroe rapero de éxito. Su primer disco, *All Eyez on Me,* fue el primero del hip-hop en conseguir un doble platino de entrada, para llegar después al quíntuple. Su último CD, *Me Against the World*, estaba en el número 1 mientras él cumplía condena por asalto sexual. El asesinato de Shakur en Las Vegas, en septiembre de 1996, seguido seis meses después del de Notorius B.I.G., en marzo de 1997, conmocionó a todos los estamentos, musicales y sociales, por la relación entre ambos, al menos en apariencia. Seguidores de Shakur acusaron a Notorius de haber sido el inductor, de la misma forma que se habló de venganza cuando él fue abatido también por las balas mediante el sistema californiano del *drive-by* (disparos desde un coche en marcha). Notorius B.I.G. era otro rapero en alza después de un primer brillante CD. El segundo, *Life After Death,* se editó coincidiendo con su muerte y vendió seis millones de copias. Para evitar más sangre entre *gangstas* de ambas costas, se fijó una reunión de paz, al estilo de la mafia, en terreno neutral. A ella acudieron figuras clave de todos los estamentos, desde músicos a medios informativos, pasando por discográficas. El 3 de abril de 1997 se firmó la tregua en la sede de la Nación del Islam de Chicago.

El rap aportó finalmente una larga serie de nombres, renovadores constantes de un género convertido ya en el más popular entre la población negra en Estados Unidos y con muchos adeptos en el resto del mundo. Fueron Snoop Doggy Dogg, De La Soul, Arrested Development y otros. Pero estos mismos artistas fusionaron alternativas o abrieron caminos independientes, caso de De La Soul, pioneros del hip-hop.

El término hip-hop acabó asociándose al rap e intercambiándose con él. Pero también para unos la era rock engloba toda la música desde los años cincuenta y para otros el rock es una cosa y el techno o la electrónica de los noventa otra. Y para unos el reggae es música folclórica popularizada, sin nada que ver con la expresión rock, y para otros la ruptura que supuso el rock and roll fue lo que facilitó los mil caminos abiertos en las cinco décadas siguientes. Posiblemente todos tengan razón desde sus ópticas, porque no ha habido nada más negativo (y, quizás, al mismo tiempo necesario) en la historia del rock que ponerle etiquetas a todo y marcar cada tendencia como si fuera una nueva vaca en el establo de la música.

El hip-hop aparece geográfica y temporalmente en Nueva York en la segunda mitad de los ochenta. Se cita a De La Soul, y su disco *3 Feet High and Rising,* editado en 1989, como los pioneros e introductores, aunque antes Public Enemy ya había hecho incursiones puntuales. El trío se opuso a la comercialización del rap a manos de la industria del disco y, empleando samples de otros artistas, desarrollaron un sonido característico que abrió la puerta al nuevo concepto, el hip-hop. A diferencia del rap, el hip-hop persiguió ser menos misógino, menos violento y más integrador (buscaba la concordia entre blancos y negros). Esto derivó, conceptualmente, en una línea intelectual más próxima al movimiento hippie que al rap, de ahí que se llamara al trío «los hippies del rap». De La Soul también incorporaron a su sonido como novedad el *skit,* un interludio, a modo de breve tema, entre canción y canción. El «sampleado» pasó a ser mucho más firme y activo que en los años precedentes desde la aparición de los grandes MC. Es más, el término se introdujo de forma absoluta en la nueva jerga musical. Pero si bien antes usar un disco de un artista en una discoteca, moverlo adelante y atrás, y rapear encima, había sido considerado original, la problemática de la presunta piratería abrió la caja de los truenos en el hip-hop. De La Soul utilizó un centenar de temas de otros artistas para *3 Feet High and Rising* (algunos tan curiosos y poco negros como los de Johnny Cash o el pianista Liberace). Muchos samples no se reconocían, pero otros sí. El grupo Turtles reconoció su canción «You Showed Me» y demandó a De La Soul y a su casa de discos. Esto supuso que, si se quería actuar correctamente, un conjunto que utilizara samples debía negociar previamente con todos los «sampleados», que podían ser decenas.

La escena rap estaba tan identificada con la violencia que otra iniciativa de De La Soul, A Tribe Called Quest, Jungle Brothers y Queen Latifah entre los nuevos nombres del hip-hop, fue crear el movimiento Native Tongues, caracterizado por su búsqueda de un efecto mucho más balsámico en el resurgimiento del poder negro. Native Tongues intentó defender la cultura negra por encima de todo, pero sin violencia, y cuando otros grupos y artistas se unieron a la idea y esta se hizo fuerte. A Tribe Called Quest, por ejemplo, hicieron una música que ribeteaba el puro romanticismo, cadenciosa y suave. Y Queen Latifah se convirtió en la primera mujer que rapeaba y destacaba en el territorio machista en que los radicales habían convertido el género. Native Tongues fue una isla en mitad de las batallas raperas culminadas con los asesinatos de Tupac Shakur y The Notorius B.I.G.

Una parte importante de la explosión del hip-hop se debió a su expresión bailable, el breakdance, asumido en los años ochenta como toda una novedad por su plástica. En paralelo, fue también un destello artístico, porque la cultura del graffiti (pintar paredes o vagones de metro con aerosoles) apareció como parte del fenómeno en los mismos días. Todo ello formó parte de la cultura hip-hop junto al papel de los MC y los disc-jockeys. En lo musical, una parte fundamental del despegue se debe al sello discográfico que lanzó a De La Soul, Afrika Bambaataa, Queen Latifah o Digital Underground: Tommy Boy, creado por Tom Silverman. Todo esto se desarrolló entre 1989 y 1994, años cruciales de la expansión y explosión del género, al que pronto se sumaron nuevas tendencias, como el jazz rap de Gang Starr, el funk rap de Main Source y el decisivo gangsta funk de Dr. Dre, que cambió la historia con *The Chronic* y sus producciones posteriores, como el lanzamiento de Snoop Doggy Dogg. Junto a Tommy Boy destacaron en Nueva York Def Jam y Jive, el primero con LL Cool J, The Beastie Boys y Public Enemy, y el segundo, con A Tribe Called Quest. En la Costa Oeste apareció Death Row, con Snoop Doggy Dogg y Tupac Shakur como máximos exponentes (Tupac era neoyorquino pero se trasladó a Los Ángeles). La diferencia entre costas empezó a ser notoria en el caso de Snoop Doggy Dogg *(Doggystyle),* mucho más comercial y menos abanderado del hip-hop debido a su rápido éxito. California era el dinero fácil. La Costa Este se recuperó con otra andanada de excelentes hip-hoppers como los reunidos en torno al revolucionario núcleo de Wu-Tang Clan *(Enter the Wu-Tang (36 Chambers)*, *Forever*) y el propio Notorius B.I.G. además de los más vanguardistas Nas. Wu-Tang Clan ha sido a lo largo de la década uno de los revitalizantes del género con la pléyade de artistas surgidos de su seno. En menos de diez años, hasta llegar al siglo XXI, había vendido millones de discos en el conjunto de sus «miembros» (RZA, Genius/GZA, Ol' Dirty Bastard, etc.), tenía dos sellos discográficos, Razor Sharp y Wu-Tang, oficina de contratación y *management* y una línea de *merchandising*.

A fines de los noventa, sin embargo, existía ya una clara noción del hip-hop como fenómeno, es decir, como hecho musical, cultural, social, aceptado y con una historia en perpetua evolución, a pesar de que nuevas etiquetas vinieran a sumarse a las ya conocidas. La parte *indie* del hip-hop, muy activa y por supuesto subterránea, también ayudó a superar los momentos de bache o decaimiento producidos tras los grandes y millonarios éxitos de ventas de las estrellas. Muchas de ellas creaban sus propias compañías discográficas, empresas de *management* con las que apoyaban a los amigos y afines, y se convertían en hombres de negocios rezumando lujo, éxito y dinero fácil a espuertas, caso de Sean Puffy Combs. A fines de los noventa y comienzos del siglo XXI el hip-hop se mantenía con otra multiplicidad de grupos, cantantes y caminos. Más aún, en los márgenes de la música, el hip-hop era en Estados Unidos a fines de la década de los noventa el fragmento de la industria discográfico que más dinero proporcionaba. Esto mostraba su potencial, pero también el poder de asimilación de esa industria, capaz de devorarlo todo a través de la historia. Parte del hip-hop estaba domesticado, parte se movía en la zona *indie,* y parte evolucionaba con la recuperación de las viejas fórmulas, con el rhthym & blues y el soul por delante. Para ello se perdía o limitaba el uso de los samples y se retomaban los sonidos electrónicos. Uno de sus últimos grandes éxitos en los noventa lo protagonizó The Fugees (17 millones de discos vendidos), con obras esenciales como *The Score*. Luego del grupo emergería el talento individual de Lauryn Hill, que en 1998 arrasaría con *The Miseducation of Lauryn Hill.*

Y no todos eran negros. Seguía habiendo blancos en la frontera. El más importante solista de hip-hop de comienzos del siglo XXI es Eminem. Descubierto por Dr. Dre, que creó el sello Aftermath como alternativa personal tras desmarcarse de Death Row, Eminem ha sido al hip-hop del arranque del nuevo siglo lo que Public Enemy o 2 Live Crew a los años ochenta y noventa: escándalo, controversia, desafío, provocación (sobre todo a la clase política y a la mayoría moral de Estados Unidos) y unas ventas millonarias capaces de convertirlo en el referente individual del momento. En 2002, con premios Grammy, MTV y la espectacularidad de su fama, Eminem también se lanzaba al cine *(8 Miles)* con un remedo de su propia historia.

ELECTRÓNICA

En 1951 Herbert Eimert y Robert Beyer grabaron la primera composición ejecutada íntegramente con elementos electrónicos. A estos dos pioneros se unió en muy poco tiempo su alumno más aventajado, Karlheinz Stockhausen, del que ya se ha hablado en el capítulo relativo al rock alemán, encargado de popularizar el término «elektronic musik». A raíz de la explosión que los grupos electrónicos alemanes tuvieron en la primera mitad de los años setenta, la dimensión de las tecnologías se disparó y alimentó una buena parte del rock de aquellos días. Que la crisis matara el rock sinfónico y el punk reivindicara la vuelta a los orígenes no significa que la electrónica desapareciera. Muy al contrario. Ya en las postrimerías del glam, del que procedía inicialmente, el músico Brian Eno empezó a perfilarse como uno de los grandes nombres de la exploración realizada a base de sintetizadores y demás teclados. Su primera aparición al margen de Roxy Music fue con Robert Fripp en el LP *No Pussyfooting* (solo un tema por cara), experiencia que repetirían con *Evening stars* dos años después, en 1975. Después de ese intercambio de talento con uno de los grandes genios de la música de este tiempo, Eno inició una carrera en solitario que le llevó a probar fortuna en todos los ámbitos de la música electrónica, aunque se definía a sí mismo como un «no músico». Hizo álbumes como *Here Come the Warm Jets* o *Another Green World,* creó Obscure Records como sello de referencia y abanderó un nuevo estilo, denominado ambient, por su sonido envolvente y relajante *(Music for Airports, The Plateaux of Mirror, Day of Radiance* y *On Land),* solo o con otros músicos. No contento con ello, hiperactivo, Eno hizo álbumes para bandas sonoras de películas inexistentes, *Music for Films,* y nuevas variaciones electrónicas ya en los años ochenta, como *Possible Music.* En paralelo, trabajó con Genesis *(The Lamb Lies Down on Broadway),* con David Bowie en sus álbumes de la segunda mitad de los setenta *(Low, Heroes* y *Lodger),* con David Byrne de Talking Heads *(My Life in the Bush of Ghosts),* con U2 *(The Unforgettable Fire* y *The Joshua Tree)* y, ya en los noventa, con John Cale *(Wrong Way Up).*

La Música Electrónica como gran experiencia, con mayúsculas, tuvo en Michael Nyman y en Philip Glass a sus dos músicos más reconocidos. Los dos son parte fundamental del minimalismo, basado en estructuras básicas repetidas una y otra vez con ligeras variantes. Glass, influenciado por la música tibetana y la hindú, se graduó en la Juilliard School de Nueva York, se instaló en París y se opuso al clasicismo de Stockhausen. Ya en la década de los setenta inició una densa trayectoria discográfica y personal que le convirtió en uno de los motores de la llamada música contemporánea. En 1976 compuso la ópera *Einstein on the Beach* y posteriormente otras dos sobre Gandhi y el faraón Akhenaten, *Satyaghara* y *Akhnaten*. Ya en los años ochenta y junto con trabajos extraordinarios, *The Photographer, Dancepieces,* colaboró con David Byrne, Suzanne Vega, Paul Simon y Laurie Anderson en *Songs from Liquid Days* y con Bowie y Eno en *Low*. Dos de sus bandas sonoras, *Koyaanisqatsi* y *Powaqqatsi,* unieron música e imágenes como nuevo concepto. Michael Nyman, por su parte, se especializó en bandas sonoras para el cineasta Peter Greenaway y ganó el Oscar por la de *El piano*.

Nyman o Glass son «otra cosa», aunque necesaria para hablar del tema. A escala más popular hubo otros nombres. Desde el momento en que Afrika Bambaataa disparó el electro-funk, la tecnología se apoderó de la música en todas sus dimensiones, la bailable o los últimos derivados del rock. Y la fusión de electrónica y rock, necesaria, consecuente, renovó muchos de los conceptos ya tradicionales de la música. Estaban obligados a encontrarse, aunque también a separarse y volverse a encontrar en el futuro. Caminos convergentes, caminos paralelos, caminos divergentes, siempre según los tiempos.

La electrónica ha sido el campo de la investigación de las dos últimas décadas en todas sus variantes, desde la puramente instrumental y experimental hasta la respaldada por una parte vocal. Por entre sus muchos caminos han aparecido estilos, conceptos y grupos decisivos según cada momento. Ello, unido a la proliferación de sellos discográficos pequeños, especialmente desde fines de los años ochenta, ha dado un sinfín de nombres difícilmente rescatables. Otros han sido decisivos.

Orbital fue el conjunto clave de la música electrónica en Inglaterra a comienzos de los noventa. Lograron asumir los valores del rock con las pautas bailables del dance y la innovación del techno. Lo integraron los hermanos Phil y Paul Hartnoll, debutaron en 1987 y su primer disco de éxito, el tema «Chime», llegó a las listas en 1990. Posteriormente fueron sus LP's-CD's la clave de toda una progresión destinada a dejar una huella en una década abundante en cambios y etiquetas: *Orbital, 2, Snivilisation, In Sides,* etc. También forman un dúo los Chemical Brothers, con Tom Rowlands y Ed Simon, debutantes en 1996 con *Exit Planet Dust* y afianzados con el siguiente CD, *Dig Your Own Hole,* en 1997. Los Chemical emplearon el breakbeat, mezclando cajas de ritmos y guitarras. El tercer gran grupo británico adscrito a la electrónica y el dance, aunque en su caso también al ambient, es The Orb, pioneros del ambient-house como enésima variante y protagonistas esenciales de las *raves* de comienzos de los noventa. Liderados por Alex Paterson, han sido muy activos discográficamente con un álbum por año desde 1992 *(U.F.Orb, Live 93, Pomme Fritz EP, Orbus Terrarum, Auntie Aubrey's Excursions Beyond the Call of Duty, Obscure Trax: the Rare Excursions, Orblivion,* etc.). Queda por último el talento de The Prodigy, formados en 1990 por Liam Howlett, que tenía diecinueve años, y debutantes en 1991 con sus primeros singles. *Experience,* el doble álbum *Music for the Jilted Generation* y *The Fat of the Land* fueron sus obras clave. Prodigy fue uno de los grupos que supo evolucionar del rock al techno y triunfar en Estados Unidos. Al otro lado del Atlántico apareció el brillante guitarrista y cantante Beck *(Odelay)*.

Pero hablar de música electrónica y de todas sus decenas de variantes nominativas es penetrar en un mundo tan amplio como mimético, tan gigantesco como falto de verdaderas estrellas al adentrarnos en el terreno de la música de baile. Cualquiera puede experimentar. La aparición de los midis (siglas de Musical Interface for Digital Instruments) fue decisiva, porque su bajo costo puso los aparatos electrónicos al alcance de todos los bolsillos, de forma que cualquiera con mínimas nociones podía hacer en casa su propia música. Incluso sin nociones, dando sus primeros pasos partiendo de cero. Era la misma síntesis de la que partió el punk.

El abanico de la música electrónica acabó de volver locas las etiquetas (los críticos se empeñan en etiquetarlo todo y en crear nuevas definiciones que los propios artistas acaban odiando) y los diccionarios de artistas y grupos comenzaron a almacenar estas definiciones en sus artículos. Un mismo conjunto podía ser post-punk y parte del rock alternativo, del dance, del trip-hop y de algunos más de sus derivados. Si el conjunto tenía una larga vida y partía de un estilo para evolucionar y acabar en otro, no había forma de definir su papel en el caso de querer etiquetarlo. Desde mitad de los años ochenta empezaron a hacerse familiares expresiones como house, ambient, dance, techno, trip-hop, minimal, acid, drum 'n' bass y otras derivadas de ellas. Desde mitad de los ochenta hasta la entrada del siglo XXI, la electrónica ha sido un universo poderoso, dedicado por completo a la evasión, asociado a las discotecas, las *raves* y todas las manifestaciones populares surgidas en torno a la cultura de las pastillas y el baile. Pero también ha sido un estilo tan circunscrito a las discotecas y su ambiente, sin estrellas, salvo los disc-jockeys, que apenas si ha hallado eco en los medios de comunicación. El rock era también star-system. La electrónica no.

La música electrónica popular, con todos los nombres y etiquetas oficiales aparecidas desde mitad de los años ochenta (decenas), ha sido la música de los años noventa, y la música más abiertamente experimental de comienzos del nuevo siglo. Llámese house, techno, dance, se baile en populosas *raves* como las de fines de los ochenta y comienzos de los noventa o en el Love Parade berlinés, es parte del futuro en todas sus variantes. El disco sound de los nuevos medios. La música electrónica es a las grandes discotecas lo que un caracol a su concha: inseparables. En los años noventa ningún disco hecho para bailar, para sonar a través de los grandes amplificadores de una discoteca, ha podido ser reproducido igual en un equipo casero, porque las mezclas son fundamentales en el resultado final, que encuentra su máxima expresión en los enormes altavoces, con el efecto hipnótico de su sonido, la potenciación de los graves. La cultura de la discoteca se hizo única y especial, con toda su multicromática jerga definitoria que iba desde el gimmick (sonido que hace reconocible una canción y que provoca que los que no bailan se lancen a la pista al identificarlo con su tema preferido) hasta el break (cuando se rompe el ritmo en un tema y se disparan los decibelios), el groove (el impulso que induce a bailar, el movimiento del cuerpo, la sensación de «buen rollo» y empatía), el handbag (los que bailan alrededor de los bolsos, de ahí su nombre, o las chaquetas dejadas en el suelo) o los *nightclubbers* (los que van de club en club a lo largo de la noche).

El gran plató de la música bailable fueron las *raves,* macroescenarios ubicados fuera de las discotecas convencionales, en viejas fábricas abandonadas, playas o lugares privados. Las *raves* estaban hechas para acoger a miles de adictos al baile. Tuvieron su momento cumbre en Ibiza y especialmente en Inglaterra entre finales de los ochenta y comienzos de los noventa, aunque el fenómeno se esparció internacionalmente y se mantuvo durante los siguientes años (por ejemplo Goa, en la India, que tuvo su momento de esplendor *rave* gracias a los *full moon partys* celebrados al aire libre y que generaron el Goa Trance). Dado el horario de cierre de las discotecas convencionales, que suponía el fin de la marcha a una hora determinada, los *after hours* y las *raves* se hicieron necesarias para los que no querían dejar de bailar, los que buscaban la emoción perpetua, enganchados a las pastillas para mantenerse en pie durante todo el fin de semana. La ilegalidad de la mayoría de *raves* las hizo aún más famosas. En Inglaterra existía una unidad especial para combatirlas, Pay Party Unit, y el tema se convirtió en una cuestión de Estado cuando el diputado Graham Bright puso en marcha la Bright Bill para perseguir a los impulsores de *raves* ilegales. Hubo detenciones masivas, multas, penas de cárcel y confiscaciones de grandes equipos de sonido. El problema se hizo menor cuando se optó por ampliar los horarios de cierre de las discotecas convencionales, más seguras y controladas, hasta el amanecer. Asistir a una *rave* ilegal también tenía su encanto: había que citar a los ravers en algún lugar, conducirlos hasta la fiesta, o dar las direcciones solo a personas de confianza. Podía resultar asombroso que varios cientos o miles de personas se congregaran en un lugar concreto bajo el máximo secreto. Pero para muchos jóvenes, el objetivo básico de los fines de semana era encontrar una *rave* ilegal, con toda la libertad que eso representaba (consumo de pastillas, ningún horario, etc.), aunque no todos los *clubbers* eran amantes de ellas, algunos preferían menos gigantismo. Las *raves* londinenses de verano de 1988 dieron como resultado que se recuperara el término de 1967: el verano del amor. Tony Colston-Hayter fue el principal promotor de *raves,* siempre en jaque con la ley. De pronto todos los medios se hicieron eco de lo que estaba sucediendo y del destino de miles de jóvenes en sus salidas de fin de semana. Se disparó el escándalo, y tras la tormenta y el efecto del peso de la ley, se volvió a las discotecas.

Cabe también mencionar aquí la masiva manifestación popular en torno a música electrónica, el Love Parade, que se celebra en Berlín. Todo comenzó en 1989. Un disc-jockey llamado Dr. Motte se subió a su coche, con un altavoz, y se paseó por las calles invitando a todo el mundo a bailar. La iniciativa cuajó y se convirtió en un referente. La Marcha del Amor concentra cada año, en julio, una procesión pacífico-musical que el tiempo ha convertido en uno de los grandes acontecimientos sociales y humanos del verano, con asistencia en algunos casos de casi un millón de personas. En el de 2002 fueron más de medio millón las que desfilaron o se dieron cita en la avenida 17 de Junio y tomaron Tiergarten, vestidos, desnudos, maquillados (los más), sin maquillar (los menos), bailando, gays o no gays, transgresores, pero todos atrapados por la libertad y la música. La cultura techno de Berlín se pone así de manifiesto en todo su esplendor como núcleo de la electrónica europea.

Dos aspectos son fundamentales en la música electrónica hecha por y para el baile, para la discoteca y sus variantes. Si en los años sesenta el LSD se asoció con la psicodelia y la marihuana con los hippies; si en los setenta, los sonidos californianos puros, llenos de guitarras preciosistas, se unió al uso de la cocaína como exponente de una cultura de vanguardia; si en los ochenta y los noventa el crack fue indisoluble del rap; también la música electrónica quedó asociada indefectiblemente al uso de pastillas, en especial el MDMA, más conocido como éxtasis. Los apocalipsis sónicos del electronic sound (dance, trance, house...), con sus catarsis hipnóticas, sus descargas, sus tremendas subidas hasta el disparo en el centro de la conciencia, buscan la potenciación final con la ayuda de las pastillas, que en unos casos aumentan las percepciones y en otros las provocan. El éxtasis inhibe las defensas del cerebro, produce empatía, incrementa los neurotransmisores serotónicos. Éxtasis y discoteca, sobre todo las *raves* o las grandes concentraciones de verano, han ido de la mano los últimos quince años. Ninguna enciclopedia o tratado que hable de la música de los noventa prescinde de ese matrimonio peligroso pero que para los adictos es inseparable. La cultura de las pastillas al comenzar el siglo XXI es una de las grandes lacras asociadas a la música, aunque por mucho que insistan sus acólitos irredentos no sea la música la que favorezca su implantación o las necesite, sino que los proveedores lo facilitan como una «ayuda» para el resultado final y los consumidores se autojustifican con su ansia de libertad y de llegar al «más allá» total, cosa que se produce a veces por exceso. Las fases «pastilleras» son evidentes: unos años de subida (la llamada E Culture, empatía, amor y euforia), unos años de aumento necesario de las dosis para tratar de recuperarla y un largo bajón hacia el futuro, asociado con enfermedades degenerativas y mentales. A poco de iniciarse, los consumidores saben que las sensaciones de una primera pastilla son irrepetibles, y la trampa reside en la necesidad de tomar más cada noche para lograr resultados parecidos. ¿Hasta qué límite? La degeneración de la oferta también ha sido fundamental. ¿Quién sabe de qué está hecha cada pastilla y qué ingredientes y en qué medida los ha mezclado el fabricante? En Inglaterra el flujo de éxtasis, consumidas por millones cada semana, despertó la primera alarma social, que luego se extendería internacionalmente.

El segundo aspecto fundamental que la electrónica, y más especialmente la música de baile, ha generado desde los años noventa ha sido la desaparición de las estrellas en su entorno. La música discotequera ha dejado de pertenecer a los artistas y se ha globalizado. Es música hecha para los sentidos, pero no para todos: el ojo queda excluido. El oído lo es todo. La dicotomía entre la música de consumo hecha para vender, figurar en las listas de éxitos o crear *star system* y la música electrónica de baile, es total. En una discoteca se busca el anonimato, sonidos para entrar en trance y mucha gente para desaparecer en la masa. Es lo único que cuenta. Un cantante o grupo de rock o pop no hacen música para bailar durante quince minutos sin apenas variaciones melódicas o rítmicas. Por lo tanto los actuales templos del ocio programan canciones sin que detrás de ellas haya un artista conocido, a veces ni siquiera es un músico, sino lo que el disc-jockey crea con sus aparatos. Sonido y nada más que sonido. La música más o menos comercial de los ochenta y los noventa ha necesitado de la imagen, el vídeo clip, para crear artistas y difundirlos entre sus fans. Todo lo contrario que la discoteca, que reniega de esos artistas. La falta de figuras, la pérdida de protagonismo de otras y el posible fin del rock al comenzar el siglo XXI se atribuyen al peso que la electrónica y la música de baile han ejercido a lo largo de los años noventa y a que una generación es adicta a ella y se enfrenta al rock y su sistema como parte de un pasado que en el caso de los últimos años ya pertenece al «siglo anterior». La estrella de la discoteca es pues el disc-jockey, y los años noventa así como el comienzo del siglo XXI han hecho que muchos de ellos adquieran categoría de gurús absolutos con sus innovaciones, su forma de producir música o sus técnicas para emitirla y llenar las pistas. Los grandes disc-jockeys llegan a actuar con teloneros, como los grupos de rock, y la antesala de su puesta en escena se denomina warm-up, que equivale al calentamiento de motores antes de la gran fiesta. Los disc-jockeys actuales tienen su *booker* (el que se ocupa de buscarles los sets, fiestas y discotecas donde actuar), sus *dubplates* (discos de vinilo de uso exclusivo de cada uno y por tanto ejemplares únicos), sus *light-jo*ckeys (los que manejan las luces de acuerdo con él), sus maxi-singles especiales (a veces preparados en exclusiva para ellos), sus *ping-pongs* (alternancias para la emisión de discos), sus pitchs (potenciómetros lineales para variar la velocidad en que gira el plato), sus samples (archivos de sonidos), sus *slipmats* (piezas redondas adaptadas a los platos y que son fundamentales para hacer las mezclas), sus *white-labels* (discos de «etiqueta blanca», es decir, no publicados por ningún sello discográfico oficial) y un largo etcétera que abarca también a los VJ, vídeo-jockeys, que hacen lo mismo pero con imágenes.

AMBIENT, HOUSE, TECHNO, DANCE, TRANCE, TRIP-HOP, DRUM 'N' BASS, JUNGLE...

Las múltiples direcciones de la electrónica y el hip-hop dieron como resultado el comienzo del caos, aunque muchas etiquetas ya venían de los años setenta y encontraron un paraíso de acomodo y fragmentaciones diversas en los ochenta y aún más en los noventa. Todos los sonidos eran primos hermanos entre sí, híbridos, divisiones, subdivisiones, ramificaciones... La locura. Una gran riqueza musical pero también un territorio comanche en el que ha cabido todo, a veces con elementos tan minoritarios que han pasado inadvertidos y otras con pautas y tendencias tan rápidas que ni siquiera han podido asimilarse debidamente. El rock creó nombres; la electrónica, estilos. El rock era imagen; la electrónica, solo sonido en un 95 por 100 de los casos.

La música ambient, citada ya al hablar de la electrónica y de Eno, abarca un amplio abanico de alternativas. En sus comienzos, el ambiente era lo que definía su nombre: música ambiental, para escuchar como fondo en un ascensor, un aeropuerto o una película, y también música para espacios abiertos, para «respirar». Su raíz era la superposición de sonidos sintéticos. Pero también se llamó «música de ascensores» a los armónicos discos A.O.R. de Kenny G., sin que nada tuvieran que ver sus melodías al saxo con los experimentos electrónicos de Eno o Klaus Schulze en el pasado o los de KLF, Orb y Throbbing Gristle en los años noventa. Los Gristle fueron cuatro revolucionarios que investigaron la conversión del sonido en ruido a fines de los setenta. El ambient generó una corriente relajada que situaba a la música en un segundo plano. Todo lo contrario que el dance, hecho para bailar y tenerlo presente y que engloba toda la música de discoteca.

El house fue la principal derivación de la fusión de la electrónica con la discoteca. La llamada *club culture* buscaba siempre nuevas formas sonoras. Cuando un género destacaba, otro nacía en el *underground* de sí mismo o de su zona oscura. El house nace en el club Warehouse de Chicago, de ahí su nombre, con el disc-jockey Frankie Knuckles a la cabeza, y es un híbrido del funk, el disco sound y la electrónica europea, siempre con Kraftwerk como bandera. Su gran año fue 1987. El paso de la música disco al house fue una evolución derivada de su radicalismo, lo mismo que el punk fue una réplica al presunto estancamiento del rock. En Chicago se bailaba de forma distinta a la catedral, Nueva York. Pero house (casa en inglés) también parte de otras premisas. Es en la propia casa donde muchos aprendices se inician con un sintetizador de segunda mano, un cuatro pistas, una caja de ritmos, y se dedican a crear sus propios sonidos bailables. De la casa a la discoteca, y de ella a los medios de comunicación, el house acabó imponiendo su ley en Estados Unidos y lo mismo en Europa, donde acabaría siendo el sonido rey con especial referencia para «el verano del amor», 1988. El house inglés coincidió con el fenómeno de las *raves*.

El house tiene abundantes ramas: tribal-house, deep-house (vuelta a las raíces del soul), hard-house, disco-house, filter-house, house-latino, hip-house, acid-house, jazz-house, progressive-house, nu-house, gabba e incluso italo-house en Italia o flamenco-house en España. Del acid-house, quizá la principal, aparecida a raíz del tema «Acid Trax», se llegó al acid-jazz, recuperándose los sonidos más funkies de los setenta pero adecuados a los noventa. Con el avant-house se enlazó ya directamente con el techno. Por parte del acid-house y el dance, los motores esenciales fueron 808 State, sobre todo con su obra clave, *808 Utd. State 90.* Más experimentales y también decisivos, entre la electrónica y el post-punk fueron Cabaret Voltaire *(Red Mecca, 2X45).* El acid, con sus sonidos repetitivos, tuvo como símbolo el famoso Smiley (un círculo amarillo con dos ojos negros y una sonrisa).

Si a comienzos de los ochenta el tecno pop es el estilo más fresco y comercial, especialmente en Inglaterra, en los años noventa se recupera pero para diferenciarlo se le intercala una sola letra: techno. Es el único parecido, porque el techno de los noventa es en Estados Unidos una fusión de los sonidos netamente electrónicos heredados de grupos como Kraftwerk y el funk eléctrico de George Clinton, por citar dos referencias. En Inglaterra deriva del acid-house surgido en Chicago. Pero lo fundamental es que en toda Europa se convierte en uno de los sonidos en boga, y aparecen techno-factorías en Bélgica, Alemania e Italia, todas con sus correspondientes derivaciones (la belga dio paso al new beat, techno muy arrastrado, lento y pesado). Y lo mismo sucede en Japón, país cada vez más introducido en el gran circuito creativo de la música electrónica internacional, y que en su caso une su tradicionalismo con la influencia americana de posguerra. En Japón destaca el estilo Shibuya (nombre de la zona ocupada por los principales clubs de Tokio). A fines de los años noventa el techno tenía tantas orientaciones como núcleos germinales.

Estaba el que procedía de Detroit, cuna principal, de la mano de Derrick May, Juan Atkins y Kevin Saunderson, con una herencia que mezclaba los viejos sonidos de Motown con el característico empuje de la ciudad del motor. La ciudad es un latido siempre vivo que emerge periódicamente. Lo hizo con el Motown Sound y lo repitió con el techno. The Midnight Funk Association, del disc-jockey The Electrifying Mojo (Charles Johnson), fue el programa de radio que dominó las ondas y que puso las bases para que el techno se disparase después con la aparición de decenas de grupos enganchados a los nuevos sonidos que programaban Mojo y otros disc-jockeys. A fines de los ochenta el álbum recopilatorio *Techno! The New Dance Sound of Detroit,* selección de las mejores nuevas bandas de Detroit, fue el disparadero para que Inglaterra se apuntara al carro.

Pero había más. Estaba el trance, repetitivo y melódico, asociado a drogas psicotrópicas, surgido en Alemania (asociado con el hardcore se convertía en hypnotrance) pero muy extendido internacionalmente. El trance era psicodélico y lo que buscaba era extender sentimientos positivos. Estaba el acid, aún más instrumental y bailable y unido a las drogas lisérgicas. Estaba el bleep (sonido de baja frecuencia) heredado de la música de Sheffield y su zona. Estaba el minimal, que procedía del norte y el centro de Europa, y que evolucionó mucho mejor que otras ramas con la aparición del click 'n' cuts y el laptop. Y como derivado del techno, el gabber, el equivalente al trash-metal electrónico, muy rápido y martilleante, sin descanso posible, y con nuevas ramificaciones (como el cheesecore holandés). Por supuesto en cada país pudo también ser bautizado con otro nombre, como en España, que al techno-hardore más elemental se le llamó mákina o bakalao, mientras que en Europa acababa siendo bautizado como eurobeat el techno más bailable y comercial. Más ejemplos: en las discotecas gays de todo el mundo la música bailable era conocida como hi-nrg, equivalente de high energy. La música dance derivó también hacia una versión hogareña, para bailar o escuchar en casa, conocida como IDM (Intelligent Dance Music). La palabra «inteligente» para definir una música fue curiosa. Si se escogía la intimidad de una sala aparte en las propias discotecas, más para escuchar relajadamente que para bailar, se la llamó chill out. Al despuntar los noventa, el chill out ya era un género en sí a raíz de la aparición del CD *Chill Out* y la moda inmediata que inundó las tiendas de recopilaciones chill out, recuperada también al empezar el nuevo siglo. Otra variante discotequera fue el dancehall, mezcla de reggae, hip-hop y electrónica. Los dancehalls eran los locales jamaicanos en los que se bailaba y de los que salieron los sing-jay, disc-jockeys rapero-cantantes. Esencia de los dancehalls era el raggamuffin, mezcla de rap y reggae muy rítmico.

Todo ello formó parte de la locura de la última década del siglo XX, una década en la que no nació nada pero estalló todo. Nombres. Nombres y estilos. Nacían, crecían, triunfaban y morían con muy poca resistencia. Cambio y rapidez era la nueva religión.

La música de baile se hizo más rápida, más potente, más-de-todo. Los b.p.m. (beats, golpes, por minuto) aumentaron diabólicamente. Cada b.p.m. era una andanada en la conciencia, una potencia de bajos tremenda. Siendo los b.p.m. lo que marca el *tempo* de una canción, cuantos más entraran en un minuto, más ritmo. En un momento dado, en los albores de la electrónica, se estableció como tope máximo para la estabilidad emocional del oyente, a corto o largo plazo, que la cifra de golpes por minuto se mantuviera por debajo de los 135 (de todas formas, más de dos por segundo). La música de baile llevó el tope a los 150, dos b.p.m. y medio por segundo. Las grandes *raves* fueron locuras rítmicas encadenadas hora tras hora y día tras día. Los sonidos eran brutales y más duros. Si se ampliaba todo con el efecto de las pastillas (éxtasis), los cerebros podían convertirse en volcanes. Pero esto no fue nada cuando el gabba y el happy hardcore llevaron la cota hasta 250 b.p.m.

Cuando la música se agitó hasta el tope de b.p.m's brotó el hardcore en su intensidad más plena. De él se pasó al jungle y al drum 'n' bass. El drum 'n' bass, como su nombre indica, es música asentada en la sección de ritmo, batería y bajo, pero con la batería acelerada hasta superar los 150 b.p.m. y con los bajos muy profundos. Es minimalista por esencia y generó el jungle, o viceversa, porque el jungle surgió en Inglaterra partiendo del breakbeat y con el tiempo se mezcló con el ambient, el soul y el raggamuffin. Exponente claro fue Goldie *(Timeless),* que dio el salto a la gran escena poniendo el drum 'n' bass en la cima de los rankings. El drum 'n' bass también tenía múltiples ramas, el ragga caribeño-africano, el darkside hardcoriano, el hardstep mezcla de hardcore y ragga, el techstep mezcla de techno y jungle, el artcore, que era la tendencia experimental del jungle, el neuro funk, liquid funk... Toda la música de discotecas centrada en la potenciación de los bajos llegó al límite con el infra-bass, sonido pesado y tan retumbante que amenazó los sistemas auditivos de los menos resistentes. El infra-bass entre 20 y 50 herzios era una bomba de relojería asociada a las LFO *(low frecuency oscillations,* oscilaciones de baja frecuencia). Tanta contundencia e intensidad hizo que a fines de los ochenta y comienzos de los noventa en las discotecas cohabitara el ya mencionado chill out, música más relajada para los que buscaban una parada en el frenesí electrónico. Los ritmos fríos y monótonos también encontraron su etiqueta: ebm (electronic body music).

El trip-hop es una más de las rápidas mutaciones de la electrónica, en este caso del propio dance y el hip-hop, y se inicia en 1993 en la escena británica con grupos del entorno de Bristol como los pioneros Massive Attack *(Blue Lines, Protection, No Protection, Mezzanine, 100th Window)* y culmina con los decisivos Portishead (Dummy, Portishead) y el ex miembro de Massive Attack Tricky *(Maxinquaye, Nearly God, Pre-Millenium Tenssion, BlowBack).* Massive Attack creó densas atmósferas en las que voces, guitarras, samples, profundos bajos y melodías incomparables se mezclaban en un efecto catárquico. El trip-hop abarcó todo tipo de direcciones, la instrumental preferentemente, desde el jazz y el dub al ambient, el house y el jungle. La decisiva importancia de sus creadores, caso de Massive Attack, situó el trip-hop en un plano superior con relación a otras corrientes. *Blue Lines* es uno de los grandes discos de los años noventa, por sí mismo y por lo que significó y su herencia. A fines de los noventa aparecieron nombres como Leila *(Like Weather)* o DJ Krush, que «inventó» el trip-hop abstracto, o el downtempo como nueva base. En Estados Unidos destacó Thievery Corporation. A fines de los noventa, el trip-hop acabó volviéndose más jazzístico, sampleando y secuenciando sonidos y entroncándose más con el acid-jazz. En la misma medida, también a fines de los noventa destacó el big beat, electrónicos con ansias de éxito, es decir, con ganas de ser estrellas y no anónimos sonidos de discoteca. El big beat mezcló rock y samples con sencillez.

Posiblemente nada de todo esto habría sido posible —la electrónica y todas sus ramificaciones— de no haber existido un sinfín de sellos minoritarios al estilo de los surgidos en los años setenta, imparables, que supieron pulsar las músicas de sus comunidades y de sus entornos, porque muchos eran locales, no se encontraban precisamente en Londres tratándose de Inglaterra o en Nueva York o Los Ángeles en Estados Unidos. El listado y las historias de estas pequeñas compañías discográficas sería extenso, desde Wall of Sound a Ninja Tune pasando por Tresor, Mo' Wax o Warp.

Los partidarios de cada una de las tendencias citadas podrían escribir libros apasionados, porque todas generaron una subcultura paralela, un universo propio, a veces con artistas más o menos ocultos en el fondo de otras tendencias minoritarias aunque fue mucho más música que nombres (salvo los de los disc-jockeys), listas indies, opciones de pequeñas compañías o la oscuridad anónima de las pistas de baile. La terminología sin embargo no oculta el gran movimiento electrónico de los años noventa y comienzos del siglo XXI, la enorme cantidad de variantes existentes y su poder frente al rock establecido desde los años cincuenta. El abismo entre rock como parte del pasado musical y la electrónica como parte del futuro es el gran debate al filo del nuevo siglo.

24
GRUNGE, BRIT POP, EL ROCK DE LOS NOVENTA

GRUNGE

Seattle, capital del estado de Washington, era conocida hasta los años noventa por haber sido escenario del nacimiento de Jimi Hendrix. Su tradición musical no era excesivamente notoria más allá de ello salvo por la aparición de muchas bandas de garaje a partir de los sesenta y que motivaron la denominación de origen conocida como «Northwestern punk». Situada en el norte del oeste americano, más cerca de Alaska que de ninguna otra parte, y con sus lluvias constantes, no parecía ser el paraíso como era California ni un motor como lo era Nueva York. Pero la música que emergió de allí, rock sin artificio, sonidos densos, agresividad, puestas en escena rotundas, galvanizó a la industria americana. La rápida fama de Nirvana con *Nevermind* hizo que siguieran su estela una docena de grupos, todos con la misma característica vital, desde los contundentes Pearl Jam a otras bandas menores que acabarían desapareciendo con el fin de la moda. A fines de 1991 el grunge era música, era estética (dejadez, pantalones rotos) y era la enseña de la llamada Generación X (nombre impuesto por el escritor Douglas Coupland), la generación de la insatisfacción, la nueva generación de posguerra, aunque hubiera sido una guerra tan rápida como la del Golfo, en enero del mismo año. Parte fundamental de la primera expansión del grunge fue, una vez más, la presencia de una discográfica capaz de canalizar toda esa nueva fuerza en la propia Seattle: Sub

Pop Records, fundada por Bruce Pawitt. Supieron remover la escena musical y también la comercial mediante su colaboración con la película emblemática de la Generación X, *Singles,* y el documental *Hype.*

Nirvana fue el gran grupo grunge y el impulsor de todo un estilo que fue determinante en la música de la primera mitad de los años noventa. La leyenda del Seattle Sound no hubiera sido la misma sin ellos. El trío quedó definitivamente formado en 1991 con Kurt Cobain (guitarra y voz), Chris Novoselic (bajo y voz) y David Grohl (batería), después de pasar por varias alternativas, llegar a ser un cuarteto y grabar un primer álbum, *Bleach,* dos años antes. El siguiente LP fue *Nevermind,* piedra angular de la música de su tiempo y obra modélica del rock sin etiquetas aunque fuese el gran disco del movimiento grunge. Aparte de ser número 1, ganar varios premios, ser declarado disco del año y unificar criterios críticos, aportó también lo que «Satisfaction» o «My Generation» fueron a los sesenta, la fuerza de una gran canción como bandera de la Generacion X: «Smells Like Teen Spirit». Las letras de Cobain, y su desgarro emocional interpretándolas, fueron decisivas tanto como el sonido. La cadena MTV apostó de inmediato por ellos y en pocos meses Nirvana y el grunge eran la sensación internacional. Grunge equivalía a rock, fuerza, vuelta (una vez más) a los orígenes (guitarra-bajo-batería, sin más artificios).

Convertidos en punto de referencia, Nirvana pronto se enfrentó al masivo eco de su música, y especialmente Kurt Cobain, que con su rápida vida y muerte pasó a ser el Jim Morrison de los noventa. El éxito de *Nevermind* hizo que se reeditara *Bleach* y que en 1992 se editara precipitadamente *Incesticide,* LP que presentaba maquetas, temas inéditos y material sobrante. En 1993 apareció *In Utero,* de nuevo número 1, confirmando todas las expectativas, pero Kurt declaró que, pese a todo, no era ese el disco que hubiera querido grabar. Para él, hablar de las insatisfacciones de los demás, componer canciones en cuyas letras existía dolor y el espejo de una juventud perdida y hacerse rico con ellas no era justo. Casado con Courtney Love, cantante del grupo punk Hole, comenzaron a ser también pasto de la prensa sensacionalista. Ella fue acusada de tomar drogas estando embarazada y el peligro de que les quitaran a su hijo se hizo evidente. Fue uno más de los muchos y rápidos escándalos que culminaron en 1994 cuando, después de estar a punto de morir poco antes, Kurt Cobain se suicidó de un disparo a comienzos de abril. Dejó una carta a su mujer y a su hijo diciéndoles que los amaba, pero odiaba la vida y solo deseaba morir, que no encontraba motivos para permanecer en la realidad y les pedía perdón.

Tras la muerte de Cobain se editó el álbum *Unplugged* y con la misma celeridad el grunge dejó de ser noticia. El gran grupo que permaneció en la onda los siguientes años fue Pearl Jam. Kurt pasó a ser uno más de la lista del 27, edad en la que habían ya muerto Morrison, Hendrix o Janis Joplin.

Pearl Jam se encontró con el liderato efímero del grunge, al que superaron por fuerza y contundencia. Habían debutado en 1992 con *Ten,* que llegó al número 2 del ranking de Estados Unidos y seguía en el top-25 dos años después de su lanzamiento. Su segundo LP, *Vs,* y la aparición en la película *Singles,* retrato de la Generación X, confirmaron su relevancia y el puesto de gran banda del rock de los noventa. Tras la muerte de Cobain y el fin de Nirvana, llegaron discos como *Vitalogy* o *No Code* y alcanzan el siglo XXI como uno de los conjuntos clave de este tiempo.

Del resto de bandas grunge destacaron inicialmente Alice in Chains con sus álbumes *Facelift* y *Dirt;* Green River con *Rehab Doll/Dry As a Bone* (dos LP's unidos en un solo CD), pioneros de la escena grunge lo mismo que Soundgarden con *Ultramega OK, Louder Than Love, Badmotorfinger* o *Superunknown;* Afghan Whigs, que procedían de Cincinatti pero fueron lanzados por el sello Sup Pop en 1990 con su segundo álbum, *Up in It,* para lograr el éxito con el siguiente, *Congregation;* Mudhoney, Tad, etc. Hole, el grupo de Courtney Love, era más punk, pero se benefició de su vínculo con Cobain a través de una discreta carrera discográfica y una más que eficaz carrera cinematográfica por parte de la «viuda del grunge».

Brit-pop

En 1993 tuvo que acuñarse una nueva denominación de origen en Inglaterra, una más en los noventa, pero lo suficientemente importante como para generar una historia propia. Fue el brit-pop, que alcanzó una rápida madurez y mayoría de edad en 1994 al aparecer el grupo

Oasis y editar Blur su tercer álbum, piedras angulares de todo un movimiento que lo único que hizo fue reinventar el pop de los sesenta y actualizarlo tres décadas después. Sonando como los Kinks, los Beatles, los Who, Small Faces, Troggs o los Rolling en su extensa variedad cromática, una pléyade de grupos se volcó en las listas de éxitos y en el ánimo popular británico, aunque el efecto global no trascendió más allá de su entorno isleño y Estados Unidos solo se hizo eco del éxito de sus líderes, Blur y Oasis.

Blur se formó en 1989 bajo inspiración directa de los Stone Roses y vagos recuerdos a The Smiths, con Damon Albarn de cantante y autor de las letras del grupo. El sonido de guitarras y las raíces musicales fue lo que determinó a la crítica a acuñar el término brit-pop, pero, en la misma medida, Blur era art-pop tanto como un conjunto indie con destellos lo-fi. Una amalgama, igual que lo fueron la mayoría de grupos de los años noventa, con tantas etiquetas pegadas a su currículo como adhesivos a una maleta. Fue el número de grupos aglutinados bajo el mismo patrón el que hizo del brit-pop algo real y consistente. Grupos en los que las guitarras reaparecían frescas y altivas frente a las invasiones electrónicas o el hip-hop. En el caso de Blur, auténticos pioneros de este proceso, su primer disco, *Leisure,* apareció en 1991, y el segundo, *Modern Life Is Rubbish,* en 1993. Pero fue *Parklife* en 1994 el eje central de su progresión y estatus de grupo estelar, mantenido con *The Great Escape* y *Blur*. *Parklife* coincidió en tiempo y espacio con *Definitely Maybe,* el primer álbum de los que serían los grandes rivales de Blur, Oasis, y con los que el brit-pop alcanzaría además el grado de madurez tanto como el de guerra total y abierta entre ellos, para su mayor gloria y publicidad.

Oasis nacieron en 1993 en Manchester, con los hermanos Gallagher como responsables absolutos, Noel a la guitarra y la composición, y Liam a la voz solista. Su tributo a Rolling Stones y Kinks fue evidente con sus agresivos directos y sus tres primeros y triunfales discos, el ya citado *Definitely Maybe* y los siguientes *(What's the Story), Morning Glory* y *Be Here Now*. El éxito musical de Oasis pronto los llevó a un liderato empañado por la guerra con Blur (cruce de declaraciones continuas) y por la propia guerra interna de la banda, en la que Liam Gallagher pasó los años siguientes peleándose con su hermano, suspendiendo giras, abandonando grabaciones, a la greña con medios informativos o público, hasta ser pasto de la prensa sensacionalista por su matrimonio con la actriz Patsi Kensit y su paternidad.

El brillo de los nuevos Beatles-Rolling de los noventa no ocultó que el brit-pop tenía mayor consistencia que su música o sus peleas, aunque toda moda necesite siempre de líderes que, de una u otra forma, le den carta de identidad en el Panorama de la Fama. Nuevos grupos que recuperaban las guitarras como elemento primordial de su sonido llenaron el espacio. Otros se reciclaron. Jarvis Cocker había formado Pulp en 1978, cuando tenía quince años. Grabaron su primer disco en 1983, *It,* y el segundo, *Freaks,* en 1986. Con nuevos miembros, Cocker inició en 1989 la grabación de un disco que no vería la luz hasta tres años después: *Separations*. Para entonces varios singles habían sido éxito y Pulp se convirtió en otra de las bandas impulsoras del brit-pop. Su discografía desde este momento fue de las más consistentes, *Pulpintro–The Gift Recordings* (recopilación de viejos singles), *Masters of the Universe, His 'n' Hers, Different Class* o *This Is Hardcore*. Radiohead, con Thom Yorke de cantante, tenían un toque psicodélico y una línea a lo U2 mucho más versátil, pero su debut en 1993, con *Pablo Honey,* les situó en la cresta del brit-pop automáticamente, y sus siguientes álbumes, *The Bends, OK Computer,* la consolidaron. Pero el tercer gran grupo de la cresta brit-pop fue Suede, proclamados «mejor nuevo grupo» de 1992 en Inglaterra sin haber grabado siquiera su primer álbum, *Suede,* que apareció al año siguiente y fue el disco de un grupo novato más vendido en la historia del país. Con su cantante Brett Anderson al frente, una línea musical más suave y canciones pop rezumando intensidad en su clásico minutaje de tres minutos, *Coming Up* reforzó tres años después las expectativas, aunque para entonces el brit-pop ya hubiera sido sentenciado por el vértigo del mercado que necesitaba reinventarse etiquetas constantemente. Otra de las grandes formaciones del género fue Manic Street Preachers, que procedían del sur de Gales. Su sonido tampoco era cien por cien pop, sino más bien hard rock con toques de Guns 'n' Roses, pero fueron capturados por la tendencia unificadora y desarrollaron una contundente carrera con discos como *Generation Terrorist, Gold Against the Soul, The Holy Bible, Everything Must Go* y *This Is My Truth, Tell Me Yours*. Entre el resto de puntales brit-pop tenemos a los neo-punk-pop Ash *(Trailer, 1977, Live at the Wireless);* los Cast de John Power, que procedían de

Liverpool *(All Change, Mother Nature Calls);* el grupo bajo el cual se enmascaraba el cantante Neil Hammond, The Divine Comedy *(Promenade, Casanova);* el grupo Elastica, formado por la ex guitarrista de Suede Justine Frischmann, y que con su primer álbum *Elastica* batió el récord de disco más vendido de un grupo nuevo, establecido poco antes por Oasis; y los Supergrass de *I Should Coco* e *In It for the Money,* igualmente seguidores de Kinks y Small Faces, pero sin despreciar gotas de Bowie o Elton John.

World music

El término world music comenzó a aplicarse en los años ochenta a toda música que no fuera anglosajona pero que «tuviera raíces», un cul-de-sac infinito en el que cabían desde ritmos africanos hasta sonidos caribeños, músicas orientales o folclores varios. Ya en los noventa el calificativo se hizo estándar y oficial, sobre todo por festivales como el WOMAD (World of Music Arts and Dance) impulsado por Peter Gabriel desde 1982, que fue también, junto a Paul Simon, el primero de los grandes padres del rock en invitar a músicos con otras raíces a tocar en sus discos. Simon lo hizo en *Graceland,* su gran éxito de 1985, y Gabriel con Youssou N'Dour, sus colaboraciones, su aportación a través de los festivales WOMAD repartidos por todo el mundo y su propio sello discográfico, Real World, fundado en 1989, una de las auténticas claves del reconocimiento internacional del movimiento.

Hasta este momento, pocos artistas africanos, caribeños o de otras latitudes habían hecho incursiones en el mundo de la música anglosajona. Entre otros destellos, Harry Belafonte popularizó el calipso en Estados Unidos, la surafricana Miriam Makeba triunfó en los años sesenta con su comercial «Pata pata», la bossa nova y artistas como Astrud Gilberto había calado en muchas orquestas e instrumentistas, y por supuesto estaba la música india a través de Ravi Shankar y la influencia de los Beatles. Todo ello hasta llegar al reggae, el primer gran sonido folclórico que se hizo internacional.

Poco a poco, los artistas de otras latitudes se hicieron eco de la globalización y fueron a por su propio espacio, especialmente a partir de los años ochenta, en la jungla en que se estaba convirtiendo la búsqueda de la novedad musical. Se recuperaron nombres como los del camerunés Manu Dibango, el nigeriano Fela Ransome-Kuti o el argentino Astor Piazzola junto a muchos de los grandes maestros brasileños, Gilberto Gil o Caetano Veloso. Y aparecieron otros, Johnny Clegg & Savuka hicieron el *crossover* entre Suráfrica e Inglaterra con su música de inspiración zulú («Third World Child»), la israelí Ofra Haza, los Gipsy Kings, Aisha Kandisha, el senegalés Ali Farka Toure (que grabó con Ry Cooder *Talking Timbuktu),* El Misterio de las Voces Búlgaras, el balkan-jazz de Ivo Papasov, el gitano Goran Bregovic, la húngara Marta Sebestyén, el rumano Taraf de Haidouks y sus violines zíngaros, la tunecina Amina, las Nouvelles Polyphonies córcegas, etc.

Uno de los focos más interesantes es el que procede del Mediterráneo, especialmente por el rai (en oranés significa «opinión»), la música más brillante del norte de África con epicentro en Argelia, aunque su cuna sea Orán. Que en un país en el que las matanzas han sido constantes por motivos religiosos durante años florezca una música popular y logre expandirse es difícil, pero el rai logró emerger primero y atravesar fronteras después. Comenzó en los ochenta, con los primeros jóvenes dispuestos a transgredir las normas, armados con rudimentarias cajas de ritmos, y culminó con la aparición de Khaled y su comercial «Didi». El éxito del rai fue tan decisivo que las guerrillas integristas decidieron acabar con la música asesinando a algunos de sus principales valedores, Cheb Hasni, Lounes Matoub, Rachid Baba o Cheb Aziz. Otros, con Khaled a la cabeza, tuvieron que emigrar a Francia, pero tras el rai aparecieron ya renovados intentos de crear una música propia partiendo de fusiones, caso del rap magrebí. También en Egipto ha despertado el al jeel, que sería el equivalente del rai en el país, y en otras zonas ritmos que el mundo occidental ha ido conociendo de forma puntual o esporádica, el jive, el kwela, la juju music, el hi-life, el soukous, etc. Somalia (Maryam Moursal), Senegal (Cheikh Lö, Positive Black Soul), Túnez, Cabo Verde, Costa de Marfi han aportado nombres y discos importantes.

África es el gran centro de la World Music, por sus ritmos, su misterio, sus muchas culturas atrapadas en todo un universo que para el resto del mundo y por ignorancia es solo el continente negro. Pero de África salieron los esclavos que poblaron América, y esa es una conexión esencial en la historia. En Estados Unidos hablamos hoy de afroamericanos, superando otros términos como «gentes de color», tan utilizados antaño. África es una miscelánea en conflicto, herencia de los colonialismos que la esquilmaron, movida a comienzos del siglo XXI entre guerras tribales y radicalismos religiosos. Pero su pasado musical es milenario, de ahí que sea uno de los focos dispuestos a estallar en el nuevo siglo. Además, África no solo ha exportado ritmos, también ha adaptado los de procedencia anglosajona, de ahí que la fusión de la electrónica con sus raíces haya dado en los años noventa una intensa alternativa a nuevos estilos, el acid gnawa, el bhangra 'n' bass, el ethnobeat, el techno-bhangra, lo mismo que en otros países y latitudes con el new asian underground, el arab funk, el electro-dub, el gaelic techno y muchos más.

Otro gran foco procede del Caribe y sus alrededores geográficos. Cuba cuenta con el veterano Compay Segundo, Cachao, Los Van Van o el éxito mundial de Buena Vista Social Club, capaz de reverdecer el más genuino son cubano o la timba y exportarlos al mundo. Brasil es todo un mosaico, entre la samba y las nuevas tendencias como el illbient. México ha exportado rock y pop, desde Maná hasta Molotov. De Colombia han salido fenómenos internacionales como Shakira o grandes grupos, algunos tan impactantes como Aterciopelados, Estados Alterados, Ekhymosis o Kraken. Juan Luis Guerra popularizó la bachata desde «Ojalá que llueva café». Y no olvidemos otros nombres decisivos, como Manu Chao *(Clandestino)* o los portugueses Madredeus, lo mismo que la música celta, uno de los grandes fenómenos de los noventa, con grupos clásicos como Chieftains, Clannad o Nightnoise, gaiteros como Carlos Núñez o voces como la de Enya. ¿Son World Music? No, pero tienen raíces y la raíz es el germen de la World Music. ¿Sería World Music Camarón? En España fue el revitalizador del flamenco. Sin embargo, aquí hablamos de música internacional, así que para un polaco puede que lo sea, como lo es en España el folclorismo de los haitianos Baukman Eksperyans o el pop con anclajes polinesios de los radiantes Te Vaka, reyes en Oceanía al comenzar el siglo XXI. En la misma medida ha habido una gran expansión del rock y el pop latino, hasta el punto de que tuvieron que crearse unos Grammy especiales para diferenciarlos. Desde Alejandro Sanz, Ricky Martin o Luis Miguel hasta Fito Páez o intérpretes estadounidenses de nombre español, como Christina Aguilera.

LAS NUEVAS MODAS

Uno de los fenómenos más interesantes de los años noventa fue la aparición masiva de discos «unplugged» (desenchufados), con los que grandes nombres del rock o el pop grababan sin instrumentos eléctricos (preferentemente voces y guitarras acústicas). Réplica a la creciente tecnificación de la música, y muestra de talento propio, los «discos desenchufados» se hicieron desde 1993 tan populares y casi necesarios para algunos artistas como a primeros de los setenta lo fueron los discos grabados en directo para probar el potencial en vivo de las grandes formaciones de la época. A esta moda contribuyó la cadena MTV, ofreciendo periódicamente conciertos «desenchufados», la mayoría de los cuales luego acababan apareciendo en disco. Eric Clapton, Mariah Carey o Nirvana fueron tres ejemplos de excelentes «unpluggeds» que se convirtieron en éxitos.

Para entonces, el impacto masivo del CD ya era una realidad social, y aunque todavía se editaban los discos en los dos formatos, LP (vinilo) y CD, la decantación ya era una realidad demasiado ostensible. La implantación del CD trajo un «problema» añadido. ¿Y las viejas discografías de los grandes artistas pasados? ¿Qué iba a suceder con ellas? Por supuesto se reeditaron poco a poco en CD todos los grandes LP's de la historia, pero había que añadirles atractivos para hacerlos comerciales y apetecibles para un público que por lo general ya tenía el original en vinilo, por viejo o rayado que lo conservase. Además, los viejos LP's podían ofrecer como máximo unos veinte o veinticinco minutos de música por cara, lo cual daba un total de cuarenta o cincuenta minutos para un CD con capacidad de casi el doble. Muchos artistas editaron en CD sus álbumes, añadiendo como relleno o complemento en cada uno los singles o caras B de los mismos que no aparecían en sus viejos LP's. Pero tampoco fue suficiente. Entonces apareció la moda de las cajas, recopilatorios de tres o cuatro CD's por término medio, en los que se incluían los grandes éxitos de un artista junto a nuevas mezclas, versiones alternativas y canciones archivadas en su momento por diversas razones (las llamadas *out-takes).* Nadie quedó exento de esta tendencia, y hubo que vaciar muchos archivos hasta no dejar apenas nada por rescatar. Bruce Springsteen, Led Zeppelin, Crosby, Stills, Nash & Young, Who, John Lennon..., las cajas se convirtieron en uno de los grandes reclamos pese a sus precios desorbitados. Incluían libritos con fotos y textos aclaratorios. Material de lujo para coleccionistas y objeto de regalo del sector duro del A.O.R. Fue el definitivo implantamiento del CD y la muerte del LP. Y del CD al DVD solo mediaría un paso. CD con imagen. El DVD fue el pilar con el que se combatió a la piratería al comenzar el nuevo siglo, porque todos los grandes grupos y solistas editaron en DVD sus vídeos, sus conciertos memorables, con entrevistas, detalles, rarezas, un sonido mucho mejor que el de los vídeos convencionales (algo que siempre fue su piedra de toque y que nunca los convirtió en plato apetecible para el público). Entre 2002 y 2003, el DVD musical se disparó verticalmente.

En la segunda mitad de los años noventa, otro fenómeno de inexorable implantación mundial fue Internet (literalmente, interconexión de *network).* La palabra globalización dejó de ser retórica y se convirtió en un hecho que la Red expandió a los cinco continentes. Hubo que fraguar un nuevo diccionario. Millones de páginas web (www, siglas de World Wide Web) estuvieron a disposición de los internautas, que además pasaron de tener ordenadores de sobremesa a tenerlos portátiles, aún más manejables. Con ello la música entró en una nueva dimensión, tanto informática como comercial. A nivel popular un artista podía tener un millón de páginas abiertas en la Red al margen de la que fuera oficial. Cualquier dato podía ser hallado y consultado con facilidad. El intercambio de ideas fue sencillo, pero más aún lo fue la rapidez con la que estas se expandían. La nueva generación integrada por zippies (siglas de Zen Inspired Paranoia Professional), hijos espirituales de los hippies de los años sesenta, completó la conversión tecnológica en la sala de estar de sus casas. El impacto comercial que derivó de ello se estudiará con mayor profundidad más adelante, al hablar de la piratería musical del cambio de siglo. Sin embargo, de buenas a primeras Internet pareció ser la panacea mágica. La música estaba al alcance de todos. El sistema MP3 permitía comprimir archivos y discos y descargarlos en el ordenador personal. La gran pregunta acabó siendo: de acuerdo, ¿y ahora qué?; a la que luego siguieron otras, ¿cómo pagar esto?, ¿cómo cobrarlo?, ¿quién se reparte los posibles beneficios?, ¿como se protege la propiedad intelectual?, y muchas más. La revolución de Internet acabaría siendo el autentico quid de la cuestión musical del cambio de siglo. Una caja de Pandora de la que podían salir ángeles y demonios y que ha terminado siendo el mayor peligro del futuro de la música en general, sin etiquetas.

Es como si, finalmente, el progreso se hubiera fagocitado a sí mismo.

La presencia de Internet y del sistema MP3 alegró la vida a los consumidores pero acabó de poner finalmente en guardia a los músicos, especialmente a los autores. Fue la primera señal de la guerra futura. Los primeros artistas que se preocuparon por ello denunciaron la ruina de la creación en el futuro. Cuando en Estados Unidos se abrió Napster, el primer portal gratuito en la Red, se dispararon todas las alarmas. Napster destapó la fragilidad y la debilidad del sistema, y el gigantesco potencial de difusión de la música gratuita, sin límites. Lo único que hizo Napster fue permitir que dos usuarios se conectaran entre sí y se intercambiaran archivos musicales. Solo eso. Pero supuso la hecatombe. Millones de personas se pasaron discos de un lado a otro, gratis. No era ilegal, pero tampoco legal. La industria se lanzó de cabeza a una guerra total que culminó con el cierre de Napster en 2001, aunque se utilizó finalmente el viejo axioma de que «si no puedes derrotar a tu enemigo, únete a él» y se intentó aprovechar el éxito del portal desde la domesticación. Pero la puerta ya había sido abierta. Otros portales tomaron el relevo, como PressPlay o Musicnet.

Pero había otras guerras en otros frentes. Por ejemplo: la de la propiedad de los másters discográficos, es decir, las cintas matrices originales de una grabación. Que Michael Jackson fuera el dueño de las canciones de los Beatles resultaba curioso. Paul McCartney no podía impedir que un tema suyo acabase siendo el fondo de un anuncio de preservativos, por ejemplo. Pero la propiedad de los másters iba más allá: si el autor era el dueño, quedaba salvaguardada la pureza de su obra. Si lo era la compañía discográfica, podía permitir que ese máster fuera manipulado y aparecieran versiones distintas de la original para cualquier fin, anuncios, música disco... El *remix* se hizo parte de todo desde los años ochenta, como si cada canción tuviera muchas vidas. Algunos artistas se prestaban al juego voluntariamente, ofrecían sus temas a grandes expertos en remezclas, pero otros no querían ir más allá de su sonido original y sus producciones. Para ello, la propiedad del máster era esencial. Dos de las guerras más sonadas fueron las emprendidas por Prince contra Warner Brothers, que le costó al genio de

Minneapolis el aislamiento, y la de George Michael contra Sony, de la que se salió tras cinco años de silencio marginal cuando Virgin y Dreamworks pagaron 45 millones de dólares por su contrato. Prince llegó a hacer apariciones en público con la palabra «esclavo» escrita en la frente. Actualmente es normal ver cómo viejas grabaciones se remasterizan y remezclan y aparecen como nuevas, cambiándose incluso su espíritu. En 2002 Elvis era reeditado en una antología de 30 éxitos y parecía un discotequero nato en lugar del rey del rock and roll. Un londinense llamado David Bendeth cogió los másters originales y los cambió de arriba abajo, ecualizando, revisando la compresión, potenciando cada instrumento. Pero hacerlo veinticinco años después de muerto no era tanto como hacerlo en vida de muchos artistas, que se encontraban con que sus obras no les pertenecían. De todo ello se deduce que en el futuro no habrá obra intocable y que con los años todo será objeto de nuevas remezclas, mutaciones y alteraciones, sobre todo cuando los copyrights se extingan pasados los correspondientes años desde la muerte del autor. Un día escucharemos *Sgt. Pepper's Revisited* o «Like a Rolling Stone Altered».

ULTIMAS NOTICIAS Y ESTILOS DE LOS NOVENTA Y PRIMEROS DEL SIGLO XXI

Desde las nuevas variantes de los ritmos ya conocidos a fines del siglo XX hasta comienzos del nuevo siglo, con estilos tipo old skool, house latino, post-jungle o techno-rock, la música electrónica y de baile ha buscado cada vez más su Eldorado particular, el giro definitivo, el golpe capaz de generar una ruptura absoluta, como hizo el rock and roll con el pasado anterior a la década de los cincuenta. Ya existe un abismo, pero la era rock se ha mantenido hasta completar sus bodas de oro sin que nada haya puesto la primera piedra en su tumba y con siempre renovados bríos por parte de grupos que aún enarbolan la guitarra eléctrica frente a los sintetizadores. Nuevas generaciones reniegan ya del rock porque pertenece «al siglo pasado», pero la llama que alimenta a la industria sigue teniendo en el rock y su universo la base de su potencial (los grandes estadios solo se llenan con Bruce Springsteen y compañía). Sin olvidar la eterna polémica acerca de si la electrónica es parte de la era rock o ha funcionado ya por sí misma en las últimas dos décadas.

En el siglo XXI coexisten rock y electrónica con sus fuerzas disociadas aunque mucho más unidas de lo que pueda parecer a través de sus encuentros y desencuentros. La electrónica es un infinito de infinitos caminos a explorar, y eso es lo que la hace excitante, aunque tanta fragmentación sea casi imposible de cuantificar. El glitch es el «género» más contemporáneo, destinado a buscar la belleza partiendo de donde, en apariencia, no puede haberla: ruidos, gemidos, chirridos, etc. En el speed garage, que nace en verano de 1997 como una más de las fusiones del house, ahora con el jungle, tenemos el efecto digital conocido como timestretch, mediante el cual se alarga o se comprime un sonido de sample (voces u otros fragmentos) sin que se acelere o disminuya el pitch musical básico. El timestretch buscaba de partida una mejor sonoridad en las grabaciones y emisiones, pero se ha utilizado para crear ambientes tortuosos en los que predomina la intensidad repetitiva hasta el martirio sónico. El speed garage fue efímero como moda, pero su técnica permitió pasar al UK garage y luego, ya en 2000, al 2step, recuperando el rhythm & blues y el soul como componentes vocales. Como baile, tal y como indica su nombre, es mínimo, binario. Tuvo en Craig David a su principal valedor popular. El éxito de 2step abrió de inmediato otros caminos, el garidge, el breakstep...

También la aparición de nuevos términos para definir los constantes giros de la música han dejado su huella, como el post-rock (rock clásico con tecnología), el post-folk (enésima reinterpretación del folk), el soul power (sonido punk unido al sentimiento soul), el indietronic (rock alternativo más tecnología y con mención especial para artistas como Lali Puna o la misma Björk), el new acoustic movement (mezcla de folk actualizado para el nuevo siglo en Inglaterra), el clicks & cuts (minimalismo XXI basado una vez más en la repetición constante), el Americana (que mezcla folk, rock y country y que ha tenido en Ryan Adams a su exponente más célebre) o todos los nuevos calificativos que incluyen la palabra garaje (garaje rock revival ha sido el más importante).

Entre los nuevos tecnoinventos aparece el DSP (Digital Signal Processing), que trata digitalmente la señal emitida, y los plug-in, que son lo que para la guitarra eléctrica fueron los pedales. La terminología de las máquinas parece no haber hecho más que empezar, y el principal aspecto sigue siendo el tratamiento de la señal y su utilización: polirritmias, microsíncopas, hipercinética son nuevos conceptos emblemáticos. En Inglaterra se han dado vueltas de tuerca al house con el nu house y han aparecido más mezclas híbridas, smash house, tech-house (house con alta fidelidad), etc. Elipsis en torno a lo conocido, pero siempre buscando un camino más. La globalización ha hecho que cada país tenga su ritmo de gloria y al mismo tiempo que asimile los de su entorno o los de los grandes núcleos musicales. Francia ha exportado el filter disco y french groove; Alemania, el micro-house o el chill-house. Año tras año la lista aumenta, dejando muy lejos los días en que todo se reducía a rock, pop o folk. La mayoría de movimientos a veces han sido tan pequeños, o tan locales, que tenían un grupo reducido de adeptos.

Tal vez la última gran tendencia al comenzar el siglo XXI sean los múltiples derivados del nu, palabra que se antepone a todos los estilos conocidos para identificarlos en la actualidad: nu metal, nu jazz, nu soul divas, además del nu house ya citado. El nu metal es heavy a la antigua usanza (guitarras, bajos, baterías), pero con cantantes aproximándose al rap. Rage Against The Machine fueron la base previa después de su debut en 1992 con su álbum homónimo, pero también Marilyn Manson, oscuro y demencial. Ha arraigado en Estados Unidos entre la última generación adolescente. El nu jazz vuelve a lo eterno, porque el jazz ha estado en la base de muchos movimientos, lo mismo que el rock, y siempre queda la posibilidad de volver a él sin que parezca malo o aprovechado. Las nu soul divas son el movimiento que agrupó a diversas cantantes negras; Alicia Keys, Macy Gray, contra el dominio de las «muñecas blancas» (Britney Spears, Christina Aguilera).

No solo son los nu. También está el electroclash, electrónica, sexo, pensamiento punk, tecnología tecno-pop, chicas en primera línea, *glamour & kitsch,* y Nueva York como foco germinal. Larry Tee fue el que creó el nombre y fundó el electroclash Festival de Brooklyn. En 2001 era tan *underground* como cualquier movimiento en sus comienzos y en 2002 ya lo asimilaban las grandes compañías y algunas estrellas de primera línea, caso de Madonna. El electroclash recupera el gusto por el exceso, el maquillaje, los colores chillones, sin límites para nada, y con mayor libertad para el sexo explícito, microshorts, ropa interior a la vista y ajustada. Reivindica a la mujer como objeto musical erótico. También hay que citar el stoner, actualización del heavy metal pero diferenciado del nu metal en concepto, porque el stoner está más entroncado con la tradición del rock duro. Y queda el eterno retrofuturismo en todas sus gamas.

En cualquier caso, los músicos electrónicos (e incluso muchos de los no electrónicos) de los últimos años han sido tecnócratas por vocación o por fuerza. Los ordenadores han perfeccionado la música, la composición, el sonido, la interacción, y no han sido pocos los que han desarrollado sus propios programas, sus *softwares*. Claro que tener el programa no significa tener talento para crear una melodía o un sonido. Hay miles de tecno-compositores y tecno-músicos por afición, pero solo un pequeño tanto por ciento puede que además sea artista, si consideramos como tal a todo aquel capaz de crear algo diferente... y duradero. También es un estadio superior, infinito, distinto del rock que se ensayaba en un local y se interpretaba en un escenario, con guitarras, bajo, batería y un simple órgano. El rock en escena es vitalidad, hay un gran componente de espectáculo. Por eso en las actuaciones en vivo es donde aparecen las dicotomías más radicales: ¿puede llamarse «actuación» a la presencia de un músico en escena manipulando sonidos, sin que el público sepa si realmente «está tocando algo» o solo reproduce lo previamente grabado? De Kraftwerk en los años setenta al presente ha llovido mucha música y muchas coartadas.

Pero a fin de cuentas la verdadera lucha de la electrónica no es solo su identificación con una imagen determinada en un momento determinado, sino la falta de lo que hizo del rock algo esencial y transgresor: la palabra. Sin las poderosas letras de Dylan y tantos otros, la música habría sido un elemento vehicular de transmisión estética, exactamente como lo ha sido el universo de la electrónica en los últimos veinte años. En el rock, sonido y textos han ido de la mano, y han creado un poderoso influjo irrebatible e incontestable. En ello sigue estribando el poder de un género que bautizó una era irrepetible y única, los años en los que todo fue posible, aunque fuera cantando en inglés. El rock cambió el mundo. A favor de la electrónica queda la universalidad, el hecho de que el sonido no tenga ese color oral ni parezca pertenecer a ningún país. Antes el rock tenía que ser hecho en inglés, y lo que no procediera de Estados Unidos o Inglaterra quedaba automáticamente bajo sospecha. La electrónica abrió el horizonte a todos por igual.

En 2002, cuando de nuevo grupos de guitarras y una fuerza rockera incuestionable (The Strokes, White Stripes, The Vines) asaltaron las listas de éxitos, se habló del resurgir del rock como motor musical y de una enésima vuelta a los orígenes. Una oleada de grupos resucitó términos como «alternativo» y «garage». La industria, por supuesto, apoyó este resurgir con todo su peso, porque se trataba de una vuelta al *star system* capaz de generar millones frente a la neutralidad de la música de baile hecha por DJ's. La realidad de ese nuevo «boom» de frescor rockero a la vieja y eterna usanza era otra: por un lado, cansancio (natural después de cincuenta años de continuos reciclajes de lo mismo), ya que como en el brit-pop, las nuevas estrellas han seguido pareciéndose sospechosamente a otras que ya hicieron el camino con anterioridad; por el otro, la constatación de que en música todo estaba ya dicho o inventado, y quedaban tan solo vueltas de tuerca en torno a lo mismo, más y más estilos, modas o tendencias, más sub-sub-subgéneros heredados de sub-géneros que partieron de géneros motrices clave. Cincuenta años dan para mucho, así que solo es necesario buscar un estilo que haya triunfado y aportarle un toque de modernidad, una pátina de realismo y actualidad enfrentada y adaptada a los nuevos tiempos. Los adolescentes de cada generación han abominado por lo general de la música de sus mayores, pero por desconocimiento, y cuando han prescindido del año de edición de un disco, se han rendido a él si les gustaba. Muchos grupos del pasado suenan hoy tan frescos como entonces, porque los nuevos beben de sus fuentes. Es corriente ver a un chico o chica joven interesarse por la música de un anuncio sin saber que la canción era de los años sesenta o setenta, mientras que si se le pone el disco primero y ve la portada o se le dice el año, lo rechaza automáticamente. Cuando The Strokes recibieron el premio Brit como grupo revelación de 2001 en febrero de 2002, uno de sus miembros llevaba una vieja camiseta del grupo Boston perteneciente a una de sus giras de fines de los setenta. ¿Casualidad? No. ¿Homenaje? Tal vez, si no a Boston sí a la historia. Y seguía siendo rock and roll, y seguía gustando (Rolling Stones *dixit).*

En los últimos años de esta historia, cada solista o grupo con un éxito rompe el mercado hacia un lado u otro. Cada estrella bautiza un sonido o pone de moda su ciudad o su área de influencia, tras lo cual las compañías discográficas se lanzan a buscar copias válidas. Y en lo referente a la electrónica, la voracidad es mucho mayor, el vértigo mucho más referencial. Lo que se baila un año es pasado al siguiente. Una década de pastilleros agotados se arrastra frente al nuevo siglo con dudas y fantasmas.

Por todas esas razones el futuro es doble, o más bien un camino de dos direcciones convergentes: una fórmula agotada conduce indefectiblemente al colapso, como si una tribu hubiera llegado al límite tras perpetuarse a sí misma sin sangre nueva; pero precisamente porque esa fórmula es la música de estos últimos cincuenta años, y no va a desaparecer, porque forma parte de nuestras vidas y es nuestra banda sonora y energía lo mismo que la sangre es parte de nuestro organismo, la esperanza es algo más que un sueño.

Que el rock es mayor, y no solo mayor de edad, nos lo demuestra el hecho de que en los últimos años se han sucedido las efemérides y las revisitaciones, los aniversarios y las nostalgias varias. Ejemplos: en 2000 se cumplían treinta años sin Beatles; en 2001, los sesenta de Bob Dylan; en 2002, un cuarto de siglo desde la muerte de Elvis; en 2003 la gira de los cuarenta años desde el primer disco de los Rolling, sin olvidar que la muerte de George Harrison en 2002 fue otro golpe en la línea de flotación. Uno de los duros. A John Lennon le asesinaron, y mataron la juventud de una generación que no sabía que se había hecho mayor. Pero George murió de cáncer. La nostalgia es lo que hace la historia en pasado, aunque alimente todavía el rock del presente y del futuro (al menos a corto plazo).

Últimos nombres de los noventa

Anteriormente hemos revisitado los principales nombres de los años noventa, una década falta de potentes referentes como en las décadas anteriores lo fueron otras estrellas del rock. Es hora de concluir el repaso de nombres con un pequeño listado de artistas más o menos destacados que tuvieron su gloria en algún instante de esos años.

Las dos grandes estrellas femeninas individuales de los noventa fueron Mariah Carey, con cinco números 1 consecutivos: «Visions of

Love», «Love Takes Time», «Someday», «I Don't Wanna Cry» y «Emotions», amén de sus excelentes álbumes, y Celine Dion desde mitad de la década para coronarse como gran diva con el tema de la película *Titanic* y discos como *Falling Into You, Let's Talk About Love* o *The Color of My Love.* Pero también destacó Janet Jackson, vendiendo millones de copias de su *Janet* y otros discos, y en el plano masculino Garth Brooks, cantante que reinventó el country con sus ventas masivas *(In Pieces, The Chase).* Frente a ese clasicismo asomó su talento rompedor la islandesa Björk, con su álbum *Debut,* el tema «Hyperballad» y la banda sonora de la película *Dancer in the Dark,* protagonizada también por ella. En el otro extremo, uno de los grandes grupos de comienzos del siglo XXI ha sido Coldplay *(A Rush of Blood to the Head).*

Nombres propios de los años noventa hasta mitad de la década también fueron los bailables Ace of Base *(The Sign),* los electrónicos alemanes Air Liquid *(The Increased Difficulty of Concentration),* la exquisita y peculiar Tori Amos (*Little Earthquakes, Under the Pink),* los experimentales y ambientales Aphex Twin *(Selected Ambient Recordings 85-92),* Auterche *(Tri Repetae),* Howie B *(Music for Babies),* el productor y autor Babyface *(Tender Love),* Bad Brains *(I Against I),* Bad Religion *(All Ages),* los sofisticados Beautiful South *(Welcome to, Carry On Up the Charts),* Belly *(Star),* los firmes rockeros Black Crowes *(The Southern Harmony and Musical Companion, America),* Black Fog *(Bytes),* Boo Radleys *(Wake Up!),* los gangsta Boogie Down Productions *(Criminal Minded, By All Means Necessary),* los eclécticos Counting Crows (*August and Everything After),* el grupo vocal Boyz II Men *(Cooleyhighharmony, II),* la vibrante solista Toni Braxton *(Toni Braxton, The Heat),* la comercial cantante y coreógrafa Paula Abdul *(Straight Up, Forever Your Girl, The Promise of a New Day),* Belle & Sebastian *(If You're Feeling Sinister),* Brand New Heavies *(The Brand New Heavies),* el ex New Edition Bobby Brown *(Don't Be Cruel),* la gran voz de Michael Bolton *(Soul Provider, Time, Love and Tenderness),* Cardigans *(Life),* Cardinal *(Cardinal),* Catherine Wheel *(Happy Days),* Charlatans *(Amazing Charlatans),* Charlatans UK *(Tellin' Stories),* The Choir *(Choir Practice),* Concrete Blonde *(Walking in London),* Julian Cope *(20 Mothers),* los exquisitos Corrs *(Forgiven, Not Forgotten),* Cowboy Junkies *(The Trinity Sessions),* la vibrante Sheryl Crow *(The Globe Ses-*

sions), Cult, los raperos Cypress Hill *(Cypress Hill),* Deee Lite *(World Clique),* Del Amitri *(Change Everything, Twisted),* la cantante Ani Di-Franco *(Not a Pretty Girl),* En Vogue *(Funky Divas),* los gregorianos Enigma *(MCMXC A.D.),* Farm *(Spartacus),* Grifters *(One Shock Missing),* Guided by Voices *(Bee Thousand),* los juveniles Hanson *(Middle of Nowhere),* la inquisitiva P. J. Harvey *(To Bring You My Love),* Juliana Hatfield *(Hey Babe),* The High Llamas *(Gideon Gaye),* Hootie & The Blowfish *(Cracked Rear View),* House of Pain, Indigo Girls *(1200 Curfews),* Inspiral Carpets *(Life),* el techno japonés Ken Ishii *(Innerelements),* James *(Laid),* el dinámico Jamiroquai *(The Return of the Space Cowboy),* Jayhawks *(Hollywood Town Hall),* The JB's, Jeru The Damaja *(The Sun Rises in the East),* The Jesus Lizard *(Goat),* la deliciosa Jewel *(Pieces of You),* Jodeci *(Diary of a Mad Band),* The Jody Grint *(One Man's Trash Is Another Man's Treasure),* el guitarra Eric Johnson *(Ah Via Musicom),* Kevin Kinney *(Mac Dougal Blues),* los Lemonheads de Evan Dando *(Hate Your Friends, Creator, Lick, Lovey, It's a Shame About Ray, Come On Feel),* Live *(Throwing Copper),* los metalizados Living Colour *(Pride),* Locust *(Truth Is Born of Arguments),* Love and Rockets *(Earth, Sun, Moon),* Luna *(Bewitched),* Lush *(Spooky),* Magnapop *(Hot Boxing),* Magnetic Fields *(The Hayward Bus/Distant Plastic Trees),* Aimee Mann *(Whatever),* la místico-folkie Loreena McKennitt *(The Visit, The Mask and Mirror),* Sarah McLachlan *(Fumbling Towards Ectasy),* el casi inetiquetable y controvertido todo-terreno Moby *(Moby, Everything Is Wrong),* la estelar Alanis Morissette *(Jagged Little Pill),* la inquietante K. D. Lang (*Ingénue*), los renovadores del ska No Doubt *(Tragic Kingdom),* Ocean Colour Scene *(Moseley Shoals),* la provocativa Sinnead O'Connor *(The Lion and the Cobra, I Do Not Want What I Haven't Got, Am I Not Your Girl?, Universal Mother),* el esperpéntico y andrógino Marilyn Manson *(Antichrist Superstar),* los superventas «indies» Offspring *(Smash),* los heavies Pantera *(Vulgar Display of Power),* Phish *(Billy Breathes),* PM Dawn *(Of the Heart, of the Soul and of the Cross),* los alternativos metálicos Rage Against The Machine *(Evil Empire),* Red House Painters *(Ocean Beach),* el dúo Rembrandts *(The Rembrandts),* Ride *(Nowhere),* The Roots (*Illadelph Halflife*), Royal Trux *(Thank You),* el soberbio guitarra de rock Joe Satriani *(The Extremist),* Seal *(Crazy),* el latino Jon Secada *(Just Another Day),* Seefeel *(Polyfusia),* los grunge australianos Silverchair *(Frogs-*

tomp), Soul II Soul *(Keep On Movin'),* Spacetime Continuum *(Remit Recaps),* Spin Doctors *(Pocket Full of Kryptonite),* Spinanes *(Strand),* TLC *(CrazySexyCool),* los brillantes Texas de Sharleen Spiteri *(White on Blonde),* This Mortal Coil *(Blood),* The Walkabouts *(Satisfied Mind),* Waterboys *(Room to Room),* Lucinda Williams *(Car Wheels on a Gravel Road)* y los Wallflowers del hijo de Bob Dylan, Jakob *(Bringing Down the Horse).* Todo ello sin olvidar los grandes éxitos comerciales de las Spice Girls desde su inicial «Wannabe» o los de los Backstreet Boys a partir de 1996, herederos de los conjuntos de fans dominadores de mercados periódicamente. O la última gran reina pop, Britney Spears, cabeza de una generación de «barbies» como Christina Aguilera, Shakira, Paulina Rubio y otras.

25
SIGLO XXI

EL MUNDO EN CRISIS

Tres fenómenos configuran los primeros años del nuevo siglo. Por un lado, el ataque terrorista al World Trade Center de Nueva York y al Pentágono en Washington, perpetrado el 11 de septiembre de 2001. Por otro lado, el radical abismo que ha separado a la música estadounidense de la británica en 2002. Y en tercer lugar, el más decisivo, la crisis de la industria discográfica motivada por el incremento del fenómeno de la piratería, industrializada definitivamente gracias al progreso tecnológico.

La puesta en pie de guerra de Estados Unidos y sus aliados después del hundimiento de las torres gemelas de Nueva York ha polarizado el mundo y ha marcado un antes y un después de futuro imprevisible. Curiosamente, en tiempos bélicos, el ocio y el *entertainment* parecen aumentar para equilibrar la sensación de miedo e inestabilidad producto de los peligros que nos rodean. «La bomba» puede caer en cualquier parte, el atentado terrorista atraparnos en el punto más insospechado, en casa o de vacaciones en un paraíso terrenal. Un ejemplo: al terminar 2002 la industria cinematográfica americana hacía públicas las cifras de sus recaudaciones y batía todos sus récords. ¿Mejores películas? No. Más necesidad de evasión. Vídeos, CD's, DVD's, consolas de juegos, ordenadores cada vez más pequeños y sofisticados, telefonías móviles de última generación... Y la música, la banda sonora de nuestra vida, sacudida por una crisis que nunca acabará con ella pero que hace daño. ¿Algún músico dejará de componer solo porque le roben sus derechos? El verdadero artista es un ente imparable, siempre que funciona por el impulso de su genio.

Decía que eran tres los factores que han marcado la historia del comienzo de siglo. El segundo es mucho más musical que el primero: en 2002, por primera vez en cuarenta años, en las listas de Estados Unidos hubo una semana sin ninguna canción de procedencia británica. Y no hablamos de un top-10, sino de un top-100. La gran sorpresa que supuso este dato vino a confirmar dos hechos incuestionables. El primero, que Estados Unidos es ya un gigante que camina solo. El segundo, que la música inglesa, motor del pop desde los años sesenta con el «boom» de los Beatles, se ha estancado, se ha quedado reducida a su propio mercado, y que sus nuevas propuestas, cada vez más rápidas, interesan menos o no dejan tiempo para que cristalicen en algo importante. En Estados Unidos se registró un 7 por 100 menos de ventas con relación a 2001 de enero a junio de 2002, a pesar de sumar la respetable cifra de 5.000 millones de dólares de recaudación en ese período. Las plataformas creadas por la industria americana (PressPlay y Musicnet) para combatir la difusión de música por Internet seguían sin poder competir con la Red. Pese al cierre de Napster, otros dos portales de intercambios gratuitos, Morpheus y Kazaa, tienen 80 millones de usuarios cada uno.

La noticia de esa ausencia de discos ingleses en la lista de éxitos de Estados Unidos apenas si mereció algunos comentarios en prensa diaria o especializada. Fue una anécdota. Pero no lo es. A los cincuenta años del nacimiento del rock and roll es un ingrediente más para cerrar con más interrogantes e incertidumbres que realidades esta historia. Hay un antes y un después desde el ataque terrorista a Nueva York y Washington, como hubo un antes y un después al aparecer Elvis o los Beatles. Y habrá un antes y un después en esta ruptura de 2002, tras años de lento distanciamiento entre los dos colosos del mundo musical, Inglaterra y Estados Unidos, lo mismo que lo habrá con los efectos de la piratería.

Aunque la música siempre tenga guardado el último as en la manga y nos sorprenda con su poder de cambio, inventiva y resurrección a lo Ave Fénix.

Como cierre, es hora de hablar de la crisis provocada por la piratería.

PIRATERIA MUSICAL, PIRATERIA INDUSTRIAL

Lo mismo que en el estallido de la gran crisis energética de 1973, el estallido de la crisis motivada por la piratería cogió a la industria discográfica en pañales pese a que ella misma se había abierto la fosa. La crisis de 1973 fue motivada por una guerra, algo inevitable que se produjo de un día para otro. La crisis de la piratería en cambio hubiera sido evitable y no sucedió en un abrir y cerrar de ojos, sino que se gestó durante meses, posiblemente años, desde la aparición del CD y el primer aparato capaz de grabarlos y reproducirlos.

En los años setenta la palabra piratería estaba asociada a la grabación de conciertos de forma fraudulenta. En los ochenta, sin perder esa primera asociación, se vinculó también a la grabación de casettes para uso privado. Alguien compraba un LP y los amigos y amigas hacían copias en casette. Pero no era lo mismo un disco, poder pinchar la canción favorita, añadido al fetichismo de las portadas de los álbumes (cosa que no sucede con los CD's), que tener que hacer correr una cinta hacia adelante y hacia atrás en busca de un tema, unido al desgaste, lo fácilmente que se rompían, etc. La industria, siempre, en todos los casos, se rasgaba las vestiduras y hablaba de pérdidas millonarias. Se advirtió ya entonces que «los casettes caseros mataban la música», exactamente igual que en 2003. Jamás emplearon palabras como «reducción de precios» gracias al avance de las tecnologías, al contrario. Se perseguía la piratería, y en paz. No se podía evitar que un chico o una chica copiaran un LP para sí mismos, pero sí se perseguían las empresas que editaban discos piratas procedentes de conciertos. Los casettes vírgenes subieron un poco de precio para compensar a los autores y se capeó el temporal. Los discos siguieron subiendo los precios.

Hasta que llegó el CD.

En los últimos tres o cuatro años ha sido corriente ver en las grandes ciudades a personas (casi siempre emigrantes en situación irregular) con mantas extendidas en el suelo repletas de CD's perfectamente grabados, con una fotocopia a color de la portada real. El precio, una sexta parte de lo que se pagaría en una tienda. Con la misma calidad de sonido, muchas personas, jóvenes con menos recursos tanto como adultos con poder adquisitivo, han dejado de entrar en las tiendas para conseguir sus discos. El top-manta, que comenzó como un pillaje tolerado, devino desde el año 2000 en la más fuerte crisis en la historia del sector musical. Y las campañas reclamando solidaridad ciudadana, los avisos de que se estaba matando la música, las pérdidas de puestos de trabajo y un largo etcétera, no dieron apenas resultado. Hay leyes no escritas para la mayoría de ciudadanos, y una de ellas es la que dice que nadie paga más por algo que puede tener por menos, o gratis. Bernard Miyet, director de Sacem (sociedad de autores francesa), lo dijo y oficializó en septiembre de 2002: «Nadie va a pagar nunca por algo que puede tener gratis». En España, un millón y medio de personas compraban discos piratas en noviembre de 2002, con un promedio de 3,45 discos al trimestre. Un 62 por 100 de españoles no compraba un solo disco original en esas mismas fechas. Se calculó en más de 20 millones los CD's piratas vendidos en el país durante el año cumbre de la escalada pirata frente a los 76 vendidos legalmente. Si la cuota del mercado pirata era del 15 por 100 en 2000, en dos años llegaba al 30 por 100, el doble. Si en 1998 se vendieron 23 millones de CD's vírgenes, en 2000 fueron 105 y en 2001 se llegó a los 138. Y eso solo en España. En 2001 los discos piratas en el mundo llegaron a los 950 millones de discos vendidos, un 48 por 100 más que en 2000. Los músicos implicados clamaron contra los Gobiernos pidiendo acciones. Las compañías hablaron de despidos para soportar las pérdidas. Las tiendas de discos anunciaron cierres. Cuarenta pymes (pequeñas y medianas empresas) del sector dejaron de funcionar en España y miles más en todo el mundo... Una tormenta con muchos truenos y pocas esperanzas.

Pero muy pocos entonaron un mea culpa. Un alto ejecutivo de una multinacional discográfica afirmó en pleno cruce de acusaciones por el daño de la piratería: «Pudimos haber bajado precios cuando apareció el CD, pero quisimos exprimir la vaca e hicimos todo lo contrario, aumentarlos. Ahora es tarde para volver atrás». El mea culpa se generalizó cuando, en efecto, ya era tarde. Y cierto: la industria había pervertido el invento y abusado de una materia prima muy delicada. Demasiado. Precios caros por un lado (por culpa de la industria). Y la sensación de que la música estaba al alcance de todos por el otro (sentimiento del comprador), como si no hubiera detrás un creador con su propiedad intelectual y la necesidad de cobrar por su trabajo. Muchos han dicho que el fin del disco comenzó cuando se le vendió al público el original de una obra (el CD con su sonido perfecto) y más tarde los aparatos para convertir su casa en una fábrica (los copiadores). A comienzos de 2003 comenzó a reflexionarse sobre si el CD no habría sido la tumba de la música... y un invento efímero, autodestruido por sí mismo en muy poco tiempo.

La piratería a gran escala se inicia en el momento en que se fabrican reproductores de CD, no para uso personal, sino industrial. Equipos capaces de copiar un disco y hacer decenas de esas copias en pocas horas. A las máquinas de grabar se las llama «tostadoras», y a los discos ilegales, «tostaos». Bastan unas cuantas tostadoras en un piso y disponer de una pequeña red de ilegales sin nada que perder.

El 11 de junio de 2002 se celebró el Día sin música como protesta por la piratería discográfica. Fue el primero de los muchos momentos de alta intensidad que sazonaron de extremo a extremo el primer gran año crucial de la piratería. En el Congreso de la CISAC celebrado en Londres en septiembre del mismo 2002 se puso de manifiesto el desconcierto de la industria ante los súbitos cambios del mercado y la fuerte implantación de la tecnología digital. La CISAC agrupa a 199 sociedades de autores de 103 países. Algunas de las declaraciones de sus miembros en el Congreso fueron terminantes: «Los viejos modelos ya no sirven, y la preservación de los derechos de autor y la lucha contra la piratería, lo mismo en los mercadillos callejeros que en Internet, se ha convertido en un factor de supervivencia», «Las ventas de discos han caído en los últimos tres años y dentro de poco pueden llegar al nivel de hace diez años, pero no es solo por el uso ilícito de Internet. Tenemos que estar preparados para proteger los contenidos, y eso hay que hacerlo de manera conjunta. Solo los esfuerzos concertados van a tener resultados».

No todas las voces fueron de alarma. Gerald Levin, ex ejecutivo de AOL, afirmó: «Donde unos ven amenazas, yo veo oportunidades. Cuantas más posibilidades haya, cuantas más salidas, mejor para la creatividad».

Un sector de la CISAC también defendió al propio mercado como regulador final del futuro. Un 60 por 100 de personas encuestadas acerca de si pagarían por música o cine en Internet, respondió afirmativamente, pero a cambio de productos de gran calidad técnica y con un catálogo ilimitado. Bernard Miyet manifestó no rechazar estos cambios, pero exigió la intervención de los legisladores para garantizar que todo el dinero fuera a parar a manos de los creadores. Hasta el 11 de septiembre de 2001 se impuso el criterio de que Internet tenía que ser lo más libre posible. Desde los atentados terroristas se abogó para que se legislara y controlaran los accesos y el correo electrónico en nombre de la lucha contra el terrorismo. Los autores y la industria discográfica, atendiendo a ello, dijeron: «¿Por qué lo que sirve para luchar contra el terrorismo no puede servir también para luchar en defensa de la propiedad intelectual?». Pero, ¿cómo regular algo tan complicado como la música, que ha sonado gratis en las radios de todo el mundo o se ha tenido gratis en televisión desde su nacimiento? Geoff Lowe afirmó: «La regulación no tiene sentido. Es como cuando los soviéticos intentaban evitar que les llegara la música pop de occidente, sin que hubiera forma de parar las ondas». Cualquiera podía fabricar una radio y sintonizar una emisora lejana. Lowe se decantó por un sistema basado en una oferta muy grande a precios muy bajos como la mejor manera de luchar contra la piratería.

A lo largo de los últimos años, las voces que clamaron contra la piratería argumentaron muchas razones de peso para evitarla o suavizarla. Al hablar del excesivo costo de un CD, los directores de grandes o pequeñas compañías discográficas recordaron que el IVA es de un 16 por 100 en los discos frente al 4 por 100 en los libros. En España el 20,9 por 100 de jóvenes entre quince y veinticuatro años compra discos en los top-manta. Entre los universitarios es del 13,3 por 100 del total.

Para otros, la crisis no es tan solo cuestión de piratería musical e industrial, sino del viejo-nuevo concepto que las compañías han desarrollado en sus lanzamientos en los últimos años. Brent Hansen, director de MTV en Europa (44 países, 100 millones de espectadores), dijo en noviembre de 2002: «A las discográficas les falta confianza para mantenerse en la brecha. No apuestan por el futuro y se conforman con artistas de usar y tirar. No solo se han de contratar a las estrellas del momento, sino también a las de dentro de tres o cuatro años, y ayudarlas a convertirse en esas estrellas».

A fines de 2002 la industria discográfica se empezó a plantear nuevas opciones y alternativas para su futuro. En primer lugar, crear nuevos formatos de audio y tratar de proteger los existentes (sistemas antipiratería en los CD's, aunque a veces podían llegar a dañar el propio reproductor). Sony y Phillips habían sido las pioneras en 1982 y 1983 con la puesta en marcha de los primeros discos compactos, con una capacidad de 650-750 Mb y una duración de 74 a 80 minutos, empleado por todas las discográficas. En 1996 apareció el HDCD (High Definition Compatible Digital), de parecidas prestaciones, y que utilizaron BGM, Warner, Sony, RCA, MCA y Capitol. En 1999 Sony y Phillips impulsaron el SACD (Super Audio Compact Disc), con una capacidad de 1,9 Gb monocapa, 2,6 Gb híbrido y 3,9 Gb bicapa, con seis canales en lugar de los estéreos anteriores y tecnología DSD, utilizada por Sony, Virgin, Columbia y Epic. En 2000 llegó el DVD-Audio, inventado por una alianza de 230 compañías conocidas bajo el nombre de DVD Forum. Con 4,7 Gb monocapa, 8,5 Gb bicapa y 17 Gb bicapa de doble cara, ha podido dar al comenzar el siglo XXI de setenta y cuatro minutos a ochenta horas de grabación según la modalidad. Para ofrecer más calidad es necesario ofrecer también más información. Cada paso suponía una mejora en los contenidos, pero de lo que se trataba definitivamente era de la seguridad, la asignatura pendiente en el primer lustro del nuevo siglo.

Hubo pequeños escándalos en la búsqueda de sistemas anticopia. Sony desarrolló una tecnología llamada Key2Audio, que resultó obsoleta cuando se descubrió que quedaba anulada pintando el extremo del disco con un rotulador. Entre las nuevas ideas están las marcas de agua, la criptografía o las codificaciones especiales. Pero, ¿qué puede hacerse contra la banda ancha de Internet o el MP3? Algunos músicos se adelantaron con propuestas mucho más innovadoras, desde ofrecer dos discos al precio de uno, para regalarlo a un amigo, hasta incluir códigos de cifras destinados a satisfacer demandas de los fans (poniendo el código en la red, el comprador podía adquirir entradas de primeras filas en los conciertos o escuchar temas inéditos).

El futuro de la piratería pasa por la innovación de la oferta, y la frescura de ideas con las que el mercado trata de frenarla, captando al público capaz de comprar un disco por tres euros pero no por 18. Expertos en el ocio de los próximos años manifestaron en 2002 que los tres factores que más van a influir en su futuro son la evolución de los medios de distribución, la innovación en los contenidos y el grado de intervención de los gobiernos. Factores con más influencia que el mercado de la publicidad, la penetración de la banda ancha, la globalización, el crecimiento económico o las tendencias sociales o demográficas. Ed Straw, ejecutivo de una consultora especializada en ocio, dibujó cuatro escenarios de futuro de acuerdo con el modelo vaticinado por un estudio de Price Waterhouse Coopers. El primero, el «caos digital», sería el producto de una convergencia de los instrumentos de difusión (cada vez habría menos herramientas de difusión en lugar de más), una amplia capacidad de opción para el usuario y una escasa intervención estatal, que daría lugar a una desaparición de los medios físicos en beneficio de lo digital, la extensión de la piratería, contenidos gratuitos y crecimiento de los contenidos creados por el consumidor. El segundo escenario está basado en una moderada intervención de los gobiernos, con pocas opciones de elección y un predominio del instrumento de distribución que derivaría en el dominio del mercado por unas pocas compañías, la erradicación de la piratería a partir de la codificación y la protección de los actuales modelos de negocio. El tercer modelo, basado en la divergencia de los instrumentos de difusión, la amplitud de elección y una moderada intervención pública, daría lugar a la prosperidad de contenidos regionales, la proliferación de contenidos educativos y de información con los gobiernos, haciendo hincapié en el proteccionismo. El cuarto modelo, denominado, «purgatorio regulador», sería el producto de la divergencia tecnológica, la reducción de la capacidad de elegir y un alto intervencionismo estatal. La cultura digital tendría como característica la fuerte actividad antimonopolio de los gobiernos, el proteccionismo y el reforzamiento de la propiedad intelectual, escasa innovación de contenidos o de medios de transmisión, la asfixia de los nuevos operadores en el mercado y la uniformidad de los servicios, ofrecidos por múltiples plataformas. Como colofón, ese estudio vaticina que el mercado mundial del ocio y la cultura rozará los 1,37 billones de dólares en 2006 frente a 1,06 billones de 2001. Estados Unidos, con 570.000 millones de dólares, sería la principal potencia, seguida por Europa con 425.000 millones y el Asia pacífica con 279.000. América Latina se quedaría tan solo con 59.000 millones (Walter Oppenheimer, *El País,* 24-9-02).

FUTURO

Pero al margen de la piratería, como todo, el disco, en cualquiera que sea su formato, tiende a desaparecer en unos años, quizá décadas. En cincuenta años, desde el comienzo de la era del rock, hemos pasado prácticamente de los discos «de piedra» (como solían llamarse a los de 78 revoluciones por minuto) a los CD y DVD capaces de almacenar sonido e imagen. Por el medio hemos dejado los LP's, los EP's, los singles, los maxi-singles y también las viejas cintas, desde el cartucho de 8 pistas hasta el casette en vías de extinción, e incluso el más reciente mini-disc o el DCC (Digital Compact Casette). En el año 2003 tenemos aparatos reproductores tipo walkman capaces de almacenar 1.000 canciones que previamente podemos haber «bajado» del ordenador, sin que toquemos siquiera un soporte intermedio. En muy poco tiempo habrá DVD's capaces de contener 2.300 canciones o 150 horas de música, o se podrán almacenar colecciones de películas y música en el ordenador personal, el televisor o el coche. La música del futuro será un nuevo concepto, aunque seguirá siendo música. Tal vez se llegue a lo de aquel viejo cómic en el que los protagonistas la llevaban implantada en el cerebro, o a otro en el cual «se inyectaba» como una droga. Cuando llegue esto también se la llamará de otras formas, y el rock, la era rock, la música de los últimos cincuenta años, quedará como la música clásica de la segunda mitad del siglo XX.

Lo primero que suelen hacer los implantadores o defensores de cada tendencia es cargarse a la anterior, llamarla vieja, denostar su fondo y su forma, afianzar su caducidad para imponer la novedad propia. Ha sido la ley de la música desde que la rapidez desató el consumo y la voracidad. Como contrapartida, eso es también lo que no la ha inmovilizado. El rock tiene un futuro de dos caras. Cada tendencia tiene su segura defunción, y su seguro resurgimiento, y su vuelta a las catacumbas, y su revisitación obligada, histórica... La ley del «todo ha de cambiar para que nada cambie».

Pero ni la sociedad ni las mentalidades son las mismas ahora que hace cincuenta años, ni siquiera cuarenta, treinta, o veinte. La esperanza sí. Peter Gabriel decía en otoño de 2002: «Ahora mismo la música mueve menos cosas por sí misma, la radio depende de intereses comerciales, el pop ha dejado de ser radical y la televisión es un desastre. Las ideologías, las religiones establecidas, todo se ha puesto en tela de juicio y parece haber poco margen para la acción. Pero precisamente porque es difícil cambiar las cosas hay que hacer algo».

Por el momento, al comenzar el nuevo siglo, la música es un gran crisol que acoge toda la historia de estos pasados cincuenta años. Cada género se ha ramificado hasta lo indecible, cada tendencia no hace más que sumarse a las anteriores, cada paso es tan solo un punto intermedio entre el anterior y el siguiente, de forma que coexisten en las listas un disco de Bob Dylan con uno de rabioso hip-hop, y otro de reggae con la última revisitación del soul, el folk o el mismo rock and roll. Solo la electrónica, la música de discotecas, que no genera estrellas, no refleja este futuro. Los bluesmen aún vivos que inspiraron a los rockeros de los cincuenta o los sesenta se han hecho viejos y octogenarios, y los que empezaron a tocar en la década de los Beatles andan por los sesenta años y son abuelos. Pese a todo, la energía en escena de Mick Jagger o de Dylan no tiene todavía nada que envidiar a los de la última generación de cachorros de la música. El rock ha hermanado a tres generaciones como antes no lo habían hecho otras cosas. Hoy es posible ver en un concierto a un rockero de sesenta años, a su hijo de treinta y cinco y a su nieto de diez años. Cincuenta años de historia son unas bodas de oro tejidas a sangre, fuego, música, adrenalina, no poco sudor, muchas lágrimas y toda una leyenda.

La pregunta es si habrá nuevas rebeldías para forjar nuevas leyendas.

Espero que sí.

Barcelona, enero de 2003

AGRADECIMIENTOS

Esta obra no habría sido posible sin la inestimable ayuda puntual de Jordi Bianciotto en sus últimos 3 capítulos. Gracias a todos los artistas y músicos que desde mis comienzos en el mundillo del rock a fines de los años sesenta me dieron su amistad, su energía, sus palabras y sus discos a lo largo de tantos conciertos, tantas entrevistas, tantos viajes y tantas horas compartidas. Gracias a todos los profesionales de las compañías discográficas que siempre me ayudaron en mis distintos momentos y revistas y colaboraron conmigo. Gracias a todos los que han hecho de esta etapa el mejor de los tiempos posibles. Aunque llevo muchos años alejado de la profesión y los medios de comunicación, mi corazón sigue latiendo al mismo compás y la música sigue formando parte de mi vida, acompañándome cada día mientras escribo o allá a donde me lleven mis constantes viajes alrededor del mundo. Gracias por último a Pilar Cortés por su apoyo incondicional desde el primer día que le hablé de este proyecto; a Olga Adeva por los mails, la entrega, la paciencia y dedicación más allá del trabajo editorial, y a Jaime Suñén, que actuó como amigo y corrector implacable de mis olvidos, traiciones o lapsos de memoria y aportó su sabiduría, buen juicio y sobriedad al resultado final.

Este libro está dedicado a todos los amigos que han caído por el camino, John Lennon, George Harrison, Freddie Mercury, Frank Zappa, Jimi Hendrix, Janis Joplin, Brian Jones, Jim Morrison, Kurt Cobain, John Lee Hooker, Elvis Presley, Bill Haley, Michael Hutchence, Gram Parsons, Marvin Gaye, Ian Curtis, Bob Marley, Bon Scott, Marc Bolan, Otis Redding, Roy Orbison, Duane Allman, Keith Moon, John

Entwistle, John Bonham, Mike Bloomfield, Jerry García, Richard Manuel, Sandy Denny, Terry Kath, Dennis Wilson, Nico, Rory Gallagher, Cass Elliott, Paul Kossoff, Jimmy McCulloch, Phil Lynott, Lee Brilleaux, Manolo Fernández, Alfonso González «Poncho», José Luis Avellaneda, Jesús de la Rosa, Esteve Fortuny, Carles Sabater, Bruno Lomas, Tino Casal, Nino Bravo, Ovidi Montllor, Fernando Arbex y tantos otros, con un recuerdo especial para mi querida Cecilia y mi amada Karen Carpenter por todo lo que me dieron.

Índice onomástico